왜 읽는가

서울대 교양강의
'동서양 명작 읽기'

왜 읽는가

서영채

나무나무출판사

일러두기

이 책은 서울대학교 2016년 가을 학기에 개설한 교양 강의 〈동서양 명작 읽기〉를 녹음해 고치고 다듬은 것이다. 강의가 진행되던 2016년 가을과 겨울은 대통령 탄핵을 위한 촛불 집회로 세상이 들끓던 시절이다. 코비드19 사태가 심각해진 시절에, 뜨거웠던 시간에 쏟아진 말들을 간추리면서 생긴 소회는, 그러나 버려진 그물같이 엉킨 말들의 현실이 덮어버렸다.

〈동서양 명작 읽기〉는 2016년 9월 첫 주부터, 주 2회 90분씩 15주간 이루어졌다.

학생들은 11편 중 네 편을 골라 읽고 글을 써서 제출했다. 강의 내용 중 학생들이 낭독한 부분은 책을 만들며 걷어냈다. 저작권 문제가 불확실했기 때문이다. 학생들의 발언은 중복된 부분을 지우고 표현을 다듬는 수준으로 고쳤다.

학생들의 이름은 실명을 영문 이니셜로, 실명이 확인되지 않는 학생은 SX로 표기했다. 당사자나, 수업을 같이 했던 아주 가까운 동료는 식별할 수 있을 것이다. 추억이 될 수 있기를 바란다.

책머리에

책을 읽는다는 것은 누군가의 삶을 들여다보는 일이다. 책에 등장하는 사람들의 삶만이 아니라 책을 쓴 사람과 읽는 사람들의 삶이 거기에 있다. 사람의 삶을 직접 재현하는 장르는 문학이고 그중에서도 특히 소설이다. 지난 400여 년 동안, 길게는 1000년 동안 동서양 이곳저곳에서 나온 소설에는 다양한 인물들의 삶이, 허구와 윤색된 이야기와 실제 삶이 뒤섞인 채로 재현되어 있다.

사람들은 왜 다른 이들의 삶을 들여다보려 하는 걸까. 이 질문이 떠오른 것은 명작을 읽겠다고 찾아온 학생들이 내 앞에 있었기 때문이다. 나는 그들에게 물었다. 왜 읽는가. 말문을 트기 위한 의례적인 질문이었는데, 학생들이 말을 시작하자 그 질문은 어느덧 진짜 질문이 되었다.

내게 답했던 사람들 중엔 아주 오래전에 학교를 다닌 한 청년도 있었다. 4학년이 되고 첫 등교일에 그는 버스에서 내려 학교 교문을 들어서고 있었다. 3월의 햇살 아래 길게 이어진 길을 가며, 아스

팔트가 갈라지고 땅이 꺼져 그 사이로 조용히 사라져버렸으면 좋겠다고 그는 생각했었다. 그 이후로 그가 헤매어온 길을 나는 잘 안다. 등교하던 그가 고개 돌려 내게 말했다. 왜 읽냐고? 책이 거기 있으니까!

이 청년의 말문을 연 것은 같은 또래 학생들의 눈빛이었다. 이들에게서 풍겨오는, 절실함과 나른함이 뒤섞인 기묘한 분위기로 인해 내가 미리 준비했던 질문과 대답은 힘을 잃었고, 질문은 결국 또 다른 질문으로 이어졌다. 답을 찾기 위해 나도 길을 나서야 했다. 스무 살 언저리의 학생들과 함께, 그들의 글과 말과 눈빛과 함께, 11권의 책이 재현해낸 삶 속을 가로질러야 했다. 이 책은 그 기록이다.

이 책은 책 읽는 사람들을 위한 것이기도 하다. 이들을 위해, 또한 나에게 날카롭게 항변했던 오래전 청년에게도 한마디쯤 덧붙여 두고 싶다. 자기 서사에 관한 말이다. 자기 서사란 사람들이 마음속에 지닌 자기 자신에 관한 이야기이다. 나는 어떤 사람이고 어떻게 살아왔으며 장차 이렇게 살아가 죽을 것이라는, 사람이 자기 자신을 이해하는 데 본이 되는 이야기가 자기 서사이다.

사람은 누구나 자기 서사의 바탕 위에 자기 삶을 써나간다. 각자의 소설 속에서는 자기 자신이 작가 겸 주인공이다. 그런데 그 서사 속으로 예기치 못했던 사건이 쳐들어온다. 작가의 의도는 비틀리고 주인공의 의지는 시험에 빠진다. 그러고 나면 깨닫게 된다. 나는 작가가 아니고 주인공도 아니며 수많은 등장인물 중 하나일 뿐임을, 나는 내게 주어진 배역을 수행하는 연기자일 뿐임을, 심지어는 주어진 배역조차 제대로 감당하지 못해 쩔쩔매는 매우 허술한 배우일 뿐임을.

내 삶을 나의 의지로 선택하고자 했으나, 내가 할 수 있는 선택이란 주어진 것을 받을지 말지의 문제임을 어느 순간 깨닫게 된다. 그럼에도 불구하고 아직 실현되지 않은 내 죽음의 고유성을 포기할 수 없다는 것이 주체됨의 역설이다. 그것마저 포기하면 다가올 시간의 여백이 사라지고 이야기가 멈춘다. 작가가 쓰기를 멈추면 삶은 기계의 길에 접어든다. 자신의 의지로 기계가 되는 사람은 죽음을 선택하지 않고도 자기 서사를 완성시킨 대단한 사람들이다.

아직 기계가 될 수 없는 사람들은 자기 서사를 고치고 다듬으며 새로운 이야기를 이어나가야 한다. 언제 다가올지 모르는 사건과의 조우에 대비해야 한다. 책은 서사의 창고이다. 그 창고 앞에 서 있던 청년도 장차 알게 된다. 오늘 내가 읽는 것이 내일 나의 이야기를 만든다는 것을.

11편의 소설 텍스트가 이 책에 등장한다. 많은 사람이 인정하는 19세기와 20세기의 명작들, 그리고 장차 그 반열에 들어가게 될 최근의 작품들이다. 1830년 프랑스에서 2004년 한국에 이르기까지 시공간적으로 넓게 분포되어 있다. 간접적으로 다루는 것들까지 포함하면 『길가메시 서사시』부터니까 5000여 년의 시간이 담겨 있다.

그러나 그런 정도의 시간이 무슨 대수랴! 우리가 사는 세상의 나이는 현재 알려지기로는 138억 년이다. 게다가 그 세상이 진짜인지 가짜인지도 모른다. 그러나 설사 환상이고 가짜라 하더라도 바로 그 세계가 우리 삶의 터전이다. 밤하늘을 보면 아득해지지만 그럼에도 우리는 화장실 변기를 고쳐야 하고 아이들을 학교에 보내야 한다. 때로는 바보가 되고, 때로는 속물이 되고 마는 자기 모습을 지켜보아야 한다.

이 책에서 문학 작품에 관한 이야기는 바로 이런 차원에서 다뤄진다. 문학에 대한 지식이 아니라 우리 삶에 관한 앎이 중요하게 취급된다는 말이다. 현재 우리가 사는 세계의 속성으로서 근대성과 그것이 형성되어온 역사, 그리고 그 안에서 살아온 사람들의 삶에 관한 생각이 관심의 주된 대상이 된다. 이런 시선을 통칭하여 부르는 이름이 인문학이다.

인문학이 명작을 읽는다. 인문학이 묻고 생각하고 대답한다. 이 책이 그 결과이다. 그러니까 여기에서 왜 읽는가라는 질문은 왜 사는가라는 질문, 사람은 무엇으로 사는가라는 질문과 다르지 않다.

『죄의식과 부끄러움』(2017)과 『풍경이 온다』(2019)에 이어, 다시 2년 터울로 책을 낸다. 이 책을 마지막으로 나무나무출판사와 약속했던 세 권의 책을 모두 마친다. 순서로 치면 가장 먼저 냈어야 했던 책이 바로 이 책이다. 늦었지만, 약속을 지킬 수 있어 다행이다.

녹음 파일 속의 어지러운 말들을 활자로 옮겨준 배연 님, 이 원고의 첫 독자가 되어준 편집자 이형진 님께 감사한다. 나무나무출판사 배문성 대표가 아니었다면 이 책은 존재할 수 없었던 책이다. 그는 제안하고 독려했을 뿐 아니라 내 말의 바탕을 나보다 깊이 이해하고 있었다. 그의 곁에 있을 수 있었던 내 행운에 감사한다.

원고를 만드는 동안 가장 크게 피해를 입은 사람은 내 딸이다. 팬데믹 때문에 집 밖으로 나갈 수도 없는 형편인데, 까탈스러운 동거인 아재의 심기를 살피느라 고생한 딸에게 미안하고 고맙다는 말을 적어둔다.

2021년 11월 서영채

차례

2부 욕망

3부 성숙

4부 운명애

5부 움직이기

1부

책 읽기

1-1강

배움과 익힘

질문들

왜 읽는가. 이것은 이번 학기 강의 전체를 통해 답해보아야 할 질문입니다.

강의 계획서를 봅시다. 2주 차 첫 번째 강의 제목이 '존재론적 간극', 14주 차 첫 번째 강의 제목이 '자기 서사: 반복이 생산하는 차이'예요. 좀 어려워 보이죠?

먼저 반복의 문제를 봅시다. 반복되는 것은 똑같아 보여요. 그런 걸 반복이라고 해요. 그런데 과연 그래요? 동어 반복의 예를 들어볼까요. 법은 법이다. 앞의 법과 뒤의 법이 같아요?

다르면, 어떻게 달라요?

밥은 밥이다, 돈은 돈이다, 사람은 사람이다, 아버지는 아버지다, 학교는 학교다.

조금만 생각해보면 알 수 있죠. 법은 법이다. 이 경우, 앞의 법은 현실 속에 있는 법, 즉 실정법이에요. 뒤의 법은? 지켜야 할 것으로서 법, 그러니까 이상적 개념으로서 법이죠. 돈은 돈이다, 학교는 학교다. 이 경우도 마찬가지 틀이에요. 물론 앞뒤를 뒤집어놓을 수도 있어요. 이건 좀 복잡해지죠.

어쨌거나 여기에서 중요한 것은, 반복이 차이를 만든다는 사실이에요.[1] 이건 예외가 없어요. 세상에 있는 어떤 반복도 차이 없는 반복은 존재하지 않아요. 반복이 생겨나는 순간, 반복되는 순간, 차이와 틈이 생겨납니다. 그리고 어느 순간, 그 차이가 말을 해요.

그런데 반복이 만들어내는 틈, 반복이 만들어내는 차이가 소설을 읽는 데 무슨 상관이죠? 나는 여러분에게 물었어요. 왜 읽고 있죠? 이와 연관해서 생각해보기 바랍니다.

두 개의 질문이 더 이어져요. 무엇을 읽을까. 그리고 어떻게 읽을까.

이 두 질문은 지식의 문제입니다. 첫 번째 질문은 좀 더 근본적이에요. 왜 읽는가, 라는 질문은 머리가 아니라 가슴이나 배에서 나오는 질문이에요. 이 점에 대해서는 차차 살펴봅시다.

배움과 익힘

공부는 두 단계를 포함하죠. 학습이라는 단어가 그것을 보여줘요.

'학(學)'이란, 나보다 먼저 알고 있는 사람을 통해 보고 듣는 거죠. 그것이 배움이라는 거예요. 보고 듣는 것이 본이 되죠. 본을 받는 것이 곧 '학'이에요.

'습(習)'은 익히는 것이에요. 연습하는 것, 복습하는 것입니다. 그러니까 '습'은 혼자 반복하는 거예요. 아는 사람에게 본을 받아서 그것에 가까워지도록 숙달하는 것이죠. 누군가 옆에서 도와주면 더 잘되죠. '습'이라는 한자어 속에는 깃털(羽)이 있어요. 어린 새들이 비행 연습하는 게 '습'이라는 글자의 유래라고 해요.

반복은 절대로 같지 않다고 했어요. 같은 반복은 없어요. 뭐가 달라도 달라요. 학습의 전형적인 것은 몸을 써야 하는 운동선수들의 경우입니다. 일단 코치에게 본을 받아요. 자세의 본을 받아서 그대로 따라 하는 거예요.

학이시습지 불역열호(學而時習之 不亦說乎). 『논어』의 첫머리에 나오는 유명한 구절이죠. 배우고 때로 익히면 또한 즐겁지 아니한가, 라고 해석한 교과서로 나는 배웠어요. 그러나 '시습(時習)'은 때때로 가끔 복습한다는 말이 아닙니다. 시간이 될 때마다, 즉 생존에 필요한 시간을 제외한 모든 시간을 바쳐 반복하는 것으로 읽어야 해요. 그러면 참 즐겁다는 것인데, 그것이 정말 즐거워요? 연습이건 훈련이건 반복하는 것은 일단 지겹고 힘들어요. 그러니까 반복해서 익히는 걸 즐겁게 여기는 것은 그 자체가 대단한 경지예요. 반복의 지겨움을 참아낸 사람만 맛보는 거죠. 반복이 만들어내는 차이를, 그 느낌을 아는 사람의 것이에요.

공자(B.C. 551~B.C. 479)는 자기 삶을 돌아보면서, 나이 대에 따른 덕목에 대해 말한 것이 있어요. 성인의 반열에 오른 분이니 어느 것 하나 대단하지 않은 게 없어요. 대표적인 것이, 육십에 이순(耳順)이라 했어요. 귀가 순해졌다? 무슨 애기를 들어도 귀에 거슬리지 않고 그냥 잘 받아들일 수 있다는 말이죠. 실상은 반대죠. 저 나이쯤 되는 사람들은 잘 삐져요. 한번 삐지면 잘 풀리지도 않아서 기분 맞추려면 힘들어요. 또 사십을 불혹(不惑)이라고 했어요. 주견과 줏대가 분명해져 미혹되지 않는다는 것입니다. 보통 사람에게 마흔이면 사회적으로도 가정적으로도 어느 정도 안정될 나이죠. 가장 유혹이 많을 나이입니다.

그리고 오십을 지천명(知天命)이라 했습니다. 세상과 자기 자신을 잘 안다는 말입니다. 그러나 러시아 소설가 톨스토이(1828~1910)는 바로 그 나이에 자살 충동 때문에 전전긍긍했어요. 나는 왜 사는가. 이 질문에 대해 답을 찾을 수 없었다고 했어요. 『참회록』이라는 책이 그 기록이에요. 보통 사람들이라면 어떨까요? 자기가 아무것도 모른다는 사실을 제대로 깨닫게 되는 나이? 아마도 그렇다고 해야 할 겁니다. 그러니까 저런 덕목들이 평범한 게 아니라 범인으로서는 오르기 힘든, 모두 대단한 경지인 것이죠.

그런데 이런 분이 무슨 말씀을 했냐면, 내가 말이야, 뭘 좀 해보려고 하루 종일 생각해봤어, 낮에는 밥도 안 먹고 밤에는 잠도 안 자고 생각했어, 근데 아무 소용이 없었어, 아는 사람한테 물어보는 게 답인 거야(吾嘗終日不食 終夜不寢 以思 無益 不如學也), 라고 했어요. 좀 더 거칠게 번역하면 이래요. 공부 좀 한 나도 그랬는데, 바보들아, 생각하지 마, 먼저 찾아봐, 아는 사람한테 묻고 들어봐! 이렇게 말하고 있는 거죠. 그러면 우리는 이렇게 반문할 수 있어요. 공자님, 그냥 시키는 대로만 하라고요? 우리를 진짜 바보로 만들 생각이세요?

차이 속에서 생각하기

『논어』에는 또 이런 얘기가 나와요. 배우는 것과 생각하는 것에 대해서.

학이불사즉( ) 學而不思則( )
사이불학즉( ) 思而不學則( ).

배우기만 하고 생각하지 않으면? 또 생각만 하고 배우지 않으면? 괄호 안의 글자는 여러분이 찾아서 채워보세요.

자기 생각에만 몰두해 있으면 사람이 이상해지기 쉬워요. 다른 사람의 말을 들어야, 자기 생각이 어떤지를 알게 돼요. 그러니까 '학(學)'을 해야 하죠. 먼저 생각하고 배운 사람들의 이야기를 들어야 합니다.

그런데 이와는 반대로, 남의 말만 듣고 스스로 생각하고 판단하지 않으면 어떻게 되나요? 줏대 없이, 자기 주견 없이 이랬다저랬다 하는 거죠. 그러니까 스스로 생각해야 합니다.

생각하는 것은 반복한다는 것입니다. 남에게 들은 이야기, 책에서 읽은 이야기를 자기 삶의 수준에서 반복하는 거죠. 그러면 차이가 생겨납니다. 그 차이 속에서 자기 고유의 생각이 시작되는 거죠. 그게 진짜 자기 것입니다. 반복이 차이를 낳고, 차이 속에서 자기 것이 싹트는 거죠.

'학'을 해야 하지만 그것만 가지고는 안 돼요. 아무리 남의 이야기를 듣고 책을 외우고 해도 자기가 '습'을 하지 않으면, 그러니까 자기 힘으로 생각하지 않으면 자기 손에 남는 게 없어요. 반대로 '습'만 하면 어떤 일이 벌어질까요? 거울을 맞세워놓은 것 같은 형태의 자기 증식밖에 안 돼요. 그 세계 바깥으로 헤어 나올 수가 없어요. 사람이 이상해져요.

자유로워지기 위해 반복한다

요컨대, 먼저 본이 있어야 합니다. 그것 없이는 움직이기 힘든 것이 사람이에요. 어린아이를 생각해보세요. 누군가를 본받아 먼저 '학'을 하고, 그다음엔 '습'을 하죠. 혼자서도 하고 도움도 받아요. 그게 익힘의 과정이죠.

반복의 시간이 이어지면 '습'이 만들어내는 차이를 깨닫게 됩니다. 그 차이 속에서 생각하고 움직일 때, 그때 비로소 두 번째 '학'이, 진짜 '학'이 시작돼요. 이 두 번째 '학'은 단순히 남에게 들은 것이 아니라 자기가 생각해낸 거예요. 이제 자기 자신을 본받기 시작하는 거죠. 반복하고 수정하고 본 만들고 본받고. 자기 학습의 순환이 시작돼요.

그러니까 먼저 해야 할 것은? 남들에게 배운 것을 외워야 하는 거죠.

왜 외워야 하죠? 시험을 잘 보기 위해서? 지식을 쌓기 위해서?

그것으로부터 자유로워지기 위해서예요. 그것이 진짜 나의 것이 아님을 확인하기 위해서! 그 이후라야 자기의 진짜 스윙이 나와요.

자기 고유의 스윙에 도달하기 위해서는, 먼저 다른 사람의 본을 받고, 흉내 내고, 외우고, 반복해서 익혀야 하는 거죠. 더 이상 외울 필요가 없을 때, 그래서 그 본으로부터 자유로워질 때, 그때야 비로소 한 사람의 고유성이 생겨납니다.

왜 반복해야 하느냐. 반복으로부터 자유로워지기 위해서예요.

올바르게 살기

이번 학기에 여러분이 해야 하는 가장 중요한 것은, 책을 읽는 거예요. 어렵겠지만, 차분하게 조금 느린 속도로 읽으세요. 그리고 여러분의 생각을 써오는 겁니다. 그 생각의 핵심 실마리는 왜 읽는가, 라고 했어요.

여러분 중 일부는 이미 글로 써서 제출했어요. 이렇게 말하고 있네요. 교양을 좀 쌓고 싶어서, 명작이라니 좀 끌려서, 있어 보여서 등등. 아주 솔직한 답변들입니다. 좋아요.

그런데 있어 보여서, 라는 것은 남들 보기에 그렇다는 것이지, 진짜 뭔가가 있는 건 아니잖아요? 그래도 되는 거예요?

이건 아주 오래전에, 2500여 년 전에 나온 적이 있는 이야기입니다. 한 사람이 질문을 던졌어요. 인생을 어떻게 살아야 하는가, 우리는 인생을 올바르게, 정의롭게 제대로 살아야 하나? 그랬더니 당시 어떤 잘나가는 사람이, 어이없는 소리 하지 마라, 인생을 올바르게 사는 것보다 더 중요한 것이 있다, 저 사람은 인생을 올바르게 사는 사람이라고 다른 사람들이 생각하게끔 사는 것, 그러니까 남들 시선을 의식하면서 사는 게 훨씬 더 중요하다, 라고 했어요. 어때요? 맞는 말인가요?

이건 아테네 사람 플라톤(B.C. 428?~B.C. 347?)이 쓴 『국가』라는 책의 첫머리에 나오는 이야기예요. B.C. 4세기 때 일이에요. 올바르게 사는 것보다 자기 평판을 관리하면서 사는 것, 이게 훨씬 더 중요한 거라고 얘기한 사람은 당시 유명했던 소피스트예요. 요새로 치면 유명한 일타 강사라고 해야 할까. 트라시마코스라는 사람입니다. 『국가』라는 책 전체가 우리는 인생을 올바르게 살아야 하는가,

라는 질문에 맞춰져 있어요. 트라시마코스라는 소피스트는 그럴 이유가 없다고 말한 거죠. 성공한 인생을 살려면 평판을 관리하는 게 훨씬 중요한 일이라고 했어요.

바로 그 자리에, 트라시마코스보다 나이가 열 살쯤 많은 소크라테스(B.C. 470?~B.C. 399)가 있었어요. 또 플라톤의 두 형들도 있었죠. 청년들입니다. 트라시마코스는 청년들에게 그런 이야기를 하고는 안 그래? 내가 옳잖아? 하고 사라져버려요.

20대의 두 청년이 소크라테스를 보고 말합니다. 선생님, 저 사람 얘기가 맞는 것 같은데요? 맞으면서 틀린 것 같아요, 저렇게 살아야 될 것 같긴 한데, 또 저렇게 살면 안 될 것 같기도 해요, 어떻게 해야 옳아요?

그러자 소크라테스, 이 깐깐한 분이 그래, 한번 따져보자, 하고 책 한 권 분량의 이야기를 풀어냅니다. 그게 『국가』라는 책의 내용입니다.

속물과 바보 사이

물론 다른 사람들의 시선은 중요합니다. 나는 나 혼자 생각할 거야, 내 세계 바깥으로 안 나갈 거야. 그럼 어떻게 되죠?

그와는 반대로, 나는 남들이 얘기하는 것만 듣고 살 거야, 내 생각이나 신조 같은 게 뭐가 중요해? 이러면 또 뭐가 돼요?

남의 눈만 바라보고 살면 눈치꾼에 속물이 되죠. 또 외부와 차단한 채 자기 속에 빠져 살면 바보가 되고 좀비가 돼요.

속물은 다른 사람들의 박수를 받기 쉽습니다. 남들 눈치를 보고 사니까. 어떻게 해야 박수 받는지를 아니까. 그런데 자기는 알아요.

자기 자신이 얼마나 너절한 인간인 줄. 그게 문제죠. 그래서 속물은 우울해요. 기본적인 바탕 자체가 그럴 수밖에 없어요.

그러나 바보들은 아무 생각이 없는 거죠. 성공을 했는데도 그게 성공인 줄 몰라요. 남들이 성공했다고 박수를 쳐주는데도 왜들 저러지? 해요. 좀비-바보들! 그래서 성자들, 거룩한 사람들은 여기서 나옵니다. 좀비들 속에서, 바보들 속에서. 이 사람들은 속은 사람들이고, 뭔가에 홀린 사람들이에요. 절대 길을 잃지 않아요. 길을 잃을 수가 없어요. 정해진 대로 가니까. 눈을 감고 가는 사람들이니까. 길이 없어도 직진하는 사람들이니까.

그러나 속물들, 이 현명한 사람들은 안 속는 사람들, 영리한 사람들이에요. 스마트하니까 사회에서 성공할 확률이 커요. 여기저기 살피고, 갈 데 안 갈 데 철저하게 구분해요. 그러다 어느 순간 깨닫게 되죠. 자기가 길을 잃었다는 사실을. 그래도 달리 방법이 없어요. 그렇게 사는 수밖에. 그래서 전례를 찾아요. 다른 사람들을 살피죠. 그게 문제예요.

앞으로 읽을 독일 작가 토마스 만(1875~1955)의 「토니오 크뢰거」에는 이 둘이 섞여 있어요. 남국의 열정적인 예술가와 북국의 신중한 상인이, 바보와 속물이 제목 속에 섞여 있어요. 물론 이런 설정 자체로 보자면, 다른 소설들도 별로 예외가 아닙니다. 왜죠? 우리 자신이 속물과 바보 사이에 존재하니까.

바보-속물

조금 폭력적으로 말하자면, 사람들은 자기가 속물인 줄 아는 바보입니다. 자기가 제법 똑똑하다고 생각하지만, 그 모습을 멀찍이서 바라보면 영락없는 바보죠. 속이 뻔히 들여다보이는데, 그런 줄도 모르는 바보예요. 바보-속물이죠.

속물은 윤리적으로 고양되면 존경받는 현인이 돼요. 속물은 세상 물정을 잘 알고 처세에 능한, 균형 잡힌 사람이에요. 바로 그런 사람들이 자본주의 세계를 유지시킵니다. 그러니까 나이 든 속물은 좋은 멘토가 될 수 있어요. 스스로의 속물성에 대한 철저한 자각을 통해서 비-속물을 향해 나아가고자 하는 사람들이라면, 무슨 어려운 문제를 가지고 가도 나름 답을 찾게 도와줍니다. 뭔가를 아는 사람들이기 때문이죠. 그게 속물이 스스로를 고양시킬 수 있는 길입니다. 최소한 바보-속물의 길은 면할 수 있게 되죠.

지금까지 반복이 만들어내는 차이에 대해, 배움과 익힘, 그리고 생각하기에 대해 말했어요. 왜 읽는가, 라는 질문에 답하기 위해 필요한 것들입니다.

익힘은 자기 내부의 일이에요. 배움은 다른 사람과 접촉해야 생겨납니다. 절대적 내부성은 바보이고, 절대적 외부성은 속물입니다. 바보는 몰두하고, 속물은 경청하죠.

내부성과 외부성은 우리 삶에서 어떻게 서로 만나고 있는가? 나는 왜 명작을, 사람들이 명작이라 일컫는 것들을 읽고자 하는가? 이런 것들에 대해서 생각해오기 바랍니다.

두 개의 숙제가 나갑니다. 첫째, 배우고 생각하지 않으면, 또 생각만 하고 배우지 않으면 어떻게 될까. 비어 있는 글자들을 찾아서 괄호를 채워보세요. 둘째, 왜 읽는지에 대해 써보세요. 두 장을 채워서 쓰세요. 분량을 채워서 쓰는 게 중요합니다. 오늘은 여기까지 하겠습니다.

1-2강
왜 읽는가

질문

지난 시간에 배움과 익힘의 차이에 대해 살펴봤습니다. 채워 넣어야 할 글자들부터 확인하고 시작할까요? 학이불사즉'망'(學而不思則'罔')이고, 사이불학즉'태'(思而不學則'殆')죠. 이 '망(罔)'이라는 글자는 '그물'이라는 뜻입니다. 실 사(糸) 변이 붙은 '망(網)'이라는 글자는 후대에 만들어졌고, 공자 시대에는 실 사 변 없이 '그물'이라는 뜻으로 썼다고 해요.

주워듣기만 하고 반복하지 않으면, 즉 '사(思)' 하지 않으면 '망'이라고 했어요. 헛그물질한다는 뜻입니다. 그물코가 너무 커서 물고기를 잡을 수 없는 그물질을 하는 거예요. 손에 잡히는 게 아무것도 없다는 겁니다. 그물로 물을 긷는 꼴이라는 거예요. 뭐가 되든지 잡고 싶은데 손에 잡히는 게 아무것도 없어요.

이와 반대로, 배우지 않고 생각만 하는 건 어때요? 자기 생각에만 푹 빠져 있는 겁니다. 남들 말은 듣지를 않아요. 반복을 위해서는 본이 있어야 한다고 했는데, 본은 다른 사람에게서 받는 것이죠. 반대로 '사(思)'는 내가 혼자서 하는 것이에요. 잘못하면 내 생각에만 빠지게 돼요. '태(殆)'는 위태롭다는 뜻입니다. 혼자서 기우뚱거리다 넘어지게 됩니다. 사람이 이상해지는 거죠.

그러니까 공자 말씀에 따르면, 남 이야기 듣는 것과 스스로 생각하는 일을 둘 다 해야 한다는 거죠. 지난 시간에 이어 말하자면, 배움과 익힘을 함께 해야 한다는 것입니다. 그래야 사람다운 사람이 된다는 거예요.

명작을 읽는다는 것

지난 시간에 또 하나의 과제가 있었죠? 왜 읽는가에 대한 대답을 생각해보라는 것. 누가 말해볼까요?

KWJ: 세월의 힘을 이겨낸 작품들이기 때문에 나를 바꿔줄 수 있을 거라 생각합니다.

뒤의 학생들한테 안 들리니까 다시 한번 크게 얘기해볼래요?

KWJ: 명작이라는 게 몇십 년 몇백 년 흐른 뒤에도 사람들에게 잊히지 않는 힘을 갖고 있다고 믿기 때문에, 그것을 읽고 이해함으로써 자신의 사고가 더욱 풍족해질 수 있다고 생각합니다.

KWJ 학생이 같은 말을 반복했는데, 벌써 차이가 발생했네요. 명작은 세월의 힘을 이겨낸 작품들이라서 나를 바꾸어줄 것이다! 처음에 이렇게 말했죠. 그런데 우리가 읽을 책이 다 오래된 작품은 아니에요. 비교적 최근작도 있습니다. 중국 작가 쑤퉁(蘇童, 1963~)의 작품은 최근작이고, 마지막으로 읽을 박완서(1931~2011)의 작품도 2004년 작이에요. 이 작품들이 벌써 명작이라면, 장차 시간의 힘을 이겨낼 거라고 판단하고 있는 것이죠.

그리고 두 번째는, 나를 바꿔준다는 말을, 내 사고를 더 풍부하게 해줄 수 있을 거라는 말로 좀 더 부연해서 설명했어요. 비슷한 말일 것 같기는 하네요. 책이 사람을 바꾼다? 생각을 풍부하게 한다? 어떻게들 생각해요? 저기 맨 뒤에 있는 학생 한번 대답해볼래요?

SX1 : 저는 책이 사람을 바꾼다고는 생각하지 않습니다. 같은 책을 읽더라도 사람들마다 느끼는 게 다르고, 배우는 게 다르고, 그 책이 재밌는지 판단하는 게 다르기 때문에 모두 바꾼다고는 생각하지 않습니다. 다만 책을 읽고 나서 하는 생각이 사람을 바꿀 수는 있다고 생각합니다.

그러니까, 바꾼다는 말인가요?

SX1 : 책 자체가 바꿀 수는 없지만, 책을 읽고 나서 하는 생각이나 이런 게 사람을 바꿀 수는 있다고…….

바꾼다는 애기인 것 같은데요?

SX1 : 저도 잘 모르겠습니다.

음, 바꾸는 것을 어떻게 정의하느냐의 문제일 것 같네요. 원자의 수준에서 말한다면, 우리는 살아 있거나 죽었거나 계속 바뀌어가는 중이죠. 숨 쉬며 말하는 지금 이 순간도 우리는 바뀌어가는 중이에요. 내 몸 안의 원자들이 계속 밖으로 나가고 있고, 또 밖에 있는 원자들이 계속 들어오고 있는 중이에요. 우리 각각의 몸은 계속 바뀌어나가고 있는 거죠. 여기에는 지속적으로 변해가는 흐름만이 있을 뿐이지, 절대적으로 고정된 인간은 존재할 수 없어요.

그러니까 물리적인 수준에서 사람이 순간순간 변해가는 것은 사실이죠. 그런데 책이 사람을 바꿀 수 있나요? 나아가, 책이 세상을 바꿀 수 있나요?

세상을 바꾸는 책

내가 초등학교 때 배운 것은 『엉클 톰스 캐빈』이 미국의 남북전쟁을 일으켰다는 식의 이야기였어요. 사람들에게 감동을 줘서 노예해방 사상을 고취시키고, 그래서 노예 해방 전쟁이 일어났다는 이야기죠. 책 한 권이 세상을 바꾸다니, 그것 참 멋지다! 그렇게 생각했어요.

그런데 고등학교 때에는 이런 말을 들었어요. 그런 건 다 거짓말이다, 어떻게 소설 한 권이 세상을 바꿀 수 있는가, 그런 건 후대에 만들어진 신화다. 그게 말이 되는 것 같았어요. 책이 세상을 바꾼다는 것은 매우 순진한 어린애들 같은 믿음이라는 거죠. 이런 건 굉장히 냉소적인 성찰입니다. 이쪽이 좀 더 지적이고 멋져 보였어요.

사춘기가 되고 어른의 세계로 접어드는 것, 성숙해지는 것이란 바로 냉소주의를 알아간다는 거죠. 세상의 이중성을 알아가는 겁니다. 책이 세상을 바꾸지 못한다는 걸 알면서도 바꾼다고 얘기하는 거예요. 싫어하는 사람이라도 공적인 자리에서 만나면 의례적인 인사를 나눠야 하는 거죠.

세 번째 대답은 없을까요? 책이 '세상'을 바꾼다는 이야기가 나와야 할 차례입니다. 바꾼다면 어떻게 바꿀까요? 한 권의 책이 전쟁을 일으켰다는 식은 아닐 거예요. 유치한 생각이니까. 여러분이 한번 답해보기 바랍니다. 책이 세상을 바꾼다면, 어떻게 바꿀까요? 어떤 것의 중요성은 그걸 지워버리면 알게 됩니다.

차이의 고유성

왜 읽는가, 라는 문제로 돌아가봅시다. 여러분의 답을 정리하면 이래요. 1) 그냥! 읽고 싶으니까. 2) 교양인이 되기 위해. 3) 그냥! 뭔가 있을 것 같아서.

지난 시간에 플라톤의 『국가』 이야기를 잠깐 했었는데, 그 얘기의 핵심이 뭐였죠?

SX2: 올바르게 살아야 하는 이유는, 남에게 보이는 게 중요하다고 한 사람과, 남에게 보이는 것만이 아니라 또 다른 무언가가 있을 거라고 얘기하는 사람들이 있었습니다. '뭔가 있을 것 같아서'와 '그냥'하고 비슷한 맥락인 것 같은데요.

이 학생은 벌써 내 의도에 대해서 애기하고 있군요. 다음 시간에 생각해볼 게 '존재론적 간극'이라고 했죠? 이 학생은 그 간극을 헤집기 시작했어요.

반복한다는 것은 복사본을 만든다는 것입니다. 모든 복사본은 자기 고유의 차이를 가집니다. 그 차이가 바로 개별적인 것들의 고유성이죠. 여기 60여 명의 사람이 있어요. 그럼 우리는 그냥 60분의 1로 존재하나요? 60개의 반복 중 하나로?

그럴 수가 없죠. 나는 나예요. 나의 고유성, 나의 독자성을 생각할 때 바로 그 차이가 말을 하기 시작합니다. '인간'이라는 어떤 일반적인 본이나 틀이 있어요. 그런 틀을 통해 우리는 나 자신과 다른 사람들을 이해하고 판단해요. 그러니까 그런 원본의 반복으로서 우리가 있는 것은 맞지만, 그것이 다가 아니죠. 반복이 만들어내는 조금씩의 차이가, 그래서 생겨나는 고유성이 모든 개인이라는 거죠.

타자의 시선과 교양

여러분 중 일부는 교양에 대해 말하고 있어요. 두 개의 '그냥' 사이에 교양이 있습니다. 이렇게 한번 물어볼게요. 교양이라는 게 좋은 것인가요, 나쁜 것인가요?

참 애매한 표정들이군요! 사람이 기본적으로 교양은 있어야 하지 않아요?

19세기 독일 철학자 니체(1844~1900)는 '교양 속물'이라는 말로 자기 시대의 지적 풍토를 비판했어요. 니체는 우리가 읽게 될 『적과 흑』의 프랑스 작가 스탕달(1783~1842)보다 나이가 한 예순 살쯤 어려요. 그런데 교양 있는 사람이 어떻게 속물일 수가 있어요? 이것저것 따지기 전에, '교양 속물'이라고 하면 퍼뜩 다가오는 이미지가 있지 않아요?

올바르게 사는 게 옳은가, 평판을 관리하면서 사는 게 옳은가.

이것은 지난 시간에 말한 대로, 소크라테스와 트라시마코스의 대립이었죠. 이른바 '사회생활'이라는 것을 생각한다면 트라시마코스가 옳지 않아요? 그런데 그건 또 위선이잖아요? 어떻게들 생각해요?

SX3: 올바르게 산다, 라는 말에서, '올바르게'라는 말에는 이미 남의 평판이 들어가 있는 것 아닌가요? 그런데도 평판을 생각하지 않고 올바르게 산다는 게 이상하지 않나요?

아, 정말 훌륭한 지적이군요. 그러니까 '올바르다'는 말 안에 이미 타자의 시선이 개입되어 있다는 거네요. 그런데도 새삼스럽게, 평판을 생각하면서 사는 걸 두고, 다른 사람의 시선을 의식하면서 위선적으로 산다고 비판하는 게 이상하다는 지적인 것이죠? 지금 이 학생은, 플라톤과 소크라테스를 정면으로 비판하는 거죠?(웃음) 좋네요.

타자의 시선이 무엇이냐가 문제겠네요. 여기서 핵심은 나와 남의 나뉨입니다. 앞에서 '학(學)'과 '사(思)'를 구분했는데, 그것 역시 남과 나의 나뉨이기도 했어요.

나를 위함(爲己) vs. 남을 위함(爲人)

다시 공자의 말을 들어볼까요? 옛날에는 자기를 위해 배웠는데, 오늘날엔 남을 위해 배운다(古之學者爲己 今之學者爲人). 이 둘을 위기지학(爲己之學)과 위인지학(爲人之學)이라고 부르죠.

그렇다면 공자는 무엇을 비판하는 걸까요? 자기를 위한 학문? 아니면 남을 위한 학문? '위기'가 좋은 거예요, '위인'이 좋은 거예요? 한번 손들어볼까요?

절반 정도로 나뉘는군요.

'위기'가 좋은 거라고 한 학생들, 너무 이기적이지 않아요?

물론 공자를 포함해 전통적인 지식인들이 말한 것은 '수기지학(修己之學)'의 가치입니다. 자기 자신을 닦는 학문이라는 것이죠. 여기서 '수기'란 자기완성을 위해 나아가는 겁니다. 수신제가치국평천하(修身齊家治國平天下)라는 말에서 가장 먼저 나오는 말이 수신이에요. '수신'과 '수기'는 같은 말입니다. '수기'하고 난 다음에 '치인(治人)'하는 거죠. 자기를 단속하고 난 다음에 다른 사람들에 관한 일을 한다는 것이에요. 위기지학이라고 했을 때의 '위기'는 바로 '수기'를 뜻하죠. 자기를 수양하는 일.

그러니까 공자가 말하는 '위인지학'은 그와 반대로, 다른 사람들에게 보탬이 되는 학문이 아니라, 남 보라고 하는 학문인 거죠. 가식적인 거예요. 나 좀 유식해. 그래, 너 유식해, 그런데 어쩌라고? 나 좀 사줘, 비싼 값에. 그러니까 취직 잘하기 위한, 권력 있는 사람들에게 잘 보이기 위한 학문인 거죠. 공자는 '위인지학'이라는 말로 그걸 비판했던 것이죠.

어때요? 공자의 이런 비판이 말이 되나요?

아까 여러분의 절반 정도가 위인지학을 해야 되는 것 아니냐에 손을 들었어요. 공자의 이런 말을 알았느냐, 몰랐느냐는 별로 중요하지 않은 것 같아요. 설사 알았더라도, 자기완성을 위한 학문이라면 그냥 혼자 하지, 라는 말이 바로 튀어나오는 수준이지 않을까 싶어요. 우리 중 절반이 그 뜻을 살펴보기 전에 일단 감각적으로 그렇게 느낀다는 거예요.

바로 이 점에서, 우리 중 최소한 절반은 이미 공자와 플라톤의 반대편에 서 있는 거예요. 감각 자체가 그렇다는 거죠. 절반밖에 안 되는 것이 오히려 이상하다고 해야 할까요?

어떻든 지금부터 2500년 전에, 노(魯)나라와 아테네에서 똑같은 문제가 제기되고 있었던 것이죠. 사람이 속물적으로 살아서는 안 된다고. 올바르게 살아야 한다고. 그때나 지금이나 마찬가지라고 하는 건, 그러나 너무 쉬운 판단이에요. 그때가 이미 지금과 마찬가지로 계몽된 사회였기 때문이라고 해야 할 겁니다.

'교양 속물' 비판

니체가 비판했던 '교양 속물'이라는 말은, 독일어로 빌둥스필리스터(Bildungsphilister)라고 해요. 빌둥은 '교양'이라는 말이죠. 영어의 빌딩(building)과 어원이 같아요. 뭔가를 쌓는 것이죠. 그런데 니체는 여기에 필리스터라는 말을 추가했어요. 이 단어는 영어로 하면 필리스틴(philistine)이에요. '속물'이라는 말로 번역되지만, 똑같이 속물을 뜻하는 스놉(snob)이나 포니(phony)하고는 조금 다르죠.

어원을 따져보면 좀 웃겨요. 필리스틴은 '팔레스타인 사람들'이라는 뜻이에요. 유대인의 기록에서 유래한 말이죠. 한국어 『구약』에는 '블레셋 사람들'로 나옵니다. 예루살렘 남서쪽 지중해 연안에 살던 사람들을 지칭합니다. 중국으로 치면, 동이(東夷)나 남만(南蠻) 같은 말과 비슷한 뜻인 거죠. 자기네는 고상하고 고급스러운 종족인 데 반해, 그 바깥에 있는 사람들은 무식하고 예의 없다는 겁니다. 우리말의 오랑캐라는 말도 마찬가지죠. 난폭하고 무식한 이방인을 뜻합니다.

그런데 어떻게 교양을 쌓은 사람들이 오랑캐일 수 있다는 거죠? '빌둥'을 지닌 사람은 제대로 배워서 학식이 있고, 자기 덕성을 수양한 자들이에요. 대학이나 수도원에 있는 사람들이죠. 반대로 필리스터는 제 욕심밖에 모르는 짐승 수준의 사람들, 지식이나 고급한 정신적 가치와는 반대되는 사람들이에요. 학식 있는 수도사나 중세의 대학생들이 보기에, 저속한 존재인 거죠.

그런데 니체는 교양인과 속물을 합해서 '교양 속물'이라고 비판했어요. 교양 있는 속물? 그게 뭐예요?

공자식으로 말하자면, '위인지학'을 하는 사람인 거죠. 세련된 예절을 알고 왕과 귀족의 궁정에서 통할 만한 교양을 쌓았지만, 정작 진짜로 알아야 할 것과는 거리가 먼 사람들, 가식적으로 자기 몸집을 부풀리는 사람들, 몰라서 못 하는 것보다 더 한심한 존재라는 것이죠.

게다가 그렇게 지식을 쌓는 것은, 진짜 알아야 할 것을 회피한다는 점에서 문제죠. 니체 같은 시선으로 보자면 그래요. 위생 처리가 잘된 장식품이나 완구 같은 지식, 무서운 진리를 대체해버린 편안하고 건전한 지식이 이른바 교양이라는 것입니다. 진정성 없는 싸구려의 세계라는 거예요. 그래서 '교양 속물'이라는 것이죠.

어때요? 니체처럼 우리도 그것을 비판할 수 있나요?

행복 vs. 올바름

타인을 의식하지 않는 올바른 것이 과연 존재할 수나 있을까.

말하자면, 이것도 경제 원리 아닌가요? 자기 지식 값을 높일 수 있도록 노력하는 것, 시장에 지식을 내보내는 것이 뭐가 문제죠? 현재 우리 삶의 질서를 이루는 최고 원리는 생존주의, 즉 서바이벌리즘(survivalism)이잖아요. 그게 우리 세계에서 최고의 모토 아닌가요? 가능한 한 작은 노력을 투자해서 무사히 살아남는 것.

그래서 지금 우리에게 가장 큰 울림을 주는 말이 행복이라는 단어 아닌가요? 자이언티의 〈양화대교〉도 노래하잖아요. 행복하자고. "행복하자. 우리 행복하자. 아프지 말고 아프지 말고." 얼마나 안 행복하면 저렇게 행복하자고 노래할까! 이런 노래에 어떻게 그토록 많은 사람이 공명을 할까!

그런데 자기들끼리만 행복하자고? 물론 그건 아니죠. 일종의 제유법이에요. 세상 모든 가족의 마음을 대변하는 거죠. 그럼에도 말하는 사람의 시선이 현저히 외부로부터 차단되어 있는 것 또한 어김없는 사실입니다. 더 문제는, 그 말이 많은 사람에게 너무나 절실하게 다가온다는 거예요.

경제가 위기에 처해 있다고 해요. 그러나 경제 위기 아니었던 때가 있나요? 근대 이후로 경제는 언제나 위기예요. 불황에는 불황이라서, 또 호황에는 호황이라서 위기예요. 위기를 만드는 일이야말로 자본주의의 핵심 원리이기 때문이에요. 요새는 청년 실업 문제가 심각하다고 해요. 그래서 행복하자는 자이언티의 노래가 더 절실하게 다가와요. 옆 나라에서는 핵발전소가 터져서 난리가 났어요. 우리나라에서도 낡은 핵발전소가 위태롭게 돌아가고 있어요. 그렇게 큰 이야기는 잘 모르겠지만, 어쨌거나 살기 힘든 세상에서 내가 사랑하는 내 가족이 안 아프고 행복했으면 좋겠다고 노래하는 거죠.

원리적인 수준에서 말하자면, 자기 행복만 추구하는 게 필리스터의 세상인 것이고, 반대로 교양인의 세상은 좀 더 보편적인 문제로 만들어진 것이었죠. 그야말로 버젓한 신사의 자리이고, 어떤 동네, 어떤 나라에서나 통할 수 있는 보편적 지성인의 자리였어요. 그런데 그런 것이 과연 오늘 우리에게도 존재하느냐는 것이죠. 이미 150년 전에 니체가 던졌던 질문인 것이죠. '교양 속물'이라는 말로.

사업가 vs. 예술가: 「토니오 크뢰거」

우리가 가장 먼저 읽을 두 권의 소설 중 하나가 「토니오 크뢰거」입니다. 독일 단편소설이죠. 거기에 '길 잃은 시민'이라는 말이 나옵니다. 빌둥과 필리스터의 대립이 직접적으로 나와 있어요. 주인공 토니오의 엄마는 남미 출신이에요. 정열적이고 예술적이죠. 아빠는 크뢰거 집안사람이에요. 북독일 상류 시민 계급의 상징이죠.

북독일은 바다에 면해서 무역으로 돈을 번 지역입니다. 여기서 '시민'이라는 말은 독일어로 뷔르거(Bürger)입니다. 함부르크(Hamburg) 같은 지명에 나오는 '부르크(burg)'는 '성(城)'이라는 뜻이에요. 그러니까 뷔르거는 '성안 사람들'이라는 뜻이죠. 프랑스어 부르주아(bourgeois)도 같은 말입니다. 성안 사람들이란, 상업으로 부를 축적한 자유 도시의 시민, 혹은 왕과 귀족에게 납품하는 사업가를 말합니다.

사업가를 움직이는 가장 큰 힘은 뭡니까?

돈?

거기서 한 발 더 나아가야 하죠. 돈이 아니라, 이익이라고 말해야 합니다. 돈은 이미 내 금고에, 계좌에, 은행에 있어요. 정확하게 얘기하면, 사업가는 새끼 친 돈을 원해요. 금고 안에 있는 내 돈이 아니라, 남의 돈을 원하는 것이죠. 번 돈으로 뭘 하느냐는 그다음 일입니다. 새끼 친 돈 그 자체, 사업의 성공 자체가 목표입니다. 어려운 처지에서 자수성가한 사람은 낭비하지 않아요. 근검절약합니다. 그게 몸에 밴 것입니다. 그건 생각이 아니라 습관의 차원이에요.

바로 그런 필리스터의 세계에서, 존경받는 사업가의 세계에서 간신히 빠져 나온 게 토니오입니다. 안토니오에서 '안'이 빠지고 토니오가 됐어요. 안토니오는 라틴계 이름이에요. 외삼촌의 이름을 물려받은 것인데, 소설에서는 예술가의 이름이라고 해요. 이에 비해, 크뢰거는 북유럽식 이름, 사업가의 이름이죠.

그러니까 토니오 크뢰거라는 이름 속에는, 예술가와 상인이 팽팽하게 대립하고 있어요. 그런 존재에 대해 말하고 있는 것이 「토니오 크뢰거」라는 소설이에요. 말하자면 자기 태생의 속물성을 바라보는 예술가의 독백인 것이죠.

'교양 속물'을 비판했던 니체는 말합니다. 왜 적당한 수준의 지식에서 끝내는가? 왜 진짜 질문을 회피하는가? 그런데 그 질문이 뭘까요? 모든 진짜 질문은 '왜'라는 의문사로 시작합니다. 물론 그 역은 성립하지 않아요.

몸과 마음 사이

그러니까 우리는 세 번째 스텝에 대해 생각해봐야 합니다. '위인'도 '위기'도 아닌 것. '속물'도 '바보'도 아닌 것.

공자식으로 '위기지학'을 해야 한다고 하면, 현실주의자들은 그런 거 혼자 많이 하시라고 조롱합니다. 그것은 근대인, 요컨대 매우 현실적인 공리주의자(utilitarian)들의 비아냥입니다. '위기지학'을 해서 뭐가 돼? '올바른' 일을 하고 '된 사람'이 돼? 되시라니까, 안 말려. 나는 돈 벌어서 잘살 테니까.

'위기'의 학문에 대한 비판이 근대적 사고의 초석입니다. 자기만족을 위한 지식은 매춘부와 같다, 라고 말한 사람은 영국 철학자 베이컨(1561~1626)입니다.[1] 근대 초입, 바로크 시대 때 일이죠. 쾌락만을 위할 뿐 결실과 산출이 없기 때문이라 했습니다. 매춘부란 참 듣기 싫은 단어죠. 베이컨이 보기에, 지난 시대까지 '위기지학'이 산을 이뤘어요. 자기를 닦는 공부, 참된 진리에 도달하기 위한 공부는 어마어마하게 축적되었어요. B.C. 5세기 소크라테스 시대부터 시작해서 무려 2000여 년 동안. 베이컨은 그 거대한 성을 향해 반문하고 있는 거예요. 그래서 뭐! 어쨌다고!

베이컨의 이와 같은 발언을 한국의 역사로 번역하자면, 조선 시대 주류 철학을 공리공론이라고 비판한 사람들의 목소리인 셈이죠. 마음 공부한다고 면벽 수도(面壁修道) 같은 것 해봐야 아무 소용이 없다, 몸만 상할 뿐이다, 라고 한 사람은 다산 정약용(1762~1836)이에요.[2] 몸으로 하는 실질적인 공부가 중요하다는 거죠.

이런 논리가 좀 더 나아가면, 실생활에 도움이 되지 않는 공부, 뭔가 실용적인 결과를 낳지 않는 공부는 아무 소용이 없다는 논리가 됩니다. 지금까지는 추상적인 올바름에 대해 말했지만, 이제부터는 실질에 대해, 그러니까 이익과 이윤과 실용에 대해 살펴야 한다는 거예요. 법이 수호하고자 하는 것도 올바름이 아니라, 공동의 이익입니다.

이익에서 '이(利)'라는 말은 칼로 벼를 자르는 것을 뜻합니다. 그래서 날카롭다는 뜻도 지녀요. 아무리 진리가 어떻다는 둥 하늘의 이치가 어떻다는 둥 해봐야, 칼 하나 제대로 갈지 못하는 학문이라는 비판이 있었던 거죠. 세상을 조금도 바꾸지 못하는 학문이라는 것입니다. 그런 이야기를 했던 왕이 있습니다. 『맹자』 첫머리에 나오는 양(梁)나라 혜왕이라는 인물입니다.

맹자(B.C. 372~B.C. 289)가 찾아오니까 왕은 이렇게 말해요. 선생님이 오셔서 우리나라에 얼마나 큰 이익이 있을까요? 그러니까 맹자가 답해요. 왕이시여, 이익이라니요? '사랑과 올바름(仁義)'에 대해 말씀하셔야죠. 여기에서도 이익과 올바름이 선명하게 대조됩니다. 플라톤의 『국가』와 똑같은 형국이죠.

그런데 왕의 말이 틀렸나요? 왕이 뭐 하는 사람이에요? 왕은 예수가 아닙니다. 예수는 보편성의 상징입니다. 시간도 공간도 넘어서는 영원불변의 가치에 대해 말해야 해요. 그래야 유대인이 아니라 세계인의 스승이 될 수 있어요. 그러나 왕은 자기 나라를 지키는 사람입니다. 나라의 이익에 대해, 국익에 대해 말하는 거죠. 그런 왕에게 맹자는 예수 같은 차원에서, 플라톤과 정확하게 같은 차원에서, 올바름에 대해 말해요. 그것이 결국 한 나라의 발전에 도움이 된다는 말이기는 해요. 나라를 올바르게 운용하면 사람들이 모이고 강해진다는 논리죠. 하지만 전국 시대(戰國時代)에 당장 써먹을 지식이 시급한 왕 입장에서 보면 어때요? 맹자가 그 나라에 취직을 했겠어요, 못 했겠어요?

취직한 사람은 책을 쓰지 않습니다. 쓸 시간이 없어요. 일을 해야 하니까, 세상을 움직여야 하니까. 책을 쓰는 것은 취직이 안 된 사람들, 취직자리에서 떨려난 사람들이에요.

그런데 정작 세상을 크게 바꾸는 사람은 바로 이들로부터, 취직하지 못했거나 일자리에서 떨려난 이들로부터 나옵니다. 때로는 세상이 뒤집어지게 만들기도 하죠. 네덜란드의 스피노자(1632~1677)나 독일의 마르크스(1818~1883) 같은 사람들, 그리고 맹자나 정약용이나 장자(B.C. 365?~B.C. 270?)도 그렇습니다.

『장자』의 맨 첫머리에 나오는, 장자와 혜자의 이야기가 대단히 상징적이에요. 책 첫머리에서 혜자가 장자를 비판합니다. 당신 말은 대단하고 거창한데 아무 쓸모가 없다고. 혜자는 쓸모(用)에 대해 말해요. 공리주의자들이 섬기는 유틸리티(utility), 즉 쓸모입니다. 장자는 커다란 새에 대해, 커다란 물고기나 거대한 나무에 대해 얘기하는데, 혜자가 보기엔 그게 아무짝에도 쓸모없다는 거죠. 그런데 장자는 바로 그 쓸모없음(無用)에 대해, 쓸모없음의 커다란 쓸모에 대해, 무용지용(無用之用)에 대해 말합니다. 그것이 책 한 권이죠.

혜자는 한 나라의 재상이었던 사람이에요. 요새로 치면 국무총리죠. 국무총리가 장자처럼 무용함에 대해 얘기해야겠어요? 그런 건 한가한 분이나 하세요, 나는 지금 세금을 제대로 거두고 전쟁에 필요한 비용을 계산하느라 바빠요, 책 쓸 시간이 어디 있어요?

베이컨도, 트라시마코스도, 양혜왕도 모두 다 혜자의 자리에 서 있는 사람들이에요. 그 반대편에 있는 사람들이 니체, 맹자, 플라톤, 공자예요. 우리는 어느 편이에요? 말할 것도 없어요. 트라시마코스, 양혜왕, 혜자 편입니다. 아니, 어떻게 그런 속물적인 발언을 할 수 있냐고요? 그게 사실이니까. 그게 우리가 사는 세상의 원리니까!

그런데 문제는, 그게 우리가 사는 세상의 원리인 것은 맞지만, 그 원리를 내 삶의 준칙으로 받아들일 수는 없다는 거예요. 우리 마음이 그래요. 우리 의지가 그래요. 우리 몸은 그 냉정한 원리 편일지 몰라도 마음과 의지는 달라요. 마음은 장자와 플라톤, 맹자 편이에요. 니체 편이에요. 사람 사는 게 단순히 먹고사는 게 다가 아니잖아? 이런 마음이 내 안에 있는 거예요. 언제나 그래요. 그게 문제예요. 우리는 몸과 마음 사이에서 찢어져 있는 거죠. 그게 문제예요. 그래서 세 번째 스텝이 문제라는 거죠.

소세키, 세 개의 세계

이번 학기에 읽지는 않지만, 나쓰메 소세키(夏目漱石, 1867~1916)라는 일본 작가가 있습니다. 일본에서는 '국민 작가'로 대접받는 사람이죠. 나쓰메는 성(姓)이고, 소세키는 필명입니다. 한자로는 '수석(漱石)'이라고 써요. '돌로 양치를 한다'는 뜻이에요. 물이 아니라 돌로 양치를 한다? 얼마나 삐딱한 사람인지 짐작할 수 있겠죠?

소세키는 1867년생인데 일본에 근대적 정부가 들어선 후 그 정부가 만든 근대 교육 제도의 수혜를 받은 첫 세대입니다. 1860년대생들은 일본의 근대 정신사에서 굉장히 큰 역할을 합니다. 소세키는 공부를 잘해서 어려운 제국대학을 나왔고, 국가 공무원이 되었어요. 국립 고등학교 교사를 했죠. 정부에서 장학금을 주며 영국으로 유학을 보냈어요. 가고 싶지 않았지만, 공무원이고 정부의 명령인지라 가지 않을 수 없었죠. 소세키는 예민하고 낯을 가리는 사람이었어요. 천연두로 얼굴이 살짝 얽었죠. 이런 사람이 원치 않는 런던 생활을 했으니 어땠겠어요? 키 작고 영어까지 서툰 사람에게 인종 차별이 어땠을지 짐작할 수 있지 않아요? 런던 유학 생활을 좋아할 수가 없죠. 나중에는 도쿄 대학의 교수직을 그만두고, 「아사히신문」에 소설 전문 기자로 취직합니다. 나쁘지 않은 조건으로 계약하고 전직한 것이지만, 어쨌거나 삐딱한 결기 자체는 대단했죠.

소세키가 쓴 소설 중에 『산시로』라는 장편이 있습니다. '산시로'는 사람 이름이에요. 구마모토 출신으로, 대학생이 되어 기차를 타고 도쿄로 와요. 말하자면 촌구석에서 서울로 상경하는 셈이죠. 도쿄에 있는 대학에 와서 산시로는 느끼게 됩니다. 자기 앞에는 세 가지 세계가 있다고. 첫째는 자신이 떠나온 세계로서 고향이에요. 친구와 식구들이 있어요. 촌스러운 곳이죠. 아무리 개화한 지역이라 해도 도쿄에 비할 바가 아니죠. 둘째는 도쿄 시내로 상징되는 어마어마한 세계예요, 화려한 도회의 세계죠. 그리고 셋째는 이도 저도 아닌 곳, 고요한 연못이 있는 세계, 즉 대학이에요. 향촌도 아니고 도회도 아닌 곳, 대학!

이렇게 세 가지 세계가 있는 거죠. 고향은 어린아이의 세계예요. 도회지는 어른의 세계고요. 장사꾼들의 세계, 뷔르거와 필리스터의 세계인 거죠. 그리고 대학은 이도 저도 아닌 세계, 속물이 될 수도 바보가 될 수도 있는 세계예요. 그 대학이 말하자면, 산시로의 세계인 거죠.

회색 지대

이 세 가지 세계를 이렇게 말해봅시다.

첫째, 고향. 버려야 할 세계, 결국 떠날 수밖에 없는 세계. 이 세계를 '상상계'라고 합시다. 착각의 세계입니다. 왜 상상계냐고? 일단 외우세요. 자세한 것은 나중에 얘기합시다.

둘째, 도회. 타인의 시선이 만들어낸 세계. 이걸 '상징계'라고 합시다. 자기기만의 세계입니다. 역시 마찬가지예요. 그냥 외우세요.

앞에서 말한 대로, 배움의 세계로 들어가는 첫 번째 방법은 암기입니다. 이해는 나중에, 암기하고 난 다음에 와요. 오지 않으면 부적절한 지식인 거고.

그리고 셋째, 이도 저도 아닌 세계, 회색 지대입니다. 여기에 진짜가 있어요. 이 세계가 진짜라는 게 아니라, 진짜 세계가 여기에서, 이 회색 지대에서 드러난다는 것이죠.

독일 작가 괴테(1749~1832)는 『파우스트』에 이렇게 썼어요. 모든 이론은 회색이고 푸르른 것은 삶이라는 황금 나무다. 러시아 혁명을 주도했던 레닌이 이 말을 받았죠. 책상 앞에서 만날 따져봐야 소용없다, 혁명을 하려면 삶의 현장 속으로 뛰어들어야 한다, 라는 뜻에서 괴테의 이 구절을 인용했어요.

괴테의 문장에는 아이러니가 있어요. 저 말은 대학자 파우스트의 말이 아니에요. 파우스트를 찾아온 청년에게, 메피스토펠레스가 파우스트인 척하면서 하는 얘기예요. 파우스트가 아니라 악마가 하는 말이에요. 학문의 세계를 비웃는 냉소적인 말이죠. 아이러니인데, 두 번 꼬여 있어요.

황금 나무가, 혹은 금빛의 생명나무가 어디에 있어요? 대학 담장

밖 도회에? 혹은 저 멀리 두고 온 고향에? 그러니까 상징계 속에 있거나 상상계 속에 있어요. 어쨌거나 이 어중간한 회색 지대에 있지는 않아요.

하지만 그 회색 지대를 통과하지 않으면 진짜 세계에 이를 수 없죠. 황금 나무가 눈앞에 있어도 그게 뭔지를 몰라요. 회색 지대를 통과해야 황금 나무의 존재를 알게 되는 거예요. 그런 점에서 바로 그 회색 지대야말로 진짜 세계라고 할 수도 있어요.

그건 흡사 코엘료(1947~, 브라질 소설가)의 『연금술사』 이야기와도 같죠. 보물은 제 발밑에 묻혀 있지만, 그 사실을 알기 위해서는 사막엘 가야 해요. 사막에 가지 않으면 보물을 찾을 수 없어요. 그렇다면 보물은 어디 있는 거죠? 발밑이에요? 사막이에요? 둘 모두에 고개를 젓는 학생들이 있네요. 그럼 질문이 잘못된 건가요?

한국 작가 최인훈(1936~2018)의 아주 매력적인 단편이 있어요. 제목이 「그레이 구락부 전말기」예요. '구락부'는 클럽의 일본식 표기입니다. '전말기(顚末記)'는 '망해버린 기록'이라는 뜻이고요. 그러니까 '회색 클럽이 망해버린 이야기'라는 말이죠. 그리고 같은 작가의 『회색인』이라는 장편소설이 있어요. 모두 다 회색의 사상이 말을 하는 소설이에요. 삶의 비밀을, 보물을 찾아 헤매는 사람들 이야기죠.

산시로가 말하는 중간 지대, 도회도 고향도 아닌 곳, 파우스트가 거주하는 곳, 절대성이 만들어지는 곳. 많은 사람이 그 속에서 불멸을 꿈꾸죠, 다양한 방식으로.

먹고사는 문제가 절박한 곳에서는 오늘과 내일이 있을 뿐 불멸 같은 걸 생각할 수 없죠.

그런데 니체는 바로 그 회색 지대 사람들을 향해 욕을 퍼부은 것이죠. 이 한심한 교양 속물들아! 라고. 너희가 속물이라고 말하는 사람들이야말로 진짜이고, 회색 지대에 거주하는 너희야말로 가짜이자 왕속물이다! 라고.

왜 그랬을까요?

다음 시간에 이어서 하겠습니다.

2-1강
존재론적 간극

질문

생각을 시작할 때 중요한 것은 질문입니다. 질문을 제대로 던지면 문제는 이미 해결된 거예요. 중요한 것은 답이 아니라 질문입니다. 질문은 '문제 설정'이라는 말로 바꿀 수 있어요. 한 사람의 마음속에서 질문이 제기되는 순간, 이미 답은 나와 있어요. 우리가 뭘 모른다면, 이미 답을 알고 있다는 사실일 뿐이에요. 질문하는 순간, 그 사람은 이미 답이 있는 길에 접어든 거죠.

나는 여러분에게 왜 읽는가, 라는 질문을 던졌어요. 이것은 물론 내가 준 질문입니다. 여러분에겐 여러분 자신의 질문이 필요합니다. 어쨌거나 여러분이 제시한 답은 크게 세 가지였어요. 첫 번째는 그냥! 읽고 싶으니까, 두 번째는 교양인이 되기 위해, 세 번째는 그냥! 뭔가 있을 것 같아서.

이 중 첫 번째와 세 번째는 거의 같은 것이라고 해야 할 거예요. 읽고 싶어요, 라고 했을 때는, 뭔가 있을 것 같아요, 라는 말속에 있는 끌림이 그 안에 괄호 쳐져 있는 거죠. 그 두 세계는 이어져 있어요. 이 둘에 비하면, 두 번째 '교양'의 세계는 명확하게 구분되죠. 그러니까 바로 이 교양이라는 구체적이고 실용적인 선을 통과하면, 애매하게 있던 첫 번째 항목이 비로소 명확해집니다. 그건 뭐라고 부르든 '교양은 아닌 것'이에요. '그냥!'이라고 표현되는 '끌림'의 영역이 그 핵심에 있죠.

책 읽기가 사람을 바꾼다면, 바로 그 세 번째 항목 때문일 거예요. 교양이라는 필터를 통과하고 남은 나머지가 바로 그것입니다.

좀 어려워요? 어려우면 어떻게 하라고 했어요? 그렇죠. 외워야죠. 이해는 그다음에 옵니다. 외워지지 않는 것은 버리세요. 그걸로 그만입니다. 돌아올 것은, 때가 되면 알아서 돌아옵니다.

존재론적 간극과 근대성

이번 시간에 우리가 생각해볼 것은 존재론적 간극이라는 말입니다. 그 틈으로부터 어떤 힘이 나온다는 것, 나를 잡아당기는 어떤 끌림이 있다는 것이에요. 어때요? 이해할 수 있어요? 간극은 사이라는, 틈이라는 말이니까, 그냥 느낌으로 알 수 있을 것 같지 않아요? 그 어떤 불안, 그리고 허망함 같은 것.

HSI 학생은 이런 문장을 썼어요. 왜 읽느냐는 질문에 대해서.

내가 말 못 하는 벙어리라서다. 말을 할 줄 알지만 말을 할 줄 모른다. 무의미하게 사라지는 말이 아닌, 남을 수 있는 말을 하기 위해서, 긴 말을 하기 위해서, 명작이 재밌어서가 아니라 말을 하기 위해서. 그래서 읽는다.

어때요? 뭔가 진짜 같은 것을 원한다는 이야기죠? 또 이렇게 답한 학생들이 많았어요. 뭐, 큰 거 바라지 않는다, 무식함에서 탈출하고 명작을 읽으면서 사고하는 습관 정도만 길렀으면 좋겠다. 아주 겸손한 학생들이죠. 또 어떤 학생은 "사고를 좀 견고하게 하고 싶다. 생각을 좀 제대로 하고 싶다."라고 했어요. 또 한 학생은 "나는 평소에 소설보다 사회과학 책을 많이 읽는다. 성과주의적인 사고 때문이다. 소설은 시간 낭비라고 생각했다. 넛지(nudge, 타인의 선택을 유도하는 부드러운 개입)의 기능을 이 수업이 해주면 좋겠다."라고 썼어요. JJH 학생은 "삶에 스파크가 필요하다."라고 썼네요. PJH 학생은 "공허함과 허무함을 어떻게 하면 메울 수 있을까. 이번 여름방학 때 나의 그동안의 삶과 생활 방식에 대해 생각해보았고, 그런 생각을 하다 보니 생겨난 공허함과 허무함이 있다."라고 했어요. 그런 느낌, 가질 수 있죠.

존재론적 간극은 반복이 만들어내는 틈입니다. 그 틈으로 인해 불안과 공허감이 생겨요. 모든 일이 아귀가 착착 맞아떨어지면 좋은데, 그래도 문제고 안 그래도 문제예요. 공허감이나 허무감은 누구에게나 있어요. 솔로몬처럼 아주 잘나갔던 시절의 훌륭한 왕도 "헛되고 헛되니 모든 것이 헛되도다."라고 썼어요.[1] 물론 바쁠 때는 잘 몰라요. 그런데 어떤 순간이 되면, 사람들은 그런 마음을 느끼곤 해요.

그렇다면 그게 문제가 되나요? 모두가 언제나 그냥 디폴트값

(default value, 기본값 또는 설정값)이라고 생각하면 되지 않아요? 문제는 그것을 처리할 수 있는 방식이 마땅찮다는 거예요. 특히 우리 시대의 사람들에게. 그것은 우리가 사는 세계의 속성, 곧 근대성 때문입니다. 존재론적 간극은 대책 없는 사람들의 구체적 삶 속으로 틈입해 들어와서 문제를 일으켜요. 그래서 곤란해져요.

여기에서 근대성이라는 말은 modernity의 번역어입니다. modern이라는 단어는 '현대'나 '근대'로 번역되죠. 철학이나 이론 쪽에서는 현대라는 말을 많이 씁니다. modern art는 현대 미술이라고 하죠. 역사 쪽에서는 근대라는 번역어를 더 많이 쓰는 편입니다. 근대와 현대를 구분해서 쓰기도 하죠. 포스트모던이라는 말은 탈현대와 탈근대가 비슷하게 쓰여요. 근대의 출발점을 논하는 것은 어느 영역에서나 문제가 됩니다. 경우마다 조금씩의 차이가 있기는 하지만, "대략 17세기경부터 유럽에서 시작되어 점차 전 세계적으로 영향력을 확대하고 있는 사회생활이나 조직의 양식을 의미한다."라고 하는 것이 일반적입니다. 이건 영국 사회학자 기든스(1938~)의 표현입니다.[2] 문제는 근대성의 핵심이 무엇이냐 하는 것이죠. 여기에 대해선 나중에 다시 말할 겁니다.

존재론은 말 그대로 존재, 곧 있음에 대해 따져 묻는 철학을 뜻합니다. 존재하는 다양한 것들(이것을 '존재자'라고 합니다)이 아니라, 있음 그 자체에 관해 묻는 것입니다. 초월적이고 본질적이라 할 수 있는 것이죠. 고대에는 형이상학이라 불렸고, 그 전통은 중세 신학으로 연결되죠. 그런데 근대에 들어 존재론이 문제가 된 것은 사람들에게 박두한 실존적 불안 때문입니다. 하이데거(1889~1976)라는 독일 철학자가 그 핵심에 있어요.

하이데거는 인간이라는 존재의 의미에 대해 묻습니다. 지금 여기에서 살아가는 사람들을 현존재라고 부르며 다른 존재자들과 구분하죠. 자기가 지금 이러이러한 모습으로 살아가고 있다는 것을 의식하고 있는 존재자가 곧 현존재입니다. 그 삶과 거기에 구속되어 있는 자기 존재의 의미에 대해 묻는 것, 그게 곧 하이데거식의 존재론입니다. 그런 존재의 구조에 대한 질문이야 그냥 객관적일 수 있지만, '있음 혹은 —임' 자체의 의미에 대한 질문, 더 나아가 '—다움'에 관한 질문은 때로 사람의 목숨을 위협하는 무서운 질문이 되죠. 존재론적 간극이라 함은 바로 그와 같은 질문이 튀어나오는 틈을 뜻합니다.

지식 vs. 진리

지난 시간에, 결실 없는 지식은 매춘부와 같다는 베이컨의 말을 인용했어요. 베이컨의 더 유명한 말은 이거예요. 아는 것이 힘이다. Knowledge is power. 이걸 달리 번역하면 이렇게 됩니다. 지식이 권력이다. 분위기가 많이 달라지죠?

오랜 시간에 걸쳐 산처럼 쌓인 '결실 없는' 지식들, 그러니까 '쓸모없는' 지식들, 이른바 '공리공론' 앞에서, 게다가 그것들을 전통적이고 고상한 것으로 간주하는 분위기 속에서, 지식이 곧 권력이라고 말하는 건 대단한 일이죠. 쓸모없는 지식은 내다 버려야 한다고 말하는 것은 혁명적 선언입니다. 형이상학을 내다 버리라는 말이 되죠. 지적 차원에서 근대성의 시작이라 할 수 있죠. 베이컨은 하이데거보다 300년도 더 전에 태어난 사람입니다.

현재는 베이컨의 시대로부터 400여 년이 지났어요. 그 결과가 지금 우리가 목도하고 있는 성과주의 세계입니다. 성과를 낳지 않는 것, 결실을 낼 수 없는 것, 당장 효과를 발휘하지 않는 지식을 사람들이 멀리하기 시작했어요.

그래서 이제는 아는 것이 힘이다, 라는 수준이 아니라, 오히려 지식이 권력이다, 라는 말이 더 와닿아요. 독재 시절, 국가 정보기관 이야기만이 아닙니다. 지식은 정보이기도 합니다. 주식 시장 이야기, 개발 정보와 부동산 이야기입니다. 정보가 곧 권력이고, 동시에 쓸모이자 실용성, 즉 돈이자 이익입니다.

정보로서 지식 반대편에 있는 것이 진리라는 물건이죠.

지식이 아닌 진리!

진리는 그것을 위해 목숨을 바치는 사람들 곁에서 생겨납니다. 근대성과는 거리가 먼 사람들이죠. 그와 반대로 지식은 그 자체가 목표가 아니라 도구일 뿐입니다. 지식을 위해 목숨을 거는 사람은 없어요. 누군가 죽는다면 사고예요. 앞뒤가 바뀌어야 마땅합니다. 지식이 사람을 위해 목숨을 걸어야 합니다. 인간에게 쓸모없는 지식은 사라져야 하죠. 그것이 근대성의 동력입니다.

대학이 진리의 전당이라고 우리는 상투적으로 말하곤 하지만, 우리 시대의 대학은 이미 진리 탐구의 장소가 아닙니다. 지식을 생산하는 곳이죠. 근대인은 기본적으로 베이컨의 정신적 후예인 거죠.

이런 변화가 시작된 것은 17세기 유럽에서입니다. 베이컨 옆에 갈릴레이(1564~1642, 이탈리아 르네상스 말기의 물리학자 · 천문학자 · 철학자)가 있고, 또 셰익스피어(1564~1616, 영국의 극작가 · 시인)와 세르반테스(1547~1616, 스페인의 소설가)가 있어요. 그리고 데카르트(1596~1650)가 그 뒤로 이어집니다. 모두 16세기에 태어나 17세기를 살아간 사람들입니다.

1609년, 갈릴레이

그런데 이 중에서도 특히 중요한 시기가 있어요. 1609년입니다. 갈릴레이가 망원경으로 천체를 관측한 때입니다. 달의 표면을 보았고, 그 이듬해에는 목성의 위성을 발견했어요. 혁명적 사건입니다. 기억해둘 만한 많은 일이 이 무렵에 일어났습니다.

망원경을 만든 건 네덜란드 사람들입니다. 16세기에 포르투갈과 스페인에 의해 대항해 시대가 열린 후, 그 뒤를 따라 바다로 나갔던 사람들이죠. 바로 이 시기, 그러니까 17세기 초엽에 세계 최초로 주식회사를 설립하고, 근대적 은행과 증권 거래소를 만든 게 네덜란드 사람들이에요. 그들이야말로 근대화의 전위대입니다. 상업적 이익을 추구하는 사람들이었죠. 그래서 사상적으로도 도덕적으로도 매우 자유로웠습니다. 톨레랑스(tolerance, 관용과 아량을 뜻하는 프랑스어)를 갖춘 사람들이었죠. 시장 질서를 교란하지 않는 한 웬만한 것은 다 허용해주는 것이죠. 그래서 그 시절, 자국에서 핍박받던 사람들이 이주했던 곳이 네덜란드입니다. 17세기 암스테르담은 유럽 최고의 국제도시였습니다.

갈릴레이가 망원경을 제작한 것도 네덜란드 사람들이 만든 설계도를 통해서였어요. 그것은 우연이 아닙니다. 이 시절의 네덜란드 철학자 스피노자가 렌즈 가공을 생업으로 삼았던 것도 그렇습니다. 당대 최고의 정밀 기술이죠. 현미경을 발명한 것 역시 네덜란드 사람입니다. 에도 시대 일본에 난학(蘭學), 즉 네덜란드학이 만들어진 것은 당연한 일입니다. 네덜란드 사람들이 배를 타고 마카오와 대만을 거쳐 나가사키까지 갔죠. 그들이 배를 탄 것은 상업적 이윤을 위해서입니다. 이익이야말로 근대적 가치의 표상입니다.

어쨌든 갈릴레이가 감행한 이 사건은, 그 파장이 근대 유럽 전체에 해일처럼 밀어닥칩니다. 프랑스 철학자 파스칼(1623~1662)의 경우가 대표적인 예죠. 파스칼은, 인간은 생각하는 갈대다, 라는 말로 유명한 사람입니다. 『팡세』라는 책에 나오는 말입니다. 파스칼이 써둔 원고를 사후에 출간한 책입니다. 수학자이자 과학자였고 또 기적을 믿는 독실한 신앙인이기도 했죠. 그런데 이 사람이, 무한한 하늘의 영원한 침묵이 나를 두렵게 한다, 라는 말을 했어요. 이게 대체 무슨 얘기죠? 침묵하는 하늘? 이건 신앙심 없는 사람의 말이에요. 하느님의 말을 기록한 책은 어느 문명권에나 있어요. 성스러운 기록이죠. 하느님은 자기 대리자들을 통해 자신의 뜻을 전달해요. 그런데 하늘이 이제 더 이상 말을 하지 않는다는 거예요. 매우 불경스러운 말이 아닐 수 없어요. 그런데 이게 다 갈릴레이 때문이라는 거예요.

무한 공간

갈릴레이가 달의 표면을 관측하고, 또 목성의 위성을 발견한 때를 살펴볼까요? 갈릴레이보다 열여섯 살 많은 조르다노 브루노(1548~1600)라는 사상가가 있어요. 이탈리아의 과학자이자 신학자예요. 1600년에, 그러니까 갈릴레이가 서른여섯 살 때, 로마에서 화형을 당했죠. 가톨릭 교리를 비판하고, 코페르니쿠스(1473~1543, 폴란드의 천문학자)의 지동설을 지지했다는 죄명으로요. 혀와 입천장이 꼬챙이로 꿰인 채 로마 시내 한복판에서 조리돌림을 당하고, 화형대 위에 올랐어요. 동업자인 갈릴레이도 그 꼴을 봐야 했어요.

우리나라 역사로 치면 임진왜란이 끝난 직후의 일이에요. 이순신 장군이 1598년 노량해전에서 전사하고 2년쯤 지난 시점이죠. 임진왜란은 1592년에 발발했어요. 조선을 건국하고 딱 200년이 지난 때예요. 그로부터 100년 전, 1492년에는 콜럼버스(1451~1506, 이탈리아의 탐험가)가 이른바 신대륙을 발견했고요. 그러니까 임진왜란이 끝난 직후, 로마에서는 조르다노 브루노라는 과학자가 중인환시리(衆人環視裡)에, 즉 온갖 사람이 지켜보는 가운데 화형을 당한 거죠. 로마 교황청에 맞섰기 때문이기도 하고, 무한우주론 같은 매우 위험한 지식을 지니고 있었기 때문이기도 하죠.

그러나 지동설이건 천동설이건, 갈릴레이 사건 이전까지는 다 가설이었어요. 지동설이 자연스레 가닿게 되는 무한우주론도 마찬가지입니다. 지구가 중심이 아니니, 우주는 무한해지는 게 당연한 이치입니다. 그러나 어느 쪽이건, 육안으로 관찰한 천체 데이터를 잘 설명하기 위한 이론일 뿐입니다. 천동설로 설명할 수 있고, 또 지동설로도 설명할 수 있어요. 지동설 쪽이 훨씬 수학적으로 간명하고 설득력이 있죠. 그러나 그뿐이에요. 어느 한쪽이 진리인지는 누구도 증명할 수 없었어요.

그런데 지동설의 설명 방식은 바티칸의 신학자들이 도저히 인정할 수 없는 것이었어요. 왜냐하면 아리스토텔레스(B.C. 384~B.C. 322)라는 그리스 철학자 때문입니다. 플라톤에게 배운 사람이죠. 아주 오래전 사람입니다. B.C. 4세기에 주로 활동했죠. 중세 신학자들이 그를 이론적 적통으로 받아들였다는 게 문제입니다.

아리스토텔레스의 천체관은 지구를 중심으로 정확한 원의 질서를 가지고 있는 세계였어요. 우주 자체가 신의 뜻이라고 중세 신학자들은 주장했죠. 신이 어디 있느냐? 질서 정연한 하늘을 그 증거로 댔어요. 원의 수학적 정의는, 중심으로부터 같은 거리에 있는 점들의 집합입니다. 아름답고 깔끔하죠. 원의 중심에 신이 있고, 또한 신이 선택한 만물의 영장인 인간이 있고, 바로 그 인간이 거주하는 땅이 있습니다. 인간의 자부심을 충만케 하는 말이죠. 원의 중심에 신과 인간과 땅이 수직으로 배치된 모양새입니다. 하늘은 신의 영역이니까 완벽하고, 땅은 사람의 영역이니까 그렇지 않다는 것입니다. 그런데 갈릴레이의 관찰이 바로 이런 이론을 그야말로 박살 내버린 거예요.

아리스토텔레스의 이론을 상징적으로 보여주는 말이 있습니다. 르네상스 시대 문헌에 나오는, 저 하늘에는 일곱 개의 별이 있고, 사람의 얼굴에는 일곱 개의 구멍이 있다, 라는 말입니다.[3] 일곱 개의 별이 뭐예요? 수성, 금성, 화성, 목성, 토성 그리고 해와 달입니다. 천왕성이나 해왕성은 아니죠. 5행성은 동양이건 서양이건 어느 지역에서나 맨눈으로 볼 수 있었던 별이에요. 그래서 자기 언어권의 이름을 가지고 있어요. 근대 천문학과 물리학 이후에 새롭게 발견한 천왕성(Uranus)과 해왕성(Neptunus)은 다르죠. 모두 유럽 사람들이 붙인 이름을 번역한 겁니다. 그리스의 하느님, 즉 제우스의 할아버지와 형 이름이죠.

아리스토텔레스식의 우주관에 따르면, 일곱 개의 별과 사람 얼굴에 있는 일곱 개의 구멍이 하늘과 땅에서 서로 조응해요. 하늘에 있는 것은 코스모스(cosmos)이고, 사람은 소우주, 그러니까 마이크로코스모스(microcosmos)예요. 신의 섭리가 하늘에서도 땅에서도 같은 방식으로 이루어지는 거죠. 그런데 이게, 이 아름다운 조화의 세계가 깨지는 겁니다. 여호와가 아담에게 네가 세상의 중심이라고 했는데, 그 아름다운 에덴이 우주의 중심이 아니라는 거예요. 지구는 수많은 별 중의 하나예요. 사람은 그냥 먼지인 거죠. 그걸 받아들일 수 있어요? 교황청은 그래서 그걸 지키려고 한 거예요. 아직 경험적으로 입증된 바가 없기 때문에. 코페르니쿠스의 지동설은 그냥 가설이고 이론이기 때문에.

그런데 1609년의 사건이 이런 질서를 깨버린 거예요. 지동설이 올바르다는 것을 눈으로 보여준 거죠. 아리스토텔레스는, 하늘은 신의 영역이라 완벽하다고 했는데, 망원경으로 달의 표면을 보니 울퉁불퉁해요. 봐라, 이게 어디 신의 얼굴이냐! 게다가 그 이듬해에 목성의 위성을 발견한 건 어마어마한 사건이었죠. 지구 둘레를 돌지 않는 별이 있다는 걸 눈으로 확인했기 때문입니다. 목성의 위성은 지구가 아니라 목성 둘레를 돌고 있어요. 그러니까 지구는 모든 별들의 중심, 즉 우주의 중심이 아닌 것이죠. 아리스토텔레스의 천체 체계가 확실하게 무너진 겁니다.

갈릴레이는 그것을, 이론이나 가설의 수준에서가 아니라, 눈앞의 생생한 실감으로 보여주었어요. 봐라, 이것이 우주의 실상이다! 하늘에 구멍이 뚫린 것이죠. 조화로운 코스모스가 무너지고, 거대한 카오스가 쏟아져 세계를 덮어버린 것입니다. 무한 공간이라는 거대한 어둠, 도무지 지적으로 감당할 수 없는 카오스가 세계를 뒤덮은 거죠. 엄청난 일이 아닐 수 없습니다. 특히 당대의 지식인들에게는.

바로크 근대성

과학사로 치면, 갈릴레이에 이어 등장한 사람이 뉴턴(1642~1727, 영국의 물리학자 · 천문학자 · 수학자)이죠. 우연이지만, 뉴턴은 갈릴레이가 죽은 해에 태어났어요. 절대 공간이라는 개념을 만들어냈죠. '절대'라고 해서 대단한 것이 아니라, 그 안에 물질이 있거나 운동이 있어도 변하지 않은 채 존재하는 3차원의 상자 같은 것을 뜻합니다. 운동 법칙을 말하기 위해 필요한 전제였을 뿐이에요. 그런데도 욕을 먹었어요. 특히 신학 하는 사람들에게. 신의 영역도 아닌데 '절대'라는 용어를 썼기 때문이죠. 그래서 그는 유명한 책 『프린키피아』 재판(再版)에서 길게 변명을 늘어놓아야 했습니다. 이런 일들이 일어난 때가 17세기입니다.

파스칼이 회의주의에 대해 말한 것도 같은 시기의 일입니다. 기적을 믿었던 독실한 파스칼이, 무한한 하늘의 영원한 침묵에 대해 말했어요. 누가 자신을 지금 여기에 있게 했는지 알 수 없다는 식으로, 그러니까 20세기 실존주의자들이나 할 수 있는 얘길 했어요. 그 전 시대 같았으면 대단한 신성모독에 해당하는 말이죠. 누가 너를 여기에 있게 했냐고? 그건 바로 하느님의 뜻이다! 신의 섭리다! 너의 운명은 너의 손금 속에 있고, 너의 사주팔자 속에 있다!

일곱 개의 별은, 중국식 형이상학으로 말하자면, 음양오행에 해당하죠. 그것이 곧 사람의 사주팔자를 논하는 명리학의 체계가 됩니다. 손금은 서양에서 나온 것이에요. 나폴레옹은 전쟁터에 전용 손금사를 데리고 다녔다고 해요. 이 손바닥 안에, 너의 운명이 다 드러나 있어! 이 손금은 누가 만들어준 것이냐. 하느님의 원리, 즉 로고스(logos)가 만들어준 것이다. 천문학뿐 아니라 한 개인의 운명론까지 포괄하고 있으니, 그야말로 완벽한 세계가 아닐 수 없어요. 여기까지는 동서양이 다르지 않아요.

그런데 갈릴레이의 망원경이 모든 것을 바꿔버렸죠. 그 이후 나날이 발전한 근대 천문학은 새로운 행성을 발견했어요. 심각한 문제죠. 우리 얼굴에는 구멍이 일곱 개밖에 없는데, 하늘의 행성이 여덟 개가 되었어요. 문제를 해결할 방법은 세 가지예요. 첫째, 모든 사람의 얼굴에 구멍을 하나 더 뚫는다. 둘째, 미사일을 쏴서 별을 폭파한다. 셋째, 그걸 아는 사람의 입을 봉해버린다.

물론 천왕성이 태양의 둘레를 도는 행성임을 확인한 것은 18세기 후반의 일입니다. 처음 관측한 것은 17세기의 일이지만요. 망원경의 도움이 필요했죠. 그리고 해왕성은 19세기에, 망원경이 아니라 계산을 통해 발견한 것이고요.

우스개처럼 말했지만, 이런 식의 갈등이 과학의 영역에서 터져나온 시기가 17세기입니다. 하늘과 사람의 질서가 같지 않다는 것, 그때까지 사람들이 말해왔던 신성한 코스모스 같은 건 존재하지 않는다는 것. 그러니 하느님이 차지하고 있던 절대성의 장소 또한 다른 곳으로 옮겨져야 하죠. 이 시기의 유럽을 바로크 시대라고 합니다.

바로크(baroque)는 모양이 비틀리고 일그러진 것을 뜻합니다. 울퉁불퉁하고 거친 진주를 의미하는 포르투갈어에서 온 말이에요. 그런데 진주가 아니라, 세상이 일그러진 게 문제죠. 그게 바로크 시대의 뜻입니다. 좀 더 크게 보면, 그게 근대의 시작이고요. 세계가 조화롭지 않다는 걸 관측을 통해 확인하면서 사람들의 마음에, 지식의 영역에 격랑이 밀어닥칩니다. 이제 바야흐로 근대성의 초입에 들어선 것이죠. 이걸 나는 바로크 근대성이라 불렀어요.[4] 파스칼의 탄식이 그 시대의 마음을 대표합니다. 여기에 대해선 다음 시간에 좀 더 다루도록 하겠습니다.

데카르트적 이성의 한계

시대적 차원에서의 존재론적 간극은 이런 과정을 통해 생겨납니다. 거대한 회의가 생겨났어요. 그 이전에는 진리의 보증자로서 신학이 있었죠. 여기서 중요한 것은 '신'이 아니라 '신학'입니다. 신학 없는 신은 알몸뚱이, 무기력한 존재예요. 위풍당당한 신학의 권위와 함께 있을 때 신은 절대자일 수 있어요. 중세 유럽을 지배했던 신학의 권위가 깨지자, 신이 사라졌어요. 어디 숨어 계신지 목소리도 들리지 않아요. 그런 사정을 표상하는 것이 데카르트의 이성 개념입니다.

나는 생각한다. 고로 나는 존재한다(cogito ergo sum).

데카르트의 유명한 말이죠. cogito, 나는 생각한다. ergo, 그러므로. sum, 나는 존재한다. 라틴어에서 인칭대명사는 생략 가능해요. 이 세 마디 말을 줄여서 코기토라고 합니다. 코기토는 이성이라는 말도 됩니다. 데카르트적 이성, 근대적 이성이죠.

파스칼의 표현, 무한한 하늘의 영원한 침묵은 무엇을 말하나요. 밤하늘의 수많은 별을 뜻하죠. 갈릴레이 덕분에 파스칼은 수많은 별이 표상하는 무한 공간을 알아버린 거예요. 그 무한성에 질려버린 거예요.

밤하늘의 별들을 보면, 처음엔 아, 아름답구나, 하겠죠. 그다음엔, 어떻게 저렇게 많은 별이 있지? 하죠. 그리고 그다음엔 이런 의문이 듭니다. 그럼 나는 뭐지? 누구에게나 당연한 절차입니다. 무한 공간은 갈릴레이의 망원경이 가르쳐준 거죠. 그 무한성 앞에 있으면, 자기 자신뿐만 아니라 지구도 태양계도 티끌보다 못한 것이 됩니다. 먼지보다 못한 나는 뭐냐고! 물론 이런 말은 파스칼의 문장에 없어요. 그러나 우리가 읽어야 하는 게 바로 이것입니다.

여기에서 한 발 더 나아가면, 이런 질문이 가능해집니다. 내가 먼지이기 이전에, 내가 나인 것은 맞나? 내가 바라보는 이 세상은 진짜인가? 이 나무의 색깔이 바로 이 색깔인 것은 맞나? 우리와 다른 시각 체계를 가진 생물과 인간이 보는 것 중 어떤 게 진짜인가? 우리가 들을 수 있는 소리의 영역은 한정되어 있죠. 그리고 우리가 못 듣는 소리를 들을 수 있는 동물이 있죠. 우리에게는 없는 소리인데, 박쥐에게는 있는 소리인 거예요. 어떤 소리가 진짜인가? 이런 질문이 시작된 것이죠. 누군가 어떤 거대한 존재가 있어, 우리 감각을 조종해서 이런 세계로 믿게 한다면, 그러니까 우리 앞의 세계 자체가, 우리 자신을 포함해서 진짜가 아니라고 한다면 어떻게 하나? 그렇지 않다는 것을 누가 보증해주나? 이것이 곧 데카르트가, 파스칼보다 스무 살쯤 많은 프랑스 사람이 자유 도시 암스테르담에서 던진 질문입니다.

〈매트릭스〉라는 영화 본 사람 있나요? 1999년에 나온 미래 영화입니다. 아, 어떤 내용인지 설명해줄래요?

SX4: 주인공이 해커였는데, 사실 자기가 해커로서 생활하고 있던 세계가 가짜고, 실제로는 기계에 의해서 주입된 환상이었다는 걸 깨닫게 되는 그런……. 실제 세계에서는 기계가 사람들을 인큐베이터에 가둬서 영양분만 주입하며 배양하고 있어요. 사람의 어떤 에너지를 이용해서 기계가 살아가는 세계를 그린 영화입니다.

그렇죠? 1999년 뉴욕에서 해커로 사는 회사원이 어느 날 문득 알약을 먹고 알게 돼요. 진짜 세계는 따로 있다는 것. 지구는 이미 핵전쟁으로 사람이 살 수 없게 됐어요. 분진이 지구를 둘러싸서 햇빛을 차단해버렸어요. 에너지원이 없어졌죠. 굉장히 발전한 기계가 인간들을 사로잡아 에너지원으로 쓰기 시작했어요. 인간에겐 섭씨 36.5도의 체온이 있어요. 이 열에너지로 발전기를 만들어 쓰는 거예요. 모든 인간이 발전기의 셀(cell)인 거죠. '인간-셀'의 수명을 늘리려고 뒤통수에 환각을 주입해요. 그 환각이 1999년 뉴욕의 삶이라는 거예요. 그러니까, 네가 현실적 삶이라고 생각하는 것은 환각이다! 이런 말인 것이죠.

이것은 말하자면, 데카르트가 350년쯤 전에 한 질문을 그대로 영화로 옮긴 것입니다. 우리 눈앞의 현실이 진짜라는 걸 누가 보증하느냐는 것이죠. 장자도 2500년쯤 전에 물었죠. 내가 나비가 되어 날아다니는 꿈을 꾸었는데, 내가 나비냐, 나비가 나냐! 이건 그렇게 만만한 질문이 아닙니다.

어떤 사람이 묻습니다. 너는 어떻게 눈앞에 보이는 걸 믿지 못하니? 또 어떤 사람이 묻습니다. 너는 네 눈을 믿을 거니, 내 말을 믿을 거니? 어느 쪽도 쉽지 않아요. 속기 쉬운 인간의 감각이 개입해 있기 때문입니다.

치밀한 위조 사진이나 위조 영상, 정교한 CG 수준에서도 그렇고, 착시의 수준에서도 그렇고, 좀 더 근본적인 차원에서도 마찬가지입니다. 우리 감각은 진짜라고 말하지만, 그게 가짜일 수 있는 것이죠.

데카르트는 그런 걸 판단하기 이전에 일단, 그런 의심을 하고 있는 자기 자신의 존재는 의심하지 말자고 했습니다. 자기는 가짜나 환각이 아니라는 거죠. 그것까지 부정해버리면 아무런 원칙을 세울 수 없기 때문이죠. 그것이 곧 코기토의 주체, 근대적 이성의 주체입니다. 그러나 이건 어디까지나 잠정적인 것이죠. 근본적 회의가 사라진 것은 아니라는 말입니다. 그래서 문제가 됩니다. 거기에서 새로운 존재론이 시작되죠.

하이데거와 플라톤, 존재론적 간극

존재론이라는 단어에서 중요한 사람은 하이데거라고 했어요. 하이데거는 1889년에 태어났습니다. 1597년생인 데카르트보다 300살쯤 어린 사람이죠. 그런 그가 새삼 존재론에 대해 말하기 시작했어요. 물론 전통적 존재론이라 할 형이상학은 이미 무너진 이후의 일입니다. 쓸모없는 지식이라는 베이컨의 말이 근대적 지식의 칼날을 상징합니다.

베이컨과 갈릴레이 시대 이후로, 존재하는 것에 관한 학문은 점차 전문적인 과학자들이 담당했어요. 천문학과 물리학, 화학 그리고 생물학이 등장했죠. 자연학이나 박물학이라는 포괄적 범주에 있던 학문이 분화해 독립했고, 현재는 자연과학이라 통칭되죠. 그렇다면 존재의 본질을 따지는 학문은 뭐죠? 양자 역학이라고 해야 하나요?

하이데거가 말하는 존재론은 전통적 형이상학이 몰락해버린 시대의 철학입니다. 존재의 본질이 아니라 의미를 따진다는 점에서 그래요. 무엇보다도 자기 자신의 존재에 대해 불안해하고 있는 사람들—이것을 하이데거는 현존재라 부른다고 했죠—이 살아가는 방식에 대해 따져보는 것입니다. 이것은 무서운 말이라고 했어요. 그냥 살아가는 것이 아니라, 진짜 제대로 사는 것이 뭐냐를 묻는다는 점에서 그래요. 아무 생각 없이 일상적으로 유지되는 그런 존재

말고, 그 안에 있는 진짜 존재, 그러니까 자기 삶의 진짜 의미에 대해 묻는 것이죠.

하이데거가 이런 말을 했다는 것이 중요한 건 아니에요. 이런 건 누구나 할 수 있는 말입니다. 하지만 그걸 논리적으로, 두꺼운 분량의 책을 통해 펼치는 것은 쉬운 일이 아닙니다. 그런데 이보다 중요한 것은, 많은 사람이 그 말에 공명했다는 사실입니다.

앞에서 말했듯이, 진짜라는 건 좀 무서운 말입니다. 가령 맥주를 마시며, 이건 진짜 맥주가 아니네! 라는 말을 했다고 쳐요. 맥주가 맛이 없다는 말이겠죠. 그럼 당신이 좋아하는 맥주는 진짜인가? 여기에 대해서도 쉽게 대답하기는 어려워요. 진짜 맥주, 혹은 진짜 사랑, 진짜 밥 같은 것들. 여기서 진짜란 원본의 자리 같은 거예요. 반복을 하는 순간, 복사본을 만드는 순간, 원본은 눈앞에 있는 것이 아닌 것으로, 눈앞에 있는 것 밑자리로 계속 밀려요. 눈앞에 있는 것을 부정하면서.

아주 옛날 사람이었던 플라톤은 그런 원본들이 모여 있는 세계가 따로 있다고 주장했어요. 이데아의 세계라고 했어요. 그러나 그걸 증명할 길이 없어요. 아무도 그 세계를 확인할 수가 없어요. 누군가 그 세계를 확인했다고 해도, 우리에게 전해줄 수가 없어요.

그러니까 그런 세계가 존재한다고 말하기 힘들어요. 단지 그 원본들의 있음은, 원본들의 존재는, 진정한 존재는, 우리가 어떤 구체적인 맥주를 맛보는 순간 혹은 어떤 구체적인 사람과 사랑을 하는 순간에 생겨나는 것이죠. 이건 진짜 사랑이 아니야, 이건 진짜 맥주가 아니야, 혹은 이건 진짜 욕망이 아니야! 그것은 물론 그 순간에, 혹은 기억 속에 존재하는 것입니다.

이 둘 사이, 현실에 존재하는 텍스트와 그것의 원본이라 상정되는 자리 사이에 틈이 있는 거예요. 〈매트릭스〉의 주인공 네오는 맨해튼의 회사원으로 사는데, 밤에 잠이 안 와서 해킹을 해요. 낮에는 회사원, 밤에는 해커. 이런 이중생활을 하는 것이죠. 뭔가를 찾아서. 뭘 찾는지도 몰라요. 너 왜 그렇게 사니? 이런 질문에 답할 수가 없어요. 그것은 마치, 너에게 진짜 세계를 알려줄게, 라고 말하며 빨간 약을 가지고 찾아올 토끼를 기다리는 것과도 같아요. 우리가 공허감이라고 말하는 것은 바로 그 틈에서 뿜어져 나오는 것이라 해야 하지 않을까요? 존재론적 간극에서.

'허세 때문'

왜 읽는가, 라는 질문에 여러분 중 '허세 때문'이라고 답한 사람이 5명 있었어요. 물론 허세가 좀 있어야죠. 우리가 돈이 없지, 가오가 없냐? 라는 말은 〈베테랑〉이라는 영화에서 정의로운 경찰이 했던 얘깁니다. '가오'는 일본어에서 유래한 속어지만, 얼굴이나 체면이라고 하면 어감이 좀 달라져요. 깡패든 경찰이든, 물불 안 가리고 옳은 일을 하는 인물은 대중문화의 사랑을 받습니다. 오래전이기는 하지만, 미국 남성들이 가장 사랑하는 영화 1위가 〈대부〉라는 조사 결과가 있었어요. 그런 영화 속 인물은 모두 가오에 목숨을 겁니다.

그러나 자본주의는 그런 세상이 아니죠. 가오, 그거 얼마짜린데? 라는 말이 자본주의 이념의 핵심에 있습니다. 그래서 돈이 된다면, 그런 계산이 설 때에만 가오를 챙길 수도 있어요. 정의로운 경찰이 아니라 사기꾼의 세계가 되는 겁니다. 그것이 근대성의 세계입니다. 니체는 말하자면 그런 세상을 향해, 이 속물들아, 우리 가오 좀 챙기며 살자, 라고 말하는 것이죠. 바로 그런 점에서, 니체는 데카르트나 파스칼과, 그리고 또한 그 뒤에 온 하이데거와 통하는 면이 있죠. 진짜가 무엇인지, 진정성이 무엇인지에 대한 갈망을 표현하고 있다는 점에서 그렇습니다.

2-2강
무엇을 읽을까

질문

이번 시간에 답해야 할 질문은 무엇을 읽을까, 입니다.

물론 책을 읽죠. 활자를 읽어요. 그런데 왜 이런 질문을 해야 하죠?

읽는다는 것은 그 자체가 천층만층입니다. 그냥 단순하게, 눈의 초점이 활자를 스쳐 지나가는 것을 읽기라고 정의합시다. 거기에는 활자로 이뤄진 문장, 문장이 만들어내는 이야기가 있어요. 사람들의 삶이 있죠. 다양한 시대, 다양한 나라 사람들의 삶입니다.

그런데 우리가 읽는 소설로 국한해서 말하자면, 그것은 단 하나, 근대 세계를 살아가는 사람들의 삶이에요. 그걸 근대적 주체의 삶이라고 합시다. 자기 나름으로 자기 삶을 사는 사람들, 자기 삶의 주체로 살고자 하는 사람들의 이야기입니다. 실패냐 성공이냐를 떠나서. 의식적인지 무의식적인지도 떠나서.

현재 우리가 소설이라 부르는 물건 자체가 근대 세계의 산물입니다. 소설이 다루는 시대나 소설이 생겨난 시대의 문제가 아니에요. 그걸 바라보는 시선이 근대 세계의 산물이라는 것입니다.

그러니까 이런 질문이 가능할 거예요.

사람은 무엇으로 사는가.

사람들은 그 질문에 대해 어떻게 대답했는가.

이것은 지난 시간에 말했던 존재론적 간극과 연관되어 있죠.

다시, 파스칼: 내면성의 한계

무한한 하늘의 영원한 침묵이 나를 두렵게 한다, 라는 파스칼의 말은 어떻게 살아야 할지 모르겠다는 얘깁니다. 그 침묵은 하느님의 침묵이죠. 그런데 그토록 신앙심 깊은 파스칼이 저런 이야기를 했다고?

그런데 실상을 보자면, 파스칼의 저 유명한 구절에는 따옴표가 붙어야 해요. 무슨 말인가 하면, 그건 파스칼 자신의 생각이 아니라는 것이죠. 적어도 표면적으로는 그래요. 오히려 거꾸로 파스칼은 그런 회의적인 생각을 해서는 안 된다고 한 거였어요. 그러니까, 파스칼은 무한 공간이 열려 믿음에 회의가 든다는 게 아니라, 그와 반대로 말했어요. 저런 식의 바보 같은 회의주의자가 있어 참으로 문제다, 누가 저런 사람과 사귀려 하겠느냐, 이런 말을 한 것이죠.

파스칼의 『팡세』라는 책은 정리되지 않은 초고를 사후에 가족이 출판한 거예요. 그래서 이런저런 이론의 여지가 있죠. 지금 저 문장 역시, 단독으로 나온 곳도 있고, 또 길게 나온 곳도 있어요. 그래도 최소한 저 문장에 관한 한, 정확한 맥락은 회의주의자에 대한 비판입니다.

그런데 어느덧 따옴표는 지워지고 파스칼이 마치 그런 회의적인 탄식을 한 사람처럼 되었어요. 파스칼은 기독교 신앙이 매우 독실한 사람이었어요. 그러나 그런 맥락은 사라지고 회의주의 자체가 두드러진 모습으로 남았습니다. 그것이 말의 힘이죠. 중요한 것은 주어 자리에 있는 화제이지, 그 뒤에 붙은 술어가 아니에요. 도둑질은 나쁘다, 라고 말하면, '나쁘다'라는 술어는 사라지고 '도둑질'이라는 주어만 남아요. 그 말을 한 사람은 도둑질에 관심이 있는 게 되는 거죠.

예를 들어볼까요? 사귄 지 얼마 안 된 서먹한 젊은 남녀가 있었어요. 일 때문에 밤늦게 만나서 버스 정류장까지 같이 걸어가야 했어요. 말없이 가려니 어색해서 남자가, 이 동네는 모텔이 많네요, 라고 했어요. 모텔 간판이 유난히 많이 보여서 그랬을 뿐이에요. 소돔과 고모라 같은 동네라고 개탄하고 싶은 게 남자의 마음이었죠. 하지만 그럴 수 없었어요. 저 문장이 튀어나오자, 둘 사이는 얼음이 돼버렸어요. 아무 말도 할 수 없는 분위기가 되었죠. 문제는 술어가 아니라 주어입니다. 그 후 이 두 사람 사이엔 어떤 일이 벌어졌을까요? 여러분이 한번 서사를 만들어보세요.

또 파스칼은 『팡세』에서 영혼의 기쁨은 망각에 있다고 썼어요. 자기 자신의 진짜 모습을 응시하면 영혼이 비참해진다는 말입니다. 그러니까 비참해지지 않기 위해서는 어떻게 해야 해요? 밖을 봐야 합니다. 자기 내부의 허접함을 들여다보면 안 된다는 거죠. 바빠야 하죠. 그래서 옛날 사람들이 말했어요. 무항산(無恒産)이면 무항심

(無恒心)이라고. 바지런하고 분주해야 한다고.

조선 사대부들은 수신의 강령으로 '신독(愼獨)'을 내세웠어요. 남들이 보지 않을 때, 혼자 있을 때를 삼가라, 라는 말이죠. 이것은 정말 무서운 말이에요. 예수도 말했죠. 마음에 품은 음욕, 마음으로 행하는 간음에 대해서요. 그것이 진짜 간음이라고. 이것 역시 무서운 말입니다. 그럼 제가 마음속으로 지은 죄도 죄란 말입니까? 그게 진짜 죄야! 그야말로 성인군자가 아니라면, 이 말을 감당할 사람이 누가 있겠어요.

하이데거의 대답

지난 시간에 데카르트의 '회의'에 대해 얘기했습니다. 1609년에 어마어마한 사건이 있었다고 했죠. 사건 자체가 그런 것은 아니에요. 단지 망원경으로 하늘을 봤을 뿐이니까. 그런데 그 사건이 차차 어마어마한 의미를 지니게 된 것이죠.

그러나 설사 그 사건이 아니더라도, 존재론적 간극은 이미 사람들 마음속에서 생겨나고 있었어요. 그것은 어디에나 있죠. 저 유명한 솔로몬 왕의 허무주의는 절대자에 대한 신앙으로 극복됩니다. 인생이 허무하다 함은 오히려 신앙의 고귀함을 강조하기 위해 억양법(抑揚法)으로 사용한 느낌이죠. 그러나 그런 건 고대 왕국의 이야기일 뿐이에요. 근대에 들어서면서 생겨난 문제는 그 간극을 제대로 메워낼 방안이 없어졌다는 것이죠.

그런 사태를, 그로부터 300여 년이 지난 후 하이데거는 존재의 '피투성(被投性, die Geworfenheit)'이라는 말로 표현했습니다. 피투성은 내던져짐을 당했다는 말입니다. 이건 말하자면, 누가 자신을 지금 여기에 있게 했느냐는 파스칼의 질문에 대한 하이데거의 답인 셈이죠. 내 존재의 근원에 대해서 나는 아무것도 모른다, 단지 나는 지금 여기에 내동댕이쳐져 있을 뿐이다, 나는 그렇게 느낀다. 내가 그렇게 느낀다는 거예요. 많은 사람이 그런 생각에 공감했어요. 자신이 그냥 별 먼지에서 태어난 우연한 존재일 뿐이라고. 하이데거는 그런 느낌을 피투성이라는 말로 개념화한 것이죠.

그래서 어떻게 해야 해요?

축구 하는 사람들한테 왜 그렇게 열심히 공을 차냐고 물었어요. 너무 재밌어서, 라고 말하는 것은 어린아이의 답입니다. 건강한 육체에 건강한 정신이 깃든다고 말하는 것은 청소년을 위한 국민윤리 교과서의 답입니다. 어른의 답은 뭐죠?

톨스토이의 『이반 일리치의 죽음』에서, 죽음 직전의 40대 남자가 말합니다. 행복 때문이라고. 운동 이야기가 아니라, 카드 게임 이야기입니다. 프로 야구나 컴퓨터 게임이나 바둑이라고 해도 마찬가집니다. 그것이 나를 진정으로 행복하게 했다고. 이 문장은 반드시 과거형으로 말해야 합니다. 나를 행복하게 했다고.

여기서 행복이라는 단어는 그 자체가 이미 성년 시선의 산물입니다. 그러니까, 세상 돌아가는 이치를 알고, 또 세상 속에서 환멸을 겪은 사람이 쓸 수 있는 말이에요. 행복한 사람은 행복이라는 단어를 모르죠. 고향을 떠나지 않은 사람은 고향을 몰라요. 행복이나 고향이나, 거길 벗어난 사람만이 제대로 쓸 수 있는 말이에요. 그때 나는 행복했었다! 라고. 혹은 우리 앞으로 행복하자! 라고.

행복 얘기가 나오니 〈양화대교〉의 자이언티가 다시 들러붙네요. 21세기 초반 한국의 청년 자이언티는, 19세기 말 러시아의 40대 귀족 이반 일리치와 같은 시선을 지니고 있어요. 똑같이 행복이라는 단어를 쓰고 있잖아요? 자이언티라는 한국 청년이 조로(早老)한 것이라고 해야 합니다. 환멸을 너무 일찍 겪은 것이죠. 물론 그건 한 사람의 문제가 아니라, 그 사람이 속한 시대와 세대의 문제입니다.

당연히 다른 사람들은 묻게 됩니다. 자기들만 행복하자고? 이런 윤리적 질문은 청년 이상주의자의 것입니다. 1930년대에 채만식(1902~1950)은 『태평천하』라는 소설에서, 우리만 빼고 다 망해라, 라고 했어요. 풍자적인 말입니다. 이 문장 역시 앞뒤에 따옴표가 있어야 해요. 그런데 파스칼의 경우처럼, 여기서도 따옴표는 순식간에 사라져버립니다. 따옴표 밖으로 나온 풍자에는 공감과 반감이 뒤섞인, 애매한 기운이 감돌죠.

갈릴레이가 뚫어놓은 하늘의 구멍 속으로 무한 공간이라는 거대한 흑암이 쏟아져 내렸어요. 세상은 알 수 없는 괴물 같은 것이 돼버렸어요. 하느님의 아름다운 나라라면 모르되, 저 엄청난 어둠은 사람들이 감당하기 어려운 것이죠. 사람들은 그런 세상을 좁혀서, 저 아름답지만 따지고 보면 무시무시한 밤하늘로부터 눈을 돌려서, 작은 지붕 아래서 작은 행복들을 찾습니다. 그러니 이건 다 갈릴레이 탓인가요?

이런 세상에서, 우리가 내동댕이쳐진 존재라는 하이데거의 말은 큰 울림으로 다가옵니다. 나는 말 그대로 하잘것없는 존재입니다. 내가 뭔가를 이뤄냈을 때, 바라던 것이 마침내 이뤄졌을 때, 내가 원하던 진짜 대상을 갖게 되었을 때, 이런 마음이 작동합니다. 아, 고작 이것이었나? 혹은, 아, 이건 아닌데! 하는 마음.

플라톤은 진짜들의 참된 세계가 따로 있다고 했어요. 그것이 이데아의 세계라고 했어요. 그러나 지난 시간에 말한 대로, 진짜들의 세계가 저기 어딘가에 따로 있다고 말하기는 어렵죠. 증명할 수가 없어요. 그건 오히려 어떤 것이 가짜로 느껴질 때, 진짜가 아닌 것으로 다가올 때, 바로 그 순간에 나타나는 밑자리 같은 것이라 해야 합니다. 그것이 진짜의 자리이자 진짜의 세계입니다. 그리고 바로 그때 그 가짜와 진짜 사이에서 나타나는 틈, 그것이 곧 존재론적 간극입니다. 그 틈이 우리를 당기죠. 그 어떤 힘, 끌림. 그것이 우리를 넘어뜨리고, 또 움직이게 합니다.

이것의 문제는 앎이나 지식의 차원에서 해결할 수 없다는 점입니다.

로고스, 코기토, 진정성

지난 시간, 데카르트의 '방법적 회의'에 대해 말했습니다. 여기 있는 이 탁자의 색깔, 이것이 본래 모습이라고 말할 수는 없다, 다른 감각 구조를 가진 존재들에게는 다른 색깔로 나타난다는 생각이 그 핵심에 있었죠.

그렇다면 모든 것이 상대적일 뿐이고, 절대적인 것은 없단 말인가? 도대체 이런 회의에 빠져 있는 나는 존재하기나 하는 것인가? 영화 〈매트릭스〉처럼 누군가 내 뒤통수에 환상을 주입하고 있지 않다고 누가 보증할 수 있죠? 이런 질문 끝에 나온 것이 코기토로서 이성, 곧 근대적 이성이라고 했습니다.

그렇다면 전근대적 이성도 있나요? 물론입니다. 희랍어에 로고스라는 말이 있죠. 이성 또는 언어라는 뜻이기도 합니다. 「요한복음」의 첫 문장은, 태초에 말씀이 있었다, 입니다. 여기에서 말씀이 곧 희랍어 로고스를 번역한 것입니다. 그러니까, 태초에 신의 말씀이 있었다는 거죠. 로고스는 세계를 움직이게 하는 이치입니다. 거대한 원리, 즉 principle이에요. 중국에서도 '리(理)'라는 말로 그런 원리를 표현했어요.

물론 이성이라는 말을 사용한 것은 고대 세계이지만 나름 계몽된 세계에서의 일입니다. 사람처럼 희로애락을 지닌 인격신에 대한 믿음이 엷어지고 난 다음의 일이라는 거예요. 동서양 어디서나 마찬가지였어요. 그리스의 제우스는 화가 나면 벼락으로 사람을 내리쳤죠. B.C. 5세기가 되면 그런 신에 대한 믿음은 흐려집니다. 공식적으로는 인정하되 실제로는 믿지 않는 냉소적 상태가 되는 것이죠. 제사는 거르지 않지만, 믿음은 없어지는 상태입니다.

나쁜 사람에게 벼락을 내리친다는 신을 왜 못 믿는지는 자명해요. 벼락 맞아 죽을 만한 사람들이 멀쩡하게 살아 있잖아요. 천벌받을 짓을 한 사람들이 오히려 잘살아요. 법 없이도 살 만큼 착한 사람들은 불행해지고. 어떤 세상에서나 그런 사정들은 있기 마련이죠. 그런데 어떻게 신이 있다는 거야? 어떻게 그런 이야기를 믿으라는 거야? 하는 거죠. 그 시대의 아테네 희극에는 신에 대한 회의나 조롱이 적지 않아요. 소크라테스가 아테네 청년들의 신앙심을 떨어뜨린다는 이유로 독배를 받은 것도 같은 시대의 일입니다. 많은 사람들이 믿지는 않지만, 그것을 공식적으로 부정하는 것은 위험한 시대였습니다.

소크라테스는, 마음속에서 울려 나오는 소리를 들어라, 라고 했어요. 그게 왜 문제가 되죠? 사람들은 어려운 문제가 있으면 제우스의 뜻을 물었어요. 최고신의 권능을 대신하는 아들 아폴론이 델포이의 신전에서 신탁을 내려줘요. 제관들, 그러니까 사제나 무당을 통해서. 문제가 생기면 제사장들의 말을 들어야지, 어떻게 사람 마음속에 있는 목소리를 들어요? 그러니 소크라테스의 말은 신성 모독인 것이죠.

같은 시기에 공자도 말했어요. 초자연적 힘에 대해 이중적 태도를 취했어요. 혼령이나 귀신에 대해서는, 공경하되 멀리해야 한다(敬而遠之), 라고 했죠. 또, 내가 산 사람 일도 모르는데 죽은 사람 일을 어떻게 알겠느냐, 라고도 했어요. 그러니까 우리가 잘 모르는 신들께 제사는 지내되 잘 모르는 세계니까 멀리하는 게 좋아, 이런 태도인 것이죠. 공자도 소크라테스와 같은 시대의 인물입니다. 당시의 아테네도, 노나라도 이미 계몽된 세계인 것이죠.

신이 벼락으로 사람을 죽인다고 생각한 것은 그보다 훨씬 전, 이를테면 기원전 12세기, 트로이 전쟁이 있었던 때였죠. 또 구약 시대 유대 사람들도 마찬가지입니다. 하느님께 제대로 빌면, 무서운 여호와 하느님이 자기 적들을 죽여준다고 생각했어요. 『구약』에 나오는 여호와 하느님의 소행이 얼마나 무섭고 잔혹한지는 「출애굽기」의 기록에서 생생하게 확인할 수 있죠. 지금 시점에서 본다면, 혹은 그 시대 이집트 사람의 시선으로 본다면 어떨까요? 내 자식들 살리자고 남의 자식들을 떼로 죽이는 이 기록 속의 신은 하느님이기는커녕 잔인하고 욕심 많은 이상한 존재라 할 수밖에 없죠. 이상하다는 점에서는, 시나이반도의 산신(山神)인 여호와는 바람둥이 제우스와 같은 수준이죠.

로고스, 즉 원리로서 신은 이미 그 자체가 계몽의 산물입니다. 로고스라는 성스러운 이성은 올바르고 조화롭고 반듯한 것입니다. 그런데 로고스는 자기가 만든 질서 속에 갇혀 있어요. 그게 문제입니다. 고대 세계의 신들처럼 난폭하거나 변덕스럽지는 않지만, 그렇다고 해서 자기 마음대로 사람들에게 특별한 은총을 내릴 수도 없어요. 로고스는 원리라서 원리 밖의 일은 할 수 없는 거죠. 변덕이 없지만 기적도 없어요.

로고스의 가장 큰 문제는 그 자체가 지적 판단과 논증으로 이루어진 존재이기 때문에, 반대 논증으로 쉽게 깨져버릴 수 있다는 것입니다. 갈릴레이의 망원경이 그런 역할을 했습니다. 갈릴레이 사건 이후에 나온 독실한 파스칼은, 그래서 지식이나 앎으로 파악할 수 있는 하느님이 아니라 기적을 행하는 은총의 신으로서 하느님을 찾았던 거고요.

사라진 절대성

체계적 지식에 의해 지탱되던 절대성이 흔들리면, 그 대안으로 나오는 것은 주관의 내면성입니다. 진정성이 중요하다는 말이 됩니다. 「로마서」에 나타나는 바울주의가 대표적입니다. 유대교에서는 율법을 지키라고 했어요. 그러나 바울은 말합니다. 율법이 오기 전에는 자신이 죄를 몰랐는데, 율법이 오면서 죄인이 됐다고. 또, 유대교에서는 할례를 받으라고 해요. 그래야 진정한 하느님의 자손이 된다고 합니다. 그러나 바울은 말합니다. 진정한 할례는 마음으로 행하는 것이라고. 바울의 시선으로 보자면, 진짜 율법과 진짜 믿음은 모두 마음속에서 이루어집니다. 믿음은 율법이나 전례나 종교적 권세 속에 있지 않다는 것이죠. 「로마서」에 나오는 "속사람"(롬 7:22)이라는 말이 곧 그것입니다. 이 한국어 단어는 1917년의 이광수(1892~1950) 소설에도 나오는 말입니다.

종교 개혁가 루터(1483~1546)의 표어도 마찬가지입니다. 오직 믿음으로(sola fide)! 종교 차원에서 행해지는 내면성의 혁명입니다. 그러면 모든 외적 권위가 사라져버립니다. 거대하고 멋진 예배당이나 장엄한 미사나 사제의 멋진 옷은 모두 무덤 속 시체들의 것입니다. '속사람'의 시선으로, '솔라 피데'의 관점에서 보면 그럴 수밖에 없어요.

절대자는 어디 계시는가. 저 하늘 위에, 혹은 올림포스 산정에, 혹은 시나이반도의 바위산 너머에 계신다는 것은 한심하고 원시적인 믿음이 되는 것이죠. 그건 첫 번째 세계, 착각의 세계에서 생겨난 것입니다.

내면성의 혁명을 통해 두 번째 세계에 도달합니다. '속사람'은 이렇게 말합니다. 절대자는 내 마음속에 계신다. 그러나 이것도 문제예요. 어떤 이상한 사람이, 하느님이 시켰다며 원자폭탄의 단추를 누르면 어떻게 되는 거예요? 그 사람은 그것이 '솔라 피데'라고 주장해요. 이 소돔과 고모라를 없애버리는 게 자기 믿음이라고, 그렇게 말씀하시는 하느님의 목소리를 자기가 들었다고.

물론 이것은 극단적인 예입니다. 그러나 여기에서 분명한 것은 내면성의 원리 자체가 갖는 한계입니다. 외적 권위를 부정해버리면, 그리고 주관성만을 유일의 잣대로 삼으면, 문제는 어떤 확신범도 단죄할 수 없게 된다는 겁니다. 게다가 파스칼의 말처럼, 사람의 내면을 들여다보면 어떤 일이 벌어져요? 그야말로 쓰레기통일 뿐이라는 것이죠. 그래서 그다음 단계, 세 번째 세계가 요청됩니다.

세계와 자아의 이율배반

사람은 무엇으로 사는가. 이것은 우리 삶이 어떻게 구성되느냐의 문제이기도 합니다.

근대성이 당면한 아주 큰 문제는 세상 자체에 대한 회의주의와 사람이 느끼는 공허감입니다. 18세기 독일 철학자 칸트(1724~1804)는 네 가지 이율배반에 대해 말했어요.[1] 넷이지만 내용적으로는 셋이에요. 여기서 이율배반은 모순이라는 뜻이고요. 서로 반대되는 말이 있는데, 이것도 말이 안 되고 저것도 말이 안 돼요. 혹은 이것도 말이 되고 저것도 말이 돼요. 그걸 이율배반이라고 해요.

첫 번째 이율배반은, 세상은 시간적 시작점과 공간적 한계가 있다, 정명제(These). 없다, 반명제(Antithese). 어느 쪽이 맞아요? 답은 둘 다 안 맞는다는 거예요. 시작이 있다면, 시작 이전은 뭐죠? 세상의 끝 너머엔 뭐가 있어요? 사람의 지적 능력으로는 더 이상 추론해 낼 수가 없어요. 반대로 시작이 없다면? 세상에 시작이 없는 게 어딨어요. 상상할 수가 없잖아요. 우주에 시작과 끝이 있어요, 없어요?

SX5: 점점 팽창하고 있을 뿐이지, 끝이 있다고 말할 수는…….

물리천문학부 학생이죠? 현재까지 물리학자들이 말하는 가장 유력한 우주론 가설이 무한 가속 팽창 이론이죠. 그냥 팽창이 아니라 가속 팽창이에요. 시작점에 빅뱅이 있었다고 해요. 그러면 빅뱅 이전은 뭐예요? 답은, 모른다, 입니다. 어떤 순간 한 점이 펑 터져서, 갑자기 맹렬하게 부풀기 시작해서 현재의 우리 우주가 만들어졌어요. 그런데 그 팽창이라는 것이 특이해요. 하늘로 날아간 포탄이 땅으로 떨어지듯 포물선을 이루는 것이 아니라, 마치 2단, 3단 점화되는 로켓처럼 속도를 높여가면서 가속 팽창하고 있다는 거예요. 138억 년 동안 그러고 있다는 거예요. 그렇다면 138억 년 너머는? 그건 수평선 너머예요. 모른다는 거죠.

여러분, 수평선의 원리 다 알죠? 키 180센티미터의 어른 아빠와 120센티미터의 어린 딸이 동해 바다 수평선 앞에 나란히 섰어요. 둘의 수평선은 같은 높이인가요? 120센티미터가 못 보는 것을 180센티미터는 볼 수 있어요. 높은 곳에 올라가면, 더 멀리 보여요. 수평선이란 사람의 시선 높이와 같죠. 사람마다 다른 것이 수평선이죠. 상대적입니다. 그러니까 우주 지평선이란, 현재 인류가 우주를 바라보는 시선의 한계인 거죠. 현재 우리 자신의 관측과 추론의 한계가 138억 년이라는 거예요. 그 너머는 모른다는 거죠.

칸트가 그렇게 얘기한 겁니다. 세상에 시작과 끝이 있다, 없다? 답은, 모른다!

내가 사는 세상의 전모를 나는 모른다! 그 세상이 어떻게 생겨났는지, 어떻게 사라질지!

두 번째 이율배반은, 물질은 더 이상 쪼갤 수 없는 가장 단순한 것들의 합성체이다, 아니다의 문제입니다. 원자를 얘기하는 거죠. 이것 역시 둘 다 틀렸다는 게 칸트의 대답입니다. 그러니까 쪼갤 수 없는 최소 물질은 상상할 수 없고, 또한 전제하지 않을 수도 없어요. 그래서 이율배반입니다.

처음엔 쪼갤 수 없는 물질의 최소 단위를 원자라고 했어요. 물리학이 발전하면서 원자의 모델이 만들어지고, 그 내부가 논리적으로 구성되었어요. 구성된 것은 쪼갤 수 있죠. 원자는 전자와 원자핵으로 쪼개져요. 거기에서 더 나아가요. 원자핵이 쪼개져요. 양성자와 중성자가 나와요. 이것들이 또 쪼개져요. 그로부터 매우 작은 입자들이 또 나와요. 이제는 과연 입자라는 것 자체가 있는지도 모르겠는 수준까지 갑니다. 이것 역시 모델을 어떻게 설정하고, 또 얼마나 정밀한 기계로 측량하는지의 문제입니다.

초끈 이론을 만든 사람들의 생각이 그런 것이죠. 물질이라는 것이, 그야말로 아주 근원적인 수준으로 가면 우리가 아는 그런 물질이 아니라, 그 어떤 에너지의 떨림이자 진동 또는 파장이라고 해야 할지도 몰라요. 입자도 없고 그저 진동하는 끈이 있다는 거죠. 현재의 우리가 우주 지평선 너머를 모르듯이. 관측 기술이 발전하면 또 어떤 앎의 세상이 열릴지 알 수 없어요. 세계의 근원과 한계에 관한 한 큰 것이건 작은 것이건 불가지론이 답입니다.

물리학으로 말하자면, 큰 쪽에는 상대성 이론이, 작은 쪽에는 양자 역학이 있는 모양이죠. 공식을 만들고 결과를 계산할 수는 있어도, 초거대 세계와 초미세 세계에 대한 이론은 우리 직관으로 받아들이기 어려운 것들입니다. 물론 한계는 그런 세계 자체가 아니라, 그것을 제대로 포착할 수 없는 인간 자신의 인지 능력에 있는 거죠.

세 번째 이율배반은 사람의 자유에 관한 것입니다. 세상의 모든 것은 인과성에 귀속되어 있어요. 어떤 사건도 원인 없는 결과는 없어요. 그런데 자유가 뭐예요? 자유란 자발성입니다. 자기 원인이고, 내부의 원인이에요. 자기 외부에서 오는 힘, 외부 인과성의 사슬로부터 벗어나는 영역이죠. 이런 영역이 있나요? 인간은 과연 세상을 이루는 이런 인과성의 꼭두각시가 아니라 자율적인 존재인가? 이 질문에 대해서는 칸트가 둘 다 그렇다고 했어요. 세상에는 인과성이 있고, 사람에게는 자유가 있다고.

네 번째 이율배반은 절대 필연성. 이건 신의 문제죠. 절대성의 문제예요. 유한한 인생의 허망함이 그 배후에 있어요. 이것 역시 세 번째처럼 칸트는 둘 다 옳다고 했어요. 절대 필연자가 존재한다는 것도, 그렇지 않다는 것도 맞다는 겁니다. 우리는 모른다는 것이죠.

칸트와 프로이트

칸트의 이런 이야기는 130년 후에 나온, 19세기 오스트리아 심리학자 프로이트(1856~1939)의 생각과 절묘하게 겹칩니다.

정신분석학을 창시한 프로이트는, 사람을 고통스럽게 하는 원천이 세 가지라고 했어요. 첫 번째는 자기 자신의 몸, 두 번째는 사람을 둘러 싼 세계, 그리고 세 번째는 다른 사람들.[2]

칸트의 이율배반과 비교해보면 어때요? 문제 자체로 보자면, 칸트의 주장도 셋으로 정리할 수 있다고 했죠? 첫 번째는 세계(세계의 무한성). 두 번째는 인간(그러니까 나 자신). 그리고 세 번째는 절대자.

칸트의 '절대자' 자리에 프로이트는 '다른 사람들'을 놓은 셈이죠. 이 세 번째 항목을 사회나 공동체로 바꾸어도 좋아요. 그것은 독일 철학자 헤겔(1770~1831)의 논리이기도 해요. 타자의 자리라고 해도 좋아요.

불행의 원천이라 했으니, 행복하려면 그걸 없애버리면 되겠네요. 첫 번째, 세계는 어떻게 없애요? 위협적인 자연을? 폭파해버리면 되나요? 두 번째, 자아는? 그것도 없애버려요. 여러 가지 방법이 있죠. 잠자는 것, 약 먹는 것, 술에 취해버리는 것. 자아 망실 상태로 들어가면 되는 것이죠. 그리고 세 번째, 다른 사람들은? 다 없앨 수는 없으니, 등을 돌려서 외면한다? 산속 깊은 곳이나 동굴에 파묻

힌다?

최소한 현재 우리 처지에서는 그럴 수 없는 일입니다. 어떤 식으로건 끌어안고 살아야 하는 것이 저 세 가지 항목입니다. 첫 번째는 세계, 두 번째는 자기 자신, 그리고 세 번째는 절대성의 자리. 이 세 번째 '자리'가 있어야 사람이 제대로 살 수 있어요. 그것이 있어야 의미 있는 삶이 가능해져요.

아난케와 에로스

사람은 무엇으로 사는가. 프로이트는 이렇게 묻고, 두 가지 대답을 제시했어요. 첫 번째는 아난케(ananke). 두 번째는 에로스(eros). 둘 다 그리스 신들의 이름이에요.[3]

아난케는 숙명과 필연, 필요의 신입니다. 아난케는 살기 위해 사람들이 치러야 하는 대가입니다. 노역이자 일이에요. 에로스는 잘 아는 대로 사랑의 신입니다. 사람들은 먹고살기 위해서 일을 해요. 배가 부르면 비로소 짝짓기의 대상이 보인다는 걸까.

사람은 일단 뭔가 일을 해야 해요. 살기 위해서. 그건 아난케의 일이죠. 그것이 충족되면 뭘 해요? 그 나머지 모든 것을 에로스라고, 사랑이라고 할 수 있나요? 필요한 것 이외의 나머지 모두가 다 사랑인가요? 물론 사랑은, 일차적으로는 짝짓기 대상을 찾는 일입니다. 크게 보자면 번식 과정이라 할 수 있겠네요. 그건 자아를 연장하는 것, 종의 유지 활동이기도 하죠. 그런데 왜 그런 걸 해야 하죠? 그냥 혼자 먹고살면 되는 것 아닌가? 진화생물학에서는 그 모두가 DNA 수준에서 작동하는 생존 본능이라고 하죠. DNA가 살아남기 위해서 사람들로 하여금 짝짓기를 하고 번식하게 한다는 거죠. 생체 자체가 지닌 거대한 충동이나 무의식이라 할 수도 있겠군요.

그러니까 에로스는 일견 짝짓기나 번식을 통해 스스로를 연장하는 것 같아 보이지만, 그건 어디까지나 세포 안에 있는 DNA의 차원일 뿐이에요. 고유성을 지닌 한 개체의 차원에서 보자면, 그건 자기를 유지하는 것과는 무관한 짓, 쓸모없는 짓, '뻘짓'의 영역입니다. 자기 자신의 생존과는 무관한 것이죠. 그런데도 인간 개체는 바로 그 뻘짓을 중요하게 생각해요. 목숨을 걸기도 해요. 왜냐? 그게 바로 생존의 이유이자 근거이기 때문이에요.

사랑 없는 사회계약

앞에서 해왔던 말로 하자면, 아난케는 속물들의 영역입니다. '교양 속물'도 당연히 여기에 속합니다. 우리의 몸은 아난케의 세계에서 살아요. 죽고 싶은데도 막상 자동차가 고속으로 달려오면 얼른 비켜섭니다. 몸은 아난케의 힘으로 움직여요.

그와 반대로, 에로스는 바보들의 세계입니다. 속물들의 논리나 계산으로는 이해가 안 되는 영역이에요. 그런데 문제는 이 뻘짓의 세계가 없으면, 이 바보의 세계가 이유와 근거를 마련해주지 않으면, 단정하고 반듯한 속물들의 세계가 지탱되지 않는다는 겁니다. 삶의 이유가 없으면 삶 자체가 무의미해져버리는 거예요.

그런데 어디까지가 아난케이고, 어디부터가 에로스인가요? 우리 행동이나 생각에서 그런 걸 구분할 수 있나요? 아난케의 핵심은, 현재의 용어로 말하자면 생존주의입니다. 살아남는 것 자체가 목표입니다. 파스칼은 허접한 자기 자신의 속내를 보지 않기 위해서 일을 한다고 했지만, 지금 그런 소리는 한가해 보여요. 세상이 사람들을 너무나 쪼아대서, 자기 자신을 닦아세우지 않고서는 살기 힘든 실정이 돼가고 있어요. 그렇지 않은 영역이 있나요?

하지만 아난케의 힘이 거셀수록 그 반대되는 힘 역시 마찬가지가 돼요. 그러니까 비-생존주의의 영역은 어디에나 있죠. 이것이 우리에게 행복감을 줘요. 알 수 없는 병으로 죽어가는 이반 일리치에게 행복한 기억으로 떠오르는 카드 게임이에요. 세상의 이해관계나 돈벌이나 승진 등과는 아무런 상관없는 것들. 이런 것들을 포괄해서 사랑이라고 말할 수 있어요. 사랑이란 말하자면, 살아남는 것과 반대편을 향해 가는 힘이에요. 자기 목숨을 살리는 쪽이 아니라, 자기 목숨을 버리는 쪽으로 가는 힘. 한 번에 버릴 수도, 천천히 갉아서 버릴 수도 있어요. 그것이 에로스의 힘이에요. 그러니까 에로스는, 사랑은 뻘짓의 영역이자 에너지입니다. 바로 여기에 타자의 시선이 개입합니다. 타자의 시선은 사랑의 영역에서 만들어진다는 거예요.

그러나 아난케의 생존주의는 타자의 시선 같은 것이 필요 없어요. 물론 여기도 타자는 있어야 하지만, 그 타자는 눈이 없는 타자라야 해요. 타자는 필요해도 타자의 시선은 필요 없는 거죠. 타자의 눈이 제대로 작동하지 않아야 합니다. 그래야 내가 타자를 제대로 이용할 수 있어요. 내가 살아남으려고 다른 사람을 이용하는 것, 타자를 대상화하고 도구화하는 것이죠. 다른 사람도 나를 그렇게 이용할 거라고 생각해요.

이 사실을 인정하는 순간, 이른바 사회계약론의 영역이 생겨납니다. 서로를 보호할 수 있는 룰을 만들고, 서로에게 그걸 지키라고 요구하게 돼요. 그런 요구와 합법성 속에서 서로를 동료로서 존중

합니다. 그래도 이건 사랑이 아닙니다. 사랑이라는 이름을 붙일 수도 있지만, '진짜 사랑'은 아니에요. 이건 어디까지나 등가 교환의 영역, 공평함이나 공정함의 영역이에요. 이성의 영역이죠. 이 순간 사랑이 에로스로부터 빠져나온다고 해야 할 거예요.

사랑은 그런 논리가 비틀리고 일그러질 때 생겨납니다. 그런 기이한 영역이, 우리가 애를 쓰면서 살아가야 할 이유와 근거가 만들어집니다. 존재의 이유가 주어집니다. 그것이 곧 타자의 시선인 것이죠. 타자의 응시라고 하는 게 좀 더 정확할 것입니다. 시선과 응시가 다른가요? 어떻게 다를까요? 이건 다음에 살펴봅시다. 체크해두세요. 뭔지는 몰라도 다르다!

다시, 세 번째 스텝

사람은 무엇으로 사는가? 일단, 살아남는 것 자체가 목적이라고 할 수 있어요. 그것이 아난케의 영역입니다. 사람이 호랑이한테 쫓기고 있어요. 그럴 때 인생의 의미 같은 것 생각 안 해요. 한숨 돌리고 났을 때, 아, 산다는 게 뭔지! 내가 대체 왜 사는지! 라고 말합니다. 그리고 두 번째 목적이 나옵니다. 식구들 때문이라고 하건, 축구나 카드 게임을 위해서라고 하건, 제대로 된 계란찜을 먹기 위해서라고 하건, 뭐라고 하건 간에 그것은 모두 사랑이라는 말의 다른 표현입니다. 그것이 살아야 할 의미가 되죠.

그런 의미가 없으면 생체가 시들어버려요. 지난 시간에, 〈매트릭스〉라는 영화에서 인간 발전기를 만들었다고 했잖아요? 사람을 발전기의 셀로 삼아서, 안 깨어나게 해놓은 채 먹이고 배설시키며 살려놓아요. 그런데 왜 발전기 셀의 뒤통수에 구멍을 뚫고 환상을 주입할까요? 이게 좀 이상한 설정이죠. 이렇게 설명할 수 있을 거예요. 그런 환상 없이는 사람이라는 유기체가 오래 지속될 수 없기 때문이라고. 발전기 셀의 수명을 늘리기 위해서라는 것이죠. 그러니까 사람 뒤통수에 주입하는 환상이란 다른 말로 하면, 삶의 명분이나 대의, 존재 이유, 보람인 거죠. 모두 다 실체가 없다는 점에서 헛것입니다.

그런데 바로 이 헛것의 에너지, 이게 바로 존재론적 간극에서 튀어나오는 힘이라고 하면 어떨까.

생각하면서 존재하는 것들은 그 누구라도 존재론적 간극과 직면하지 않을 수 없어요. 갈릴레이 이래로 근대인들이 직면한 근본적 질문입니다. 여전히 우리가 직면하고 있는 질문이죠. 그래서 그 질문과 연관된 옛날 사람들의 이름을 지금도 들먹이는 거죠.

앞에서 말한 세 가지 문제로 돌아가자면, 우리의 관심은 세 번째 것으로 모입니다. 우리는 세상이 어떤 것인지, 세상의 나이가 얼마나 되는지 몰라요. 진짜인지 가짜인지도 몰라요. 또 나 자신이 어떤 존재인지조차 몰라요. 내 속을 내가 몰라요. 여기까지가 두 가지 문젯거리죠.

그런데 그럼에도 불구하고, 그런 한심한 존재인 사람들은, 그런 채로 살아가야 하죠. 게다가 그런 존재들과 함께 살아야 합니다. 그래서 타자의 시선이 문제가 됩니다. 이게 세 번째 영역이죠. 세 번째 스텝입니다.

언제나 우리는 최소한 세 걸음은 걸어야 합니다. 앞으로 계속 나올 이야기입니다. 다음 시간에 이어서 하겠습니다.

3-1강

근대성과 소설

질문

지난 몇 시간에 걸쳐서 왜 읽는가와 무엇을 읽을까를 생각해왔어요. 왜 읽는가. 첫째는 그냥. 둘째는 교양을 위해서. 이 답은 어른스러운 것이라고 했었죠. 그리고 셋째, 여기에 있는 것도 그냥입니다.

세 번째 그냥은 첫 번째 그냥과 다릅니다. 거기에는 존재론적 간극에서 나오는 끌림이 있기 때문입니다. 그 끌림은 인생이 정신없을 때는 안 찾아와요. 공허감도 우울도 없어요. 뒤에서 호랑이가 따라오는데 그럴 틈이 어딨겠어요. 그런데 안전하게 피해서 비로소 한숨 돌릴 때, 그때가 문제예요.

어떤 사람이 맹수한테 쫓겼어요. 도망치다가 우물로 뛰어들었어요. 바닥이 깊은 마른 우물이었죠. 다행히 우물 벽의 나뭇가지를 붙잡았어요. 맹수는 위에서 으르렁거리고 있어요. 어서 나와 먹이가 되라고. 그런데 우물 밑바닥에는 독사와 지네가 우글거리고 있어요. 어서 오라고. 무서워서 나뭇가지를 꽉 움켜잡고 있는데, 큰일 났어요. 쥐 두 마리가 우물 벽에서 교대로 나와 나뭇가지를 쏠아대는 거예요. 검은 쥐와 하얀 쥐가 번갈아가며, 조금씩 조금씩. 그런데 얼굴 옆에 있는 나뭇가지로 어디선지 꿀이 떨어져요. 매달린 사람은 그걸 빨아 먹어요. 아, 좋다! 아, 달다! 위에서는 맹수가 으르렁거리고 밑에서는 독사와 지네가 우글거리고 있는데, 허공에 매달린 나뭇가지는 쥐들이 갉아대서 점점 약해지는데, 아, 꿀맛 좋다! 이러는 거예요.

톨스토이가 『참회록』에서 동양의 전설이라고 하면서 들었던 예화예요.[1] 불경에 나오는 이야기입니다. 톨스토이가 이런 얘기를 한 것은 물론 인생을 돌아볼 만큼 늙었기 때문입니다. 번갈아 나오는 검은 쥐와 하얀 쥐는 밤과 낮이죠. 시간의 상징입니다. 사람은 누구나 하루하루 죽어가는 것이죠. 여러분이 읽고 있는 소설 『이반 일리치의 죽음』이 다루는 게 바로 그것입니다. 죽음이 묻습니다. 사람은 무엇으로 사는가.

이 질문이 중요한 것은, 소설이라는 물건 자체가 인간의 삶을 향해 던지는 질문이기 때문입니다. 어떤 삶의 이야기가, 곧 삶의 한 복사본이 소설이기 때문입니다.

사랑, 삶의 이유

지난 시간에 말했던, 프로이트의 아난케와 에로스는 일반 명사로 번역하자면 굶주림(hunger)과 사랑(love)입니다. 프로이트가 자기보다 한 100살쯤 많은 독일 시인 실러(1759~1805)의 말을 인용한 것입니다. 요새 유행하는 말로 하면 일과 사랑이죠.

일은 곧 생존의 영역입니다. 맹수에게 쫓겼지만 도망칠 우물이 있었어요. 독사와 지네의 소굴이지만 아직 바닥에 떨어지지 않았어요. 게다가 꿀이 있어요. 아, 좋다! 아, 달다! 그것이 일의 영역, 아난케의 영역, 굶주림의 영역입니다.

반대편에 있는 사랑의 영역은 그렇게까지 하면서 생존해야 할 이유입니다. 그 이유가 뺨을 스치는 꿀맛 때문이라면, 그 꿀은 이미 사랑의 영역에 있는 것이죠.

삶의 최종 목적지는 『이반 일리치의 죽음』에서 보듯이 '죽음'일 수밖에 없어요. 문제는 죽음 자체가 아니라 어떤 죽음이냐 하는 것이죠. 그러니까 문제는 보편적인 것으로서 죽음이 아니에요. 모든 사람은 죽는다, 라는 차원은 아무런 상관이 없어요. 중요한 것은 나의 죽음이고, 내 죽음의 고유성입니다. 이건 삶의 연장일까, 아니면 사랑의 연장일까.

사랑은 언제나 삶의 이유이자 근거가 됩니다. 왜 사는가, 라는 질문에 진지하게 대답하면, 누구나 그것은 사랑 때문입니다. 저마다 다른 것은 그 사랑의 대상이자 강도일 뿐입니다.

타자의 시선

삶의 이유에서 핵심에 놓여 있는 것은 타자의 시선입니다. 타자의 시선은 두 층위에 존재해요. 먼저, 나를 바라보는 다른 사람들의 시선. 둘째로, 나를 바라보는 나 자신의 시선입니다. 이 경우는 타자가 내 안에 들어와 있는 것이죠. 이것이 정말 문제예요. 남들이 나를 바라보는 시선으로 내가 나를 바라보고 있는 것.

내면화한 타자의 시선은 자기 마음속에서, 자기 뒤통수 너머에서 자기를 바라보고 있습니다. 밖에 있는 타자의 시선은 피할 수 있는데, 내면화한 타자의 시선은 피할 수가 없어요. 그래서 혼자 절대 고독 속에서 살겠다며 세상을 등진 사람에게도 마찬가지입니다.

타자의 시선이 사람들의 세계 속으로 들어오면 인정(認定)이 됩니다. 사회적 인정이죠.

금의야행(錦衣夜行)이라는 고사가 있죠. 비단 옷 입고 밤길 걷기라는 뜻이죠. 초패왕 항우의 이야기입니다. 『초한지』는 초나라의 항우와 한나라의 유방이 싸워서 유방이 승리하는 이야기죠. 장량이라는 전략가와 한신이라는 전술가가 유방을 도와서 승리를 이뤄냅니다. 처음엔, 싸움 잘하는 항우가 진나라를 이겼어요. 진나라는 끝났지만, 아직은 혼란기라서 나라의 수도를 장악하고 있어야 했죠. 유방을 돕는 전략가 장량은 그런 항우를 동남쪽 변방에 있는 항우의 고향, 초나라 땅으로 쫓아버리고 싶어요. 그래서 노래를 퍼뜨려요. 그것이 곧, 비단 옷 입고 밤길 걷기라는 구절입니다. 아무리 호사스러운 비단옷을 입어봤댔자 어두운 밤길을 걸으면 그걸 누가 알아주냐는 말이죠. 안 그래도 항우는 고향으로 가고 싶은데, 고향 사람들한테 인정받고 싶은데, 그런 마음을 충동질한 것이죠. 이건 물론 장량의 꾀 때문이기도 하지만, 결국은 항우가 가진 야심의 수준이 그 정도였기 때문이죠.

요컨대 사람들이 원하는 인정에서 중요한 것은 언제나 어떤 특정한 사람입니다. 내가 인정받고 싶은 사람은 언제나 따로 있죠.

초등학교 교실에서는 남자아이들끼리 서열 다툼을 합니다. 너 나

이겨? 서열 없는 상태에서, 혹은 서열을 바꾸고자 할 때 오가는 질문이 그것입니다. 그래, 이겨! 이 말이 나오면 전쟁 시작이죠. 그런 전쟁이 요구하는 것은 상대의 인정입니다. 졌다, 내가 네 밑이다! 아이들의 서열 다툼에서도, 한 아이가 필요로 하는 것은 자기 바로 밑에 있는 사람의 인정입니다. 바로 그 사람의 인정이 중요하죠. 다른 사람들의 인정은 그 나머지입니다. 저절로 따라옵니다.

미국 소설가 피츠제럴드(1896~1940)의 유명한 작품 『위대한 개츠비』가 있어요. 개츠비가 성공해서 엄청난 부자가 됐어요. 개츠비는 그런 자기 모습을 보여주고, 인정받고 싶어요. 개츠비가 원하는 것은 누구의 인정이죠? 딱 한 사람, 자기가 가난했을 때 자기를 거부했던 바로 그 여성의 인정이에요.

개츠비가 아니더라도 누구나 마찬가지예요. 내가 인정받고 싶은 사람은 언제나 딱 한 사람이에요. 다른 사람들의 인정이나 칭송은 큰 의미가 없어요. 인정해준다니 고맙다는 정도입니다. 내가 인정받고 싶은 바로 그 사람, 내가 받고 싶은 인정의 소유자, 그 사람이 곧 타자입니다. 그의 시선이 타자의 시선이고요.

30도 각도 위에서 내 뒤통수를 내려다보고 있는 사람, 내가 마주 볼 수는 없지만 그 시선이 언제나 거기에 있음을 내가 느껴서 알고 있는 존재입니다. 그 자리에 있는 사람이 바뀔 수는 있어요. 새로운 사람이 나타나 덧씌워질 수도 있고요. 하지만 어김없이 내 뒤통수에서 나를 바라보고 있는 그 시선, 그것이 곧 타자의 응시입니다.

지배와 예속의 변증법

인정에 관한 문제를 근사하게 논한 사람은 헤겔입니다. 근대성의 문제에 관한 한 으뜸가는 철학자라고 부를 만한 사람이죠. 그의 첫 주요 저서 『정신현상학』의 중심에 놓여 있는 것이 바로 인정의 문제입니다. 시간 강사를 하던 서른일곱 살의 젊은 학자가, 고대로부터 자기 시대에 이르는 서구의 사상사 전체를 기술하며 인정의 문제를 다룹니다. 그 이야기에 지배와 예속의 변증법이라는 이름이 붙어 있어요. 주인과 노예의 변증법이라고도 하죠.

헤겔이 만든 이야기도 물론 구체적인 배경이 있습니다. 그리스 도시 국가 중 최강의 지위를 차지한 아테네가 있었죠. 그 아테네의 최전성기가 지나고, 알렉산드로스 대왕 이후로 헬레니즘 시대가 열려요. 이때부터 그리스는 대제국의 시대가 된 것이죠. 고대 유럽의 세력 판도가 헬레니즘 시대에서 로마 제국으로 넘어가던 때의 지적 풍토에 관한 이야기가 그 책의 핵심에 있습니다.

먼저 하나의 우화가 등장합니다. 목숨 걸고 싸우는 두 사람에 관한 이야기입니다. 그 싸움에서 A가 B를 이겨요. 목숨 건 싸움이기 때문에, A는 살고 B는 죽어야죠. 그런데 A는 B를 죽이고 싶지 않아요. B는 자기 승리를 증언해줄 존재니까 B가 없으면 자기 승리의 증언자도 없어요. B도 싸움에서 졌지만 죽고 싶지는 않아요. 살려준다면 살고 싶어요. 그러면 이 둘은 관계를 맺을 수 있어요. 주인과 노예가 되는 것이죠. 지배와 예속의 관계가 만들어집니다. 이것이 이야기의 첫 단계입니다.

이 첫 단계 이야기에서 중심에 놓여 있는 것은 용기입니다. 만약에 B가 목숨을 구걸하지 않고 죽음을 택한다면—앞에서 예를 든 초패왕 항우가 그랬죠. 마지막 전투에서 지자 항복하지 않고 스스로 죽음을 택했어요—그는 진짜 전사죠. 주인이에요. 그러니까 목숨 건 싸움에서 승자는 싸움을 잘하는 사람이 아니에요. 힘센 사람이 아니라, 죽음을 두려워하지 않는 사람이 진짜 승자가 됩니다. 깡패들의 다툼에서도 싸움 실력보다 중요한 것은 겁 없음입니다. 그래서 자해는 종종 강력한 무기가 됩니다.

노예는 싸움 실력이 아니라 용기가 없는 사람입니다. 용기가 없으면 싸움에서도 지고 노예가 됩니다. 다른 누구의 노예가 아니라 자기 두려움의 노예가 되는 것이죠.

이제 두 번째 이야기가 시작됩니다. 이 둘의 관계를 변증법이라고 하는 것은 바로 이 두 번째 이야기 때문입니다. 변증법이란 뭔가 바뀐다는 것, 혹은 격렬하게 뒤집어진다는 것을 뜻합니다.

전쟁 이후에 주인과 노예는 각자의 삶을 살아요. 노예는 노역을 하고 주인은 그 과실을 누립니다. 둘 모두 그것을 당연하게 생각합니다. 주인은 노예를 부림으로써 자기 삶을 유지해요. 노예는 노예대로, 노동 자체가 지닌 작은 기쁨들을 통해 자기 삶을 유지합니다. 그렇게 시간이 흘렀어요. 일 안 하고 놀기만 한 주인은 배뚱뚱이 느림보가 됐어요. 일만 하던 노예는 팔뚝과 허벅다리가 단단해졌어요. 어느 날 문득 주인은 노예의 모습을 보며 생각해요. 언제 저렇게 몸이 좋아졌지? 다시 싸우자고 하면 어쩌지? 또 노예는 일을 열심히 하다가 낮잠 자고 있는 주인의 비만한 몸을 바라보며 생각해요. 그때 어쩌다가 저런 사람한테 진 거지? 다시 붙자고 해볼까?

이 대목에 이르면 이야기의 핵심은 자긍심의 문제가 됩니다. 자기 스스로를 바라보는 시선이 문제라는 것이죠. 전쟁에서 가장 중요한 것은 용기였듯이, 주인과 노예의 관계에서 가장 중요한 것은 자기 자신을 바라보는 시선이에요. 지배자로서 자긍심 가득한 존재, 그가 곧 주인입니다. 너희는 내게 복종해야 해! 너희는 찌질한 겁쟁이들이니까! 라고 생각하는 사람입니다. 노예는 그 반대죠. 저는 목숨을 아끼다 전쟁에서 지고, 죽지도 못한 겁쟁입니다, 시키는 대로 하겠습니다.

이런 정신적 구도가 흐트러지면 어떻게 되나요? 주인이 자긍심을 잃고 노예의 눈치를 보거나, 혹은 노예가 거꾸로 자긍심이 생겨 주인을 경멸하게 되면, 이미 둘 사이의 정신적 역학은 달라져버린 것이죠. 정신의 차원에서는 주인과 노예의 처지가 바뀌었어요. 변증법적 전도(顚倒)가 이루어진 것입니다.

두 사람의 마음에 동요가 생겼다는 것 자체가 문제입니다. 노예의 마음에 반항심이 생긴 순간, 이미 새로운 상황은 시작되었어요. 전쟁에서 진 1세대 노예라면 다를 거예요. 용기 없는 존재들이니까. 그러나 그 아들 노예라면 어때요? 나는 노예의 아들이라서 노예일 뿐이다, 너는 주인의 아들이라서 주인일 뿐이다, 이게 말이 되냐? 라고 생각하는 순간, 새로운 싸움의 장이 생겨나는 것이죠.

이런 싸움의 승패는 이미 자명합니다. 선생하고 학생하고 싸우면 누가 이겨요? 부모하고 자식하고 싸우면 누가 이겨요? 주인과 노예가 싸우면 누가 이겨요? 말할 것도 없습니다. 무조건 학생이, 자식이, 노예가 이깁니다. 전투의 승패라면 그때그때 갈릴 수 있어요. 그러나 그것이 전쟁이라면, 싸움이 시작되기 전에 승패는 이미 결정되어 있어요. 싸움이 있다는 것 자체가 주인한테 치명적이에요. 주인은 싸움이 시작되기도 전에 이미 진 것입니다. 학생이 선생한테 대들었어요. 그 순간 선생은 이미 끝입니다. 그 순간 이미, 선생과 부모와 주인은 졌어요. 노예의 사소한 눈빛 변화에도 긴장하는 주인이라면, 이미 그 사람은 주인이 아닙니다. 이미 패배자이고, 이미 다른 사람 눈치나 보는 존재입니다.

불행한 의식

이렇게 이야기는 세 번째 단계에 들어섭니다. 주인의 자긍심이 흔들리고, 노예의 반항심이 생겨난 상태가 문제가 됩니다. 이런 상태에서 주인은 주인이면서 동시에 노예입니다. 또 노예는 노예이면서 동시에 주인입니다. 노예는 자기가 주인이라는 사실을 모르는 노예이고, 주인은 자기가 노예라는 사실을 깨달아버린, 껍데기만 남은 주인입니다. 현실적으로는 주인이지만 정신적 우위를 점하지 못하고 있는 주인, 그리고 이미 정신적으로는 자기가 우위를 점하고 있으면서도 그것을 확신하지 못하는, 혹은 노예 신분이라는 현실적 제약에 갇힌 노예가 태어나는 것이죠.

그래서 주인과 노예는 모두 불행해집니다. 자신의 외부와 내부가 분열되어 있기 때문이죠. 주인과 노예는 모두 주인이면서 동시에 노예입니다. 이런 상태를 헤겔은 불행한 의식이라고 합니다. 여기에 도달하는 두 가지 계기에 대해서도 말합니다. 주인과 노예가 각각 밟게 되는 길이라고 할까요.

금욕주의

주인의 자리에서 생겨나는 것은 금욕주의입니다. 용감한 전사였던 주인이 승리에 취해 방만하고 사치스럽게 살다 보니 몸과 마음이 엉망이 되었어요. 운동 좀 해야지, 그동안 소홀했던 신체 단련도 좀 하고 초심으로 돌아가 적절하게 염치를 차리며 살아야겠다, 이런 생각을 하게 됩니다.

조선 시대 사대부들이 내세웠던 여덟 가지 덕목이 있죠. 효제충신예의염치(孝弟忠信禮義廉恥). 알레고리 그림인 〈문자도(文字圖)〉에 단골로 나오는 항목입니다. 효제충신은 다 아는 말이죠. 효도하고, 공손하고, 진심을 다하고, 미덥게 행동한다. 예의염치는 어때요? '예'는 예의를 지키고, '의'는 의로운 일을 하고, '염'은 청렴해야 한다는 말입니다. 분수 넘치는 일을 하지 말라는 것이죠. 많이 먹지 말고 절제하라는 말이에요. 그리고 '치', 부끄러움!

부끄러움이 맨 마지막에 나와요. 이 여덟 덕목을 한마디로 줄이면 염치예요. 자기 분수와 부끄러움을 알아야 한다는 것입니다. 여기에서 부끄러움이란, 불일치와 간극에 대한 깨달음입니다. 앞의 일곱은 내용이 있는데, 부끄러움은 그 자체가 형식이에요. 첫 시간부터 말해온 것이 반복과 차이의 문제였어요. 내게 주어진 원본과 내가 만든 복사본이 겹칠 때 간극과 불일치가 만들어져요.

이를테면 내가 효도를 제대로 못 하고 있어요. 그럴 때 부끄러움이 와요. 내가 마땅히 해야 할 효의 자리와, 내가 현재 행하고 있는 효 사이의 불일치가 있는 것이죠. 그 차이와 간극이 부끄러움을 낳아요. 부끄러움은 그 자체가 내용이 있는 게 아닙니다. 앞에 나온 일곱 덕목을 제대로 지키고 있는지를 따지는 형식입니다. 사람이 염치를 알아야 한다고 할 때 염치란, 바로 그런 윤리적 검증 형식을 지칭하는 덕목입니다.

금욕주의란 염치를 차리게 된 주인의 마음 상태를 말합니다. 어느 날 주인은 자신이 노예에게 의존한다는 것을 알게 되었어요. 의존은 곧 속박입니다. 속박당하면 노예인 것이죠. 그래서 물건을 아껴 쓰려 하고, 혹은 스스로 노동을 해요. 노예의 노동에 의존하고 싶지 않은 거죠.

그러나 이런 상태가 되면 주인은 이미 주인이 아닙니다. 아무렇지도 않게 낭비하고 제 마음대로 탕진해야 진짜 주인입니다. 누구 눈치도 볼 필요 없어요. 계산하고 헤아리면 진짜 주인이 아닙니다. 절대자는 겸손할 필요가 없어요. 염치를 차릴 이유가 없어요. 그냥 자기가 하고 싶은 대로 하면 됩니다. 왜냐? 절대자니까! 신이 누구의 눈치를 봅니까. 자기 마음대로 해야 진짜 주인입니다. 금욕주의에 빠진 주인은 이미 주인이 아니라는 말입니다.

회의주의

싸움에 지고 간신히 목숨 건져 일만 하는 노예는 회의주의에 빠집니다. 목숨은 건졌지만, 이런 인생 살아서 뭐 하나, 이게 인생이야? 이런 생각을 합니다. 그러다 농사짓고 작물이 자라 열매 맺는 모습을 보면 기뻐요. 청소해서 말끔해진 마당을 보면 기분이 좋아요. 나무를 했는데 도끼질 실력이 늘어서 작업량이 두 배가 됐어요. 기분이 좋아요. 그런 건 모두 노예의 기쁨입니다.

노예는 노동하는 삶이 주는 이런 사소한 기쁨으로, 자기가 상대하는 자연과의 교감으로 자기 내부에 있는 회의주의와 공허감을 채워내는 사람입니다. 내가 이등병이었을 때 수요일 아침마다 계란찜이 반찬으로 나왔어요. 계란찜을 먹을 수 있다는 행복감으로 일주

일을 버텼어요. 그것이 노예의 행복입니다. 주어진 일을 하며 하루하루를 버티는 것, 그 이전과 이후는 생각하지 않는 것, 어려운 건 잘 모르겠고 계란찜 맛만큼은 확실하다는 것, 혹은 내가 살기 위해서는 돈을 벌어야 한다는 것, 내게 확실한 건 이런 것들뿐이고 돈을 벌기 위해서는 일을 해야 한다는 것. 이런 게 노예의 마음이자 회의주의적 태도입니다.

불행에 빠진 사람의 마음속에는 주인과 노예가 동시에 있다고 했죠. 그것은 곧 금욕주의와 회의주의가 하나로 얽혀 있다는 말과 다를 바 없어요. 그것이 곧 불행한 의식의 상태입니다. 자기가 만든 감옥 속에 갇혀 있는 것이죠. 반성하고 또 그 반성을 회의합니다.

불행한 근대성

헤겔의 『정신현상학』이 나온 때가 1807년입니다. 나폴레옹이 말을 타고 유럽을 달릴 때입니다. 소설가 스탕달은 나폴레옹 군대의 장교였어요. 함께 알프스를 넘어 이탈리아로 갔죠. 헤겔과 베토벤(1770~1827), 영국 시인 워즈워스(1770~1850)는 동갑이고 나폴레옹은 그보다 한 살 많아요. 스탕달은 나폴레옹보다 열네 살 어리고요. 이들은 모두 프랑스 혁명의 자식들입니다.

유럽에서 근대성의 중요한 계기로 거론되는 것이 몇 개 있죠. 종교 개혁, 프랑스 혁명, 산업 혁명 같은 것들입니다. 『정신현상학』을 낸 서른일곱 살의 헤겔은 프랑스 혁명 한복판에서 불행한 의식과 그것의 극복 방식에 대해 말하고 있는 것이죠.

헤겔이 불행한 의식에 대해 말했던 것은, 앞에서 언급한 대로 고대 세계를 염두에 둔 것입니다. 금욕주의나 회의주의라는 단어는 고유 명사에서 나온 말이죠. 금욕주의로 번역된 스토이시즘(stoicism)은 제국 시대 귀족과 집정관들의 철학입니다. 금욕주의자, 즉 스토익(stoic)들의 표어로 알려진 아파테이아(apatheia)라는 말은 흔들림 없는 단단한 마음을 뜻합니다. 파토스(pathos)가 없는 마음, 즉 정념에 휘둘리지 않는 바위 같은 마음입니다. 정념은 내가 외물(外物)에 흔들렸을 때 생겨나는 것입니다. 아파테이아는 아예 외부와의 소통을 차단해버린 순수한 내부성의 상태입니다. 독립불기(獨立不羈)! 나는 외부의 어떤 것에도 구애받지 않고, 모든 것의 핵심을 꿰뚫어볼 수 있는 지혜를 갖추어야 한다는 것. 그것이 곧 아파테이아입니다. 소크라테스와 키니코스학파(Cynicos學派, 자신의 본성에 따라 자연스럽게 생활을 영위하는 것을 이상으로 삼는 철학)의 가르침을 잇는 것이에요. 군대를 지휘하는 총사령관의 덕목이고, 한 나라를 다스리는 총독의 덕목입니다. 적군이 몰려오는 상황에서도 침착하게 대상을 응시하는 것, 내 팔이 잘려나가더라도 마음의 동요 없이 이성적으로 대처하는 것. 그게 곧 흔들림 없는 마음으로서 아파테이아입니다. 반면에 회의주의로서 스켑티시즘(skepticism)은 민중들의 철학입니다. 둘 모두 인격신에 대한 믿음이 없는 상태, 곧 계몽된 상태의 산물입니다.

헤겔은 나폴레옹이 말을 타고 질주하는 시대에 이걸 끌고 나왔어요. 그의 책 전체로 보자면, 불행한 의식이라는 것은 앞부분에 나오지만 문제의식은 계속 이어져 후반부의 결정적 장면에서 다시 등장합니다. 『정신현상학』의 구성은 추상적 형태의 유럽 사상사이면서 동시에 한 사람이 제대로 된 어른이 되어가는 드라마의 모습을 지니고 있기도 해요. 새로운 절대성을 향해 가는 여로입니다. 역사이면서 동시에 한 개인의 성장사이기도 해요.

『정신현상학』의 전체적 구성은 의식, 자기의식, 이성, 정신의 네 단계입니다. 감각적 질료를 주체가 재구성해내는 것이 의식입니다. 그것에 대한 성찰과 점검이 자기의식입니다. 자기의식이 객관성을 확보하면 이성이 되고, 이성이 현실성을 확보하면 정신이 됩니다.

이성이나 정신이 어른의 세계라면, 자기 감각을 확신하는 의식은 유아의 수준이죠. 그 사이에 있는 자기의식은, 사람으로 치면 사춘기에 해당합니다. 자기가 틀릴 수도 있다는 것을 깨달은 수준의 반성적 의식입니다.

그러니까 나쁜 것을 놓고 단호하게 나쁘다고 말하는 것이 유아의 수준이라면, 나쁘다고 말하면서 그 순간 문득, 그게 진짜 나쁜지, 자신이 그런 말을 할 자격이 있는지를 묻게 되는 것이 자기의식의 수준입니다. 그러니 불행한 의식이 그 끄트머리에 있는 것은 당연합니다. 생각 없이 말을 내뱉는 유아에게는 불행한 의식이 없어요. 말을 함부로 내뱉지 않는 이성의 세계에도 불행한 의식은 없습니다. 이성의 현실성을 따지는 정신의 차원에서 불행한 의식은 다시 작동합니다. 절대적 앎에 도달하기 직전 마지막 도약대가 또 정신 차원에서 벌어지는 불행한 의식입니다. 자기의식의 불행이 사춘기라면 정신의 불행은 '사추기' 같은 것입니다.

사춘기의 소년 소녀는 자기 자신에 대한 의식이 유난합니다. 거울을 들여다보는 시간이 많아지죠. 비밀이 생겨납니다. 서랍을 잠그고 방문을 닫습니다. 자기만의 세계가 생겨나는 거죠. 자기를 바라보는 시간이 늘어나는 겁니다. 자기는 나름 괜찮은 사람이라는 생각과 그렇지 않다는 판단 사이에서 끝없이 동요하는 것. 그것이 곧 불행한 의식입니다. 자기 삶의 주인이면서 동시에 노예인 것이죠. 어떻게 해야 이 함정에서 빠져나가나요?

동일한 대상에 대해서도 사람들의 의식에는 차이가 있어요. 주인과 노예의 변증법은 서로 다른 자기의식 사이에서 벌어지는 대결의 문제이기도 합니다. 인정 투쟁이란 그것을 뜻합니다. 이것이 봉착하게 되는 함정으로서 불행한 의식은, 자기의식의 불완전함을 보여주는 징표입니다. 제대로 된 인식에 도달할 수 없는 것은 무엇 때문인가요? 세 가지 이유가 있을 겁니다. 대상을 제대로 모르거나, 그것을 인식하는 주체 자신을 제대로 모르거나, 혹은 둘 다이거나.

세계를 제대로 모른다는 것은 이해할 수 있습니다. 근대적 주체 앞에 있는 세계는 일차적으로 138억 년의 나이를 가진 미지의 대상이죠. 게다가 그게 진짜인지 가짜인지 알 수도 없어요. 우리가 알 수 있다고 말하는 근대성의 세계, 우리 눈앞의 세계는 어떨까요? 우리는 간신히 지나간 세계의 운행 원리에 대해 말할 수 있을 뿐입니다.

불륜, 사랑, 짝짓기

한 학생은, 고전이라 해서 보니 모두 불륜 이야기들이다, 이런 게 무슨 고전인가! 라고 썼어요. 나는 이렇게 되묻고 싶어요. 불륜 아닌 사랑이 있나요?

불륜이 뭐죠? 짝 있는 사람이 다른 사람을 만나는 것? 그런데 그 사람이, 저는 지금 사랑에 빠졌는데요? 라고 한다면 뭐라고 말해요? 뭐라고 비판할 수 있죠?

불륜은 한자로 이렇게 씁니다. 不倫! 윤리적이지 않다는 뜻이죠.

그런데 륜(倫)은 무슨 말일까요? '륜'은 서(序)라고 되어 있어요. 장유유서의 '서' 자예요. 그러니까 여러 사람 사이에서 순서를 지키는 것이 곧 윤리예요. 옛날식으로 말하자면, 밥 같이 먹을 때 누가 먼저 수저를 드느냐의 문제죠. 희랍어에서 온 윤리(ethics)나 라틴어에서 온 도덕(the moral)이나 모두 같은 기원을 가진 말입니다. 공동체의 관습을 뜻합니다. 인륜으로 번역되는 독일어 지틀리히카이트(Sittlichkeit)도 마찬가지입니다.

그러니까 불륜이란 공동체의 순서를 교란시키는 것, 즉 질서를 어그러뜨리는 것입니다. 그러니까 누가 사랑과 불륜을 구분하나요? 공동체의 관습입니다. 사랑을 불륜과 비-불륜으로 나누는 기준이 그렇다는 거죠. 공동체의 구성원으로서 해서는 안 될 짓, 그게 곧 불륜입니다.

이런 기준으로 사랑을 보면 어때요? 불륜 아닌 사랑이 있나요? 여러분은 항변할 거예요. 아닌데요? 저는 지금 불륜이 아니라 사랑을 하는데요? 잘 들여다보세요. 그게 진짜 사랑인가요? 혹시 결혼 준비를 하고 있는 것 아닌가요? 그렇다면 그것은 짝짓기라고 해야 하는 게 정확하지 않을까요? 이것은 나중에 우리가 박완서의 소설 『그 남자네 집』을 읽으며 생각해볼 수 있는 문제입니다.

이렇게 한번 생각해봅시다. 사랑에는 두 종류가 있다, 사랑과 진짜 사랑. 이것은 헤겔식 분류법이기도 합니다만, 이 경우 사랑 반대편에 있는 진짜 사랑은 무엇일까요? 불륜과 짝짓기를 놓고 생각해볼까요?

짝짓기는 공동체의 이익에 기여하는 것입니다. 공동체의 유지와 생장에 기여합니다. 불륜은 그렇지 않죠. 공동체의 질서를 교란하니까요. 공동체의 질서를 넘어선다고 해도 좋겠죠. 그런데 사랑이 특정 공동체에 속하는 것이 아니라, 인간 일반에 해당하는 것이라 한다면, 그런 것이야말로 진짜 사랑이라고 한다면 어떨까요. 불륜과 짝짓기 중 어느 편이 그에 해당할까요. 물론 이런 식의 이항 대립은 수단적인 것입니다.

윤리의 차원

가령, 효도의 윤리성에 대해 살펴볼까요? 효도란 자식이 부모한테 잘하는 것입니다. 부모가 너무나 훌륭한 분들이에요. 자애롭고 현명하고 자식들한테 헌신적인 분들. 그런 부모에게 잘하는 것은 효도라 할 수 있나요? 물론 효도는 효도지만, 윤리적 상찬의 대상이라 하기는 어렵습니다. 잘해주는 사람에게 잘하는 것은 아무나 다 해요. 짐승도 마찬가지예요. 잘해주는 사람을 기만하거나 배신하는, 짐승만 못한 사람보다 나은 수준입니다.

저는 제 친구들에게 잘해요, 그 친구들과 좋은 관계를 유지하고 있어요, 우정이 돈독하죠. 당신 친구들은 다 좋은 사람이죠? 네, 정말 너무 훌륭한 사람들이에요, 본받고 싶은 사람들이에요. 그게 무슨 우정이에요? 인맥 관리하는 거 아닌가요?

우정이나 효도나 마찬가지입니다. 윤리적인 것은 그냥 효도가 아니라 진짜 효도이고, 그냥 우정이 아니라 진짜 우정이죠. 훌륭한 부모가 아니라 형편없는 부모에게 바치는 효도, 그게 진짜 효도입니다. 자기를 죽이려고 하는 괴물 같은 부모한테 효성을 바치는 것. 중국 요순(堯舜) 시대의 순임금이 했던 일입니다. 순임금은 요임금의 사위예요. 순임금은 효성이 지극한 사람으로 명성을 얻어 요임금의 후계자가 되었어요.

순임금의 모친이 세상을 떴어요. 새어머니가 자식을 데리고 들어왔죠. 아버지는 새어머니를 사랑했어요. 새어머니와 아버지가 순을 죽이려고 했어요. 우물 바닥 좀 치워라, 해놓고 그 우물을 메워버렸어요. 요행히 우물 밑에 마른 물길이 있어서 살았어요. 초가지붕 좀 갈아라, 해놓고 밑에서 불을 질렀어요. 순은 뛰어내려서 살았어요. 순임금이 효도로 유명해진 것은 이런 괴물 같은 부모에게 효성을 다했기 때문이에요.

이건 물론 극단적인 예입니다. 원수를 사랑한다는 수준이니까요. 그래서 순임금은 남다른 출천대효(出天大孝, 하늘이 낸 효자)로 성인 대접을 받았습니다. 그런데 이야기 자체는 특이하다 못해 기괴하기까지 해요. 우리가 윤리적 덕목 앞에 진짜라는 말을 붙이면 바로 이런 수준의 기괴함이 펼쳐집니다. 근본적이기 때문이에요. 사랑과 불륜의 문제도 그렇습니다.

혁명과 불륜

자기를 좋아하는 착하고 좋은 사람을 사랑하는 것은 평범한, 그냥 사랑입니다. 윤리성을 논할 진짜 사랑은 원수를 사랑하는 수준입니다. 예수의 가르침이죠. 네 이웃을 사랑하라고도 했어요. 이웃이 원수라는 말이죠.

아파트 위층에서 쿵쿵거리는 사람, 아래층 베란다에서 담배 피우는 사람, 전철 옆자리의 '쩍벌남', 백팩으로 내 안경을 건드리며 지나가는 사람, 깜빡이도 안 넣고 끼어드는 앞차 운전자, 하이빔을 깜

빡거리고 경적을 빽빽거리는 뒤차 운전자. 이런 사람들이 사랑해야 할 이웃입니다. 이런 사람들을 사랑할 수 있나요?

불륜은 사랑할 수 없는 사람, 사랑해서는 안 되는 사람을 사랑하는 것입니다. 그런 것을 규정하는 것이 공동체의 질서, 곧 륜(倫)입니다. 윤리이기도 하고, 도덕이기도 하고, 인륜이기도 해요. 공동체의 질서란 공동체 자체의 안위를 위한 것입니다. 그것을 벗어나는 순간 발생하는 격렬한 마음의 동요, 거기에 실재의 차원에서 작동하는 사랑이 있어요. 그러니까 진짜 사랑은 바로 그 질서라는 장벽을 돌파하는 순간 만들어집니다. 그것이 이야깃거리가 되죠. 그것을 기록한 게 곧 소설입니다.

소설이 잡아내는 또 하나의 불륜은 공동체의 질서 자체를 파괴하고자 하는 힘입니다. 현실 세계의 질서를 부정하는 것, 곧 혁명입니다. 그야말로 역사적 혁명이라 할 수준에서 한 개인의 수준까지 다양합니다. 유토피아를 향한 것일 수도, 말도 안 되는 현실에 대한 부정일 수도 있어요. 폭력적인 국가나 억압적인 가부장 또는 교사나 보스 같은 인물들, 현실에 존재하는 억압적 위력에 대한 도전, 그것 또한 기성의 질서에 대한 도전이라는 점에서 불륜입니다.

그러니까 근대적 서사체로서 소설이 다루는 것은 둘입니다. 사랑과 혁명. 두 가지 불륜입니다. 불륜과 혁명이라고 해도 좋아요.

자, 우리는 굶주림과 사랑이라는 프로이트의 명제로 출발했어요. 사랑과 혁명도 이 계열 속에 자연스럽게 포함되죠.

아난케-굶주림-일-혁명-에로스

에로스-사랑-가정-불륜-죽음 충동

프로이트의 이런 이야기는 또 다른 이항 대립으로 끝납니다. 사랑과 죽음이라고 했어요. 정확하게는, 에로스와 죽음 충동이라고 불렀죠.[2] 나중에 마르쿠제(1898~1979, 독일 태생의 미국 철학자) 같은 사람은 죽음의 신을 데려와서, 에로스와 타나토스(Thanatos, 그리스 신화에서 죽음을 의인화한 신)로 짝을 맞춰 부르기도 했어요. 그러니까 에로스는 죽음 충동의 반대편이니 아난케가 되어버리네요. 에로스가 이사 나가버린 자리는 죽음 충동이 채우고요.

그렇다면 사랑은 어느 쪽에 있는 거죠? 죽음 충동 쪽 아니에요? 그러면 그 사랑은 에로스가 아닌 사랑인가요? 죽음으로 가는 사랑? 아랫줄에 있던 에로스가 윗줄로, 혁명 뒤로 가버린 거죠? 불륜 뒤에는 죽음 충동이 들어서고요. 재밌는 현상입니다. 사랑이 특이한 거죠. 사랑과 진짜 사랑의 구분이라고 해야 할 거예요.

잉여로서 사랑

어떤 훌륭한 여성이 별로 훌륭해 보이지 않는 남자랑 결혼했어요. 여성은 능력도 있고, 외모도 출중해요. 그런데 남성은 그렇지 않아요. 인물도 별로이고, 집안도 가난하고, 별다른 능력도 없어 보여요. 여자를 좋아해서, 자기 부인 말고 다른 여자 사람 친구도 많아요. 그 여성의 후배가 이렇게 물어요. 두 분, 어떻게 결혼하셨어요? 여성이 뭐라 대답하건 상관없어요. 그냥이라고 하든, 좋아서라고 하든. 그러자 질문한 후배가 다시 말해요. 아, 정말로 사랑하셨군요. 이것은 무슨 뜻이죠?

자신이 보기에 선배 여성은 잘못된 결혼을, 자기라면 절대로 하지 않을 결혼을 한 거죠. 후배는 그렇게 생각하는 거예요. 그러니까, 정말로 사랑하셨군요, 라고 말하는 거죠. 여기서 사랑이라는 말은 그러니까, '뻘짓'을 뜻하는 겁니다. 이게 불륜이죠. 그 여성은 사회의 일반적 관념과 다르게, 자기 부모 말을 안 듣고, 친구들 말도 무시하고, 자기 마음대로 결혼한 거죠. 그게 사랑이라는 겁니다.

최근에 본 〈화차〉라는 영화에 인상적인 장면이 있었어요. 일본 작가가 쓴 『화차』라는 소설을 영화로 만든 겁니다. 사채업자한테 쫓겨 자기 신분을 숨기고 사는 한 젊은 여성의 이야기예요. 자기 신분을 감춘 채로 남자를 만나 결혼해서 살았어요. 그러다 남편에게 알리지 않고 사라져버려요. 사채업자들 때문이죠. 아내를 찾아 헤매던 남편이 그 아내의 모습을 하나씩 확인해가요. 그리고 마침내 찾아내요. 자기 아내지만, 자기가 아내라고 알았던 사람과는 다른 사람이죠. 이제 실상을 다 알아버린 거예요. 마지막 장면이 인상적이었습니다. 죽어가는 아내에게 남편이 묻습니다. 나를 사랑하긴 했니?

이 질문은 뭐죠? 여기에서 사랑이라는 말은 뭐예요? 신분을 감추기 위해서 나를 이용했던 거니? 그런 건 아니었지? 이런 뜻이겠죠. 그러니까 여기에서 사랑은 '이용'의 반대편에 있는 겁니다. 목숨을 부지하기 위함이나 자기 이익을 위함의 반대편에 있는 것, 그게 곧 사랑이라는 거죠. 그러니까 사랑은 give and take가 아니라는 것이죠. 저울질하고 형평을 따지는 것은 상인들이, 근대의 부르주아들이 하는 방식입니다. 그와 다른 것은 고대 귀족의 방식입니다. 다른 사람은 신경 쓰지 않고 자기 마음대로 하는 것입니다. 신용을 생각하는 근대 상인들은, 근대인들은 그럴 수 없어요. 그들이 보기에, 저울질해서 정확하게 양을 정하고 난 나머지, 그러니까 저울에 달

수 없는 것, 진짜 사랑은 그런 영역에 속하는 겁니다. 그걸 문제 삼는 것이 소설, 곧 근대인들의 자기 서사로서 소설입니다.

『돈키호테』

근대의 시작에 대해 말하면서, 17세기 유럽 이야기를 많이 했었죠. 굉장히 중요한 시점이 있다고 했어요. 뭐였죠? 근대를 만들어낸 중요한 사건?

그래요. 갈릴레이가 망원경으로 하늘을 관측한 1609년이라고 했습니다. 암스테르담에 최초의 근대적 은행이 만들어졌던 때라고도 했어요. 그런데 바로 이 시기에 나온 것이 세르반테스의 『돈키호테』입니다. 1권이 1605년에, 2권이 1615년에 나와요. 그리고 셰익스피어의 〈햄릿〉 또한 비슷한 시기에 공연되었습니다. 셰익스피어와 갈릴레이는 1564년생으로 동갑입니다. 1547년생인 세르반테스는 그들보다 조금 나이가 많고요. 그리고 이들 뒤로 홉스(1588~1679, 영국의 철학자 · 법학자)와 데카르트, 스피노자, 파스칼, 뉴턴, 라이프니츠(1646~1716, 독일의 수학자 · 물리학자 · 철학자 · 신학자) 등이 주욱 이어져 있습니다. 이런 사람들이 태어나고 또 활동했던 시기에 갈릴레이는 교황청으로부터 끝없이 협박을 받았죠. 위험한 지식을 포기하라고요.

새로운 과학적 지식과 기성 종교 권력 사이의 갈등은 이 시기의 디폴트값입니다. 스피노자 같은 사람은 『에티카』라는 책을 썼지만 출간하지는 못했어요. 죽고 난 다음에야 책이 나올 수 있었죠. 스피노자의 종교관에 대해 범신론이라는 말을 써요. 이는 세상 모든 게

신이라는 말이니, 신의 개념을 최대한 확장한 것이죠. 이치를 따져 보면 실질적인 무신론이에요. 사람들에게 화를 내고 착한 사람 예뻐하는, 인간이 바라는 방식으로 세상일에 개입하는 하느님을 부정한다는 점에서 그래요. 『에티카』라는 책에서 스피노자가 부정하는 것은 세 개의 종파 종교입니다. 유대교, 기독교, 이슬람교. 모두 다 미개한 신앙이라는 것입니다. 저런 종교들이 모시는 하느님은 인간의 망상에 불과하다는 것이죠. 스피노자는 포르투갈에서 건너온 유대인의 후예입니다. 자기 조상의 종교조차 부정한 것이죠.

스피노자 집안은 그의 조부 대에 포르투갈에서 암스테르담으로 이주했다고 해요. 유대인 박해를 피해 스페인에서 포르투갈로, 다시 포르투갈에서 네덜란드로 이어지는 것이 그 집안의 이주 선(線)입니다. 이런 디아스포라(diaspora, '흩어진 사람들'이라는 뜻으로, 팔레스타인을 떠나 온 세계에 흩어져 살며 유대교의 규범과 생활 관습을 유지하는 유대인을 이르던 말) 난민 집단이 만들어내는 선은 그 자체가 근대성이 나타나는 선이기도 해요. 암스테르담에서 유대인이 주로 했던 일은 금융업입니다. 주식 거래인을 했어요. 세계 최초로 주식회사와 증권거래소가 설립된 것도 이 시기 암스테르담에서입니다. 네덜란드 사람들이 현재 뉴욕 금융가가 있는 월스트리트를 건설하고 뉴암스테르담이라 명명한 것은 우연이 아닙니다. 암스테르담은 17세기 당시 유럽 최고의 국제적 상업 도시였어요. 17세기 유럽의 뉴욕이었던 셈이죠. 그러니까 자기 땅을 떠나야 했던 사람들이 먹고살기 좋은 환경을 찾아 자발적으로 모인 곳, 그곳이 바로 그 세계의 중심이었죠.

『돈키호테』라는 기념비적 작품이 나온 것도 같은 이치입니다. 16세기 유럽의 최강국은 단연 스페인입니다. 1492년의 신대륙 발견을 전후해 대양 항해를 시작한 이베리아반도의 포르투갈과 스페인은 아메리카 대륙을 약탈해 막대한 부를 축적합니다. 거기에 앞장섰던 나라가 스페인이죠. 나라가 부유해지면 뭘 하죠? 전쟁을 합니다. 전쟁은 한 나라가 자기 위세를 과시하고 확인받는 수단입니다. 국가 차원의 인정 투쟁이라 해도 좋아요. 그 대표적인 예가 스페인·베네치아 연합군과 오스만튀르크가 벌였던 대규모 해전, 즉 1571년의 레판토 해전입니다. 그 전투에서의 승리가 그때까지 스페인의 치세를 상징하죠. 바로 그 전투에 참전했던 사람이 세르반테스입니다. 그런데 그로부터 17년 후, 1588년에는 무슨 일이 벌어지느냐? 영국과 네덜란드 연합군이 스페인의 이른바 무적함대를 격파합니다. 이 또한 상징적인 사건이죠. 바야흐로 열릴 네덜란드의 황금시대를 암시하는 사건입니다. 레판토 전투에 참전했다가 부상당한 상이군인 세르반테스가 쉰여덟 살 때 펴낸 책이 『돈키호테』입니다. 스페인의 황금시대가 만들어낸 작품이죠.

근대적 서사

소설은 근대적 서사물입니다. 각 시대마다 자기 시대의 이야기를 담는 서사물이 있어요. 그런데 소설—이것은 물론 novel의 번역어로, 장편소설을 뜻하죠—이라는 장르는 근대라는 시대의 산물입니다. 근대성이 만들어낸 서사물이죠. 만들어진 시대가 언제냐는 그렇게 중요하지 않아요. 중요한 것은 그것을 보는 눈입니다.

『돈키호테』는 그 가장 앞자리에 옵니다. 스페인 작품이 앞자리에 오는 것은 현재 우리가 공유하고 있는 근대성이라는 체제 자체가 유럽에서 생겨난 것이기 때문이에요. 『돈키호테』라는 소설의 근대성은 단지 소설의 내용만을 두고 하는 이야기가 아닙니다. 출판 시장의 근대성이 함께 작동합니다. 책을 대량 인쇄하고 시장에서 상업적으로 유통하는 것, 작가의 인세와 출판업자의 이익이 상업 활동을 통해 확보되는 것 등이 그 핵심이죠. 물론 거기에는 경제 활동의 자유가 바탕에 있어요. 그건 시장 자체의 존재 근거죠.

세르반테스가 군인 출신이라고 했지만, 그건 대단한 게 아닙니다. 스탕달이나 톨스토이도 그랬고, 또 고대 아테네의 소포클레스(B.C. 496?~B.C. 406)나 아이스킬로스(B.C. 525~B.C. 456)도 그랬습니다. 기본적으로 글을 쓸 수 있는 남성은 특권 계급에 속하는 사람이고, 특권 계급 남성은 전사입니다. 그래서 특별할 게 없다는 말입니다.

그런데 늙은 군인 세르반테스가 인세 수입을 위해 책을 쓰고 판매하는 것은 좀 다른 이야기입니다. 10년 후에 나온 『돈키호테』 2권이 그렇습니다. 1권이 인기가 있어서 너무나 많이 팔렸어요. 심지어 당시 스페인 왕이 누군가 책을 들고 킥킥거리고 있으면, 아, 『돈키호테』를 읽는구나, 라고 했다는 일화가 남아 있다고 해요. 그래서 '해적판' 『돈키호테』 2권이 나옵니다. 세르반테스가 아니라 다른 사람이 쓴 거예요. 그게 인기리에 유통되는 거예요.

진짜 『돈키호테』 2권은 이 위작에 대한 긴장감으로 이야기가 구성됩니다. 2권의 돈키호테는 사라고사라는 도시에 절대 가지 않아요. 바르셀로나로 가지만 그건 중요하지 않습니다. 무술 시합이 열리는 사라고사에 가지 않는 것, 그게 중요해요. 왜냐. 해적판에서 돈키호테가 사라고사의 무술 대회에 가기 때문이에요. 요컨대 소설 『돈키호테』는 출판 시장과 독자를 겨냥한 상업적 틀 안에서 기획되었다는 것이죠. 그것이 『돈키호테』라는 소설 텍스트가 지니는 근대성의 인프라, 즉 하부 구조에 해당됩니다. 작가가 하고 싶은 이야기가 아니라, 독자들이 원할 법한 이야기를 하고, 또 그런 많은 이야기 중 당시의 독자들이 선택한 이야기라는 점에서 그래요.

아름답고 재미있는 이야기는 세계 여러 나라에 많이 있어요. 첫 세대 한국의 문학사가들은 김시습(1435~1493)의 『금오신화』를 한국 소설의 기원이라 했어요. 산 사람과 죽은 혼의 사랑을 다루는 아름다운 작품이에요. 그중에서 첫 번째 단편인 「만복사저포기」가 있어요. 요새로 치면 '취준생'이라 해야 할 청년이 있죠. 사는 게 힘들어 만복사라는 절에 가서 부처님께 빌어요. 저도 연애하고 싶어요. 빈 불당에서 부처님과 저포 놀이, 그러니까 주사위 놀이 같은 걸 합니다. 자기 혼자서 주사위를 던져요. 나 한 번, 부처님 한 번, 하면서. 제가 이기면 부처님이 상을 주셔야 해요? 그래서 부처님이 상을 줍니다. 죽은 여성의 혼과 마침내 아름다운 연애를 하는 것이죠. 김시습은 세종 때 사람입니다. 서양 달력으로 치면, 『금오신화』는 콜럼버스가 신대륙을 발견할 무렵에 쓰인 책입니다.

그러나 『금오신화』는 출판 시장에서 유통된 책이 아니에요. 그 작품이 널리 알려진 것은, 1920년대에 육당 최남선(1890~1957)이 일본에 있는 목판본을 가져와서 공개한 이후입니다. 조선 시대의 정통 이념으로 보자면 『금오신화』는 패관잡서에 해당하죠. 하찮은 것이었던 셈입니다. 또 공식적으로 그런 취급을 받았습니다. 그런데 세상이 바뀌고 나니, 그런 책이 소설이라는 근대 예술 작품의 역사에 단군 선조쯤으로 들어섭니다. 서양에서 온 근대성이라는 안경이, 근대적 예술 작품으로서 노블(novel)이라는 개념이, 새로운 시대의 미의식이 『금오신화』의 존재와 의미를 재발견하게 한 것이죠.

일본의 『겐지 모노가타리』도 마찬가집니다. 나온 것은 11세기이지만, 그것의 가치를 발견한 눈은 모더니티의 산물입니다. 한국의 고전 『구운몽』이나 『한중록』도 마찬가지입니다. 근대 유럽에서 수입된 소설이라는 안경이 이들의 가치를 발견하게 했다는 것이죠.

근대성의 영혼

본격적으로 근대성의 흐름이 세계로 퍼져나가는 것은 19세기의 일입니다. 제국주의 시대가 곧 그것이니 별로 아름다운 역사는 아니죠. 우리가 읽을 작품도 19세기 이후의 것들입니다. 그 작품들에는 모두 자기 시대의 정신이 투영되어 있어요. 당연한 일입니다. 어떤 천재나 걸작도 자기 시대를 벗어날 수는 없어요.

교환과 증여라는 대립 쌍으로 근대성의 영혼에 대해 말해볼 수 있을 거예요. 교환은 경제의 영역입니다. 증여는 비-경제의 영역이고요. 비-경제의 대표적인 게 뭐죠? 너 왜 이렇게 비경제적이야! 라고 할 때, 그 사람은 낭비하거나, 제대로 소비하지 못하거나, 쓸데없이 사치를 한다거나 하죠. 그 반대편에 있는 교환은 냉정한 계산의 세계입니다. 교양 속물들의 세계이고, 피트니스센터를 통해 관리한 몸매의 세계예요. 반대로 증여의 세계는 배 나온 동네 아재들의 세계, 조기 축구의 세계입니다. 혹은 '가오'에 목숨 거는 깡패들의 세계예요. 교환은 근대성의 영역이고, 증여는 비-근대성의 영역입니다. 전근대이거나 탈근대이거나 반근대이거나, 근대가 아니라면 비-근대의 자리에 뭐든 올 수 있어요.

교환은 give and take입니다. 오고 가는 것이 있죠. 쌍방향입니다.

그러나 증여는 일방적이에요. 가는데 오지는 않아요. 주지만 받지는 않는 것이죠. 그런데 그런 게 있나요? 선물이 있다고요? 선물이 과연 일방적인 증여인가요?

선물을 한다는 것은 쉬운 일이 아니에요. 신경 써야 할 것이 많죠. 가장 낮은 수준에서는 자기가 원하는 걸 상대에게 줘요. 상대는 별로 필요 없거나 좋아하지 않는데, 자기가 좋아하니까 상대도 좋아한다고 생각해서 주는 거죠. 이것은 매우 유치한 수준이에요. 그래서 진짜 선물이기도 하죠. 어떤 사람이 비 오는 날 길고양이에게 비 피할 곳과 우유를 주었대요. 어느 날 집에 돌아오니, 쥐 반 토막이 방 안에 있더래요. 고양이의 답례인 것이죠. 선물의 첫 단계는 그 수준입니다.

상대가 원하는 걸 주는 것이 그다음 단계입니다. 주기 전에 먼저 상대가 원하는 걸 알아야 하는 거니까 이 정도면 수준이 있는 것이죠.

다음 단계도 있습니다. 상대가 선물을 받고 그게 필요한 것이었음을 깨닫게 되는 선물이죠. 이 정도라면 대단한 수준이죠.

그런데 선물이 진짜 일방적으로 가기만 하는 건가요? 내가 줬으니까 상대도 뭔가를 돌려주겠지, 이런 생각이 있다면 어때요? 이런 건 선물이 아니라 뇌물이 되기 쉽죠. 그런 건 아니고요, 아무것도 바라지 않아요, 그저 당신이 기쁘게 받아주길 원해요. 이런 경우도 있다고요? 그래요? 내가 받은 호의의 보답이라고요? 그렇다면 호의가 오고 선물이 간 것 아니에요? 앞으로도 호의를 바란다는 말일 수도 있고요.

그래도 계량된 물질이 오고 가는 것이 아니라면, 시장에서 이루어지는 교환이라고 할 수는 없겠죠. 한쪽에서는 물질이 가고, 다른 쪽에서는 정신적인 것이 와요. 하느님께 바치는 제물은 어떤가요. 복과 은총을 바라면서 바치는 공물. 이건 교환이에요, 증여예요?

사치와 '뻘짓'

정말 순수한 증여라는 것도 있나요? 이름을 밝히지 않은 기부, 구세군 냄비에 돈을 넣는 행위 같은 것? 그렇게 넣는 사람의 마음속에 뿌듯함이 남지 않아요? 믿는 사람이라면 내세나 하늘에 복을 쌓은 것 아닌가요? 하느님 장부책에 기록된 것이죠.

그래서 증여란 존재하지 않는다, 모든 증여는 다른 형태의 교환일 뿐이라는 생각도 가능하죠. 데리다(1930~2004)라는 프랑스 철학자는 '지연된 교환'이라는 개념을 쓰기도 했어요. 순수 증여란 존재하지 않는 셈이죠.

그렇지 않다! 태양을 봐라! 이렇게 말할 수도 있어요. 지구상에 사는 존재들은 모두 태양 에너지를 바탕으로 살아갑니다. 태양한테 마음이 있다면 보람이 있겠지만, 그런 증거가 없으니 그렇다고 할 수도 없어요. 인간 입장에서 보자면 태양은 순수 증여의 화신인 셈이죠.

지구상의 생명체들은 태양 에너지로 삶을 유지합니다. 대가 없이 주어지는 에너지는, 자기 보존과 개체의 증식을 위해 쓰입니다. 그러고도 남는 에너지가 있어요. 그 나머지가 문제입니다. 이것은 어디에 쓰이죠? 버려진다고 해야 할 거예요. 낭비된다고 해도 될 거예요. 혹은 관점에 따라서는 사치라고 할 수도 있죠. 이런 말을 한 사람은 프랑스 철학자 바타유(1897~1962)입니다.[3]

바타유는 사람의 삶에 대해 세 가지 사치를 말했어요. 첫째, 유성생식이 사치랍니다. 유글레나나 짚신벌레 같은 단세포 동물은 그냥 때가 되면 자기 분열을 해서 증식합니다. 그런데 특히 사람의 유성생식은 어때요? 복잡하죠. 사람의 짝짓기는 가족 제도와 결합되어 있어요. 현재는 유혹의 기술도 필요하죠. 사람에게 그것은 큰 문제입니다. 유글레나의 눈으로 보자면 이런 사치가 없는 것이죠.

둘째, 먹기. 음식을 만들고 고르고 씹고 소화하고 배출하는 과정을 단세포 동물이나 식물의 수준에서 보면 어때요? 이런 사치가 없죠.

그리고 셋째는 죽음입니다. 사람 같은 고등하고 정교한 유기체가 만들어지기 위해서는 오랜 시간에 걸쳐 많은 에너지가 필요했어요. 많은 진화의 시간이 걸렸죠. 그런데 어느 한순간 그 정교한 기계가 해체되어 사그라지는 거예요. 그것 또한 사치가 아닐 수 없다는 겁니다.

요컨대 태양 에너지로 살아가는 지구상의 생명체라는 수준에서 보면, 사람의 삶에서 낭비와 사치는 불가피한 것입니다. 모든 개체가 그야말로 투입과 산출이 딱 맞아떨어지는 생존 기계일 수는 없다는 것이죠. 그래서 그 나머지 에너지가 어떤 식으로든 낭비적으로 소비됩니다. 바타유는 전쟁과 스포츠를 그런 예로 들었어요.

생존 기계의 영역이 교환의 질서가 위치해 있는 단정한 합리성의 영역이라면, 그 반대편에 있는 것은 사치와 낭비, 탕진과 증여의 영역입니다. 그것은 근대성의 타자이기도 합니다. 그리고 바로 그걸 다루는 것이 예술입니다. 소설도 마찬가지죠. 다음 시간에 이어 하겠습니다.

3-2강

어떻게 읽을까

질문

이제, 세 번째 질문에 대해 살필 때가 되어갑니다. 어떻게 읽을까.

읽는다는 것은 텍스트 안으로 들어가는 일입니다. 어떻게 읽으면 되나요?

그래요, 잘 읽으면 돼요.

작년에 수업을 들었던 한 학생은 속독 훈련을 해서 빠르게 읽을 수 있다고 했어요. 책 한 권을 세 시간 정도에 끝낼 수 있대요. 세 권짜리 『안나 카레니나』도 하루면 읽을 수 있다고. 나도 대학 1학년 때 학교에서 속독 교육을 받은 적이 있어요. 속독은 물론 훌륭한 기술입니다. 필요한 정보를 빠르게 습득할 수 있죠. 그런데 그게 잘 읽는 것일까요?

잘 읽는다는 것은 텍스트의 세계 속으로 잘 들어갈 수 있다는 것을 뜻합니다. 핵심은 이 시간에 간단히 말하고, 구체적 방법은 소설을 읽으며 살펴보겠습니다.

먼저, 지난 시간에 이어 소설과 근대성의 문제에 대해 좀 더 알아보고 돌아오죠. 근대성의 이념에 관한 문제입니다.

절대성의 자리

지난 시간에, 텍스트 안에서 만나게 되는 세 가지 항목을 들었죠. 첫째 세계, 둘째 자아, 그리고 셋째는 공동체. 근대적 주체에게 문제적인 항목들이죠. 셋째 항목은 사라진 절대성의 자리입니다. 우리는 공동체와 타자를 그 자리에 놓았지만, 또 다른 의견도 있을 수 있죠.

절대성은 흔들리고 사라졌지만, 이런 정도의 무게가 그냥 사라지는 법은 없어요. 절대성의 자리가, 빈자리의 인력(引力)이 남아 있는 거죠. 그 자리의 주인이 바뀐다고 해야 할까요? 절대성의 자리는 언제나 그에 상응하는 것에 의해서만 채워질 수 있어요. 빈자리의 인력이 오히려 블랙홀처럼 강력할 수도 있죠.

절대성은 텅 빈 객관성도 변덕스러운 주관성도 아닌 것, 그 둘을 아우를 수 있는 것입니다. 절대성의 빈자리에 올 수 있는 것은 무엇일까요? 그것은 사람에게 당신 삶의 의미가 무엇이냐고 묻는 것과도 같아요. 혹은 당신이 선택한 죽음의 방식이 뭐냐고 묻는 것과도 같은 말입니다. 한 사람이 선택한 죽음의 방식은, 그것의 고유성은, 그 사람의 삶의 이유를 담고 있죠.

『돈키호테』와 『적과 흑』 사이

갈릴레이가 발견한 무한 공간으로 인해 인간은 제대로 먼지가 되었습니다. 그 전까지 사람은 우주의 중심이고 만물의 영장이라고 자처했는데, 갑자기 자기 처지를 깨닫게 되었어요. 셰익스피어가 갈릴레이와 쥐띠 동갑으로 같은 시간을 살았던 때의 일입니다. 교황청 말을 듣지 않던 브루노가 로마에서 화형당했을 때, 런던에서는 〈햄릿〉이 공연되고 있었죠. 그리고 5년이 지나 마드리드에서 『돈키호테』가 나왔어요.

그러나 『돈키호테』가 나온 17세기는 아직 소설의 세기가 아닙니다. 근대적 서사로서 소설이 가까스로 첫발을 떼기 시작한 때일 뿐이죠. 전성기가 되려면 아직 200여 년이 더 있어야 해요. 이것은 어떤 특별한 재능의 문제가 아니라, 소설이라는 장르를 만들어내고 유통시킬 만한 시스템이 형성되어야 가능한 것입니다. 사회 전체가 무르익어야 해요. 시장에서 책을 살 수 있는 주머니 넉넉한 시민이 충분히 생겨나야 합니다. 그래야 책을 팔아서 생활하는 사람이 있을 수 있어요. 17세기는 아직은 아니죠. 이제 막 근대성의 구조가 만들어지기 시작한 때니까요.

바로 이 시기에 나온 장편소설 『돈키호테』는 매우 특별한 존재입니다. 중세 기사담과의 결별 선언이라 해야 할 이야기의 구성도 그렇습니다. 우리가 함께 읽을 스탕달의 『적과 흑』은 1830년에 나옵니다. 『돈키호테』로부터 225년 후의 일이죠. 나폴레옹이 세인트헬레나섬에서 죽은 지 9년째 되던 해의 일입니다. 주인공인 청년 쥘리앵이 나폴레옹의 열렬한 지지자이기도 했어요.

소설이라는 양식은 사회적 차원의 근대성이 무르익어가는 과정에서 생겨납니다. 문화적 생산물은 기본적으로 자기 시대의 정치경제적 토대와 떨어질 수가 없죠.

『돈키호테』에서 『적과 흑』에 이르는 이 200여 년 동안은, 서유럽에서 근대성의 흐름이 성숙해가는 과정을 보여주기도 합니다. 가장 먼저 지적해야 할 것이 경제적 흐름의 변화예요. 16세기의 패권자였던 스페인은 쇠락해가고, 유럽 경제의 주도권도 17세기에는 네덜란드로, 그리고 19세기에는 영국으로 옮겨가죠. 근대 자본주의 흐름의 변이를 보여줍니다. 상업 자본에서 산업 자본으로의 이행이죠.

17세기 암스테르담, 19세기 런던

중개 무역을 본업으로 했던 17세기 네덜란드는 상업자본주의의 전형입니다.[1] 19세기 영국은 산업자본주의라는 새로운 흐름을 대표합니다. 산업 혁명을 통해 영국은 19세기에 세계의 공장이 되죠. 19세기 중반 영국의 철강 생산량은 전 세계의 40퍼센트를 차지합니다. 단순히 장사만 해서 돈 버는 것보다, 물건을 만들어 팔면 훨씬 이익이 커지죠. 그렇게 축적한 부가 본격적 제국주의 시대를 열어갑니다.

여기에서 강조해야 할 것은, 자본주의는 기본적으로 상업을 기반으로 한다는 사실입니다. 남의 물건 사서 팔면 상업 자본이고, 자기가 만들어 팔면 산업 자본이죠. 상업 활동의 이유는 이익 때문입니다. 물건을 개입시키지 않은 채 이익 그 자체를 추구하는 것, 그게 돈놀이 자본으로서 금융 자본입니다. 이것 역시 상업을 바탕으로 합니다.

근대 유럽에서 경제적 패권의 이동은 그 자체가 근대성 형성의 큰 골격을 보여줍니다. 1648년 네덜란드 공화국이 80년 전쟁을 통해 스페인으로부터 독립했을 때, 그 사람들이 확보하고자 했던 것은 상업 활동의 자유입니다. 암스테르담은 당시 유럽의 대표적 상업 도시입니다. 다른 사람의 생명과 재산을 노리지만 않는다면, 웬만한 것은 다 용인됩니다. 법이야 있지만 대충 넘어가준다는 거죠. 그런 점에서 암스테르담은 자본주의적 톨레랑스의 상징적 존재입니다. 사상과 종교의 자유에 관한 한 가장 관대한 도시가 암스테르담이죠.

정치권력이나 종교 권력의 눈치를 봐야 할 많은 책이 암스테르담에서 나왔습니다. 17세기에도, 20세기에도 그랬습니다. 종교적 박해자를 받아준 도시였고, 데카르트와 스피노자 같은 당대의 불온한 지성을 키워낸 도시였죠. 제2차 세계대전 이후에 나온 『계몽의 변증법』 같은 독일어 책도 암스테르담에서 출간되었어요. 전후(戰後) 서독의 반공주의를 피하기 위해서였죠.

17세기에 황금시대를 구가한 네덜란드는 근대적 경제 제도를 만들어냅니다. 국영 주식회사였던 동인도회사가 그 첨병입니다. 동남아에서 벌어졌던 강제 노동과 인신 매매, 침략과 전쟁 같은 역사가 그 뒤에 숨겨져 있죠. 전국 시대가 끝나고 할 일 없어진 일본 사무라이들이 네덜란드의 용병이 되기도 했어요. 거대한 부의 축적 뒤편에는 그 축적 과정 자체가 지닌 필연적 추악함이 숨겨져 있기 마련입니다.

17세기 네덜란드도 축적된 부를 바탕으로 여러 방면에서 전성기를 구가합니다. 미술사에서도 이 시기를 네덜란드의 황금시대라고 하죠. 렘브란트(1606~1669), 페르메이르(1632~1675), 할스

(1581?~1666) 같은 화가들이 그 시대를 대표합니다. 이른바 튤립 파동이라는 굉장한 투기 열풍이 일어났던 것도 그때의 일입니다. 돈이 넘쳐나니 투기가 일어나는 것이죠.

그러나 도시 연합 공화국이던 네덜란드의 한계는 자명했어요. 영토와 인구라는 면에서, 스페인이나 프랑스 같은 기존 강국들과 경합할 수준은 아니죠. 네덜란드의 경제력을 시기하던 프랑스는 네덜란드 침략을 감행합니다. 황금 알 낳는 닭을 잡아 배를 가르려고 달려든 것이죠. 반면에 영국은 네덜란드와 경쟁하면서도, 그 나라의 시스템을 도입해요. 네덜란드의 선박 제조술과 경제 체제를 받아들입니다. 그게 영국이 도약하는 발판이 됩니다. 이것이 17세기 후반의 일이에요. 1688년 영국의 명예혁명이 그 상징이자 계기입니다. 네덜란드 공화국의 총독이 영국 왕이 됐으니까요.

17세기 이후로 현재까지 진행된 근대성의 흐름에서, 경제 이념의 핵심은 상업 자본이 대표합니다. 교환을 통해 이익을 얻는 것입니다. 상업 자본이 산업 자본으로 바뀌는 것은 더 큰 이익을 위해서예요. 공장을 운영하는 사람이 물건을 만드는 이유는 팔기 위해서입니다. 사람의 편리를 위해서라거나 홍익인간 같은 이념은 개입할 여지가 없어요. 있다 해도 부수적이죠.

그런데 산업 자본도 한계가 있어요. 공장을 운영하다 보면 어려운 일이 한둘 아니에요. 기계도 문제이고, 무엇보다 사람 쓰는 일이 보통 아닙니다. 공장주 입장에서 보면, 노동조합은 보통 골치 아픈 존재가 아니죠. 게다가 소비자에게 잘못 보이면 불매 운동이 벌어져요. 그것은 정말 무시무시한 일이죠. 눈치 보지 않을 수 없어요. 정부건 조폭이건, 힘 있는 사람들에게 미리 손을 써서 우군을 만들어두어야 하죠. 이른바 정경유착, 즉 권력과 자본의 유착은 어느 나라에서나 예외일 수가 없어요.

그런데 돈 있는 사람들이 왜 그런 일을 해야 하나요? 회사 관리하는 것도 어렵고, 권력자들에게 뇌물을 바치는 것도 유쾌한 일은 아니에요. 주면서 욕을 하죠. 어쨌거나 둘 다 싫어요. 공장 차려서 돈은 벌 만큼 벌었어요. 그런데 돈을 계속 늘리고 싶어요. 그럼 뭘 해서 돈을 늘려요? 돈 떼일 걱정만 없다면, 돈놀이만큼 좋은 일이 없어요. 그것이 곧 금융 자본입니다.

산업이나 상업 자본이 음식물을 통해 양분을 얻는 것이라면, 금융 자본은 약물을 복용하는 것과 같아요. 소화나 배설 과정 없이 곧바로 인체에 작용합니다. 원하는 것이 단지 돈을 불리는 것뿐이라면, 원하는 것이 단지 행복감뿐이라면, 방법은 간단합니다. 약을 먹는 거죠. 금융 자본은 자본주의의 본성을 보여주는 결정체입니다. 모든 자본은 그 속성 자체가 금융 자본을 향해 갈 수밖에 없어요. 돈이 조금 있으면 장사를 하고, 많이 있으면 공장을 차리고, 아주 많으면 은행을 설립하는 것이죠.

현재 우리는 세계적 차원의 금융 자본 시대를 살고 있어요. 뉴욕과 런던의 증권 거래소와 금융가가 그 핵심입니다. 그 기원은 암스테르담에 있습니다. 1609년에 설립된 최초의 근대적 은행, 또 1611년에 문을 연 증권 거래소. 바로 이것들이 현재 우리 세계의 핵심 가치를 만들어낸 곳입니다. 근대 세계의 이념적 코어 근육을 단련시킨 곳입니다. 상업 자본은 태생부터가 금융 자본으로 시작했습니다. 상업도 산업도, 자본 증식이라는 관점에서 보면 외양일 뿐이라는 것이죠.

근대 세계의 윤리적 코어

그렇다면 은행이 지키고자 하는 핵심 가치는 무엇일까요? 그것은 자본주의의 핵심 가치이기도 해요. 시장의 핵심 가치예요. 돈의 몸 위에 새겨져 있어요. 자, 지갑에서 돈을 한번 꺼내보세요. 우리가 지닌 화폐에는 그것이 진품임을 알려주는 사람의 도장이 찍혀 있어요. 한국은행 총재죠. 그 사람이 바로 그 가치의 수호자입니다. 그 가치가 뭐죠?

그렇습니다. 신용입니다. 크레디트예요. 그게 없으면 돈이란 것도 그냥 예쁘게 인쇄된 종이 쪼가리, 혹은 금속 조각에 불과해요. 그런데 신용 있는 기관이 보증을 서주면, 하찮은 플라스틱 조각이라도 마법의 돈지갑이 됩니다.

경제적 관점에서 바라본다면, 근대성의 형성 과정은 신용 경제가 세계적 규모로 이루어지는 과정입니다. 이런저런 전쟁과 혁명이 있었어요. 약탈과 침략이 있었죠. 이런저런 이유로 많은 사람이 목숨을 잃었어요. 현재도 그 흐름의 연장에 있어요. 자유를 위한 투쟁이라고, 혹은 인간 해방 과정이라고 말할 수 있지만, 그 과정에서 무고한 사람들이 피를 흘려야 했으니 그 자체가 아름다운 것은 아니죠.

명예혁명과 권리장전

부르주아 혁명의 원인은 돈 때문입니다. 세금 때문이에요. 여기에서 돈은 단순히 돈이 아닙니다. 돈 안에 있는 것, 돈이 표상하는 것이 중요해요.

문제가 되는 것은, 돈을 걷을 권리와 돈을 뺏기지 않을 권리 사이의 다툼입니다. 실정법과 자연법 사이의 투쟁, 이게 법이니까 지켜라! 와 무슨 그런 법이 다 있냐! 사이의 싸움이죠. 억압과 자유의 문제예요. 돈을 걷는 일 자체가 아니라, 돈을 걷는 일의 공정함과 자발성이 문제입니다.

대외적으로 주권을 지켜야 하는 국가는 기본적으로 전쟁 기계의 성격을 지닙니다. 돈이 많이 필요해지는 것은 군비 때문입니다. 그래서 돈이 필요한 왕은 세금을 더 걷으려 하고, 지불해야 하는 귀족과 평민들은 저항합니다. 유럽 혁명의 핵심적인 갈등 구조예요.

1588년 스페인의 이른바 무적함대가 영국·네덜란드 연합군에 패배한 사건, 이것이 근대 유럽 패권의 이동을 보여주는 핵심 사건이라고 했었죠. 그로부터 정확하게 100년 후인 1688년 영국에서 명예혁명이 일어납니다. 영국 왕은 도망가고, 네덜란드 총독이 왕좌를 차지합니다.

그리고 그 이듬해인 1689년, 왕과 의회가 '권리장전'에 합의함으로써 영국은 명실상부한 입헌 군주국이 됩니다. 실질적인 공화국이 되는 거죠. 그게 영국이 19세기에 세계 최대 강국으로 떠오르는 제도적 바탕이 됩니다. 유럽의 큰 나라 중에서 절대 왕정을, 다른 어느 나라보다도 일찍 종식시킨 것이 영국이었습니다.

절대 왕정하에서 주권은 왕에게 있습니다. 하늘이 그 주권의 보증자입니다. 이른바 왕권신수설이죠. 그러나 입헌주의에서 주권은 법을 만든 사람들, 곧 그 나라 사람들에게 있습니다. 주권재민의 원리죠. 생명과 재산에 관한 개인의 권리를 지키는 것은 말할 것도 없고, 국가 운영에서, 대표 없이 과세 없다(No taxation without representation)는 것, 의회가 승인해야 공권력 유지 비용을 책정할 수 있다는 것이 그 핵심이에요.

이 사건을 명예혁명(glorious revolution)이라 부르는 것은 피를 흘리지 않았기 때문입니다. 왕좌에 오른 윌리엄 3세(재위 1689~1702)는 네덜란드 총독이었던 빌럼 2세입니다. 쫓겨난 왕 제임스 2세(재위 1685~1688)의 사위이면서 외조카이기도 합니다. 네덜란드 총독이 외갓집이자 처갓집으로 건너가서 왕이 된 것이죠. 물론 군대를 끌고 갔지요. 그 위세에 눌려 제임스 2세는 사위와 딸에게 왕권을 내준 것이고요. 자기도 외갓집, 프랑스로 도망갑니다.

가족끼리라서 피를 흘리지 않았다고 하기보다는, 이미 40여 년 전에 피를 충분히 흘렸기 때문이라고 해야 할 거예요. 쫓겨난 왕(제임스 2세)의 아버지, 즉 찰스 1세(재위 1625~1649)는 1649년에 처형당해 죽었습니다. 청교도 혁명 때의 일이죠.

크롬웰(1599~1658, 청교도 혁명을 주도한 정치가 · 군인)이 죽은 후, 찰스 2세(재위 1660~1685)가 들어서자 또 피바람이 불었어요. 아버지를 죽인 사람들을 색출해 죽이고, 부관참시를 했어요. 제임스 2세는 바로 그 찰스 2세의 아우입니다. 이들 영국 왕 세 부자는 모두 왕의 절대 권력을 주장했었죠. 반대편에는 주권재민을 주장하는 의회주의자들이 있었고요. 이들 간의 힘겨루기가 끝났음을 보여주는 사건이 곧 명예혁명입니다. 그 결과가 권리장전이고요. 주권재민의 원리는 프랑스 대혁명에서 다시 한번 확인되죠. 근대성의 핵심적 상징입니다.

자유와 평등

왕을 처형한다는 것은 대단한 일이죠. 영국과 프랑스가 그 일을 했어요. 150여 년을 사이에 두고. 권리장전도 그렇지만, 프랑스 혁명의 3대 슬로건은 그 자체로 근대성의 상징입니다. 자유, 평등, 우애.

자유란 아주 단순한 거지요. 하고 싶은 걸 하고, 하기 싫은 걸 안 하는 겁니다. 단, 조건이 있어요. 개인이 아니라 사회적 차원에서 그렇다는 것입니다. 사람은 혼자 살 수가 없기 때문입니다. 사람으로서 해서는 안 될 짓을 하고 약속한 것을 하지 않으면 어떻게 되나요? 그 사회로부터 추방당하거나 사람 취급을 못 받습니다. 절대 고독 속에서 자기 혼자 살 수 있는 사람이라면 아무런 상관없어요. 그는 절대 자유의 상징입니다. 신이죠. 그러나 사람의 자유는 어디까지나 사회적 합의와 약속 안에서의 자유입니다. 자유는 제한이 있습니다.

자유 시장의 자유가 그 원형입니다. 그 자유는 시장 안에서만 통용됩니다. 그리고 시장의 자유는 공권력에 의해 수호됩니다. 근대성의 첫 번째 슬로건으로서 자유란 부당한 차별 없이 세금 내고 장사할 자유입니다.

절대 왕정에 반기를 들고 혁명을 일으킨 사람들이 외친 자유란, 봉건적 억압으로부터의 자유입니다. 그 자유는 자기 생명과 재산, 인격에 관한 권리와 연관되어 있지요. 하지만 자유의 영역 안으로 들어오면 누구든 자유의 약속을 지켜야 합니다. 물건을 사기 위해서는 돈을 내야 합니다. 반대로 정해진 돈을 내면 누구에게나 물건을 줘야 합니다. 돈에는 인격이 없어요. 중앙은행 총재의 도장만이 중요합니다. 왕의 것이든 날품팔이의 것이든, 단지 지폐에 새겨진 액수만이 말을 합니다.

신용이 만들어지기 위해서 자유가 필수적인 것은 그 때문입니다. 자기 재산을 자기 의사에 따라 처분할 수 있어야 자유 교환이 이뤄지고, 신용은 자유 교환이 있는 곳에서 생겨납니다. 제한 없는 절대 자유란 공포스러운 것입니다. 담장 밖은 위험한 곳입니다. 시장의 자유는 수호자를 필요로 합니다. 국가와 공권력이 시장의 담장과 출입문을 관리하지요. 이상한 놈들이 이상한 짓 못 하게 막아줄 테니 정기적으로 돈을 내! 이것은 시장 깡패들의 말이면서 또한 국가의 말이기도 합니다. 사람들이 자기 의사에 따라 동의하면 국가의 것이고, 그렇지 않으면 깡패들의 것입니다.

자유가 자유 시장의 자유라면, 평등은 1인1표제의 평등입니다. 프랑스 혁명 전의 의회는 신분제 의회였습니다. 1인1표제가 아니죠. 신분에 따라 권리가 달라요.

한국의 어떤 60대 남성이 말해요. 나는 선거하지 않겠다, 내가 식구들 먹여 살렸는데 내 자식들과 내가 어떻게 똑같은 한 표란 말인가? 이것은 옳지 않다! 또 1987년 한국의 선거 결과를 보고 침통해진 대학생이 이렇게 말해요. 어떻게 국가의 운명을 걱정하고 새 헌법을 만드는 데 피를 흘린 청년과 자기한테 밥 사준 후보에게 표를 던진, 아무 생각 없는 사람들이 똑같은 한 표를 행사하는가? 이것은 옳지 않다, 국민을 대상으로 선거 자격시험을 봐야 한다, 합격한 사람에게만 투표권을 줘야 한다!

지금 이 사람들은 무슨 말을 하고 있는 거예요? 보통선거의 이념을 거부하는 것은 독재를 하자는 겁니다. 정책 선거라고 말하지만, 사람을 뽑는 보통선거는 인기투표예요. 중요 정책에 대한 찬반 투표가 아니라면, 선거에서의 공약이나 정책은 대동소이할 수밖에 없어요. 문제는 실행 가능성이지요. 그 가능성을 두고 하는 선거는 물건을 사는 것과 다르지 않습니다. 그 이후에 어떤 일이 벌어질지는 모릅니다. 불합리해 보이지만 그게 민주주의입니다. 무조건 1인 1표, 보통선거제야말로 평등이라는 이념의 구현체입니다.

국민 국가

세 번째 슬로건, 우애는 매우 특이한 항목입니다. 프랑스어로는 프라테르니테(fraternité), 영어로는 프래터니티(fraternity)라고 쓰지요. 쉬운 영어로는 브라더후드(brotherhood)가 됩니다. 처음엔 '박애'로 번역되었어요.

프래터니티는 같이 전투에 참여했던 사람들끼리 느끼는 동지애 같은 것입니다. 박애가 제한 없는 그리스도의 사랑이라면, 프래터니티는 공동의 적이 있어야 만들어지는 감정입니다. 적의 입장에서는 무서운 말이죠. 바로 여기에서 국민(nation)이라는 개념이 나옵니다. 박애가 보편적 종교 이념에서 나온 것, 울타리를 넘어서는 사랑이라면, 프래터니티는 울타리 안에서의 사랑입니다.

프래터니티가 중요한 것은 국민 국가(nation-state)를 만들어내는 이념이기 때문입니다. 국가(state)는 법을 만들고 집행하는 현실적인 권력 조직을 뜻합니다. 입법과 사법, 행정력의 총체죠. 돈 걷는 법을 만들고, 걷은 돈을 쓰고, 말 안 듣는 사람들 잡아 가두는 조직입니다. 그러면 국민=네이션은 무엇이지요? 네이션(nation)이라는 단어는 '국민'이라고도 또 '민족'이라고도 번역해요. 민족 국가나 국민 국가나 같은 말입니다.

민족과 국민이 같다고 말하면, 우리로서는 좀 이상하게 느껴져요. 국민은 국적 문제지만, 민족은 핏줄이 작동한다는 생각 때문이죠. 그러나 프래터니티가 만들어내는 네이션은 정신적 소속감을 뜻합니다. 혈통이나 언어, 문화 같은 것이 중요한 이유는 소속감을 만들어내는 데 기여하기 때문입니다.

그런데 그 소속감은, 애국심이 나라를 떠나 있을 때 강해지듯이, 외부에 대한 의식에서 생겨납니다. 가장 강렬한 것이 전쟁 상황입니다. 국가 간 경쟁이나 스포츠도 마찬가집니다. 적을 향해 함께 총질하는 사람들 사이에서 동지애와 유대감이 만들어집니다. 외부와의 대결에서 형성되는 자기 공동체에 대한 소속감이 네이션=국민을 만드는 원천입니다. 이에 비하면 혈통이나 언어, 문화 같은 것은 부차적이에요.

국민과 국가가 결합함으로써 현재 우리의 정치 체제가 이뤄집니다. 국가는 현실 권력을 소유하고 있고, 국민은 그 힘의 정신적 원천입니다. 대한민국 헌법이 그걸 보여주지요. "대한민국은 민주공화국이다. 대한민국의 주권은 국민에게 있고, 모든 권력은 국민으로부터 나온다." 이것이 우리 헌법 제1조입니다. 우리나라 최고 법의 최고 원칙이라는 것이죠. 국민이 주권자로서 스스로를 통치하는 나라, 곧 그것이 국민 국가인 것이죠.

물론 국민 주권의 원칙은 대부분의 나라에서 일종의 상징이나 이념적 이상 역할을 합니다. 국민은 오로지 선거를 통해서만 주권을 행사합니다. 그때만 주인 노릇을 하는 거지요. 대의제를 비판한 루소(1712~1778)는 이런 상황에 대해, 선거할 때만 주인이고 그 나머지는 노예라고 했지요.[2] 그렇다고 해서 루소의 말처럼 직접민주주의를 할 수 있나요? 국민 대다수가 생업에 종사해야 하는 현대의 국가 체제에서는 쉽지 않은 일입니다.

대의민주주의 국가에서 국가와 국민의 관계는 언어와 의미의 관계와도 같아요. 의미가 먼저 있고 그것을 표현하기 위해 언어가 개입한다는 생각은 착각입니다. 의미는 언어를 사용하는 사람에 의해서, 구체적인 문장 속에서 만들어져요. 국민의 뜻은 그 해석자이자 대행자인 국가가 그것을 재현함으로써 만들어져요. 게다가 힘이 있는 국가는 심심찮게 국민을 길들여요. 두들겨 패서 자기가 원하는 틀 속으로 구겨 넣기도 하지요. 그것이 많은 경우 국민 국가의 현실이죠.

국민이라는 주권자를 만든 프래터니티는 그런 단어입니다. 폭력의 냄새가 물씬 풍기죠. 영국과 프랑스 사람들은 혁명을 통해서, 국왕의 목을 날림으로써 그 단어의 현실적 의미를 만들어냈어요.

국왕을 참수하는 것은 대단한 일입니다. 많은 사람을 죄의식에 빠지게 만듭니다. 우리가 좀 심했던 것 아닐까? 그냥 조용히 가둬두는 정도로 충분하지 않았을까? 왕을 죽이는 일뿐 아니라, 그 어떤 전쟁도 이런 식의 죄책감이나 트라우마를 만들어냅니다. 지나침과 넘침이 있는 곳에 후회가 있기 마련이죠. 그런 트라우마와 복합감정의 공동체, 그것이 곧 국민의 개념입니다.

전쟁에서 적을 상대로 함께 싸운 국민은 동일한 정치적 권리를 가집니다. 평등의 이념이죠. 이들이 주권자가 됨으로써 국민 국가가 만들어져요. 그리고 국민 국가는 자기 영역의 파수꾼이 됨으로써 자유 시장의 수호자가 됩니다. 국민 국가와 자유 시장. 이것이 곧 현재 우리가 사는 세상, 근대 세계의 핵심 이념이죠.

무의식

지금까지 살펴본 근대성의 이념은 세계의 문제이면서 또한 공동체의 문제입니다. 그 세계를 바라보는 존재, 자아의 차원에서 보면 문제가 되는 것은 무의식입니다. 인간의 자기 이해에서 근대성의 요체로 부각되는 것이 곧 무의식이에요.

무의식이라는 용어가 문제로 떠오른 것은 지난 시간에 언급한 프로이트 때문입니다. 프로이트는 무의식을 다루는 학문, 즉 정신분석학을 만든 사람입니다. 심리학(psychology)은 있었지만, 정신분석학(psychoanalysis)은 없었던 것이 프로이트 시대의 사정이에요. 사람의 마음에 관한 학문은 어느 사회에나 늘 있어왔죠. 19세기 유럽의 심리학도 마찬가지입니다.

프로이트가 초기에 받았던 비판 중 하나가 무의식(the unconscious)이라는 말 때문이었습니다. 의식(the conscious)은 우리가 다 아는 것이에요. 또 의식이 없는 것(not conscious)도 그래요. 그런데 무의식이라는 게 있다는 거예요. 이건 대체 무엇인가?

무의식이라는 말은 의식이 없다는 것과는 달라요. 의식은 컴퓨터가 켜져 있는 것이고, 의식 없음은 전원이 꺼져 있는 것이죠. 그런데 무의식이라는 것이 의식처럼 작동하고 사람에게 영향을 미친다는 거예요. 이게 말이 되나요? 무의식이, 곧 '없는 의식'이 어떻게 사람에게 영향을 미쳐요?

지난 시간에 나왔던 용어로 말하자면, 이런 말은 그 자체로 이율배반이죠. 의식이 아닌데, 그게 내 몸 안에서 작동하고 있다고? 우리가 의식하지 못하는 어떤 마음이 우리 안에서 움직이고 있다는 겁니다. 잠재의식이라면 또 몰라도, 무의식이라니, 이상하잖아! 그런 게 있다면 증거를 대봐! 이런 비판에 대해 프로이트가 내놓은 답이 꿈이에요. 보세요, 꿈이 곧 무의식의 왕국입니다.

꿈은 누가 만든 거지요? 꿈의 연출가는 누구예요? 꿈속에서 내 친구가 나한테 나쁜 짓을 했어요. 그래서 꿈에서 깬 내가 친구에게 전화를 해요. 너 말이야, 내 꿈에 찾아와서 왜 그런 짓을 했어! 이런 말을 하는 내가 정상인가요? 친구가, 너 진짜 나쁜 놈이다, 꿈에서 나한테 그런 역할을 맡겼다는 거야? 라고 하면 어때요? 아니야, 난 그런 역할을 맡긴 적 없어! 라고 변명을 해야 하나요? 그러면 친구가 말해요. 그건 네 꿈이잖아. 내가 그렇지 않다고 말해도 소용없어요. 친구는 이렇게 말할 거예요. 그게 진짜 너야.

진짜라는 말이 나오면, 지난 시간에 말했듯이 모든 사태가 래디컬(radical)하게 돼요. 날카롭고 험악해져요. 오랜만에 만난 친구 두 사람이 술을 마셔요. 한 사람이 취했다며 그만 마시겠다고 하자, 상대가 화를 내요. 왜 그래? 너는 네 진짜 모습을 나한테 보여주기 싫은 거지? 아니야, 난 망가지는 모습을 보여주고 싶지 않아, 라고 말해도 소용없어요. 망가져야지, 그게 네 진짜 모습이잖아, 그게 진짜 너잖아, 너 안에 있는 진짜 너, 그걸 보여달란 말이야.

그러니까 무의식을 지닌 주체야말로 진짜 자아의 모습이 되는 것입니다. 요컨대 근대인들에게 매우 중요한 두 가지가 '알 수 없는 것'으로 드러난 것이죠. 첫째는 세계 그 자체가 그렇고, 둘째는 자기 자신도 역시 그렇습니다. 무의식을 지닌 자아의 모습이 그것입니다.

세 겹의 자아

세계의 본체, 즉 세계 그 자체가 알 수 없다는 것은 사람들 모두의 문제이니 그러려니 할 수 있습니다. 사람들이 공유하는, 알 수 있는 세계 속에서 살아가면 그뿐이지요. 그런데 알 수 없는 자기 자신의 문제는 어떨까요? 이것은 쉽지가 않습니다.

자기 자신을 바라보는 세 가지 방식이 있어요. 간단한 심리 테스트예요. 자, 내가 말을 하면 생각하지 말고 마음속으로 떠올려보세요. 말하지 말고 혼자만 알고 있어요. 자, 동물 세 가지! 하나, 둘, 셋.

어떤 동물이 떠올랐나요? 첫째는? 사자? 사슴? 토끼? 둘째는? 그리고 셋째는?

첫째 동물은 자기가 남들한테 보이고 싶은 자아의 이미지입니다. 그리고 둘째는 자기 자신이 생각하는 자아의 이미지예요. 그리고 셋째는 자기가 진짜라고 생각할 수밖에 없는 자아의 이미지예요. 어때요? 셋째를 방울뱀이나 지렁이라고 한 사람은 없나요?

이런 식의 이른바 심리 테스트라는 것이, 이치가 없는 건 아니지만, 기본적으로 유치한 거예요. 그러니까 셋째를 살모사나 지네라고 했다 해서 너무 괴로워하지 말아요. 진짜의 세계는 어차피 괴로우니까.

우리가 알아야 할 중요한 것은, 자아가 한 겹이 아니라 최소한 세 겹으로 이루어졌다는 사실입니다. 위의 심리 테스트는 프로이트의 용어로 번역할 수 있어요. 첫째 자아는 '자아 이상(ego-ideal)'입니다. 내가 되고 싶은 모습이에요. 사람들도 나를 그렇게 알아줬으면 하는 바람이 스며 있어요. 둘째 자아는 '관념적 자아(ideal ego)'입니다. '이상적 자아'라고도 합니다. 자기가 파악한 자기 자신입니다. 물론 이것도 성장함에 따라 바뀌고, 또 경우에 따라 바뀌기도 합니다. 셋째 자아는 어떻게 부를 수 있을까요. 진짜 나라고 해야 해요. 여기에 도움이 될 만한 사람은 프로이트 다음 세대의 정신분석학자 라캉(1901~1981)입니다.

세 개의 세계

라캉이라는 프랑스 사람은 프로이트의 정신분석학에 언어학적 통찰을 도입했어요. 언어에는 세 차원이 있어요. 첫째는 소리, 이것을 기표(signifiant)라 부릅니다. 둘째는 뜻, 이것을 기의(signifié)라 부릅니다. 둘이 결합함으로써 언어가 되지요. 그렇다면 셋째는 뭘까요? 그 말이 가리키는 지시 대상입니다. 이것은 언어 밖에 있지요.

예를 들어 '나무'라는 글자가 있어요. 이것이 첫째 항목으로서 기표입니다. 그 글자로 인해 사람들의 머리에 떠오르는 이미지가 있어요. 그것이 둘째 항목인 기의입니다. 그러니까 기표는 글자이자 소리이고, 기의는 뜻입니다. 이 둘이 결합해서 말이 됩니다. 그런데 나무라는 말이 가리키는 지시 대상은 어디에 있나요? 그것은 나무라는 말 속에 있지 않고, 말 바깥에, 저기 저 창밖이나 혹은 나무로 만든 책상이나 제재소의 목재 속에 있습니다.

이런 식의 구분법은 스위스의 언어학자 소쉬르(1857~1913)가 만든 것입니다. 프로이트보다 한 살 어린 사람입니다. 이 둘보다 서른 살쯤 어린 라캉의 공적은 두 사람의 논리를 결합시킨 것이지요. 라캉은 세 가지 세계를 구획했어요. 첫째 항목인 기표의 세계, 이것은 상징의 세계입니다. 둘째 항목인 기의의 세계, 이것은 상상의 세계입니다. 그리고 셋째 항목인 대상의 세계, 이것은 실재의 세계입니다. 이것이 라캉의 분류법이죠.[3] 일전에 한번 외워두라고 했죠? 상징은 자기기만의 세계이고, 상상은 착각의 세계라고요.

상상계가 주관성의 세계라면, 상징계는 상호 주관성의 세계입니다. 주관성의 세계가 어린아이들의 세계라면, 상호 주관성의 세계는 어른들의 세계입니다. 남들이 다 그렇다고 하니까 나도 그렇게 알고 살아야지, 라고 생각하며 거기에 따라 사는 사회성의 세계입니다. 앞에서 쓴 용어로 하자면, 상상계는 바보의 세계이고, 상징계는 속물의 세계죠. 실재계는 언어 밖에 있는 세계이기 때문에 언어로 표현될 수 없는 세계입니다. '진짜' 나무의 세계죠. 인간의 언어라는 안경이 포착해낼 수 없는 세계, 그 언어 바깥으로 삐져나가는 세계, 그것이 실재계, 광인의 세계입니다.

왜 기표의 세계를 상징계라고 하는지에 대해서는 좀 더 설명이 필요하겠네요. 상징은 기본적으로 반복의 세계입니다. 상징의 대표적인 것이 국기나 언어 자체입니다. 왜 이것을 '나무'라는 이름으로 부르는지, 어떤 나라에서는 tree라 하고, 어떤 나라에서는 arbre라 하는지 이유가 없어요. 그냥 사람들이 집단적으로 그렇게 부르다 보니 그렇게 된 것이죠. 사람들의 집단과 반복이 만들어낸 세계, 그것이 곧 상징의 세계입니다.

앞에서 세 차원의 자아에 대해 언급했는데, 이제는 그 셋도 라캉의 용어로 말할 수 있겠죠. 상징적 자아, 상상적 자아, 그리고 실재 차원의 자아. 남들이 생각하는 나, 내가 생각하는 나, 진짜 나. 남들이 생각하는 자아의 상에 따라 맞춰 사는 것, 그런 걸 잘 몰라서 그냥 자기식대로 사는 것, 이 둘은 쉽게 생각할 수 있어요. 그런데 진짜 내 방식으로 사는 것은 무엇이죠?

앞에서 우리는 존재론적 간극이라는 말을 배웠어요. 진짜 내 방식으로 사는 것이 무엇인지 특정해서 말하기는 힘들어요. 누구에게나 그래요. 그러나 상징계의 자기기만과 상상계의 착각이 서로 어긋날 수밖에 없는 곳. 그곳이 바로 존재론적 간극에 해당한다고 말할 수는 있을 거예요. 그 간극은 우리에게 질문하죠. 진짜 나는 누구인가? 진짜 내 방식으로 사는 것은 어떤 것인가?

텍스트의 증상, 텍스트의 말문

소설을 읽는다는 것은 사람들의 삶을 읽는 것입니다. 그런데 그 삶은 문장으로 재현된 것이죠. 삶이라는 것도 중요하지만, 언어로 만들어진 것이라는 점이 중요하죠. 읽는 사람에게 삶이란 '무엇을'에 해당합니다. '어떻게'라는 눈으로 보면 언어와 문장이라는 게 중요하게 다가옵니다.

세 세계를 기준으로 보자면, 소설은 말할 것도 없이 상징계의 산물이죠. 두 가지 점에서 그래요. 첫째, 소설은 부르주아의 서사시라는 헤겔의 말이 있어요.[4] 서사시는 나라의 명운을 두고 싸우는 전사들의 이야기인데, 근대의 전사들은 모두 상인이라서, 그들이 살아남으려고 발버둥 치는 이야기라서 그렇게 말할 수 있어요. 교역을 하는 사람들에게 필수적인 것은 시장입니다. 언어도 마찬가지죠. 시장이 곧 사회입니다. 신용과 언어는 서로에게 필수적인 것이에요.

둘째, 소설은 다른 사람들의 삶을 활자로 고정시켜놓은 것이에요. 그래서 상징계의 산물입니다. 상상계와 달리 상징계에는 사회가 있고 언어가 있습니다. 언어가 있는 곳에는 무의식이 있습니다.

무의식이라는 것의 정의가 그렇습니다. 마음속에는 있으되 말문이 막혀 의식으로 표현되지 못한 것이 곧 무의식이에요. 사람의 삶이라는 텍스트도 역시 마찬가지입니다. 이것은 두 번에 걸쳐 언어를 통과해요. 작가의 손에서 한 번, 그리고 독자의 손에서 또 한 번. 두 번의 언어화 과정을 통해 어떤 사람들의 삶이 우리에게 전해지는 것이죠.

말을 통과해야 하니까, 소설이 무사할 수가 없어요. 그 안에 있는 삶이라는 것도 마찬가지죠. 두 번 비틀리고 구겨져 있을 수밖에 없어요. 작가 손에서 한 번, 독자 눈에서 또 한 번. 바로 그 구겨진 곳에서 나타나는, 정상과는 다른 모습을 우리는 텍스트의 증상이라 부르죠.

텍스트를 제대로 읽고자 하는 사람에게는 증상이 문(門) 역할을 합니다. 텍스트의 내부로 들어가는 문이기도 하고, 말문이기도 해요. 말이 내왕하는 문이라는 거죠. 텍스트가 하는 말을 들을 수 있는 문이고, 또 우리가 텍스트의 저 깊은 곳에 있는 속내에게 말을 건넬 수 있는 문이기도 해요. 바로 그 문을 포착해내고, 그 문을 통해 말이 오가게 만드는 것이 곧 잘 읽을 수 있는 방법이 되는 거죠. 자세한 것은 소설을 읽으면서 이야기해봅시다.

4-1강

텍스트의 무의식: 『이반 일리치의 죽음』

좋은 글을 쓰기

『이반 일리치의 죽음』[1]에 대해 쓴 여러분의 글을 읽었어요. 이번 수업에 필요한, 글을 쓰는 요령에 대해 다시 확인해볼게요. 두 가지를 강조했어요.

내가 여러분에게 요구하는 글은 첫째, 솔직한 글이라고 했어요. 솔직한 글이란, 학술적인 글과는 다르다고 했죠. 『이반 일리치의 죽음』은 유명한 작가의 유명한 작품입니다. 많은 연구와 정보가 있어요. 그걸 조사하고 옮겨 적는 것은 매우 간단한 정도로 충분해요. 그보다 중요한 것은, 책을 읽어가면서 여러분의 마음에 떠올랐던 느낌과 생각을 적어보는 것이라 했습니다.

이반 일리치의 삶을 들여다보면서, 여러분은 무슨 생각을 했나요? 그는 출세한 사람입니다. 세 형제 중 잘난 둘째로 자라서 법대

졸업하고 결혼도 잘했죠. 법률가가 되어 평탄하게 승진 가도를 달렸어요. 중간에 약간 비틀거렸지만, 딸 하나 아들 하나 낳아서 잘 키웠어요. 딸은 좋은 혼처도 마련했어요. 객관적으로는 부족할 것 없는 인생이에요. 그런데 마흔다섯 살 되던 때, 그야말로 인생의 정점에서 갑자기 발병해 4개월 만에 죽어요. 험하게 앓다가 고통스럽게 죽어요. 소설은 그 과정을 다뤄요.

한 학생은 최근에 있었던 할머니 장례식 이야기를 썼어요. 소설과 겹쳐졌다고 했어요. 좋아요, 그런 걸 쓰세요. 그런데 이런 이야기는 쓰다 보면 조금 가다 막힐 수밖에 없어요. 사람의 느낌이라는 것이 무척 복잡해서 잘 다루는 게 일단 쉽지 않아요. 생각하는 것 자체가 힘든데, 복잡하게 생각하는 것은 진짜 힘들어요. 그래서 단순하게 정해진 길로 가기 쉬워요. 그러다 보면 초등학생 일기 투가 돼요. 이제부터라도 죽음을 의식하고, 제대로 살아봐야겠다는 식이죠.

그것은 솔직함이 아니라 상투성입니다. 틀에 박힌 솔직함은 솔직함이 아닙니다. 솔직하되 상투적이지 않으려면 어떻게 해야 할까요? 앞에서 썼던 용어로 말하자면, 의식이 아니라 자기의식이 개입해야 합니다. 내 솔직함이 혹시 틀에 박힌 솔직함이 아닌가를 살펴야 한다는 것입니다. 단순한 솔직함이 아니라 반성된 솔직함이 필요해요. 진짜 솔직함으로 가기 위해서는 고투가 필요해요. 쉬운 일이 아니에요. 쉽게 나온 솔직함인데 굉장하다? 그런 건 천재나 할 수 있는 거예요.

둘째, 조리가 있어야 한다는 것입니다. 논리적이고 일관성이 있어야 해요. 물론 이것도 힘든 일입니다. 우리 생각이라는 것 자체가 조리가 없어요. 어디로 튈지 몰라요. 갈팡질팡에 우왕좌왕, 말 그대로 의식의 흐름이지요. 거기에 반성이 개입하면, 그러니까 자기 생각에 대해 이게 과연 말이 되는가 하는 질문이 투입되면 조리가 생겨요. 글쓰기란 그 과정을 활자로 옮기는 것입니다. 지향 없이 진행하는 의식의 흐름과, 반성적 사고의 합리성이 한판 씨름을 벌이는 곳, 그곳이 곧 글쓰기라는 장입니다. 그 씨름을 제대로 해보라는 것입니다.

너무 당연한 것이라 말하지 않은 것이 있었네요. 다른 사람의 문장이 따옴표 없이 들어오는 것은 절대 안 됩니다. 그것은 범죄입니다. 필요하면 인용하세요. 인용하면 아무것도 아닙니다.

거인의 어깨 위에서 생각하기

지난번 수업이 끝나고 질문을 받았어요. OSW 학생, 말해볼래요?

OSW: 에로스가 아난케 반대편에 있었는데, 타나토스가 등장하니까 에로스가 아난케와 한편이 되었어요. 어떻게 그렇게 되는지 궁금했습니다.

지난주, 사랑과 근대성에 대한 강의에서 나온 이야기였죠. 소설 읽기란 사람의 삶을 읽는 것이고, 프로이트에 따르면 사람의 삶은 두 가지로 이루어진다고 했어요. 굶주림과 사랑, 아난케와 에로스였습니다. 하나가 삶을 유지하는 것이라면, 다른 하나는 삶을 유지해야 할 이유라는 것이었죠. 여기에 여러 가지 이야기가 덧붙여졌어요. 교환과 증여, 경제와 낭비, 그리고 그 끝에는 에로스와 죽음이 있었습니다.

아난케-굶주림-일-교환-혁명-결혼-경제-삶-에로스

에로스-사랑-가정-증여-연애-불륜-낭비-보람-죽음 충동

에로스가 어떻게 반대편으로 옮겨가버렸는가? 하는 질문이 있을 수 있다고 했어요. 이 문제는 여러분이 해결해보라고 했습니다. 에로스라는 단어가 앞에서는 아난케의 반대 개념으로, 뒤에서는 죽음의 반대 개념으로 되어 있어요. OSW 학생의 말처럼, 죽음이 나타나자 사랑이 삶에 붙어버렸어요. 어떻게 그렇게 된 거죠? 한번 찾아보세요. 생각해봐요.

숙제가 하나 더 있었죠? 불행한 의식의 문제였습니다. 누구나 불행한 의식에 빠진다고 했어요. 어떻게 그로부터 벗어날 수 있을까? 이것 역시 여러분이 해결해보라고 했습니다. 어떻게 하면 되나요?

혼자 끙끙거리며 생각하지 말라고 했지요. 일단 찾아보세요. 먼저 생각해놓은 사람들이 있어요. 우리가 만나게 되는 사람들은 모두 거인이죠. 멀리 보려면 거인의 어깨로 올라가야 해요. 그것이 난쟁이의 일입니다.

생각은 거인의 어깨 위에서 하는 것입니다. 물론 거인의 옷자락을 들치면 그 안에는 또 거인의 어깨에 올라앉은 난쟁이가 있습니다. 그 난쟁이들의 계보를 향해 갈 수도 있어요.

그러나 어떻든 내 앞에는 거인들이 있어요. 거인들을 제대로 찾아내고, 그 어깨 위로 올라가세요. 더 올라갈 데가 없을 때, 내 앞에 쌓인 지식이 끝났을 때, 다른 사람들이 만들어놓은 길이 끝났을 때, 그곳이 바로 스스로의 힘으로 생각해야 하는 자리입니다. 쉬운 일이 아니죠. 마음에 안 들면 다른 방식의 도약도 가능하겠죠. 천재들의 방식이죠.

톨스토이의 불행한 의식

톨스토이의 삶은 한 사람이 어떻게 불행한 의식을 넘어서는지를 보여주는 전형적 예입니다. 톨스토이는 도스토옙스키(1821~1881)와 함께 러시아 문학을 일약 세계 문학의 반열에 올려놓은 작가입니다. 톨스토이는 1828년생이고, 도스토옙스키는 그보다 일곱 살 많은 1821년생으로, 프랑스 작가 플로베르(1821~1880)와 동갑내기입니다.

『이반 일리치의 죽음』은 톨스토이가 50대 후반에 쓴 소설입니다. 청년 장교 시절부터 글 잘 쓴다는 소리를 들었고, 30대 중반에는 5년에 걸쳐 『전쟁과 평화』라는 걸작을 썼죠. 40대에는 『안나 카레니나』를 썼고요. 앞에서 맹수를 피해 우물로 도망친 사람의 이야기를 했었죠? 그 이야기가 나오는 『참회록』도 50대에, 『이반 일리치의 죽음』 직전에 쓴 책입니다. 인생을 잘못 살았다는 거예요. 톨스토이 자신의 이야기인 거죠.

『안나 카레니나』를 쓰고 난 후로, 40대 후반에 톨스토이는 극심한 자살 충동에 빠집니다. 집 안에 있는 밧줄과 엽총을 치워야 했을 정도였죠. 당시 그는 이미 세계적으로 유명한 작가인 데다 넓은 영지를 지닌 귀족이기도 했어요. 부러울 것 없는 사람이었던 것이죠. 그런데 톨스토이는 자기 영지에 사는 소작인들의 비참한 삶을 보아야 했어요. 괴로웠지요. 학교를 세우고, 농민을 위한 교과서를 만들었어요. 농사를 함께 짓기도 했어요. 부인은 반대했어요. 당신이 해야 할 일은 그런 일이 아니라 전 세계 독자들을 위해 소설을 쓰는 것이라고 했어요. 작가 톨스토이를 사랑하는 사람이라면 할 수 있는 말입니다. 그러나 귀족 작가 톨스토이는 자기식대로 자기 길을 갔어요. 그런데 그런 그가 어쩌다 치명적인 허망함에 빠졌고, 또 어떤 과정을 통해 그 끔찍한 자살 충동을 극복했을까.

그가 자살 충동으로부터 벗어나는 과정은 곧 불행한 의식을 넘어서는 과정과 같습니다. 그는 그 과정을 기록했어요. 『참회록』과 『인생론』 같은 책이 그것들입니다. 궁금한가요? 직접 읽어보세요. 힌트를 하나 주자면, 그 방법은 생각을 달리하는 차원은 아니라는 것입니다. 생각하다 보니 어느 날 갑자기 깨달음이 왔고, 마음을 달리 먹으니 자살 충동이 사라지고 삶의 활기를 되찾게 되었다는 수준은 아니라는 겁니다.

물론 깨달음은 옵니다. 깨달음은 언제나, 생각을 통해서가 아니라 생각지도 못한 길을 통해서 와요.

텍스트의 증상

책을 읽을 때 증상을 찾는 일이 중요하다고 했습니다.[2] 증상은 텍스트의 말문이 막힌 곳이고, 그곳을 파고들면 텍스트의 무의식으로 들어갈 수 있다고 했어요. 그래야 단순한 지식이 아니라 깊이 있는 생각에 도달합니다.

여기에서 증상은 말할 것도 없이 의학 용어입니다. symptom이에요. 통증, 발열, 기침, 이런 게 다 증상이지요. 신체적 이상을 보여주는 것이 곧 증상입니다. 책이나 글이 사람 몸도 아닌데, 어떻게 증상이 있다는 건가요?

물론 텍스트가 생물과 같은 신체를 지닐 수는 없어요. 그러나 만들어진 것으로서 텍스트도 신체가 있어요. 여기에서 신체는 자기 일관성의 체계를 뜻합니다. 그것을 지키고자 하는 고유의 저항이 있어요. 그것이 곧 텍스트의 물질성이고 신체성입니다. 거기에서 발견된 이상(異常), 그것이 증상입니다.

천의무봉(天衣無縫)이라는 말이 있어요. 신이 만든 옷은 바느질 자국이 없다는 말이에요. 그러니까 신이 만든 텍스트라면 증상이 없어요. 사람이 만든 텍스트는 그럴 수가 없어요. 게다가 텍스트는 문학 텍스트만도 아니고, 더 나아가 사람이 만든 것만도 아니에요. 우리가 읽자고 덤벼들면 모든 것이 다 텍스트에요. 예를 들면, 바로 이 교탁을 텍스트로 상정할 수도 있고, 또 창밖의 나무나 하늘 같은 자연을 텍스트로 상정할 수도 있어요. 나무의 재질이나 상판의 기울기, 탁자의 높이 같은 것을 분석할 수 있지요. 분석적 사유의 대상이 되면 그게 텍스트입니다.

텍스트 생산 기제

텍스트는 직물처럼 짜여져 있는 것, 텍스처(texture)를 가진 겁니다. 자연스럽게 이루어진 것일 수도 있고, 인공적으로 어떤 의도에 의해 만들어진 것일 수도 있어요.

문학 텍스트가 이루어지는 과정을 생각해봅시다. 최소한 세 개의 요인을 상정할 수 있어요. 먼저 설계도가 있어야 해요. 작품을 만든 사람의 의도, 생각, 이념 같은 것이죠. 그런데 이런 설계도는 하늘에서 떨어진 것이 아니에요. 그 사람이 그런 설계도를 만드는 데 참조한 기성의 틀이 있어요. 글이라면 글쓰기의 양식 같은 것, 특정 장르라면 그 장르의 문법 같은 것이죠. 그리고 거기에 내용을 제공해주는 현실이 있어요. 작가를 둘러싸고 있는, 작가의 정신을 만들어내고 또 작가를 자극해서 뭔가를 쓰겠다고 생각하게 한 현실이 있어요. 그러니까, 최소한 셋은 있어야 문학 텍스트가 생산됩니다. 1) 의도, 2) 문법, 3) 현실.

전체 과정을 보자면 작품의 생산은, 현실과 문법 속에서 작가의 의도를 표현하는 과정이라고 할 수 있어요. 이 과정은 의도의 재현 과정이기도 해요. 그런데 어떤 생각이 있다고 해서 그대로 작품이 나오나요?

글을 한 페이지라도 써본 적이 있는 사람은 누구나 알아요. 글은 누가 쓰지요? '그분'이 쓰시는 거지요. 내 안에 계시는 그분이! 직업적으로 글을 써야 하는 사람은 누구나 그분을 기다립니다. 안 오시면 찾아가기라도 해야죠. 필사적으로 찾으면 어딘가에서 뵙게 되리라는 믿음으로. 그래서 글을 쓰고 나면 사람들은 말합니다. 오, 신이여, 이 글을 진정 제가 썼단 말입니까! 좋은 뜻, 나쁜 뜻, 둘 다 있어요. 나쁜 뜻이라면 그분을 잘못 만난 거지요.

요컨대 어떤 생각이나 의도가 있다고 해서 그것이 그대로 재현되는 건 아닙니다. 비틀리고 일그러져요. 문법과 현실이 개입해 의도에 변형과 왜곡을 가합니다. 둘 모두 자기 고유의 저항값을 지녔기 때문입니다. 또 반대로, 한 사람의 의도는 문법과 현실을 변형시키기도 해요. 한 개인의 의도도 자기 고유의 물질성을 가져요. 그래서 문법과 현실을 변형시켜요. 물론 이건 좀 시간이 필요한 일이에요. 어쨌거나, 그 결과로 나온 것이 작품입니다. 중층적이에요. 그러니 이상한 곳이 없을 수 없어요. 흘낏 보면 몰라도, 조금 자세히 들여다보면 여기저기서 툭툭 터집니다. 그곳이 곧 텍스트의 증상입니다. 텍스트의 심층으로, 무의식으로 들어가는 문입니다.

마르크스와 소쉬르

무의식이라는 말에서 중요한 것은, 그 단어를 학술적으로 만들어 낸 프로이트나 정신분석학에 관한 지식만이 아닙니다. 여기에서 우리가 배워야 하는 것은, 대상의 외양을 파고 들어가 좀 더 깊은 곳에 도달하려 하는 자세이자 방법입니다. 이런 점에서, 주목해야 마땅한 또 한 명의 인물은 마르크스예요. 자본주의 작동 방식과 원리의 심층을 탐사하려 했다는 점에서 그렇습니다.

영국에 망명해 『자본론』을 쓸 때의 마르크스는, 마르크스주의자들이 말하는 이데올로그로서 마르크스가 아니에요. 그는 격렬했던 혁명의 시기에 유럽의 망명지를 전전하다가 런던에 이르렀어요. 런던의 대영제국 박물관 열람실에서 『자본론』을 썼습니다. 19세기 중반의 런던은 세계의 수도라 해도 과언이 아닌 곳입니다. 『자본론』이 필연적이라고 말하는 것은 자본주의에 대한 혁명이 아니라, 산업자본주의가 필연적으로 초래할 수밖에 없는 공황, 경제 공황이에요.[3] 자본주의 시스템을 하나의 텍스트로 보면, 공황은 그 텍스트의 증상입니다. 증상이 텍스트의 문제성을 드러냅니다.

자본주의적 생산의 핵심 기제는 시장을 위한 생산이라는 것입니다. 주문 생산이나 계획 생산이 아니라는 것, 시장의 수요를 바탕으로 한 예측 생산이라는 것이죠. 그래서 시장이 활성화하면 과잉 생산은 필연적이에요. 잘 팔리면 계속 그럴 거라 생각하고 너도 나도 많이 만들게 돼요. 그것이 초래하는 게 유동성 위기이자 신용 경색입니다. 물건이 안 팔리면 싸게라도 팔아야 하고, 그래도 안 팔리면 돈줄이 막히는 거죠. 부도나고 파산해요. 이런 흐름이 국가 경제 차원에서 주기적으로 반복되는 것, 그게 마르크스가 목도한 것이죠.

『자본론』이라는 책의 첫 번째 장은 '상품'으로 시작됩니다. 자본이 아니라 상품이라는 게 중요해요. 상품이라는 형식 속에, 상품 교환이라는 매우 특이한 틀 속에 자본주의의 핵심이 있다는 거죠. 자본주의 자체를 가능케 하는 핵심적 고리가 있어요. 그래서 증상이죠. 자유로운 등가 교환이라는 틀에 예외적이면서 또한 그것이 있어야 자본주의가 가능해지는 것, 노동력이라는 특이한 상품입니다. 경제학이 그냥 경제학이 아니라 정치경제학인 이유가 거기 있어요. 시장 안에서 교환은 개인들 간의 자유이지만, 그 질서를 유지하는 것은 정치의 힘입니다. 그것이 법적 강제력을 만들어요. 자유 시장의 자유는 제한된 자유, 담장 안의 자유입니다.

또 하나의 중요한 현상은 언어학자 소쉬르로 대표되는 일반 언어학의 흐름입니다. 소쉬르는 프로이트보다 한 살 어려요. 마르크스보다는 마흔 살쯤 어리죠. 스위스에서 프랑스 말을 썼던 사람입니다. 언어학이 주목한 것은 사람들 사이의 소통 문제죠. 20세기 전체를 통틀어 가장 중요한 이론적 화두 중 하나가 언어적 전회(linguistic turn)예요. 언어학이 여러 인접 학문에 영향을 미쳐 학문의 흐름을 바꿔놨다는 말입니다.

그 영향의 연장에 구조주의라고 통칭되는 생각의 흐름이 있고, 또 철학에서는 분석철학, 그리고 무엇보다도 프로이트와 언어학을 결합시킨 라캉이라는 거인이 있습니다. 최근의 지제크(1949~)는 라캉의 업적을 다시 마르크스와 접합시키고 있는 중입니다. 일반 언어학 강의를 시작한 소쉬르는 그런 흐름의 맨 앞에 있는 상징입니다.

이런 흐름이 보여주는 것은 대상의 심층을 향해 가는 힘이자 방법입니다. 무의식이 중요하다고 하는 것도 바로 그 때문이에요. 마르크스, 프로이트, 소쉬르, 이 셋에서 발원한 지적 흐름, 그러니까 자본주의 분석, 정신 분석, 언어와 매체 분석에서 공통된 것은 타자의 시선입니다. 사회나 공동체라 해도 좋아요. 이 문제는 다음 시간에 다룰 거예요.

'대양적 감정'

프랑스 작가 로맹 롤랑(1866~1944)이 있습니다. 『장 크리스토프』의 작가이고, 톨스토이의 애독자였고, 톨스토이 생전에 편지를 주고받기도 했어요. 톨스토이 전기를 썼죠. 그가 『이반 일리치의 죽음』에 대해 말한 대목이 인상적이에요. 프랑스 소도시에서, 전혀 책을 읽지 않던 사람이 출간한 지 얼마 되지 않은 『이반 일리치의 죽음』을 읽고 토론하는 모습을 보았다고 해요. 당시 톨스토이가 프랑스에서 얼마나 큰 영향력을 지녔는지 알 수 있는 대목이죠.

그런데 로맹 롤랑이 프랑스에 와 있는 프로이트와 이야기를 나누었어요. 프로이트는 톨스토이보다 스물여섯 살 어리고, 로맹 롤랑은 프로이트보다 띠 동갑으로 어려요. 로맹 롤랑은 종교심의 근원에 대해 말하면서 '대양적 감정'이라는 단어를 씁니다.[4] 좀 이상해 보이는 단어지요? oceanic feeling을 번역한 겁니다. 1970년대 번역이에요. 어색한데 좀 근사하기도 해요. 큰 바다 같은 마음이라는 말이죠. 로맹 롤랑에 따르면, 전 우주의 모든 게 하나로 연결되어 있는 것 같은 느낌이 있다고, 그걸 그렇게 표현할 수 있다는 겁니다. 대양적 감정이야말로 종교심의 근원인 것 같다고요. 어때요, 동의할 수 있나요? 좀 그런 것 같죠?

그러나 프로이트는 이런 생각에 동의하지 않아요. 세계와 자아는 분명하게 구분된다는 게 그의 생각입니다. 프로이트는 세계와 자아의 이분법을 매우 강하게 고수했고, 또 자아가 지닌 마음의 고유성에 대해 탐구하고자 했던 사람입니다.

터키 소설가 세르다르 외즈칸(1975~)의 소설에는 이런 대목이 나와요.[5] 파도가 해안으로 밀려가고 있는 중입니다. 앞서 가던 파도가 말해요. 마침내 해안이 보이는군, 이제 우리 삶도 여기에서 끝나는 거네. 그러니까 뒤에 있던 파도가 대답해요. 그렇지 않아, 우리 모두는 바다의 일부일 뿐이야.

어때요? 두 번째 파도한테, 현명하고 똑똑한 파도라고 칭찬할 수 있을까요?

우리가 소설가는 아니지만, 첫 번째 파도한테 다시 이렇게 항변하게 하면 어때요. 맞아, 우리는 모두 바다의 일부야. 나는 해안에서 바다로 돌아갈 거야. 그것이 나의 죽음이야. 그런데 내가 아쉬워하는 것은 나의 고유성이 사라지는 것이야. 우리가 대양 한복판에서 태어나 여기까지 오면서 보고 겪었던 그 모든 경험이, 그 기억이 사라지는 거야. 그게 내 삶의 종말이지!

이건 말하자면 두 소설가에 대한 프로이트의 대답일 수 있겠네요. 두 번째 파도한테 마이크를 준다면 재반론도 가능할 것입니다. 이 반론은 어떤 것일까, 또 다른 반론은 없을까, 한번 생각해보세요. 이 점에 대해서는 이번 학기 말미에 살펴봅시다. 운명애라는 제목이 강의 계획서에 있어요.

텍스트의 무의식

텍스트를 생산하는 세 가지 요소에 대해 말했는데, 문학 작품에만 한정되는 것은 물론 아니에요. 로맹 롤랑식으로 말한다면, 이 요소들은 모두 똑같은 세계의 일부입니다. 하나의 몸체에 들어 있는 서로 다른 힘들인 것이죠. 이것들이 서로 얽히고 서로를 제약하면서 뭔가를 만들어냅니다. 그게 작품이죠. 그 얽힘 속으로 들어가는 것이 곧 텍스트의 무의식으로 들어가는 것입니다.

텍스트의 무의식에 대해 말할 수 있는 것은 억압이라는 힘 때문이에요. 프로이트가 말했던 무의식의 핵심 기제가 바로 억압이지요. 거기에서 중요한 것이 언어의 문제입니다. 마음속에 있는 어떤 힘이 의식으로 통하는 문을 막아버려요. 마음속에 있는 생각이 언어로 바뀌는 것을 막고 있어요. 마음속에는 있는데 겉으로는 드러나지 않는 것, 언어화하지 못하고 있는 것, 그게 무의식이죠. 그 억눌린 힘이 이상한 방식으로 드러나곤 한다는 거예요. 환각이나 환청, 몸 떨림이나 마비 같은 신체적 증상으로, 또는 이상한 행동이나 이상한 생각 같은 것으로.

쓴다는 것은 그 자체가 억압을 포함하고 있어요. 글을 쓰는 순간, 자기 검열이 시작돼요. 글이 왜 이 모양일까에서부터, 내가 이렇게까지 써도 되나, 읽는 사람들이 내 글을 싫어하지 않을까, 자기 이야기를 썼다고 친구가 화내면 어쩌지 등등이 있어요.

또 시대나 사회에 따라서는 공적인 검열도 있지요. 톨스토이의 『인생론』은 출간 금지되었고, 『참회록』은 그걸 발표한 「러시아 사상」이라는 잡지 자체가 폐간되었다고 해요. 위세 등등했던 당시의 기독교 세력 때문입니다. 종교가 현실 권력을 지니면 언제든 문제를 일으켜요. 톨스토이의 글은 삶의 허망함에 대해 어떻게 대처할 수 있을지에 관한 것인데도 그랬어요. 글을 쓰는 사람 입장에서는 이런저런 것들이 신경 쓰이지 않을 수 없죠.

하나의 텍스트가 지니고 있는 심층으로 가면 이런 요소들이 얽혀 있습니다. 그 위로 올라오면 작품 자체가 지닌 고유성이 있어요. 텍스트의 무의식은 최소 두 가지 차원에 존재해요. 하나는 작가 개인의 차원, 다른 하나는 독서 공동체의 차원. 어느 쪽에서건 예외 없이 억압이 존재합니다. 이야기를 제대로 하지 못하게 가로막는 힘이죠.

그러니까 거꾸로 우리가 텍스트를 깊이 있게 읽으려 한다면, 바로 그 힘에 대해, 텍스트의 무의식을 만들어내는 힘에 대해 알 수 있어야 하는 것이죠. 그게 어떻게 가능해요? 텍스트의 증상을 통해서입니다. 증상 밑에 있으리라 추정되는 힘에 대해 추론해가는 거죠. 텍스트의 마음속에 무엇이 있는지, 다양한 보조 자료나 증거를 수집함으로써. 그것은 물론 나중의 일입니다. 일단 중요한 것은 증상을 찾는 것입니다. 걸리는 데, 이상한 데를 찾아야 하는 거죠.

『이반 일리치의 죽음』의 증상들

『이반 일리치의 죽음』의 첫 장은 장례식 풍경으로 시작됩니다. 장례식장의 일반적 풍경입니다. 죽은 사람은 죽은 사람이고, 산 사람은 산 사람이라는 식의 생각이 장례식장을 채우고 있어요. 홀로 남겨진 부인은 연금 문제를 생각하지 않을 수 없어요. 또 이반의 동료들은 갑자기 세상을 떠난 그의 빈자리가 어떻게 채워질지, 인사이동은 어떻게 이루어질지에 대해 생각합니다. 죽은 게 자신이 아니라서 다행이라는 생각도 해요.

위악적으로 과장되었다고 할 수도 있어요. 아주 가까운 사람이었다면 먼저 놀라움과 슬픔이 앞서겠지요. 장례식에 참석하는 것도 가까운 사람들과 그 슬픔을 나누기 위함입니다. 그러나 큰 틀에서 보면, 잔인한 이야기지만 톨스토이의 묘사가 우리 마음의 현실이라고 해야겠죠.

여기서 문제 되는 것은 이기심 같은 것만이 아닙니다. 이를테면 루소는 동정심이나 연민이 우정과 인류애의 바탕이라고 했어요. 그러면서 동정심이 왜 보편적인지에 대해 이런 말을 덧붙였어요. 상대적인 행복감이 동정심의 바탕에 있다고, 그러니까 고통에 대한 공감과 함께, 고통받는 사람이 자기가 아니라는 상대적 안도감이 그 바탕에 있다고 말입니다.[6] 설득력 있지만 잔인한 통찰이죠.

그러나 설사 그렇다고 해도, 같은 직장에 있던 가까운 동료들의 마음을 저렇게까지 그리는 것은 좀 심하죠. 이런 대목이라면 일단 체크해둘 필요가 있어요.

용서해줘 vs. 보내줘

장례식 장면 이후, 이반 일리치의 성장 과정이 펼쳐집니다. 법대를 나와서 출세 가도에 올라요. 결혼도 좋은 자리를 봐서 잘했어요. 그러다 승진에서 누락되어 화를 내지요. 자기보다 못한 사람이 자기가 가야 할 자리를 차지했거든요. 그러나 전화위복, 나중에 더 좋은 자리를 얻어요. 그래서 잘살았어요. 좋은 집 마련하고, 집 단장도 세련되게 잘하고, 모든 게 순조로웠어요. 바야흐로 잘나가는 장년이 될 수 있었죠.

그런데 갑자기 병이 찾아왔어요. 끔찍한 고통이 있었죠. 정확한 병명은 나오지 않아요. 이 병원 저 병원 옮기면서 만나는 의사들의 가증스러운 모습이 이반의 눈으로 그려져요. 그래서 새삼스럽게, 자기 직업인 판사도 똑같다는 걸 알게 돼요. 근엄하고 무책임해요. 위선적이죠. 판사의 특징이에요. 그러다 왼쪽 옆구리 통증으로 4개월 만에 죽는데, 새 집에 커튼을 달다 넘어져서 그런 것 같은 분위기도 있어요. 병명은 불확실하지만, 극심한 통증에다 순식간에 살이 빠져 해골처럼 돼버려요. 증상만으로 보면 아마도 췌장암이었던 것 같아요.

이반은 옆에 있는 사람들을 못 살게 굴어요. 자기가 고통스러우니까. 가장 못되게 군 사람이 자기 부인이죠. 그리고 결혼을 앞둔 딸한테도 그래요. 두 사람을 이반은 끔찍하게 싫어해요. 자기는 고통스럽게 죽어가는데, 아내는 어떻게 딸 시집 잘 보낼 생각만 하고, 딸은 또 자기 결혼할 생각만 하느냐는 거죠.

그런데 이건 좀 불공평하지 않아요? 톨스토이는 이 사태를 이반 일리치의 시선에만 포인트를 맞춰서 그려내고 있어요. 게라심이라는 하인은 충직하고 정 많은 사람으로 묘사돼요. 독자들이 그렇게 느낄 수밖에 없는 구조예요. 그런데 객관적으로 보면 게라심은 그냥 하인의 일을 충실하게 할 뿐이에요. 또 이반 일리치가 고통스러워할 때, 아들이 와서 보살펴요. 그런 정도의 일이라면 딸이나 부인한테 맡길 수 있는데도요.

만약 이반의 부인에게 초점을 맞춰서 이 사건을 담아내라고 하면 어떤 그림이 만들어질까? 톨스토이는 왜 두 여성에게 이렇게 나쁜 역할을 맡긴 걸까? 이런 대목이 눈에 걸리지 않을 수 없어요. 그런데 더 이상한 대목은 마지막에 나와요.

"그때부터 사흘 밤낮으로 고함과 비명 소리가 거의 한 번도 그치지 않고 계속되었다. 너무 끔찍해서 문 두 개를 지나서까지 소름끼치게 들려왔다."(115쪽)와 같이 묘사되는 장면들이 지독할 정도로 펼쳐집니다. 그리고 죽음 직전의 장면이 나와요. 자기 고통도 고통이지만, 식구들을 괴롭혔다는 생각에 미안해져요. 말을 하고 싶지만 힘이 없어 말이 안 나와요. 자기가 죽어버리면 모두가 편해질 거라는 생각을 하죠. 그리고 "그는 아내에게 눈으로 아들을 가리키며 말했다. 데리고 나가. 불쌍해. 당신도. 그는 프로스치(용서해줘)라고 한마디 더 덧붙이고 싶었지만 프로푸스치(보내줘)라고 말하고 말았다. 하지만 그 말을 바꿀 힘도 없어서 손을 내저었다. 알아들을 사람은 알아들을 것이었다."(117쪽)

여기에서 한두 단락 더 이어지면 소설은 끝납니다. 마지막 대목이죠. "프로스치(용서해줘)"라고 말하고 싶었는데, "프로푸스치(보내줘)"라고 말했어요. 이건 좀 이상하지 않아요? 오히려 거꾸로 프로푸스치라고 말하고 싶었는데 프로스치라고 말했다는 게, 기운이 없어 말을 못 할 지경이니까, 쉬운 발음으로 말하는 게 통상적이지 않을까요? 그런데 거꾸로 더 많은 음절을 발음했어요.

이런 대목에서 우리는 톨스토이에게 물어볼 수 있겠어요. 이반 일리치가 정말로 말하고 싶었던 게 프로스치였을까? 정말로 말하고 싶었던 게 푸로푸스치였던 것은 아닐까? 나는 이 대목이 걸렸어요. 프로푸스치의 허망함을 프로스치의 윤리성이 덮어쓰고 있는 형국이라 그랬어요. 노년의 톨스토이를 염두에 두면 이와 관련해 할 말이 많아져요.

이반 일리치의 마음을 아는 건 어렵지요. 이런 정도의 고통을 겪으며 삶을 마감하는 사람이 기록을 남길 수 없으니, 우리로선 알 수 가 없어요. 순전한 미지의 영역이지요. 죽다 살아난 사람이라면 모를까, 보통 사람이라면 알 수 없어요. 그런데 톨스토이는 마지막으로 숨을 거두는 장면까지 묘사해냅니다. 마치 죽어본 적이 있는 사람처럼. 그건 오로지 상상 속에서만 가능한 일이에요. 누구도 죽어본 사람은 없기 때문에. 그걸 묘사해내는 톨스토이는, 그러니까 아무도 할 수 없는 일임을 알면서, 또한 독자 모두가 그걸 알고 있다는 사실을 알면서, 그럼에도 그 장면을 그럴 법하게 그려내는 톨스토이는 대단히 얼굴이 두꺼운, 그러니까 진짜 예술가입니다. 아무도 가타부타할 수 없는 거라서, 그냥 뱃심으로 밀고 나가면 되는 것이긴 해요. 그려낼 수 없는 걸 그려내는 것, 그게 예술가의 임무라고 해야 할까.

이런 대목들을 입구로 생각하면, 이 소설이 나올 당시 쉰여덟 살인 톨스토이가 지니고 있던 생각과 그가 선택한 장르의 코드, 그 전통과 변용, 그리고 1886년을 전후해서 톨스토이가 처해 있던 개인적 혹은 시대적 현실 같은 것들에 접근해볼 수 있을 겁니다. 물론 매우 작은 구멍들이기 때문에, 그 안으로 들어가서 뭔가 내실 있는 이야기를 만들어내기 위해서는 다른 도구가 더 필요하겠지요. 톨스토이의 또 다른 텍스트들이 일차적인 것이겠지요.

공감하고 생각하기

텍스트를 읽을 때 먼저 필요한 것은 공감하는 일입니다. 톨스토이가 죽어가는 이반 일리치의 삶을 미메시스(mimesis, 예술 창작의 기본 원리로서 모방이나 재현)했듯이, 우리도 공감하면서 텍스트를, 마음으로 미메시스합니다. 스캔하면서 공감해요. 그런데 그 공감의 선에서 이상이 생겨요. 제대로 스캔되지 않고 덜컹하고 걸리는 대목들이 있어요. 그곳이 텍스트의 증상이에요. 바로 그 대목에서 우리 생각이 시작됩니다. 물론 생각하기 전에 찾아볼 것은 찾아봐야 합니다. 먼저 찾아보고 다음에 생각하기. 그리고 그 증상 속으로 들어가면 텍스트의 무의식에, 심층에 도달하게 됩니다. 오늘은 여기까지 하겠습니다.

4-2강

텍스트의 증상: 「토니오 크뢰거」

글 잘 쓰는 법

글 잘 쓰는 법에 대한 여러분의 질문이 많았어요. 글쓰기의 왕도는 여러분이 이미 알고 있잖아요? 많이 읽고, 많이 쓰고, 많이 생각하라!

잘 쓴 글에 대한 생각은 사람마다 달라요. 한마디로 말하기 어렵습니다. 다만, 여러분이 제출할 글의 원칙에 대해서는 지난 시간에 말했어요. 그걸 잘 지키세요.

좀 좁은 수준에서라면, 팁을 말해줄 수 있어요. 그림 그리기에 대한 비유를 했었죠? 그림을 잘 그리려면 어떻게 한다고 했어요? 자기가 그리고자 하는 대상을 잘 들여다보아야 한다고 했어요. 눈앞의 꽃을 그리는데, 꽃은 안 보고 자기 그림만 들여다보면 어떻게 되나요? 그렇죠, 이상해져요. 사생의 기본은 대상을 잘 보고, 특성을 잡아내는 것이죠. 쓰고자 하는 대상이 어떤 텍스트라면 그걸 꼼꼼히 들여다보아야 해요. 대상을 잘 살펴요. 그러면 쓸 게 보여요.

이런 반문도 가능하지요. 제가 그리고자 하는 대상은 밖에 있는 것이 아니라 제 생각인데요? 그럼 어떻게 해야 해요? 자기 생각을 들여다봐야죠. 내 글이 아니라, 내가 쓰고자 하는 대상, 그게 내 밖에 있는 것이건 내 안에 있는 것이건 그걸 잘 끝까지 들여다봐야 한다는 거예요.

물론 때가 되면, 대상이 아니라 자기 그림을 들여다봐야 하는 순간이 와요. 내 글이 내가 포착한 것을 제대로 표현하고 있는지, 그리고 내 글이 조리가 있는지에 대한 검토예요. 더 나아가, 독자한테 어떻게 잘 전달할 수 있는지도 중요한 문제입니다. 타인의 시선으로 내가 쓴 글을 보는 건 힘들고 지겨운 일이에요. 그 지겨운 걸 견디는 게 프로의 일입니다. 물론 천재들은 예외지요.

발터 벤야민(1892~1940)이라는 독일 비평가가 글 잘 쓰는 법에 대해 말한 적이 있어요. 요약하자면, 생각한 것 이상을 쓰지 마라! 예요.[1]

이거, 쉽지 않습니다. 내가 생각한 것이 뭔지, 생각한 것이 어디까지인지를 모르는 게 문제예요. 그래서 훈련이 필요하다고 했어요. 그렇게 말한 벤야민은 글을 잘 썼을까. 잘 모르겠어요. 어쨌거나 그는 많은 사람에게 영감을 주는 글을 썼어요. 그런데 생각한 것만 썼을까? 우리는 알 수가 없어요. 그러나 그러려고 노력하는 건 중요해 보여요.

지난 시간에 말한 대로, 글은 그분이 쓰셔요. 내가 아니라 그분이! 심지어는 생각도 그분이 해요. 생각한 것 이상을 쓰지 말라는 충고는, 지나치지 말고 절제해야 한다는 것, 그런 정도로 이해할 수 있을 거예요.

「토니오 크뢰거」의 증상

「토니오 크뢰거」[2]에 대해 쓴 여러분의 글에서, 동성애가 지닌 문제성에 관해 쓴 학생들이 눈에 두드러졌어요. 누구든 지적할 만한 것이라 생각해요. 증상적이죠. 열네 살의 토니오가 태연하게, 별다른 의식 없이 동성애 감정에 대해 말하고 있어요.

어떤 학자들은 성장하는 동안 자연스럽게 동성애 과정을 거친다고 해요. 또 그런 상태의 동성애 에너지야말로, 마음의 힘이 사회적으로 절단되기 이전에 가장 날것으로 살아 있는 에로스의 에너지라고 주장하는 사람들도 있어요. 토니오 크뢰거의 경우도 그와 같다고 할 수 있을까.

유사한 예로, 이광수가 청년 시절에 쓴 단편소설 중에 굉장히 뜨거운 사랑의 열정을 고백하는 작품이 있어요. 「윤광호」(1918)라는 제목의 단편이에요. 윤광호라는 청년이 짝사랑을 하다가 자살하는 이야기입니다. 소설의 마지막 문장이 특이해요. "P는 남자러라."예요. 윤광호가 사랑했던 사람 P가 남자였다는 거지요. 그 이전까지 P의 성별은 눈치챌 수 없는 구조예요. 하교 시간 맞춰서 학교 앞에서 윤광호가 P를 기다리기도 하고, 그에게 연서를 건네기도 해요. 그런데 P가 남자라는 거예요. 1918년의 일이에요. 이광수보다 여덟 살 어린 문인 박영희(1901~?)는, 학창 시절에 이 소설을 읽고 피식 웃고 말았다고 회고하기도 했어요.[3]

2002년 뉴욕에서 강의를 하던 한 한국학자가 뉴욕의 젊은 학생들에게 이 작품을 읽혔더니 놀랍다는 반응이 나왔다고 해요. 20세기 초반에 벌써 이런 이야기를 할 수 있었다니 굉장히 용기 있는 작가라는 거예요, 이광수가.

그러면 이광수가 성 정치학이나 퀴어 담론의 선두 주자였다고 해야 하나요? 당시 나는 그런 의견에 좀 부정적이었어요. 이광수의 소설에서는 사랑의 대상을 선택하는 데 성별에 대한 긴장이 없기 때문이에요. 이 점에서는 「토니오 크뢰거」도 마찬가지예요. 토마스 만의 소설집이 1903년에 나왔으니 이광수보다 15년 정도 이르네요. 그러나 동급생 한스에 대한 토니오의 애정은 상대적으로 좀 가볍지요. 이광수의 소설은 목숨 건 사랑에 관한 거예요. 그런데 그런 사랑의 열도에 비하면, 애정의 대상으로 동성을 선택한 것의 긴장은 전혀 없어요. 그래서 나는 이광수의 소설에 대해, 동성애 의식이 있었다고 보기는 어렵다는 내용의 글을, 좀 오래전이지만 쓰기도 했어요.

그런데 그로부터 얼마 후에 어떤 외국인 학자가 내 글을 읽었다고 했어요. 자세히 말을 주고받을 만한 자리가 아니었지만, 이광수의 작품에 동성애로 인한 긴장이 없다고 한 내 의견이 틀렸다고 하는 것만은 분명해 보였어요. 그런 반응을 접하고 곰곰이 생각하니, 그렇게 이야기할 수도 있을 듯싶었어요.

이렇게 말한다면 가능할 것 같았어요. 그러니까 이광수가 자기 자신도 모르는 동성애자였다는 것! 어때요, 말이 되나요? 여기에다, 성 정치나 퀴어 담론에 대한 시대적 감수성의 차이를 덧붙일 수도 있겠어요. 동성 선택에 대해 억압적이지 않았던 상황 속에 이광수가 처해 있었다고요. 그때 내가 썼던 것은 물론 다른 이야기입니다. 청년 이광수에게는 사랑의 열정 자체가 정신적 자질이기 때문에, 동성 선택에 대한 긴장 없이 사랑의 열렬함을 강조할 수 있었다는 거였어요. 그런데 지금 보면 달리 생각할 여지도 있어 보여요. 한스를 사랑했던 토니오의 경우는 어떨까요?

또 하나, 여러분의 글을 읽으며 의아했던 게 있어요. 소설의 마지막 대목에서 토니오 크뢰거가 한스와 잉에를 만나잖아요? 두 사람이 커플이 되어 나와요. 그런데 그 둘은 주인공 토니오를 알아보지 못해요. 토니오는 두 사람을 바로 알아보는데, 그 둘은 토니오를 보고도 누군지 모른다고? 이상하지 않았어요? 이 대목에 대해 이상하다고 쓴 사람이 하나도 없어서 이상했어요.

헤어진 지 너무 오래돼서 못 알아보나요? 토니오가 한스를 만난 것은 만 열네 살 때, 잉에를 만난 것은 만 열여섯 살 때, 그러니까 중·고등학교 시절이에요. 현재 토니오의 나이는 서른 근처로 되어 있어요. 토니오가 고향을 떠난 지 불과 13년 만이에요. 헤어진 지 얼마나 됐다고 못 알아봐요? 이상하지 않아요?

시선과 응시

이번 시간에 생각해볼 개념은 응시입니다. 시선과 나란히 놓여 있어요. 시선은 눈길이에요. 눈이 무언가를 바라보는 순간 길이 만들어져요. 시선은 말 그대로 선(線)이지만, 응시는 지속적으로 바라보는 거예요. 뚫어져라 쳐다보는 거지요. 그러니까 눈길을 타고 어떤 힘이 지속적으로 투여되는 거지요.

한 남자와 한 여자가 지하철역에서 걸어가요. 시선이 서로를 살짝 스쳤어요. 그럴 수 있어요. 그런데 한 사람이 뒤를 돌아봐요. 그것도 뭐 그럴 수 있어요. 그런데 또 다른 한 사람도 돌아봐서 서로 시선이 마주쳐요. 이건 예사로운 일이 아니지요. 그래서 서로 살짝 놀라요. 그러곤 아무렇지도 않은 척 돌아서서 제 갈 길을 가요.

그런데 이런 그림은 어때요? 한 사람은 돌아서서 가고, 그 사람의 뒤통수를 뚫어지게 쳐다보는 한 여자 혹은 한 남자가 있어요. 이건 진짜 예사로운 일이 아니지요. 이쯤 되면 응시라고 얘기할 수 있어요.

사건은 바로 거기에서부터 생겨납니다. 시선을 집중적으로 투여하면 대상이 흔들리기 시작해요. 마치 레이저 빔을 주사한 것처럼. 에너지가 투여되면 대상에 변화가 생겨요. 저기 저 강의실 문에 붙은 손잡이를 뚫어지게 쳐다보면 무슨 일이 벌어질까. 손잡이랑 사랑에 빠지지 않을까. 어떤 대상을 집중적으로 바라보면 대상이 요동치기 시작합니다. 아무리 응시해도 흔들리지 않는다고요? 그건 흔들리는 걸 네가 모르는 거야, 라고 누군가 말할 거예요. 반대로 내가 응시의 대상이라고 생각하면 어떨까. 역시 흔들리기 시작합니다. 잘하던 것도 갑자기 못하게 되죠. 혹은 없던 힘이 생겨서 갑자기 영웅적으로 잘하게 되죠. 그게 시선의 투여 효과입니다.

여기서 말하는 응시라는 개념은, 앞에서 얘기했던 라캉이라는 프랑스 사람한테서 가져온 거예요. 시선은 주체로부터 대상을 향해 나아가는 것이에요. 그런데 응시는 대상으로부터 주체를 향해 돌아오는 것입니다. 내가 상대를 쳐다보면 상대도 나를 쳐다보게 되어 있다는 거예요. 내가 사과를 쳐다보면 사과도 나를 쳐다본다고? 아니, 무슨 말도 안 되는 소리야! 사과한테 무슨 눈이 있어? 물론 사과한테는 눈이 없어요. 그래서 볼 수가 없지요. 그런데도 응시가 사과로부터 날아와요.

아까 지하철역 장면에서, 두 사람의 눈이 살짝 스쳤어요. 뒤돌아보면서 또 눈길이 마주쳤어요. 살짝 놀란 듯이 여자가 돌아서서 가요. 남자가 그 뒤통수를 쳐다보고 있어요. 돌아봐라, 돌아봐라, 주문을 외워요. 그런데 여자는 그냥 가버려요. 어, 말이 안 되잖아! 내가 아무리 쳐다봐도 저 여자가 나를 돌아보지 않았는데, 어떻게 저 여자가 날 보고 있었다는 거지?

응시의 틀은 이렇게 답할 거예요. 그 여자의 뒤통수가 널 보고 있었어, 그 여자는 눈이 뒤통수에 달려 있었던 거야, 그런데 그 눈은 그 여자의 눈이 아니었어, 사실은 그 여자를 바라보는 너 자신의 눈이었다고, 네 눈동자가 그 여자 뒤통수에 날아가 박혀서 뒤돌아보라는 주문을 외고 있는 너 자신을 쳐다보고 있었던 것이지. 그게 응시의 개념입니다.

어려워요? 어려우면 외우라고 했어요. 일단 외우세요. 이해는 그 다음 순간에 옵니다. 내가 바라보면 대상이 날 바라본다. 대상이 날 바라보는 시선을 응시라고 한다. 그런데 그 응시의 시선은 사실은 내 것이다.

세 개의 카메라, 세 번째 시선

소설 읽기에는 세 개의 시선이 있어요. 『이반 일리치의 죽음』을 예로 들어봅시다. 첫 장면은 이반 일리치의 부고를 받는 직장 동료들의 모습입니다. 그리고 장례식 풍경이 이어지죠. 객관적인 시점에서 그려져요. 이것이 첫 번째 시선입니다. 사람들이 상상하는 투명하고 객관적인 시선이죠. 소설에서는 전지적 작가 시점이라고도 하죠.

이반 일리치의 지난 삶에 대한 이야기가 나오면서부터는 일인칭 카메라에 가까워집니다. 대개는 이반 일리치의 눈이 되어서 세상 풍경을 잡아내고, 또 이반의 마음을 그려내죠. 이것이 두 번째 카메라입니다. 이반 일리치 이야기에서는 이 카메라의 역할이 대부분을 차지합니다. 이반 일리치만이 아니라 다른 작중 인물들의 시선도 있어요. 그 모두가 다 일인칭 카메라입니다.

객관적 시선과 작중 인물들의 주관적 시선, 이 두 종류의 시선이 소설 속에 있어요. 독자들은 이 두 개의 시선으로 이야기를 좇아갑니다. 지난 시간, 텍스트와 공감하라고 했던 것은 이 두 카메라의 시선과 함께하라는 말이었죠. 그 시선 안으로 들어가라는 것입니다.

그런데 세 번째 시선이 있어요. 소설 읽기 전체를 바라보는 시선이에요. 소설책에 있는 시선이 아니라 소설 읽는 독자를 바라보는 시선입니다. 그러니까 내가 『이반 일리치의 죽음』을 읽으며 이반의 시선과 일체되어 있을 때, 승진에 실패해 분노할 때, 고통스럽게 죽어가면서 누군가를 원망할 때, 그런 나를 바라보는 시선이 있어요. 그것은 마치 내가 이반의 시선 속에 들어가 있으면서도, 또 가끔씩은 떨어져 나와서 그런 이반을 측은하게 바라보는 것과 같은 거죠. 그런 위치에서, 이반의 삶을 읽으며 감정 이입하는 나를 바라보는 시선이 있다는 겁니다. 소설 읽는 나를 따라다니는 시선, 그것이 응시입니다.

이웃의 시선, 존재론적 간극

그렇다면 응시란, 누가 누구를 보는 거죠? 이반 일리치가 된 나를, 저 위에서 내려다보고 있는 존재, 그것 또한 나입니다. 나는 나인데, 내가 있는 자리는 신의 그것처럼 특별한 자리예요. 그 자리가 내 시선을 특별한 것으로 만듭니다. 응시의 시선이 그런 성격을 지녀요. 내 것인데도 마치 내 것이 아닌 듯한 느낌.

내가 어떤 행동을 하는데, 다른 사람들의 시선이 의식돼요. 그건 내 옆에 있는 사람들의 시선이에요. 내가 이런 이상한 행동을 하면 다른 사람들이 어떻게 생각할까? 혹은 내가 이런 행동을 하면 다른 사람들이 나를 칭찬해주지 않을까? 뭐 이런 생각을 해요. 그런 생각을 할 때마다 내 시선은 계속 끝없이 다른 사람들한테로 옮겨가고 있어요.

그러면서 그런 나를 바라보는 또 다른 나의 시선이 있어요. 내 뒤통수에서 나를 내려다보는 나의 시선. 그것이 내 안에서 돌아가는 진짜 카메라예요. 다른 사람들의 시선을 의식하는 자기 모습을 보면서, 아, 참 한심하다, 아, 참 속물이구나, 라고 생각할 때 그건 이 카메라에서 들려오는 소리예요. 그게 신(神)의 시선이기도 해요. 진짜 타자의 시선. 그러니까 이 응시는 그냥 타자들이 아니라, 다른 사람들이 아니라, '대문자 타자' 혹은 '큰 타자'라고 불러요.

타자와 '큰 타자'는 영어로 대·소문자를 구분해서 써요, other/Other. 프랑스 사람 라캉이 사용한 말이라서 autre/Autre라고 쓰기도 해요. 우리가 타자라고 할 때는 보통 '작은 타자'를 말하는 거지만, 많은 경우 이 둘이 섞여 있기도 해요. '큰 타자'는 사람들 마음속에 있는 부모나 하느님 같은 존재라서, 프로이트의 초자아와 유사한 개념입니다. 그런데 나 아닌 존재로서의 타자도 크게 보면 그 시선의 연장이에요. 이웃의 시선이 곧 어린아이가 받는 부모의 시선입니다. 이웃이 곧 하느님이지요. 이웃을 사랑하는 것이 하느님을 사랑하는 거죠.

존재론적 간극에 대해 첫 주에 말했습니다. 왜 존재론적 간극이 생겨나죠? 이제는 응시 때문이라고 말해야 합니다. 누군가 쳐다보니까, 에너지가 집중적으로 투여되니까 들썩거리기 시작하는 거예요. 그래서 평온함이 깨지고 문제가 생겨나요. 소설을 읽을 때도 마찬가지예요. 우리는 이중화된 시선으로 소설 속으로 들어가게 됩니다. 한편으로는 내가 시선의 주체가 되면서 동시에 응시의 주체가 되기도 한다는 것이죠.

두 개의 환멸

토니오 크뢰거는 열네 살 때 동급생인 한스를 사랑했어요. 공부도 운동도 잘하는 금발의 멋진 친구죠. 그런데 한스는, 둘이 있을 때는 자기한테 잘해주는 것 같은데 다른 애들이 오면 자기를 좀 멀리해요. 토니오가 깨달은 게 있어요. 더 많이 사랑하는 사람이 더 많이 빚진 사람이라는 것.

토니오는 한스와 문학 얘기를 하고 싶은데, 한스는 그런 데 관심이 없어요. 한스는 수영과 특히 승마를 좋아해요. 물론 토니오와 한스는 모두 그 도시의 유력한 집안 자제들입니다. 만 열네 살이니 우리로 치면 중학교 2학년쯤 되는 나이겠죠.

학년이 바뀌고, 토니오는 열여섯 살 때 잉에라는 여학생을 만나요. 또 짝사랑을 해요. 그 애를 위해서라면 목숨까지 바칠 수 있다고, 잉에를 평생 변함없이 사랑하겠다고 생각해요. 그러면서 약간 죄책감을 느껴요. 뭐 때문에? 2년 전에는 자기가 한스를 그렇게 사랑했었는데, 어떻게 이럴 수 있냐는 거예요. 사랑은 옮겨가는 것임을 벌써 깨달은 거지요. 이 순간 토니오는 어른이 된 거예요. 환멸을 경험하고 무상성(無常性)을 깨달은 거지요. 영원한 것, 변하지 않는 것은 없다는 사실, 그걸 깨달은 거죠. 중요한 것은 머리로 아는 게 아니라 가슴으로 깨닫는 겁니다.

그러니까 톨스토이가 그 저주받은 40대 후반에, 헛되고 헛되니 모든 것이 헛되다고 생각했을 때 사무치게 느꼈던 세계를, 토니오 크뢰거는 열여섯 살 때 알게 된 것이라고 해야 할까요? 그럴 수는 없죠. 톨스토이가 그 나이 때까지 인생이 허망하다는 걸 몰랐겠어요? 중요한 것은 머리가 아는 게 아니라 몸이 깨닫는 겁니다. 한 발 더 나아가면, 몸의 앎이 표현되는 겁니다.

단순한 앎의 수준이라면, 토니오도 톨스토이도 그리고 우리도 다 알고 있어요. 영원한 것은 없다는 것, 모든 것은 변하고 우리는 거대한 대양에서 출렁이는 파도 중 하나라는 것. 그러나 그것은 그냥 머리가 행하는 이해의 수준인 거지요. 그래서 그냥 그걸 이해한 채로 나름의 삶을 살아요. 모르는 척하기도 하고, 다른 급한 일을 열심히 하면서, 또는 열심히 하는 척하면서. 그러나 어느 순간 존재론적 간극이 우리를 습격해오면 당황하게 되는 거지요. 강한 힘으로 타격을 받으면, 우리는 저주받은 톨스토이가 되는 겁니다.

영혼의 상처, 토니오와 이청준

토니오는 한스와 잉에를 만나 좌절을 알게 됐지요. 짝사랑의 체험이란 게 그런 거죠. 게다가 잉에 앞에서는 무참한 꼴을 당했어요. 그것이 토니오에게는 영혼의 상처예요. 누구에게나 그런 게 한둘은 있죠. 생각만 해도 자기혐오 때문에 몸서리가 쳐지는 기억.

토니오는 그 도시에서 유명한 부잣집 아들이에요. 북독일 상업 지역의 유서 깊은 가문 출신입니다. 그런 집안 자제들끼리 수준 높은 교육을 받아요. 한스나 잉에도 마찬가지예요. 한스에게는 승마 코치가 따로 있었죠. 이 상류 계급 자제들이 모여서 사교 모임과 무도회의 예절을 익히고, 남녀가 각각 알아야 할 춤을 배워요. 그 자리에 토니오와 잉에가 같이 있어요. 이들은 실용적인 사람입니다. 비즈니스는 어차피 집안 내력으로 하게 되어 있어요. 건전한 생활인으로서, 춤 잘 추고 운동 잘해야 사람들에게 대접받아요. 자기 관리 잘하는, 매너 좋고 모범적인 생활인이 되어야 해요. 그래야 믿을 수 있는 사람이 되죠. 신용을 얻을 수 있어요. 그게 상인의 이상입니다. 공동체의 신뢰를 얻는 것이죠.

그런데 토니오는 달라요, 내향적이고 자의식이 강해요. 그리고 무엇보다도 문학청년으로 이미 열여섯 살에 제법 인정받는 시인이에요. 상인들의 사회에서 문학은 바람직한 취미가 아니라는 게 문제예요. 게다가 제대로 된 예술은 취미일 수가 없어요. 진짜 예술을 하려면 뭔가 중요한 것을 걸어야 해요. 목숨까지는 아니더라도 인생 정도는 걸어야 해요. 그러니까, 그 세계의 관점에서 보면 문학청년 토니오는 저주받은 거죠. 토니오는 춤 같은 건 관심도 없어요. 어쩔 수 없이 춤 교육장에 온 거예요. 그런데 그 자리에서 잉에를 보고 얼어버린 거죠.

너무나 당연하게도 토니오는 실수를 해요. 집단 무도인데, 남자인 토니오가 여자 파트를 해버린 거예요. 무용 교사가 토니오더러 '크뢰거 양'이라 부르고, 사람들도 와르르 웃어요. 그게 토니오한테는 영혼의 상처가 됩니다. 그런 실수, 아무것도 아닐 수 있어요. 그런데 다른 사람도 아니고 하필 잉에 앞에서 그런 실수를 한 거예요. 너무나 무참해서, 자신이 소화할 수 없는 치명적 수치가 됩니다.

실수야 사람인 이상 누구나 하는 거예요. 그걸 보고 사람들이 웃을 수도 있어요. 문제는 그 실수가 열등감을 건드리는 것입니다. 하하하, 내가 바보짓을 했네, 하고 웃어넘길 수가 없어요. 그게 영혼의 상처입니다.

1950년대 중반, 한국전쟁 직후의 이야기입니다. 가난한 집안의 시골 아이가 중학교에 진학하게 되었어요. 입학시험이 있던 시절, 도청 소재지에 있는 최고 명문 학교였어요. 찢어지게 궁핍한 집이라 진학할 형편이 아닌데, 아이가 너무 똑똑하고 공부를 잘해요. 담임 교사가 강권하다시피 해서 어려운 학교 입학시험을 보고 합격을 해요. 큰 도시에 있는 친척집에서 기식을 하게 됐어요. 아이 혼자서, 얼굴도 못 본 외사촌 누이네 집에 가야 해요. 빈손으로 갈 수가 없어서, 토요일에 개펄에 나가 엄마와 함께 작은 게를 잡아요. 그걸 자루에 넣어두었다가, 다음 날 9시간 동안 버스를 갈아타며 친척집으로 가요. 비포장도로에 덜컹거리는 버스라서, 게는 부서지고 상해서 고린내가 나요. 그걸 못 버리고 들고 가요. 아직 어려서 그랬겠죠. 친척집에 들어서자, 누이가 코를 막고 게 자루를 쓰레기통에 버려요.

작가 이청준(1939~2008)의 이야기입니다.[4] 그 냄새 나는 게 자루를 평생 끌고 다녔다고 이청준은 썼어요. 장흥 바닷가 출신으로, 광주서중 3학년 때부터 입주 가정 교사를 했고, 대학 졸업할 때까지 혼자 벌어서 공부했던 이력의 소유자입니다. 그에게 게 자루 사건은 영혼의 상처입니다.

사람들은 누구나 이런 식의 상처가 있게 마련입니다. 가난이나 출신 또는 성향 때문에, 몸이 약한 사람은 운동 경험 때문에, 지적 능력이 딸린다고 생각한 사람은 그 때문에. 물론 그 반대일 수도 있지만, 어쨌거나 그렇게 받은 상처가 있어요. 토니오는 게다가 하필 자기가 짝사랑하는 사람 앞에서 바보짓을 한 셈입니다.

사실 잉에 입장에서 보면 토니오의 실수는 대단찮은 거지요. 춤을 못 추는 남자애네, 나름 귀여워. 이렇게 생각할 수도 있어요. 우리가 다 꼭 춤을 잘 춰야 하는 것도, 글을 잘 써야 하는 것도, 머리가 좋아야 하는 것도 아니죠. 실수, 얼마든지 할 수 있어요. 사람이니까. 학교 성적 좀 나쁘면 뭐 어때요. 운동이나 노래 좀 못 하면 뭐 어때요. 내가 좋아하고 또 잘하는 일을 하면 되죠. 그런데 모든 사람에게는 자기가 특히 인정받고 싶은 대목이나, 인정받고 싶은 사람이 있어요. 열등감은 그 지점과 연관되어 있죠. 응시와 연관되어 있다는 겁니다. 응시 앞에서 벌어지는 자기 자신의 바보짓, 그게 영혼의 상처입니다. 응시가 없다면 트라우마도 없어요. 바보짓이나 실수가 아니라, 응시가 문제인 거죠.

상인, 근대 세계의 전사

「토니오 크뢰거」는 그런 상처를 안고 있는 토니오가 고향엘 가는 이야기입니다. 더 정확하게는 고향을 넘어 고향의 고향으로 간다고 해야 할 거예요. 지도로 따지면, 독일 남부에 있는 대도시 뮌헨을 떠나, 작가의 고향인 북부 독일의 뤼벡을 거쳐 덴마크로 가는 여정이에요. 배를 타고 코펜하겐을 지나 올스고르라는 곳에 도달하죠. 거기서 스웨덴에서 온 관광객들을 만나는 이야기예요. 거기가 말하자면 고향의 고향입니다. 햄릿의 성이 있는 곳이기도 해요.

토니오는 고향을 떠난 지 13년이 되었어요. 아버지가 돌아가신 후로 고향을 등졌어요. 남미 출신인 어머니는 아버지가 돌아가신 후 이탈리아 사람과 재혼했어요. 소설가가 된 토니오는 뮌헨에 살아요. 고지대에 있는 독일의 대도시죠. 알프스산맥에 가까운 쪽이에요. 산을 넘으면 이탈리아가 나와요. 어디서나 예술가들은 대도시에 모이곤 하죠.

반대로, 토니오의 고향인 북쪽 도시는 바닷가에 있는 저지대예요. 상업이 번성한 곳이에요. 함부르크, 브레멘, 그리고 뤼벡 같은 도시들이 있어요. 브레멘은 영국 작가 디포(1660~1731)의 소설에 나오는 로빈슨 크루소의 아버지 고향이기도 해요. 북독일과 덴마크, 네덜란드, 벨기에, 영국은 오래전부터 상업 벨트로 묶여 있던 곳입니다. 중세에는 이 도시들의 연대를 '한자 동맹'이라고 불렀어요. 발트해 연안에서 런던과 브뤼셀로 이어지는 상업의 뱃길이 만들어져 있었어요. 바다에 면한 상인들의 세계, 거기에서 태어나 자란 유명한 상인 집안의 후손이 소설가가 된 것이죠.

이 소설에서는 상인들을 시민이라고 불러요. 앞에서도 말했지만, 독일 말로는 뷔르거, 프랑스 말로는 부르주아입니다. 함부르크의 '부르크'가 성(城)이라는 뜻이죠. 화가 리자베타는 남자 친구인 토니오를 '길 잃은 시민'이라고 불러요. 예술가가 된 상인, 길을 잘못 든 상인이라는 말입니다.

상인(商人)이라는 단어 자체가 함축이 풍부한 말입니다. 우리에겐 '개성상인'이라는 말이 있지요. 개성은 고려의 수도입니다. 고려가 망하고 조선이 개국했어요. 개성 사람들은 뭘 하죠? 권좌에서 밀려난 사람들이 하는 것이 상업입니다. '상인', 곧 상나라 사람이 되는 것이지요.

상인이라는 말 자체의 유래가 그렇습니다. 중국 고대 왕국은 하(夏), 은(殷), 주(周) 세 나라로 이어져요. 그중 은나라를 일컫는 이름이 상(商)입니다. 은나라와 상나라는 같은 말이에요. 은허(殷墟)가 상나라 수도라서 은나라라고도 해요. 상인이라는 말은 곧 망한 상나라의 유민을 뜻합니다. 주나라가 들어서고 난 후, 망해버린 상나라 사람들을 일컫는 말입니다. 현실 권력이 없는 사람들, 귀족이 될 수 없는 사람들, 오직 자신의 힘으로 장사를 하면서 먹고살아야 하는 사람들입니다. 생활력이 강하고 실용적일 수밖에 없어요. 그러나 근대에 접어들면서 상인의 위상은 달라집니다. 상인 정신은 근대성의 핵심입니다.

상업 자체가, 특히 근대에 들어서는 더욱 그렇지만 기본적으로 공간의 이동을 통해 이익을 창출하는 것입니다. 낙타에 짐을 싣고 사막을 건너는 사람들, 배에 화물을 싣고 바다를 건너는 사람들, 등에 봇짐을 메고 산을 넘는 사람들, 이런 사람들이 상인입니다. 고향을 떠난 존재입니다. 중세의 전사(戰士)가 기사라면, 자본주의 시대, 근대 세계의 전사는 상인입니다.

토니오의 여자 친구가 토니오를 향해, 길을 잘못 든 시민이라고 말하는 것은 어때요? 오히려 제대로 된 길에 들어섰다고 해야 하지 않나요? 물론 여기서 시민이라고 했을 때는 절제력이 강하고 성실한 사람, 규칙적으로 살면서 아끼고 절약하며 작은 행복에 만족하는 생활인을 뜻합니다. 한스나 잉에처럼, 삶의 의미에 대해 깊이 생각하지 않는 채로 새로운 세계의 귀족으로서 승마하고 춤추면서 즐겁게 사는 것, 그게 곧 모범적인 생활인의 삶이죠.

토니오는 부유한 상인 집안에서 태어나 충분히 그렇게 살 수 있었는데, 하필 예술가의 마음을 지니고 태어난 거죠. 그래서 스스로를 저주받은 소명의 소유자라고 느껴요. 한스와 잉에의 세계를 동경하면서. 그리고 남미에서 온 엄마 핏줄 탓을 하지요. 안토니오라는 외삼촌 이름을 물려받은 것, 그러니까 한스나 잉에보르크 같은 북유럽 이름이 아니고 또 금발에 푸른 눈도 아니라는 것, 이런 유전적·문화적 이질감 탓을 하지요. 물론 핑계입니다.

그런 토니오가 13년 만에 고향엘 가는 것입니다. 그것이 이 소설이죠. 거기에서 무슨 일을 겪는지는 알고 있죠? 소설을 안 읽은 사람도 알 겁니다. 고향에는 언제나 고향이 없어요. 그래야 고향입니다. 모든 소설은 바로 거기에서 출발해 거기로 가게 됩니다. 원점이죠.

헬스장, 나의 고향

앞에서, 소설의 원천에는 두 가지가 있다고 했어요. 혁명과 사랑. 하나는 삶, 다른 하나는 죽음에 해당해요. 죽음은 삶의 이유가 됩니다. 정확하게는 죽음 그 자체가 아니라 죽음의 방식입니다. 중요한 것은 죽음이 아니라 어떤 죽음이냐 하는 거죠. 삶이란 아직 실현되지 않은 죽음입니다. 한 사람이 당면하는 죽음의 고유성은 삶의 고유성을 규정합니다.

삶과 사랑, 혹은 삶과 불륜이라 해도 마찬가집니다. 사랑은 뭐라고 정의할 수 없는 것입니다. 뭐가 뭔지 알 수 없는 행동이 일어나는 것은 사랑 때문이라고 했어요. 정상적으로 이해되지 않는 것, 도무지 이유를 알 수 없는 행동, 그것은 모두 사랑 때문입니다. 공동체가 설정한 경계를 넘어서는 것. 그것이 불륜이고, 진짜 사랑은 바로 그곳에서 불타오른다고 했어요.

혁명이 불륜인 것은 기존의 '륜'을 깨고 새로운 '륜'을 만드는 일이기 때문이라고 했었죠. 그러니까 혁명과 사랑은 두 개의 불륜인 것이죠. 나라 만들기란 거창한 수준을 말하는 것이 아니에요. 눈앞에 있는 현실의 수준을 조금 더 끌어올리는 것, 그 안에서 자기 고유성의 영토를 확보하고 새로운 질서를 만드는 것이죠. 세상과는 다른 질서. 그것은 내 마음의 왕국일 수도 있어요. 그렇다면 예술이 있는 자리는 어디일까.

EGH 학생은 「정오의 그림자가 되는 저주」라는 제목의 글을 썼어요. 예술가는 저주받은 존재라고들 이야기해요. 아침도 저녁도 아닌, 정오의 그림자? 자기 발밑을 유심히 살펴야 볼 수 있는 것이 곧 정오의 그림자입니다. 발밑에 숨어 있는 그림자예요. 니체적인 발상이죠. 존재론적 간극을 말하는 것으로 이해할 수도 있겠어요.

KWJ 학생은 나쓰메 소세키의 『풀베개』라는 작품을 인용했어요. 세상살이가 쉽지 않다, 살기 어려워지면 살기 쉬운 곳으로 옮겨가고 싶지만, 어디로 이사해도 살기가 쉽지 않다고 느낄 때 시와 그림이 태어난다는 이야기입니다. 어느 순간 깨닫는 것이죠. 어디에도 고향은 존재하지 않는다는 것, 사실 고향이란 그 자체가 존재하지 않는 곳이라는 것. 바로 그 순간 예술이 시작된다는 말이겠지요.

JJH 학생은,

수능을 마치고 아버지께 가장 먼저 부탁드린 것은 헬스장에 등록시켜달라는 것이었습니다. 서울 온 후로 아무리 힘든 일상이 있어도 저는 헬스장으로 향했습니다. 그곳은 아버지가 계신 제 고향 마을과도 같은 곳이었습니다.

라고 썼어요. 헬스장이 고향이라는 것이죠. 내게는 이 말이 놀랍게 느껴졌어요. 19세기 유럽 소설에서, 출세하러 도시로 가는 시골 청년에게 아버지가 하는 말이 있어요. 뭘까요? 옷 잘 입으라는 말입니다. 네 수입의 절반은 옷값으로 써라, 등등.

21세기 서울의 헬스장은 19세기 파리의 양복점입니다. 복장 이전에 이미 신체 자체가 자기 관리의 대상이자 상징이에요. 헬스장을 고향이라고 느끼는 젊은이라면 이미 『적과 흑』의 주인공입니다. 그런 주인공에게 고향 같은 것은 없어요. 올라가야 할 길이 있을 뿐이죠. 이런 인물이 소설의 주인공입니다. 소설가일 수는 없어요.

이런 세계에서는 배뚱뚱이가 예술가의 신체로 어울려요. 그런데 시민 소리를 듣는 토니오는 그 반대라는 것이죠. 사업가처럼 몸단장 잘하고 예의 바른, 요새 말로 하자면 자기 관리를 잘하는 예술가.

고향, 예술의 가짜 선산

토니오 크뢰거는 고향에 가서 범죄자 취급을 당해요. 유서 깊었던 자기 집은 시립 도서관으로 바뀌었어요. 태어나서 자란 집이니

추억이 없을 수 없죠. 그러나 그 동네 사람들이 보기에 그런 모습이 정상적이지 않아요. 그래서 거동이 수상하다고 경찰에게 심문을 당해요. 자기 신분을 밝히면 끝인데, 그러기 싫었어요. 그래서 그런 꼴을 당하는 거죠. 자기 고향에서, 자기 집이었던 곳에서.

여기서 토니오가 겪는 환멸은 열여섯 살 때 잉에를 만나서 겪은 환멸의 연장에 있어요. 그 자체로 대단한 것은 아니죠. 어른이라면 누구나 겪는 거니까. 그에게 고향은 이제 확실하게 사라져버린 것이지만, 가보기 전에 이미 다 알았던 거예요. 그러니까 오랜만에 고향에 돌아가는 사람은 누구나 다 느끼는 것이고, 또 고향에 가기 전에 이미 알고 있는 거예요. 자신의 고향은 이미 그 땅에 존재하지 않는다는 것, 혹시 고스란히 남아 있는 고향을 느낀다면 그건 새로운 고향이라는 것, 그러니까 있던 고향이 사라졌다는 것은 일종의 자기기만이라는 겁니다.

고향이 사라져버렸다는 식의 태도, 그것을 새삼스럽게 깨닫는다는 식의 태도는 그 뒤에 좀 더 냉정한 진실을 은폐하고 있어요. 고향은 한 번도 존재하지 않았다는 것, 좀 더 정확하게는, 당신이 사라졌다고 느끼는 고향이란 사실은 애초부터 존재하지 않았다는 사실입니다.

고향을 맴도는 예술 작품들은 그럼 뭐라고 해야 할까. 고향 없음이라는 치명적 사실로 직진하지 못하기 때문이라고 해야 할까. 물론 진실과 직면하는 것은 쉽지 않아요. 때로는 제정신으로 살기 어렵게 만들기도 해요. 그러나 이렇게 말한다면 어떨까요? 즉 고향은 그 존재 자체가 착각이지만, 나는 그 착각을 선물할 것이라고 마음먹는다면? 그건 대단한 것이죠. 손녀에게 고향을 만들어주는 할아버지의 마음 같은 것? 나이 들어 고향으로 돌아가는 사람도 있죠.

고향이 거기에 없음을 알면서도. 그건 또 다른 차원의 것입니다. 이미 자기한테 주어진 것을 태연하게 다시 선택하는 행위는 대단한 수준입니다. 나중에 말하겠지만 그것이 운명애의 차원이에요. 운명애!

예술한테 고향은 가짜 선산(先山) 같은 것이죠. 예술은 본래 고아인데 부모 조상이 어디 있고, 제사 지낼 무덤이 어디 있어요! 선산과 조상 뼈가 진짜라면 예술이 가짜 자식인 거죠.

한때 있었던, 한 번도 없었던

마침내 토니오가 올스고르에까지 가서, 한스와 잉에를 만나요. 이 동창들을 만나러 간 것은 아니에요. 우연히 만났다고 해요. 그런데 진짜로 한스와 잉에를 만난 건가? 이 문제는 다음 시간에 따져봅시다.

어쨌거나 토니오는 자학적인 독백을 해요. 내가 아무리 대단한 소설가가 되었다고 해도 너희들은 나를 비웃을 권리가 있다고. 동경, 애정, 질투, 자기 경멸이 섞인 감정으로 그들을 바라봐요. 그리고 무도회장에서 자기를 비웃던 금발의 잉에를 떠올리는 거죠.

토니오가 올스고르에서 보게 된 것은 호텔에 모인 관광객들이에요. 바다 건너로 스웨덴이 보이는 덴마크 땅 끝이에요. 무도회가 펼쳐지고, 금발의 푸른 눈들이 모여 춤을 추어요. 일탈을 모르는 건전한 생활인들이죠. 토니오 크뢰거는 이제 꽤 유명한 소설가가 되었어요. 내 이런 모습을 보면, 한스와 잉에는 어떤 생각을 할까? 걔들이 이런 나를 인정해줄까? 누구나 출세하면 고향에서 인정받고 싶은 법이죠. 그러나 자기를 인정해줄 고향이 없다는 건 토니오도 너무나 잘 알아요.

그래서 자학의 발언이 터져나오는 거죠. 자기 여자 친구로부터는, 길을 잘못 든 시민이라는 소리를 들었어요. 성실한 비즈니스맨이 되었어야 할 사람이 예술가가 되었다는 말이죠. 토니오는 예술의 핵심으로 가고 싶어 해요. 목숨 건 예술의 세계예요. 타인의 인정 같은 것이 필요 없는 곳이에요. 그 경지를 동경하는 토니오의 상태란, 아직 고향이 없다는 사실을 편안하게 받아들이지 못하는 단계인 거죠. 나이도 서른 즈음이지만, 늙은 톨스토이에 비하면 토니오가 아직 너무 어린 거예요.

그러나 거꾸로, 그런 동경이 있어야 예술이 시작된다고 할 수 있어요. 어디에도 진짜로 머물 곳이 없음을 깨닫게 된다면 어떨까. 아마도 예술 자체가 없어질 겁니다. 두 번째 환멸을 경험하고 난 60대의 톨스토이는 어땠을까. 예술가라기보다는 구도자나 종교인에 가까워져요.

지금 내 앞에 고향은 없지만, 원래 없었던 게 아니라 사라진 곳으로 느낄 때, 물론 어디에서도 고향을 다시 있게 하는 것은 불가능하지만, 그럼에도 사라진 곳의 느낌이 내 안에서 아직 생생할 때, 그때 예술이 시작됩니다. 이런 경우 예술은 진정성에 대한 갈망의 표현이 됩니다.

우리가 써왔던 용어로 말하자면, 존재론적 간극에서 흘러나온 목소리를 담아내는 장치가 곧 예술인 거죠. 설사 존재하지 않는 고향이라도, 나는 고아라도, 아닌 척해야 해요. 그 앞에서 온갖 쇼를 하면서, 고향이 한때 있었다고, 이제는 사라졌을 뿐이라고 해야 하는 것이죠.

소설, 홈리스들의 이야기

소설의 본질에 관한 뛰어난 통찰을 보여준 사람은 루카치(1885~1971)라는 헝가리 사람입니다. 젊은 시절에 『소설의 이론』이라는 얇은 책을 썼는데, 많은 사람의 주목을 받았어요. 그 책에서 루카치가 소설을 일컬어 선험적 고향 상실성의 형식이라고 했어요. 선험적이라는 단어는 '원래'라는 말로 이해하면 되고, 고향 상실성은 영어로 홈리스니스(homelessness), 독일어로는 하이마트로지히카이트(Heimatlosigkeit)예요. 홈이나 하이마트나 똑같이 집이라는 뜻입니다. 고향과 집이 구분 안 되는 거지요. 그러니까 소설의 주인공은 집 없는 사람들, 좀 더 나아가면 근대 세계에 사는 사람들은 누구나 정신적 홈리스라는 거예요. 그래서 집을 찾아 헤맨다는 거죠. 그 이야기가 곧 소설이라는 겁니다. 아직 서른도 안 된 젊은 사람이 유럽의 소설 전체를 놓고 그런 이야기를 했어요.

루카치보다 네 살 어린 철학자 하이데거도 같은 이야기를 했지요. 갈 곳 없는 존재들, 머물 곳 없는 사람들, 고아 신세인 근대인들에 대해서요. 그것이 우리 삶의 기본 조건이라고, 새로운 시대 존재론의 기본 형식이라고 했습니다.

루카치는 소설에 대해 말하기 위해 서사시와 비극 이야기도 했습니다. 자세한 것은 다음 주에 살펴봅시다. 호메로스의 서사시 중에 『오디세이아』가 있어요. 주인공 오디세우스가 떠나온 지 20년 만에 집으로 돌아가는 이야기입니다. 신으로 만들어주겠다는 제안조차 뿌리치고 기를 쓰고 집으로 돌아갑니다. 왜?

오디세우스가 이타카(Ithaca)의 왕이라고 했지만, 이타카는 우리나라 진도 정도 되는 조그만 섬일 뿐이에요. 길쭉하고 황량한 섬이에요. 여신이 자기를 불사의 몸으로 만들어주겠다는데, 그걸 거부하고 집에 간다고? 왜죠?

오늘은 여기까지 하겠습니다.

2부

욕망

5-1강
주체 되기

오늘은 낭독하는 첫 시간입니다. 『적과 흑』[1]은 1830년에 나온 프랑스 소설입니다. 언제라고요? 1830년! 나폴레옹이 죽은 지 9년 된 해이고, 프랑스 대혁명이 일어난 지 40여 년이 지난 때예요. 새로운 혁명이 발발한 해이기도 해요. 간단하게 요약하자면, 똑똑하고 성깔 있는 평민 청년 쥘리앵이 출세 가도를 달리다가 대형 사고를 치는 이야기입니다. 무슨 일이 있었던 걸까. 자, 시작해봅시다.

LJH: 저는 2부 12장 뒷부분을 골랐습니다. 마틸드 드 라몰 양이 어린 시절부터 사람들 아첨을 받으면서 자라는데, 그 부분을 불행이라고도 하고 유해한 영향이라고도 표현하고 있습니다. 작년에 갑질 논란이 사회적으로 문제가 되었습니다. 금수저니 흙수저니 하는 말도 유행했고요. 부모의 권력이나 재산이 자식의 성장에 악영향을 미친다는 게 중요한 논제였습니다. 그런 게 떠올라서 이 부분을 선택했습니다. 마틸드 양이 자기를 쳐다보지만 쥘리앵은 그걸 사랑이 아니라고 생각하는 게 인상적이었습니다. 마틸드는 쥘리앵과 사랑에 빠진 게 사실입니다. 쥘리앵은 첫사랑이라고 할 수 있는 레날 부인의 시선과 마틸드의 시선을 비교하며 그런 생각을 합니다. 그러니까, 첫사랑이라는 게 그냥 그걸로 끝나는 게 아니라 그다음에 올 사람들의 기준이 된다는 것을 알 수 있습니다.

HTW: 저는 1부 9장 〈시골의 저녁나절〉이라는 장을 골랐습니다. 주인공 쥘리앵은 레날 시장의 집에 가정 교사로 들어갑니다. 쥘리앵은 목수의 아들입니다. 낮은 신분의 사람이 높은 신분의 사람 집에서 생활하는 도중에 그 댁 부인과 미묘한 감정을 느끼는 부분입니다. 주인공 쥘리앵이 레날 부인의 손을 잡으려고 하는데, 손을 잡기 직전까지의 그 떨리는 감정을 너무나 생동감 있게 묘사하고 있습니다.

CJH: 저는 내용적으로 통쾌함을 느낀 부분을 골랐습니다. 쥘리앵과 마틸드의 연애에서, 마틸드는 항상 변덕스러운 모습을 보입니다. 쥘리앵은 연애 기술자의 도움을 받아서 마틸드를 사로잡으려 합니다. 페르바크 원수 부인을 좋아하는 척 연기를 해서 마틸드의 질투심을 유발하려는 것이죠. 마틸드는 쥘리앵을 의식하지 않으려 합니다. 쥘리앵은 갖은 노력에도 불구하고 마틸드가 별로 반응을 보이지 않자 아주 절망합니다. 그래도 쥘리앵은 끈질기게 연애편지 책을 베껴 써서 원수 부인에게 보냅니다. 물론 마틸드에게 보여주기 위한 행동입니다. 그러는 동안 슬슬 마틸드에게도 변화가 생깁니다. 드디어 효과가 나타나서, 변덕을 부리던 마틸드가 마침내 무너지기 시작합니다. 그 와중에도 쥘리앵은 끝까지 자기는 안 그런 척 연기를 하고, 결국 마틸드의 항복을 받아냅니다. 처음에 마틸드는 먼저 쥘리앵한테 불쑥 다가갔다가 신분이나 이런 것 때문에 돌변해서 엄청 거만한 태도를 보였습니다. 하지만 쥘리앵은 질투를 이끌어내는 작전으로 마침내 마틸드의 마음을 얻어냅니다. 이런 모습을 보면서 저는 일종의 카타르시스를 느꼈습니다.

CHJ: 저는 1부 22장 중 쥘리앵이 발르노 씨 집에서 열린 연회에 참석하는 장면이 인상 깊었습니다. 쥘리앵은 시골뜨기 청년인데도 굉장한 야심가입니다. 상류층 사회로 진입하고자 하는 야망을 이루기 위해 자신의 본모습이나 속생각을 주변 사람들에게 거의 알리지 않고 위선적인 삶을 살아갑니다. 그런 게 나쁘다고는 생각하지 않지만, 그런 자신을 돌아보며 반성하고 부끄러워하는 모습이 저에게는 굉장히 인상 깊었습니다. 저도 다른 사람에게 모든 걸 보여주지 않고 위선적일 때가 있거든요. 그래서 쥘리앵의 모습에 공감을 많이 했습니다. 하지만 하층민을 배척하고 자기네끼리 어울리는 상류층에게 분노를 느끼면서도 계속 거기에 속하고 싶어 하는 쥘리앵의 모습이 조금 부끄럽게 느껴졌습니다.

KWJ: 안 읽은 분들을 위해 줄거리를 조금 말씀드리겠습니다. 쥘리앵은 낮은 계급의 청년이지만 실력이 있어 레날이라는 귀족의 가정 교사로 들어갑니다. 거기서 레날 부인에게 사랑을 느껴 불륜 관계가 시작되는데, 염문이 퍼지자 쥘리앵은 그 집을 나와 신학교로 갑니다.
신학교에서도 쥘리앵은 실력을 인정받아 라몰이라는 귀족 집안의 비서로 들어가게 됩니다. 거기에서 라몰 후작의 딸 마틸드의 마음을 사로잡고, 마틸드가 임신을 합니다. 후작이 둘의 결혼을 인정하고, 줄리앵은 밑바닥에서 파리 귀족 집안의 사위가 되는 성공을 거둡니다.
그런데 레날 부인으로부터 후작에게, 쥘리앵의 과거 행적을 밝히며 비난하는 편지가 옵니다. 화가 난 쥘리앵은 레날 부인을 찾아가 총을 쏘고, 그로 인해 사형을 언도받습니다. 그리고 쥘리앵이 죽은 지 사흘 뒤 레날 부인도 세상을 뜨는 것으로 소설은 마무리됩니다.
제가 낭독할 장면은, 쥘리앵과 레날 부인의 관계가 앞의 분이 낭독한 것에서 약간 더 진행된 부분입니다. 여기에서는 레날 부인이 쥘리앵의 접근에 대해 이중적인 감정을 느끼는 모습이 그려집니다.
이 작품은 사회 소설로 읽을 수도 있지만, 저는 아무래도 레날 부인과 쥘리앵, 마틸드의 연애 관계가 핵심으로 보이고, 소설의 재미를 만들어내는 게 이런 불륜이나 연애 이야기가 아닌가 싶습니다. 불륜이 등장하면 재미가 없기도 힘들지 않을까요? 『안나 카레니나』도 그렇고, 결국에는 심리 묘사가 소설에 재미와 가치를 부여하는 것이 아닐까 해서, 죄책감과 설렘이 뒤섞이고, 행복과 불행을 동시에 느끼는, 점점 불륜의 사랑에 빠져 들어가는 레날 부인의 심리를 묘사한 장면을 골라봤습니다.

적과 흑의 의미

역시 불륜이 핵심인가요?
여러분이 쓴 글을 읽어보니, '적과 흑'이라는 제목에 대해 궁금해하는 학생이 많았어요. 이건 생각할 게 아니에요. '적과 흑'이 무슨 의미인지는 찾아보면 돼요. 이 책은 고전입니다. 많은 사람들이 말해놨어요. 찾아보세요. 생각은 거인의 어깨 위에서 한다고 했죠? 일단 찾아봐야 합니다. 물론 찾아보기 전에도 짚이는 게 있을 거예요. 그러나 진짜 생각은 찾아보고 난 다음에 시작됩니다.

한스와 잉에는 왜?

지난 시간에, 토니오 크뢰거가 한스와 잉에를 다시 만난 장면이 이상하다고 했지요? 이상하다고 쓴 사람이 없어서 더 이상하다고 했어요. 생각들 해봤어요?

SX6: 「토니오 크뢰거」는 개인적으로 마음에 드는 작품입니다. 마지막에 왜 토니오 크뢰거가 한스와 잉에를 모른 척했는지 생각해보았습니다. 예술가라는 직업이 어떻게 보면 자기 과거의 상처를 계속 되새기면서 일하는 사람인데, 토니오가 예술가가 되었어요. 그러나 자기가 반추하던 상처를 만들어낸 사람들을 보게 되니까 당황해서, 직접 만나 이야기를 나누면 환상이 무너져버릴 것 같아서, 그런 두려움 때문이지 않을까 생각했습니다.

그러면 거꾸로, 왜 한스와 잉에는 토니어 크뢰거를 아는 척하지 않았죠?

SX6: 토니오 크뢰거는 그 친구들에 대해 어리석기 때문에 행복하다는 식으로 생각했어요. 그런데 한스와 잉에는 물질적 행복이나 자기 지위를 중시하고 거기에 만족하는 사람들이라서, 그와 반대되는 생각을 가진 토니오 크뢰거를 만나면 별로 좋지 않을 거라서 아는 척하지 않았을 것 같아요.

일부러 아는 척하지 않았다는 주장이 설득력 있나요? 물론 못 알아봤다는 것도 많이 이상해요. 이 사람들은 불과 10여 년 만에 만난 사이예요. 중·고등학교 동창을 서른 즈음에 만난 거예요. 얼굴을 못 알아보기는 힘든 나이잖아요. 근데 왜 서로 아는 척을 안 했을까?

SX7: 그냥 어색해서. 10년 만에 만나면, 봐도 아는 척하기 어렵죠.

다른 사람도 아니고, 한스와 토니오는 굉장히 친했어요. 토니오는 한스에게 사랑을 느꼈던 사람이에요. 한스도 그걸 알고 있었고요. 그런 사이인데, 둘이 동시에 모른 척을 하나요?

SX7: 한스는 토니오한테 상냥한 애가 아니었고, 일종의 죄책감을 갖지 않았을까요?

재는 나를 사랑하는데 나는 재가 사랑하는 만큼 사랑해주지 못하는구나. 이런 생각을 했다는 거죠? 그렇더라도 오랜만에, 그것도 뜻밖의 장소에서 만났는데 모른 척하는 게 정상은 아니잖아요? 잉에는 어때요?

SX6: 잉에는 애초에 토니오와 별로 안 친했잖아요.

그렇죠. 잉에는 그럴 수 있어요. 토니오는?

SX6: 토니오는 그냥 걔네를 동경했잖아요. 자신은 그렇게 할 수 없는데, 그들은 여전히 밝게 지내고 있어요. 그런 밝은 세계 앞에서, 회색 세계에 있는 자신은 다가가기 힘들다고 느꼈기 때문에 아는 척을 못 했던 것 아닐까요? 토니오는 잉에나 한스와 그나마 친했던 유년 시절에도 그렇게 적극적으로 말을 걸거나 하는 성격이 아니었는데, 하물며 10년이나 지났고, 여전히 동경하고 있는 그쪽의 삶에 먼저 다가가기는 힘들지 않았을까 생각합니다.

어때요? 다른 사람들은 동의할 수 있어요?

SX7: 처음 읽었을 때는 토니오가 실제로 한스와 잉에를 봤다고 생각했는데, 사실은 안 봤을 수도 있지 않나요? 토니오가 우연히 간 곳에서 자신과 다른 부류의 사람들을 봤는데, 거기에 자기 유년 시절의 추억이었던 잉에와 한스를 대입한 것이라는 생각이 들었거든요. 토니오는 자기가 상상한 인물이니까 아는 척을 할 수 없었고, 한스와 잉에도 토니오의 가상 현실 속 인물이니까 토니오한테 말을 걸 수 없었던 거죠.

그러니까 안 만났다는 얘기를 하는 거죠? 책에는 만났다고 되어 있잖아요?

SX6: 자기 마음속에서 만난 것일 수도 있잖아요. 실물로 만난 게 아니라.

SX8: 사실 소설은 계속 토니오 크뢰거의 입장에서 서술되잖아요. 근데 호텔 응접실에서 그들을 봤다고 하면서도, 거꾸로 그들이 토니오 크뢰거를 못 봤다는 건 이상해요. 마치 숨어서 본 것처럼 말해놨어요. 그럴 이유가 없는데.

텍스트를 읽는다는 것

「토니오 크뢰거」는 삼인칭 소설처럼 돼 있지만, 사실상 토니오의 시선을 카메라로 하는 일인칭 소설입니다. 일인칭 카메라가 거짓말을 하면 우리는 속을 수밖에 없어요. 만났다고 했지만, 만난 것은 사실 다른 금발들이라고 하는 쪽이 훨씬 설득력 있죠. 토니오가 만난 것은 금발의 푸른 눈들이에요. 스칸디나비아반도에서 놀러온 사람들이었어요. 그 사람들이랑 잉에와 한스가 똑같이 생긴 거지요. 그래서 한스와 잉에라고, 그것도 그 둘이 커플이 된 것이라고 표현한 거죠. 그렇게 보는 게 더 합리적이죠. 만약 그중에 정말 동창이 있었다면, 아는 척 안 하거나 자기를 숨기는 건 많이 이상한 일이죠.

텍스트를 읽는다는 것은 그냥 보는 거와 다르다고 했어요. 보는 것과 다른 읽는다는 것, 그건 생각하는 거예요. 어디에서 뭘 생각해요? 모든 책에는, 어, 이거 왜 이렇지? 이런 지점이 있어요. 아, 그렇군! 이런 지점도 있어요. 모든 텍스트에는 증상이 있다, 덜컹거리고 삐걱거리는 대목이 있다고 했어요. 그 증상은 작가가 일부러 만들어놓은 것일 수도 있고, 텍스트가 특정 독자와 만날 때 만들어지는 것일 수도 있고, 또 텍스트와 특정 시대의 현실이 만남으로써 만들어진 것일 수도 있어요. 텍스트하고 또 그 텍스트를 만들어낸 장르의 문법이 부딪쳐서 덜컹거리는 걸 수도 있고요.

모든 텍스트는 그런 의미에서 반드시 증상을 가지고 있어요. 거기에서 생각하는 것, 그게 곧 읽는 겁니다.

이광수의 퀴어 소설

지난 시간에 얘기했던 이광수의 「윤광호」라는 소설을 예로 들어 봅시다. 윤광호라는 청년이 한 사람을 열렬히 사랑하는 이야기가 나오고, P는 남자였다는 문장으로 끝나요. 그런데 이 소설이 21세기 초반에 뉴욕 맨해튼의 20대 대학생들 눈에는 위대한 동성애 소설로 읽혀요. 그리고 그로부터 10년쯤 지난 후 한국에서 동성애 소설이라는 표제로 책이 나와요. 그래서 이번엔 내가 깜짝 놀랐어요.

이광수의 소설이라는 맥락 속에 놓고 이야기해보면 이래요. 지난 시간에 짧게 말했지만, 이 소설에는 대상 선택의 성별에 대한 내적 갈등이 없어요. 그러니까 왜 동성애인지에 대한 자각이 없는 상태라는 거예요. 그래서 나는 동성애 소설이라고 보긴 힘들다고 생각했고, 그 당시에 그렇게 썼어요. 20년쯤 전이죠. 그런데 어떤 외국인 연구자가 내게 당신이 틀렸다, 고 말했어요. 한 10년쯤 전에요. 그런데 그 말이 맞는 것 같다는 느낌이 들었어요. 그렇다면 내가 뭘 틀렸다는 걸까?

이광수의 의식이라는 층위에서 얘기하자면, 이 소설에서 이광수가 강조하는 것은 사랑의 정신적 자질입니다. 이광수는 사랑 예찬론을 펼친 사람이지만, 사랑이 중요한 것은 그것이 순결한 열정이기 때문이에요. 그걸 강조해야 사랑 예찬이 계몽의 도구가 될 수 있어요. 육체가 느끼는 쾌락이 물론 중요해요. 그러나 그걸 강조할 수는 없어요. 이광수의 소설에서 손을 잡고 입을 맞추고 하는 것은 상상 속에서만 이뤄지는 것들이에요. 이광수의 서사에서 중요한 것은 열정의 순수함이기 때문입니다. P가 남자라고 밝힌 것은, 그러니까 내가 목숨 걸고 감행했던 사랑은 가령 이성 간의 음욕 같은 것과는 아무 상관없는 순수한 정신적 사랑이라고 말하는 거죠.

그런데 1918년 당시 청년들에게 최고 인기였던 잡지 「청춘」에 실린 이 짧은 단편은, 100년 가까이 되어가는 시점에서 동성애 소설로 평가받고 있어요. 이광수의 다른 소설에서는, 여자 주인공이 좋아하는 언니와의 잠자리에서 젖꼭지를 빠는 장면이 나와요. 이광수의 『무정』이라는 장편이에요. 당시 유일한 한국어 신문 1면에 연재했던 소설이에요. 4면짜리 신문인데, 1면의 정중앙에 1917년 1월 1일부터 연재했어요. 그런데 저런 묘사가 실렸어요. 난리가 났을까요? 아무 일도 없었어요. 당시 독자들의 눈엔 아무런 외설도 아니었다는 거죠. 이런 대목은 시대가 만들어낸 증상이라고 할 수 있어요.

당시의 맥락으로 말하자면, 이광수가 강조한 사랑의 정신성은, 식민지 상태의 조선이 지니고 있는 강렬한 민족의식과 같은 층위에 있어요. 민족=네이션은 있지만 국가=스테이트는 없는 상태, 그러니까 스테이트에 대한 갈망으로 네이션의 뜨거움이 격렬하게 고조되어 있는 상태입니다. 그게 곧 식민지의 민족의식이에요. 현실 권력이 없는데, 그런 정신성마저 없으면 진짜 아무것도 없는 거죠. 그래서 필사적일 수밖에 없지요. 이광수의 정신주의는 그런 시대의 산물입니다. 그런 점에서 보면, 「윤광호」 같은 소설은 근대적이라거나 민족주의적인 것이라 할 수는 있어도, 성(性) 정치를 지향하는 퀴어 소설이라 하기는 어렵다는 거죠.

그럼에도 불구하고 「윤광호」를 퀴어 소설이라고 할 수도 있어요. 아주 원초적인 형태로, 그러니까 이광수나 그의 시대 사람들이 지닌 의식의 차원이 아니라, 무의식의 차원에서 존재하는 원초적 퀴어의 감각이라고 할 수 있다는 거예요. 즉, 성 정치적 시선이 투입되기 이전의 원초적인 동성애적 감각이 스스로를 불쑥 드러내버린 것이라 할 수는 있죠.

이런 방식의 접근이라면, 20세기 초반과 21세기 초반 사이에 서로 다른 대극(對極)을 설정할 수 있어요. 좀 더 많은 이야기가 가능해지겠네요. 말하자면 이것은 시대가 만들어낸, 하나의 텍스트가 다른 시대 독자들을 만남으로써 만들어지는 증상이죠.

토니오는 한스와 잉에를 만났을까?

「토니오 크뢰거」의 경우는 어때요? 왜 그들은 서로 모른 척했을까. 답은, 안 만났으니까! 이게 제일 논리적인 답이에요. 모른 척한 게 아니라 안 만난 거지요. 소설에서는 그럴 수 있어요. 작가가 표현을 그렇게 한 거죠.

그러면 증상의 의미가 간단하게 해결된 건가? 한 발 더 들어가볼 수 있겠죠. 그런데 왜 토마스 만은 그렇게 표현했을까? 어떤 힘이 그로 하여금, 그 대목만을 다르게 표현하도록 했을까? 이것을 문제 삼을 수 있을 거예요.

좀 멋지게 표현하기 위해서? 단지 그것뿐이었을까? 지난 시간에 언급한 대목, 내가 아무리 작가로서 성공했더라도 너희는 나를 비웃을 자격이 있다고 독백하는 대목은, 바로 이 금발들을 만나고 있는, 그러니까 한스와 잉에를 만나지 않았으면서 동시에 만나고 있는 장면에서 나와요. 한스와 잉에는 언제나 토니오 눈앞에 있는 타자들인 것이죠. 토니오에 대한 응시가 튀어나오는 대상들입니다. 그 장면에 토마스 만은 형광 칠을 해놓은 것이죠. 주목 좀 해달라고. 그런데 왜 하필 그 대목일까? 우리가 이런 질문을 하게 된다면, 토마스 만이 지닌 작가로서 의식과 그의 시대가 지닌 예술에 대한 생각 일반에 접근할 수 있게 되는 것이죠. 필사적인 것으로서 예술에 대해 말할 수 있을 거예요.

『적과 흑』의 줄거리와 증상

『적과 흑』은 어때요? 걸리는 대목이 없었어요? 줄거리를 좀 살펴봅시다.

주인공 쥘리앵은 목수네 둘째 아들이에요. 제재소라 되어 있지만, 못사는 촌구석 목수 집안이에요. 그런데 쥘리앵은 머리가 좋아 공부를 잘해요. 지적 능력이 비상하게 뛰어났고, 라틴어 실력이 출중했어요. 라틴어 『신약』을 통째로 암기해서, 어디를 묻건 줄줄 튀어나와요. 조선 시대로 치면 사서(四書)를 통째로 외워버린 셈이에요. 촌구석에서 학식으로는 이런 사람을 당할 수가 없어요. 집에서는 오히려, 똑똑해서 구박받는 자식이에요. 목수 일을 해야 할 아이한테 라틴어 실력이 뭐가 필요해요. 그러니까 집에서는 쓸모없는 구박덩어리죠.

그런데 그 동네 시장이 쥘리앵을 가정 교사로 뽑아요. 시장이라곤 하지만, 작은 동네니까 우리로 치면 면장이나 읍장 수준이에요.

작은 동네라도 시장에게는 자기 라이벌들이 있어요. 지역 유지 라이벌들이에요. 시장 체면을 세우려면 뭐든지 그 사람들보다 나아야 해요. 가정 교사의 수준도 마찬가지죠. 동네에서 제일 똑똑한 쥘리앵이 레날 시장의 집에 가정 교사로 들어가는 것은 시장으로서는 당연해요. 그러다 레날 시장의 부인과 염문이 생겨요. 덜컥 사랑에 빠져버리는 거죠.

스무 살쯤 되는 평민 청년과 서른 살쯤 되는 귀족 유부녀. 둘 모두 한 번도 사랑을 해본 적 없는 사람들이에요. 레날 부인은 가문끼리 결혼을 한 사람입니다. 자유 결혼이 아니라 가족 구속적 결혼, 귀족이 자신의 신분과 가문을 유지하기 위해 행하는 전통적인 결혼 방식이죠. 그 시대에 이걸 가지고 뭐라 할 사람은 없어요. 원래 귀족 간 결혼은 그렇게 하는 거니까, 신분이나 지체가 잘 맞는 사람들끼리. 여기에서 사랑은 결혼의 필요조건이 아니죠. 그랬던 시절이니까. 1830년에 나온 소설이죠.

유럽의 19세기는, 사랑의 문법으로 보자면 획시기적인 때죠. 낭만적 사랑이 시작된다는 점에서 그래요. 낭만적 사랑은 지금 우리 시대 사랑의 문법입니다. 낭만적 사랑에는 결혼이라는 제도, 사랑이라는 감정, 그리고 섹슈얼리티가 삼위일체로 결합되어 있어요. 다음 시간에 좀 더 말하겠지만, 그 이전에 사랑은 결혼의 전제 조건이 아니었어요. 결혼은 가문을 유지하는 수단이고, 그래서 중요한 것은 신분과 지체예요. 톨스토이의 『안나 카레니나』에서 카레닌이 자기 아내 안나에게 말해요. 결혼은 이성적인 것이라고, 순간적인 감정에 휘둘려서는 안 된다고. 그 자체로 틀린 말은 아니지만, 현재 우리가 사는 세상의 질서와 다른 것은 분명해요.

현재 우리가 사는 세계에서는 사랑이 가장 먼저죠. 감정은 사랑의 심장이에요. 사랑 없는 결혼은 이상해요. 그것이 우리가 사는 세상의 질서예요. 그러니까 사랑이 결혼과 성을 정복해버렸어요. 이 셋 중에서 사랑이 특권적인 지위를 가져요. 사람에게 진짜 사랑은 평생 한 번뿐이에요. 결혼이냐 아니냐는 중요하지 않아요. 그게 낭만적 사랑의 기본입니다. 할리우드 로맨틱 코미디에서 표준화되어 있는 것이죠.

똑똑하고 잘생긴 평민 청년 쥘리앵이 가정 교사로 들어가서 애들 엄마하고 사랑에 빠져요. 그래서 소문이 나기 시작해요. 소문이 안 날 수가 없어요. 레날 부인은 나이 어린 애인에게 잘해주고 싶어요. 그래서 평민의 자식인데도 귀족처럼 대우해요. 장교 복장을 입혀서, 기마대 퍼레이드에 앞장을 세워요. 그러니 소문이 안 날 수가 없죠. 둘이 조용히 연애하는 건 상관없지만, 염문이 커지는 것은 곤란해요. 시장 집 체면이 있으니까. 그래서 결국 쥘리앵은 그 집을 나오게 되죠.

그러나 이 뛰어난 청년은 본격적으로 파리로 진출하게 되어요. 라몰 후작 집이죠. 그 집에 비서로 들어가서 후작의 딸을 사로잡아요. 레날 시장 부인의 경우는 사랑이었지만, 후작의 딸은 연애 기술의 결과예요. 콧대 높은 마틸드가 냉정하고 능력 있는 쥘리앵에게 먼저 다가가기는 했어요. 마틸드에게 쥘리앵은 '나쁜 남자'였어요. 그런데 '나쁜 여자'가 돼서 변덕 부리는 마틸드를 쥘리앵은 철저하게 계산된 전략으로 사로잡아요. 그래서 결혼하게 돼요. 장인 될 후작이 신분 세탁도 해줘요. 너는 프랑스 혁명 때 피난 갔던 귀족의 사생아야. 드 라 베르네이라는 귀족의 성을 받아요. 그러니 일은 다 끝났어요. 이제 떵떵거리며 살면 됩니다.

그런데 후작에게 편지 한 통이 오죠. 레날 부인한테서. 쥘리앵은 나쁜 놈이라는 내용이에요. 그래서 약간의 문제가 생기기는 하지만, 이미 정해진 흐름은 바뀔 수 없어요. 마틸드의 마음은 쥘리앵한테 있어요. 그런 정도로 바뀌지 않아요. 라몰 후작은 그냥 성질 좀 내고 말아요. 자기 딸이 쥘리앵을 사랑한다는데 어떻게 하겠어요. 별거 아니지만, 마틸드의 배 속에는 쥘리앵의 아이도 있어요. 그런 편지 같은 건 아무런 문제가 안 된다는 거죠.

그런데 쥘리앵이 왜 이래요? 곧바로 레날 부인을 찾아가서 저격해요. 앞길에 방해가 되니까 조용히 암살을 한 게 아니라, 일요일에 미사를 드리고 있는 성당을 찾아가서, 중인환시리에 총을 쏴요. 두 발을 쏘았어요. 쥘리앵은 당연히 체포되어 감옥에 갇히죠. 레날 부인은 안 죽었어요. 한 발은 빗나갔고 한 발은 어깨에서 튕겼어요. 총 성능도 안 좋았지만, 사랑하는 사람을 향한 총질이 제대로 됐을 리가 없어요. 나중에 감옥에서, 쥘리앵은 그 사실을 알고 다행이라며 뛸 듯이 기뻐하죠. 좀 이상한 사람이죠?

감옥에 있는 쥘리앵에게 레날 부인도, 마틸드도 다 달려와요. 레날 부인은 자기가 편지를 보낸 것은 그를 해치기 위해서가 아니었다고, 협박 때문에 어쩔 수 없었다고, 미안하다고 해요. 레날 부인은 쥘리앵을 사랑하고 있어요. 또 마틸드도 마찬가지예요. 당신은 내 남편이다, 법원 사람들을 구워삶아놓았다, 사람을 죽이려 총질한 것이 아니라 순간적으로 화가 나서 그랬다고 하면 다 빠져나가게 되어 있다고 해요.

그런데 쥘리앵은 이걸 거부합니다. 그리고 재판정에서, 레날 부인을 죽이려고 계획적으로 저격했다고 말해요. 결국 사형 선고를 받죠. 그리고 죽어요.

대체 왜 이러는 거죠? 쥘리앵은 감옥에서 깨닫습니다. 자기가 가장 행복했던 것은 레날 부인과 함께 있을 때였다고. 자기가 진정 사랑하는 사람은 레날 부인이라고. 그런데 쥘리앵은 왜 스스로 죽음을 향해 가나요? 안 죽을 수도 있었어요. 원한다면 부와 명예와 사랑을 모두 누릴 수도 있었어요. 이상하잖아요?

쥘리앵은 왜?

이런 대목이 아마 이 소설에서 가장 두드러지는 증상일 거예요. 여러분이 쓴 글에는 재미있는 포인트가 많았어요. 자유주의와 신앙의 문제를 거론한 학생들도 있어요. 아까도 말했듯이 이 소설이 나온 1830년은, 나폴레옹이 세인트헬레나섬에서 죽은 지 불과 9년밖에 안 된 때예요. 작가 스탕달은 나폴레옹 군대의 장교 출신입니다. 알프스를 넘어 이탈리아로 진군할 때 나폴레옹과 함께 말을 탔던 사람입니다. 주인공 쥘리앵은 열렬한 보나파르트주의자로 나와요. 늘 자기 침대 밑에 나폴레옹 초상화를 숨겨놓고 있는 인물이에요. 프랑스 혁명에서 왕의 목이 날아갔어요. 근대 유럽 역사에서 두 번째라고 했었죠? 왕이 죽었는데, 귀족들이 무사했겠어요? 나폴레옹이 전쟁에서 지고, 도망갔던 귀족들이 프랑스로 돌아와 왕정복고가 이뤄졌어요. 그러나 아직도 왕과 귀족들을 참수한 혁명의 위력이 아주 생생한 기억으로 살아 있을 때입니다. 혁명의 기운이 사회 전체를 감싸고 있을 때예요. 이런 시대적 배경도 생각을 해봐야 합니다.

그런데 대체 왜 쥘리앵은 죽음의 길을 선택했을까?

다음 시간에 이어 하겠습니다.

5-2강

스탕달, 『적과 흑』

쥘리앵은 왜 죽음의 길을 선택했을까? 『적과 흑』에 나오는 가장 현저한 증상이었죠.

지난 시간에 여러분이 낭독한 것은 크게 세 부분입니다. 쥘리앵과 후작의 딸 마틸드의 관계, 쥘리앵과 레날 부인의 관계, 그리고 쥘리앵이 바라보는 자기 자신과 현실에 대한 성찰 등입니다. 읽어줬으면 했던 대목들을 여러분이 골고루 골라왔어요. 고맙습니다.

이번 시간에는 사랑의 역사, 그리고 『적과 흑』에 나타난 연애 문제를 살펴볼 겁니다. 이와 연관해서, 욕망과 충동이라는 개념 쌍도 제시했는데, 이 이야기는 다음 주에 합시다.

소설에서 문제 되는 것은, 앞에서 이야기해온 대로 우리 시대 사람들이 살아가는 모습입니다. 사람은 무엇으로 사는가? 이런 질문이 안경처럼 우리 눈에 있다는 것이죠. 그중에서 이번에 문제 되는 것은 사랑입니다.

사랑 그 자체도 중요하지만, 그보다 더 중요한 것은 연애 사건이 제기하는 주체의 문제입니다. 사랑은 감정이지만 연애는 서사예요. 어떻게 자기 삶의 주인으로 사느냐의 문제라는 거죠.

죽음의 시선

사람은 두 가지로 산다고 했지요. 굶주림과 사랑. 프로이트의 말이었어요. 각각의 영역에 두 개의 불륜이 있다고 했습니다. 혁명이라는 불륜, 사랑이라는 불륜.

보통의 유기체라면 자기 종 고유의 방식으로 죽음을 맞습니다. 그것을 자연사라고 해요. 그런데 해당 종이 지닌 자연사의 방식에서 벗어난 죽음이 있어요. 그게 사랑입니다. 죽음이라 했지만, 꼭 생물학적 의미의 죽음만은 아니고 살아 있는 죽음일 수도 있어요. 여기에서 죽음은 삶의 이유입니다. 삶의 의미이고 보람, 대의, 목적 등등의 말로 바꿔 부를 수 있는 것, 그게 곧 죽음의 영역이에요.

앞에서 한 학생이 투덜거렸죠. 명작이라는 게 읽어보면 모두 불륜투성이다, 이런 게 무슨 명작인가!

전쟁은 국경에서 시작됩니다. 불륜도 혁명도 국경에서 발생해요. 밖에 있는 국경이 아니라 사람들 마음속에 있는 국경, 그러니까 마음의 왕국들을 가르는 경계입니다.

죽음의 시선으로 보면 그 경계가 환해집니다. 불륜의 시선이라고 해도 좋아요. 미래로 날아가 자기 삶이 멈추는 자리에서, 그 시선으로 자기 삶을 미리 보고, 다시 자기 자리로 돌아와 자기 삶의 방식을 선택하는 것, 자기에게 이미 주어진 것을 자기 힘으로 다시 선택하는 것입니다. 그것이 곧 운명애입니다. 저 뒤에 있는 강의 제목이에요, 운명애.

그러면 한 사람의 죽음이 다른 사람과 다를 바 없는 자연사라고 해도, 그러니까 자기 종의 죽음 일반에 속한다고 해도, 자기 죽음의 고유성이 구현되는 것입니다. 그것이 곧 주체 되기의 방식입니다. 좀 어려운 말이죠? 일단 외워두세요.

사랑의 문법

지난 시간에 낭만적 사랑에 대해 말했어요. 그것이 우리 시대 사랑의 문법이라고 했어요. 사랑의 문법이라면, 좀 이상한 표현 같아 보여요. 사랑에 문법이라니! 여기서 문법이란 사회적 규약을 말하는 거죠. 관습과 제도를 뜻해요.

사람이 사람을 만나서 좋은 느낌을 받고, 마음이 설레고, 또 보고 싶고, 같이 있고 싶고, 만지고 싶어지는 것, 그런 게 보통 우리가 말하는 사랑의 감정이죠. 그것을 감정적 실체로서 사랑이라 한다면, 그건 시대나 지역을 떠나서 크게 다를 수 없죠. 그러나 그런 마음을 어떤 언어로 표현하고, 또 그런 마음을 어떻게 사람의 신체에 배분하고 교환하는지는 시대나 지역에 따라 다를 수밖에 없어요. 여기서 말하는 사랑의 문법이란 그런 사회적 규약, 사회적 코드로서 사랑을 뜻해요.

사랑의 문법에는 크게 세 가지가 있어요.[1] 첫째는 궁정의 사랑, 둘째는 열정적 사랑, 셋째는 낭만적 사랑. 이 셋은 역사적 순서로 늘어놓은 것입니다. 현재 우리 시대의 사랑은 낭만적 사랑이라고 했어요. 이런 틀은 니클라스 루만(1927~1998)이라는 독일 학자가 정리해둔 것입니다.

사랑의 세 가지 문법이란 그런 코드의 변천사를 뜻합니다. 중세 유럽에서, 근대로 이행하는 과정에서 드러난 것입니다. 유럽 사람이 정리한 것이니까, 바탕에 놓여 있는 것도 유럽의 문학 작품과 풍속입니다. 그런데 각각의 이치로 치자면 유럽에 국한된 것일 수는 없죠. 인류가 지닌 종적(種的) 본성이 있어서, 일반화할 수 있는 점들이 있을 수밖에 없어요.

게다가 이 셋은 여전히 살아 있어요. 역사가 진행되며 차례로 대체된 것이 아니에요. 뒤의 것이 앞의 것을 덮어썼다고 해야 함이 옳아요. 그래서 낭만적 사랑 속에는 금지를 넘어서는 열정이 있어요. 또 그 안에는 불가능한 것으로서 사랑, 궁정의 사랑이 있어요.

궁정의 사랑

첫째, 궁정의 사랑(courtly love)은 중세 기사와 귀부인 사이의 사랑입니다. 궁정이란 말 그대로 왕이 신하들을 만나는 곳을 뜻합니다. 여기에서의 사랑은 귀부인을 향한 정신적 사랑이에요. 신라 향가 〈헌화가〉에 나오는 사랑이기도 합니다. 남자 기사가 매우 어려운 일을 하는데, 그 일을 해야 할 까닭이 있어야 해요. 기사와 영웅에게는 자기를 칭찬해주거나, 스스로 잘했다고 격려해줄 존재가 있어야 하는 거죠. 그 보람의 근거가 곧 귀부인입니다. 모험하는 기사에게는 귀부인의 존재가 삶의 이유이기도 해요. 돈키호테에게 둘시네아의 존재가 그것이죠.

『돈키호테』는 기사 문학의 패러디라서, 해학적 방식이긴 하지만 이런 사랑의 양상이 고스란히 드러나 있어요. 돈키호테는 둘시네아의 얼굴도 본 적이 없어요. 그런데도 그에게 둘시네아는 최고의 미녀이자 성스러운 귀부인입니다. 돈키호테는 둘시네아에게 사랑을 바쳐요. 괴물을 무찌르고 적들과 전투를 벌여 공을 세우는 게 모두 그 사랑을 위한 거예요.

그러니까 공을 세우려는 기사에게 귀부인은 그냥 허깨비지요. 기사가 제멋대로 만들어낸 환상이고 명분이에요. 귀부인 자리에 있는 여성에게 마이크를 준다면, 이렇게 말할 거예요. 나를 사랑한다고? 내가 당신의 존재 이유라고? 왜 그게 나예요? 절벽에 있는 꽃을 따다 내게 바친다니 고맙긴 한데, 당신이 그러거나 말거나 내 알 바 아닙니다.

물론 기사 문학 속 귀부인은 이런 말을 할 수 없는 존재입니다. 마치 귀부인의 몸이 코르셋으로 꽁꽁 묶여 있듯이, 그래서 신성한 존재가 되듯이, 귀부인의 내면은 캐릭터 가면에 감싸여 있어요. 가면 속 인물은 말을 할 수가 없어요. 자기 목소리를 가질 수 없어요. 말을 해도 캐릭터가 할 뿐이에요.

더욱이 기사에게 귀부인은 성스러운 존재라서, 귀부인을 향한 사랑에는 그 어떤 육체성이나 섹슈얼리티가 개입할 여지도 없어요. 귀부인은 얼굴조차 없는 존재예요. 여기에서 사랑은 정신적이고 연극적이지요. 그러니까 사랑이라 할 만한 어떤 실체도 없어요. 그런 세계가 이 첫 번째 사랑의 세계입니다.

신라 시대나 유럽 중세의 문학 작품이 아니더라도, 현재 우리에게서도 일방적 사랑, 짝사랑의 형태로 여전히 작동하는 원리이기도 해요. 이런 점에서 궁정의 사랑은 사랑의 본성 그 자체라고 할 수도 있어요. 사랑이라는 것 자체가, 설사 둘이 좋아한다고 해도 쌍방의 착각이자 역할극 같은 것이라 할 수도 있어요. 귀부인이 가면이자 허깨비라고 했지만, 그렇다면 그 허깨비를 위해 목숨 거는 기사도 허깨비가 아닐 수 없어요. 가면만 허깨비인가? 맨얼굴 자체가 이미 가면이고 허깨비라고 할 수도 있어요. 물론 이건 훨씬 더 근본적인 차원입니다.

열정적 사랑

두 번째 사랑은 열정적 사랑입니다. 여기에서 중요한 건 열정(passion)입니다. 그리고 여기에서 사랑은 확 불타오르는 것이죠. 감정뿐만 아니라, 이제는 육체와 성욕이 문제가 됩니다. 감정도 성스러운 게 아니라 병에 걸린 듯 이상해지는 감정입니다. 유럽어에서 열정과 병리(pathology)는 어원이 같아요. 정상에서 벗어난 것, 증상적인 것이죠. 감정으로서의 사랑이 가장 고양된 형태이기도 합니다.

열정적 사랑은 절대 왕정 시기 귀족 사회에서, 이른바 사교계라는 공간에서 전형적으로 드러납니다. 귀족이나 왕실이나 모두 결혼은 지체가 맞는 사람끼리 이뤄집니다. 가문과 왕실을 유지하기 위한 것이죠. 이런 결혼에서 중요한 것은 정치예요. 여기에 사랑은 없어요. 사랑이 개입하면 오히려 안 됩니다. 사랑은 결혼한 사람들만이 누릴 수 있는 것이에요. 혼외정사의 형태로. 그러니까 남편 따로 애인 따로 있는 거죠. 사랑이 결혼과 분리되어 있는 겁니다.

결혼이 사랑을 자유롭게 해요. 그 대신 체통을 잃으면 안 돼요. 명예를 잃으면 안 된다고 하죠. 이게 매우 중요한 원칙입니다. 소문이 나고 궁정이나 사교계 사람들 입방아에 오르는 것은 문제가 안 됩니다. 오히려 귀족 사회에서는 힘 있는 사람과의 염문이 명예나 권력이 되기도 해요. 그 대신 공중의 눈앞에 드러나거나 발각돼서는 안 됩니다. 소문까지는 괜찮지만, 연애편지 같은 증거가 노출되는 것은 안 돼요. 그게 게임의 룰이죠. 이런 경우에 사랑은 일종의 독감이나 돌림병 같은 것이에요.

그런데 열정적 사랑에서 문제는 사랑의 진정성을 확인할 수 없다는 거예요. 자기에게 접근해오는 사람이 바람둥이인지, 진심으로 자기를 사랑하는 사람인지 알 수가 없다는 거죠. 사랑과 성과 결혼이 서로 따로 놀고 있기 때문이죠. 한 사람이 자기 사랑을 증명하기 위해 내놓을 카드가 없다는 거예요. 물론 사람에게는 누구나 궁극의 카드 한 장이 있어요. 그건 목숨입니다. 목숨을 걸어요. 그러면 그건 진심이라고 인정받아요.

근대인에게는 목숨 말고도 또 다른 카드가 있어요. 결혼이라는 카드입니다. 결혼이라는 카드는 자기 사랑의 보증 수표 같은 겁니다. 바람둥이와 진정한 사랑꾼을 가르는 상징이죠. 이건 물론 우리 시대, 낭만적 사랑에서 통용되는 것이에요.

낭만적 사랑

낭만적 사랑은 사랑과 결혼과 성이 하나로 합치면서 만들어진 문법입니다. 지난 시간에 말했듯이 우리 시대 사랑의 문법입니다. 할리우드 로맨틱 코미디가 표준적으로 보여주는 사랑의 모습입니다. 잘생긴 남자와 예쁜 여자가 마지막에 가서 키스를 하거나 결혼을 해요. 발단, 전개, 위기, 절정, 결말이라는 아리스토텔레스의 5단계 원칙을 정확하게 지키죠. 아주 안전하고 위생적인 사랑 이야기들입니다.

우디 앨런(1935~)의 〈미드나잇 인 파리〉(2011)라는 영화가 있어요. 남자 주인공은 할리우드의 시나리오 작가예요. 약혼녀와 함께 파리에 갔다가, 시간을 거슬러 1920년대 파리로 가게 돼요. 시간의 문을 출입하면서 현재와 과거 사이를 왕래해요. 거기에서 자기 영웅들을 만납니다. 젊은 날의 헤밍웨이(1899~1961)나 피츠제럴드, 엘리엇(1888~1965) 같은 고전적인 문인들이에요. 피카소(1881~1973)나 달리(1904~1989) 같은 당대의 명사들도 실물로 보고 함께 놀아요. 아름다운 설정이죠.

그런데 약혼녀의 아버지는 골수 공화당원이에요. 주인공 청년의 정치 성향은 반대예요. 그러니 편할 수가 없죠. 장모 될 사람도 남편과 마찬가지예요. 사위 자리나 장모 자리나 서로 좋아하지 않아요. 주인공은 시나리오 작업을 그만두고 파리에 머물며 소설을 쓰고 싶어 해요. 미국의 보수적인 부자 엄마가 그런 사윗감을 좋아할 리 없어요. 장모 될 사람이 어느 날 주인공에게 이런 이야기를 해요. 어젯밤 훌륭한 미국 영화를 봤는데, 너무 재밌었다고. 하지만 한참 웃고 즐거웠는데, 제목도 줄거리도 잘 생각나지 않는다고. 심각한 얘기는 아니고, 그냥 지나가듯 한 말이에요. 그러자 그 말을 듣던 주인공이 이렇게 말해요. 훌륭한데 기억나지 않는 것, 그게 바로 자기가 하는 일이라고요.

그러니까 이 대목은 우디 앨런이 할리우드 장르 영화의 상투성에 대해 한 방 먹이는 장면이에요. 뭐든 일단 장르 속으로 들어가면 비슷비슷해져요. 서로 모방하기도 하고요. 대중적인 장르로 자리 잡은 것은 다 그래요.

낭만적 사랑은 우리 시대에 사랑의 문법으로 자리 잡고 있어요. 거대한 틀이 되었어요. 사랑은 평생 한 번뿐이고, 그런 사랑이 있어야 결혼도 가능하다는 거예요. 그게 문법의 핵심이죠. 우디 앨런의 이 영화도 이 문법 안에서 움직이기는 마찬가지예요. 그러니까 할리우드를 향한 주인공의 비꼼은 우디 앨런 자신을 향한 것이기도 해요. 그것이 이 영화의 위트죠. 그러니까 여기에서 우디 앨런은, 속물은 속물인데 자기모멸을 실천하는 솔직한 속물인 셈이죠.

결혼과 성을 정복한 사랑이 낭만적 사랑이라고 했지만, 이제는 이런 사랑의 문법도 변해가는 중이죠. 성과 결혼의 결합은 지역이나 사회에 따라 이미 풀려버렸어요. 결혼하지 않은 상태에서 성을 누리는 것도 가능하고, 사랑 없는 섹스도 가능하다는 식이죠. 한 여성이 친구에게 말해요. 그 남자가 끌리긴 하는데 사랑인지 아닌지는 모르겠다고. 그러니까 친구가 스킨십을 해보라고 충고해요. 해보고 싫으면 사랑이 아니라고요. 어때요, 현명한 충고인가요?

『적과 흑』의 사랑

이 세 가지 문법으로 보면 『적과 흑』은 어떤 모습이죠? 열정적 사랑에서 낭만적 사랑으로의 격렬한 이행을 보여줍니다. 늘 경계에 있는 것이 강렬합니다. 낭만적 사랑도 열정적 사랑도, 문법 한가운데 있으면 그냥 편안해요. 그런데 그 중간에 끼어 있는 것들은 그럴 수가 없어요. 양쪽의 힘이 격하게 부딪치기 때문이에요.

지난 시간에 KWJ 학생이 레날 부인의 내면 묘사를 읽어줬어요.

젊은 남자에게 빠져들면서 상상을 하죠. 간통이라는 단어가 떠오르고, 사람들 앞에서 모욕당하는 자기 모습이 떠올라요. 레날 부인은 귀족 사회에, 열정적 사랑의 영역에 속해 있는 사람이에요. 낭만적 사랑의 영역이라면 이혼하고 쥘리앵을 따라 나서야겠죠. 그러나 그럴 수가 없어요. 그래서 할 수 있는 게 목숨을 거는 것입니다. 이혼이 안 되니까 목숨을 거는 겁니다. 다음 시간에 살펴볼 『안나 카레니나』의 경우도 양상은 비슷해요.

쥘리앵의 경우를 봅시다. 레날 부인과 사랑에 빠지고, 이제는 연애 경험이 있는 남자가 되었어요. 야심이 있는 데다 워낙 뛰어난 능력을 지닌 사람이라 나중엔 라몰 후작의 비서가 돼요. 그리고 그 딸을 전략적으로 사로잡습니다. 기술을 써서요. 후작이라면 어마어마한 귀족이에요. 서열로 치면 그 밑에 있는 백작이나 자작, 남작 등과도 크게 차이 나는 권력자인데, 게다가 대단한 재산가예요. 그 딸을 사로잡았으니 게임은 끝난 거지요. 결혼해서 잘살면 돼요. 그런데 마지막에 이상한 짓을 하는 거예요. 레날 부인을 공개 저격하고 감옥에 가요. 안 죽을 수도 있는데, 그냥 죽음을 선택하는 거죠.

쥘리앵이 감옥에서 깨닫는 게 있어요. 레날 부인과 함께할 때가 정말로 행복했었다고, 자기가 진짜 사랑하는 사람은 레날 부인이라고. 이런 깨달음이 사랑의 핵심을 짚는 말입니다. 낭만적 사랑의 핵심이라 해도 좋겠네요. 사랑이라는 감정 한가운데 들어가 있을 때는 그게 진짜인지 아닌지 잘 몰라요. 진짜 사랑은 거기에서 빠져나와야 압니다. 열정의 구렁텅이에서 벗어나 뒤돌아볼 때 알게 됩니다. 그러니까 사랑은 늘 완료형으로 말하는 겁니다. 진정으로 사랑했었다고.

아니라고요? 나는 지금 사랑하고 있고, 그 사람과 평생 변하지 않을 거라고요? 그건 미래완료형으로 얘기하는 거예요. 나는 죽을 때 그 사람을 내 평생의 사랑이었다고 말하게 될 거야. 이렇게 생각하는 거예요. 이미 마음속에서는 그 사람과 헤어져본 거예요.

사랑의 진정성

낭만적 사랑에서는 결혼이 사랑의 진정성을 보장한다고 했어요. 그 카드를 내밀면 그건 진짜 사랑입니다. 그런데 문제는 결혼이 쉽지 않다는 거예요. 물론 아주 쉬운 결혼도 있습니다. 그런 결혼은 깨지기 쉬워요. 어떤 식이건, 두 번 세 번 곱씹어서 결정한 결혼은 이미 그 자체가 재혼이에요. 다른 사람이 아니라 바로 그 상대와의 재혼입니다.

낭만적 사랑의 문법 속에서 결혼은 한 번은 헤어지고 난 다음에 이뤄져요. 진짜든 마음속으로든, 헤어졌지만 도저히 너 없인 못 살겠어, 그래야 결혼한다는 겁니다. 할리우드 로맨틱 코미디의 핵심이 바로 그것이죠. 뜨거운 연애 감정 뒤에는 위기가 찾아와요. 그 위기를 넘겨야 사랑의 완성에 도달하게 된다는 거지요. 그 완성 다음에 무슨 이야기가 있는지 몰라요. 이혼이든 불륜이든 그건 다른 왕국의 이야기예요.

쥘리앵의 마음의 변화는 이런 굴곡을 반영합니다. 쥘리앵이 로맨틱 코미디의 주인공이었다면 어떻게 됐을까? 어찌어찌 감옥에서 나와 레날 부인과 격렬하게 키스하며 끝났겠죠. 그 뒤는 알 수 없어요. 지루한 일상이 펼쳐지겠지만, 키스하는 장면으로 마무리하는 게 장르의 문법이에요. 낭만적 사랑의 상투적이고 편안한 버전입니다. 그런데 1830년에 나온 이 소설에서는 그럴 수 없어요. 똑같은 낭만적 사랑이라도 매우 격렬한 형태일 수밖에 없어요. 열정적 사랑의 세계라면, 탈옥 후에 마틸드와 결혼하고 레날 부인의 애인으로 살아가는 방식이 될까? 『적과 흑』의 쥘리앵이 보여준 불같은 자존심을 생각한다면 그것도 불가능한 일입니다.

레날 부인이 쥘리앵을 따라 죽는 것은, 말하자면 매우 격렬한 형태의 낭만적 사랑입니다. 레날 부인이 감옥에 갇힌 쥘리앵을 면회하러 가는 순간, 그래서 쥘리앵과의 관계를 공공연하게 인정하는 순간, 열정적 사랑의 문법은 그대로 끝입니다. 상류 사회의 부인이 명예를 잃으면, 그러니까 공개적으로 체면을 잃으면 그걸로 끝인 거예요. 불륜을 편안하게 즐길 수도, 그렇다고 그걸 돌파해서 새로운 사랑의 출구를 찾을 수도 없는 상황이라는 것이죠. 그러면 쥘리앵의 죽음은 서사 문법의 요구인 셈인가? 일차적으로는 그렇게 말할 수 있겠어요. 물론 일차적으로만.

사랑의 자연법

우리가 쓰는 불륜이라는 말은 낭만적 사랑이라는 규범을 전제로 가능한 개념이죠. 사랑, 성, 결혼이 삼위일체를 이룰 때 쓸 수 있는 말이에요. 이 중 어떤 고리라도 하나만 풀리면 쓸 수 없는 단어가 됩니다. 열정적 사랑의 문법에서는 힘 있는 기혼 여성의 애인이 되는 게 귀족 청년들에게 권장 사항이기도 했어요. 그러니까 이른바 불륜이지만 비윤리적인 게 아닌 거죠. 그 불륜은 불륜이 아닌 겁니다.

낭만적 사랑의 삼위일체에서 가장 힘센 것은 사랑입니다. 사랑이

성과 결혼을 거느리고 있어요. 그러나 우리 공동체가 비난하는 불륜이라는 개념에서 가장 큰 힘은 결혼이 지니고 있어요. 그것은 제도가 뒷받침하는 힘이에요. 결혼을 해소하면 불륜도 없어요. 여기에서 사랑과 결혼의 관계는 자연법과 실정법의 관계와도 같아요. 어려운가요? 좀 살펴봅시다.

앞에서 불륜을 혁명과 같은 층위에 놓고 말했어요. 사랑과 혁명, 혹은 불륜과 혁명이라고요. 그러나 이런 뜻에서 보면, 불륜이 곧 혁명이에요. 실정법의 질서에 맞서는 자연법의 정신이 공히 그 안에 있다는 점에서 그래요. 일단, 정치적 혁명이 그런 거죠.

기성 권력이 법을 지키라고 말할 때의 법은 실정법, 이미 법조문으로 존재하는 현실 속 법이죠. 그러나 새로운 법을 원하는 저항 세력의 마음속에 있는 법은 실정법이 아니라 자연법입니다. 그 법은, 루소의 표현을 빌리자면, 청동판이 아니라 시민의 마음속에 새겨져 있는 거예요.[2] 무슨 이런 법이 다 있냐고 실정법을 비판할 때, 사람들이 떠올리는 법이 곧 자연법입니다. 사람들의 본성과 그것이 만들어낸 세계의 이상적 질서에 해당하는 것이죠.

그러니까 결혼이 실정법의 영역이라면, 사랑의 설렘과 성의 쾌락은 자연법의 영역인 것이죠. 이른바 '불륜'은 이 둘 사이의 갈등에서 생겨나는 것이고요.

불륜이라는 혁명

불륜과 혁명이라는 말 자체를 들여다봅시다. '혁명(革命)'은 revolution의 번역어입니다. '혁(革)'은 가죽을 손질해서 쓸 수 있게 만드는 것이고, '명(命)'은 천명입니다. 그러니까 하늘의 명령을 제대로 실천하는 것이라고 이해할 수 있어요. 불륜은 한 사회에서 정해진 순서를 어그러뜨리는 것이니까, 서로 반대되는 것이라고 해야 하나요? 그러나 그 정해진 순서라는 게 잘못된 것이라면, 오히려 그걸 깨버리는 것이 혁명이죠.

여기에서 살펴야 할 말은 '명'이라는 단어입니다. 명은 운명이나 수명을 뜻하지만, 기본적으로 하늘로부터, 그러니까 천명으로 주어지는 거예요. 그리고 천명은 사람의 본성 속에 스며 있어요. 세상의 이치와 사람의 본성이 일치한다는 것이죠. 이것은 동서양 가릴 것 없이 전통 질서의 기본 틀입니다. 스피노자 철학의 표어, '신, 즉 자연(deus sive natura)'이 그런 생각을 대표해요.

천명은 곧 본성이라고 『중용』의 첫 구절에 나와 있어요. 천명지위성(天命之謂性). 그리고 사람의 본성이란 세계가 운행하는 질서이기도 해요. 성즉리(性卽理)예요. 명과 성과 리가 하나예요. 개인의 운명과 인간의 본성과 로고스가 하나인 거예요. 그런데 천명이 자기 것이라고, 자기가 그 대행자라고 주장하는 사람들이 있어요. 전통 사회의 왕들, 절대 왕정 시대의 왕들이 그래요. 자기가 하늘로부터 왕의 지위를 받았다는 거예요. 그래서 왕은 언제나 하느님과 직거래를 합니다. 나라의 대표자로 하늘에 제사를 지내는 것은 천명을 받은 사람만이 할 수 있어요. 자기가 왕 노릇하는 것도 하늘의 뜻이라고 말해요. 그래서 새로운 왕이 들어서면 언제나 자기 족보를 치장해요. 〈용비어천가〉를 만들어요. 로마 시대에는 『아에네이스』가 나오죠. 천명이 이렇게 작동했노라고. 그게 기성 질서의 신화적 근거가 되는 거죠.

혁명은 그걸 부정하는 거예요. 왕이 독점했던 천명의 해석을 부정하는 거죠. 낭만적 사랑의 문법으로 보자면, 불륜의 위험은 좀 더 근본적이에요. 그건 반정부 정도가 아니라 반체제예요. 그래서 전향시키고 포섭해냅니다. 사랑을 더 상위에 놓음으로써 결혼 제도를 온존케 하는 방식이죠.

그런데 사랑으로서는 답답한 노릇입니다. 사랑은 결혼을 정복했지만, 그 결과로 보면 사랑은 결혼이라는 감옥에 갇혀버린 셈이니까. 사랑이 자기를 위한 궁성으로 결혼을 선택했는데, 선택하고 보니 결혼이라는 궁성은 동시에 사랑을 가두는 감옥이기도 했던 거죠.

모수오족, 불륜 없는 세계

중국 남서쪽 끝에 윈난성(雲南省)이 있어요. 티베트, 미얀마, 태국, 베트남 등과 접경해 있어요. 남쪽이지만 지대가 높아서 사시사철 봄 날씨예요. 여기만 해도 오지인데, 거기서도 서북쪽 오지에 모수오족(摩梭族)이 살아요. '모쒀족'이라고도 해요. 모계 사회를 이루고 있어요. 여기에는 불륜이 없어요. 이유는 간단해요. 결혼이 없기 때문이에요.[3]

모수오족의 가족 제도는 이래요. 여성이 가임기가 되면 집에서 따로 방을 내줘요. 그 방은 길가로 나 있어요. 여성은 자기 마음에 드는 남성을 방에 들어오게 할 수 있어요. 아무나 들어갈 수 있는 건 물론 아니죠. 조건이 있어요. 두 사람이 서로 마음이 맞아야 하는 것은 기본이에요. 그런데 남자는 해 지고 난 다음에, 창문을 통해서만 여자 방에 들어갈 수 있어요. 나올 때도 마찬가지예요. 날이 밝기 전에 창문으로 나와야 해요. 그런 만남은 철저하게 두 사람 사이의 일이에요. 가족들은 상관하지 않아요. 아는 척도 하지 않아요. 그래야 해요.

애가 생기면 여자 집에서 키워요. 남자에게는 아버지의 권리나 책임이 전혀 주어지지 않아요. 남자 어른이 해야 하는 역할은 외삼촌들이 맡아요. 모계 사회니까 집안에서도 여자의 지위가 높아요. 가장 나이 많은 여성이 집안의 제일 큰 어른이지만, 집안의 대소사는 가족이 논의해서 결정해요.

두 사람이 사귀다가 싫어졌어요. 그럼 남자는 여자 방에 안 들어가면 돼요. 여자는 남자에게 오지 말라는 신호로 나뭇가지나 꽃을 건넨다고 해요. 못 들어오게 창문을 걸어버리거나. 둘의 뜻이 잘 맞으면 끝까지 가고, 서로 싫어지거나 다른 사람이 생기면 헤어지는 거죠.

이런 풍속을 두고 성적으로 문란하다느니, 부계 혈통이 없어 원시적이라느니 하는 것은 정말 한심한 말이죠. 성이 문란한 것이라면, 인류 모두가 그 문란함의 자식들이에요. 혈통의 비밀은 여자만 알아요. 중요한 것은 한 사회가 어떤 기준을 만들어놓았는지, 그리고 그게 얼마나 사람들 마음의 실상에 부합하는지의 문제죠.

모수오족 사회는 아주 평화롭다고 해요. 5만 명 정도의 인구가 농사를 지으며 산다고 해요. 적은 인구가 단순하게 살아서 그런 점도 있을 거예요. 모계 사회라고 해도 사람 사는 곳인데 왜 분란이 없겠어요. 다만, 우리가 사는 부계 사회의 질서보다는 훨씬 더 평화로울 것으로 보여요. 최소한 남성들의 구애 경쟁 따윈 거의 없다시피 할 테니까요.

오래전에, 모수오족과 비슷한 모계 사회 사람들이 사는 델 가본 적이 있어요. 윈난성의 리장(麗江)이라는 곳이에요. 모수오족이 사는 곳과 매우 가까워요. 날씨 좋고 이름처럼 아름다운 곳이에요. 여기에 나시족(納西族)이 살아요. '흑족(黑族)'이라는 뜻이래요. 그 바로 밑에는 바이족(白族), 즉 '백족'이 살아요. 대리석이 많이 나는 다리(大理)라는 도시예요. 거기도 아름다워요.

그런데 리장에 갔을 때 놀란 것이 있어요. 오후였는데, 시내에 나이 든 남자들이 우글우글 모여 있는 거예요. 유치원 끝날 시간이라서 그렇대요. 알아보니, 나시족은 남자가 육아를 담당한대요. 그 사람들 집에도 가봤어요. 예쁜 타일 벽에 꽃과 나무가 잘 다듬어져 있었어요. 그것도 다 남자의 일이라는 거예요. 남자가 육아와 살림을 하고, 생계와 관련한 집안의 중요한 일은 여자가 담당한다고 했어요. 그리고 나시족 고유의 상형 문자가 있는데, 그걸 관리하고 보존하는 것도 남자 일이래요.

리장은 이름난 관광지라서 그때도 어렵지 않게 갈 수 있었어요. 모수오족이 사는 닝랑(寧蒗)이라는 지역은 가기가 쉽지 않았어요. 중국 정부에서는 모수오족도 나시족의 일부로 잡고 통계 관리를 했다는데, 지금은 달라졌다고 해요. 교통도 훨씬 좋아졌고요. 나시족에 비하면, 모수오족은 훨씬 더 근본적인 형태의 모계 사회인 셈이죠. 물론 모계 사회라고 해서 모권 사회인지는 별개의 문제죠.

어쨌거나, 이런 세상 어때요? 결혼이 없으니 불륜도 없어요. 이로부터 분명해지는 것이 있지 않나요? 결혼 제도 자체가 남성적 속성을 지니고 있다는 겁니다. 여성의 성을 배타적으로 소유하는 것이 그 핵심이죠. 모수오족이 이룬 평화를 만들려면 어떻게 해야 해요? 결혼이라는 제도를 폐기하는 것만으로는 모자라요. 부계 사회와 부권 질서를 해체해야 하죠.

쥘리앵과 레날 부인과 마틸드를 모수오족 사회에 옮겨놓아봅시다. 그러면 사람이 죽을 이유도 총질할 이유도 없지요. 레날 부인은 쥘리앵에게 창문을 열어주었을 테고, 쥘리앵이 마틸드를 탐해야 할 이유도 없었을 겁니다.

만약 소설 속 인물 쥘리앵이 현실에 존재한다면, 후작 사위가 되어 출셋길이 탄탄대로로 열렸는데 죽음을 선택할 수 있을까? 그럴 거라고 대답하기는 쉽지 않아요. 물론 소설의 소재가 되는 사건이 실제로 있었다고 해요. 그렇다고 해도 소설의 주인공 쥘리앵은 다를 수밖에 없어요. 소설엔 자기 고유의 문법이 있기 때문이죠. 스물세 살 창창한 나이의 젊은 청년이라 어디로 튈지 모르지만, 소설 속으로 들어온 이상 그 문법 밖을 벗어나기는 힘들어요.

여성은 사랑하고, 남성은 전쟁하고

지난주에 소설의 본질에 대해 잠깐 살펴봤는데, 오늘은 한 발 더 들어가볼 수 있을 거예요. 소설은 기본적으로 홈리스들의 이야기라고 했지요. 그러면 집이 없는 세계에서 사람들은 뭘 하죠? 아주 단순하게 말하자면, 여자는 사랑하고 남자는 싸움을 해요. 집을 만들기 위해서예요. 고향으로 돌아가기 위해서라고 해도 같은 말입니다. 진짜 사랑이 있는 곳이 집이다. 이건 여성 버전입니다. 남들이 나를 주인으로 인정하는 곳이 집이다. 이것은 남성 버전입니다. 사랑과 혁명이 소설의 두 초점이라 할 수 있는 것은 그 때문이에요.

소설은 부르주아 시대의 서사시라는 말이 있어요. 헤겔의 유명한 말이라고 했죠. 부르주아 시대라는 말은 앞에서부터 말해왔듯이, 근대 자본주의 시대를 뜻합니다. 서사시는 말 그대로 이야기가 있는 시죠. 영웅들의 이야기입니다. 힘센 남자들이 싸우는 이야기가 주된 내용입니다. 괴물과 싸우기도 하고, 자기들끼리 싸우기도 해요. 여자 때문에도 싸우고, 또 이유 없이도 그냥 싸웁니다. 고대의 서사시들은 대단한 싸움이나 전쟁 이야기예요. 전쟁이 영웅을 만들어내죠.

소설도 영웅들의 싸움 이야기라는 것은 같습니다. 다른 점은 영웅성의 양상이에요. 고대의 영웅은 커다란 전쟁터에서 공을 세운 인물이지만, 근대의 영웅은 세상을 살아가는 평범한 개인입니다. 소설의 주인공에게 전쟁터는 자기 자신의 마음속에 있습니다. 영웅적 본질 역시 주인공의 내면에 감춰져 있어요. 소설의 주인공은 내면의 전쟁터에서 공을 세운 내면의 영웅입니다. 그게 근대 세계의 독자들에게 이야깃거리가 되는 거죠.

그런데 왜들 그렇게 싸워요? 근본적 차원에서 말하자면, 모든 싸움은 '개싸움'입니다. 뜻도 의미도 없는 그냥 싸움이라는 말이에요. 그게 싸움의 본질이에요. 싸움의 동력은 충동의 차원에, 사람의 몸에서 들끓는 잉여 에너지의 차원에 있어요. 싸움의 명분은 말 그대로 명분일 뿐이에요.

싸움의 가장 큰 명분은 공동체의 보존입니다. 모든 싸움은 영역다툼이라는 점에서 그래요. 제대로 된 자기 집을 확보하기 위함입니다. 앞에서 말했듯이, 남성 버전으로는 자기 삶의 주인이 되기 위함, 여성 버전으로는 진정한 사랑의 장소를 확보하기 위함이에요. 실제로 남성과 여성이 그렇다는 게 아니고, 성별화한 명분이 그렇다는 거지요. 부르주아 시대의 서사시는, 그러니까 소설은 집 잃은 장사꾼 영웅이 집을 찾아가는 이야기입니다.

서사시의 세계

헤겔이 말한 서사시는 기본적으로 호메로스의 『일리아드』와 『오디세이아』, 베르길리우스(B.C.70~B.C.19)의 『아이네이스』 등을 뜻해요. 호메로스의 서사시는 그리스와 트로이가 싸우는 이야기이고, 베르길리우스의 『아이네이스』는 트로이에서 살아남은 장군이 로마를 건국하는 이야기죠. 유럽 사람의 시선이라서 그런 거예요.

범위를 넓히자면, 가장 오래된 것으로는 점토판에 기록된 수메르의 『길가메시 서사시』가 있고, 인도에는 『마하바라타』와 『라마야나』가 있지요. 아르주나가 주인공 격인 『마하바라타』는 굉장히 길어요. 『일리아드』와 『오디세이아』를 합한 것보다 여덟 배쯤 돼요. 이란의 『샤나메』는 10세기에 만들어졌으니 다른 것들보다 2000년쯤 어린 존재예요. 이란의 헤라클레스라 해야 할 루스템이 주인공입니다. 어느 것이나 싸움 잘하는 남자들 이야기예요. 길가메시같이 가장 오래된 인물이 가장 심하게 과장된 모습이죠. 길가메시가 물리치는 하늘의 황소는 콧김 한 방에 장정 200명이 들어갈 구멍이 뚫릴 정도예요. 전쟁과 살육의 강도는 『마하바라타』의 경우가 제일 심해요. 사촌 형제끼리 골육상쟁을 벌여요. 잘 아는 사촌 형제끼리, 또 삼촌과 조카, 스승과 제자가 죽고 죽여요. 사람의 피로 강물이 흐를 정도예요. 상대적으로 『샤나메』가 살육의 강도는 가장 약하지만, 아들을 죽이는 아버지가 있으니 비극성의 강도는 꼭 그렇지도 않아요.

그런데 왜 이렇게들 싸워요? 앞에서 말했지만 이유는 없어요. 그냥 싸워요. 물론 명분은 있지요. 호메로스의 경우는 세상에서 가장 아름다운 여인 헬레네 때문이죠. 스파르타의 왕비인데, 트로이 왕자와 사랑에 빠져 도망갔어요. 그게 다 신의 뜻이라고 했죠. 트로이 왕자 파리스와 세 여신 이야기, 모두 알죠? 세 여신이 나타나 누가 가장 예쁘냐고 물었던 이야기. 파리스가 철이 없어서 권력과 전투력이라는 보상을 물리치고, 가장 아름다운 여인의 사랑을 약속하는 아프로디테를 선택했어요. 바보죠? 이런 이야기야 뒤에 덧붙여진 거겠죠.

여기서 중요한 것은 그리스 사람들이 함대를 끌고 트로이로 진군해서 10년 동안 전쟁을 했다는 사실이죠. 아킬레우스라는 영웅이 나서서, 트로이 최고의 영웅 헥토르를 죽여요. 헥토르를 죽이면 자기도 죽는다는 신탁이 있었어요. 그러니까 헥토르를 죽이는 건 자살 행위예요. 그런데도 헥토르를 죽이고 자기도 죽어요. 그게 전쟁입니다.

한 나라가 망하고, 또 그 나라를 망하게 한 사령관도 자기 나라로 돌아가서 부인에게 살해당해요. 이젠 그 아들이 복수하겠다고 나서서 자기 엄마를 죽이고, 비극이 계속 이어지죠.

주체 되기

서사시들 속에서 『오디세이아』는 좀 특별해요. 전쟁 이야기가 아니라 집에 돌아가는 이야기라는 점에서 그렇습니다. 오디세우스는 트로이 전쟁에서 그리스 장군으로 10년 동안 싸웠어요. 전쟁에서 이기고 다시 집으로 가는 과정이 또 10년이에요. 바다의 신에게 잘못 보여서 그렇게 된 거지요. 그 덕에 이런저런 경험을 많이 해요. 길가메시가 그랬듯이, 저승에까지 갔다 와요. 오디세우스가 만든

트로이 목마도 그렇지만, 재미난 일화가 많아요.

키르케, 사이렌, 키클롭스 등은 모두 오디세우스 일행을 위협하는 신성들이에요. 신이라서 초자연적 힘이 있어요. 이를테면 키르케의 집에서 음식을 먹으면 남자들은 모두 짐승으로 변해요. 오디세우스의 부하들도 돼지로 변해버렸어요. 마음까지 돼지라면 편할 텐데, 몸만 돼지예요. 끔찍한 거죠. 사람의 마음으로 자기의 돼지 몸을 보아야 하는 거예요. 성매매를 하는 사람들에 대한 경고라 할까. 몸의 쾌락에 눈이 멀면 자신이 돼지가 되는 꼴을 보아야 한다는 거죠. 이렇게 말하니, 돼지한테 미안하네요.

앞에서 얘기했지만, 칼립소라는 여신은 오디세우스를 사랑해서 함께 7년을 살았어요. 불사의 몸으로 만들어주겠다고 했는데도 오디세우스는 집으로 가겠다고 해요. 그게 오디세우스 일화의 핵심입니다. 답은 오직 동어 반복이 있을 뿐이라고 했어요. 집이니까 집에 간다. 이것은 곧 쥘리앵의 선택이 보여주는 대답이기도 합니다.

사이렌의 일화는 유명합니다. 사이렌은 아름다운 노래로 선원들의 넋을 빼는 존재예요. 오디세우스가 사이렌이 노래하는 해협을 통과해야 해요. 오디세우스는 그 노래를 듣고 싶어서 자기 몸을 돛대에 묶게 했어요. 노래하는 마녀 사이렌이 약속하는 것은 행복이에요. 너를 행복하게 해주겠다, 내게로 와라. 그러나 오디세우스는 그걸 거부하는 겁니다. 부하들의 귀는 밀랍으로 봉하고, 자기만 마스트에 몸을 묶고 노래를 들어요. 유혹의 노래는 듣고 싶지만, 그 유혹이 약속하는 행복은 거부해요. 왜? 집에 가기 위해서!

오디세우스가 왜 이렇게 집에 가고자 하는지 이제 우리는 말할 수 있어요. 그게 서사시의 문법이라고 말해도 좋을 거예요. 자기 삶의 주체로서 살고자 하는 거죠. 그게 아무리 대단한 행복이라도, 설령 신이 되는 것이라 해도, 그게 외부로부터 주어지는 거라면 사양하겠다는 게 오디세우스의 행동인 거죠. 그의 행동 속에 있는 생각이 바로 그것이라는 말이에요. 오디세우스는 절제와 지혜의 화신입니다. 고대 서사시의 주인공이지만, 이미 근대적 주체입니다.

주체가 되기 위해서는 외부로부터의 제약을 넘어서야 해요. 그것이 사람의 존재 이유라고 해도 좋아요. 아담이 선악과를 먹지 않았다면 행복한 에덴동산에 있었을 거예요. 불사의 몸이 되어 사이렌의 노래를 들으면서. 에덴동산에서 아담은 행복할까. 어쨌거나 아담은 인형에 불과해요. 여호와의 마법에 걸린 돼지나 다름없어요. 자기 삶의 주체가 아닌 거죠. 그러니까 오디세우스는 에덴동산에서의 삶을 거부한 것이죠.

뭔가를 위반해야만, 외부에서 주어진 제약을 넘어서야만 비로소 주체가 됩니다. 주체가 인정하는 제약은 오로지 자기 제약입니다. 외부에서 주어진 것이라도, 그것을 자기 의사로 다시 선택해야 해요. 내면화해야 해요. 그것이 주체화의 과정입니다.

주체의 본성, 사이렌 너머

주체 되기의 과정은 인간의 본성조차 넘어섭니다. 오디세우스와 쥘리앵의 선택이 그걸 보여줍니다. 서사시와 소설의 문법 속에서. 사람의 본성은 아난케입니다. 본성으로서 자연과 필연성으로서 자연이 일치해요. 성즉리(性卽理)의 세계입니다. 그런데 오디세우스와 쥘리앵은 말해요. 사람은 아난케만으로 사는 게 아니라고, 아난케 너머가 있다는 거예요. 원리나 필연성의 노예가 아니라는 거죠. 경계를 넘어서야, 불륜을 해야 인간이 된다는 겁니다. 자기 본성을 거부해야 주체가 된다는 겁니다.

이런 점에서, 귀족이 되길 포기하고 죽음을 택한 쥘리앵은 신이 되길 포기한 오디세우스와 정확하게 일치합니다. 오디세우스도 영생을 포기함으로써 죽음을 선택한 것이죠. 집에서 죽는 걸 선택한 거예요.

쥘리앵은 감옥에 갇혀서도 죽음을 피하지 않아요. 자기가 그 꼴을 보고도 살아남는다면, 자신이 경멸하는 사람들, 탐욕스럽고 위선적이고 구역질 나는 인간들과 같은 수준이 되는 겁니다. 이들은 특히 귀족 사회에 속하지만, 탐욕스럽고 자기만 알기로는 평민이라고 별로 다르지 않아요. 그런 인간들과 같은 수준이 되는 것은, 쥘리앵에게 죽음보다 견디기 힘든 거예요. 자신의 존엄을 스스로 부정하는 것은 견딜 수가 없어요.

살아남고자 하는 생명체의 본성조차 넘어서는 힘이 바로 그것이죠. 그러니까 주체 되기란, 죽음의 힘과도 같아요. 그 힘의 화신이라서, 쥘리앵은 자기가 그토록 사랑하는 레날 부인이 제발 살아달라고 사정하는 것도 받아들일 수가 없어요. 감옥에서, 레날 부인과 함께 있으면서 지극한 행복감을 다시 확인해요. 그러면서도 죽음을 택하는 거죠. 자기가 죽으면 레날 부인도 무사하지 못할 걸 알아요. 그럼에도 그렇게 해요. 사형 선고를 뒤집기 위해 항소해야 한다는 사람들에게, 자신을 내버려두라고, 자기 방식대로 죽겠다고 해요.

행복 너머에, 욕망이나 쾌락 너머에 존재하는 힘이 있어요. 욕망이 인간의 사회적 본성에 해당한다면, 충동은 그 너머에 있어요. 죽음이든 '뻘짓'이든 어떤 이름으로 불러도 좋아요. 사람에게는 그런 힘도 있는 거지요. 이상한 짓을 하고 후회하는 게 사람입니다.

소설이 사람의 내면을 헤집는 것이니, 그런 게 포착되지 않을 수 없어요.

쾌락을 향해 가는 사람, 향락에 빠진 사람은 수난을 당합니다. 소설은 기본적으로 부르주아의 서사시, 상인과 사업가들의 서사시이기 때문입니다. 즐김과 누림, 사치, 과도함, 성욕, 사랑 그 자체 등이 모두 응징당해요. 서사시도 소설도 금욕적이되, 매우 폭력적이고 난폭하게 금욕적이에요. 여성을 단죄하고 제거하는 것은 여성들이 향락 속에 있기 때문이에요. 『길가메시 서사시』나 『구약』이나, 호메로스에서도 마찬가지입니다. 톨스토이나 플로베르의 세계도 그렇습니다. 향락을 단죄하려 해요. 왜 그렇죠? 저 원시의 청동기 시대, 남성 주인공들이 영웅인 세계이기 때문이죠. 서사시도 소설도 다 그런 파토스의 산물입니다.

쥘리앵의 자기 처벌도 기본적으로 그 연장에 있어요. 또한 자기 욕망의 순수성을 지키지 못했기 때문이기도 해요.

오늘은 여기까지 하겠습니다.

6-1강
욕망과 충동

세계, 자아, 공동체

소설을 읽으며 마주치게 될 세 개의 항목이 있다는 이야기를 했었습니다. 사람은 무엇으로 사는가, 라는 질문을 다루는 자리에서였어요. 정리하자면 첫째는 세계, 둘째는 자아, 셋째는 공동체입니다.

첫째, 세계는 사람들이 사는 곳입니다. 일차적으로 그곳은 물리적 세계죠. 우주는 약 138억 년의 크기를 지니고 있다고 합니다. 그 너머는 알 수가 없어요. 이것은 현재의 물리학이라는 안경이 우리에게 보여주는 세계입니다. 천문학의 세계는 우리를 아득하게 할 뿐입니다. 우주는 우리가 사는 곳의 천장이나 벽지 같은 것이에요. 보통 사람들에게 지구의 대기권 바깥은 우주 지평선에 이르기까지 동일한 의미예요. 인공위성이 떠 있는 곳에서부터 대기권 안의 지구 공간이 보통 사람들에게 직접 영향을 미치는 물리적 세계입니다.

이 세계의 문제는 그 자체가 우리의 지각 체계로 구성되었다는 것, 다른 시각에서 보자면 완전히 허깨비일 수 있다는 것입니다. 나비가 된 장자처럼 그 세계는 단번에 부정될 수 있다는 게 문제입니다.

둘째, 자아의 영역은 나는 누구인가, 나는 무엇인가, 라는 질문으로 구성됩니다. 누구인가도 어렵지만 무엇이냐는 질문은 근본적이에요. 탄소 화합물이라고 답해야 하나요? 인간이라는 이 정밀한 유기체 기계를 움직이는 힘은 무엇인가? 이런 질문이 자아를 세계로부터 구분시켜줍니다. 앞에서 했던 말로 하자면, 자기의식의 영역이 생겨나는 거죠.

셋째, 공동체는 다른 사람들과 연관된 세계입니다. 세계에서 자아가 분리되고, 그렇게 분리된 자아가 다른 자아들과 관계를 맺을 때 비로소 공동체가 만들어집니다. 앞에서 근대성에 대해 말했는데, 그것 역시 이 세 번째 영역에 속하는, 그러니까 세계는 세계이되 자연-세계가 아니라 인간-세계에 속하는 문제입니다.

이 세 영역의 구분에 대해서는 차차 더 살펴봅시다.

여러분에게 내준 숙제가 있었죠? 하나는 에로스와 아난케의 뒤엉킴이었어요. 처음엔 이 둘이 대극을 이뤘는데, 죽음이 등장하자 하나로 붙어버렸어요. 프로이트의 논리 안에서 생긴 일이에요. 어쩌다 이런 일이 벌어졌을까.

또 하나는 불행한 의식의 문제였어요. 주인과 노예의 변증법이 진행되는 과정에서 주인도 노예도 불행에 빠졌어요. 자기 처지를 부정하고 우울증에 빠지면 세상 살기가 어려워집니다. 어떻게 이 불행으로부터 벗어나 자기 긍정에 도달하는가.

이런 문제를 해결할 수 있는 영역이 저 세 번째, 공동체의 영역입니다. 거기에서 중요한 것은 응시입니다. 내가 뭔가를 바라보면, 그것이 나를 본다고 했어요. 타자의 응시가 돌아온다고 했어요. 우리는 언제나 내 마음속 CCTV 화면을 바라보면서 살아가요. 그 카메라가 나를 따라다녀요. 그 시선으로부터 자유로울 수 없다고 했어요. 욕망과 충동을 구분하는 일에서도 중요한 것은 바로 이 응시의 문제입니다.

비상의 상태로서 삶과 자기 죽음의 고유성

응시의 한복판에 있는 것이 죽음입니다. 죽음은 우리에게 궁극의 타자예요. 주체에게 문제가 되는 것은 자기 죽음의 고유성이에요. 감옥에 갇혀 죽음을 기다리던 쥘리앵 소렐이 했던 말도 바로 그것이에요. 사람들은 누구나 자기 방식대로 죽는다고, 나도 내 방식대로 죽을 거라고. 그게 곧 한 개인의 고유성, 싱귤래리티(singularity)의 차원이라 했어요.

앞에서 말했던, 로맹 롤랑의 '대양적 감정'이나 외즈칸이 들려준 파도의 대화는 아름다운 이야기들이에요. 원자를 다루는 양자 역학의 수준에서 생각한다면, 우주의 모든 물질과 힘이 어떤 방식으로건 연결되어 있다는 말이 맞을 거예요. 그렇다면 우리 모두는 우주라는 바닷물의 일부죠. 잠시 찰랑거리다 사라지는 파도인 거죠. 그러니까 우주라는 바다는 죽음의 바다예요. 그게 정상 상태예요. 우리 삶이라는 게 어쩌다 우연히 생겨난 것, 비상(非常) 상태인 거죠.

그러니까 삶이 정상이고 죽음이 비상이라는 것은 틀린 말이고, 그 반대로, 죽음이 정상이고 삶이 비상이라 함이 맞는 말이라면, 풍경은 매우 달라집니다. 지금 내가 앞에서 떠들고 여러분이 들으며 뭔가를 필기하고, 또 여러분의 머릿속에서 무슨 생각이 떠올랐다 사라지고 하는 것이 모두 비상 상태의 일부인 것이죠. 비정상적인 것이에요.

이반 일리치의 죽음에서 시작해 쥘리앵 소렐의 죽음을 거쳐, 이제는 안나 카레니나의 죽음을 다루네요. 다음 주에는 엠마 보바리의 죽음을 다루게 됩니다. 병으로 죽고, 사형당하고, 철도 자살에다 음독자살. 죽음의 시선으로 보지 않을 수 없게 하네요. 한번 죽음의 시선으로 지켜봅시다. 삶이라는 저 비상 상태를.

자, 시작할까요.

LYJ : 『안나 카레니나』[1]는 세 커플 위주로 돌아가는 소설입니다. 돌리의 남편 스테판이 가정 교사와 부정을 저지르게 되고요, 스테판의 여동생 안나가 돌리를 위로하러 모스크바에 옵니다. 그리고 안나는 오빠 집으로 오는 길에 브론스키를 만납니다. 안나는 남편이 있는데도 브론스키와 불륜을 저지릅니다. 그런데 돌리의 여동생 키티도 브론스키를 좋아했고, 자기한테 청혼할 줄 알고 있었어요. 그래서 키티는 자기에게 청혼한, 오빠 친구인 레빈을 거절했어요. 안나와 브론스키가 사랑에 빠진 걸 알고 키티는 충격을 받아 외국으로 요양을 떠납니다. 이렇게 1권이 끝나요.

1권에는 화나는 구절이 많았어요. 돌리가 자신을 위로해주러 온 안나에게 속마음을 이야기하는 부분을 골라봤습니다.

여기서 두 가지 점을 생각해보았습니다. 첫 번째는 결혼이 여성의 삶에 미치는 영향입니다. 요즘 젠더 이슈가 극단적이고 과격해지는 경향이 있어서 젠더 프레임을 씌우는 걸 좋아하지는 않습니다. 불륜도 남자, 여자 다 저지를 수 있는 일이잖아요. 근데 결혼이 여자에게 미치는 영향이 더 크다는 것은 자명해 보였어요. 사회가 바뀌고 있지만 아직은 결혼할 때 여자가 포기할 것이 많다고 하잖아요. 결혼을 하게 되면 일을 병행하기 힘들어서 꿈을 포기하는 경우도 많고, 출산을 해서 육아를 여자가 도맡아 하게 되면 소설에 나온 것처럼 젊음을 다 잃어버려요. 아이가 태어나고부터 대학에 가기까지는 진짜 엄마들이 자기의 젊음을 바치는 느낌이잖아요. 그래서 같은 여자로서 이에 대해서 안타까움을 느꼈고요, 또한 여기서 불륜을 저지른 것은 남편인데 왜 돌리가 자신이 낳은 아이들의 결혼이란 것에 묶여서 상처를 받아야 하는지, 남편을 사랑하지 않음에도 가정이라는 굴레 때문에 계속 살아가야 하는지 안타까웠어요.
자신은 젊음을 잃었는데 남편은 젊고 싱싱한 여자를 찾아 나선다는 게 우리 사회에서도 많이 일어날 수 있는 이야기인 것 같아서 거기에 대해 생각을 많이 해보게 되었습니다. 아무래도 신체 구조상 어쩔 수 없는 것이라서, 출산 같은 경우는 어떻게 해결할 문제인지는 모르겠는데, 함께 고민해보면 좋겠다고 생각했어요.
그리고 좀 더 넓게는, 결혼이라는 제도 자체에 대해서도 생각을 해봤는데요, 사실 주변 친구들에게서 적지 않게 집안 사정 얘길 들으면서 이런 일들이 생각보다 흔하다는 걸 알게 되었어요. 그때부터 저도 회의적인 태도를 조금 갖게 되었는데, 결혼이라는 게 불완전한 제도잖아요. 수십 년간 자신만의 세계에서 살아온 사람들을 단번에 묶어서 가족으로 살라고 하는 게 이상하죠. 그래서 결혼이 누군가에게는 폭력적인 굴레가 될 수 있다고 생각해요. 불륜을 옹호하는 건 아닌데, 다른 사람을 사랑하게 된 기혼자에게는 결혼이 굴레가 될 수도 있고, 또 자기 배우자가 불륜을 저질렀는데 결혼 제도 때문에 그냥 살아야 한다면 그것 또한 폭력일 수 있어요. 결혼이라는 게 일종의 계약이잖아요. 그래도 집안끼리 연결되는 거고, 자식이 있는 경우엔 더 복잡해져서 파기하기도 어려운 거라 주변에서 불륜을 저질러도 보통 이혼하기보다는 애써 외면하고 살아가게 되잖아요. 그래서 결혼이 참 무슨 의미가 있나, 하는 생각을 했습니다. 그리고 좀 위험한 관점일 수도 있는데, 한 사람을 평생 사랑하는 게 과연 가능하긴 한가라는 생각도 해봤습니다.

LJY: 제가 낭독하고 싶은 부분이 조금 길어서 잘라서 준비했습니다. 첫 번째 부분은, 남편이 브론스키와의 미심쩍은 관계와 안나의 조신하지 못한 행동을 지적했을 때, 안나가 전혀 당황하지 않는 모습입니다. 저는 이런 안나의 반응이 굉장히 의외라고 생각했어요. 그 이유는 안나가 평소에 아이한테도 신경을 많이 쓰는 가정적인 모습인데, 이런 얘기를 들었을 때 오히려 당당하고 퉁명스럽게 반응했기 때문입니다.
다음은 이런 안나의 반응과 태도에 대한 남편의 심리적 반응이 담긴 부분인데요, 그의 내면 심리를 묘사한 문장이 굉장히 인상 깊었습니다.
마지막으로 낭독할 부분은 남편이 사랑한다고 말하자 안나가 이를 비웃는 장면입니다. 안나는 남편을 그저 남의 이목과 명예만 중시하는 사람으로 취급하면서 그가 사랑한다는 말을 했을 때 가소롭게 여깁니다.
이처럼 안나가 남편의 모든 것을 비관적으로 바라보고 또 남편에게 마음을 닫음으로써 둘 사이의 관계가 어긋나고 대화도 단절되리라는 걸 알 수 있습니다.

HTG: 제가 낭독할 부분은 아내에 대한 아주 강한 믿음이 있던 알렉세이 알렉산드로비치 카레닌의 믿음이 깨지는 상황인데요, 저는 아무리 싸우고 잘못하고 실수해도 서로 사랑에 대한 확고한 믿음이 있으면 문제가 안 되고, 언제든 다시 행복하게 살아갈 수 있다는 근본적인 믿음이 굉장히 중요하다고 생각합니다. 그 이전까지 카레닌은 안나에 대해 그런 근본적인 믿음이 있었습니다. 그렇기에 그녀를 믿지 않는다는 것은 그에게 있어 죄책감을 느낄 만한 일이었습니다. 하지만 안나는 남편이 아닌 브론스키를 사랑하게 되었고, 그걸 다른 사람들이 느낄 만큼 표현을 했으며, 이것이 카레닌의 근본적인 믿음을 무너뜨렸습니다.
근본적인 믿음이 무너진 것을 인상 깊게 표현한 대목은 낭떠러지 이야기입니다. 아무리 무서운 절벽이라도 다리가 안전하다는 믿음이 있으면 절대 비틀거리지 않습니다. 하지만 다리에 대한 믿음이 사라지면 제대로 걸을 수가 없습니다. 안나에 대한 근본적인 믿음이 없어졌기 때문에 카레닌은 이제 안나를 예전처럼 대할 수 없었던 것입니다. 낭떠러지와 다리의 비유를 통해 카레닌의 심정을 잘 표현한 것 같아서 이 구절을 골랐습니다.

KSH: 제가 낭독하려는 부분이 첫 번째 읽으셨던 분과 겹치기는 하는데, 저는 전체 대화를 준비해봤습니다. 안나가 오빠네 집에 가서 올케 돌리를 위로해주고 마음을 잡게 도와주는 대목입니다. 여기서 안나의 착한 마음씨를 잘 알 수 있었습니다. 나중에 안나와 브론스키의 불륜이 문제가 됐을 때, 돌리가 안나를 믿고 안나의 생각을 지지해줄 수 있었던 것도 그 때문이라고 생각합니다. 저는 고민이 생기면 몇몇 친구에게 털어놓는 편인데, 그때마다 친구들이 엄마처럼 제 얘기를 묵묵히 듣고 공감해줘서 정말 많은 도움이 됐습니다. 돌리가 이런 시누이를 두었다는 사실이 좀 부럽기도 했습니다.

HSI: 안나와 브론스키가 불륜을 맺은 다음, 경마에 나갔던 브론스키가 낙마를 해서 다치게 됩니다. 그때 안나가 깜짝 놀라며 안타까워하는 모습을 사람들이 봅니다. 남편 카레닌도 거기에 있었고요. 경마장을 떠나며 남편이 안나에게 그걸 추궁하고, 안나는 브론스키와의 관계를 말합니다.
제가 이 장면을 고른 이유는, 읽을 때 가장 긴장됐던 부분이기도 하고, 안나에 대한 적개심이 가장 활활 타오른 부분이기도 했기 때문입니다. 앞에서 보면, 남편이 어떻게 해결해야 할지 생각하면서 말을 할 때는 평상시와 다르게 이상하게 말이 꼬인다고 생각하는 장면이 나옵니다. 여기에서도, 끝까지 자기가 생각한 것을 말하지 못하고, 자기 명예를 지킬 방법을 찾아내기 전까지 일단 기다리기로 합니다. 이게 문제를 미루고 회피하는 것 같아서 답답했고요, 이 장면을 읽고 안나를 비판하는 글을 써야겠다고 마음먹었습니다.

CJ: 제가 읽을 부분은 브론스키가 승마 대회에 나가기 전 안나를 만나는 장면입니다. 안나의 얼굴이 굳어 보여서 무슨 일이냐고 묻자, 안나는 임신했다는 충격적인 발언을 합니다.
그 얘길 들은 브론스키가 임신 사실을 카레닌에게 얘기하라고 하는데, 그때 안나는 카레닌이 어떻게 반응할지 예상된다고 말하면서 그를 비난하죠. 이에 브론스키는 자기 때문에 안나까지 불행해선 안 된다고 말해요. 그러자 안나는, 내가 뭐가 불행하냐, 나는 굶주렸어도 먹을 걸 받은 사람과 같다고 하면서, 평온했던 가정이 불륜 관계 때문에 처참하게 깨질 판인데도 자신이 행복하다고 말합니다. 그런 안나를 보면, 일단 정상적이지 않다는 것을 알 수 있는데, 사회에서 보통 정상적이라고 말하는 화목한 가정 같은 게 안나의 행복과는 상관이 없었던 거죠. 안나에게는 브론스키 같은 남성과 정열적인 사랑을 하는 것만이 자신의 행복이고, 카레닌과의 부부 관계에서 얻을 수 있는 화목함, 안정감 같은 건 필요하지 않았던 거죠. 그렇기 때문에 안나는 극단적으로, 추울지도 모르고 너덜너덜할지도 모르지만 자신은 행복하다고 표현한 것 같습니다.

HHJ: 제가 읽을 부분은 1부 23장입니다. 키티는 브론스키가 자기를 좋아한다고 생각합니다. 이번에는 자기한테 청혼할 줄 알고, 예쁘게 꾸미고 마음의 준비를 한 채 무도회에 갑니다. 그런데 무도회에서 브론스키와 안나가 서로에게 빠진 것 같은 모습을 보고는 절망합니다. 독자들도 안나와 브론스키가 서로 한눈에 반했구나, 하는 걸 느낄 수 있게 하는 부분입니다.
안나와 브론스키가 춤을 추면서 서로에게 특별한 말을 하지 않아도 사랑을 느끼고 행복해하는 모습이 키티의 시선으로 묘사됩니다. 결국 절망에 빠진 키티는 병에 걸리죠.
이후 브론스키는 안나를 따라서 기차를 타고 페테르부르크로 갑니다. 무도회에서 키티가 본 게 착각이 아니었던 거죠. 안나를 만나기 전까지 브론스키는 키티를 좋아했고, 항상 키티와 첫 번째로 춤을 추곤 했어요. 그런데 기차역에서 안나를 만난 브론스키는 한눈에 반해버렸어요. 브론스키는 키티에게 청혼할 마음이 애초부터 없긴 했지만, 브론스키를 좋아한 키티는 그의 청혼을 기다렸어요.

키티가 조금 안쓰러웠고, 유부녀인 안나가 불륜을 저질렀다는 점이 밉게 느껴졌습니다만, 사실 사람의 감정 문제라 충분히 그럴 수 있겠다는 생각이 들기도 했습니다. 안나와 브론스키의 사랑이 시작되는 인상 깊은 부분이라 골라보았습니다.

두 커플

『안나 카레리나』는 걸작으로 손꼽히는 작품입니다. 1권만 읽기로 했는데, 자진해서 3권까지 읽겠다는 학생들도 있어요. 잘되고 있나요?

소설 전체의 줄거리를 보면, 두 커플을 중심으로 대조적인 이야기가 진행됩니다. 소설 첫 머리에 나오는 스티바(스테판)와 돌리 커플은 막을 여는 역할만 하고 이야기의 중심에서 사라져버립니다. 안나와 브론스키 커플의 이야기가 1권의 중심을 차지하고, 2권 이후가 되면 키티와 레빈 커플이 또 다른 중심이 됩니다. 한쪽은 불행한 결말, 또 한쪽은 행복한 결말이에요. 소설의 첫 문장이 유명해요. "행복한 가정은 모두 고만고만하지만 무릇 불행한 가정은 나름나름으로 불행하다." 행복은 비슷한데 불행의 이유는 서로 다르다는 말이죠. 소설 제목으로 선택된 사람은 불행한 인물이네요. 당연한 건가요?

주인공 안나 카레니나는 아름다운 젊은 여성이에요. 보통 아름다운 게 아니라, 군계일학으로 멋지고 패셔너블한, 사교계의 여왕쯤 되는 인물입니다. 스무 살 연상의 남편을 만나서, 소설이 시작되는 현재에는 여덟 살 난 아들의 엄마가 되어 있어요. 남편 카레닌은 잘

나가는 정치가이자 영향력 있는 관료예요. 감정 없는 기계처럼 묘사되기도 하지만, 객관적으로 보면 자기 일 열심히 하는 충실한 가장이죠.

소설의 첫 장면은 안나의 오빠 스티바 집안 이야기죠. 서른네 살의 귀족 스티바가 아이들 가정 교사와 바람피운 게 드러나 난리 난 집안 풍경이 펼쳐져요. 부인 돌리는 아이 일곱을 낳아 다섯을 키우고 있어요. 여덟째를 임신 중입니다. 자기는 출산과 육아로 꼴이 말이 아닌데, 남편이 방탕하니 마음이 상할 대로 상했어요. 결혼 생활이 깨지기 직전이죠.

이런 이야기를 듣고, 여동생 안나가 올케를 위로하러 오빠 집으로 향해요. 페테르부르크에서 기차를 타고 모스크바로 와요. 브론스키의 모친과 한자리에 앉아 오게 되죠. 기차역에서 안나와 브론스키가 자연스럽게 만나요. 브론스키는 젊은 귀족으로, 미혼 장교에다 멋진 남성입니다. 인기가 많을 수밖에 없어요. 그러니 어때요, 두 사람의 만남이 예사로울 수가 없지 않아요? 누가 보더라도 어울리는 짝입니다. 딱 하나, 안나가 결혼한 여성이라는 것이 문제죠. 이렇게 소설은 시작됩니다.

또 다른 커플, 키티와 레빈은 어때요? 안나와 브론스키 커플이 영웅 로맨스의 주인공이라면, 이쪽은 소설의 주인공이에요. 이들은 선택 경쟁에서 패배한 사람입니다. 귀족 여성 키티는 열여덟 살이 되어 이제 막 사교계에 선을 보였어요. 결혼할 준비가 된 거죠. 키티 앞에는 두 명의 남성이 있어요. 멋진 청년 백작 브론스키, 그리고 털털한 시골 귀족 레빈이에요. 키티가 누굴 좋아하겠어요? 당연히 멋진 장교입니다. 그래서 키티는 시골뜨기 레빈의 청혼을 거절해요. 브론스키가 자기에게 청혼할 줄 알았기 때문이에요. 그런데 착각이었죠. 큰언니의 시누이인 안나가 나타나 브론스키를 차지해 버렸어요. 심지어 유부녀인데. 그래서 병이 나요. 어린 아가씨의 마음이 무너져버렸죠.

시골 귀족 레빈도 비슷해요. 서른 넘은 나이인데, 자기보다 열네 살 어린 여성에게 청혼했다가 거절당해요. 레빈도 자기가 거절당할 거라 생각하지 않았어요. 거절당하고 나니까 남부끄럽고 환멸스러워 자기 영지로 돌아가 농사일에 몰두합니다. 상처가 작지 않은 거죠. 이 둘이 상처를 수습하고 결혼해서 가정을 꾸려나가는 것은 소설 중반 이후의 일입니다. 레빈은 톨스토이를 모델로 한 인물입니다. 레빈이라는 성도 톨스토이의 이름 레프에서 따온 거라고 해요.

이 두 커플을 둘러싼 사랑과 결혼의 문제가 소설의 기둥 줄거리입니다. 소설 전체를 놓고 보면, 멋지고 세련된 커플은 죽음과 비참을 향해 가고, 촌스럽고 후줄근한 커플은 깊이 있는 삶으로 연결됩니다. 사람이 죽고 아이가 태어납니다. 안나는 비참하게 죽죠. 브론스키도 자살 시도를 해요. 열정을 향해 간 사람들의 말로가 그렇게 그려져요. 그러나 소설의 마지막에 놓여 있는 것은 레빈의 눈에 비친 여름 하늘의 은하수예요. 별입니다. 그 별의 시선으로 보면 어떤 풍경이 펼쳐질까! 마음이 서늘해지는 대목입니다.

사랑의 고유성, 제도로서 결혼

안나의 행동을 비판한 학생들이 많았어요. HSI 학생은 안나에게 저주의 편지를 썼고, LHS 학생도 안나를 심하게 꾸짖었어요. 안나는 남편과 자식이 멀쩡하게 있는 러시아 귀족 집안의 안주인입니다. 그런 안나가 브론스키와 사련(邪戀, 도리에 벗어나거나 떳떳하지 못한 연애)에 빠졌어요. 결국 8년 동안 유지해온 결혼 생활을 끝낼 수밖에 없게 되었을 때, 안나는 아들과 남편 때문에 괴로워해요.

남편에 대한 미안함이란, 물론 남편이 받을 상처 때문인데, 그 상처라는 게 특이해요. 자신이 남편을 떠나서 받을 상처가 아니라, 실패한 남편이라는 자리가 그에게 줄 상처예요. 안나는 그렇게 생각해요. 그게 그거 아니냐고 말할 수는 없어요.

자기 남편에게 필요한 것은 안나라는 고유한 어떤 사람이 아니라, 잘 작동하는 아내인 거죠. 아내는 교체 가능하지만 안나라는 개인의 고유성은 교체할 수 없어요. 그런 고유성이 작동해야 비로소 안나가 말하는 사랑이 작동해요. 안나가 남편을 보고 사랑이 뭔지도 모른다고 말하는 것은 그런 이유 때문이에요. 안나 입장에서 보면, 자기는 남편에게 값진 옷이나 가구 같은 것이죠.

앞에서 사랑은 사후적인 것이라고 했어요. 사랑은 그것을 잃었을 때 비로소 그 진정성과 절실함을 알게 된다고 했어요. 사랑 없음도 마찬가지예요. 브론스키가 나타났을 때, 안나는 비로소 남편과 사이에 사랑이 없음을 알게 돼요.

안나가 괴로워하는 것은, 그러니까 사랑의 문제가 아니죠. 3권에 가서 안나가 철도 자살을 감행하는 이유도 비슷해요. 이혼과 재혼이라는 문제, 거기에 따르는 자녀의 양육권과 친권이라는 문제가 걸려 있어요. 주변 사람들의 시선, 그로 인해 생겨나는 모욕감과 수치심도 큰 문제죠. 여성 주체가 직면하게 되는 사회성의 문제입니다. 사랑 그 자체의 본성 문제는 좀 더 심층적이에요. 이건 다음 시간에 이야기합시다.

제도의 문제라면 모수오족의 시스템을 도입하면 깔끔해져요. 안나와 브론스키는 둘 모두 매력적인 사람이에요. 서로 끌려요. 가까워져요. 숨기려 하지만 숨길 수가 없어요. HHJ 학생이 낭독한 대목이었죠. 무도회에서 키티가 그걸 예민하게 알아채죠. 표정만 보면 알 수 있는 거예요. 키티가 아니라도 시간이 조금만 지나면 누구나 알 수 있어요. 그리고 그 감정도 시간이 지나면 결국 엷어질 수밖에 없어요. 모수오족은 사랑이 바람 같다고 한대요. 다가왔다 날아가는 거죠. 감정은 어디서나 크게 다르지 않아요.

브론스키를 만난 후 안나에게 중요하게 부각된 문제는 아이를 사랑하는 엄마의 문제였어요. 남편과 헤어지면 어린 아들을 볼 수 없다는 거예요. 카레닌 입장에서는 정치가의 체면이 있어요. 설사 많이 양보해서 이혼은 해줄 수 있다 해도, 절대 아이를 넘겨줄 수는 없어요. 이 문제 역시 모수오족의 모권 사회로 옮겨지면 모두 다 해결됩니다.

물론 남성 중심의 일부일처제 사회에 사는 처지로, 우리가 불륜을 좋다고 말할 수는 없어요. 그런데 삶이 비상 상태라면, 비상 중의 비상이 금지된 사랑이에요. 금지된 사랑 앞에서 삶은 그야말로 생생해져요. 죽음이 가까워지는 탓이에요. 그것을 막는 것이 불가능하다면, 그로 인해 생겨나는 고통은 최소화할 수 있어야죠. 모수오족의 제도가 우리에게 거울이 될 수 있을 거예요.

언어라는 매체

LJY 학생이 낭독한 대목에서, 카레닌이 안나에게 사랑한다고 말하니까 안나가 비웃어요. 도대체 사랑이 무엇인지나 알고 하는 말이냐고. LHS 학생이 발표에서 말했듯 상황이 예민해지면서부터 아내에게 말을 할 땐 이상하게 비꼬게 된다고 카레닌은 생각해요. 꼭 비꼼 같은 것은 아니지만, 음성 언어라는 매체가 그런 속성을 지녀요.

언어적 소통은 두 번 꼬임을 통해 만들어져요. 마음이 말로 표현될 때 한 번 꼬이고, 입 밖을 나온 말이 상대의 귀를 통해 해석될 때 또 한 번 꼬여요. 말을 통해 전달될 때, 사람의 마음은 최소한 두 번의 왜곡 과정을 거치는 거죠. 게다가 대화 상황 속에서는 즉흥성의 개입으로 인해 꼬임이 더 증폭돼요. 예민한 문제에 대해 말할 때면 오해를 불러일으키곤 하는 게 언어라는 매체예요. 그런데 다른 수단이 없으니 문제죠.

카레닌이 안나에게 경고하면서, 나는 당신을 사랑한다고 말할 때 그 뜻은 무엇이었을까. 정신 차려! 정도? 혹은, 내 말을 들어야 해, 내가 당신 남편이야, 정도?

한 사람이, 사랑해, 라고 할 때, 그 말은 무한정에 가까운 뜻을 지닐 수 있어요. 1) 결혼하자. 2) 헤어지자. 3) 널 죽일 거야. 4) 미안하다. 5) 키스해도 될까. 6) 이제 집에 가자. 7) 빨래 좀 개줘. 8) 이제 그만해 등등. 욕망과 충동 사이에 끼여 있는 것이 바로 그 언어라는 매체이기도 해요. 다음 시간에 이어 하겠습니다.

6-2강

톨스토이, 『안나 카레니나』

좋은 선수, 좋은 코치

초임 교수 시절에 이런 말을 들었어요. 전임강사는 자기도 모르는 걸 말하고, 조교수는 자기 혼자만 아는 걸 말하고, 부교수는 학생들이 알 만한 것만 말한다고요. 그리고 교수가 되면 학생이 아는 걸 학생 입으로 말하게 한대요.

어때요, 한 발 더 나아갈 수 있지 않아요?

학생으로 하여금 자기도 모르는 걸 말하게 하는 수준!

말은 간단한데, 이건 교사로서 참 대단한 경지죠.

좋은 코치는 선수에게 필요한 걸 줘요. 선수의 특성과 현재 수준에 맞추는 거죠. 그 길을 가면, 선수는 코치가 원하는 자리에 서게 돼요. 그런데 어떤 선수는 코치도 생각하지 못한 곳에 서곤 해요. 그건 진짜 대단한 거죠.

좋은 교사란 학생에게, 자기가 아는 것이 아니라 자기도 모르는 걸 말하게 한다! 여기서 자기란 학생만이 아니라, 학생과 교사 모두를 말하는 거죠. 그런 게 교학상장(教學相長)입니다. 선수만 크는 게 아니라, 코치도 선수를 통해 배우고 커요.

여러분이 쓰는 글의 수준이 높아지고 있어요. 나도 덩달아 좋은 코치가 됩니다.

뭘 하라고 했죠?

텍스트의 증상을 찾아내세요. 그리고 그 자리에서 한 번 더 생각하세요.

안나와 키티, 엇갈리는 서사

지난 시간에 『안나 카레니나』의 줄거리를 간단하게 살폈어요. 소설은 전체가 8부예요. 2부까지가 1권이고, 2부 마지막에 브론스키의 경마 장면이 나와요. 브론스키가 경마 도중 말에서 떨어지고, 객석에 있던 안나가 그걸 보고 놀라서 기함을 해요. 브론스키에 대한 안나의 마음이 공중에 노출되는 장면이지요. 남편 카레닌이 안나를 질책하고, 안나는 남편에게 결별을 선언합니다. 안나의 마음이 단순히 잠시 바람피우는 차원이 아니라는 거죠.

19세기 후반 러시아 귀족 사회에서 이건 대단한 일입니다. 교회법이 있어 이혼도 쉽지 않아요. 이제 안나에게 무슨 일이 벌어질까. 소설 초두에 이미 암시되어 있습니다. 안나가 모스크바 역에 도착할 때, 기차에 치여 죽은 사람 이야기가 나오죠. 7부 마지막에 안나는 철도 자살을 합니다. 복선이 이미 깔린 거죠.

소설 전체는 두 커플의 이야기로 짜여 있다고 했어요. 초·중반부만 하더라도 안나와 브론스키 커플이 압도적 비중을 차지합니다. 둘의 사랑이 어떻게 될 것인지가 초미의 관심사예요. 안나는 브론스키의 아이를 낳다가 목숨을 잃을 위기에 빠져요. 브론스키는 그런 안나에게 아무것도 해줄 수 없는 처지예요. 그래서 절망 끝에 권총 자살을 시도합니다. 이런 드라마가 펼쳐지니 사람들의 시선이 쏠리지 않을 수 없어요.

안나는 결국 남편의 집을 나와요. 브론스키도 안나와 함께 살기 위해 군인으로서 자기 경력을 포기합니다. 이제 무슨 일이 벌어질까. 두 사람은 정식으로 결혼한 사이가 아닙니다. 러시아 귀족 사회가 이들을 받아줄까요? 여기에서 남자와 여자의 운명이 갈려요.

안나는 남편 집을 나왔지만 어린 아들에 대한 애착이 매우 커요. 또 남편이 이혼을 못 하겠다고 해요. 안나가 죽을 고비에 처해 있을 때, 카레닌은 딱해 보이는 아내를 위해 이혼을 해주겠다고 대승적으로 결단하지만, 마음을 바꿔버린 거죠. 정치가로서 자기 삶이 있어 공식적으로 이혼하는 건 카레닌에게도 쉽지 않아요. 게다가 교회법 때문에 이혼을 해주려고 해도 갈 길이 첩첩산중이에요.

사교계에서 가장 화려하고 빛나는 인물이던 안나는 이렇게 나락으로 떨어집니다. 귀족 사회는 스캔들의 주인공을 받아들이지 않아요. 엄마를 그리워하던 아들조차 차차 안나로부터 멀어져갑니다. 페테르부르크 사교계의 여왕이 시골 영지에 갇혀서, 하인들 눈치나 보는 처지가 돼버린 거예요.

반대로 초반부에서는 초라하기 짝이 없던 키티와 레빈 커플은 차츰 소설의 긍정적 중심으로 부상합니다. 우리가 생각할 수 있는 정상적인 연인과 부부의 모습을 보여줘요. 7부에서 안나가 죽어갈 때, 레빈과 결혼한 키티는 출산을 합니다. 죽음과 삶을 엇갈리게 배치한 것이죠.

안나는 왜 자살을 감행했을까?

표면적으로 보면 주체로서 존엄을 유지할 수 없게 되었기 때문입니다. 자기가 아무것도 아니라는 생각이 들자, 안나는 매우 결연하게 죽음을 선택해요. 그런 점에서 안나는 쥘리앵 소렐과 같아요. 안나의 자살은 자기 처벌이지요. 물론 집 안에 갇힌 자기와 달리, 밖으로 나가 활동하는 브론스키에 대한 비난이기도 해요. 군인 경력은 접었지만 사회생활을 해야 하는 브론스키로서는 그러지 않을 수가 없어요. 안나도 이성적으로는 그걸 알죠. 그런데도 브론스키한테 히스테릭하게 반응해요. 안나의 자살은 기본적으로 그런 자기 자신에 대한 처벌이기도 합니다.

고통의 세 원천

우리는 앞에서, 사람이 살면서 마주해야 할 중요한 대상 세 개를 말했어요. 1) 세계, 2) 자아, 3) 공동체. 이 셋은 곧 소설에서 펼쳐지는 사람들의 삶을 바라보는 근거이기도 해요. 프로이트는 이 셋이 고통의 근원이라고 했어요.

그런데 고통의 근원은 그 자체가 행복의 근원이기도 해요. 고통의 근원이라고 해서 이 셋을 지워버리면 어떻게 되나요? 삶 자체가 지워지는 거죠. 삶이라는 비상 상태가.

현재의 보통 사람이라면 무엇이 가장 큰 문제일까요? 아마도 세 번째, 공동체의 문제가 가장 클 것입니다. 우리가 쓰는 세계라는 말은 이 세 번째 것, 사람들이 모여 사는 세상을 지칭하지요. 다른 사람들과의 문제, 함께 사는 삶의 문제 등이 여기에 해당합니다. 여기에서 생긴 갈등을 어떻게 해결하는지가 중요한 문제죠. 정의와 공평함, 배려심, 공동체 의식 같은 것들을 거론할 수 있어요. 여기에서의 문제는 분노, 원망, 미움, 갈등 같은 형태로 표현됩니다.

두 번째, 자아와의 관계에서 생기는 문제는 자책이 대표적입니다. 자의식이 강한 사람들에게서 뚜렷하지만, 누구나 어느 정도는 안고 살아야 하는 문제지요.

그렇다면 첫 번째, 세계와의 불화는 어떨까. 여기에서 문제 되는 것은 공포와 공허감입니다. 내가 세계와 차단되어 있을 때는 아무런 문제가 아니에요. 내가 무서운 세계 속에 노출되어 있을 때, 거대한 폭풍우 속에 내던져져 있을 때, 그때 세계는 공포로 다가옵니다. 사람들은 문명을 건설해서 세계의 공포에 대처합니다. 문명이라는 집 안에 들어가면 좀 편해지나요? 단단한 집 안에 있으면 무서운 자연으로부터는 안전할 거예요. 공포는 덜할 거예요. 하지만 위험으로부터 한숨 돌리고 나면 문제가 되는 것은 허망함입니다. 문명사회 사람들에게는, 공포보다는 공허함이 좀 더 큰 문제죠. 『안나 카레니나』에서 그것은 소설 말미에 레빈의 눈으로 형상화됩니다. 언제나 밤하늘의 별들이 문제예요. 별들이 일깨워주는 존재의 공허감이 문제가 되죠. 그것이 우울증의 근본적 원천입니다.

안나의 자살에는 이 세 차원이 모두 함께 작동합니다. 가장 현저한 것은 물론 세 번째, 타인과의 관계죠. 세상과 사람들을 원망하고 비난하는 마음이 작동해요. 그러나 좀 더 근본적인 것은 두 번째, 자책의 문제입니다. 내가 왜 이런 짓을 저질렀을까! 그리고 가장 원초적인 것은 첫 번째, 밤하늘에서 쏟아지는, 내가 피할 수 없는 공허감과 허망함이에요. 살아야 할 이유가 없어지는 수준입니다.

공허감은 언제든 사람을 습격해오는 거대한 괴물 같은 거죠. 평소에 우리는 자책을 처리하느라고, 또 다른 사람들과 사이에서 생겨난 문제를 처리하느라고 정신이 없어요. 그래서 그걸 못 보고 있어요. 그 괴물을 정면으로 바라보는 게 힘들어서, 정신없는 척하는 걸 수도 있어요. 공동체 안에서 버젓한 삶을 유지할 수 없게 되고, 자아를 제대로 유지하는 것이 힘들어지면, 그러니까 껍데기가 다 벗겨지고 나면 어떻게 되나요? 혹은 아무런 문제가 없고 끈도 끊어져서 홀로 너무나 평온한 상태가 되어도 마찬가지예요. 바로 그 거대한 괴물이 아무런 장애물도 없이 정면으로 쳐들어오는 거예요. 그 통렬한 공허감이야말로 안나를 죽음으로 몰아간 근본적인 것이라 해야 하지 않을까.

물론 이런 이야기는 3권까지 다 읽은 사람들과 나눌 수 있는 겁니다. 3권에 레빈의 시선으로 바로 그 허망함이 펼쳐져요. 실의에 빠진 안나가 아니라, 키티를 얻어 득의에 찬 시골 귀족 레빈의 눈으로.

결혼, 사랑, 성욕

왜 안나는 자살해야 했을까. 아주 단순하게 말하면, 남편이 이혼해주지 않아서예요. 안나는 브론스키와 같이 살고 있지만, 법적으로도 사회적으로도 여전히 카레닌의 아내입니다. 그 상태를 버티는 것은 쉽지 않아요. 사람이 자기 혼자 사는 게 아니잖아요. 사회생활을 제대로 할 수가 없어요. 집안 하인들 보기도 껄끄러워요. 집안의 당당한 안주인 노릇을 할 수가 없어요. 답답한 거죠. 언제까지 브론스키와 둘이서 얼굴만 보고 살 거예요. 삶이 그게 다가 아니잖아요.

이렇게 답하는 게 상징적 차원입니다. 이성의 차원이고, 또 인체로 말하자면 머리의 차원이에요. 결혼이라는 법과 제도의 차원입니다. 브론스키가 나타나기 전까지만 하더라도 안나는 나이 많은 카레닌과 결혼해서 아들을 낳고 잘살았어요. 카레닌은 말하죠. 결혼은 이성(理性)적인 거라고. 이성(異性)에 대한 끌림 같은 변덕스러운 감정은 결혼에서 배제되어야 한다고.

그런데 안나가 자기 결혼 생활을 깨버린 게 바로 그 사랑 때문입니다. 안나가 브론스키를 만나기 전까지는 아무 문제도 없었어요. 브론스키를 만나서 문제가 생겼어요. 브론스키는 안나를 보고 반해서 페테르부르크까지 쫓아왔어요. 잘생기고 느낌 좋은 남자한테 마음이 흔들려요. 그러니까 비로소 남편이 다시 보이기 시작하는 거예요. 왜 남편 귀는 저 모양으로 생겼을까, 이런 생각을 하게 되죠.

그렇다면 안나는 그 이전에는 사랑을 몰랐나요? 물론 그럴 수는 없어요. 안나는 페테르부르크로 돌아오는 기차 안에서 소설을 읽어요. 영국 소설이에요. 안나보다 조금 앞서 프랑스에서 살았던 마담 보바리도 마찬가지예요. 소설을 읽어요. 『적과 흑』의 레날 부인도 마찬가지예요. 사랑은 책 안에 있어요. 그런데 소설 속에 있어야 할 사랑이 느닷없이 현실로 박두해온 거죠. 그 사랑을 따라가다 보면 결국 죽음에 이르게 돼요. 안나도, 마담 보바리도, 레날 부인도.

두 번째 대답은 사랑 때문입니다. 응답받지 못한 사랑 때문이에요. 욕망으로서 사랑이 지닌 무한궤도에 빠져버렸기 때문이에요.

이것은 안나의 입장에서 볼 때 그래요. 브론스키는 안나를 유혹했고, 자기 행동에 책임을 져요. 안나를 위해 목숨을 걸고, 또 자기 이력을 포기하기도 해요. 그런데 안나 입장에서는 그것으로 충분하지가 않아요. 브론스키는 그런 이후에도 귀족 남성으로서 삶을 살아요. 그러나 안나는 그럴 수가 없어요.

사랑은 감정의 문제예요. 새롭게 불타오를 연료가 필요한데, 두 사람 사이에는 한계가 있기 마련이죠. 사랑에 빠졌을 때는 상대의 전부를 원하지만, 계속 그럴 수는 없어요. 그게 문제입니다. 욕망의 문제죠. 상대에게 감정을 구걸한다는 생각을 하게 될 때는 끝인 거죠. 안나가 그랬어요.

프로이트는 사랑에 대해 아주 싸늘하게 말합니다. "사람들은 성욕 때문에 가족을 이룬 남자와 여자의 관계를 사랑이라고 부른다."[1] 성욕 때문이라고?

그건 말도 안 돼! 이렇게 말하면 신체 저 깊은 곳에서 뭔가가 꿈틀거려요. 호르몬이나 DNA가. 말하자면 사랑도 결국 그런 차원이라는 건가? 그렇다면 우리가 사랑이라고 말하는 정신적 가치는 모두 착각인 걸까? 그 착각이 더 무서운 힘을 가려주고 있는 걸까? 충동의 차원을? 이것은 상상계의 차원입니다.

집 나간 여성의 미래

사랑의 문제에 대해서는 많은 사람이 많은 말을 했어요. 지금도 이 지구상에서 많은 사람이 많은 얘기를 하고 있어요. 조용히 속닥거리기도 하고, 크게 문제를 일으키기도 해요. 그러니까 이 감정의 영역은 혼자만의 문제는 아닙니다.

안나와 브론스키에게 문제 되는 것은 세 번째 영역, 곧 상징계-공동체의 영역입니다. 감정으로서 사랑이 아니라, 결혼이나 연애의 영역이에요. 사람들 사이의 관계, 타인들의 시선이 문제가 돼요. 그게 곧 상징계의 영역입니다. 소설 초두에 바람피우는 스티바가 나오고, 또 중반 이후로는 레빈의 결혼 생활이 부각되지만, 중요하지 않아요. 연애 서사 자체로만 보면, 안나가 브론스키와 연애를 하고, 남편이 이혼해주지 않아서 정신적으로 시달리다 자살하는 이야기. 이 소설은 이렇게 요약할 수 있습니다.

지난 시간에도 얘기했듯이, 모수오족의 이야기로 치환시키면 많은 문제가 해결돼요. 결혼 제도가 없으니까, 『안나 카레니나』라는 소설 자체가 성립할 수 없어요. LYJ 학생이 화를 냈죠. 여자가 너무 큰 손해를 본다고. 둘이 바람을 피운 건데 여자만 죽었다고. 브론스키는 스캔들 이후에도 자기 일을 하는데, 안나는 왜 자살하죠? 현실적 이유는 딱 하나예요. 할 일이 없어서! 자기에게 삶의 보람을 줄 사회적 역할이 없어서예요.

'인형의 집'을 나온 19세기와 20세기 초반의 여성들이 어떤 삶을 사나요? 남성이건 여성이건 집에서 나오면 오로지 자기 자신의 신체 하나가 자본이 됩니다. 빼어난 미모일 수도, 특출 난 성품이나 지적 능력일 수도 있어요. 결국 그걸 자본으로 해서 새로운 공동체에 진입해야 하는 거죠. 특별한 자본이 없으면 막노동을 해야 합니다. 남성과 여성이 각각의 신체 능력과 환경에 들어맞는 막노동.

성 노동도 막노동이라고 할 수 있나요? 꼭 그렇게만 말할 수 없는 것은, 섹슈얼리티라는 특별한 문제가 가로놓여 있기 때문이에요. 이것도 물론 몸의 문제지만, 순순히 몸만의 문제는 아니지요. 그게 문제예요.

결혼은 상징계, 곧 제도의 문제입니다. LYJ 학생도 KSH 학생도 그런 얘기를 했죠. 바람피우는 남편 때문에 시누이가 온다고 하니까, 시누이·올케 사이라서 좀 뜨악해해요. 그러나 막상 얘기를 하다 보니 너무 말이 잘 통해요. 바람피우는 남자들 욕을 같이 하는 거죠. 독자가 여성이건 남성이건, 이런 대목에서는 모두가 공감할 수 있어요.

독자들이 여성 편을 들게 되는 것은, 여성이 사회적·법률적 약자이기 때문이에요. 약자는 독자들의 윤리적 감흥을 유발해요. 결혼이라는 제도는 남성이 재산권과 이른바 혈통, 가족이나 가문 등을 보호하기 위해 만들어진 것이라고 할 수도, 또 반대로 낭만적 사랑이 제도화한 상태에서는 결혼을 지키는 것이 사회적 약자로서 기혼 여성의 권리를 보호하기 위한 것이라고 할 수도 있어요. 어떤 방식이건 소설의 독자는 약자와 같은 편에 서게 되죠. 그게 자연스러워요. LYJ 학생과 KSH 학생이 얘기했던 자매애 같은 것이 대표적이죠.

그러나 사랑이라는 감정의 차원에서는 어떻게 말하나요? 안나는 브론스키를 피하려고 애써요. 모스크바 역에서 어쩌다 만난 후 브론스키는 집요하게 구애를 해요. 안나도 속으로는 끌렸지만 피하려 해요. 그러면 안 될 것 같아서. 그런데 이 지경이 되었어요. 안나는 최선을 다했을까? 신의 법정에서라면 안나는 이렇게 얘기할 거예요. 나도 어쩔 수 없었어요. 당신이 나를 이렇게 만들어놨잖아요!

그러니까 이 경우 안나는, 자기가 통제할 수 없는 자기 자신에 대해 말하고 있는 거죠. 이게 참 괴로운 노릇이에요. 가위 눌려본 적이 있는 사람은 알죠. 내 몸이 내 말을 듣지 않는 상태의 괴로움. 움직이지 않는 몸도 괴롭지만, 내 의지와 상관없이 움직이는 몸도 괴로운 노릇이에요.

이처럼 극단적으로 몸과 마음이 분리되는 경험과는 별도로, 우리는 살면서 몸과 마음이 분리되어 있는 것을 느끼곤 합니다. 꿈이 그런 대표적인 경우예요. 꿈은 무의식의 영역, 또한 충동의 영역입니다. 마음으로부터 분리된 몸의 영역은 나로서도 어쩔 수 없는 대목이 있어요. 몸이 마음을 끌고 가기도 하죠.

그 어쩔 수 없는 영역을 제도적으로 풀어준 것이 모수오족의 방식입니다. 여성에게 친권과 재산권을 주었어요. 여성이 소수자가 아니라 다수자가 된 것이죠. 그렇게 되면, 애정을 둘러싼 갈등 문제는 대부분 해결됩니다. 매우 평화롭게요.

여성의 경제적 자립성

연애하는 여성은 신체적 변화를 겪어야 해요. 사랑에 빠지면 아이가 생길 수밖에 없어요. 양육 책임은, 많은 부분이 여성에게 주어져요. 남성은 안전한 수유와 양육 공간, 그 울타리를 제공하는 것이 임무예요. 그런 게 통상적인 성 역할이라 할 수 있어요. 그걸 제대로 하지 못하는 사람은 비난을 받아요.

그런데 모수오족의 질서에 따르면, 울타리가 필요 없다는 거예요. 여성에게 육아를 보장해주는 공동체 전체의 울타리가 있는 거죠. 그게 모수오족의 시스템이죠. 그러니까 혼외의 사랑에 대해 불륜이라고 비난하거나 단죄하는 대신에, 짝이 있는 사람에게도 또 다른 사랑의 자유를 허용하는 대신에, 그 나머지를 여성에게 보장해준다는 거예요. 그럼 문제가 해결되는 것 아닌가요?

집 나온 여성들에게 제일 중요한 건 경제적 자립성입니다. 남편 집을 나온 노라(노르웨이 극작가 입센(1828~1906)이 1879년에 발표한 희곡 『인형의 집』의 주인공)가 경제적으로, 사회적으로 독립한 삶을 살 수 있다고 해봐요. 자기에게 삶의 충족감, 자신이 자기 삶의 주인이라는 마음을 제공할 수 있는 일과 삶이 있다고 해봐요. 그러면 남편의 집을 나온 게 무슨 문제예요? 1930년대 염상섭(1897~1963)의 『불연속선』 같은 소설에서는 독립적인 삶을 사는 여성의 연애 얘기가 나와요. 혼자 사는 여성에게 닥쳐오는 통속적인 위험들이 여기에서는 힘을 못 써요. 경제적으로 자립한 상태라서 가능한 일입니다. 결혼한 여성이라고 해도 마찬가지예요. 남편에게 다른 여성이 생겨서 헤어지게 생겼어도, 좀 심하게 말하면, 아 그래? 새 사랑을 만났다니 축하할 일이네, 하고 우디 앨런의 영화처럼 쿨하게 굴 수도 있다는 거죠. 중요한 것은 여성의 사회적 권리예요.

문제 설정이 잘못되면 추론이 이상해져요. 『춘향전』이라는 고전적인 텍스트가 있죠. 춘향이 정절을 지키고자 해요. 그런데 여기서 정절을 남성 중심 사회의 이데올로기라고 비판하는 것은 이상하죠. 『춘향전』에 국한해서 말하자면, 춘향이 목숨 걸고 저항하는 것이 정절을 지키기 위함이에요? 아니죠! 정절 지킬 권리를 위함입니다.

여성에게만 강요하는 정절이라면 통속화한 한 시대의 이데올로기일 뿐이에요. 하지만 신분이나 성별에 상관없이 자기 의사나 법에 따라 어떤 덕목을 지킬 권리를 주장하는 것은 보편적입니다. 지켜야 할 것은 특정 덕목의 내용이 아니라 권리의 보편성인 것이죠. 정절이 윤리적으로 중한 가치라면, 여성만이 아니라 남성에게도 적용해야 한다고 말해야 해요.

많은 학생이 안나에 대해 분노를 표현했어요. 특히 남학생들이 결혼 생활을 깨고, 남편과 아들을 버린 한 기혼 여성에 대해서. 2권과 3권을 모두 읽었다면 조금 달라졌을까. 안나는 결국 절망 속에서 자살하니, 비난이 조금 덜해질 수도 있겠어요. 문제를 어떻게 설정하느냐에 따라 판단은 달라질 수도 있어요.

안나는 브론스키와 사랑에 빠지고 난 다음에 비로소 깨닫게 돼요. 자기 결혼에는 사랑이 없었다는 거죠. 그렇다면 사랑 같은 것은 포기하고 사는 게 맞았을까.

시체가 된 안나

섹슈얼리티에 대해 여러분과 공유하고 싶은 대목이 있어 체크해 왔어요. 두 사람이 첫 번째 섹스를 하고 난 직후에 관한 묘사입니다. 섹스가 뭐 대단한 거냐고 할 수도 있겠는데, 어떻게 말해도 그건 예사로운 것은 아니죠. 보통 때와는 다른 방식의 언어를 사용하는 것이라서 그래요. 향락이나 열정은 몸을 요동치게 해요. 몸의 입장에서 보면 향락은 바깥에서 날아와 몸을 흔들어대는 특별한 경험이에요. 몸이 요동치면 마음이 평정을 유지할 수 없어요. 향락의 언어는 일상적 경험과 멀어서 접근 자체가 어려워요. 섹슈얼리티도 그중 하나예요. 이건 사회적으로도 문제가 됩니다. 나중에 읽을 다니자키 준이치로(谷崎潤一郎, 1886~1965)의 『열쇠』라는 작품은 일본 국회에서까지 논란거리였어요.

거의 1년 동안 브론스키에게는 이전의 온갖 욕망을 대신하여 그의 삶에서 유일한 희망을 형성하고 있었던, 그리고 안나에게는 불가능하고 두렵고 그렇기 때문에 더욱더 고혹적이며 행복한 공상이었던 바로 그 소원이 지금 막 충족되었다. 그는 파랗게 질려 아래턱을 달달 떨면서 그녀 앞에 서서 자기 자신도 뭐가 뭔지 어떻게 해야 할지도 모르면서 그녀에게 마음을 가라앉히라고 애원하고 있었다.

안나! 안나! 그는 떨리는 목소리로 말했다. 안나, 제발!

그러나 그의 말소리가 높아지면 높아질수록 그녀는 이전의 자부심 넘치고 쾌활했던 모습과는 반대로 이젠 부끄러움만으로 가득 찬 머리를 더욱더 낮게 떨어뜨렸다. 그러다가 고개를 푹 파묻은 채 앉아 있던 소파에서 마루 위로, 그의 발밑으로 몸을 떨어뜨렸다. 그가 만약 받쳐주지 않았다면 그녀는 융단 위로 쓰러졌을 것이다.

하느님! 용서하여주소서! 그녀는 흐느끼면서 그의 손을 자기의 가슴에 갖다 대고 말했다. 그녀는 이제 그저 몸을 낮추고 용서를 빌 수밖에 없다고 생각했을 만큼 자기를 죄 많고 괘씸한 것으로 느꼈다. 그러나 그녀에게는 이제 이 세상에 그 이외에는 아무도 없었기 때문에 그녀는 그를 향해서 용서를 구했다. 그를 보자 그녀는 육체적으로 자기의 굴종이 느껴져 더 이상 한마디도 할 수가 없었다. 한편 그는 살인자가 자기 때문에 목숨을 잃은 시체를 보고 느끼는 것과 같은 감정을 느끼고 있었다. 그에 의해서 목숨을 빼앗긴 이 시체야말로 그들의 사랑이었고, 그들 사랑의 첫 단계였다.(1권, 296-7쪽)

격렬함의 파도가 지나고 난 다음에 안나는 시체가 돼요. 브론스키가 안나를 보면서 그렇게 느껴요. 안나도 그렇게 느껴요. 무엇 때문이죠? 혼외정사였기 때문에? 안나는 결혼한 사람이라서? 이 문제라면 안나와 브론스키가 사실상 같은 처지잖아요? 왜 안나의 죄의식만 저토록 큰 거죠? 브론스키는 살인자 같은 위치에 서 있어요. 당당해요. 왜 안나는 시체가 되어야 하는 거죠? 사랑에 빠진 두 사람이 합법적 관계가 되어 나눈 첫 번째 섹스라면 달랐을까요?

물론 이건 톨스토이의 소설입니다. 이 장면을 그려내는 40대 중반인 톨스토이의 이데올로기도 있고, 섹슈얼리티에 대한 19세기 러시아 당대의 관념 같은 것들로부터도 자유로울 수는 없어요. 그것까지 함께 넣어서 생각해봐야 해요. 그렇다면 여기서는 이렇게 물어야 할 거예요. 사교계의 여왕이었던 안나를 시체로 느끼는 것, 그러니까 정복자에게 살해당한 몸으로 느끼는 것이 브론스키일까?

이 장면을 지배하는 시선은 톨스토이의 것입니다. "목숨을 빼앗긴 이 시체야말로 그들의 사랑"이라고 말하는 톨스토이는 이 소설 이후로 극한의 허무감을 느끼고 자살 충동에 몸서리칩니다. 하지만 그런 톨스토이의 시선 때문이라고 해버리는 것도 안이한 태도일 거예요. 섹슈얼리티가 지닌 어떤 본성, 현재 우리가 파악할 수 있는 어떤 핵심, 거기에 톨스토이라는 한 작가의 생각과 당시의 사회적 분위기가 뒤섞인 결과라 해야겠지요.

섹스의 바탕에 있는 것은 충동이라는 매우 그로테스크한 경험입니다. 그것을 그로테스크하다고 말하는 것은, 충동은 그 자체가 죽음이기 때문입니다. 자신을 제어할 수 없는 상태란, 곧 주체로서는 죽음의 상태예요. 유체 이탈 상태라고 해도 좋아요. 충동에 휩싸인 자기 몸을 바라보는 것, 그건 좀비가 된 자기 자신을 바라보는 것과도 같아요. 그게 바탕에 있어요. 브론스키가 안나를 시체로 본다고 했지만, 충동의 관점에 보자면 이래요. 즉 안나와 브론스키는 한 몸이 되어 시체가 된 자기 자신을 바라보고 있는 것이죠. 안나만이 아니라 브론스키도 역시 시체라고 해야 할 거예요.

행복, 쾌락, 향락

섹스는 몸과 마음이 만나는 영역에서 만들어지는 사건입니다. 욕망과 충동이 얽혀요. 기쁨과 쾌감이 뒤섞이고, 고통과 허망함이 함께하기도 하죠. 좋은 느낌으로 말하자면 행복감과 쾌락, 향락의 정동(情動)이 뒤섞인다고 해야 할 거예요.

행복이라는 단어의 느낌은 어때요? 앞에서, 자이언티 노래 얘기를 하면서 행복에 대해 말했어요. 〈양화대교〉에서 말하는 행복은 가족애와 연결되어 있어요. 따뜻하고 평화로운 거죠.

쾌락이나 향락이라는 말은 어때요? 행복이라는 단어에 비하면 육체적인 느낌이 훨씬 크죠. 행복이 채소 같은 느낌이라면, 쾌락은 육즙이 떨어지는 고기 같은 느낌? 향락은 그걸 계속 누린다는 뜻이니, 음식이 아니라 약물 같은 느낌을 줘요.

셋 모두 몸과 마음이 좋아하는 상태예요. 그중에서도 행복은 고통이나 불편이 없는 평화로운 상태예요. 향락에는 고통이 섞여 있어요. 쾌락은 현재 고통은 없지만 고통의 자리가 있다고 해야 할 거예요. 고통이나 불편이 있다가 사라진 상태. 예를 들면, 독한 술 한 잔을 비우면서 미간을 찌푸리고 몸을 부르르 떨어요. 그리고 좋아해요.

향락은 고통 속에서 느끼는 쾌락이에요. 그와 유사한 게 숭고미예요. 아름다움은 모든 게 적절하고 조화로워서 보기 좋은 거지만, 숭고미는 균형과 절제가 깨진 결과예요. 숭고함이나 거룩함에는 균형이나 조화 같은 게 없어요. 크고 거대한 것이죠. 그러니까 거기에는 균형 없음으로서의 추함이 섞여 있어요. 향락은 숭고와 유사합니다.

욕망과 환상

욕망도 행복이나 기쁨 같은 단어와는 다른 계열입니다. 육식성에 가깝죠. 최소한 채식성의 단어는 아니에요. 그보다 한 발 더 나아간 게 충동이에요. 그건 날고기 수준입니다.

행복과 기쁨 같은 단어가 천국에 속한다면, 충동은 지옥에 속합니다. 순전한 몸의 언어라는 점에서 그래요. 향락도 마찬가지죠. 욕망과 쾌락은 그 중간쯤에 있어요. 하늘의 천사도, 지옥의 악마도 아닌 것, 인간의 언어라고나 할까.

욕망(desire)에 대한 정의는, 정신분석학자 라캉의 말이 유명해요. 라캉은 욕구와 요구의 차이로 욕망을 규정했어요. 욕구(need)는 몸이 원하는 거예요. 요구(demand)는 그것을 언어로 표현한 것이고요.[2] 배가 고프고, 화장실 가고 싶은 것 수준이 욕구입니다. 그러면 뭔가 떠올라요. 밥이나 햄버거나 짜장면. 그렇게 의식화되는 것이 요구입니다. 요구는 자기 자신에게 원하는 것이기도 하고, 또 의식이 내 입 밖으로 나와서 남들에게 말하는 것이기도 해요. 밥 주세요. 몸이 마음에게, 자식이 엄마에게, 손님이 식당 주인에게 말합니다. 밥 주세요. 그게 요구입니다.

요구를 해서 욕구를 채웠어요. 그런데도 남는 것, 그게 욕망이라고 해요. 배가 고파서 밥을 먹었는데도 남는 미진함, 밥을 달라고 해서 받았는데도 남는 미진함. 왜 내 밥상에 김이 없는 거야. 이런 수준일 수도 있어요, 그것이 곧 욕망입니다. 그래서 욕망은 본원적으로 충족될 수 없는 거예요.

학교에서 온 아이가, 엄마, 배고파, 했어요. 엄마는, 너 좋아하는 순두부찌개 해놨으니 먹어라, 하면서 나가요. 배고픈 아이는 허겁

지겹 먹어요. 그러다 보니 화가 나요. 배는 불러왔지만 화가 나는 거예요. 아이는 뭘 원하는 거예요? 엄마가 밥 먹는 자기 옆에 앉아서 자분자분 말을 들어주는 것? 그 정도면 충분해요? 여기에서 얼마든지 다른 시나리오를 만들 수도 있어요. 엄마가 공부하라며 잔소리하고, 아이는 짜증을 내면서 생기는 보기 안 좋은 그림들.

한 남성이 한 여성에게 말했어요. 저와 커피 한잔하실래요? 여성이 말했어요. 아, 커피? 저기 자판기가 있네요. 동전 드려요? 아, 싫으시면, 저기 커피 전문점 있네요. 돈이 없으면 좀 빌려드려요? 그게 아니시면? 도대체 원하는 게 뭐냐고! 커피가 아니라 함께 대화를 나누는 것? 그다음은? 라캉은 말합니다. 모든 요구는 사랑의 요구라고.

끝없이 대상을 바꿔대는 이런 속성 때문에, 라캉은 욕망을 환유와 같은 것이라고 해요. 수사법으로, 환유는 은유의 대립물입니다. 은유는 핵심을 콕 집어 말하는 거예요. 내 마음은 호수라고. 반대로 환유는 사슬과 같아요. 옆에 있는 단어로, 그 단어에서 다른 단어로 지향 없이 옮겨갑니다. 원숭이 엉덩이는 빨개, 빨간 것은 사과, 사과는 맛있어, 맛있는 건 바나나…… 기차, 비행기, 백두산으로 이어집니다. 둘 사이의 연관은 있지만, 원숭이 엉덩이와 백두산, 거기에 휘날리는 태극기가 무슨 상관이에요. 그게 환유의 형식입니다.

은유가 시라면 환유는 소설과도 같아요. 졸가리 없이 샛길로 빠지는 수다가 환유입니다. 그게 욕망의 속성입니다. 욕망의 행로가 어디로 향하는지는 누구도 알 수 없어요. 길을 따라 가봐야 알아요. 수많은 우연이 아주 사소한 연결 고리로 이어져나가요. 당신이 원하는 것은 무엇인가요? 우연히 사과나 바나나가 눈앞에 있었을 뿐이에요. 맛있는 게 사과나 바나나뿐이에요? 길쭉한 게 바나나나 기차뿐인가요?

그러니까 욕망은 허깨비 같은 건가요? 그렇다고 말할 수밖에 없어요. 신기루처럼 잡히지 않는 것이 욕망의 대상입니다. 그런 대상이 있어야 욕망이 작동합니다. 파랑새가 탐났지만 잡고 나면 그것은, 안나의 몸처럼 이미 시체일 뿐이에요. 새장 속에 갇혀 있는 새는 살아 있어도 시체일 뿐이에요. 파랑새는 잡을 수 없을 때, 나뭇가지에 머물다가 순식간에 도약해서 사라질 때, 아름다운 잔상으로 남아 있을 때, 그때가 파랑새예요.

물론 때가 되면 우리도 알아요. 욕망이 그런 속성임을. 그런데도 우리는 바로 그 욕망으로, 잡을 수 없는 대상들이 만들어내는 환상으로, 우리 삶을 유지해나가요. 우리가 살아가야 할 이유를 만들어요. 그 허깨비들로 인해 우리 삶이 생기 있어지고, 바람 빵빵한 공처럼 몸과 마음이 탱탱해져요. 헛것들이 삶을 삶답게 만든다는 거죠.

욕망과 충동

안나는 브론스키를 만나서 행복했나요? 결과적으로 자살했으니 행복했다고 할 수 없는 건가? 브론스키도 비슷한 처지가 되지만, 안나의 죽음이 보여주는 것은 욕망의 말로라 해도 좋아요. 사람은 욕망으로 산다고 했는데, 그 욕망을 유지하기 위해서는 옮겨갈 대상과 사슬이 필요해요. 그게 끊겨버리면 죽음인 거죠.

안나가 브론스키를 만났을 때, 그래서 문제가 시작됐을 때를 보면 어떨까요? 안나와 브론스키의 관계가 점점 드러나기 시작해요. 소문이 퍼져요. 브론스키 엄마의 반응이 대단해요. 우리 아들 많이 켰네! 귀부인과의 염문은 귀족 청년들에게는 훈장 같은 거라고 그 모친은 생각해요. 그게 지난 시간에 말한 열정적 사랑의 문법이죠.

그런데 막상 안나와 브론스키는 달라요. 안나가 임신을 했어요. 안나는 괴로워해요. 고민이 많아요. 남편과의 관계, 사람들을 속여야 하는 것 등이 다 힘들어요. 브론스키는 그런 안나에게 결혼을 깨라고 말합니다. 남편에게 말하라고. 그리고 자기한테 와달라는 거죠. 이런 태도는 그 모친의 태도와는 매우 다른 거예요. 낭만적 사랑의 문법에 입각한 겁니다.

사랑의 감정 같은 거야 한때 즐기는 것이고, 결혼은 지체와 신분에 따라 이성적으로 이뤄져야 한다는 생각이, 안나가 사는 세상에서 지배적인 관념이에요. 브론스키의 모친도, 그리고 안나의 남편 카레닌도 그런 생각을 해요. 그러나 안나와 브론스키의 생각은 이들과 달라요. 브론스키는 고민하는 안나에게 말합니다. 당신이 고통받고 불행해하는 것을 볼 수가 없다, 남편에게 사실대로 말하고 내게 와라.

그런 브론스키에게 안나는 말합니다. 괴로운 것은 사실이다, 그러나 이 괴로움이 내겐 행복이다, 나는 당신의 사랑을 얻었고, 그것으로 충분하다! 지난 시간에 CJI 학생이 읽어준 대목이었죠. 안나가 뭐라고 말했다고요? 괴로움이 행복이라는 거예요.

앞에서 행복과 쾌락과 향락의 차이에 대해 살펴봤어요. 괴로움이 행복이라고 말하는 것은 어떤 수준일까? 행복은 고통과 무관하다고 했어요. 그런데 낙원의 삶은 어떨까? 행복할까? 에덴동산에서 아담은 행복했을까? 고통과 불행이 없는데 어떻게 행복이 있을까!

프로이트는 가장 값싼 쾌락에 대해 이렇게 말했어요. 추운 겨울날, 창문 열고 이불 밖으로 발을 내놓으라고, 발이 시려 못 견디면

이불 속으로 집어넣으라고. 아, 따뜻하다! 그게 가장 값싼 쾌락이라고. 행복이건 쾌락이건 분명한 것은, 고통과 불행이 있어야 한다는 거예요. 고통과 불행으로부터 그 반대편으로의 이동이 일어날 때 행복과 쾌락이 존재하는 거예요. 향락은 아예 고통 속에서 쾌락을 느끼는 것이고요. 사랑의 고통 속에서 행복감을 느끼는 안나는 어때요? 바로 이 수준이지 않아요?

욕망의 사슬이라는 틀에서 보자면, 그 연속의 흐름이 멈춰버리면 그야말로 끝인 거죠. 쾌락도 불쾌함도 없는 상태, 진짜 죽음의 상태가 등장해요. 사슬이 끊어진 그곳이야말로 진짜 벼랑이에요. 신기루가 사라지고 진짜 사막이 나타나요. 그것이 충동의 차원입니다. 기계적인 반응, 순전한 몸의 상태가 나타나요. 마음 없는 몸이라면 편하기라도 할 텐데, 유체 이탈한 마음이 바라보는 자기 몸의 모습이에요.

나는 이걸 하기 싫은데, 왜 지금 이걸 하고 있는 거야! 이것이 충동의 캐치프레이즈입니다. 그런데 이건 누구의 말이죠? 다양한 형태의 중독자들이 하는 말입니다. 나도 그런 경험을 한 적이 있어요. 어렵게 금연을 시작했는데, 담배 피우는 꿈을 꿔요. 그게 악몽이에요. 얼마나 힘들게 금연을 하고 있는데, 지금 내가 뭘 하고 있는 거야! 왜 담배 맛은 이렇게 좋은 거야! 알코올 중독자나 약물 중독자도 마찬가지일 겁니다. 자기가 통제할 수 없는 자기 자신의 몸을, 몸의 지향성을 바라보아야 하는 거죠. 저걸 하면 안 되는데, 나는 지금 저걸 하고 있어요. 그걸 내가 지켜보고 있어요. 내 몸이 좋아라고 반복하고 있는 걸 내가 봐야 해요. 그게 충동의 차원입니다.

안나에게 브론스키와 사는 것은, 그러니까 정식 부인도 아니고 정부(情婦)로서 사는 삶은 견딜 수 없는 치욕입니다. 그렇게 느껴요.

그럼에도 카레닌과의 결혼 생활을 지속할 수는 없어요. 스무 살 차이 나는 남편이지만, 브론스키를 만나서 사랑이 불타오르기 전까지는 문제가 없었어요. 다른 귀족들처럼 지체에 맞춰 결혼하고, 아들 키우며 잘살았어요. 그런데 사랑을 발견하고 나니, 사랑 없는 결혼 생활이라는 게 무의미하다고 느낀 거죠. 정치가인 남편을 위해, 남편의 이른바 명예를 위해, 체면을 위해 살기가 싫어요. 거짓이니까! 남편을 속이고 브론스키와의 관계를 계속하는 것은 안나에게 불가능한 일이에요. 거짓이니까! 죽기보다 싫어요. 그러니 안나로서는 갈 데가 없는 거죠.

타자의 욕망

욕망에 관한 유명한 명제가 또 하나 있어요. 욕망은 타자의 것이다. 내가 원하는 것은 내가 원하는 것이 아니라 남이 원하는 것이다. 그것을 내가 원한다는 거예요. 여기에서 타자란 이중의 의미를 지녀요. 내게 사회적 규율을 가르쳐준 존재로서 큰 타자이기도 하고, 또한 같이 살아가는 수많은 타인을 뜻하기도 해요. 뜻을 헤아리면 두 개의 타자는 결국 하나예요.

큰 타자는 내면화한 부모의 목소리이고, 또한 성장하며 받아온 교육이기도 해요. 그것이 안경을 제공해요. 그 안경은 자기가 보여주는 것만 보이게 만들어요. 큰 타자라는 안경에 포착되는 것이 수많은 타인이라는 거예요. 소설책 속에 있는 사랑이라는 욕망, 그것은 안나의 것이기 전에 이미 타자의 것이었어요. 타자의 것이어서 안나의 것일 수 있어요.

충동, 죽음 너머

그 욕망이 스스로를 재생산해낼 수 없을 때, 비로소 충동이 드러납니다. 죽음의 모습입니다. 안나는 왜 자살할 수밖에 없었을까? 이번에는 다른 답을 제공할 수 있어요. 톨스토이의 창작 의도 때문이다! 여기서 의도란, 직접적 수준만이 아니라 그 너머의 것이기도 해요. 무의식적 의도라는 거죠.

직접적 의도라면, 키티의 출산과 나란히 배치한 안나의 자살, 그 역설적 배치가 톨스토이의 마음을 끌었다고 해야 합니다. 이제 사랑의 절정은 지났고, 그 나머지는 구질구질한 일상이 있을 뿐이에요. 그런 분위기는 안나와 어울리지 않아요. 안나가 죽은 후, 브론스키도 죽음을 향해 가요. 전쟁터를 향해 갑니다. 낭만적 사랑에 관한 한, 둘은 그렇게 영웅이 됩니다.

인생이 그렇듯 소설도 종말이 있을 수밖에 없어요. 죽음은 누구도 피할 수 없지요. 사람마다 다른 것은 죽음의 방식입니다. 죽음이 지금까지 축적된 삶의 순간들과는 매우 다른 경험, 질적으로 다른 경험이라는 것은 분명해요. 죽음의 고유성이야말로 운명이자 성격입니다. 소설의 종말도 마찬가지고요.

죽음도 소설의 종말도 욕망과 환상이 끝나는 지점입니다. 독자에게 제공된 환상도 끝이에요. 사람들은 환상이 만들어낸 사슬을 따라 끝까지 왔어요. 중간에 환상이라는 것을 안다고 멈추지는 않아요. 꿈속에서 꿈인 걸 알아차렸을 때 어떤 일이 벌어지나요? 꾸어볼 꿈이라면 끝까지 가보는 거죠. 어차피 꿈인데 못 갈 이유가 없어요. 중요한 것은 환상을 통과하는 자기 성격의 일관성입니다. 그것이 욕망의 동력이죠. 환상을 생산하고, 사람으로 하여금 욕망의 끝까지 가게 하는 동력.

안나의 철도 자살은 소설의 마무리 방식, 일종의 코다(coda, 종결부)입니다. 어떻든 소설은 끝맺어져야 해요. 그게 작품에 드러나 있는 작가의 직접적 의도입니다. 그래야 삶과 죽음의 균형이 맞아요. 톨스토이는 그렇게 생각했겠죠.

그러나 작가 톨스토이의 삶 전체를 놓고 보면, 안나의 죽음이 은폐하고 있는 게 드러납니다. 작가 톨스토이가 삶에 대해 느끼는 공허감입니다. 톨스토이가 엄청난 자살 충동에 시달린 것은 바로 이 소설을 끝내고 난 다음입니다. 앞에서 살폈어요. 자살이 두려워 집안에서 밧줄까지 치워버렸다고 해요. 『참회록』과 『인생론』을 쓴 것은 톨스토이가 그 충동을 극복하고 난 후의 일입니다. 그러니까 그것은 단순한 공허감이 아닙니다. 진짜 세계와 대면했을 때 벌어지는 통렬하고 치명적인 공허감이에요. 사람을 죽음 충동으로, 그리고 죽음 너머로 이끄는 힘입니다.

왜 죽음 너머냐? 단지 사람의 죽음만이 아니라 고유성의 종말이 거기 있어서예요. 삶이 허망하고 의미 없는 반복으로 느껴지면, 그게 곧 죽음 너머의 세계인 거죠. 삶을 유지하기 위해서는 죽음 너머의 치명성을 은폐해야 합니다. 안나의 죽음은 그 자체가 사랑이라는 욕망에 속해 있어요. 철도 자살조차 안나의 욕망을 이끄는 환상의 일부라는 것입니다. 자살이라는 형식조차도 삶의 일부이고, 안나가 지닌 고유성의 일부예요. 톨스토이는 그것으로, 자기가 직면해야 할 저 어둡고 무서운 구멍을 막아놓은 것이죠.

그게 톨스토이의 문제만은 아니라는 것이 또 문제입니다.

오늘은 여기까지 하겠습니다.

7-1강
욕망의 운명

플로베르의 『마담 보바리』[1]는 1857년에 출간됐습니다. 지금부터 대략 160년쯤 전이에요. 1857년은 보들레르(1821~1867)의 시집 『악의 꽃』이 같이 나와 프랑스 문학사에서 매우 중요한 해입니다. 플로베르와 보들레르는 동갑이기도 해요. 1821년생들이니, 1857년이면 서른여섯 살 되는 해네요. 도스토옙스키도 이들과 같은 나이라고 했죠. 톨스토이는 그보다 일곱 살 어리고요.

자, 시작합시다.

OSW: 먼저 줄거리를 간략하게 소개드리고자 합니다. 『마담 보바리』는 3부로 되어 있습니다. 1부는 엠마의 남편 샤를르에 대한 이야기로 시작해서, 샤를르와 엠마가 결혼해 토트에서 용빌로 옮겨가는 이야기입니다. 2부는 엠마의 불륜이 시작되며 박진감 넘치게 전개됩니다. 3부는 엠마의 세 번째 사랑 이야기로 시작해서 파멸에 이르는 과정입니다.
엠마와 결혼한 샤를르 보바리는 미련한 사람으로 나옵니다. 의사가 되기는 했지만 소극적이고 부모 뜻대로 움직이는 사람입니다. 결혼도 부모가 정해준 대로 엘로이즈라는 나이 많은 과부와 했습니다. 샤를르가 왕진을 갔다가 엠마를 보고 매력을 느꼈지만 유부남에 '쫄보'라 어쩌지는 못합니다. 엘로이즈가 때마침 세상을 떠나주어서 엠마와 결혼합니다.
엠마는 수도원에서 공부를 했고, 책을 읽었던 사람입니다. 연애에 대한 로망이 있었습니다. 샤를르는 미련한 '범생이'라서 엠마의 로망을 충족시킬 수 없습니다. 엠마의 불륜 이야기는, 용빌로 이사를 가 젊고 감수성 풍부한 청년 레옹을 만나면서 시작합니다. 엠마의 마음이 쏠리고 연애에 대한 기대도 있었지만, 레옹이 떠나버려 아무 일도 일어나지 않습니다.
엠마에게 나타난 또 다른 남자 로돌프는 경험 풍부한 바람둥이에 돈 많은 마초입니다. 로돌프가 먼저 접근합니다. 마음에 들었던 것은 아니지만, 자신에게도 애인이 생겼다는 생각에 엠마는 불같이 타오릅니다. 엠마가 같이 도망가자고 하니까 바람둥이 로돌프는 그러자고 해놓고는, 편지 한 장만 남긴 채 사라져버립니다.
실의에 빠진 엠마에게 다시 레옹이 나타납니다. 그사이에 레옹은 내성적인 청년에서 남자로 변했습니다. 두 사람은 본격적으로 불타오르고, 그러면서 엠마가 파멸해갑니다. 고리대금업자 뢰르가 엠마의 불륜을 알고 낭비벽을 부추깁니다. 결국 눈덩이처럼 불어난 빚을 감당하지 못한 엠마는 비소를 먹고 자살합니다.
저는 두 개의 대조적인 장면을 골라왔습니다. 먼저, 엠마의 물오른 미모에 대해 묘사한 대목입니다. 로돌프와 연애할 때의 모습입니다. 다음은 엠마의 죽음을 다룬 장면입니다. 3부 8장에서 14장에 걸쳐 있습니다. 약을 먹고 죽어가는 과정을 지독하게 묘사합니다. 엠마가 죽은 후, 화관을 씌워주기 위해 시신의 머리를 살짝 들었더니 입에서 시커먼 액체가 쏟아졌다는 내용까지 나옵니다.
어떤 비평가는 플로베르에 대해 외과용 메스를 든 것처럼 날카롭게 묘사했다는 표현을 했습니다. 또 플로베르는 친구에게 보낸 편지에서, 엠마의 배 속에 비소를 넣고 한 달 동안 매장하고 싶지 않았다고 썼다고 합니다. 죽는 장면 묘사가 너무 신랄해서 골라봤습니다.

LJH: 저는 샤를르와 결혼하고 난 직후, 엠마가 권태를 느끼는 부분을 낭독하려 합니다.
엠마가 처음으로 결혼 생활의 권태에 대해 털어놓는 장면입니다. 일상을 권태롭다고 느끼는 게 모든 비극의 시작이라는 생각이 들었어요. 엠마가 신혼 생활에서 느끼는 실망감과 권태감인데요, 제가 일상에서 느끼는 것과 크게 다르지 않다는 생각이 들어서 골라봤습니다. 엠마에게 연민의 마음이 느껴지기도 했습니다.

LJH: 저는 엠마와 샤를르가 결혼 생활을 함에 있어 서로가 다른 곳을 바라보고 있는 부분을 읽어보려 합니다. 엠마는 야심 없고 소심한 샤를르를 한심하게 생각하는 중입니다. 결혼 생활에 대한 엠마와 샤를르의 생각은 정반대이고, 그 격차는 점점 벌어집니다.
샤를르는 순탄치 않은 어린 시절과 사랑 없는 첫 결혼을 지나서 엠마와 두 번째 결혼을 했어요. 엠마와의 결혼은 샤를르에게 안정과 평온 그리고 행복이었지만, 엠마에게는 그렇지 못했어요. 기대와 동떨어진 현실 때문에 안정과 행복이 그저 지루함이었고, 앞서 학우가 표현한 것처럼 그런 마음이 모든 불행한 사건의 시작이라고 생각해서 이 부분을 골랐습니다.

SSM: 엠마는 불륜을 저지를 때 매우 대담하게 행동합니다. 이런 표현이 어떨지 모르겠지만, 엠마는 연애에서 매우 주체적입니다. 이런 모습을 플로베르가 암시적으로 표현한 게 인상적이었습니다. 두 개의 꽃다발이 나오는데요, 앞부분의 꽃다발은 샤를르 전처의 결혼 꽃다발이고, 두 번째는 엠마가 결혼식 때 가져온 자신의 꽃다발입니다. 치워지는 전처의 꽃다발을 보면서 엠마가, 나중에 자신의 꽃다발은 어떻게 될까, 하고 생각하는 대목도 있습니다. 엠마는 자기 꽃다발을 스스로 불 속으로 던져버립니다. 결혼 부케를 스스로 치워버리는 모습이, 엠마가 자기감정의 삶에 대해 적극적이고 주체적으로 되는 것을 암시합니다.
다음으로, 엠마가 레옹과 로돌프를 만나면서 변해가는 모습을 읽어보겠습니다. 우선 먼저 엠마가 처음 레옹을 만났을 때의 장면입니다. 엠마는 레옹과 요새 쓰는 말로, '썸'이라는 것을 타고 있지만 마음을 적극적으로 표현하지는 못합니다. 레옹이 알아주길 바라는 수동적 태도입니다. 그런데 로돌프를 만나서는 달라집니다. 매우 적극적이 됩니다.
이제 엠마는 샤를르와의 결혼 관계에서 벗어나 다른 삶을 살고 싶어 합니다. 그리고 그걸 직접 표현합니다. 로돌프와 헤어진 후, 레옹과의 불륜 관계에서 엠마의 모습은 더 적극적이 됩니다. 엠마는 레옹에게 육체적인 면에서도 언어적인 면에서도 모두 적극적으로 자신의 사랑을 표현하고 주도권을 행사합니다.

불륜이라는 윤리적 틀을 떠나서, 엠마라는 사람이 주체로서 자신의 마음을 솔직하게 들여다보고 솔직하게 행동하는 것이 굉장히 인상적으로 다가왔습니다. 다만, 새로운 삶을 얻고자 하는 욕구에만 집착해서 제대로 된 주체성을 실현하지 못했다는 점이 아쉬웠습니다. 그런 점에서 엠마는 연민이 가는 인물이었습니다.

JSH: 저는 보바리 부인이 너무 철없고 한심하다는 생각이 들어서 적개심이 생겼습니다. 저만 그렇게 생각한 게 아니라 이 책을 읽은 제 주변 사람들도 대개 비슷했습니다. 그래도 고전이라서, 보바리 부인이 왜 이러는지 이해를 해보려고 노력했습니다. 인상적인 것은 2부 8장 농사 공진회 장면에, 로돌프와 보바리 부인이 대화하는 대목이 있는데, 자기들의 행동을 정당화하는 게 이상한 논리로 보였습니다. 엠마를 유혹하면서, 로돌프가 보바리 부인이라는 이름이 엠마의 진짜 이름이 아니라고 하는 대목도 인상적이었습니다.
로돌프는 사회적 억압에 맞서 자기들 본연의 욕구를 실현하는 게 중요하다고 말하지만, 유혹자의 입에 발린 말이라 저로서는 납득하기 어려웠습니다. 그런 말을 하는 로돌프나 거기에 넘어가는 엠마나 모두 한심해 보였습니다.

KHJ: 저는 이 책을 읽으면서 가장 공감과 애정이 가고 또 연민을 느낀 인물이 주인공 엠마입니다. 이 책을 3부까지 다 읽으면서도 그 생각이 지속됐어요. 서평을 쓰기 위해 책과 관련한 글을 찾아봤더니, 제 생각과는 다르게 엠마가 사치를 하고, 헌신하는 남편을 배신하고, 또 딸까지 버린 채 불륜을 저지르다 파멸에 이르는 허영심 많은 여자라는 의견이 주를 이루었습니다. 그런데 저는 그런 생각과는 많이 다릅니다.

엠마가 파멸에 이르게 된 것은 물론 본인이 사치를 하고 절제하지 않았던 점도 분명히 있지만, 좀 더 큰 이유가 있다고 생각합니다. 엠마는 어릴 때부터 수녀원에서 교육을 받은 똑똑한 여성입니다. 그런 여성이 시골에서 아버지로부터 쓸모없는 여자라는 식으로, 너무 똑똑해서 농사일도 시키기 힘든 딸로 취급받습니다. 그런 일상을 벗어나기 위해 선택한 것이 샤를르와의 결혼인데, 문제는 결혼을 하고 난 다음에도 일상이 크게 달라지지 않았다는 겁니다. 문학책 속에서 읽었던 열정적이고 가슴 뛰는 삶은 찾을 수 없고, 아버지와 살았던 때와 다를 바 없는 삶이 펼쳐지는 것이 엠마에게는 커다란 좌절이었습니다. 앞에서 다른 분이 낭독해준, 결혼 생활과 남편에 대한 실망감이 그것을 잘 보여줍니다.

하지만 엠마가 후작 부인의 파티에 참여하면서 모든 게 달라집니다. 환상적인 무도회, 화려한 식탁, 기품 있는 대화 같은, 꿈에 그리던 것들이 눈앞에 펼쳐집니다. 그래서 샤를르와의 결혼 생활이 더 절망적인 것으로 느껴집니다. 엠마도 수많은 욕구를 지니고 있는데 그걸 충족하지 못해서 좌절을 겪고 있는 것입니다.

엠마가 겪는 좌절은 딸을 낳는 장면에서 드러납니다. 엠마는 아이에 대해 별다른 기대가 없었지만, 그래도 아들일 거라 기대하면서 적잖은 희망을 가집니다. 여성으로서 자기가 하지 못하는 것들을 그 아이에게 투영합니다. 그런데 딸이라는 소리를 듣고 기절해버립니다.

이 밖에도 엠마는 번번이 욕망을 충족하는 데 실패합니다. 레옹을 처음 만났을 때도, 엠마의 지나치게 정숙한 행동이 레옹을 위축시킵니다. 좌절한 엠마는 신부를 찾아갑니다. 하지만 신부는 엠마의 몸이 어디 안 좋은 거냐며, 헐벗은 농민이나 도시 노동자 같은 불쌍한 사람들 이야기를 합니다. 먹을 것과 따뜻한 잠자리가 있는 사람들이 뭐가 문제냐는 겁니다.
엠마는 기본적으로 이런 생각을 가진 사람들에게 둘러싸여 불행한 삶을 살아야 합니다. 그것이 결국 로돌프나 레옹의 관계로까지 이어집니다. 로돌프만 하더라도 같이 도망가자고 하니까, 알겠다고 해놓고는 막상 당일이 되자 편지 한 장 남기고 사라져버립니다. 그런 식으로 엠마는 수없이 욕구 충족에 실패하고 좌절을 느끼며, 결국 자기 인생을 파멸로 몰아갑니다. 그런 여성의 삶에 대해 생각하지 않을 수 없었습니다.

플로베르와 『마담 보바리』

플로베르는 세상을 등지고 소설에 몰두했던 장인입니다. 다작한 작가도 아니에요. 『감정교육』이라는 소설은 완성하는 데 20여 년이 걸렸어요. 창작에 걸린 시간이 소설 속에서 흐른 시간과 거의 같아요. 그래서 플로베르 소설은 문장 하나 단어 하나가 예사로울 수 없어요. 물론 이것은 플로베르가 인세 없이도 생활할 수 있었기 때문에 가능한 일입니다.

좋은 예술가나 뛰어난 학자 하나를 낳기 위해서는 삼대가 재산을 모아야 한다는 말도 있어요. 한국에서도 김동인(1900~1951)이나 최남선 같은 경우가 그렇지요. 이들이 학문과 예술의 길을 가는 동안 거금의 재산이 사라졌어요. 플로베르가 은둔했던 것은 20대에 신경 발작이 생겨서 사회생활을 접어버린 측면도 있어요. 신경 발작 환자라는 점에서 플로베르는 러시아의 동갑내기 도스토옙스키와 공통점이 있네요.

『마담 보바리』는 그런 플로베르의 대표작이자 19세기 프랑스 소설의 걸작입니다.

플로베르는 엠마를 지독하게 다뤘어요. 파멸로 몰아넣는 것도 모자라서, 엠마가 비소를 먹고 고통스럽게 죽는 장면을 매우 길게, 실황 중계하듯이 묘사했어요. 플로베르가 엠마를 지긋지긋하게 싫어했나 하는 생각이 들 정도예요. 플로베르가 한 유명한 말이 있죠. "보바리 부인은 바로 나다!"[2] 그렇다면 그런 건 자기혐오라고 해야 할까요? 물론 작가가 자기 작품의 주인공을 미워하기란 힘든 일이에요. 사랑과 혐오가 교차한다고 해야 할 거예요. 자기혐오란 자기애의 반면이기도 하죠.

쥘리앵, 안나, 엠마의 윤리

쥘리앵과 안나에 이어 또다시 불륜 드라마입니다. 물론 색깔은 달라요.

1830년에 스탕달은 똑똑하고 성깔 있는 평민 청년이 어떻게 죽음을 향해 가는지를 보여줬어요. 그로부터 27년 후, 플로베르는 한 평민 여성의 파멸을 그려요. 똑똑하고 적극적인 성품의 여성입니다. 여러분 말대로 주인공 엠마의 이름이 제목에 없어요. 보바리라는 남편의 성뿐이죠. 그것이 19세기 유럽 여성의 현실이라고 하면, 안나 카레니나가 이렇게 덧붙일 거예요. 자기는 그래도 제목에 이름이 나온다고.

물론 상징계에서의 문제는, 지난 시간 『안나 카레니나』의 경우도 그랬듯이, 모수오족의 시스템을 도입하면 다 해결이 돼요. 감정 같은 것은 문제가 아니죠. 그건 어디나 있는 것이니까. 그것을 어떻게 표현하고 어떤 행동으로 배분하는지가 문제예요.

엠마의 삶을 지켜보는 독자들은 마음이 답답하고 조마조마하기도 해요. 나도 강의 계획서에 『마담 보바리』 옆에 바니타스(vanitas), 즉 '허영'이라는 단어를 병치시켰어요. 후작 부인의 파티장에 가서 엠마는 넋이 빠져요. 나도 이렇게 살고 싶어! 이런 생각을 하면 안 되는 건가? 그 옆엔 다른 목소리가 들려요. 분수에 맞게 자기가 누릴 수 있는 것만 누리면서 살아야지! 이게 엠마가 꼴도 보기 싫어하는 남편 샤를르의 태도예요. 엠마는 그게 싫다는 거죠. 삶은 비상사태야, 그러니까 나는 끝까지 가볼 거야! 비상인데 뭐 어때! 이런 게 엠마의 태도인 거죠.

독자들은 생각하게 됩니다. 엠마, 정신 차려요, 딸도 있잖아요. 내 딸? 걱정하지 마, 걘 엄마 없어도 잘 클 수 있어. 엠마는 딸에 대한 애정도 크지 않아요. 플로베르는 엠마가 임신 중에 아기 옷을 손수 짓지 않아서 딸에 대한 애정이 엷어졌다고 했어요. 좀 이상한 말이죠. 아기 옷을 짓지 않은 사람들은 다 나쁜 엄마인가. 그러고는 말했어요. 내가 엠마다! 그러면 용서가 되나요?

엠마, 안나, 쥘리앵, 모두 젊은 나이에 죽었어요. 그중에서도 엠마가 가장 비참해요. 멋진 사람은 스탕달의 주인공이에요. 쥘리앵은 영웅 같은 모습으로 당당하게 죽었어요. 사랑하는 사람들이 그렇게 말리는데도, 싫다, 나는 죽겠다! 그게 나의 일이다! 이런 식이에요. 죽음에 대한 태도 자체만 보자면, 소크라테스나 예수 수준이에요.

두 여성의 죽음은 이와 많이 다르죠. 안나와 엠마 모두, 사형 선고가 아니라 자살이에요. 냉정하고 의지에 찬 쥘리앵의 죽음에 비하면, 충동적이고 도피적인 형태의 죽음일 수밖에 없어요. 안나는 정상적이고 안정된 결혼 생활을 하고 있었어요. 브론스키 백작의 집요한 구애를 받고 저항했지만 결국 자기 세계를 박차고 나와버렸어요. 그리고 자기 선택에 대해 하는 데까지 책임을 지고자 했죠.

그런데 엠마는 어때요? 결혼 생활에 염증이 나서 자기 스스로 연애의 바다를 찾았고, 거기에 풍덩 빠져버렸어요. 엠마가 동트지 않은 새벽에, 남편이 일찍 일하러 나간 틈을 타서, 바람둥이 로돌프의 집에 혼자 미친 사람처럼 찾아가는 장면이 그걸 보여줍니다. 엠마의 외도가 시작되는 순간입니다. 그리고 낭비와 방탕이 책임지지 못할 수준이 되니까 자살해버렸어요. 결국 남편도 죽게 만들어요. 경제적 파산에다, 오쟁이 진 남편의 비참함 속에서. 주체성의 윤리로 보자면 엠마가 최악이죠.

그런데 사랑의 윤리로 보면 어떨까요. 주체성의 영웅 쥘리앵은 마틸드를 사로잡을 때 기술을 썼어요. 계산적으로 접근하고 냉정하게 행동했어요. 성격이 시킨 점도 없지 않았지만, 쥘리앵은 사악하게 '밀당'을 하며 전략적으로 상대를 사로잡았어요. 쥘리앵은 '나쁜 남자'예요. 자부심이 강하고 성깔이 있어요. 멋질 수는 있어도 착할 수는 없어요.

엠마는 그 반대죠. 사랑의 순수성 자체만 보자면 엠마가 가장 위예요. 바람둥이 로돌프나, 레옹을 다시 만날 때, 그래서 엠마가 정신없이 빠져 들어갈 때, 독자들이라면 누구나 그럴 거예요. 안 돼, 엠마, 거긴 아니야! 마치 깊은 연못을 향해 가는 어린아이를 보는 심정이 돼요. 엠마를 미워하거나 불쌍하게 생각할 수는 있어요. 한

심해하고 바보라고 욕할 수도 있어요. 그러나 엠마를 사악하다고 비난하기는 어려워요.

주체로서의 위신과 연애 감정은 본성상 대극적인 지점에 있어요. 감정의 순수성은 주체의 위신이나 사회적 책임감 같은 것을 포기해야 가능해집니다. 어린아이의 상태이기 때문이죠. 사랑의 주체는 그 자체가 역설적 표현입니다. 사랑에 빠지면 주체가 되기 힘들어요. 그 둘을 양극단에 놓으면, 쥘리앵과 엠마가 양쪽 끝에 있는 것이고, 안나는 그 중간에 있는 셈이죠.

엠마와 샤를르

엠마가 불쌍하다고 쓴 여학생이 많았어요. 그런데 샤를르를 불쌍해한 사람이 없어 신기했어요. 반대로 많은 남학생이 엠마를 비난했어요. 아내와 엄마로서 책임을 방기했다고. 한심하고 이기적이라고. 그런 학생들도 샤를르에 대해서는 언급하지 않아요.

사실 가장 비참하게 죽은 사람은 샤를르 아닌가요? 엠마는 누가 뭐래도 자기가 하고 싶은 걸 하다가 죽었어요. 샤를르는 그 반대죠. 믿었던 아내에게 배신당하고, 그 충격을 이기지 못해 죽었어요. 그런데도 샤를르는 집 안의 벽지처럼 취급되고 있어요. 샤를르라는 인물의 성품 자체가 그걸 원했다고 말할 수도 물론 있기는 하죠.

엠마는 농가에서 태어난 똑똑하고 지적인 여성입니다. 수도원 학교에 다녔어요. 피아노와 그림에 능하고, 세련된 감각을 지녔어요. 소설을 읽었고, 역사 지식이 많아요. 그런데 농촌에서는 그런 게 아무런 소용이 없어요. 엠마의 모친도 일찍 세상을 떠났어요. 같이 대화를 나눌 사람도 없어요. 엠마의 부친은 똑똑한 딸이라서 농사일을 시키지는 않았어요. 시집보내기 전이니까 그랬던 거죠. 결국 결혼시킨 지 7년 만에 딸이 죽는 꼴을 봐야 했어요.

샤를르도 대단찮은 집안에서 태어나 간신히 의사 시험에 합격한 청년이에요. 의사라 해도 지역에서만 일하게 되어 있는 초급 의사 수준입니다. 샤를르의 삶은 모친이 결정했어요. 의사 되는 것도, 혼처도 모친이 정했어요. 그런데 결혼 상대가 마흔다섯 살의 과부라면 너무 심했지요. 연금도 있고 재산도 많다고 해서 혼인시켰는데, 알고 보니 부자도 아니었어요. 그래서 시부모가 나이 많은 며느리를 닦달해요. 샤를르의 전처는 그래서 정신적 타격을 받고 숨진 것으로 되어 있어요. 샤를르와 결혼한 지 1년 4개월 만에, 피를 토하고 죽었어요. 샤를르는 이런 그림 속에 인형처럼 있어요. 아무 생각도, 의지도 없는 사람처럼.

샤를르와 엠마의 결혼은 이런 밑그림 위에서 이뤄집니다. 엠마는 결혼해서 아버지 집을 떠나는 게 탈출 같았지만, 아버지 집 문을 나서니 이번엔 또 다른 문이 있는 거예요. 감수성이 예민하고 꿈 많은 처녀가 이런 그림 속에서 뭘 할 수 있나요? 남편이 의사라고 하지만 열심히 일하면 먹고살 걱정은 안 해도 되는 수준, 그러니까 전형적인 자영업자 소시민일 뿐이에요. 아이 낳고 살림하면서 살아가는 것, 그게 엠마에게 주어진 삶이죠. 소시민 가정의 평범한 주부로서 삶. 그걸 택하라고 엠마한테 말할 수 있나요? 그렇다고 해서 그게 아니면? 또 다른 뭔가 대단한 것이 있나요? 우리 삶에?

이런 두 개의 의문이 엠마의 삶 앞에 있어요. 그런데 엠마가 귀족사회의 무도회에 가게 된 거죠. 그 화려함에 넋이 빠져 엠마가 미쳐버렸다고 말해야 할까요? 엠마는 도대체 뭘 원했던 거죠? 자기가 귀족이 되거나 귀족처럼 살 수 없다는 건 자명했어요. 엠마는 무도회에 갔다 온 후 삶의 의욕을 잃어버려요. 거기서 귀족 부인들을 보았지만 수준이 자기보다 못했어요. 그런데 자기는 촌구석에서 살아야 해요. 마음속으로 끌렸던 청년 레옹마저 떠나버렸어요. 팔자려니 해야 하는데, 막상 그럴 수가 없어요. 우울증이 심해져서 상태가 악화돼요. 그래서 샤를르가 결심하죠. 4년 동안 살았던 토트를 떠나 다른 마을로 이사를 해요. 엠마의 건강을 위해서. 그리고 본격적으로 문제가 생겨나는 것이죠.

욕망의 윤리

엠마는 자기 욕망을 향해 직진합니다. 로돌프 같은 바람둥이들과는 느낌이 달라요. 나중에 다시 만난 레옹도 결국 바람둥이 모습이 됩니다. 엠마가 만나는 남자는 왜들 이 모양인지! 엠마도 물론 적당히 바람둥이 노릇을 하려 했다면 얼마든 기회가 있었어요. 엠마는 똑똑하고 아름다운 젊은 여성이에요. 그런데 그냥 죽음을 향해 직진해요. 어떤 선에서 타협하거나 멈추지 않아요. 그냥 돌파해버려요. 바람둥이들과는 완전히 다르죠.

욕망의 윤리라는 점에서 보면, 엠마와 가장 비슷한 수준의 인물이 남편 샤를르입니다. 샤를르는 시종일관 아무것도 모르는 사람으로 남아 있어요. 아내가 죽고 비밀이 밝혀지자 충격을 받아 죽어요. 엠마와 샤를르는, 자기 욕심을 채우고 그러면서도 수단껏 살아남는 사람들과는 많이 달라요. 샤를르는 바보같이 착해요. OSW 학생은 '범생이'에 '쫄보'라고 했어요. 그런 샤를르 입장에서 볼 때, 엠마는 부정한 아내입니다. 그래도 엠마는 비열한 인간은 아닙니다. 엠마와 샤를르는 바보이거나 모자란 사람일 수는 있어도 사악하거나 비열한 사람일 수는 없어요.

비열한 인간들은 따로 있어요. 엠마와 샤를르의 가장 반대편에 있는 사람들, 고리대금업자 뢰르나 약사 오메 같은 사람들입니다. 이들은 이익에 예민하고 이익을 향해 움직입니다. 약사 오메는 용빌에서 실력자가 되고, 정부로부터 훈장을 받아요. 그리고 뢰르는 이 소설에서 가장 비열한 인간입니다. 이익을 위해서는 이것저것 안 가리는 인물이죠.

허영과 행복

엠마를 죽인 건 뢰르입니다. 엠마는 사랑 때문이 아니라 빚 때문에 자살해요. 고리대금업자는 어디서나 조심해야 할 대상이죠. 자본주의 사회는 이익을 핵자(核子, 사물의 핵심이 되는 중요한 부분)로 해서 운영 및 유지돼요. 이익이란 이자라는 말과 같아요. 고리대 자본, 그것은 모든 금융 자본의 꿈이에요. 모든 자본주의의 꿈이고요. 장사하거나 물건 만들거나, 이런 귀찮은 절차 없이 곧바로 이익을 실현해요. 얼마나 대단한 일인가!

플로베르는 거기에 뢰르(Lheureux)라는 이름을 붙여놨어요. 프랑스어로 '행복한 사람'이라는 뜻입니다. 행복하다(heureux)라는 형용사에 관사를 붙여 사람 이름으로 만들었어요. 행복이라고? 고리대금업자에 협잡꾼이 행복이라고? 플로베르의 시니컬한 염세주의가 드러나는 대목입니다. 자기 혼자 행복한 사람이라면 틀린 말은 아니죠.

사악하고 비열한 사람들이 잘 먹고 잘사는 세상이라면 좀 문제가 있지 않아요? 그래서 사람들은 트라시마코스의 충고를 떠올려요. 올바르게 살려 애쓰지 말고, 평판 관리하면서 살라고 하는 말. 착한 사람이 불행해지고, 뢰르 같은 사람이 행복해지는 것은 이율배반이 아닐 수 없어요. 그래서 어떻게 살아야 한다는 거죠? 헛된 욕심 부리지 말고 그저 하루하루 만족하고 감사하면서? 다들 그렇게 살 수 있나요?

그게 플로베르가 우리에게 던지는 질문입니다.

7-2강

플로베르, 『마담 보바리』

엠마를 죽인 것은 불륜이 아니라 사채입니다. 이건 소설을 읽은 사람은 누구나 알 수 있어요. 어쩌다 이 지경이 되어버렸나! 다양한 의견이 있을 수 있죠. 사태의 바탕에는 인간 고유의 욕망과 충동이 있어요. 근대성의 욕망과 윤리라는 문제가 그 위에 덧쌓여 있고요. 그리고 욕망의 성차, 즉 여성과 남성이 지니는 서로 다른 욕망의 구조가 그 곁에 있어요. 허영이라는 개념은 이런 문제에 접근할 통로가 됩니다.

야심 vs. 동경, 엠마가 원했던 것

엠마 보바리의 삶에 대해 여러 학생의 상반된 의견이 있었어요. 대표적으로는, 파멸하는 엠마의 안타까운 삶에 공감할 수 있었다는 의견, 그리고 절제 없는 엠마의 삶이 한심했다는 의견이 맞서 있어요. 엠마에 대한 강한 공감과 비난이 양극을 이뤘어요.

그런데 상반된 의견은 동일한 전제를 지니고 있어요. 엠마의 욕구나 욕망 자체가 잘못된 것은 아니라는 거예요. 엠마에게 공감한다는 의견은 말할 것도 없고 엠마를 비난하는 의견도, 욕망 그 자체는 인정하지만 절제하지 못한 것이 문제라는 틀을 지녀요.

엠마가 지닌 욕망의 구조는 단순해요. 도시적 삶을 향한 시골 청춘들의 동경과 같아요. 쥘리앵 소렐도 마찬가지였죠. 쥘리앵의 야심은 엠마가 지닌 동경의 남성 버전이에요. 엠마는 쥘리앵의 여성 버전이고요. 이 둘이 보여준 삶의 방향성은 공히 파리를 향해 있어요. 장소성으로 말하자면, '시골－소읍－대도회'의 구조를 지녀요. 쥘리앵은 시골(베리에르)에서 파리로 진출했고, 엠마가 애인 레옹과 밀회하는 곳은 노르망디의 중심 도시 루앙입니다. 레옹은 파리에서 유학하고 돌아온 사람이에요.

엠마가 이동하는 장소의 선(線), 즉 '토트－용빌－루앙-(파리)'은 그대로 엠마가 지닌 욕망의 이동선이기도 해요. 엠마는 결혼한 후 토트에서 4년을 살고, 용빌에서 3년을 살아요. 그리고 죽음입니다. 여성에게도 남성과 같은 출세의 길이 주어졌다면 엠마는 어떤 길을 갔을까.

엠마는 환상을 사랑했다고 한 학생이 썼어요. 앞에서 말했듯이, 어떤 욕망도 환상 없이 작동할 수는 없어요. 욕망의 대상은 언제나 내가 꿈꾸는 그림 속에 있어요. 그것이 곧 욕망과 함께 있는 환상이죠. 하지만 엠마가 환상을 사랑했다는 학생의 말은 그런 뜻과는 달라요. 여기서 환상은 현실이 아니라 헛것, 실현 불가능한 것이라는 말이에요. 그래요? 엠마는 사랑을 꿈꿨을 뿐인데?

누가 보더라도 헛것의 세계를 살아가는 사람들이 있어요. 착각의 세계를 살아가는 사람들이죠. 유명한 소설 주인공이 있어요. 책을 너무 많이 봐서 망가진 사람, 돈키호테죠. 책에 빠지기로는 엠마도 돈키호테 못지않아요. 엠마의 시어머니는 엠마의 도서 대여점 거래를 중단시켜버리기도 했어요. 쓸데없는 책을 보는 게 문제라고, 먹고살기 위해 일을 하지 않는 게 문제라고.

그렇다면 엠마의 욕망도 광인 돈키호테와 같은 수준인 건가? 기사가 존재하지 않는 시대에 방랑 기사를 꿈꾸었던 돈키호테, 그리고 낭만적이고 달콤한 연애를 꿈꾸었던 엠마가 같은 수준인가? 엠마의 바람이 헛것이고 허영인가?

허영과 바니타스

허영(虛榮)이라는 말은 가짜 영광, 가짜 영화로움이라는 뜻입니다. 영어로는 배너티(vanity)죠. 라틴어 vanitas에서 왔어요. 허망함이라는 뜻이죠.

허영과 허망함은 어감이 조금 달라요. 그래도 같은 것은 그 안에 이미 환멸이 포함되어 있다는 점이에요. "헛되고 헛되니 모든 것이 헛되도다!"라고 〈전도서〉처럼 말할 수 있는 사람은 그것을 이미 맛본 사람입니다. 맛보고 나니 별거 아니구나, 라는 수준, 삶의 지극한 영화를 누려본 솔로몬 왕 같은 사람이 쓸 수 있는 말입니다. 허망함을 만드는 힘은 시간인 거죠. 시간 앞에서 환상은 깨지기 마련이에요. 그 안에 무엇이 있건, 그것이 진짜든 가짜든, 뭔가는 깨지고 뭔가가 드러나요. 그게 환멸이죠.

허영이라는 단어에도 그런 환멸감이 스며 있어요. 그러나 허영은 아직 환멸을 겪지 않은 사람에게 적용되는 말이라는 점에서 허망함과 차이가 납니다. 어떤 욕망을 보고 허영이라고 말하는 것은, 자기 자신이 아니라 제삼자의 시선입니다. 그리고 그 제삼자는 이미 그런 욕망의 끝을 본 사람입니다. 그 눈으로 볼 때, 그건 안 될 일이다, 허영이다, 라고 말하는 거지요. 우리가 엠마의 욕망을 향해 허영이라고 말하는 것도 마찬가집니다.

그러나 엠마는 허영도 환멸도 인정하지 않아요. 엠마는 자기 욕망의 환상을 향해, 혹은 야심의 실현을 향해 달려가는 사람이에요. 엠마의 욕망은 아직 시간을 타지 않은 거예요. 아직 끝까지 가보지 않았으니 그것이 진짜인지 가짜인지 알 수 없어요. 꼭 맛을 봐야 아느냐고 반문해도 소용없어요. 엠마는 묻습니다. 진짜와 가짜를 누가 어떻게 구분하느냐고.

환상 없는 욕망은 있을 수 없어요. 모든 욕망은 필연적으로 환상 속에 있는 대상을 향한 것일 수밖에 없어요. 여기에서 진짜 욕망과 가짜 욕망을 구분할 수 있나요? 누가? 어떻게? 한번 대답해보세요.

가치 있는 것을 향한 욕망은 진짜이고, 아닌 것은 가짜라고?

가치 있다는 건 누가 판단하죠? 연애 감정을 향한 엠마의 욕망은 가치가 없어요? 그저 외도이자 불륜일 뿐이니까? 집 꾸미기와 몸치장에 많은 돈을 쓴 엠마의 행동은 가치가 없나요? 사치고 낭비라서 가짜 욕망인가요?

엠마에게 빙의하면 이런 질문들이 나와요. 한번 살펴봅시다.

일단, 가치라는 것 자체가 이미 사람들의 평가가 응축된 결과입니다. 앞에서 한 번 나왔던 이야기죠. 가치에 대해, 최소한 세 차원을 생각할 수 있어요. 지금껏 말해온 세 요소가 바탕에 있어요. 세계, 자아, 공동체.

가치도, 가짜 욕망도, 헛됨도 어떤 시선으로 보느냐에 따라 달라져요. 그게 문제죠.

가짜 욕망?

첫째, 세계의 시선으로 보면 어떤 욕망도 가짜가 아닌 것이 없어요. 일단, 세계 자체가 진짜인지 가짜인지 모르는 상태예요. 1609년 갈릴레이가 망원경으로 하늘을 봤다고 했어요. 무한한 공간이 확인돼버렸어요. 공간의 무한성은, 심증은 있었지만 아직까지 확증은 없던 상태예요. 그걸 확인해준 것이 갈릴레이의 망원경 사건이라 했었죠. 갈릴레이가 망원경을 밤하늘에 들이대는 순간, 인간은 모두 먼지가 됐어요. 『돈키호테』가 나온 것도 〈햄릿〉이 공연된 것도, 근대적 은행과 주식회사가 시작된 것도 이 시기의 일이라고 했어요. 이들은 모두 근대성이라는 시대정신을 함께했던 사람들입니다. 그래서 당시 유럽의 여기저기서 동시다발적이에요.

바니타스! 이것도 역시 이 시기에 유행해요. 당시 가장 앞선 경제 시스템을 구축하고 황금기를 구가했던 네덜란드 사람들은 〈바니타스 정물화〉를 벽에 걸어요.[1] 정물화 속에 해골이 들어가 있는 그림 장르입니다. 반짝거리는 예쁜 해골 그림입니다. 해골은 무상함의 상징이에요. 시간이 스치면 누구나 해골의 얼굴이 돼요. 그래서 해골은 사람의 근원적인 얼굴이고, 누구에게나 해당하는 보편적 얼굴이에요. 무한 공간의 시선으로 보자면 지구 전체가 먼지인데, 사람의 삶이나 재산이나 인생 같은 것이 무슨 의미가 있겠어요. 먼지의 먼지예요. 허망함일 뿐이에요. 그게 곧 바니타스죠. 이 시선으로 보면 세상 모든 게 다 가짜예요. 욕망만 가짜라고 말할 수 있나요? 진짜 가짜를 따지는 게 의미 없는 수준이죠.

둘째, 주관성의 시선으로 보면 다른 그림이 그려져요. 나는 무한 공간 같은 것은 잘 모르겠고, 있다 하더라도 내 알 바 아니다, 단지 내가 원하는 것이, 내 삶이, 내가 하고 싶은 것들이 내 눈앞에 있을 뿐이야! 내가 먼지의 먼지라 한들 무슨 상관이냐! 세상이 가짜라도 내 욕망만은 진짜야! 이렇게 외치는 주체가 등장해요. 돈키호테와 그 후예들이죠. 250여 년 후에 나온 엠마 보바리도 마찬가지고요. 당신들이 착각이라 하건 가짜라 하건, 그런 말은 내 귀에 들어오지 않는다, 나는 그저 내 길을 갈 뿐이다, 라는 주체성의 선언이 울려 퍼져요. 여기에서 허망함이란 모든 것을 직접 경험함으로써, 시간의 흐름 속에서 생겨난 것들에 불과해요.

엠마도 마찬가지예요. 레옹과 밀회를 하면서 살짝 깨닫게 돼요. 밀회의 짜릿함과 달콤함이 점점 옅어지고, 연애가 결혼 생활 비슷해져간다는 것. 경제적 파산은 바로 그 순간에 와요. 그러니까 파산이 아니더라도 엠마의 연애 생활은 그걸로 끝이었어요. 여기에서 필요한 건 욕망의 대상과 접근 방식을 바꾸는 것이에요. 그래야 욕망의 강도가 유지되는 거죠. 레옹에서 로돌프로, 다시 업그레이드된 레옹으로. 파산만 아니라면 그다음 수준이 있었을 거예요.

현재진행형인 욕망의 시선으로 보면, 모든 것이 생생한 진짜예요. 마치 연극에 몰입해서 연기를 하는 배우나 무대를 바라보는 관객과도 같아요. 극이 끝나면 막이 내리지만, 극이 진행되는 동안은 환상이 생생한 현실이에요. 연극은 가짜라도 나의 몰입은 진짜라는 것이죠.

셋째, 공동체의 시선이 있어요. 공동체는 진짜와 가짜를 구분해요. 구분하기 쉽지 않지만 어쨌든 구분해야 해요. 그래야 공동체의 룰이 생기니까. 이것을 보여주는 또 다른 보바리 부인이 있어요. 엠마 보바리가 아닌, 시어머니 보바리 부인. 이 시선으로 보면 가짜 욕망과 허영이 드러나요.

다시 연극의 비유로 말해봅시다. 첫 번째, 세계의 시선은 연극의 주조종실에 들어가서 무대와 관객을 함께 내려다보고 있는 사람의 시선입니다. 연출자가 아니라 이 연극과는 무관한 사람의 시선이에요. 연기를 하는 배우들과 무대에 몰입하는 관객들을 보며, 왜들 저러는지, 멀리서 혼자 바라보는 사람의 시선입니다. 그리고 두 번째, 자아의 시선은 연극에 몰입해 있는 사람들의 시선입니다. 배우도 관객도 모두 포함됩니다. 그리고 세 번째, 공동체의 시선은 극의 집중을 만들어내려 애쓰는 연출자의 시선입니다. 극은 가짜예요. 연출자는 그걸 알아요. 그러나 몰입은 진짜죠. 가짜를 통해 진짜를 만들어내려는 거지요. 바로 이 세 번째 시선으로 볼 때, 가짜와 진짜가 구별됩니다. 여기에서는 공동체적 시선이 문제가 되는 거예요.

세 명의 보바리 부인, 그리고 샤를르

『마담 보바리』에는 세 명의 보바리 부인이 등장합니다. 엠마 보바리, 시어머니, 그리고 샤를르의 전 부인 보바리. 엠마는 주인공이고 욕망의 운명을 보여줍니다. 샤를르의 첫 부인 보바리의 결혼과 죽음은 돈으로 움직이는 세계의 가당찮은 실상을 보여줍니다. 시어머니 보바리는 무슨 역할을 하나요?

소설의 주인공은 엠마 보바리이지만, 이 소설의 핵심 시선을 제공하는 것은 시어머니 보바리 부인입니다. 시어머니 보바리 부인이 며느리 보바리 부인의 파멸을 바라보는 모양새죠. 중심 서사가 마무리되는 지점에서 보면, 보바리 가족들은 다 죽어요. 첫째 며느리가 죽고, 남편이 죽고, 둘째 며느리 엠마가 죽고, 그리고 그 충격으로 아들 샤를르가 죽어요. 가장 나중까지 살아남아서 파멸의 세계 전체를 바라보는 인물은 시어머니 보바리 부인입니다. 홀로 남은 어린 손녀딸을 챙기는 것도 시어머니 보바리 부인입니다. 그도 결국 죽고 어린 보바리 양만 홀로 남겨져요.

엠마 보바리의 허영을 지적할 수 있는 유일한 사람이 바로 시어머니 보바리 부인입니다. 시어머니는 줄곧 며느리의 사치와 낭비를 못마땅하게 생각했어요. 시어머니의 시선은 곧 공동체의 시선입니다. 엠마가 로돌프와 바람을 피울 때 동네 사람들은 다 알아요. 역마차에서 엠마와 로돌프가 내리는 모습만으로도 알 만한 사람들은 대개 짐작하게 돼요. 시어머니 보바리 부인의 시선도 바로 그 자리에 있어요.

그래서 더욱 특이하게 느껴지는 것이 샤를르의 존재예요. 소설에서 샤를르는 엠마의 일탈을 전혀 모르는 사람으로 설정되어 있어요. 엠마가 죽은 후에 레옹의 편지가 쏟아져 나오자 비로소 샤를르는 엠마의 소행을 알게 됩니다. 엠마는 죽기로 작정하면서 그런 증거들을 왜 수습하지 않았을까요. 죽기로 작정한 마당이라서? 남편이 받을 충격 같은 것은 관심도 없어서? 이미 남편도 진상을 알고 있다고 생각해서? 소설에서는 알 수가 없어요. 하여튼 샤를르는 엠마가 죽고 난 다음에 엠마와 레옹의 관계를 알게 됩니다. 그 때문에 충격을 받고 삶의 의지를 잃어버립니다. 어린 딸을 남겨두고 혼자

맥을 놓아서 세상을 떠나버립니다.

그런데 이게 과연 가능한 일일까? 왜 시어머니 보바리는 아들 샤를르에게 엠마의 이야기를 하지 않았을까? 물론 엠마와 시어머니 사이가 좋지 않았어요. 저런 며느리에 저런 시어머니라서 서로 좋을 수가 없지요. 그래서 분란이 일어나기도 했어요. 그럴 때마다 샤를르는 자기 어머니가 아니라 엠마 편을 들어요. 그럴 수밖에 없어요. 샤를르에게 주어진 역할이 그렇기 때문이에요. 샤를르는 하인이나 종처럼 엠마를 섬겨요.

순종적인 샤를르의 모습은 엠마를 만나기 이전에도 마찬가지였어요. 샤를르는 어머니의 말에 철저하게 순종합니다. 또 결혼하고서는 나이 많은 첫 부인에게 순종합니다. 샤를르는 그런 사람으로 되어 있어요. 샤를르가 일탈을 했을 때는 의사 면허 시험 준비를 하면서 엄마 몰래 난봉을 피우던 시절뿐이에요. 죽는 모습도 그렇습니다. 엠마는 장렬하게 죽지만, 샤를르는 힘없이 무너져버립니다. 마치 『적과 흑』의 레날 부인과도 같아요. 레날 부인도 쥘리앵이 사형당한 후에 사그라지듯이 죽었어요. 샤를르도 그랬습니다.

이런 샤를르의 모습은 좀 이상하죠? 과연 이럴 수 있을까? 엠마도 그렇지만 샤를르라는 인물이야말로 이 소설의 증상이라 해야 할 것입니다.

소설 자체로 보자면, 샤를르는 엠마를 위한 배경 역할을 합니다. 샤를르라는 벽지가 있어야 폭주하는 엠마의 모습이 부각됩니다. 샤를르의 맥없는 죽음도 그런 식으로 이해해줄 수 있어요. 일종의 소설적 마무리라고, 엠마가 없어져서 이제는 소용이 다한 벽지의 죽음 같은 것이라고. 작가 플로베르의 지독함이나 잔인함 같은 걸 엿볼 수 있는 대목이죠.

그런데 소설을 닫고 나면 그 벽지가 우리를 향해 물어요. 그래? 그러면 내가 어떻게 했어야 하지? 엠마도 마찬가지입니다. 증상들은 텍스트를 읽고 난 사람들을 향해 질문을 던집니다. 그러면 어떻게 살아야 한다는 거야? 순종하고, 희생하고, 견디며?

절제의 역설

여러 학생이 절제에 대해 말했어요. 어디까지 절제해야 하나요? 엠마는 시골 생활이 답답했어요. 도망치듯 결혼은 했지만, 정신 차리고 보니 남편도 싫고 결혼 생활도 지겨워요. 지루하고 맥없는 일상의 반복이 견디기 어려워져요. 레옹이라는 청년 사무원이 눈에 들어왔어요. 지적이고 감각이 비슷해서 말이 잘 통해요. 그러니 같이 있으면 좋아요. 어떻게 해야 하나요? 물론 수줍음 타는 레옹이 아무 일 없이 토트를 떠남으로써 상황은 종결됐어요. 그래서 엠마는 병이 나고, 이사 간 곳에서 바람둥이 로돌프를 만나 사달이 나고, 다시 레옹을 만나고, 마침내 죽게 되는 이야기로 이어져요. 절제가 필요했다면, 이 흐름이 어디에서 절단됐어야 할까.

거듭 말하지만, 모수오족의 시스템을 도입하면 아무런 문제가 아니죠. 엠마는 샤를르에게 이별 통지를 하고, 마음 맞은 레옹을 자기 방에 들이면 돼요. 그럴 수 없다는 게 문제예요. 그래서 절제를 말합니다. 그러니까 절제는 욕망의 문제이지만, 개인의 문제가 아니라 제도나 사회적 규범의 문제인 거죠.

한 학생은 나이 어린 연예인이 비싼 차를 사고 부모에게 집을 선물하는 이야기를 썼어요. 그 사람은 돈이 많으니까 그럴 수 있다고 했어요. 사회적 수준에서 절제는 분수를 지키는 것으로 표현돼요. 자기 처지나 수입에 맞게 쓰고 바라고 행동하는 것, 그게 분수에 맞는 거죠. 그걸 명확하게 규정할 수 없다는 게 문제인데, 특히 남녀 사이의 감정 문제일 때는 어쩌죠? 어디까지 허용되는 걸까.

물론 엠마의 경우 절제의 문제는 감정이 아니라 경제의 문제였어요. 왜 엠마는 빚이 그렇게 늘어나는 것을 방치했을까? 만약 샤를르와의 삶에서 벗어나고자 했다면 잘 계산하고 준비했어야 맞죠. 그러니까 플로베르는 엠마가 그냥 폭주해버렸다고 말하는 거죠. 앞뒤 가리지 않고, 이것저것 계산하지 않은 채로. 처음부터 죽겠다고 마음먹은 게 아니면 사람이 그럴 수 있나요? 레옹을 사랑하고 레옹과의 새로운 삶을 꿈꾸었다면 그럴 수 있어요? 바로 이런 이유로도 몇몇 학생은 엠마의 절제력 없음을 꾸짖었어요.

그렇다면 엠마는 어디에서 멈췄어야 했을까. 말이 잘 통하고 마음에 맞는 레옹과 설렘을 느끼는 수준에서? 적당히 바람을 피우며 성욕을 채우는 수준? 마음껏 연애는 하되 샤를르와의 결혼 생활을 잘 관리하는 수준? 아니면 아예 그런 마음이 들지 않게 사회생활을 접어버리는 수준? 베일을 쓰고 몸을 가려서 다른 남자들 눈에 자기를 노출시키지 않는 수준? 쉽지 않은 일입니다. 절제는 두 개의 극단 사이에 놓여 있어요. 한쪽은 욕망 자체를 뿌리째 뽑아버리는 것, 다른 한쪽은 가면의 이중생활이 있어요. 절제 자체가 욕망이라서 절제하고자 하는 욕망은 또 어떻게 처리해야 할지도 난감한 일이죠.

절제와 충동

절제라는 미덕의 역설은 그 자체의 독특함에서 발원합니다. 절제는 플라톤이 말한 네 개의 덕에 속하죠. 지혜, 용기, 절제, 정의. 앞의 세 개가 갖추어지면 마지막 미덕인 정의, 곧 올바름이 구현된다는 게 플라톤의 말이에요. 그런 점에서 플라톤의 올바름은 인의예지신(仁義禮智信)의 5덕에서 신(信), 믿음과도 같아요. 앞의 넷이 잘 갖춰지면 믿을 만한 사람이 된다는 것이죠. 그러니까 플라톤의 4주덕(主德)에서 내용을 가진 것은 앞의 셋이죠. 그 셋을 잘 보면 인체와 연결되어 있어요. 지혜는 머리, 용기는 가슴이에요. 절제는? 배에 해당하죠.

지혜와 용기는 긍정적 미덕이에요. 머리와 가슴의 기능을 최대한으로 발휘해야 하는 겁니다. 그런데 절제는 부정적 미덕입니다. 배의 기능을 통제해야 이뤄지는 미덕입니다. 용기와 지혜는 생체의 에너지 흐름과 나란히 가는 것인데, 절제는 거스르는 거죠. 발휘가 아니라 통제로 이뤄지는 미덕이에요.

왜 그럴까. 절제는 자기 내부의 힘에 대한 두려움에서 비롯되는 것이기 때문입니다. 내 안에 있는, 내가 통제하기 어려운 힘, 그래서 무서운 힘이 있어요. 그게 뭐죠? 충동이라고 했습니다. 배는 충동의 본거지이고 상징입니다. 충동을 제어하려면 어떻게 합니까? 머리와 가슴을 활성화시켜야죠. 라캉의 말처럼 욕망이야말로 충동의 방어라고 한다면, 그 욕망이란 가슴에 품은 뜻이나 이상, 기상 같은 것을 뜻해요. 합리적 판단으로서 지혜, 즉 머리의 일은 또 한 발짝 더 떨어져 있어요. 충동은 물론이고 욕망으로부터도.

다시 사람 몸으로 비유해봅시다. 욕망이 살과 근육이라면 충동은 뼈와도 같습니다. 근육이 사라져버리면 뼈가 드러나요. 그걸 막기 위해서는 욕망의 근육을 강화해야 한다는 겁니다. 때로는 뼈가 살을 뚫고 나와버리기도 해요. 사고 현장에서 볼 수 있는 일이죠. 엠마의 경우도 그렇습니다. 대형 사고가 나버린 거죠.

여성의 욕망에 대한 공포

엠마와 샤를르는 폭주하는 여성과 아무것도 모르는 남성 커플입니다. 엠마를 유혹했던 남성들은 전형적인 바람둥이입니다. 착한 샤를르와는 질적으로 다른 인물들이죠. 엠마는 사랑 앞에서 저돌적이지만, 로돌프와 레옹은 눈치를 보고 계산을 해요. 이들에게는 여성의 욕망에 대한 공포가 있어요. 엠마가 도망가자고 하니까 로돌프는 거절하는 것이 아니라 혼자 도망칩니다. 눈치꾼 바람둥이 로돌프는 순진한 엠마의 변신이 무서운 거죠.

한국 작가 염상섭의 「제야」라는 단편이 있어요. 염상섭도 19세기에 태어난 사람입니다. 이 소설, 얼마나 대단한지 몰라요. 주인공은 20세기 초반 한국의 신여성입니다. 남자들만 난봉을 피우고 다니는 세상을 참을 수가 없어요. 자유연애를 실천합니다. 당시 신여성들 앞에 있는 남성은 거의 전부가 기혼자입니다. 어린 남성이 손위 여성과 조혼을 했던 시절이죠. 신여성의 짝이 될 만한 남성은 거의 부인과 자식이 있어요. 그래서 젊은 사람들 사이의 연애는 언제나 사건입니다. 대표적인 것이 이광수 같은 경우죠. 이광수도 조혼한 부인과 이혼해야 했어요. 그래야 사랑하는 신여성과 결혼할 수 있었어요. 그런데 염상섭은 드물게도 미혼 남성이었습니다. 남들은 10

대에 결혼하는데, 꿋꿋하게 짝사랑을 하면서 서른 넘은 나이에 결혼을 했어요. 그래서 희한한 남자 취급을 받았던 사람입니다.

「제야」의 주인공 신여성은 결혼 전에 두 사람과 연애를 했어요. 두 남자 다 자기 욕심만 채우고 떠나버렸어요. 그런데 새로운 혼처가 나타났어요. 이번엔 연애 상대가 아니라 결혼 상대예요. 아주 성실한 은행원이에요. 나이도 있고 해서 결혼했어요. 그런데 신혼 여행지에서 옛 애인을 만나버렸어요. 남편 모르게 밀회를 했어요. 신혼 여행지에서! 너무한 거죠. 시간이 지나 배가 불러와요. 배 속의 아이 아빠가 누구인지 알 수가 없어요. 문제를 심각하게 받아들인 주인공 최정인은 남편에게 사실을 모두 다 털어놓습니다. 참 대단한 고백이죠. 착한 남편은 참담한 표정으로, 일단 따로 지내자고 해요. 그리고 시간이 한참 흘러 남편에게서 편지가 옵니다. 난 당신을 사랑했고, 누구 아이건 상관없다, 당신 배 속에 있으면 내 아이다, 이런 편지예요. 감동하지 않을 수 없죠. 그러면 이제 여주인공은 어떻게 해야 하나? 고맙다, 같이 살자? 이 소설 자체가 남편에게 용서를 비는 편지이자 유서입니다. 죽겠다는 거죠. 물론 그 뒤로 어떻게 됐는지는 몰라요. 단편이니까 이야기는 이걸로 끝입니다.

이 단편에서 가장 중요한 힘은 진실을 만들어내는 고백의 힘입니다. 죄가 크면 고백이 더 강렬해지죠. 그게 이 소설을 가능하게 한 근본 힘입니다. 그러나 그에 못지않게 위력을 발휘하는 것이 여성의 욕망입니다. 종잡을 수 없어서 불길하고, 때로는 공포스러운 것으로 등장하는 여성의 욕망. 그게 있어서 강렬한 죄가 구성되는 거죠. 여성 욕망의 기이함은 살을 뚫고 나온 뼈라서 그렇다고 해야 합니다. 충동의 수준으로 전화된 것이죠.

여성 욕망에 대한 두려움은 염상섭이나 플로베르만이 아니라 옛날부터 있었어요. 고대 설화에서 남성 영웅의 삶을 빼앗으려 덤비는 존재는 대개 여성으로 표상됩니다. 구미호나 여우 누이 같은 민담의 주인공도 그렇고 스핑크스도, 사이렌도, 사람을 돌로 만들어 버리는 메두사 같은 마성도 모두 여성적 존재입니다. 사랑밖엔 난 몰라, 라고 외치는 여성들은 조금 완화된 모습입니다. 애인을 위해 남동생을 죽여 바다에 던지는 메데이아(그리스 신화의 마녀)나 나라를 망하게 하는 낙랑공주 등이 그런 예죠. 이들은 모두 두려운 여성성의 표상이에요. 욕망하는 여성은 남성 체계가 설치한 장막을 찢어 버리는 칼날과도 같아요. 여성 욕망에 대한 공포는 물론 남성의 체계, 남성의 시선으로 인해 생겨난 것이죠.

염상섭의 여주인공 최정인도, 플로베르의 엠마도 남성의 시선에 눈을 내리깔지 않습니다. 남성의 시선에 맞설 수 있는 최후의 무기가 죽음입니다. 스핑크스도 수수께끼가 풀리니까 벼랑에서 떨어져 버렸죠. 자진해서 몰락하는 것과 항복하는 것은 다른 차원입니다.

염상섭의 여성 주인공들

염상섭은 20세기 초반의 한국 작가들 중에서도 여성에 대한 편견으로부터 가장 자유로웠던 작가입니다. 지난주 언급했던 『불연속선』이라는 장편의 여주인공은 처녀 시절에 이른바 '몸을 망친 여성'입니다. 『안나 카레니나』에서도 같은 표현이 나왔어요. 염상섭 당시의 표현을 쓰자면 '헌 계집'이라 부릅니다. 좀 우스운 표현이죠. 그러면 너는 무슨 '새 사내'냐? 그런데도 그런 여주인공이 이런저런 사연을 거치면서 '멀쩡한 부자 총각'과 결합합니다.

광복 후에 나온 『취우』라는 장편도 마찬가지예요. 취우(驟雨)는 소나기라는 말이에요. 한국전쟁을 뜻해요. 6.25가 터져서, 서울 사는 세 사람이 차를 타고 피난을 나서요. 회사 사장, 사장 여비서, 남자 직원. 한강 다리가 끊겨서 내려가지 못하고 서울 시내로 다시 돌아와요. 남자들은 숨어야 해요. 밖으로 돌아다니면서 활동할 수 있는 사람은 여비서뿐이에요. 바로 이 여성이 소설의 주인공입니다. 여비서는 그냥 비서가 아니라 사장과 내연의 관계였어요. 이른바 '헌 계집' 정도가 아니라, 부자의 첩실인 셈입니다. 그 반대편에 있는 회사원 남자는 멀쩡한 '새 총각'이에요. 그런데 둘이 연애해요. 남자가 여비서의 내력을 모르냐 하면 그것도 아니에요. 그래도 그런 건 염상섭의 세계에서 문제가 되지 않아요. 두 사람 모두 자기 주관이 뚜렷하고, 자기 일의 영역이 있어요. 말이 통하고 마음이 통해서 서로를 점점 깊이 있게 알아가요. 그러면 끝이라는 거예요. 연애에 관한 한, 염상섭은 당대의 도덕적 통념이나 실정적 코드를 시원하게 돌파해버립니다.

염상섭의 이런 소설에서 여성이 이러한 대접을 받는 이유는, 지난주에도 말했었죠, 자기가 자기 생활비를 버는 자립적인 주체들이기 때문입니다. 염상섭의 소설에서도, 남성에게 기생하려는 여성은 좋은 대접을 받지 못해요. 남자든 여자든 자립적이어야 해요. 독립적인 생활을 하면 여자가 남자에게 기댈 이유가 없어요. 게다가 『취우』에서는 남자들이 모두 지하실에 숨어 있어야 해요. 여자들은 밖으로 돌아다닐 수 있어요. 그래서 점령지에서는 여자들이 주체예요. 연애의 대상을 선택하고 적극적으로 접근해요.

요컨대 서사의 수준에서 중요한 것은 감정이나 욕망 그 자체가 아니라, 감정을 전개시켜 풀어내는 뼈대와 구성이 문제라는 겁니다. 성차도 중요하지 않아요. 누가 행위의 주체일 수 있느냐가 요점이에요.

뒤집힌 윤리

욕망은 어느 수준에서 절단되느냐, 어느 선을 향해 가느냐에 따라 그 운명이 달라집니다. 그런데 절제의 선을 긋는 일이 쉽지 않아요. 그래서 공동체는 룰을 만들어냅니다. 전통 사회에서는 신분제의 규범이 그런 역할을 하죠. 문명이 발달하고 사회가 세련될수록 여러 가지 제한이 덧붙여져요.

중국에 어느 왕이 있었어요. 젊었을 때 치두구(雉頭裘)라는 값진 옷을 진상받아요. 꿩의 머리 가죽을 잇대서 만든 가죽옷이에요. 왕은 신하들이 보는 앞에서 치두구를 불태워버려요. 이런 사치스러운 옷을 입을 수는 없다고. 이 사건으로 온 나라에 기강이 잡혀요. 신하도 백성도 모두, 우리 잘해보자! 그래서 성공한 나라의 왕이 됐어요. 그런데 나이 들어서 보니까, 그랬던 자기가 좀 우스운 거예요. 그까짓 가죽옷 한 벌이 뭐라고. 나이 든 왕은 이제 만 명의 후궁을 소유한 군주가 됩니다. 진(晉)나라 무제 사마염의 이야기입니다. 삼국을 통일한 왕이죠. 밤이면 양이 끄는 수레를 타고, 양이 끄는 대로, 만 개의 궁녀의 방에 무작위로 들어갑니다. 나라꼴이 어찌 되었을지는 뻔하죠?

여기에는 두 개의 상반된 왕의 이미지가 있어요. 나라와 백성을 위해 일하는 성군과 제멋대로 자기 욕심만 챙기는 폭군. 이건 물론 백성과 나라의 입장에서 본 왕의 모습이죠. 내가 왕인데, 왜 내 마음대로 못 해? 왕의 시선은 이렇게 주장할 수 있어요. 시선의 주체가 누구냐의 문제죠.

신분제 사회라고 해서 누구나 자기 마음대로 할 수 있는 것은 아닙니다. 제반 범절이 오히려 더 촘촘하고 세밀하게 규정되기도 하죠. 그래서 오히려 편할 수 있어요. 그것만 지키면 되니까. 사회가 세련될수록 규정이 더 정교해져요.

신분(身分)이라는 말에서 '분(分)'은 원리의 나뉨을 뜻해요. 피자가 조각으로 나뉘듯이 원리가 쪼개져 배분되는 거죠. 혈통에는 신분이, 직책에는 직분이, 이름에는 명분이 따라 붙어요. 하나의 커다란 원리가 각각의 분수에 따라 배분되는 것이죠. '분'은 그 나뉜 조각이죠. 그래서 이것들을 통틀어서 '분의 윤리'라고 부를 수 있어요. 왕후장상이 있고, 또 평범한 서인과 노비가 있어요. 각각의 신분에 따라 집의 크기와 기둥의 개수가 제한되지요. 벼슬살이를 하는 사람들은 직분에 따라 이런저런 제한을 받아요. 가족 구성원 사이에서도 마찬가지죠. '분의 윤리'는 공동체가 개인의 욕망을 제한하는 틀입니다.

근대 사회는 이런 신분제의 틀이 붕괴함으로써 만들어져요. 신분제에 따른 범절의 틀도 다 깨져버렸어요. 욕망을 제한하는 틀도 마찬가지예요. 능력만 되고 마음만 먹는다면, 그것이 불법이 아니라면 무엇이든 할 수 있어요. 힘이 아주 세면 법도 돌파할 수 있고, 아예 법을 만들 수도 있지만, 그런 거야 근대 사회만의 특징은 아니죠.

전통 사회의 범절은 딱딱한 게 껍질과 같아요. 안에 있는 말랑말랑한 살을 보호해요. 그것을 거부하지 않는 한, 안에서 갈등 없이 안전할 수 있어요.

근대는 안팎이 뒤집히면서 시작됩니다. 살이 바깥으로 노출되어버렸어요. 이제는 피부가 필요해요. 형태를 유지하려면 뼈대도 필요해요. 전통 사회에서 밖에 있던 '분의 윤리'가 이제는 뼈대가 되어서 살 속으로 들어갑니다. 그래서 보이지 않아요. 없을 수는 없어요. 단지 보이지 않을 뿐이에요. 그래서 더 복잡해졌어요. 위험하고 불안해졌어요. 보이지 않으니까, 상상하고 숙고하고 성찰해야 해요. 왜 내가 이것을 욕망해서는 안 되는지, 왜 내가 이것을 욕망해도 되는지, 왜 내가 이것을 절제해야 하는지. 이 모든 것을 낱낱이 내 힘으로 판단하고 실행에 옮겨야 해요. 그러니 쉬울 수가 없어요. 겉으로 드러나 있는 범절이나 도덕이 아니라, 내면화해 있는 윤리가 문제가 됩니다. 내면성의 윤리가 곧 근대성의 윤리예요.

근대성: 원리, 이념, 윤리

윤리는 한 사람의 마음속에서 작동합니다. 공동체 차원에서 집단적으로 작동하는 것은 이념입니다. 윤리에는 한 개인의 의지가 있고, 또 이념에는 그것을 존중하는 공동체의 의지가 있어요. 원리라는 말은 조금 다르죠. 원리는 객관적으로 존재하는 것이라 주체의 의지와는 무관합니다. 사람이 원리를 본받을 수는 있어도 거기에 개입할 수는 없어요.

근대성은 자기 자신의 원리, 이념, 윤리에 대해 어떤 말을 할까. 원리는 세계=우주가 사람들에게 들려주는 말입니다. 이념은 공동체가 시민에게, 윤리는 부모가 자식에게 들려주는 말이에요. 원리는 삼인칭 평서형 문장으로 진술됩니다. '무엇이 어떠하다'의 형식이죠. 반면에 이념은 복수 주어의 의지 표현입니다. 우리는 자유를 쟁취할 것이다, 우리는 평등을 구현할 것이다, 같은 형식. 그리고 윤리, 그것은 한 사람의 마음속에서 울려오는 명령형 문장입니다. 착하게 살아라, 거짓말하지 말아라 등등.

근대성의 원리에 대해 말한다면, 스피노자의 '자기 보존을 위한 노력(conatus sese conservandi)'이라는 말을 가장 앞자리에 세울 수 있어요. 줄여서 '코나투스'라고 부릅니다. '노력'이라고 번역되지만, 의지로 하는 노력만이 아니라 저절로 그렇게 되는 것까지 포함합니다. 본능이나 성향까지 포함하는 말이에요. 이치는 간단합니다. 세상에 있는 어떤 것도 자기 자신을 유지하고자 하는 힘, 그러니까 외부에 대한 저항력을 지닌다는 말입니다. 사람도 나무도 돌도 뱀도. 조금만 생각해봐도 수긍할 수 있어 보입니다. 목숨 있는 것들은 자기 목숨을 지키려 해요. 모양이 있는 것들은 자기 모양을 유지하려 해요. 그게 곧 스피노자가 말하는 코나투스입니다.

하필 그게 왜 근대성의 법칙이냐. 근대 이전에는 그렇지 않았다는 거냐. 그럴 수는 없죠. 이것은 스피노자라는 근대성의 시선이 비로소 적출해낸 것이라 그렇습니다. 원리가 아니라 그것을 발견한 눈이 근대적인 것이죠.

그 이전에는 있었으나 지금 이 원리에는 없는 것, 그것은 인격을 가진 절대자입니다. 사람들의 세상에 직접 개입해서 자기 뜻을 펴려 하는 존재, 자기 마음대로 복을 주고 응징할 수 있는 절대자, 곧 하느님입니다. 설사 하느님이 있다 해도 세상에 개입할 수 없는 보편적 원리예요. 그러니까 인간의 입장에서 보자면 무서울 까닭이 없는 하느님이죠. 실질적인 무신론의 세계가 펼쳐집니다. 신 없는 세상에서는 코나투스가 왕이라는 것이죠. 자연 세계의 질서가 곧 절대자의 자리에 들어선 거죠.

근대성의 이념은 우리가 앞에서 살펴본, 자유·평등·우애, 프랑스 혁명의 3대 가치 같은 것이 해당합니다. 공동체 중 가장 강력한 것이 국가죠. 이념은 주권자인 국민이 자기 자신에게 다짐하는 형식입니다.

그렇다면 근대성의 윤리란 어떤 것일까. 꼭 근대 세계가 아니더라도, 사람 사는 세상에 두루 통하는 미덕이 있어요. 그중에서도 특히 근대 세계의 부모가 자녀를 훈육하면서 하는 말들은 어떤 것일까요? 물론 부모라고 해서 새로운 덕의 창안자일 수는 없죠. 그들 역시 자기 훈육자로부터 듣고 또 삶 속에서 확인한 것들이 있어요. 자식이 독립생활과 사회생활을 잘할 수 있게 만드는 것들이죠. 뭐죠? 근검절약, 근면, 성실 같은 것들입니다. 모든 부모가 하는 말입니다. 약속 잘 지켜라, 거짓말하지 마라, 시간 잘 지켜라, 부지런해라 등등. 이것들은 모두 시민 사회가, 즉 시장이 계약을 하고 거래를 하는 시민에게 요구하는 덕성입니다. 이 덕성은 모두 단 하나의 단어로 집약됩니다. 신용! 시장에서 거래하는 사람들에게, 물건을 사고파는 사람들에게 가장 중요한 단어입니다.

보이지 않는, 신의 손

신용이 근대성의 최고 윤리가 될 수 있는 것은 근대인들이 섬기고 있는 신이 시장이기 때문입니다. 시장이 신이라고요?

『국부론』(1776)으로 유명한 영국인 애덤 스미스(1723~1790)는 시장의 작동 원리를 '보이지 않는 손'이라고 했어요. 시장에서 수요와 공급이 조절되는 모습을 그렇게 표현한 거죠. 그런데 보이지 않는 손이라고? 유령의 손인가? 조용히 세상일을 주관하는 하느님의 손과 같은 느낌을 줘요. 애덤 스미스가 쓴 표현 역시 바로 그런 맥락입니다. 『국부론』 이전에, 애덤 스미스는 이미 『도덕감정론』(1759)에서 보이지 않는 손이라는 표현을 썼어요. 사람들을 골고루 살피는 자애로운 관세음보살의 손이죠. 이 손의 임자는 스피노자가 말했던, 원리로서 신이기도 해요. 애덤 스미스는 스피노자보다 아흔한 살 어린 사람입니다. 네덜란드에서 시작된 세계 자본주의의 흐름이 영국을 거쳐 본격적으로 발흥해가던 시기의 일입니다. 시장이 곧 하느님이라 해서 하등 이상할 것이 없어요.

물건을 만들고 파는 사람들은 모두 시장의 반응에 촉각을 곤두세워요. 돈을 들고 주식 시장에 들어간 사람들이 가장 대표적이에요. 자신이 주식을 매수한 어떤 회사에 변수가 생기면 주식 거래인은 긴장합니다. 시장이 거기에 어떻게 반응할지, 내가 가진 물건값이 어떻게 평가될지, 시장의 반응을 예의 주시해야 합니다. 여기에서 중요한 것은 내가 고른 회사의 성적에 대한 내 판단이 아니에요. 그것에 대한 다른 사람들의 판단, 곧 시장의 판단이 중요하죠.

여기에서 시장의 판단은 곧 사회의 판단이고, 공동체의 판단이에요. 내 회사가 아무리 물건을 잘 팔고 이익을 많이 남겨도, 시장이 그걸 평가해주지 않으면 그걸로 끝이에요. 그러니까 주식 거래인이 갖춰야 할 능력은 특정 주식에 대한 판단력이 아니에요. 시장의 판단에 대한 판단력이 중요해요. 남들의 판단에 대한 판단이 중요한 거죠. 그것이 가치를 결정해요.

시장의 마음을 살피는 사람은 하느님의 뜻이 무엇인지를 알고자 엎드려 기도하는 사람과 다르지 않아요. 소비자는 기껏해야 왕이지만, 소비를 만들어내는 시장은 왕에게 임명장을 주는 하느님의 궁전이죠. 자본주의가 세계 체제로 군림하는 오늘날의 세계에서, 시장이 무너지면 한 나라의 경제가 끝장나요. 우리 시대 최고신은 어디 계시죠? 그렇습니다. 뉴욕 월가의 증권 거래소에 계십니다. 그 멋진 궁전에 계시는 분이 하느님 폐하예요.

플라톤주의자 엠마

근대 세계에서 주체의 기본형이 무엇인지 쉽게 알 수 있어요. 우리는 모두 시장에 나온 상인입니다. 호모 에코노미쿠스, 경제인들이에요. 학생이나 군인이나 공무원이나 학자나 모두 마찬가지입니다. 가능한 한 적은 노력으로 가능한 한 큰 결과를 얻고자 해요. 효율적으로 살고자 해요. 적은 투자로 큰 이익을 얻고자 하는 경영자, 자본가의 마음이 바탕에 있어요. 위력이나 협박이 아니라, 합리적 계약을 통해 사회관계를 맺고 교환자의 삶을 살아갑니다.

우리 모두가 상인이라는 것은, 우리가 전사나 해적이 아니라는 말입니다. 물론 전사나 해적도 상인일 수 있어요. 하지만 이익을 계산하고 거래를 하는 순간, 해적은 이미 해적이 아닙니다. 근검절약하고, 내 재산 상태를 점검하고, 소비와 지출을 계산하는 것, 그게 상인의 일입니다. 전사와 해적은 있으면 먹고, 없으면 빼앗고, 대책 없이 낭비해요. 방탕이야말로 최고의 쾌락이라고 소리 높여 외쳐요. 그래야 진짜 해적이고 진짜 깡패고 진짜 전사입니다. 그들에게는 신용 따위 안중에도 없어요. 어차피 거래하지 않을 테니, 다른 사람들의 눈은 중요하지 않아요. 오로지 자기가 가진 무력과 용기의 크기만이 문제입니다. 뇌가 아니라 간과 창자로 사는 사람들입니다.

깡패와 전사는 플라톤주의자입니다. 신용에 목숨 거는 이들은 트라시마코스의 원칙을 숭상하는 사람이에요. 중요한 건 내가 올바르게 사는 것이 아니라, 다른 사람들이 나를 그렇게 보는 것이라고 했었죠. 그래서 만들어지는 것이 곧 사회적 가치로서 신용입니다. 사회적 평가를 통해 만들어지는 가치예요.

엠마는 누구 편이죠? 플라톤이에요? 트라시마코스예요? 말할 것도 없어요. 엠마는 남의 눈치 안 보고 앞뒤 가리지 않는 폭주 기관차예요. 격렬한 플라톤주의자입니다.

욕망 경제의 역설

엠마는 시장에 의해 추방당했어요. 무인도나 산속으로 들어가 혼자 살기로 작정하지 않는다면 갈 데가 없어요. 세상은 이미 시장의 식민지예요.

플로베르는 플라톤주의자 엠마를 죽음의 영역으로 추방했어요. 플라톤은 자기가 꿈꾸는 이상 국가에서 문인들을 추방했는데, 플로베르는 문학 신을 섬기는 사제니까 플라톤에게 복수한 셈인가.

근대인들의 모토인 효율성에는 근검절약의 태도가 기본으로 깔려 있습니다. 사람들이 욕망을 절제하는 이유가 뭐죠? 아끼는 것 자체가 목적인가요? 그런 수전노 금욕주의는 도착적이에요. 사람들이 절약하는 것은 미래를 대비하거나, 혹은 아꼈다가 다른 데 쓰기 위해서죠. 자본가의 절약은 투자할 자본을 만들기 위해서예요. 자본가에게 낭비는 참을 수 없는 거예요. 죄의식을 불러일으켜요. 움직이지 않는 돈도 마찬가지예요. 이익을 만들지 못하는 돈은 죽은 돈입니다. 생생하게 살아서 이익을 만드는 돈의 세계, 그것이 자본가의 유토피아입니다. 많이 만들고 많이 소비해야 합니다.

자본가가 실천하는 욕망의 경제에는 역설이 존재합니다. 자본가는 아끼고 절약하지만 그건 자기만 그래야 해요. 물건 파는 사람이 이익을 실현하기 위해서는 다른 사람들의 구매와 소비가 필요해요. 물건 살 사람이 아끼고 절약하면 곤란해요. 생각 없이 물건 사고, 마음에 안 들면 버리고, 소비 자체를 즐기면 더욱 좋아요. 물건 파는 사람에게는 가장 좋은 고객이에요. 뢰르에게는 엠마가 곧 그런 사람이죠.

욕망을 돌파하는 충동

엠마는 외도를 하기 시작하면서 자기 절제의 방어선이 허물어져 버렸어요. 연애 말고 다른 삶은 안중에도 없게 되었어요. 엠마를 잘 아는 뢰르는 끝없이 엠마의 소비욕을 자극합니다. '행복한 사람' 뢰르는, 엠마에게 행복을 주는 사람입니다. 문제는 그 비용이 너무 크다는 것이죠. 엠마가 감당할 수 없을 정도로. 그래서 목숨으로 그 대가를 치러야 해요.

상품을 생산하는 이들은 모두 행복을 주겠다고 약속하는 사람입니다. 이 물건이 당신의 삶을 편하게 할 거야, 윤택하게 할 거야, 부자로 보이게 할 거야, 더 나아가 나의 존재가 당신에게는 행복일 거야. 이 모두가 뢰르의 말입니다.

어떤 학생은 우리 자신이 뢰르가 아닌지 의심해야 한다고 했어요. 틀린 말이 아니죠. 뢰르가 섬기는 시장의 하느님은 경쟁을 요구해요. 수요와 공급의 선은 경쟁 속에서 만들어져요. 경쟁에서 이기기 위해서는 남들보다 조금 더 해야 해요. 공부나 절약이나 투자나. 남들 몰래 과외를 받아야 해요. 남들은 모두 재워놓고 혼자 더 할 수 있으면 좋아요. 남들 모르게 축적해놓고 혼자만 알아야 해요. 남들 약점을 잡아 흔들어놓고 혼자만 냉정해야 해요. 그게 곧 '행복한 사람' 뢰르의 모습입니다. '그까짓 바람난 여자 한 사람' 죽건 말건 자기 알 바 아닌 거죠.

엠마는 그런 세계 한복판을 가로질러 갑니다. 그 세계를 시원하게 관통해버리는 것이 엠마의 죽음이죠. 나는 내가 원하는 걸 할 거야! 안 돼? 그럼 죽지 뭐! 여러분, 근검절약 많이들 하셔! 사기도 많이 치시고! 그게 엠마의 비참한 죽음이 우리에게 들려주는 말입니다. 욕망의 시장을 꿰뚫어버리는 충동의 언어죠. 근육을 뚫고 나와버린 뼈의 모습이에요.

미친 사람처럼, 바람둥이 로돌프 집을 향해 가는 엠마의 모습이 안타까웠다고 했죠? 욕망을 뚫고 나온 엠마의 충동은 이렇게 말합니다. 나를 말리고 싶다고? 내가 로돌프에게 속고 있는 것 같아? 엠마가 우리에게 윙크하네요.

왜 플로베르는 그토록 지독하게, 엠마가 독을 먹고 고통스럽게 죽는 모습을 그토록 길게 묘사했을까. 리얼리스트라서? 소설에 헌신한 자연주의적 장인 정신 때문에? 그런 건 모두 결과적으로 그렇게 말할 수 있을 뿐입니다. 플로베르의 지독한 묘사 속에서 몸을 뒤틀며 죽어가는 엠마의 고통은 우리에게 말합니다. 그래, 이제 만족들 하시나?

마침내 숨을 거두고 아직 사랑스러운 모습의 엠마가 누워 있어요. 화관을 씌워주기 위해 시체의 고개를 살짝 들었을 때, 입에서 검은 액체가 흘러요. 플로베르는 그것까지 묘사해놓은 거죠. 그 검은 물은 말합니다. 이 허망함이 과연 엠마만의 것이냐?

미덕의 역설

근대 세계에서 미덕은 그 자체가 역설적 지위를 가져요. 뭐라고 말하건, 우리에게 미덕의 총합은 착하게 살아라입니다. 이 명령 자체에는 역설이 개입할 여지가 없어요. 역설은 미덕이 현실 세계로 들어오는 순간 발생합니다. 어떻게 사는 게 착한 거지?

엠마와 샤를르는 불행하게 죽었어요. 이 둘은 바보 같은 사람들입니다. 샤를르는 가장 착한 사람이죠. 악당 소리를 들어 마땅한 사람은 뢰르나 오메 같은 인물입니다. 뢰르는 사악한 악당, 오메는 평범한 악당이죠. 소설의 마지막 문장은 "그는 이제 막 레지옹 도뇌르 훈장을 받았다."(503쪽)입니다. 오메가 국가로부터 훈장을 받았다는 겁니다.

덕과 복의 불일치, 이것은 신이 떠난 세계에서 윤리가 직면하는 역설입니다. 착한 사람이 잘살고 나쁜 사람은 벌을 받아야 하는데, 그런가요? 우리 실감으로 치면, 오히려 그 반대가 실상에 부합해요. 그런 예가 너무나 두드러져 보이는 탓이에요. 천당과 지옥이 있다든지, 인과응보가 있어 내세에 영향을 미친다든지, 또 후손에게 복과 화가 나타난다든지 하면, 마음이 조금 편해져요. 하지만 근대 세계에서 논리적으로 그런 주장을 하기는 어렵죠. 그저 사람들의 바람일 뿐이죠. 그래서 올바르게 살아야 한다는 말이 냉소적인 취급을 받아요. 왜 이래, 어린애같이! 말은 맞는 말이니, 너나 올바르게 사셔! 평판 관리 잘하라는 트라시마코스의 말이 설득력을 얻을 수밖에 없어요. 이 불일치를 어떻게 처리해야 하죠?

욕망의 운명

우리가 일상적으로 쓰는 욕망이라는 말은 포괄적이에요. 그 안에 다양한 뜻이 함축되어 있어요. 충동도 의지도, 또 단순한 원함도 함께 들어가 있어요. 사람을 자동차에 비유하자면, 충동은 엔진과 같아요. 운전석에 앉아 있는 것이 의지예요. 그리고 욕망은 자동차가 나아가는 방향이죠. 의지가 충동의 힘을 조절하면서 방향을 잡아나가는 거죠. 충동은 그저 앞으로 나아가고자 하는 힘이에요. 절벽이든 담벼락이든 곧장 직진합니다. 욕망을 활성화시켜야 한다는 말은, 충동을 제어하는 의지의 역할을 강조하는 것입니다. 그러니까 한 사람의 삶에서 구현되는 욕망의 운명이란, 충동과 의지의 대결이 만들어낸 결과예요.

돌파구

여러분에게 한 학기 동안 생각보라고 내주었던 숙제가 있죠? 어떻게 불행한 의식으로부터 빠져나올 것인가? 그것은 덕과 복의 불일치에 어떻게 대처할 것인가의 문제와 통합니다.

욕망이 모든 악의 근원이므로 욕망을 없애버리겠다? 하루 세 끼

먹는 것은 사치야. 이제부터 한 끼만 먹겠어! 먹고자 하는 욕망 자체가 문제야! 이런 생각은 결국 거식증에 이르기까지 무한 퇴행이 벌어집니다. 이런 생각의 종결점에 있는 것은 금욕을 향한 욕망입니다. 설령 모든 욕망을 없앨 수 있다 해도, 욕망을 없애겠다는 욕망은 또 어떻게 하죠?

여기에 이르면 도착(倒錯)이 일어납니다. 불쾌가 쾌락이 되고 쾌락이 불쾌가 되죠. 얻어맞으며 쾌감을 느끼는 것? 어떤 그림이 그려져요? 둘 중 하나를 포기하면 역설이 해결되지 않을까? 하지만 착한 사람이 되는 것도, 행복한 사람이 되는 것도 포기하기 어려워요. 그게 보통 사람의 길이죠. 그러니 남은 방법은 저 역설을 견디는 길입니다.

절제도 마찬가지예요. 자기 마음속에 기준선이 있어요. 그 기준선 근처에 가면 떨림이 생겨납니다. 그 떨림을 감지하고 반응하는 것이 보통 사람들이에요. 그 떨림을 외면해버리는 순간 파멸이 옵니다. 물론 그건 사회적 삶의 파멸이에요. 절대 고독 속에서 혼자 살겠다면 문제가 없습니다.

많은 보통 사람들의 삶은 그 떨림을 스스로 소화하는 가운데서 이루어집니다. 기준선을 넘나들면서 생겨나는 에너지가 행복과 불행의 원천이 돼요. 보람의 근거가 되고, 그러면서 마음의 삶이 유지돼요.

그 수준이 되면 유덕함 자체가 행복이 됩니다. 복이 따라와서가 아니라, 또 복을 바라서가 아니라, 착하게 사는 일 자체가 기쁨이 됩니다. 이런 것은 논리가 아니라 구체적 삶의 실행에서 확인됩니다. 그게 우리가 알고 있는 보람이고 행복이죠.

오늘은 여기까지 하겠습니다.

3부

성숙

8-1강

어른 되기의 아이러니

KSL: 『호밀밭의 파수꾼』[1]은 줄거리를 뽑아내기 어려운 소설입니다. 주인공 홀든 콜필드가 기숙학교인 펜시 학교에서 퇴학당하고 집으로 가기까지의 일이 큰 줄거리입니다. 그러는 동안 학교에서 기차를 타고 집이 있는 뉴욕에 가서 여러 사람을 만나고, 그로 인해 벌어지는 자잘한 사건들이 있는 이야기입니다. 간단하게 홀든의 성장 소설이라고 규정하는 의견이 많습니다.

제가 칠판에 이렇게 많은 사람의 이름을 쓴 것은 하나하나가 놓치기 힘든 부분이기 때문입니다. 그래서 요약하기 힘들다고 했는데요, 줄이거나 무시할 이야기가 없습니다. 이런 정도로 줄거리 소개를 마쳐도 될지 모르겠습니다.

이 책을 읽었을 때, 왜 이런 이야기가 있는지 감이 안 왔는데, 커리큘럼에 '성숙'이라는 제목이 있는 것을 보고 방향을 잡게 되었습니다. 저는 이 소설이 복잡한 감정에 관한 소설이라고 생각했거든요.

자기감정에만 충실하고 이성적이지 못한 주인공의 솔직한 고백이라는 느낌이었습니다. 저도 그런 면이 있어서 고민스럽기도 합니다.
제가 고른 부분은 앤톨리니 선생님이 홀든에게 말하는 장면입니다. 앤톨리니 선생님은 홀든이 그전에 퇴학당했던 학교의 선생님인데, 홀든이 존경하는 분입니다. 홀든이 불안해 보여 좋은 이야기를 해주는데, "미성숙한 인간의 특징은 어떤 이유를 위해 고귀하게 죽기를 바라는 경향이 있다는 것이다. 반면 성숙한 인간의 특징은 동일한 상황에서 묵묵히 살아가기를 원한다는 것이다."(248쪽)라는 구절이 있습니다. 이 책을 읽는 분들은 아마도 앤톨리니 선생님의 말에서 많은 위안을 얻지 않을까 생각합니다.
그런데 그 뒷부분에서, 홀든이 선생님의 말에 정말로 감동을 받은 게 아니라고 해서 몰입하는 저를 물러서게 했는데요, 이상할 정도로 자유분방한 홀든의 모습을 보면서 저 자신의 감정과 생각에 좀 더 집중할 수 있게 되었습니다. 불안한 저 자신의 모습을 돌아보게 해준 책입니다.

JJU: 제가 고른 장면은 앞의 분이 낭독한 바로 뒷부분입니다. 앤톨리니 선생님께 이야기를 듣고 홀든이 졸려서 자게 되는데, 문득 이상한 느낌에 잠에서 깨니 선생님이 자기 머리를 쓰다듬고 있습니다. 화들짝 놀란 홀든은 바로 선생님 집을 나와 중앙역 대합실로 갑니다. 거기에서도 잠을 자기 힘든 상황이라 앤톨리니 선생님에 대해 여러 가지 생각을 합니다.
이 책을 읽으면서 제가 가장 많이 본 단어가 우울하다는 말인 것 같습니다. 홀든은 말끝마다 우울하다고 하는데요, 우리가 평상시에 우울하다고 말하는 것과는 조금 다른 듯합니다. 진짜 슬픈 일이 있어서 우울한 게 아니라, 현실에 대해 너무 예민하게 반응해서 우울하다고 하는 것 같아요.
예를 들어, 여자 친구와 연극을 보러 간 장면에서, 막간의 쉬는 시간에 사람들이 일제히 몰려나와 담배를 피우며 연극에 대해 떠드는 모습이 바보 같다고 생각합니다. 영화배우 한 사람이 겸손을 떨면서 서 있는 모습도, 여자 친구가 자기가 아는 사람을 찾으려고 두리번거리는 것도, 다른 남자와 과장스럽게 이야기를 나누는 것도 마음에 들지 않습니다. 사람들이 평상시에 하는 행동일 수 있는데, 홀든은 그런 게 온통 마음에 들지 않아서 우울해합니다. 보통 사람과는 매우 다른 모습입니다.
앤톨리니 선생님 집을 뛰쳐나온 것에 대해, 머리를 쓰다듬은 것 가지고 오버한 거 아닌가 하는 생각을 하는 장면은, 아마도 이 소설에서 홀든이 자기 스스로에 대해 반성하는 유일한 부분이 아닌가 합니다. 소설 뒷부분에 나오는 장면인데, 홀든이 조금 성숙해진 것 같기도 해서 이 부분을 골라보았습니다.

LYL: 제가 오늘 낭독할 부분은 홀든이 택시 기사와 오리에 대해 대화를 나누는 장면입니다. 앞에서 여러 학생이 말씀하신 것처럼, 홀든은 모든 걸 비관적으로 보고 우울에 빠져 있는 인물인데, 이 책에서는 이 부분이 그래도 조금 유쾌하다는 생각이 들었습니다. 따뜻하고 귀여운 장면이라는 느낌이었습니다. 딱히 의미 있는 장면 같지는 않은데, 책을 읽은 뒤에도 계속 생각에 남았습니다. 모두 두 명의 택시 기사와 대화를 합니다.
센트럴파크 남쪽 호수에 오리가 사는데, 겨울에 얼음이 얼면 오리들은 어디로 갈까. 첫 번째 기사는 홀든의 말을 무시해버립니다.

그리고 두 번째 기사는 그런 걸 자기가 어떻게 알겠냐며 화를 냅니다. 홀든은 또 앞서 스펜서 선생님을 찾아갔을 때 오리 이야기를 한 번 더 합니다.
저도 궁금해서 찾아봤습니다. 겨울이 오면 오리가 두 부류로 나뉘는데요, 한 부류는 남쪽으로 날아가서 겨울을 지낸 후 돌아오고, 남은 오리들은 주변 풀밭에서 서로 체온을 나누며 겨울을 난다고 합니다.
이 오리들에 대해서 더 알아보다 보니, 저같이 오리를 좋아하는 분이 많았는지 소설 속 오리의 의미에 대해 해석을 해놓은 글들이 있었습니다. 오리는 위험에 처한 순수함을 상징한다, 얼음과 겨울은 순수함을 위협하는 것들이며, 따라서 이 소설에서 오리는 홀든 자신을 의미한다, 이런 해석도 있었습니다. 맞는 말이긴 한데, 저 개인적으로는, 피비가 오리 같다는 느낌을 받았습니다. 오리는 되게 귀여운데, 이 소설에서 홀든의 이미지는 그렇게 귀엽지 않거든요.
홀든은 오리에 대해 걱정하는 것처럼 여동생 피비를 걱정합니다. 소설의 제목처럼 아이들의 순수성을 지켜주는 파수꾼이 되고 싶다는 홀든의 생각과도 맞아떨어져서 오리는 피비를 뜻하는 것이 아닌가 생각합니다.

YGY: 제가 고른 부분은 홀든과 피비가 대화하는 장면인데요, 홀든이 펜시 학교에서 퇴학당한 사실을 알고 피비가 오빠를 걱정하며 나무랍니다. 그러니까 홀든이, 펜시 학교에 얼마나 더러운 인간들이 많은지 알아야 한다며 자기변명을 하고, 어린 피비는 오빠에게 세상의 모든 것이 싫기만 한 것 아니냐고, 좋아하는 것이 있으면 말해보라고 합니다. 그래서 홀든은 나쁜 놈들에게 맞서다가 뛰어내려 자살해버린 동창생 제임스 캐슬에 대해 말합니다.
홀든이 제임스를 좋아한 이유는, 자신의 소신을 끝까지 지킨 친구라서 멋지다는 식으로 단순히 생각했는데, 이제는 타자의 시선이라는 키워드를 적용해보았습니다. 죽음이라는 공간만이 타자의 시선으로부터 벗어날 수 있는 곳이 아닌가 하는 생각도 하게 되었습니다.
저는 개인적으로, 홀든과는 달리 제임스를 긍정적으로 바라볼 수 없다고 생각합니다. 책임의 문제가 있기 때문입니다. 제임스가 타협하지 않은 것은 긍정적이지만, 스스로 죽음을 선택한 것은 다른 책임이나 의무까지 다 방기한 게 아닌가 해서 긍정할 수는 없습니다. 조금 더 고민해봐야 할 지점이라고 생각합니다.

KGY: 저는 이 책을 무척 좋아합니다. 그래서 기억나는 장면이 너무 많은데, 또 그때그때 바뀝니다. 그래서 가장 최근에 가장 기억나는 부분을 골랐습니다. 홀든이 피비의 학교에 갔을 때 장면입니다.
학교 벽에 있는 욕설 낙서를 보면서 홀든은 화를 냅니다. 이 구절을 읽으면, 제가 수업 시간에 합법적으로 욕할 기회를 찾았다고 생각하겠지만, 저는 다른 이유에서 이 장면이 무척 좋았습니다. 이 구절을 읽으면서, 저는 제가 홀든을 안타깝게 생각하고 있다는 걸 알 수 있었는데요, 홀든은 자기도 싫고 친구들도 싫고 어른들도 싫지만, 오직 피비 같은 어린아이들만을 좋아합니다. 어린아이들에 대한 환상을 가지고 있어서, 욕설 낙서가 아이들의 순수성을 망치지 않을까 걱정하는데요, 저도 아이들은 좋아하지만 순수성에 대한 환상 같은 것은 없습니다. 어린아이라도 나름 영악한 면이 있기 때문입니다. 또한 홀든의 생각대로, 지구상에 있는 모든 욕설을 지울 수는 없습니다. 홀든은 지금 현실에 만족하지 못하고 미래에 대한 불안감을 가지고 있어서, 어린아이들에게 자기 환상을 투영하고 있는 게 아닌가 싶습니다. 욕설을 다 지울 수는 없다는 걸 알면서도 애써서 지우는 모습이 홀든의 딜레마라는 생각이 들었습니다.

20세기 못난이들의 행진

『호밀밭의 파수꾼』은 한 '찌질이' 청소년의 이야기입니다. 홀든 콜필드는 만 열여섯 살이에요. 우리로 치면 고등학교 1학년 정도죠. 아빠가 뉴욕의 변호사로, 부유한 가정 출신입니다. 비싼 기숙학교에 다녀요. 그런데 펜시 학교에서 이제 막 퇴학 처분을 받았어요. 낙제 점수를 맞은 성적 때문입니다. 자퇴, 퇴학 포함해서 이번이 네 번째예요.

홀든이 퇴학 통보를 받고 학교를 떠나는 토요일부터 이야기가 시작되죠. 우편 통지가 월요일에 나갈 예정이니 대략 수요일이면 집에서 알게 돼요. 한바탕 난리가 날 거예요. 수요일부터 크리스마스 방학이 시작되니까, 그때까지는 학교에 있어도 됩니다. 그런데 토요일 저녁부터 사달이 나요. 룸메이트와 싸워요. 기분이 나빠져서 기숙사에도 있기 싫어요. 밤늦은 기차를 타고 뉴욕으로 가는데, 사람 없는 객실 안에서 같은 반 학생 엄마를 만나요. 이런저런 이야기를 하다가 그 부인에게 수작을 겁니다. 식당 칸에 가서 칵테일이나 한잔하시자고. 미성년자이지만 자기는 키도 크고 머리에 새치가 많아서 괜찮다고. 그런데 밤기차라 식당이 문을 안 열어요. 그 부인이 말해줍니다. 식당이 문을 안 연다고. 어이가 없어요.

이런 못난이 이야기가 2박 3일 동안 펼쳐져요. 또 한 명의 굉장한 못난이 이야기가 다음 주에 나옵니다. 그다음 주에도 이어져요. 못난이들의 행진이네요. 19세기 불륜 남녀의 이야기가 끝나니, 20세기 찌질이들 이야기가 시작되네요.

앤톨리니 선생

KSL 학생은 홀든이 앤톨리니 선생과 만나는 장면을 읽어줬어요. 이 책에서 매우 많이 인용되는 구절이 나옵니다. "미성숙한 인간의 특징은 어떤 이유를 위해 고귀하게 죽기를 바라는 경향이 있다는 것이다. 반면 성숙한 인간의 특징은 동일한 상황에서 묵묵히 살아가기를 원한다는 것이다."라는 구절이죠. OGI 학생은 이 구절의 영어 원문을 적어놓았어요. 핵심적인 구절만 보자면, 고귀하게 죽기(die nobly)와 묵묵히 살기(live humbly)로 대조됩니다.

그런데 앤톨리니 선생의 이 말에 대해 생각이 다르다고 쓴 학생이 있어요. LJM 학생, 왜 그렇게 생각해요?

LJM: 꼭 그 구절에 대한 것은 아니고요, 앤톨리니 선생님은 홀든한테 학교로 돌아가라고 하는데, 현명한 충고인지 모르겠다고 생각했습니다. 그 말도 맞는 것 같기는 한데, 그게 다는 아니라고 생각합니다.

앤톨리니 선생의 말이 조금 이상하긴 하죠? 대의를 위해 목숨 던진 사람은 모두 미성숙한 사람이라는 말이 되잖아요?

그리고 MJY 학생, 앤톨리니 선생을 '변태'라고 써놨어요. 왜죠?

MJY: 제가 읽은 버전에서는 머리를 쓰다듬는 게 아니고 성기를 만졌다고 되어 있어서요. 다시 확인해보겠습니다.

번역이 많이 잘못 됐네요. 정확한 것은 머리를 쓰다듬은 거죠. 앤톨리니 선생은, 잘 아는 말썽꾸러기 학생한테서 밤늦게 연락이 와서 좋은 이야기를 해주고 잠자리를 제공해주었어요. 그런데 뭔가 사고 비슷한 일이 벌어져요.

홀든은 거실 소파에서 자다가 갑자기 잠이 깼어요. 앤톨리니 선생이 소파 옆에 앉아 자기 머리를 쓰다듬고 있었어요. 선생 손에는 술잔이 있었고. 워낙 마시던 술이기는 했지만, 어쨌거나 홀든은 기분이 나빴어요. 왜냐면 남자 기숙학교에서 남자아이들끼리 못된 짓 하는 꼴을 많이 경험했기 때문이에요. 홀든은 속옷 바람으로 자고 있었어요. 퇴학당한 후 만 24시간이 넘는 동안, 싸구려 호텔과 술집과 나이트클럽을 전전하며 안 좋은 경험이 쌓여 있었어요. 호텔 건너편 창문으로는 복장 도착자의 모습을 봐야 했고, 매춘부와 뚜쟁이에게는 돈도 뜯겼어요. 열여섯 살 청소년이. 그래서 아니, 선생님도 변태 아니야? 하면서 그 집을 나와버린 거죠. 앤톨리니 선생은 얘가 왜 이래? 하면서 당황하고.

변태는 욕설 같은 단어라 적절한 말은 아니죠? 소설이라서 변태라는 단어가 많이 나오네요. 도착자라고 해야 할 텐데, 도착이 지칭하는 내용도 지역이나 시대마다 달라져요. 그런데 홀든의 이런 반응은 어때요? 이게 말이 되나요?

선생 집을 나온 뒤 중앙역으로 옮겨 잠을 자면서, 홀든은 자기가 너무 과민했던 게 아닌가 하는 반성도 해요. 게다가 현재 이 이야기를 들려주는 홀든은 병원에 입원해서 정신 치료를 받고 있는 것으로 되어 있어요. 홀든의 판단이나 이야기가 상대적으로 신뢰성이 떨어진다는 겁니다. 홀든이 과민했다는 쪽이 좀 더 타당해 보이죠.

그런데 여기에서 중요한 것은 따로 있어요. 앤톨리니 선생이 이상한 사람이냐 아니냐보다 중요한 질문이 있다는 겁니다. 대체 왜 이런 설정을 했을까. 이게 던져볼 만한 질문이죠. 한번 생각해보세요. 여기에 대해선 다음 시간에 살펴봅시다.

소설 vs. 역사

KSL 학생은 소설의 줄거리를 잡을 수 없다고 했어요. 물론 줄거리야 아주 간단하죠. 학교에서 성적 불량으로 퇴학 맞은 열여섯 살 홀든이 2박 3일 동안 뉴욕에서 방황하는 이야기, 혹은 가방 싸서 가출하려다 여동생에게 붙잡혀 실패한 이야기죠.

줄거리 파악이 힘들다고 한 것은 사흘 동안 만난 수많은 사람 때문이에요. 곁가지가 생겨나고, 새로운 사람이 등장하고, 또 옛날 기억들이 소환돼요. 학교 동창과 선배, 현재 여자 친구, 옛날 여자 친구, 택시 운전사, 호텔 종업원, 길거리를 오가는 사람들, 식당과 술집에서 만난 사람들……. 이런 사람들 이야기가 주르륵 펼쳐집니다. 여기에서 줄거리를 잡아내기는 쉽지 않죠. 모두 다 낱낱으로 흩어져 있는 이야기라서 그래요.

이런 산만함이야말로 소설 자체의 장르적 특징입니다. 수많은 에피소드와 인물이 흩어져 있어요. 사건과 사람이 거기 등장해야 할 필연성 같은 것도 없어요. 작가가 아무리 잘 생각해서 배치했다고 해도, 그건 어디까지나 작가 입장입니다. 독자에게 전달되는 이야기 자체는 우연일 수밖에 없어요. 역사와 비교하면 이런 특징이 좀 더 분명해져요.

역사 이야기를 규정하는 핵심 원리는 필연성이에요. 현재의 시선으로 과거를 보면서, 이럴 수밖에 없었다고 말하는 것, 그게 곧 역사입니다. 역사 속 한 사건은 원인과 결과가 있고, 또 그런 사건은 다시 원인과 결과로 이어져 있어요. 거대한 인과(因果) 필연성의 연쇄입니다. 여기에는 우연의 자리가 없어요. 물론 사건은 우연일 수 있어요. 그러나 역사를 쓰는 사람의 눈은 거기에서 필연성을 찾아내요. 그게 있어야 역사적 사건이 됩니다. 인과성이나 필연성을 발견해야 역사 쓰기가 가능해지는 거죠. 그렇게 될 수밖에 없는 일, 그게 역사적 사건의 본성이죠. 소설은 그 반대고요.

집에 돌아가는 길

홀든은 토요일에 학교를 나와서 아직까지 집에 못 가고 있어요. 자기 이야기를 하는 홀든은 지금 병원에 입원해 있어요. 가출하려다 누이동생한테 붙들리는 게 소설의 마지막입니다. 그 후에 무슨 일이 벌어졌는지는 소설에 상세히 나와 있지 않아요. 나온다고 해도 그런 건 중요하지 않아요. 이 이야기의 핵심은, 홀든이 집에 못 가는 사연이기 때문이에요. 집에 돌아가는 사람이 거쳐야 하는 아주 먼 길에 관한 이야기, 그게 소설이라는 근대 장편 서사 문학의 한 특성입니다.

서사시 『오디세이아』의 주인공 오디세우스는 전쟁터에 나갔다가 자기 집으로 돌아가는 데 20년이 걸려요. 앞의 10년이야 전쟁이 안 끝나서 그랬다 쳐도, 뒤의 10년은 순전히 집으로 돌아가기 위해 걸린 시간이에요. 바람만 잘 타면 하루 뱃길인데 10년이 걸려요. 그래서 서사시의 주인공이 됩니다. 많은 괴물과 여신을 만나고, 지옥까지 갔다 와야 해요. 시간이 많이 걸려요. 그래도 집에 가긴 갑니다. 옛날 사람이라서 가능한 일이죠.

괴테의 『빌헬름 마이스터의 수업 시대』 주인공 빌헬름 마이스터는 아버지 심부름으로 돈을 받으러 떠납니다. 빌헬름도 토니오 크뢰거처럼 유력한 상인의 아들이에요. 빌헬름은 집에 돌아가지 않고, 유랑 극단을 만나서 떠돌이 생활을 합니다. 돈을 받아서 아버지 집에 돌아가야 하는데, 연극을 하면서 세상을 떠돌아요. 그게 소설입니다. 이틀이면 갈 수 있는 길인데, 빌헬름은 집에 가는 데 얼마나 걸릴까.

오디세우스는 집에 돌아갈 수 있었는데, 그건 서사시의 주인공이기 때문에 그래요. 집에 가서, 자기 부인을 괴롭히던 수많은 귀족 남자를 죽이고 다시 자기가 왕 노릇을 해요. 아버지 심부름 나왔다가 가출한 빌헬름은 어땠을까. 이 청년은 서사시가 아니라 소설의 주인공입니다. 어떤 일이 벌어질까.

앞에서 말했잖아요? 소설의 주인공은 본래 집이 없는 사람들이에요. 주인공이 집을 나서는 순간, 집으로 가는 길은 막혀버려요. 집이 사라져버린다고 해도 좋아요. 그런데도 주인공은 집에 가고 싶다는 생각을 해요. 돌아갈 길은 막혔지만, 그래도 집에 가고 싶어 하는 사람의 이야기, 그게 소설입니다.

토니오 크뢰거도 오랜만에 고향에 갔지만, 이미 집은 거기 없어요. 자기 집이 도서관으로 변해 있었죠. 변한 거야 그렇다 쳐도, 자기 집이었던 곳에서 그는 도망자 불한당 취급을 받아요. 소설의 주인공이 집에 돌아간다면, 집이 없다는 걸 확인하기 위해서죠. 집은 거기에 없을 뿐 아니라, 지상 어디에도 없어요. 소설의 주인공은 환멸의 시간을 맛본 사람이에요. 근대의 서사시로서 소설이 고대의 서사시와 다른 점은 바로 그것입니다.

소설의 주인공은 시간을 타요. 고대 서사시의 세계에서 시간은 중요하지 않아요. 그러나 소설 속에서 시간은 가장 무서운 괴물입니다. 모든 걸 집어삼켜요. 제 자식들을 집어삼키는 그리스의 괴물신 크로노스가 곧 시간의 상징입니다. 시간이 스치면 모든 게 사라지는데, 집이라고 온전할 수가 없어요. 진짜 집은 시간의 손길을 피할 수 있는 곳입니다.

집, 삶과 죽음 사이

집이 아니라도 사람이 반드시 돌아가게 되어 있는 곳이 있어요. 어디죠? 그렇죠, 죽음입니다. 우리가 떠나온 곳이기도 해요. 우리가 무슨 모험을 하건, 귀족적으로 살든 꾸역꾸역 살든 간에 우리는 반드시 죽게 되어 있어요. 그러니까 죽음이야말로 보편적 집이고 보편적 고향이에요. 해골이 사람의 보편적 얼굴이듯이.

그렇다면 사람들이 집이라고 생각하는 곳은 뭐죠? 진짜 집을 가리고 있는 위장막 같은 것? 진짜 집으로 통하는 문은 저 동굴 속에 있어요. 동굴 앞을 가로막고 있는 바위 같은 것? 바위를 치우면 안 돼요. 바로 죽음으로 가는 문이니까.

그러니까 집에 가면 안 됩니다. 그곳은 무덤이니까. 가능한 한 지연해야 돼요. 소설의 주인공들은 집에 가는 날짜를 미루기 위해 발버둥 치는 것이죠. 사람과 사건과 기억들을 만나요. 이야기는 늘어나고 시간은 연장돼요. 그게 곧 서사 수준에서의 발버둥입니다. 한 발 물러나서 보면, 사람의 삶이라는 것 자체가 그런 발버둥이죠. 바람에 바다가 일렁였어요. 파도가 생겨났어요. 그것이 한 사람의 삶입니다. 생체가 자기 자신을 그대로 유지하는 것은 쉽지 않아요. 특정 지점을 향한 의지나 발버둥은 더 힘들어요. 그래서 필요한 것이 발버둥 치며 살아야 할 이유입니다. 대의, 보람, 근거 등을 삶에 만들어주는 게 욕망이고, 그 욕망을 추동시키는 게 환상입니다. 환상이 힘든 발버둥의 노역을 견딜 만한 것으로 만들어주죠.

집은 그 환상의 한복판에 있는 것이죠. 환상이니까 물론 그것은 헛것입니다. 가짜예요. 그러나 가짜라고 그걸 지워버리면, 다시 사람은 저 혼자 일렁이는 파도의 수준으로 돌아갑니다. 동굴 문이 열리는 거예요. 공허 그 자체죠. 그것이 곧 충동과 죽음의 세계입니다. 환상과 존재 이유를 떼내어버린 삶은 지난 시간에 말했던 것, 즉 충동의 삶이에요. 좀비의 삶이 되는 거죠.

그래서 욕망이 불가피하다고 했어요. 충동이라는 딱딱한 공허를 둘러싸줄 뭔가가 필요해요. 투명 인간에게 입혀줄 옷 같은 것이라고 할까. 뼈에 살을 붙여서 피가 돌게 만들어야 해요. 그래야 걸어다니는 마음이 될 수 있어요. 그냥 몸이 아니라, 마음을 가진 몸이 되는 것이죠.

꾸역꾸역 사는 삶

소설은 사람의 삶을 들여다봅니다. 사람의 삶을 재현해냄으로써 그 삶을 바라보는 거죠. 왜 바라보죠? 여기에서 중요한 것은 삶이나 죽음이 아니라 그 이유예요. 살 이유와 죽을 이유. 이 둘은 같은 건데, 그걸 찾고자 하는 거죠. 주인공과 작가와 독자들이 모두, 각자가 저마다의 방식으로.

이번 학기 대상 작품을 고르면서, 망설이다가 포기한 한국 작품이 있어요. 김영하의 『검은 꽃』이라는 장편입니다. 조선 말기에 멕시코 농장으로 팔려간 노동자들 이야기입니다. 왕족 출신의 아름다운 젊은 여성이 나와요. 호쾌한 남성들은 라틴아메리카의 혁명 속에서 짧은 인생을 마쳐요. 그렇게 죽어서 멋질 수도 있어요. 그러나 이 왕족 여성은 극심한 모욕과 고난을 겪으면서도 꾸역꾸역 살아가요. 자기가 사랑했고 자기를 사랑했던 남자들을 먼저 보내고, 고리대금업자로 비루하게 늙어가요. 그 모습에 감동이 있어요. 꾸역꾸역 사는 삶! 앤톨리니 선생이 말한 거죠. 물론 그렇다고 해서, 장렬하게 죽은 사람들의 멋짐이 사라지는 것은 아니에요.

다음 시간에 이어서 합시다.

8-2강

샐린저, 『호밀밭의 파수꾼』

샐린저(1919~2010)의 『호밀밭의 파수꾼』(1951)은 전후(戰後) 미국에서 나왔습니다. 한국에서는 전쟁이 한창이던 때였죠. 지난주의 『마담 보바리』(1857)와 견주면 거의 100년 차이가 나네요. 이제부터 읽을 소설은 모두 20세기 후반에 나온 것들입니다. 시간표가 훌쩍 도약했어요.

『호밀밭의 파수꾼』은 여러분이 조사해본 대로, 전후 미국에서 굉장한 인기를 얻었던 작품이죠. 전후 세대의 경전이라는 말까지 나왔으니까요. 광적인 팬덤이 형성되기도 했고요. 샐린저는 이 소설로 일약 스타 작가가 되었습니다. 샐린저 산업이라는 말까지 나돌았을 정도예요. 그 이후로 지금까지 세계적 베스트셀러이기도 해요.

지난 시간에 훑어본 대로, 이 소설은 학교에서 네 번이나 떨려난 만 열여섯 살의 특이한 청소년 이야기예요. 찌질이나 못난이 소리를 들을 만한 인물이에요. 현재 주인공 홀든은 병원에서 정신과 치료를 받는 중이고, 소설은 정신과 의사에게 털어놓는 이야기처럼 설정되어 있어요. 그런 이야기가 뭐 그리 대단할까. 왜 그토록 많은 사람의 공감을 얻었을까.

홀든, 앨리, 피비

주인공 홀든은 뉴욕 변호사 집안의 둘째 아들입니다. 아버지는 그냥 변호사가 아니라 큰 회사의 유력한 변호사예요. 홀든은 스스로를 부잣집 아들이라고 합니다. 3남 1녀의 둘째예요. 형은 소설가이고 현재는 할리우드에서 시나리오를 씁니다. 두 살 터울인 남동생 앨리는 3년 전에 백혈병으로 죽었어요. 그리고 열 살 난 막내 여동생 피비가 있어요.

다른 형제들은 다 똑똑하고 지적인데, 주인공 홀든만 특이해요. 홀든 자신이 "솔직히 우리 가족 중에 멍청이는 나뿐이다."(94쪽)라고 해요. 형 디비는 지적인 작가이니 말할 것도 없고, 또 막내 피비는 학교에서 올 A를 심심찮게 받을 정도로 똑똑해요. 죽은 동생 앨리도 똑똑했어요. 홀든은 앨리가 자기보다 50배는 똑똑했다고 해요. 게다가 앨리는 착하기까지 했어요.

이런 형제들 속에 있어서 더 그렇게 보이겠지만, 그게 아니라도 홀든은 특이한 수준이 도를 넘어요. 학교를 네 번이나 옮기고 그중 세 번은 성적 불량으로 쫓겨났어요. 홀든이 스스로를 멍청하다고 말하는 것은, 단지 학교 성적 같은 것 때문만이 아니에요. 정신적으로도 정서적으로도 홀든은 불안정해요. 죽은 동생 앨리와 피비한테 매우 심하게 의존적입니다. 여섯 살 어린 막내 피비가 홀든에게 엄마처럼 느껴질 정도예요. 많이 특이해요.

그래도 홀든은 열등감 같은 것이 없어요. 씩씩합니다. 자기가 바보라는 사실을 매우 선선히 인정해요. 식구들에 대한 사랑이 커서 그런 것 같기도 해요. 홀든은 특히 두 동생을 끔찍하게 사랑합니다. 앨리가 죽었을 때는 슬프고 화가 나서 맨손으로 차고 유리창을 전부 깨버렸어요. 오른손이 주먹을 쥘 수 없게 망가졌어요. 그래서 정신과 치료도 받았죠. 죽은 동생 앨리를 오른손에 새겨버린 셈이죠. 맨해튼을 헤매던 홀든이 길을 건너다 공황 상태에 빠집니다. 숨이 가빠지고 정신이 가물거려요. 홀든은 마음속으로 앨리의 영혼에게 도움을 청합니다. 자기가 사라지지 않게 도와달라고. 죽은 앨리에게.

막내 피비에 대한 사랑은 더 말할 것이 없어요. 홀든은 사흘 동안 헤매 다니면서 많은 사람을 만납니다. 그중에서도 홀든에게 긍정적으로 다가온 단 하나의 인물, 그게 피비입니다. 피비는 이 소설의 빛이에요. 학교에서 퇴학 맞고 말을 못 하는 홀든의 사정을 단박에 알아채는 것도 피비이고, 또 가출하려는 홀든을 붙잡아놓는 것도 피비예요. 피비(Phoebe)는 그리스식으로 읽으면 포에베입니다. '빛나는 여성'이라는 뜻이죠. 달의 여신 아르테미스의 할머니인데, 손녀와 할머니가 동일시되기도 해요. 소설에서 피비는 그런 존재입니다. 홀든이 방황하는 컴컴한 흑암의 세계 속에서 달처럼 빛나는 존재, 피비는 이 소설의 정서적 중심이기도 해요.

20세기 뉴욕의 돈키호테

홀든은 바보 같고 한심한 인물이지만, 윤리적 측면에서는 영웅적인 면이 있어요. 홀든은 위선과 속물성을 견디지 못해요. 허위나 협잡 앞에서는 매우 용감해요. 자기보다 몸무게가 두 배는 되는, 기숙사 룸메이트 스트레들레이터에게 앞뒤 안 가리고 덤벼요. 더러운 협잡꾼이 청결한 세계를 농락했다고 판단했기 때문이죠. 자기가 좋아하는 제인 갤러허와 관련되어 있지만, 홀든의 분노는 질투가 아니에요. 만약에 스트레들레이터가 제인 갤러허를 아끼고 사랑한다면 이런 반응이 나올 수 없어요. 홀든의 눈에는, 나쁜 놈이 순수한 세상을 더럽힌 거예요. 그래서 못 참은 거죠. 오른손으로 주먹을 쥐지도 못하는 주제에, 잘생기고 덩치 좋은 악당에게 싸움을 건 거죠. 물론 흠씬 두들겨 맞아 기절하고 얼굴은 피 칠갑이 돼요.

홀든이 보기에 자기가 다녔던 학교 전체가 협잡꾼들의 세계예요. 사람들은 홀든이 다녔던 펜시 학교를 명문이라고 해요. 동부의 오래된 학교이고, 아이비리그 대학에 진학하기 위한 예비 학교라서 그런 평을 받아도 이상하지 않아요. 그러나 홀든의 눈에는 펜시 같은 학교들이 속물의 소굴입니다. 학비가 비싼 학교일수록 속물들이 더 많다고 해요. 교장들은 학부모를 지위와 재산으로 차별하고, 눈가리고 아웅하는 식으로 학교를 운영해요. 학생들이 부모 만나기 전날에만 좋은 급식 메뉴를 준다든지 하는 식이에요. 학교 간 차이라면 누가 더 노골적인지의 정도만 있을 뿐이에요. 그런 게 홀든의 눈에 보이지 않을 수 없어요. 학생들도 마찬가지예요. 위선적인 데다 돈만 알아요. 장차 얼마나 수입을 올리고 무슨 자동차를 뽑을지가 관심사예요. 아무 생각 없는 바보 멍청이, 부모가 부자라서 비싼 학교 들어온 학생들도 많아요. 그래서 학교 다니기가 싫은 거죠. 공부하기도 싫고.

그런데 부잣집 아들에 바보 멍청이? 그건 홀든 자신이 아닌가.

홀든은 전체 다섯 과목 중에 네 과목이 낙제였어요. 그래서 퇴학당하는 부잣집 아들이 홀든이에요. 물론 장점도 없지는 않아요. 홀든은 자기가 무식하지만 그래도 책을 많이 읽는다고 해요. 그래서 영어 과목만은 낙제를 면했어요. 그것만 빼면 홀든은 일등 말썽꾼이에요. 펜싱 시합에 나가면서 지하철에 펜싱 도구를 몽땅 놓고 내려 시합 자체를 무산시켜버린 덜렁이고, 열여섯 살인데도 하루 담배 세 갑을 피우는 미성년 골초에다, 또 어른 흉내는 내고 싶어서 만나는 여성들한테마다 칵테일 한잔하자고 하는 물정 모르는 '한심이'예요. 정작 제대로 된 바에서는 미성년자라 콜라를 마실 수밖에 없어요. 그런데도 그래요.

이런 홀든이 어떻게 소설의 주인공일 수 있죠? 어떻게 홀든 이야기가 그렇게 많은 사람의 공감을 얻었냐는 겁니다. 핵심적인 이유는 분명하죠. 홀든의 바보 같은 순수성 때문입니다. 어린애 같은 천진함과 엉뚱한 기발함이 있어요. 홀든은 시도 때도 없이, 센트럴 파크 연못에 사는 오리들 생각을 해요. 겨울에 연못이 얼어붙으면 오리들은 어디에서 겨울을 나는지, 궁금해하고 걱정도 해요. 재미난 대목이죠. 그리고 책에 관한 말도 멋지죠. 책을 읽고 나서 작가가 친구처럼 느껴져 전화하고 싶어지는 책이야말로 진짜 좋은 책이라고 말하는 대목이죠. 바보 같은 사람이 지닌 순수함에다, 4차원 정신세계가 갖는 특이한 통찰이 더해져 있어요. 홀든은 20세기 뉴욕을 활보하는 돈키호테입니다. 책 읽기를 좋아하는 미성년의 돈키호테.

속물성: 순진, 냉소, 성숙

홀든이 다른 사람을 비난할 때 많이 쓰는 단어들이 있어요. 뭐죠? 사기꾼(phoney), 협잡꾼(crook), 속물(snob) 같은 단어들입니다. 욕도 곁들여요. 번역본에서는 순화되어서 잘 안 보이죠. 말 좀 착하게 하라고, 어린 동생 피비에게 야단맞아요. 이 소설에서는 특히 phoney라는 단어가 명사로도 형용사로도 많이 쓰여요. 가식적인 사람이나 행동을 그렇게 지칭해요.

속물이라는 단어는 그보다는 좀 더 센 표현입니다. 자기 이익을 위해 노골적으로 교언영색하는 사람을 가리켜요. 그 동네 유명 인사나 상류 계급에게만 잘하는, 위커 바의 바텐더 같은 사람이 대표적이에요. 홀든이 다녔던 학교 교장들과 같은 수준인 거죠. 주제도 모르고 과장되게 겸손 떠는 피아니스트 어니도 그렇고요.

가식적인 사람들도 욕을 먹어요. 같이 연극을 보았던 여자 친구 샐리 헤이즈도 과장된 표현을 쓴다고 가식적이라는 소리를 들어요. 사람들이 의례적으로 하는 인사말도 참을 수가 없어요. 하나도 안 반가운데, 오히려 기분이 나빴는데, 만나서 반가웠다고 인사해야 하는 상황 같은 것이죠. 홀든은 그런 것들을 못 견뎌 해요.

여러분이 제출한 글 중에 이런 게 있었어요. "어른이 된다는 것은 책임감 있게 행동하는 것이다. 그것은 자신의 생존을 스스로 책임지는 것이다. 사회에서 생존하기 위해서는 돈과 지위를 갖추려 노력할 수밖에 없다. 따라서 어른이 된다는 것은 속물이 되는 것이다." 여기에 덧붙여서, "홀든이 그토록 좋아하는 동생 앨리가 죽지 않았더라면, 그 역시 홀든이 싫어하는 속물이 되었을지도 모른다. 마치 홀든의 형인 디비가 소설을 쓰다가 할리우드로 간 것처럼 말이다."라고 썼어요.

속물성이나 가식에 대한 홀든의 구역질은 확실히 지나친 데가 있어요. 의례적으로 하는 인사 같은 것은 불가피한 거죠. 매사에 자기 마음을 솔직하게 드러낸다면 어떤 일이 벌어질까. 사람들 모두가 자기 속마음을 드러내는 화면을 가슴에 달고 다닌다고 생각해봐요. 인류는 진작에 멸종했을 거예요. 오히려 속마음을 너무 솔직하게 드러내는 사람이 예의 없는 거죠. 어른이 되면 속물이 될 수밖에 없다는 말은 그렇게 이해할 수도 있어요. 인간의 공동생활에 필요한 예의란, 제도화한 가식의 체계이기도 해요. 모든 게 가식이라 함은 지나친 말이지만, 반대로 모든 의례와 인사에 진심을 쏟는 것도 아니죠. 그런데 이익만을 뒤쫓아 다니는 것? 이것도 살아남기 위해서 어쩔 수 없다고 해야 하나요?

속물성이 불가피하다는 생각에는 깊은 냉소주의가 있어요. 지난주에 근대성의 원리, 이념, 윤리의 차이에 대해 말했어요. 모두가 자기 보존을 추구한다는 것은 원리의 차원이었어요. 그게 지난 시간에 말한 충동의 차원이기도 해요. 돌도 나무도 새도 사람도, 모두 원리의 차원에서는 마찬가지예요. 생존하기 위해서는 속물이 되어야 한다는 생각은, 이런 원리의 수준에서 말하는 것이죠. 어차피 다들 그러는 거잖아? 그래서 나도 그럴 거라고!

지난 시간에, 사람의 삶이란 충동을 뼈로 삼고 욕망을 근육으로 삼는 것이라 했어요. 바로 그 욕망이, 의지가 한 개인이 지닌 윤리의 수준입니다. 집단적으로 표현하면 이념이 되고요. 이념이든 윤리든 그 바탕에는 충동이 뼈처럼 버티고 있어요. 그러나 바탕이 전부라고 하면, 모든 사람의 얼굴이 해골이라서 똑같다고 말하는 거죠. 사람과 새와 나무가 다르지 않다고 말해야 합니다. 유기체의 원리라면 말이죠. 그리고 물질성의 수준에서도 말할 수 있어요. 돌과 물과 사람이 주요 원소들의 화합물이라는 점에서 다르지 않다고. 그러니까 모든 얼굴은 해골이다, 모든 삶은 죽음이다, 라는 수준의 냉소에서 어떻게 벗어나느냐 하는 게 문제가 됩니다. 욕망과 의지의 문제죠.

첫째는 순진, 둘째는 냉소, 셋째는 성숙. 셋째 단계에 도달하기 위해서는 냉소에서 한 발 더 도약해야 합니다. 불가피한 속물성이라는 명제는 바로 그 도약 지점에 허들처럼 버티고 있어요.

원리 vs. 윤리, 세 번째 스텝의 아이러니

세 번째 스텝! 우리가 앞에서부터 거듭 말해온 것입니다. 순진에서 냉소로 나아가는 것은 통쾌한 일이에요. 억압을 돌파하는 것이라 그래요. 잘못을 비판하고 허점을 지적하는 통쾌함이 있어요. 그러나 세 번째, 냉소에서 성숙으로 가는 길은 그런 통쾌함과는 거리가 멀어요. 오히려 그 반대에 가까워요. 괴롭고 힘들어요.

셋째 단계는 둘째 단계에 대한 반성입니다. 뛰쳐나온 곳으로 되돌아가는 것입니다. 반항의 길을 계속 간다고 해도 이 단계에서는 단순한 냉소만으로는 힘들어요. 제대로 된 분노와 저항의 길을 가야 해요. 여기에서 필요한 것은 사려입니다. 즉각적인 반응이 아니라 생각이 필요해요. 통쾌한 반항의 에너지가 사용된다면, 그것 자체도 생각 안에 있어야 해요. 힘든 일이에요. 자기 마음대로 하는 게 아니라 다른 사람들을 살피고 사태와 상황을 들여다봐야 해요. 이게 뭐가 좋겠어요. 제 맘대로 하는 것에 비하면 천양지판이에요.

그래도 사려 깊게 이모저모 생각해야 하죠. 그러니 셋째 단계에는 아이러니가 없을 수 없어요.

우리가 두 번째 수업 시간에 마주했던 질문이 있었죠. 책이 세상을 바꾸는가? KWJ 학생의 입에서 나온 말이었죠. 첫째는 바꾼다, 순진한 믿음. 둘째는 아니다, 책과 세상은 별개다, 냉소적 통찰. 그리고 셋째 단계를 생각해보라고 했어요. 셋째 단계, 성숙의 단계에는 뭐가 있을까. 힌트를 주었어요. 어떤 것의 중요성은 그것을 지웠을 때 드러난다고 했어요.

책은 세상을 책이 있는 세상으로, 책 읽는 사람이 있는 세상으로 바꾼다![1] 이렇게 대답하면 어때요? 에이, 그게 뭐야! 라고 말할 수 있어요. 그런 식의 논리적 장난이라면, 사과도 딸기도 세상을 바꿔요. 딸기 없는 세상에서 딸기가 있는 세상으로. 논리 자체로만 보면 그게 맞는 말이죠. 그러나 여기까지 생각한 사람이라면 바로 다음 단계로 넘어갈 수 있을 거예요. 딸기나 사과나 책이 없는 세상을 떠올릴 것입니다. 책이 없는 세상은 어때요? 어떤 그림이 펼쳐져요? 문자나 기록 수단이 없어 암송으로 전승했던 오래전의 세상? 혹은 텔레파시로 모든 정보와 지혜를 전달하는 SF의 세상? 지금 우리 세상에서 책만 다 지워버리면? 어때요? 해방이다, 하고 만세를 부를 수 있어요?

세 번째 스텝에 아이러니가 있다고 했어요. 책이 세상을 바꾼다는 순진함은 물론이고, 그렇지 않다고 하는 냉소적 통찰도 매우 단순해요. 명제 자체가 이론의 여지가 없어요. 복잡함이 없죠. 그러나 세 번째 단계는 아무것도 단순하지가 않아요. 수많은 다양한 영역이, 미지의 영역이 펼쳐져 있어요. 빈 공간과 간극과 틈새가 생겨요. 그 틈새는 세 번째 스텝을 밟은 사람들이 만들어놓은 거예요.

그러니까 그 간극을 메워야 하는 사람도 바로 자기 자신이죠. 책 있는 세상이 뭘 뜻하는지, 본인의 생각과 행동으로 채워 넣어야 해요. 이런 생각이란 단순히 관조적인 게 아니라, 주체의 의지와 믿음으로 만들어진 것입니다. 그런 생각은 행동으로, 움직임으로 표출되지 않을 수 없어요. 그것이 곧 윤리와 이념의 차원입니다.

원리, 이념, 윤리, 이 세 층위를 말했지만, 근본적인 구분선은 원리와 나머지 둘 사이에서 그어집니다. 이념과 윤리는 공히 원리를 벗어나는 것으로부터 만들어지기 때문이에요. 원리는 삼인칭이기 때문에 바라보는 나 없이도 작동해요. 내가 눈을 감아버린다고 해가 서쪽에서 뜨지는 않아요. 그러나 윤리는 다르죠. 윤리는 일인칭이기 때문에 지키고자 하는 본인의 의지가 개입해 있어요. 어떤 윤리적 미덕에 대해 입으로만 말하고 스스로 지키겠다는 의지와 움직임이 동반되지 않으면, 그건 그냥 헛소리입니다. 집단의 윤리인 이념도 마찬가지예요.

원리는 자연스러운 흐름이에요. 원리와 같이 흘러간다면 구태여 윤리나 의지나 이념을 구분해야 할 까닭이 없어요. 충동의 진행 방향으로 가는 것은, 먹고 싶은 것을 먹고 하고 싶은 것을 하는 거죠. 그래서 이념과 윤리는, 원리=충동과 반대 방향으로 가는 것이에요. 그래야 윤리가 되고 의지와 이념이 됩니다. 반대는 아니라고 해도 적어도 충동의 방향으로 따라가지는 않는 것이죠.

이 대목에서 올바르게 살기의 문제가 다시 제기됩니다. 그게 곧 어른 되기의 문제이기도 해요. 순진과 냉소 너머의 성숙에 도달하는 것이죠. 갈라진 세계의 틈새와 간극, 그리고 그로부터 뿜어져 나오는 아이러니의 문제이기도 해요.

호밀밭의 아이러니

홀든은 자기가 사는 세상이 마음에 들지 않아요. 순수함이 없고, 올바름도 없어요. 속물들의 소굴이에요. 그래서 자기 세상을 떠나려고 해요. 어디 가서 뭘 하겠다는 생각이 있는 것은 아니에요. 어쨌든 거기에서 떠나고 싶다는 거죠. 서부로 가겠다고도 하고, 자연 속으로 들어가서 오두막집을 짓겠다고도 해요. 그 유명한 호밀밭의 파수꾼이 되겠다는 이야기도 그중 하나죠. 그게 소설의 제목이 되었어요.

여기에는 너무나 분명한 아이러니가 있어요. 서부로 가겠다고 했지만, 1951년의 미국이 100년 전 서부 개척 시대는 아니죠. 형 디비처럼 할리우드로 간다면 모를까, 유치한 홀든이 이상한 소리를 하고 있는 중이에요. 호밀밭의 파수꾼이 되겠다는 이야기도 마찬가지죠. 그렇다면 뭐가 아이러니냐. 최소 세 단계가 있어요.

홀든이 일요일 오전, 브로드웨이로 가는 길에 한 아이의 경쾌한 노랫소리를 들었어요. 〈호밀밭을 지나다가〉라는 제목의 시에 스코틀랜드 전통 가락이 붙은 노래죠. 학교에서 퇴학 맞고, 룸메이트에게 얻어맞고, 포주에게 돈을 뜯기기도 했던 것이 전날 토요일 밤이에요. 코앞에 집이 있는데도 가지 못하고 싸구려 호텔에서 하룻밤을 보냈어요. 그리고 일요일 아침이 밝았습니다. 여자 친구를 만나러 가는 길에, 가족과 함께 교회에서 돌아오는 여섯 살쯤 된 아이의 노래를 들은 거죠. 그 노랫소리가 너무 좋은 거예요. 우울감이 사라져요. 이게, 호밀밭 노래가 등장하는 첫 번째 순간이죠.

그리고 그날 저녁 부모 몰래 집에 들렀다가 막내 피비를 만나요. 피비는 오빠가 퇴학 맞은 것을 알아채고 걱정을 합니다. 앞으로 뭘 하면서 어떻게 살려고 그러냐. 나이 어린 막내가 그렇게 물어요. 난데없이 튀어나온 홀든의 대답이, 호밀밭의 파수꾼이 되겠다는 겁니다. 어린아이들을 구하고 싶다면서.

소설의 제목이 등장하는 장면이죠. 먼저 홀든이 피비에게 오전에 들은 노래의 첫 구절에 대해 말해요. '호밀밭을 지나가는 사람을 붙잡는다면'으로 시작하는 노래가 있다고. 그러니까 피비가 바로 끼어들어 말합니다. 오빠는 그 노래를 잘못 알고 있다고, 그건 로버트 번스(1759~1796, 영국의 시인)의 시인데, "호밀밭을 걸어오는 누군가와 만난다면"이 맞다고.

홀든은 번스라는 시인도, 그 시의 제대로 된 뜻도 모르는 상태예요. 그걸 들키고 싶지 않은 홀든이 곧바로 말합니다. 뭐, 그건 그렇다 치고, 어쨌거나 나는 위험하게 호밀밭에서 뛰노는 아이들을 지키고 싶다고, 혹시라도 벼랑에 떨어지지 않게 그 아이들을 붙잡는 사람이 되고 싶다고 말하는 거죠. "바보 같은 얘기라는 건 알고 있어. 하지만 정말 내가 되고 싶은 건 그거야. 바보 같겠지만 말이야."(230쪽)

자기 꿈을 말하는데 그게 착각의 산물이라는 거죠. 호밀밭의 파수꾼이 되고 싶다는데, 그런 건 원래 있지도 않다는 거예요. 그런데 홀든의 착각은 노래 가사를 잘못 들은 정도에 그치는 것이 아니에요. 시를 들여다보면 더 깊은 아이러니가 있어요.

호밀밭의 포수

노래 가사로 축약된 번스의 시 구절은 이래요. "호밀밭을 지나

다 한 몸이 다른 몸을 만난다면(If a body meet a body coming through the rye)."[2] 홀든은 여기에서 meet라는 단어를 catch로 잘못 들은 거죠. 짧게 축약된 발음이라서 이런 착각은 있을 수 있어요.

홀든은 착각 속에서 생각한 거예요. 붙잡는다고? 왜? 홀든의 머릿속에서는 그게 호밀밭의 자연과 위험한 어린아이를 붙드는 동심의 세계로 연결되는 거죠. 파수꾼이라고 번역한 단어는 '붙잡는 사람', 즉 catcher예요. 캐처는 야구의 포수이기도 해요. 죽은 동생 앨리가 남긴, 홀든이 애지중지해서 언제나 가방에 넣고 다니는 야구장갑도 캐처 미트(mitt)예요. 미트 겉면에는 초록색 잉크로 시가 적혀 있어요. 타석에 상대 선수가 나오지 않았을 때 읽으면 좋다고 앨리가 적어놓은 거예요. 죽은 동생 앨리가 캐처, 즉 포수였던 거죠.

catcher라는 단어는 파수꾼이라는 번역어로 굳어졌지만, 차라리 야구 용어를 써서 '호밀밭의 포수'라고 번역하는 게 원뜻에 더 부합했을 거예요. 파수꾼이라는 단어는 군사 용어라서 어색하기는 마찬가지죠.

meet를 catch로 잘못 들은 홀든의 착각 속에는 이런 여러 가지 그림이 겹쳐 있는 거죠. 여섯 살쯤 된 아이의 노랫소리, 가족이 함께 하는 일요일 오전의 고즈넉한 분위기, 백혈병으로 죽은 착했던 동생 앨리, 앨리의 미트에 초록색 잉크로 적힌 시, 호밀밭의 자연 등이 하나로 어우러져 있어요. 따뜻하고 평화로운 세계입니다. 자이언티의 〈양화대교〉가 꿈꾸는 세계예요. "행복하자. 우리 행복하자. 아프지 말고 아프지 말고." 홀든이 꿈꾸는 세계가 착각으로 나타난 거죠.

그런데 그 착각의 세계가 호밀밭의 '캐처'라는 소설 제목으로까지 올라왔어요. 그러니까 소설 제목을 그렇게 정한 작가 샐린저까지 착각 만들기에 합세한 셈이죠. 작가까지? 왜죠? 아이러니 때문이에요. 아이러니의 눈으로 보면 세계가 깊어져요. 안 보이던 게 보이기 시작합니다.

자, 번스의 시 자체를 조금만 들여다봅시다. 아무도 없는 호밀밭을 지나다가 누군가를 만난다면 어떤 일이 벌어질까. 20세기 중반에, 한국 시인 장만영(1914~1975)은 이렇게 번역했어요. "가시네가 사내를 만났다고/ 보리밭 고랑에서 만났다고/ 가시네가 사내하고 키쓰했다고/ 떠들어댈 것은 없는 일."

번스의 시는 18세기 후반에 나왔어요. 당시 스코틀랜드의 음악을 수집하고 채록했던 사람이 이 노랫말을, 젊은 여성에게 들려주기에 부적절하다고 평가했어요.[3] 그러니까 지금 홀든이 가겠다는 호밀밭은 어떤 곳이냐는 거예요. 홀든이 어린이 같은 심정으로 꿈꾸는 세계와는 상당히 다른 세계죠. 정반대라고 할 수는 없어도 19금 정도는 되는 세계입니다. 이것이 두 번째 아이러니입니다.

동요의 심연

〈호밀밭을 지나다가〉라는 노래의 아이러니는, 곡조와 내용 사이의 불일치에서 생겨납니다. 곡조는 경쾌하고 명랑한 동요예요. 한국에서도 〈들놀이〉로 번안돼서 지금까지 불려요. "나가자 동무들아 어깨를 겯고, 시내 건너 재를 넘어 들과 산으로……." 이런 노래죠. 나도 어렸을 때 학교에서 배운 노래예요.

그런데 그 안에 있는 번스의 시는 이런 동심의 세계와는 무관해요. 토속적 에로티시즘의 공간이죠. 한국으로 비기자면 〈둥앙애 타령〉과 같아요. "날씨가 좋아서 빨래하러 갔다가 모진 놈 만나서 돌베개 베었네. 덩기 둥앙애 둥당덩……." 하는 민요. 그러니까 번스의 호밀밭이란 임 만나는 뽕밭이고, 나무하던 총각이 옷 벗은 선녀를 만나는 산골짝이에요. 이런 노래를 아이들이 부른다는 게 아이러니죠.

그러나 이런 아이러니가 번스의 시에만 해당하는 것은 아니죠. 많은 동요나 동화가 그런 아이러니를 지녀요. 동화가 지닌 기이함이 그런 예죠. 『해와 달이 된 오누이』 같은 동화를 어른 버전으로, 소설로 옮겨놓으면 어때요? 잔인하고 무서운 호랑이가 엄마를 해치고 오누이까지 잡아먹은 끔찍한 이야기가 돼요. 해와 달이 되려면 오누이가 죽어서 혼이 되어야 가능한 거죠. 물론 동화는 주인공 오누이의 지혜와 용기를 부각시켰어요. 엄마의 죽음이 지닌 비참을 슬쩍 가려놓았죠.

〈호밀밭을 지나다가〉라는 시가 민요를 거쳐 동요로 자리 잡은 것도 그런 과정을 따라갑니다. 일단 가락이 경쾌하고 짧으니까 어린이들이 쉽게 따라 부를 수 있어요. 그러나 그 노래 안의 세계는, 어른은 알지만 아이들은 모르는 세계죠. 노래 가사도 제대로 모르는 홀든이 이런 걸 알 수가 없어요.

그런데 홀든은 여기서 한술 더 떠요. 잘못 이해한 가사를 바탕으로 자기만의 환상 세계를 만들었어요. 성숙한 어른들의 비밀스러운 공간이 돌연 아이들의 놀이터로 바뀌어버렸어요. 홀든의 호밀밭은 〈피터팬〉의 네버랜드와도 같아요. 거긴 어려서 죽은 아이들의 영혼이 모여 사는 곳, 자식 잃은 부모들의 마음속에 존재하는 슬픔의 공간입니다. 그 슬픔 위에서 피터팬의 모험 이야기가 펼쳐지는 거죠. 호밀밭의 파수꾼이 지닌 두 번째 아이러니의 세계도 마찬가지예요.

표층과 심층 사이의 불일치가 있어요. 표층에서 한 겹만 깊이 들어가면 비애의 공간이 나와요.

맨해튼의 호밀밭, 두 번째 아이러니

그런데 두 번째 아이러니는 여기에서 한 발 더 나아가야 보입니다. 소설 전체와 연관되어 있어요.

홀든이 호밀밭의 파수꾼이 되겠다고 말하는데, 피비는 묵묵히 들을 수밖에 없어요. 좀 이상한 얘기지만, 그렇다고 딱히 반박할 수도 없어요. 피비가 아무리 똑똑해도 고작 열 살일 뿐이에요. 게다가 오빠의 말인즉 천진한 아이들을 지키겠다는 것인데, 아무리 바보 같은 이야기라도 그 진심은 생생한 것이라서 누구에게나 무겁게 다가갈 수밖에 없어요. 홀든의 뜨거운 진심은 노래 가사를 오해한 것과는 다른 수준이라는 거죠. 그래서 피비는 더 이상 말을 할 수가 없어요. 바로 그 홀든의 진심, 그게 문제입니다.

호밀밭의 두 번째 아이러니는 소설의 마지막 장면에 가서야 드러납니다. 홀든은 뉴욕에 있어야 할 이유를 찾지 못했어요. 부모 보기도 괴로워요. 그래서 학교와 집을 떠나기로 마음먹었어요. 호밀밭의 파수꾼이 될 수 있을지는 모르지만 아무튼 떠나요. 피비가 챙겨줬던 돈만 돌려주면 홀가분하게 떠날 수 있어요. 그런데 피비가 홀든과의 약속 장소에 여행 가방을 끌고 나타납니다. 자기도 오빠와 같이 가겠다고.

감동적인 순간이죠. 난감한 홀든은 펄쩍 뛰면서 무섭게 굴고, 피비는 서럽게 울어요. 홀든에게도 독자에게도, 난감하지만 감동적이예요. 그런데 왜 이게 아이러니인가.

소설의 마지막은 피비가 회전목마를 타는 장면입니다. 서먹해진 남매가 회전목마 있는 데까지 걸어가요. 피비는 회전목마에 오르고 홀든은 그걸 지켜봅니다. 목마는 돌고 음악이 흘러요. 목마 탄 아이들이 금빛 고리를 잡으려고 말에서 일어나곤 해요. 그걸 잡으면 공짜로 한 번 더 타니까 잡으려고 난리예요. 피비도 마찬가지예요. 홀든은 아이들의 그런 모습이 위태로워 보여 조마조마해요.

지금 홀든은 회전목마 옆에서 뭘 하고 있는 거죠? 아이들을 지키고 있잖아요. 그러니까 홀든은 이미 호밀밭의 수호자가 되어 있는 거잖아요! 홀든의 호밀밭은 스코틀랜드의 산골짝이나 미국 서부에 있는 것이 아니라 지금 자기가 서 있는 맨해튼에, 홀든이 사는 자기 동네에 있어요. 맨해튼 동물원 옆 회전목마 틀이 돌아가는 곳에! 거기에서 홀든은 지금 아이들을 지키는 포수 노릇을 하고 있는 거예요.

누구에게나 호밀밭은 자기 발밑에 있는 거죠. 그걸 깨닫는 게 어렵죠. 홀든은 자기도 모르는 사이에, 이미 자기 꿈을 실현하고 있는 중이고요.

파수꾼의 마지막 아이러니

그런데 홀든이 진짜 파수꾼 맞나요? 이 질문을 던지면, 우리는 한 발 더 나아가게 됩니다. 호밀밭 낭떠러지를 향해 뛰어가던 사람은 누구죠? 그리고 그 사람이 떨어지지 않게 지켜준 사람은 누구예요? 한번 답해봅시다. 목마 탄 아이들? 홀든? 피비?

그렇죠, 소설을 읽은 사람이라면 피비야말로 진짜 파수꾼이라고 답해야 합니다. 물론 피비와 아이들을 지켜보는 사람은 홀든이죠. 그 사실은 바뀌지 않아요. 그러나 소설에서 파수꾼은 위험에 처한 누군가를 붙잡아준 사람을 뜻해요. 떠나려는 홀든을 붙잡아준 사람이 누구냐는 거지요. 피비가 따라가겠다고 울며불며 난리를 쳐서, 홀든은 떠나지 않고 자기만의 호밀밭을 찾을 수 있었어요. 물론 찾았다는 사실도 모르는 채로 말입니다.

그러니까 낭떠러지에서 방황하던 어린이는 다름 아닌 홀든이고, 그를 붙잡아준 것은 여동생 피비라고 해야 하는 것이죠. 피비가 홀든이라는 어린이를 붙잡아준 파수꾼이 되는 거죠.

여기에서 한 발 더 나아갈 수도 있어요. 이번엔 작가 샐린저가 나설 차례입니다. 그런 피비를 움직인 힘은 뭐냐. 오빠를 염려하는 누이동생의 마음? 그렇죠. 그러나 더 들어가야 해요. 피비의 그 마음을 만들어낸 것이 뭐냐고 물어야 해요.

피비에게 그런 마음을 불러일으키고 피비를 움직이게 한 것, 그건 다름 아니라 못난 오빠 홀든이 지니고 있는 순진성이라고 해야 맞지 않아요? 홀든의 바보 같은 순진성이 피비를 따라 나서게 만들었다고 해야 맞잖아요.

홀든은 비록 스스로를 바보 멍청이라 하고, 실제로도 어느 정도는 그래요. 그래도 심정의 순정성만큼은 누구에게도 질 수 없는 인물입니다. 홀든은 피비를 보러 초등학교에 갔다가 담벼락에 쓰인 욕설들을 지워요. 아이들이 지나다니는 박물관에서도 욕설을 지웁니다. 자기는 입에 욕을 달고 살면서도, 아이들 사는 세상을 청소해요. 깨끗하게 만들려고 해요. 그런 마음이, 피비처럼 가까운 사람에게 전달되지 않을 수 없어요. 피비의 마음을 움직여 고집스러운 현명함을 만들어낸 것은, 그러니까 홀든의 마음속에 있는 바로 그 순정함이라는 거죠. 그게 이 소설이 지닌 종국적인 수준의 아이러니예요.

자기 구원

그러니까 '한심한 어린이' 홀든이 호밀밭의 파수꾼이라면, 그것은 홀든이 자기 자신을 위한 파수꾼임을 뜻하죠. 홀든은 맨해튼이라는 호밀밭을 뛰어다니는 돈키호테일 뿐 아니라, 그 자신이 산초이고 로시난테인 셈이죠. 그렇게 어른의 길에 들어서는 것이에요.

그것은 그가 어린아이들을 구하고자 함으로써, 곧 호밀밭의 파수꾼이 되고자 함으로써 생겨난 기적이죠. 아이들을 구하려 했던 것이 자기 자신을 구하는 길이 되는 거죠.

이와 같은 방식으로, 홀든의 이야기는 자기 구원의 드라마가 됩니다. 홀든은 물론 지금 정신 병원에 있어요. 그건 일차적으로 20세기 작가 샐린저의 쑥스러움의 표현일 수 있어요.

그러나 또 한편으로는 전략적이기도 합니다. 자기 구원의 이야기를 정색하고 하면 바로 최고신의 냉소가 쳐들어옵니다. 그거 얼마짜리냐고 물어요. 두 번 꼬임으로 생겨나는 아이러니의 안개는 연막탄과도 같아요. 냉소주의를 포획해두기 위함입니다. 이건 앤톨리니 선생 사건에서도 마찬가지입니다.

하품하는 몸

지난 시간에 앤톨리니 선생과 관련한 문제를 잠시 살폈어요. 이 문제도 두 번 꼬여 있어요. 그래서 아이러니의 공간이 생겨납니다.

앤톨리니 선생은 학교에서 쫓겨난 홀든에게 한 정신분석학자의 문장을 종이에 적어줘요. 성숙함과 관련한 문장이에요. 앤톨리니 선생은 홀든이 제정신이 아니라서 어쩌면 험한 짓을 할지도 모른다는 생각을 했던 것 같아요. 선생이 준 문장은, 힘들어도 견디며 꾸역꾸역 살아남아야 한다는 말이었습니다. 홀든은 물론 홀든답게 그런 고상한 말에는 별 관심이 없어요. 마음속으로는 듣기 싫어했다고 해야 할 겁니다. 홀든의 몸이 그렇게 반응했어요.

앤톨리니 선생이 건넨, 슈테켈이라는 정신분석학자의 문장은 이거예요. "미성숙한 인간의 특징은 어떤 이유를 위해 고귀하게 죽기를 바라는 경향이 있다는 것이다. 반면 성숙한 인간의 특징은 동일한 상황에서 묵묵히 살아가기를 원한다는 것이다."[4] 이것은 원래의 글에서 약간 변형된 것입니다. 원래 문장도 슈테켈의 문장이 아니라 인용한 것이에요. 오토 루트비히(1813~1865)라는 독일 시인의 원문은 이래요. "그가 오를 수 있으리라 생각했던 가장 최고 지점은 뭔가를 위해 영예롭게 죽는 것이었다. 이제 그는 그보다 더 위대한 지점을 향해 오르고 있다. 뭔가를 위해 아무런 영예도 없이 사는 것이 곧 그것이다."

둘을 견주면 차이가 보여요. 원문은 한 사람의 사례에 관한 것인데, 앤톨리니 선생의 문장은 이것을 성숙함과 미성숙함의 차이로 일반화했어요. 성숙해진다는 것, 어른이 된다는 것이 무엇이냐에 관한 교훈적인 문장이 된 거예요.

앤톨리니 선생은 홀든에게 이렇게 말하는 거죠. 제대로 된 어른이 되려면, 삶이 구질구질해도 그걸 견딜 수 있어야 한다는 거예요. 일단 학교로 돌아가라고, 꼴 보기 싫어도 견뎌보라고, 남들도 다 그랬다고. 아마도 이런 정도가 홀든 같은 학생에게 줄 수 있는 최선의 충고일 거예요.

그런데 이런 값진 이야기를 듣는 홀든의 태도가 가관입니다. 학교가 개인의 성장에 얼마나 필수적인지 등등에 대해 앤톨리니 선생이 말하는데, 홀든은 크게 하품을 합니다. 아무리 값진 이야기라도 너무 길어지면 사람을 피곤하게 만들기는 해요. 홀든은 잠을 제대로 못 자기도 했죠. 그래도 이러면 곤란해요. 홀든은 이렇게 덧붙입니다. "선생님께 이 얼마나 무례한 짓인지 모른다. 하지만 나로서도 불가항력이었던 것이다."(251쪽)

하품이 불가항력이었다고? 참을 수 없었던 것이 아니라 참기 싫었던 것이겠죠. 예의 차리는 것을 끔찍하게 싫어하는 홀든이잖아요. 그러니까 선생 앞에서의 하품은 홀든도 모르는 홀든의 속마음이라고 해야 할 거예요. 속물의 소굴에서 간신히 빠져나왔는데, 거기로 다시 가라는 말을 듣기 싫었던 거겠죠. 잠자리를 제공하고 좋은 말씀을 해주는 것은 감사하지만, 싫은 것은 또 싫은 것이니까. 아무리 멋진 말로 포장을 해도, 결국 학교로 돌아가라는 말이니까.

냉소를 포획하는 아이러니

그러니까 이런 담론의 진행에는 두 번의 꼬임이 있어요. 미성숙과 성숙을 구분하는 멋진 문장이 있죠. 많은 사람이 그 문장을 인용해요. 그런데 그 대단한 문장 앞에서 하품하는 홀든이 있어요. 이것이 첫 번째 꼬임이죠. 그리고 이 꼬임은 좀 더 험한 지경까지 나아가요. 뭐죠? 홀든이 앤톨리니 선생을 '변태'로 만들고 그 집을 뛰쳐나오는 사건입니다. 홀든의 느낌이 사실이라면 그것은 미성년자 성추행에 해당하는 거죠.

이 첫 번째 꼬임은 우리가 말했던 세 단계, 즉 순진-냉소-성숙의 진행과는 매우 달라요. 출발점이 냉소, 즉 세상의 냉정한 원리에서 시작해요. 학교는 학교다, 라는 냉정한 동어 반복이 거기에 있죠. 첫 번째 꼬임은 바로 그런 냉소적 진리에 대한 홀든의 반항입니다. 그것이 냉소라면, 냉소에 대한 냉소예요. 하품하는 몸의 냉소이고, 또 듣기 싫은 말을 하는 사람을 '변태'로 만들어버리는, 과장 속에 숨어 있는 냉소예요.

물론 지난 시간에도 말했듯이, 앤톨리니 선생에 대한 홀든의 반응은 지나친 것이죠. 과민 반응일 가능성이 훨씬 커요. 그래서 두 번째 꼬임이 필요합니다. 홀든 자신이 너무 민감했다고 반성도 하고, 또 이 기록 자체를 정신 병원에 있는 홀든의 이야기로 설정해서 신뢰성을 떨어뜨려요. 이게 두 번째 꼬임이죠.

두 번째 꼬임은 좀 약한데, 효과만 좀 약할 뿐이지 꼬임은 꼬임이에요. 그러면 180도를 두 번 틀었으니 원래 방향으로 돌아갔나요? 앤톨리니 선생이 운반해온 저 문장의 가치는 원래대로 돌아간 것이에요? 뭔가 안개 같은 게 끼어버린 느낌이잖아요?

두 번의 꼬임으로 인해 생겨난 것은 아이러니의 공간입니다. 애매하고 불투명한 공간이 생겨난 거죠. 무신론자인 소설이 우리 시대 최고신의 냉소를 사냥하는 포획 틀, 그것이 아이러니입니다. 그래서 앤톨리니 선생의 문장을 좀 더 깊이 들여다보게 돼요.

무의식의 핑계, 앤톨리니 선생은 '변태'다

앤톨리니 선생의 말을 들으며 홀든의 몸이 반발하는 건 무엇 때문이라 했죠? 일차적으로는 학교로 돌아가라는 얘기가 싫어서이지만, 말 자체에도 문제가 있어요. 앤톨리니 선생의 말에서 중요한 것은 사느냐 죽느냐의 문제예요. 세상이 마음에 안 든다고 성급하게 이상한 짓 하지 말라는 거죠. 그러나 이 조언에 따르면, 대의를 위해 목숨 건 사람들은 미성숙한 사람이 되어버려요. 그게 맞는 말일까.

루트비히의 원문에서 대조되는 것은 삶이냐 죽음이냐가 아니죠. 영예 있음과 영예 없음의 차이예요. 즉, "사랑도 명예도 이름도 남김없이 한 평생" 갈 수 있냐 없냐의 문제예요. 여기에서는 죽음이냐 삶이냐가 그렇게 중요하지는 않아요. 남의 눈 같은 것 의식하지 않고 자기 일관성을 지킬 수 있냐 없냐의 문제라는 거죠.

물론 보통 사람 입장에서 가장 반길 것은 영예롭게 사는 거죠. 다른 사람들이 나를 인정해서 내 삶의 가치를 높여준다면 고맙죠. 가장 싫어할 것은 아무 보람도 흔적도 없이 죽는 것이고요. 그러니까 그 중간에 있는, 영예 없이 산다는 것은, 남이야 알건 모르건 자기가 해야 한다고 생각하는 일을 하면서 자기 보람의 삶을 살아간다는 말이죠. 앤톨리니 선생이 말한, 묵묵하게 살기도 그것이고요.

죽음을 불사한 사람들은 많은 경우 영웅적 존재예요. 소크라테스나 예수, 안중근 같은 이들. 그러나 정확하게 말하면, 이들은 죽음을 택한 것이 아니에요. 자기 삶의 길 앞에 놓여 있는 죽음을 피하지 않은 것이죠. 자기 삶의 일관성을 유지하기 위해서예요. 죽음을 피하려 하면 자기 삶을 구겨야 하기 때문이에요. 그러니까 이들은 죽음을 선택한 것이 아니라 삶을 선택한 거예요. 제대로 된 삶을 선택하기 위해 눈앞의 죽음을 회피하지 않은 거예요. 죽음을 피하는 순간 자기 삶이 망가지기 때문에.

앤톨리니 선생이 가져온 문장은, 잘못 읽으면 정신적 고귀함을 포기하라는 말처럼 들려요. 그게 문제죠. 보통 사람들 입장에서 보면 반가운 말이기도 해요. 윤리적 영웅이 되는 것, 어떤 대의를 위해 자기 목숨까지 내놓는 것은 어려운 일이에요. 목숨은 고사하고 자기 돈이나 시간을 내놓는 일도 쉬운 일이 아니죠. 그게 현실이니까, 현실을 인정하고 어느 정도는 포기하며 살자고?

홀든의 하품이 터져나오는 순간입니다. 살아남기 위해서는 어느 정도의 속물성은 감수할 수밖에 없다고? 그래서 미리 포기하고 자진해서 속물이 되자고? 이런 말을 들은 홀든은 잠을 자다가 벌떡 일어나 그 집을 뛰쳐나오지 않을 수 없어요. 앤톨리니 선생이 '변태'라고 스스로에게 외치면서.

그러나 홀든의 무의식 차원에서 보면, '변태' 운운은 핑계일 수밖에 없어요. 물론 이것은 텍스트의 표면을 넘어서는 말입니다. 무의식은 그렇죠. 언제나 표면을 넘어서요. 홀든의 행동이 자기 생각의 진실을 보여줍니다. 그게 무의식의 작동인 거죠. 무의식 차원에서 홀든의 진실은 이래요. 나는 (학교로 돌아가라고 말하는, 너무나 말도 안 되는 옳은 말을 하는) 앤톨리니 선생이 싫다! 그에게 신세 지는 내가 싫다. 누가 뭐래도 나는 호밀밭의 파수꾼이 될 거다!

홀든의 머리에 떠오른 '변태'라는 말은 무의식이 잡아낸 꼬투리이자 핑계죠. 앤톨리니 선생은 홀든이 말하는 식의 그런 '변태'가 아니라, 다른 의미에서의 윤리적 '변태', 내 삶을 구기라고 말하는 입의 주인인 것이죠. 그게 홀든의 몸이 드러내는, 홀든도 모르는 홀든의 진실이에요.

속물과 괴물

자신의 속물성에 대한 경계와 적발을 포기하는 순간, 그 사람은 속물이 아니라 괴물이 됩니다. 자신의 속물성을 한탄하는 사람은 속물이 되지 않겠다고 단단히 마음먹은 사람입니다. 앤톨리니 선생의 집을 뛰쳐나온 홀든은 괴물 되기의 반대편을 향해 기를 쓰고 달려가는 중이에요. 나는 호밀밭의 파수꾼이 될 거라고. 바보가 될 거라고.

누구라도 사람의 마음속에는 깨끗함과 순정함의 기억들이 있어요. 유년기의 기억들이죠. 과연 그때 내가 정말로 순정하고 깨끗했을지에 대해서는 이론의 여지가 있죠. 순정한 세계는 우리 자신의 주관적 카메라에 담긴 것이에요. 만약 객관적 카메라로 담아내면 어떤 모습일까. 누구도 그 세계의 순정함을 장담할 수 없어요.

그러나 그런 것은 아무런 상관이 없다, 나는 내 안에 있는 순정함, 내가 인정할 수 있는 정결함, 이게 중요한 사람이다, 나는 이걸 지키고 살아야겠다, 사람이라면 마땅히 그래야 하는 것 아니냐? 지금 홀든의 행동은 이렇게 주장하고 있는 것이죠.

성숙한 몸이 된다는 것은 내 마음 안에 있는 더러움과 이질성을 발견하는 과정이기도 해요. 내 살 안에 뼈가 있다는 것을 알게 돼요. 내 안에 있는 충동은 무두귀 같은 존재입니다. 잘려나간 다음에도 꿈틀거리는 낙지 발 같은 것이에요. 내 안에 그런 게 있다는 것이죠. 거기에 몸을 맡기면, 그것도 남의 눈을 의식하면서 간특하게 그렇게 하면, 그것이 곧 괴물이 되는 길입니다. 그 길에서 간신히 살아남은 존재들이 자신을 속물로 느껴요. 남들이 그 사람을 뭐라고 말하건 자기 자신을 속물로 느낀다는 것이죠. 매우 윤리적인 존재들이죠. 호밀밭의 파수꾼들입니다.

바보의 분노, 아름다운 세상

물론 우리가 사는 세상은 단순하지 않아요. 세상의 이치와 나란히 놓인 냉소주의를 넘어서는 것은 쉬운 일이 아니에요. 하지만 그런 원리를 객관적 원리로서 인정하는 것과, 그것을 자기 삶의 태도나 윤리로 받아들이는 것은 전혀 다른 차원입니다.

원리가 그러니까 나도 그렇게 살겠다? 나도 속물이 되겠다? 부시는 이라크를 침공하면서 그래도 대량 살상 무기를 없애겠다는 명분을 댔어요. 물론 그런 무기는 없었던 걸로 확인됐죠. 세계 경찰 노릇을 자처하는 미국의 패권주의나 원유 공급선 확보 같은 현실적 목표를 내세울 수는 없었다는 거죠. 부시는 속물이되 최소한 부끄러움을 아는 속물입니다. 그래서 가식적이 됩니다. 감추고 꾸며요. 그러나 트럼프는 그런 염치조차 없어요. 나만 잘 먹고 잘살겠다는 주의입니다. 가식도 꾸밈도 없이 노골적입니다. 천진난만해 보여요. 그래서 뭐? 라고 세상을 향해 외쳐요. 나만 벗었나? 너희도 옷 속은 알몸이잖아! 부끄러움을 모르는 속물은 괴물이 됩니다.

우리 모두는 인간이라는 유기체로서, 객관적 원리와 주관적 의지 사이에서 살아갑니다. 우리 삶은, 삶 자체를 유지하는 것과 살아야 할 이유를 확보하는 것 사이에 끼어 있어요. 둘 사이에서 어떻게 균형을 잡아야 하죠?

균형을 생각하면 쉽지 않습니다. 여기에는 지난 시간에 나왔던 절제의 역설이 개입하기 때문이에요. 어디에서 멈춰야 할지 알 수가 없어요. 불확실하기 때문이에요.

답은 매우 간단할 수 있어요. 균형이라는 말을 버리면 돼요. 우리 몸은 생존 그 자체를 향해 달려갑니다. 그게 원리의 수준입니다. 맹렬한 충동의 흐름에 끌려가는 게 우리 삶입니다. 그래서 균형을 맞추고자 한다면 그 반대편으로 온 힘을 다해 몸을 끌어당겨야 하는 것이죠. 그래야 간신히 균형을 맞출까 말까 한 수준이 됩니다. 내 몸이 괴물성의 늪에 빠지지 않게 할 수 있어요. 간신히 속물 수준이 되는 것이죠. 괴물에게 항복하는 순간 주체는 사라져버려요. 우리는 모두 무두귀가 됩니다. 잘려도 꿈틀거리는 낙지 발이 됩니다. 죽어서도 움직이는 좀비가 되는 겁니다.

어른이 된다는 것, 성숙해진다는 것은 내 몸 안에 박혀 있는 싸늘한 냉소주의를 인정하는 것만이 아니라 그걸 넘어서 가는 것이죠. 그래, 세상의 이치도 알고 내 몸이 원하는 것도 잘 안다, 그래도 나는 다르고자 한다. 이런 수준이 되는 것입니다.

2박 3일 맨해튼을 방랑하는 열여섯 살 '찌질이'의 행동은, 세상의 냉소주의와 정면으로 맞서는 돈키호테의 행적에 해당합니다. 피비와 어린아이들이 목마를 타는 모습을 보면서, 좋아라 날뛰는 피비의 예쁜 모습을 보면서 흘든은 행복감에 젖어요. 이 아름다운 모습을 누구에게라도 보여주고 싶다고 느껴요. 크리스마스를 앞둔 월요일에, 소나기처럼 내리는 겨울비에 함빡 젖은 채 눈앞에 펼쳐진 아름다운 세상을 바라보고 있는 열여섯 살 어린 돈키호테가 우리 앞에 있는 거죠. 세상이 아름다워지는 순간입니다. 바보가 있어서요.

이 작품은 미국의 전후 소설이기도 합니다. 승전국의 전후 소설이에요. 이 점에 대해서는 패전국의 전후 소설인 『인간 실격』과 함께 다음 주에 살펴보겠습니다. 여기까지 하죠.

9-1강

삶을 연기하기

DDW: 『인간 실격』[1]은 요조라는 인물을 주인공으로 내세운 다자이 오사무(太宰治, 1909~1948)의 자전적 소설입니다. 서문이 있고, 세 개의 수기가 있고, 마지막에 후기가 붙어 있는 구성입니다. 세 개의 수기는 요조의 자서전이고, 서문과 후기는 타인이 본 요조의 삶인데, 서문에서는 세 장의 사진에 관한 이야기가 나옵니다. 요조의 어릴 적 사진, 학창 시절 사진, 그리고 청년이 되었을 때 사진입니다. 세 개의 수기와 상응합니다.

첫 번째 수기는 요조의 유년 시절을 이야기합니다. 유복한 집안에서 태어났는데, 영민하고 똑똑해서 사람들의 마음을 잘 읽을 수 있었습니다. 그래서 인간에 대한 두려움을 갖고 있지만 사람들에게 다가가기 위해 익살꾼을 자처하는 모습이 그려집니다.

두 번째 수기는 중학생 시절을 다룹니다. 요조는 집을 떠나서 유학을 합니다. 새로운 친구를 사귀고 새로운 세계에 발을 들입니다.

술과 윤락녀들을 알게 되고, 공산주의 운동에 가담합니다. 결정적인 사건은 여급 쓰네코와의 동반 자살 시도인데, 쓰네코는 죽고 요조만 살아남습니다. 자살 방조죄로 잡혔지만 기소 유예로 풀려나는 이야기입니다.

세 번째 수기는 학교에서 쫓겨난 이후의 삶입니다. 만화를 그려 생계를 꾸리면서 아이 딸린 여자와 동거를 하다가 부인 요시코를 만납니다. 그리고 자신이 있는 집에서 부인 요시코가 강간당하는 모습을 봅니다. 이야기는 요조가 폐인 같은 삶을 살다가 정신 병원에 들어가는 것으로 마무리됩니다.

후기에는 요조의 수기를 읽은 사람과 여급의 이야기가 등장합니다. 여기서 요조가 그렇게 된 것은 다 아버지 때문이라는 말이 나옵니다. 저로서는 이해하기 힘든 말이었습니다. 요조가 자초한 것이라고 여겼기 때문인데, 다시 읽어보니 그게 꼭 맞는 것만도 아니라는 생각이 들었습니다.

제가 읽어드릴 구절은 요조의 유년 시절 일화입니다. 도쿄에 가는 아버지가 선물로 뭘 원하느냐고 물어보는데, 어린 요조는 아버지의 비위를 맞추기 위해 애를 씁니다. 또 요시코가 강간당하는 부분에서 요조는 사람들에게 결정적으로 배신을 당합니다. 사람에 대해 신뢰를 가지고 있던 요시코가 그 신뢰로 인해 안 좋은 일을 겪고, 또 그런 모습을 지켜보며 절망하는 요조의 모습이 안타까웠습니다.

이런 세태를 알고 있음에도 불구하고 요조가 인간에 대한 구애를 멈추지 않고, 결국 폐인 같은 삶을 살게 되는 모습이 더 안타까웠습니다.

CYS: 제가 읽을 부분은 제 전공과 조금 관련이 있다고 생각되는 대목입니다. "수치스러운 평생을 살아왔습니다."(204쪽)로 시작되는 첫 번째 수기에서, 기차역의 육교를 놀이 시설이라고 생각했다가 아닌 걸 알고 실망했다는 이야기가 나오고, "나는 어린 시절부터 병약해서 곧잘 자리에 눕곤 했습니다. 자리에 누워서 요잇, 베갯잇, 이불잇 등을 진짜 시시한 장식품이로구나 하고 생각했는데, 그게 뜻밖에도 실용품이란 것을 스무 살이 다 되어서야 비로소 알게 되자 인간들의 쩨쩨함에 기분이 우울하고 슬퍼지곤 했답니다."(205쪽)라는 구절로 이어집니다.
요조는 부정적인 감정에 매우 민감하게 반응하는 것 같습니다. 요조가 철봉대에서 쇼를 하다가 다케이치한테 들켰을 때, 검사 앞에서 기침하다가 핀잔을 들었을 때, 자기 위선이나 가식이 드러나버렸다는 생각에 두려움을 느낍니다. 그리고 아버지 연설회 때에도 속고 속이는 사람들을 보며 거부감을 느낍니다.
그리고 저처럼 디자인을 하는 사람 입장에서는, 요 커버나 베개 커버 같은 것도 실용적인 것이기는 하지만 디자인 요소도 있는 것인데, 실망했다고 느끼는 요조에게 그렇지 않다고 말해주고 싶었습니다. 요조같이 예민한 어린아이를 충족시킬 수 있는 디자인도 열심히 해봐야겠다고 생각했습니다.

JSB: 제가 읽을 부분은 요시코가 강간당하기 직전, 요조와 호리키가 언어유희를 펼치는 장면입니다. 소설이 요조의 수기로 이루어졌기 때문에 대화가 리듬감 있게 이뤄지는 부분이 거의 없는데, 이 부분은 대화가 핑퐁처럼 진행되어서 재미있었고, 여기에서 다루는 이야기들이 곱씹을 만한 질문을 던진다고 생각했습니다.

솔직히 이해가 잘 되지는 않았는데, 죄에 대해서 생각하는 요조의 모습이, 이 장면 뒤에 요시코의 강간과 자신의 불행이 뒤따라 나오는 것을 보면, 뭔가 묵직한 무게가 실려 있는 것 같은 느낌을 받았습니다.

두 사람이 나누는 언어유희는 희극 명사와 비극 명사를 지정하는 것으로 시작됩니다. 그러니까 남성 명사나 여성 명사 같은 것 말고 희극 명사와 비극 명사로 구분해보자는 겁니다. 기선과 기차는 비극 명사이고, 전차와 버스는 희극 명사다, 라는 식입니다. 그리고 반대말 짝짓기가 나오는데, 꽃의 반대말을 찾으며 달이니 여자니 내장이니 하면서 농담을 하다가 예민한 요조가 자기 처지 때문에 우울감에 빠집니다. 그래서 죄의 반대말을 찾게 되는데, 그 뒤에 등장하는 비참한 장면까지 이어지는 것이 기묘합니다. 위트와 음울함이 뒤섞여 묘한 매력을 만들어냅니다.

LSH: 제가 오늘 낭독할 내용은 요조의 청소년기, 그러니까 요조가 중학교에서 만난 친구 다케이치 관련 이야기입니다. 요조는 자기 내면의 어두운 모습을 감추기 위해 사람들 앞에서 익살꾼 노릇을 자처하는데, 그런 모습의 진실을 처음으로 간파한 사람입니다. 어느 날 다케이치가 요조에게 고흐(1853~1890)의 자화상을 가져와 보여줍니다. 그걸 보고 요조는 자기도 자화상을 그리겠다고 작정합니다. 마침내 요조는 어둡고 끔찍한 모습의 자화상을 완성하곤 그것이 자기 내면의 어둠을 보여주는 것이라 생각하고 벽장 깊은 곳에 감추어버립니다.

이 책은 전체적으로 요조의 내면에 대한 이야기입니다. 요조는 인간을 정말 두려워하면서도, 그래서 인간과 관계 맺는 것을 정말 두려워하면서도, 인간 사회에서 배척당하는 것도 정말 두려워해서 인간에 대한 구애를 멈추지 않습니다. 요조는 자화상 속에서 자기 본모습을 확인하고도, 그걸 이미 알고 있는 다케이치를 제외하고는 아무에게도 보여주지 않습니다. 이런 모습에 공감이 되고, 저 자신을 보는 것 같아 인상 깊었습니다.

LSY: 제가 낭독할 부분은 두 번째 수기의 맨 처음 대목입니다. 방금 전 낭독한 부분의 바로 앞 장면입니다. 요조가 처음으로 고향을 떠나 살면서 새로운 사람들을 만났기 때문에, 자기가 연기하는 것에 대해 죄책감도 별로 없고, 또 자기의 정체를 완벽하게 은폐할 수 있어 명배우가 됐다는 나름의 자부심을 가지고 있던 중 다케이치를 만나면서 본모습을 들켜버리게 됩니다. 체육 시간에 철봉대에서 넘어져 사람들을 웃겼는데, 유독 학급의 못난이 다케이치만이 그게 일부러 그런 것임을 알아챘습니다. 요조는 그래서 불안해하다가 다케이치의 환심을 사기 위해 친해지게 됩니다.
요조는 타인을 대하는 자신의 위선적인 태도가 절대 드러나지 않을 거라고 생각했는데, 백치 같은 다케이치에게 들켜서 중대한 위기를 맞이합니다. 그런데 이 상황을 해결하는 방식도 위선적입니다. 사람들을 대하는 요조의 방식이 그것밖에 없었기 때문이겠지만, 이런 상황에서 다케이치를 이중으로 속이는 데 성공하는 게 오히려 요조에게는 독이 되었다고 생각합니다.
인간은 누구나 종종 가식적이고 위선적인 측면을 지니지만, 그걸 자기 정체성이라고 말하는 사람은 별로 없습니다. 저도 그렇습니다. 그런데 요조는 그런 성격을 자기 정체성으로 가지고 있고, 저는 그것이 되게 특이하다고 생각했습니다.

JHJ: 요조는 인간 세계에서 나약함을 담당하고 있는 인물입니다. 누구보다 불행을 빨리 감지하고 예민하게 반응합니다. 요조가 호리키와 사귀면서 다행이라고 여긴 것은, 호리키가 듣는 사람은 신경 안 쓰면서 되는 대로 떠들기 때문에, 자기가 익살 광대 노릇을 할 필요가 없다는 점이었습니다.
이런 부분에서도 알 수 있듯이 요조는 타인과 관계를 맺는 데 엄청난 스트레스를 받는 사람입니다. 그를 안정시켜주는 것이 술과 여자밖에 없어, 그 길로 나가면서 스스로를 파괴하고 자살 시도까지 하게 됩니다.
요조는 시즈코의 딸 시게코에게서 위안을 얻는데, 나중에는 어린 시게코까지 두려워하게 됩니다. 자길 좋아하는 사람을 요조는 두려워하는데, 요조가 두려워할수록 상대는 요조를 좋아합니다. 그래서 두려움은 더 커지고, 결국 그 사람을 떠나게 됩니다.
이런 점을 잘 그려낸, 요조와 시게코가 대화를 나누는 부분을 골라 보았습니다. 안타까운 인물이라는 생각이 들었습니다.

안타까운 요조

소설을 읽으면서 나도 여러분과 같은 마음이었어요. 아마 누구라도 그럴 거예요. 요조 이야기는 안타까운 대목이 많죠. 요조가 한심하고, 또 불쌍하기도 해요.

여러분이 제출한 글을 읽으면서는 좀 놀랐어요. 여러분이, 내가 생각했던 것보다 훨씬 더 요조를 싫어해서요. 불쌍한 사람인데 뭘 이렇게까지 싫어하나 싶었어요. 자기 자신의 모습을 보고 있는 것인가? 자기혐오라면 그럴 수 있겠다는 생각도 했어요.

소설 속으로 들어가 요조를 말리고 싶다는 학생도 있었어요. 나도 공감했어요. 엠마 보바리가 바람둥이 로돌포를 찾아갈 때도 말리고 싶었죠. 술잔을 뺏는다고 해서 요조가 술을 안 마실 것도 아니죠. 알코올 중독이나 약물 중독이나 혼자 힘으로 빠져나오기는 힘들어요. 어린 시게코가 아빠라고 부르는데 아빠 노릇 좀 제대로 해주지, 사람이 왜 그 모양이야, 야단치고 싶은 심정도 이해할 수 있어요. 나도 그랬으니까.

친구를 잘 사귀어야 한다는 학생도 있었어요. 호리키를 만나지 않았더라면 운명이 달라졌을까? 또 다른 호리키가 있었을 거예요. 어쨌거나 책임은 자기 자신이 져야 하는 거죠. 어떤 식으로건 사람은 자기 행동에 책임지게 되어 있어요. 요조도 마찬가지고요.

두 번씩이나 자살 기도를 하고 정신 병원에 갇힌 요조의 삶은, 아마도 사람이 갈 수 있는 최저한도를 보여주는 게 아닐까 싶어요. 나도 여러분과 공유하고 싶은 대목이 있어서 체크해왔어요. 쓰네코와 연관된 대목들이네요. 요조가 쓰네코와 동반 자살을 시도했다가 혼자만 살아남아 검사의 취조를 받는 대목입니다. 기침이 나오니까, 동정을 받을 수 있으려나 하고 요조가 호들갑스럽게 기침하면서 폐결핵 환자 시늉을 하죠. 진짜냐고 조용히 묻는 검사의 반응에, 요조는 참담한 모멸감을 느껴요.

나도 얼굴이 화끈거렸어요. 요조는 왜 그랬을까. 왜 검사 앞에서 결핵 환자인 것처럼 굴었을까. 검사 눈치를 슬쩍 보면서. 요조는 어렸을 때부터 광대 짓으로 사람들을 웃겼어요. 그건 자기를 바보로 만드는 기술, 자기를 낮춰서 다른 사람들 비위를 맞추는 기술이에요. 체육 시간에 철봉대에서 일부러 넘어져 사람을 웃기거나, 자기의 바보짓을 꾸며 써서 선생님을 웃기는 것이었어요. 그런데 이번 경우는 달라요. 없는 각혈을 가장해서 검사의 동정을 얻고자 하는 것입니다. 앞에서 했던 연기와는 질적으로 다른 거죠. 이건 정말 부끄러워할 일이죠. 왜 그랬을까. 꾸미고 연기하는 것이 습관이 되다 보니 자기도 모르는 사이에 그렇게 된 걸까?

그런데 더 이해가 안 가는 것은, 요조가 검사 앞에서 연기하다 들킨 것을 어릴 적 다케이치에게 들킨 것과 나란히 놓고 있다는 거예요. 꾸민 걸 들켰다는 것은 같지만, 그 의미는 천양지판이죠. 그런데 이 둘을 나란히 놓고서, 똑같이 충격을 받았다고 해요. 바보 다케이치에게 자기 슬랩스틱을 들킨 것을 두고 충격을 받았다고 하는 게 더 이상한 거죠. 그러니까 요조에게는 이 둘 사이의 윤리적 차이가 아무것도 아니라는 거죠. 단지 자기가 하는 연기가 있고, 그게 통하는지 안 통하는지만 중요하다는 것이겠네요. 좀 이상하지 않아요?

요조의 두려운 행복

요조와 동반 자살을 시도했던 카페 여급 쓰네코와 만나는 장면도 인상적이죠. 쓰네코도 요조처럼 삶의 의지나 욕망이 희미한 사람이에요. 요조보다 두 살이 많아요. 남편은 날건달입니다. 사기죄로 교도소에 수감되어 있어요. 쓰네코는 옥바라지도 이제 그만하겠다고 해요. 말은 하지 않아도, 온몸으로 쓸쓸하다는 느낌을 풍기는 사람이 쓰네코입니다. 요조는 단박에 자기 동족을 알아차려요. 요조는 쓰네코와의 시간을 진정으로 행복한 시간이었다고 회상해요. 단 하룻밤이었지만 행복했다고. 그리고 다음 날엔 그 행복마저 무서워서 다시 어릿광대가 되었다고.

염세적인 요조가 무려 행복이라는 단어를, 아무런 아이러니 없이, 순수하고 긍정적인 의미로 사용하고 있는 거죠. 요조 자신도 그런 자기 모습을 놀라워하고 있어요. 사는 것 자체가 고역이라 느끼는 요조에게 이건 대단한 것이죠. 그런데 요조가 행복이라는 단어를 이렇게 쓸 수 있는 것은 수기이기 때문이라고, 그러니까 회상의 형식이기 때문이라고 해야 합니다.

행복이나 사랑이나 모두 반성적인 개념이에요. 완료형으로만 제대로 구사할 수 있는 술어들입니다. 『적과 흑』에서 쥘리앵 소렐도 그랬어요. 감옥에 갇혀 죽을 날을 받아놓고 난 다음에야, 레날 부인과 함께 있었을 때가 정말 행복했다고, 자기가 정말 사랑했던 사람은 레날 부인이었다고 말할 수 있었어요. 그렇다면 현재형 사랑은 없다는 것인가? 현재 어떤 사람이 행복해하고 있다면? 내가 지금 행복감을 느끼는 걸 의식하거나 안다면, 그건 나 자신에게 미래완료형으로 말하고 있는 거예요. 장차 나는 이 순간을 행복했다고 말하게 될 거라고.

요조는 정말 대단하다고 할 것이, 그런 행복감을 느꼈는데도 그걸 두려워해요. 행복이 두려운 것은 깨질지도 모른다는 걱정 때문이겠죠. 요조는 그런 자기 심정을, 솜에도 상처를 받는다고 표현해요.

오히려 솜이라서 상처를 받는다고 해야 할 것 같네요. 불안에 예민한 사람이라서, 고통이 아니라 행복이나 사랑이 찾아오면 더 두려운 거예요. 행복을 쥐고 불안해하는 것보다 오히려 행복 없는 상태가 더 나은 거죠. 그러니 방법이 없어요. 삶의 행복과 기쁨을 결사적으로 피하는 수밖에. 그 끝에는 자살이 있는 것이고요.

동반 자살 사건은 작가 다자이 오사무에게 실제로 있었던 일이죠. 도쿄 제국대학 불문과 1학년이던 스물한 살 때 카페 여급과 함께 가마쿠라 바다에 뛰어들었어요. 소설의 요조처럼 혼자만 살아남았어요. 나머지 인생은 덤이 된 거죠.

사소한 이유로 죽기

쓰네코와 요조는 왜 자살을 결심하게 되었을까. 이 두 사람은 자살을 결심하고 바로 결행했어요. 소설이지만 참, 대단한 사람들이에요. 먼저 죽음에 대해 말을 꺼낸 것은 쓰네코였어요. 요조도 의미 없는 인생을 더 버틸 수 없을 것 같아서 선선히 동의했어요. 그러나 실감으로 죽음을 느낀 것은 아니고, 장난 같은 기분도 있었어요. 그런데 요조가 정말로 죽겠다고 결심한 것은 아주 사소한 순간입니다.

밤을 함께 보낸 두 사람이 오전에 시내를 방황하다가 다방에 들어가서 우유를 마셔요. 쓰네코가 요조에게 돈을 내달라고 해요. 얼마 안 되는 돈이니 내달라고 한 거죠. 그런데 요조의 지갑에는 동전 세 개뿐이었어요. 처참하다는 생각을 하죠. 쓰네코가 지갑을 들여다보고, 겨우 그것뿐이냐고 해요. 별 뜻 없이 한 말이죠. 그런데 요조는 바로 그 순간을 치명적인 굴욕의 순간이었다고 해요. 더 이상 살아남을 수가 없겠다고, 그래서 바로 그 순간 죽기로 결심했다고. 그리고 그날 밤 두 사람은 가마쿠라의 바다로 뛰어들었어요. 요조는 그나마 결심이라도 필요했는데, 쓰네코는 요조보다 한술 더 떠요. 언제든 죽을 준비가 되어 있는 사람 같아요.

지난 시간에, 방황하는 홀든에게 앤톨리니 선생이 해준 말을 살펴봤어요. 고귀하게 죽기와 덤덤하게 살기가 대비되었죠. 사소한 이유로 덤덤하게 사는 것이 성숙한 사람이라고 했어요. 그런데 요조와 쓰네코는 이런 이항 대립을 단박에 깨버려요. 쓰네코와 요조는 사소한 이유로 덤덤하게 죽어요. 고귀한 대의나 거창한 명분을 대며 죽는 것이 아니에요. 지갑에 돈이 동전 세 개뿐이네, 우윳값도 안 되네, 그래? 죽지 뭐. 이게 요조의 경우이고, 마음에 드는 남자가 있는데 같이 죽자고 하네, 그러지 뭐. 이게 쓰네코예요.

다자이 오사무의 단편 「잎」(1934)에 이런 문장이 나와요. "죽을 작정이었다. 올해 설, 이웃에서 옷감 한 필을 얻었다. 새해 선물이었다. 천은 삼베였다. 쥐색 잔 줄무늬가 들어가 있었다. 이건 여름에 입는 거로군. 여름까지는 살아 있자고 마음먹었다."[2] 이게 소설의 초두입니다. 죽음을 하찮게 보는 태도가 두드러지죠. 죽음을 너무 쉽게 말해서 농담이나 아이러니처럼 보여요. 보통 사람들은 그럴 수 없으니까, 그렇게 느껴지는 거죠. 그러나 다자이 오사무의 삶을 염두에 두면 그럴 수가 없어요. 이 단편에도 동반 자살에서 혼자 살아남은 기억이 수시로 등장합니다. 다자이라는 작가의 삶을 생각하면 그럴 수밖에 없어 보여요.

사소한 이유로 살기는 사소한 이유로 죽기와 연결되어 있다. 이 말을 앤톨리니 선생에게 해줄 수도 있겠네요. 흐지부지 사는 것과 흐지부지 죽은 것이 하나로 이어져 있다는 거죠. 여기에서 중요한 단어는 삶이냐 죽음이냐가 아니라 흐지부지예요.

이 단편의 제목이 '잎'인데, 요조(葉藏)라는 주인공의 이름에도 '나뭇잎'이 들어가 있어요. 한자 뜻으로는 '나뭇잎 창고'라는 이름이네요. 『인간 실격』(1948)은 3회에 걸쳐 잡지에 분재되었습니다. 1회 분재가 끝나고 다자이 오사무는 자살했어요. 애인과 함께 바다에 뛰어들어 죽었어요. 그러니까 2회와 3회는 유작으로 발표된 셈이죠. 책으로 묶인 것은 물론 사망 후의 일이고요.

이 사실을 알고 읽으면 작품이 예사로울 수가 없어요. 특히 이런 경우는 작가의 실제 삶과 작품 사이의 관계가 문제가 돼요. 다자이는 자기 삶을 소설로 만들었어요. 소설을 살았다고 하는 게 더 적당해 보이기도 합니다. 다음 시간에 계속하겠습니다.

9-2강

다자이 오사무, 『인간 실격』

요조와 홀든

다자이 오사무의 『인간 실격』은 여러분이 말한 대로 또 한 명의 '찌질이' 이야기입니다. 『인간 실격』도 『호밀밭의 파수꾼』처럼 정신병원에 입원한 사람의 이야기예요. 두 소설이 비슷한 시기에 나왔어요. 주인공들의 현재 나이는 좀 차이가 나죠. 홀든은 열여섯, 요조는 스물일곱. 둘 다 부잣집 아들이에요. 한심한 것 역시 마찬가지인데, 그 한심함의 모양새는 매우 달라요. 정반대라고 해야 합니다.

일단 요조는 똑똑하고 지적입니다. 번번이 낙제하고 네 번이나 학교를 나온 홀든과는 매우 다르죠. 요조는 그냥 똑똑한 수준이 아니라 수재 소리를 듣는 탁월한 학생이에요. 병약해서 학교를 자주 빠지면서도 시험 성적은 월등하게 높아 안팎에서 우러러봐요. 게다가 재치와 유머로 동료와 선생들의 사랑을 받아요. 단연 눈에 띄는 학생이죠. 소학교 시절의 요조는 심지어 존경받는 학생이었어요.

학업만이 아니라 일상 생활에서도 요조는 홀든과 정반대예요. 홀든은 눈치가 없고 공감력이 떨어져서 다른 사람 마음을 잘 헤아리지 못해요. 그래서 엉뚱하고 이상한 짓을 해요. 요조는 사람들의 마음을 잘 읽습니다. 문제는 공감력이 좋은 수준을 넘어서 지나치다는 것이에요. 너무 예민해서 자기 자신이 견디지 못할 수준까지 가는 거예요.

요조라는 이름에는 '나뭇잎'이 들어가 있었죠. 요조는 나뭇잎 중에서도 얇고 바짝 마른 나뭇잎이에요. 너무 얇고 예민한 울림판 같아서, 조금만 강한 자극이 들어오면 터져버려요. 물론 방어막만 잘 갖춰지면 문제가 안 될 수도 있죠. 영특하고 예민한 부잣집 도련님으로 남부럽지 않게 살 수 있는 거죠. 그러나 그럴 수 없다는 게 문제입니다. 예민하니까 사람을 대하는 것 자체가 힘들고 어려워요. 옆에 다른 사람이 있는 것만으로도 힘들고 심지어 무섭기까지 할 정도입니다. 심각한 거죠.

순수성: 용감과 비겁

매사가 단점이 있으면 장점도 있기 마련이죠. 홀든은 바보같이 둔하지만 겁이 없고 씩씩해요. 마음먹으면 곧바로 행동으로 옮겨요. 게다가 홀든은 자기가 바보 같다는 걸 잘 알고 있어요. 이건 정말 엄청난 장점이죠. 그러니까 진짜 바보는 아니라는 거죠. 자기가 바보라는 걸 모르는 바보가 최상급 바보죠. 홀든은 그런 점에서 오히려 바보라기보다 현명한 사람이라고 해야 해요.

홀든은 또 열등감이 없어요. 남들이 뭐라 하든 자기 길을 가요. 남들과 자기를 비교한다든지, 남들에게 자기 약점을 눈치채지 않게 한다든지 하는 것에는 관심이 없어요. 홀든은 협잡이 판치는 세상에 마음껏 분노해요. 자기가 옳다는 확신이 있고, 그런 자기 자신에 대해 자부심도 있어요. 세상과 자기가 어울리지 않는 것은 세상에 문제가 있기 때문이라는 거죠. 노래 가사를 잘못 들은 것 따위가 무슨 문제냐, 나는 호밀밭의 캐처가 될 거다! 홀든은 의지가 있고 욕망이 분명한 거죠.

요조는 이런 홀든과 너무나 대조적입니다. 영민하지만 남의 눈을 의식하는 겁쟁이예요. 문제를 정면으로 대응하지 않고 회피하려 해요. 눈치가 빠르니까 다른 사람들이 뭘 원하는지 너무 잘 알아요. 마음이 약하고 성품은 또 너무 착해서, 다른 사람들을 실망시키고 싶지 않아요. 그러니까 요조는 자기가 원하는 걸 하는 게 아니라, 다른 사람들이 원하는 걸 해요. 자기 부모나 학교 선생들에게만이 아니라, 자기 집 하인들 비위까지 맞춰요.

요조는 완벽한 광대가 되는 것을 원한다고 했어요. 모든 사람을 속이겠다고. 요조는 그게 불가능하다는 걸 알아요. 자기의 광대 짓이 깨지는 순간을 기다리기도 해요. 많이 복잡한 사람이죠. 요조의 말이 무슨 뜻인지 쉽게 판단하기가 어려워요. 그 말을 액면 그대로 받아들이기도 어려워요. 자기는 언제나 거짓말을 한다고 주장하는 사람처럼 이상한 거죠. 논리적으로는 말이 안 되는데, 또 설득력은 있어요.

요조와 홀든은 매우 뚜렷한 공통점이 있습니다. 둘 모두 순수한 사람이라는 거죠. 바보 같은 홀든의 순수성은 너무나 명백해요. 요조는 영리해서 매우 꼬여 있는 것처럼 보여요. 그러나 한 발짝만 떨어져서 보면 요조의 순수성 역시 선연해집니다. 상처에 매우 취약한 성격을 가진 사람, 그래서 자기 인생을 망쳐가는 한 섬세한 인물이 있는 거죠. 흡사 화선지 같아서, 세상의 더러움을 여과 없이 흡수해버리는 매우 특이한 존재가 있는 거죠. 순수한 바보와 순수한 탕아가 맞서 있네요.

완전주의자의 용기

요조는 홀든과 달리 뭐든 자기 탓을 합니다. 자기 연기가 부족해서 실패했다는 식이죠. 그건 요조가 대단한 완전주의자라는 걸 보여줘요. 요조가 가장 견디기 힘들어하는 것은 누구에게든 욕먹는 것입니다. 눈앞에서 다른 사람의 비난을 들으면 하늘이 무너지고 땅이 꺼지는 느낌을 받아요. 누군가를 실망시켜도 마찬가지예요. 요조는 그런 사태를 막고 싶어 해요.

아버지가 도쿄에 가면서 선물을 사오겠다고 어린 요조에게 물었어요. 뭘 갖고 싶으냐고. 마음에 드는 답을 듣지 못해 아버지가 실망한 기색이 보여요. 요조는 그런 걸 견디지 못해요. 비상한 수를 써서 아버지를 기쁘게 하죠. 아버지가 사주고 싶었던 것을 몰래 아버지 수첩에 써넣는 식으로. 출장에서 돌아온 아버지가 와하하, 기쁘게 웃어요. 이런 것이 어린 시절 요조의 무용담이죠. 자기가 어떻게 아버지와 선생님을 기쁘게 했는가 하는 것. 선생님은 요조의 글을 읽으며 킥킥킥, 웃어요. 그걸 요조는 뒤쫓아가면서 확인하죠.

남의 눈치를 보는 게 진짜 문제인 것은, 자기 욕망을 집어삼키기 때문이에요. 다른 사람이 원하는 것만 눈에 보이니, 내가 하고 싶은 것은 뒷전이 되죠. 그저 면피만 하고 눈앞의 비난만 피하려 해요. 피할 수 없는 수준이 되면 도망쳐버립니다. 공포로부터 빠져나갈 구멍이 보이지 않으면, 삶의 에너지 수준이 급락해요. 자포자기가 됩니다. 흐지부지, 그냥 되는 대로 자기 자신을 놔버려요.

요조는 자기애가 매우 강한 완전주의자가 어떻게 바닥 수준의 탕아가 되는지, 대책 없는 중독자가 되는지를 보여줍니다. 내가 손쓸 수 없는 나의 삶, 그게 중독자의 길입니다. 요조는 알코올 중독과 약물 중독의 길을 가죠. 욕망과 의지가 얇아지자 충동이 드러나버린 거죠. 그 끝에 놓여 있는 게 죽음이라는 것은 너무나 당연해요. 욕망의 근육이 말라 충동의 뼈가 드러난 거니까. 그런데 그 죽음의 방식이 자살이라면 그건 좀 특이하다고 해야 합니다.

요조는 죽음으로 가는 동굴 문을 제 손으로 열어젖힙니다. 문이 요조에게 열리는 것이 아니라, 요조 스스로가 문을 박차고 들어가는 식이죠. 그게 또 하나의 특이함입니다. 목숨 버리는 일에는 매우 용감하다는 점에서 그래요. 죽음에 대한 요조의 태도는, 부랑자나 폐인으로서 시부저기 죽는 것이 아니라, 씩씩하게 자기 삶을 버린다는 느낌이 있어요. 살아 있는 요조는 심각한 겁쟁이처럼 보이는데, 죽음 앞에서는 대단한 용사처럼 보여요. 그게 특이합니다.

요조는 자책의 왕자예요. 자살은 심약한 완전주의자가 발휘할 수 있는 유일한 용기입니다. 완전주의자는 마음속으로 만사를 챙기느라 선뜻 행동으로 옮기지를 못해요. 그러다 자기 운명에게 한 방 얻어맞아요. 상처받아요. 자기 자신에게서 상처를 받는 거죠. 자기 실수라고, 자기 탓이라고 생각하는 거죠.

이런 일이 일어날 수밖에 없는 것이 완전주의자의 마음 구조입니다. 요조의 삶은 그래서 상처투성이가 되곤 해요. 물론 상처 없는 영혼은 없어요. 살다 보면 상처는 생길 수밖에 없어요. 그런 상처를 어떻게 받아들이는지가 문제죠. 상처를 아예 상처로조차 받아들이지 않는 사람이 있는가 하면, 그 반대편에 완전주의자가 있는 거죠. 모든 것을 자기 영혼의 상처로 받아들이는 유형. 자의식이 너무나 강한 사람들이죠.

소설에 등장하는 수기의 첫 문장이 유명합니다. "수치스러운 평생을 살아왔습니다." 스물일곱 청년 요조가 정신 병원에서 쓴 기록의 첫 문장입니다. 그런 삶을 일거에 역전시킬 수 있는 것, 매번 실패하는 자기 자신을 응징하고, 그로 인해 생긴 모든 죄의식과 수치심을 일시에 변제할 수 있는 것, 자살입니다.

궁궐에 나부끼는 나뭇잎 하나

『인간 실격』은 전체가 세 개의 수기로 구성되어 있어요. 첫 번째는 요조의 어린 시절, 두 번째는 학창 시절, 세 번째는 청년 시절입니다. 그리고 앞뒤에는 이 수기를 얻어서 공개한 사람의 말이 들어가 있어요. 이런 구성을 액자 소설이라고 하죠.

가장 먼저 눈에 뜨이는 것은, 주인공 요조의 삶과 작가 다자이 오사무의 삶이 매우 현저하게 겹친다는 점입니다. 『인간 실격』은 흡사 작가 자신의 수기처럼 보여요. 작가 자신의 유명한 동반 자살 사건이 요조와 쓰네코라는 인물을 통해 두 번째 수기의 한복판에 놓여 있어요.

게다가 소설 발표 과정 자체가 매우 특이하다고 했어요. 1948년 탈고한 후 월간지에 3회에 걸쳐 분재되는데, 1회를 발표한 뒤 다자이가 바다에 투신자살하죠. 다자이가 서른여덟 살 때 일입니다. 2회와 3회는 유고가 되어버렸어요. 사람들의 이목을 끌지 않을 수가 없죠. 다자이는 폐결핵이 악화해 건강이 좋지 않은 때이기도 했어요. 이번에도 한 여성과의 동반 자살이었습니다. 18년 전과는 달리 성공한 자살이라고 해야 할지.

다자이 오사무는 필명입니다. 본명은 쓰시마 슈지(津島修治)이고, 소설 주인공 요조처럼 일본 동북 지방의 유력한 집안 출신이에요. 부친은 대지주이고 귀족원(貴族院) 의원이기도 했어요. 소설과 크게 다르지 않아요.

다자이는 11남매의 6남으로 열 번째 자식입니다. 자식이 많아 앞에서부터 보면 눈에 잘 띄지도 않죠. 나쓰메 소세키처럼 성은 그대로 두고 이름만 필명을 쓰는 경우도 있지만, 다자이는 성과 이름 전체를 필명으로 대치했어요. 필명이 특이해요. 다자이(太宰)는 '국무총리'라는 말이죠. 오사무(治)는 '세상이 잘 다스려지는 상태'입니다. 오사무는 자기 본명에서 한 글자 따온 거지만, 필명 자체가 다자이의 실제 삶과는 정반대죠. 대지주에 정치가였던 그의 부친이 자식들에게 원했던 삶이겠지요.

소설에서도 아버지가 요조에게 원한 것은 정부의 관리가 되는 거였어요. 요조는 미술 학교를 원했지만 아버지의 뜻을 따르죠. 관리의 길을 가기 위해 고등학교에 진학합니다. 다자이의 실제 삶에서는 사망한 아버지 대신 맏형이 그런 일을 했겠죠. 다자이가 죽기 한 해 전, 맏형은 고향인 아오모리현의 지사가 됩니다. 다자이 오사무라는 필명은 그 형에게나 어울리는 이름이에요. 필명부터 아이러니가 가득하죠.

오바 요조(大庭葉藏)라는 이름도 마찬가지죠. 요조의 성인 오바(大

庭)는 '커다란 뜰'이라는 말인데, 여기에서 뜰 정(庭) 자는 본래 궁궐 안에 있는 지붕 없는 부분을 뜻해요. 다자이는 거기에 대(大) 자를 붙여 강조했어요. 그냥 보통의 정원이나 뜰이 아니라는 거죠. 우리나라로 치면 경복궁 근정전 앞 품계석이 있는 곳입니다. 나라의 중요한 행사가 열리는 곳이에요. 거긴 나무가 없어요. 국왕의 경호 문제 때문이겠죠. 그런데 그곳에 어디선가 날아 들어온 나뭇잎이 있는 거죠. 대궐 앞뜰에 나부끼는 나뭇잎 하나, 그게 곧 오바 요조입니다. 정치가 집안에서 소설 쓰는 다자이 오사무가 곧 오바의 요조인 셈이죠. 아이러니에 쓸쓸함까지 더해졌네요.

방탕을 향한 의지

주인공 오바 요조와 작가 다자이 오사무의 삶은, 디테일은 조금 다르지만 큰 줄거리는 거의 같아요. 동반 자살 사건도 그렇고, 또 소설에는 요조가 수면제를 먹는 사건이 나오죠. 아내 요시코가 숨겨둔 약을 발견하고 자기가 먹어버린 겁니다. 시간 순서는 조금 다르지만 그것도 실제로 있었던 사건이에요. 약물 중독을 치료하기 위해 정신 병원에 입원한 것도, 스물일곱 살의 다자이에게 실제로 있었던 일이고요.

그런데 요조의 삶을 보면 이해할 수 없는 측면이 있어요. 무엇보다도, 요조가 왜 저토록 방황하는지 알기 힘들어요. 요조는 수재 소리를 듣는 잘생긴 부잣집 아들입니다. 감수성이 예민하고 재치와 유머가 있어 많은 사람이 좋아해요. 그런데 왜 저 모양이 되죠?

어린 나이에 혼자 외지 생활을 해서? 돈 관리도 못 하고, 또 친구를 잘못 만나서? 모두 핑계입니다. 답은 하나, 요조의 삶에는, 좀 이상한 말이지만 방탕을 향한 의지라 할 만한 게 보여요. 엇나가는 것 자체가 요조 삶의 목적인 것처럼 보인다는 거예요.

왜 그런지는 소설 속에 등장하는 요조의 삶만 가지고는 알기 힘들어요. 작가 다자이의 삶을 옆에 붙여놔야 이해가 됩니다. 오바 요조에게는 없지만 다자이 오사무에게는 있는 것이 있어요. 그게 뭘까요? 이것 역시 소설만 가지고는 알 수가 없어요. 요조는 아무런 욕망도 없는 사람으로 나오니까. 요조에게는 전혀 없는 것, 반대로 다자이의 삶에서는 흘러넘치고 있는 것, 그건 문학에 대한 열정이에요.

『인간 실격』의 주인공 요조는 그림을 배우러 다니고, 만화가와 삽화가로 살아갑니다. 그것을 문학과 글쓰기로 바꾸면 요조가 다자이로 바뀌죠. 소설가가 자기 자신을 모델로 이야기를 꾸밀 때, 자기 직업을 화가로 바꾸는 것은 자주 있는 일이기도 해요. 그렇다고 해서 소설 속 요조가 전심전력으로 그림에 몰두하는 모습을 보여주는 것도 아니에요. 어쩌다 보니 그림을 그리게 되었다는 정도죠. 다자이가 요조로 바뀜으로써 『인간 실격』에서 생겨난 변화는 그러니까 두 가지입니다. 하나는 글쓰기가 그리기로 바뀐 것, 또 하나는 예술을 향한 열정이 감춰져버린 것.

요조의 지향 없는 방탕은 이런 변화를 바탕으로 등장합니다. 자기 삶을 놓아버린 요조는 마이너스 열정의 화신, 반-열정의 화신처럼 보여요. 이런 표현이 가능하다면, 소멸을 향한 열정이 넘쳐요. 다자이의 삶에서 문학을 지워버리면 그렇게 되는 것이죠. 거꾸로 말하면, 다자이에게는 문학이 바로 그 이상한 열정의 자리에 있는 거죠.

참회 없는 고백

물론 서른여덟 살로 일생을 마감한 다자이의 삶도 예사롭지 않아요. 다섯 번 자살 시도를 하고 마지막에 가서야 성공했어요. 다자이가 보여주는 삶의 굴곡은 아직 살아 있는 스물일곱 살 요조보다 훨씬 더해요. 그럼에도 다자이의 삶 자체는 이해할 수 있어요. 다자이의 삶에서 무엇보다 선명한 것은 문학을 향한 욕망이기 때문이에요. 다자이도 요조처럼 자멸을 향해 가지만, 그 끝에 놓여 있는 것이 다자이식의 문학이에요. 『인간 실격』이 그 정점이죠.

다자이는 자기 삶 자체를 문학 텍스트로 만들어버렸어요. 대단히 특이한 모습이죠. 소설가는 가공의 세계를 만들어내는 사람인데, 다자이는 자기가 만든 세계 속으로 들어가 주인공이 된 셈이니까요. 게다가 다자이의 삶과 소설을 비교해보면, 마치 다자이가 소설을 쓰기 위해 방탕한 삶을 살았다는 생각이 들어요. 고백하기 위해서 고백할 거리를 미리 만들어놓는다는 느낌이 드는 거죠.

소설이라는 장르에서 고백 형식은 중요한 위치를 차지해요. 실제로 하는 고백이건 아니건 간에, 고백의 형식 자체가 갖는 미학적 자질이 있어요. 진실이나 진심 혹은 진정성의 문제입니다. 기본적으로 고백은 참회의 형식입니다. 돌아봄과 뉘우침이 있어야 고백할 수 있어요. 그런데 다자이가 만들어낸 요조의 고백은 어때요?

자기 인생이 참으로 부끄럽다고 말하는데, 대체 뭐가 부끄럽다는 거죠? 요조의 태도를 보면 오히려 아무것도 뉘우치지 않겠다는 식 아닌가요? 물론 당당한 고백 같은 것도 아니에요. 요조의 수기에서 지배적인 정조(情調)는 담담함이죠. 뉘우침이나 참회가 아니에요. 내가 이렇게 살아버렸네, 어쩌겠어. 이런 거예요.

탕아의 문학

요조의 삶을 두고 방탕을 향한 의지라고 했지만, 이건 물론 비논리적인 표현이죠. 방탕이란 일종의 자포자기인데, 거기에 의지라는 말을 붙일 수는 없어요. 무의식적인 의지나 충동이라면 가능하겠죠. 그런 의지란 우리가 일반적으로 쓰는 의지와는 다른 개념입니다. 소멸을 향한 열정이라는 말도 방탕을 향한 의지와 같은 수준이에요. 말 자체는 비논리적이고 이상한데, 그런 모습들을 우리 삶에서 발견하곤 합니다. 그래서 문제예요. 남들은 성공해서 출세하겠다고 발버둥 치는데, 오히려 출세하지 않겠다고 전심전력으로 노력하는 것처럼 보이는 사람들이 있다는 거죠.

근대성의 세계에는 그런 특이한 열정의 자리가 마련되어 있어요. 문학과 예술의 영역입니다. 우리가 사는 세계는 합리성과 공리주의가 지배하는 곳이에요. 사람들은 계산하고 손해와 이익을 따져요. 자진해서 손해 보는 쪽으로 가려는 사람은 드물죠. 그러면 이상한 사람 취급을 받아요. 자기 자신을 망가뜨리는 일도 마찬가지죠. 방탕은 파멸과 몰락을 향해 가는 것인데, 그게 정상은 아니죠. 그럼에도 불구하고 그와 같은 이상한 열정이 자리를 잡을 수 있는 곳이 근대 문학 그리고 근대 예술의 영역입니다.

물론 예술의 영역이라고 해서 홀로 예외일 수는 없어요. 원리의 차원에서 보자면 그래요. 그럼에도 근대성의 세계에는 원리만 있는 것은 아니죠. 이념도 있고 윤리도 있어요. 근대성의 세계에서 만들어지는 고유의 서사도 있어요. 공리주의와 합리성의 영역을 벗어난 것들, 그래서 근대성의 나라에서 시민권을 얻지 못하는 것들이 그나마 숨 쉴 수 있는 영역이 있다는 거예요. 근대 문학과 근대 예술의 영역에서요.

그런데 왜 문학과 예술 앞에 근대라는 말이 붙었을까. 그냥 문학과 예술이 아니라 근대 문학과 근대 예술? 그건 전통 시대의 예술과는 다른 기준이 작동하고 있어서입니다. 그런 기준이 있어서 탕아가 숨 쉴 수 있고, 그뿐만 아니라 어떤 점에서는 탕아 되기를 요구하기도 하죠. 자기 삶을 불살라서 예술을 완성한다는 수준이 되는 것이죠.

아름다움 vs. 진정성

『인간 실격』에서 고흐의 자화상 이야기가 나오는 대목이 있죠. 중학 시절의 바보 친구 다케이치가 요조에게 고흐의 자화상을 보여주며 도깨비 그림이라고 해요. 영민하고 수준 있는 요조는 그게 진짜 예술임을 알고 있어요. 요괴나 괴물처럼 보이는 바로 그 모습이야말로 근대 예술의 진정한 가치를 구현한 것이죠. 그건 보통 말하는 아름다움과는 거리가 먼 것이에요. 아름다움이라는 틀과 거리를 두어야만 새로운 예술이 돼요. 그걸 알면서도 요조가 학교에서 그리는 것은 아름다운 그림, 평범하고 상투적인 그림입니다. 그게 요조의 수준이자 독특한 성향이죠. 요조의 연기입니다.

근대 예술의 미학적 핵심은 아름다움이 아닙니다. 우리가 보통 말하는 아름다움은 균형이 잘 잡히고 보기 좋은 것을 뜻해요. 고흐의 자화상은 그런 아름다움과는 거리가 멀어요. 오히려 보기 싫은 쪽에 가까워요. 그런데 사람을 끌어당겨요. 단순히 충격적이거나 신기한 것이 아니라 사람을 끄는 힘이 있는 거죠. 그 끌림이 바보 친구 다케이치로 하여금 고흐의 자화상을 요조에게 보여주게 한 거죠.

이런 끌림이 없는 아름다움은 오히려 근대 예술에서는 기피의 대상입니다. 잘 정제된 것, 우아한 것, 솜씨가 매우 뛰어난 것은 물론 기본적으로 훌륭한 기예에서 나온 것들입니다. 그게 예술의 출발점이죠. 아름다운데 아무런 감흥도 주지 않으면, 사람의 마음에 와닿는 뭔가가 없다면 그건 예술로서는 끝이에요. 우리 시대 예술가들이 가장 싫어하는 표현이 뭐죠? 상투적이라는 말입니다. 어디서 많이 본 것 같다는 말이 가장 끔찍한 평가죠.

독창성과 새로움, 근대 예술에서는 가장 중요한 평가의 척도입니다. 표절이 문제 되는 것도 그걸 해치기 때문이에요. 세상에 훌륭한 기예는 많아요. 그러나 진부한 것이라면 예술이 될 수 없어요. 추한 것이나 끔찍한 것도 훌륭한 예술이 될 수 있어요. 그러나 진부하고 상투적인 것은 그럴 수 없어요. 그것이 근대성의 세계에서 예술이 마련한 새로운 척도입니다.

하지만 우리는 이 대목에서 한 번 더 물어야 해요. 왜 새로움이나 독창성이 근대 예술의 중요한 척도인가? 이유는 단 하나, 그게 있어야 감상하는 사람의 마음에 다가갈 수 있기 때문입니다. 아름다움은 세상에 넘쳐요. 하지만 사람 마음에 다가가는 아름다움은 많지 않아요. 진정성이 중요한 것은 바로 그 때문입니다.

소설로 말하자면, 진정성은 쓰는 사람과 읽는 사람 사이에서, 그 둘 사이의 소통의 결과로 만들어지는 것입니다. 진정성은 단순한 솔직함이 아니에요. 앞에서 말했죠. 단순한 솔직함은 상투적이기 쉽다고. 솔직함 중에서도 자기 안으로 파고 들어간 솔직함, 반성된 솔직함이 진정성의 차원이죠. 그것도 작가 편에서만 이뤄지는 것은 아닙니다. 독자의 눈이 포함되어야 해요.

근대성의 기본 서사

어느 시대나 자기 고유의 서사적 틀이 있어요. 그 틀이 있어서 세상 보는 눈이 생기고, 또 사람들은 저마다 이상이나 야망 같은 것을 갖게 돼요. 근대 세계가 제공하는 기본 서사는 어떤 것일까. 한복판에 있는 것이 발전 서사와 성공 서사입니다. 발전은 세계의 차원이고, 성공은 개인의 차원이에요.

지구 단위에서 본다면, 근대성이 시작된 이후로 세계는 지속적으로 발전해왔어요. 진보라고 해도 좋아요. 지역에 따라 양상과 속도는 조금씩 다르지만, 발전과 진보의 흐름 자체는 당연한 것으로 여겨집니다. 그것이 우리 시대 이야기의 기본 골격이죠. 그것이 발전 서사라는 틀입니다.

발전 서사가 개인의 삶으로 옮겨진 것이 성공 서사입니다. 미성년들은 이런 질문을 받습니다. 네 꿈은 무엇이냐? 신분제 사회에서는 존재하기 힘든 질문이에요. 근대는 열린 세계라서 가능한 질문이죠. 이 질문은, 너는 어떻게 성공한 인생을 살 거냐는 물음이에요. 자의식만 없다면 쉬운 질문입니다. 대답은 이미 정해져 있기 때문이에요. 어떻게 가든 목표 지점에는 성공이 놓여 있어요. 그것이 기본 서사의 기능이죠.

문학과 예술의 길을 선택한다는 것은 성공 서사로부터의 이탈을 뜻해요. 문학을 하면 성공할 수 없다는 건가? 이건 너무 단순한 말이죠. 부와 명성을 누리는 예술가, 문화 산업 종사자, 작가는 많아요. 그런데 나는 노벨 문학상을 받기 위해 작가가 되었다, 라거나 혹은 세계 최고의 베스트셀러 작가가 되기 위해 책을 쓴다고 말하는 것은 어때요? 이런 말 속에는 모종의 부조화나 위화감이 있죠.

문학과 성공이라는 단어 사이에는 어떤 어긋남 같은 게 있는 거죠. 오히려 그래서 오히려 귀엽게 느껴지는 면도 있지만, 어쨌거나 이런 이질감은 무엇 때문이죠?

문학은 성공이 아니라 실패, 발전이 아니라 몰락을 기본 서사로 지닙니다. 실패하는 사람들의 이야기를 대상으로 삼는다는 게 아닙니다. 자기 작품의 성공을 싫어한다는 말도 아니에요. 누구도 성공을 싫어하는 사람은 없어요. 몰락을 달가워할 사람도 없어요.

그럼에도 세상에는 실패와 몰락이 있을 수밖에 없어요. 세상은 언젠가 망할 수밖에 없고, 사람은 누구나 죽을 수밖에 없어요. 발전과 성공 서사의 세계를 사는 사람들도 언제나 뒤통수가 뜨끈거려요. 몰락의 필연성이라는 운명의 시선 때문이에요. 그게 언제나 뒤통수에 걸려 있어요.

문학은 실패와 몰락의 정념을 에너지로 삼아요. 그 힘을 처리하는 게 근대 세계에서 문학과 예술이 맡게 된 핵심 역할이에요. 몰락 서사가 문학의 중심이라는 것은 그런 말이죠. 문학과 예술이 성공한다면 몰락을 통해서예요. 다자이나 고흐가 사랑받는 이유죠.

사소설에서 지옥 만들기로

다자이 오사무의 독특함은 그 자신을 그런 몰락 서사의 주인공으로 만들어버렸다는 점이죠. 그래서 소설을 살았다고 말하는 것입니다. 다자이는 1930년대 초반에 도쿄 제국대학의 문과 학생이었습니다. 그 세대 일본 청년 중 최상위층에 속해요. 게다가 필명이 국무총리입니다. 제대로 몰락하기 위해서는 높은 자리에 있어야 합니다. 바닥에 있는 사람은 몰락하고 싶어도 할 수가 없어요. 다자이 오사무의 자리는 몰락하기 좋은 자리입니다.

다자이는 탕아 되기를 실천함으로써 문학적 근대성의 핵심으로 들어갑니다. 사람의 내면에서 벌어지는 드라마를 포착하는 것이 핵심이에요. 근대 문학에서 몰락 서사가 중요한 것은 그 때문입니다. 톨스토이나 플로베르 같은 작가가 뛰어난 것은 내면에서 벌어지는 전쟁 같은 드라마를 잡아내기 때문입니다.

그런데 플로베르나 톨스토이보다 아흔 살쯤 어린 다자이는 이렇게 말하는 거예요. 사람의 마음속 그림자를 잡아내는 게 근대 문학이야? 그러면 그걸 바로 하면 되는 것 아닌가? 뭐 하러 거짓말을 꾸며내지? 다자이는 자신이 가장 잘 아는 자기 마음속 그림자에 대해 말하는 거죠.

이런 생각으로 만들어진 것이 20세기 전반기 일본에서 특화된 소설의 형식입니다. '사소설(私小說)'이라고 불러요. 작가 자신의 일인칭 소설이라는 뜻입니다. 소설가가 직접 자기 이야기를 하는 방식이죠. 소설은 허구예요. 꾸며낸 이야기죠. 그런데 작가가 등장해서 인물의 가면을 뒤집어쓰지 않은 채 자기 마음의 지옥에 대해 말하는 게 사소설입니다. 구메 마사오(久米正雄, 1891~1952)라는 일본 작가는, 톨스토이처럼 잘 꾸며낸 소설이 대단한 걸작인 건 맞지만 통속 소설에 불과하다, 자기 진실을 말하는 것이야말로 진짜 문학이다, 라고 했어요.[1]

작가의 고백 소설은 물론 어느 나라에나 있어요. 꾸며낸 소설도 기본적으로는 작가 자신의 이야기라는 성격을 지녀요. 플로베르가, 자신이 보바리 부인이라고 말한 것도 그런 뜻이죠. 그럼에도 작가들은 자기 나라 실정에 맞게 가면을 씁니다. 허구든 아니든 간에.

그게 소설이라는 장르의 일반적 문법이죠.

작가가 아무런 가면도 쓰지 않고 등장하는 일본의 경우는 매우 극단적이죠. 20세기 초반에 유행했던 일본식 자연주의 문학이 그것입니다. 이런 양상이 일본에서 특화된 것은, 매우 빠른 속도로 근대화에 성공한 일본의 역사와도 연관이 있어요. 근대 초기 일본 문학사의 10년은 유럽 문학사의 100년에 해당해요. 메이지 유신 이후 압축 성장으로 근대화에 성공한 일본의 역사가 그 배후에 놓여 있어요. 현재 일본의 늙고 정체된 모습과는 매우 대조적이죠. 혈기 왕성했던 100여 년 전 일본 작가들은 이렇게 외치는 거죠. 내면의 진실이 문제라면 가면 같은 것은 필요 없다, 내 마음의 지옥이 여기 있다, 봐라, 이것이 진짜 문학이다!

문학사로 말하자면, 다자이의 문학은 일본식 자연주의보다 한 세대 뒤에 해당합니다. 『인간 실격』이라는 소설에는 작가가 직접 등장하지 않으니 형식도 달라요. 그러나 그 정신이라는 점에서는 일본식 자연주의 문학에 바탕을 두고 있어요.

다자이는 그러면서도 한 발 더 나아가요. 자기 마음속에 있는 지옥을 그려내는 게 아니라, 소설을 위해 지옥을 만드는 수준까지 가는 거죠. 다자이의 문학은 거기에서 한 번 더 비틀립니다. 가면을 벗는 수준이 아니라 맨얼굴을 가면으로 만들어버리는 거예요.

자살, 사형, 폐결핵

앞에서 토니오 크뢰거는 길을 잘못 든 부르주아라는 소리를 들었어요. 명문가의 부잣집 도련님이 왜 이러냐는 거죠. 같은 방식으로 말하자면, 다자이는 길을 잘못 든 국가 엘리트입니다. 관료로 성공해 나랏일을 해야 할 수재가 왜 방탕아가 되었을까.

다자이 오사무와 놀라울 정도로 흡사한 인물이 한국 작가 이상(1910~1937)입니다.[2] 이상은 다자이보다 한 살 어려요. 두 사람은 공히, 아쿠타가와 류노스케(芥川龍之介, 1892~1927)를 흠모했어요. 아쿠타가와가 자살했을 때 문학청년 다자이는 엄청난 충격을 받았어요. 이상은 요조처럼 미대를 가고 싶어 했지만 집안의 반대로 공대 건축과를 나와 총독부 관료가 되었어요. 그리고 다자이와 이상은 모두 폐결핵 환자였어요. 당시에는 불치병이었죠.

이상도 다자이처럼 소설을 쓴 사람이라기보다 소설을 살아낸 사람입니다. 식민지에서 태어나 스물일곱의 나이로 요절했어요. 죽음의 방식이 특이해요. 도쿄에서 이른바 '불령선인(不逞鮮人)'이라는 혐의로 일제의 경찰에 체포되었어요. 〈오감도〉 같은 특이한 시가 적혀 있는 창작 노트가 문제였어요. 물론 근본 문제는 식민지 조선인이라는 것이죠. 각혈을 하는 중증의 폐결핵 환자가 겨울 유치장에 갇혀 건강이 극도로 나빠졌어요. 문제가 될 듯하니까 경찰은 이상을 풀어주었고, 결국 병원에서 세상을 떴습니다. 다자이는 서른여덟 살까지 살아서 자살에 성공했지만, 이상은 자살할 기회조차 못 얻은 셈이죠.

20세기 전반기 동아시아 작가들이 보여주는 서로 다른 특징이 있어요. 이를테면 한·중·일 삼국은 서로 다른 역사를 지니고 있어요. 일본은 성공한 근대화의 모델이고, 식민지가 된 한국은 실패의 모델이죠. 중국은 혁명 이후 1949년에 이르기까지 계속 전쟁을 해야 했어요. 밖으로는 일본과의 전쟁, 안에서는 내전이 있었죠. 문학도 이런 역사의 흐름과 같이 갈 수밖에 없어요.

일본 문학계에서 가장 특징적인 것은 유명한 작가들의 자살입니다. 다자이 오사무도 그랬지만, 아쿠타가와 류노스케, 아리시마 다케오(有島武郎, 1878~1923) 등의 자살은 매우 뚜렷한 족적을 남겼습니다. 또 그 뒤에는 미시마 유키오(三島由紀夫, 1925~1970)의 자살이 있었죠. 인생이 보들레르의 시 한 줄만도 못하다고 했던 아쿠타가와의 말은 유명해요. 아리시마는 젊지 않은 나이에 사랑의 진정성을 위해 죽음을 택했어요. 자기 죽음의 방식을 자기 의지로 선택하겠다는 것, 이는 전통 사회의 귀족들, 자기 삶의 주인이나 할 수 있는 것입니다.

중국 문학사에서 뚜렷한 것은, 1930년대 상해에서 다섯 명의 청년 작가가 국민당 정부의 손에 처형당한 사건입니다. 국민당과 공산당 사이의 내전으로 인해 벌어진 참사죠. 이들의 죽음은 문사(文士)가 아니라 전사(戰士)의 죽음에 가깝습니다.

한국의 경우는 어떨까. 가장 상징적인 것은 폐결핵입니다. 김유정(1908~1937), 이효석(1907~1942), 이상 등이 대표적이죠. 이상은 친구였던 김유정에게 동반 자살을 제안한 적이 있었어요. 물론 거절당했죠. 이들은 모두 식민지의 작가들이었습니다. 귀족도 전사도 아니에요. 수용소에 갇혀 있는 신세죠. 감옥에서 유명을 달리한 윤동주(1917~1945)와 이육사(1904~1944)의 경우가 있지요. 희생양처럼 죽어갔습니다. 이 죽음에서 두드러지는 것은 일제의 억압과 폭정입니다.

유치장에 갇혔다가 폐결핵이 도져서 사망한 이상의 죽음은 이 둘의 성격을 함께 지니네요. 식민지 조선의 특성을 가장 잘 보여주는 것이죠.

다자이 오사무와 이상

다자이와 이상은 흡사 쌍둥이 같아요. 이상의 유작 「종생기」(1937)는 말 그대로 유서에 해당합니다. 작가 이상이 소설 주인공으로 나와 스물일곱에 죽는 것으로 되어 있어요. 우연이 겹친 것이지만 어쨌거나 이상의 실제 삶과 일치합니다. 흡사 자기 죽음을 예고한 것처럼 보여요. 소설을 살아내는 것으로 보자면, 이상은 다자이보다 한술 더 뜹니다.

이상도 다자이 오사무처럼 필명입니다. 그의 작품 중에 주인공 이상이 나오기도 해요. 이상이라는 필명을 만든 사람, 즉 자연인 김해경의 목소리까지 등장하는 작품도 있어요. 그러니까 이것이 도무지 소설인지 아닌지 알 수가 없는 것이죠. 게다가 작중 인물 이상은, 자기가 소설 안에서 거짓말을 한다고, 연기하면서 사람들을 속인다고 말해요. 「종생기」의 이상이 그렇습니다. 누가 더 잘 속이나 경쟁합니다. 그래서 독자들은 더 헛갈릴 수밖에 없어요. 어디까지가 진실인지 당최 알 수가 없는 거죠.

『인간 실격』의 구성도 그렇지만, 다자이 오사무가 1930년대에 쓴 소설은 자기 자신을 주인공으로 내세워 유희를 한다는 점에서 이상과 매우 흡사한 모습입니다. 이 모든 것이 진정성의 문제로 귀결됩니다. 그냥 진정성이 아니라 뒤집어지고 엎어지는 진정성의 변증법이에요.

광대 짓, 진실 연기

내면의 진실에 대한 추구는 언제나 절망에 도달할 수밖에 없어요. 진실=진정성은 그 자체가 바닥이 없는 것이기 때문이에요. 예를 들어, 고백을 하는 사람이 있어요. 자기 진실을 말한다고 하지만 그게 진실 맞나요? 고백하면서 말투나 문체를 신경 쓰는 건 또 뭐죠?

진짜 고백이란 남의 눈을 신경 쓰지 않은 채 자기 진실에 몰두하는 것이죠. 자기 자신에게 하는 고백만이 진짜 고백에 가까워요. 다른 사람의 시선이 개입할 수 없다는 점에서 그래요. 자기 몸 밖으로 나와버린 진실, 남들의 시선에 노출되어버린 진실은 이미 순정한 진실일 수가 없는 거죠. 진실을 향한 노력이라고 인정받는 정도가 최선이죠.

게다가 자기 안에서만 추구되는 진실도 문제가 있을 수밖에 없어요. 그 진정성의 보증자가 없다는 게 문제예요. 자기 자신을 어떻게 믿어요. 내 안에는 내가 손쓸 수 없는 내가 있잖아요. 그래서 진실에 대한 추구는 결국, 진실한 진실은 없다는 식으로 귀결될 수밖에 없어요. 그게 진실 추구의 운명이에요.

이런 절망스러운 진정성의 운명을 절단해버리는 것이 요조의 광대 짓입니다. 광대 짓은 연기와 유희로 구성되죠. 어색함을 교란하는 깔깔거림이에요. 진실=진정성 추구의 진지한 분위기를 흐트러뜨려버리는 거죠. 진정성은 오히려 연기 속에서 나온다는 거예요. 그것이 곧 다자이 오사무와 이상의 방식이에요. 매우 세련된 모더니즘의 방식입니다.

낭만주의 vs. 모더니즘, 두 개의 귀족주의

진정성을 추구하는 사람들, 고백하는 사람들은 기본적으로 낭만주의자입니다. 진정성이 있다는 사실을 이미 인정하고 있다는 점에서 그렇습니다. 낭만주의는 유치하고 순박하지만, 정신적 고결함과 용감성이 있어요. 일본 자연주의 문학이 그렇죠. 소설 주인공으로 치자면 『호밀밭의 파수꾼』의 바보 홀든이 여기에 해당합니다. 이들은 무엇보다 행동하는 사람입니다. 행동이 진정성의 심연을 막아버려요.

그 반대가 요조의 경우죠. 다자이 오사무와 이상이 보여주는 모더니즘은 매우 세련된 것입니다. 이 멋쟁이들은 촌스러운 고백 같은 것은 할 수가 없어요. 진정성 추구는 바닥이 없다는 것을 알아요. 진지한 고백을 할 수가 없는 거죠. 모더니스트가 고백을 한다면 그것은 고백이 아니라 고백하는 척하는 거죠. 가짜 고백이라는 사실을 명료하게 알리면서, 나는 고백이 아니라 고백하는 연기를 하고 있다고 야단스럽게 굴면서, 웃기는 광대 짓을 하는 거예요.

이것은 물론 지적이고 세련된 방식이지만, 낭만주의와 달리 여기에는 비겁함이 있습니다. 정면 대결을 회피한다는 점에서 그렇죠. 비겁을 넘어서려면, 바닥없는 심연이라도 끝까지 가보는 것이죠. 목숨을 걸어야 합니다.

낭만주의의 고결함은 상승기의 귀족주의를 보여줍니다. 일본 자연주의도 그렇고, 미국의 전후 소설인 『호밀밭의 파수꾼』도 그래요. 이에 비하면, 모더니즘의 세련됨은 쇠퇴기의 귀족주의가 보여주는 특성입니다. 몰락을 향해 가는 귀족은 자신의 천박함을 알아요. 그래서 연기와 광대 짓이 필요한 거죠. 자신의 천박함을 감추기 위해 갖은 기예를 동원해야 하는 거예요. 제대로 화장하지 않고서는 절대 사람들 앞에 나설 수가 없다는 거죠. 그 자리에 『인간 실격』이 있어요.

전후 소설: 분노, 수치, 죄의식

『호밀밭의 파수꾼』의 홀든과 『인간 실격』의 요조를 대비했는데, 이 두 작품은 미국과 일본의 전후 소설입니다. 『호밀밭의 파수꾼』에서는 홀든의 형이 참전을 했다고 되어 있어요. 『인간 실격』은 전쟁 전 상황을 다루지만 그 방식 자체가 패전의 그림자를 지니고 있죠.

홀든은 무식하지만 용감하고, 요조는 영리하지만 비겁하다고 했어요. 홀든은 분노하고 요조는 수치스러워합니다. 이런 정서를 그대로 양국의 전후 상황으로 연결시키는 것은 물론 너무 거칠어요. 한쪽은 바야흐로 상승하는 사람들의 정서를 담고 있고, 다른 쪽은 몰락해버린 사람들의 마음을 표현한다고 말할 수는 있어 보여요.

한국에도 전후 소설이 있어요. 여기에서 전쟁은 제2차 세계대전이 아니라 한국전쟁입니다. 세계대전에는 낄 수조차 없었어요. 노예는 전쟁에 참여할 자격 자체가 없는 거죠. 한국전쟁 역시 그 연장에 있어요. 한국의 전후 소설은 그런 상황을 반영합니다. 내 땅에서 내가 피를 흘렸는데, 전쟁은 내 전쟁이 아니라는 황당함과 절망감이 있어요. 장용학(1921~1999), 손창섭(1922~2010), 최인훈 같은 작가들의 작품이 그렇습니다.

샐린저의 소설에서 특이한 것은 지향 없는 분노였죠. 승전국의 홀든은 그냥 화가 나요. 세상이 너무 더러워서 화가 난다고 합니다.

다자이 오사무에게서 현저한 것은 수치심입니다. 패전국의 요조는 이유 없이 부끄러워요. 요조는 그냥 자기 존재 자체가 부끄럽다고 해요. 이도 저도 아닌 한국의 경우는 어떨까. 여기에서 두드러지는 것은 기이한 형태로 일그러진 죄의식입니다. 내 탓이 아닌데 내 탓이에요. 어떻든 간에 나는 벌을 받아야겠다는 독특한 의지가 있어요.

자기 자신을 연기하기

앞에서 말한 것처럼, 요조의 광대 짓은 비겁합니다. 자기 자신과의 정면 대결을 회피하고 있다는 점에서 그래요. 만약에 용기를 낸다면 어떻게 해야 하나. 동굴 앞의 바윗돌을 치우고 어둠의 문을 열어야죠. 다자이 오사무가 한 게 바로 그것이죠.

그러니까 다자이는 요조를 시켜 비겁을 연기하게 한 거죠. 다자이의 작품은 자기 진정성에 대해 말하는 소설이 아니라, 진정성을 연출하는 소설이에요. 더 정확하게는 진정성 연기를 연기하는 소설이죠. 거짓 고백을 하는 게 아니라, 거짓 고백하는 연기를 해요. 복잡하죠?

요조의 광대 짓은 비겁하지만, 문제는 그런 비겁함이 근대 세계를 살아가는 사람들 마음의 기본 형식이라는 거예요. 자기만 아는 비겁한 짓을 하고는 자책하며 괴로워하고, 열패감에 찌들어 죄의식이 있는지조차 모르고 사는 게 근대적 주체의 모습입니다.

여기에서 한 발 더 들어가면, 자기 자신을 연기하는 좀 더 근본적인 수준에 대해 지적할 수 있어요. 이것은 혼자 살지 않는 이상, 사람이라면 누구에게나 해당하는 것입니다. 사람은 누구나 배우라는 거죠. 사회적 배역을 수행하는 배우일 뿐 아니라, 자기 자신을 유일한 관객으로 삼고 자기 자신을 연기하는 배우라는 거예요. 진짜 관객은 내 마음속 깊이 들어와 있는 타자의 시선이죠. 자기가 배우라는 사실을 보통 때는 잊고 살다가 어느 순간 문득 깨닫곤 합니다. 어떤 의미에서건 연기가 잘못됐기 때문이에요. 몰입에 문제가 생긴 거죠.

이상, 천상병, 고흐, 다자이 오사무

요조의 삶은 실패한 광대이자 배우의 것이에요. 요조의 수치심은 보통 사람들이 내밀하게 느끼는 부끄러움을 예각적으로 날카롭게 갈아놓은 것입니다. 그것은 실패한 연기자의 부끄러움이기도 하지만, 좀 더 근본적으로는, 연기자일 수밖에 없다는 자기 존재의 형식 자체 때문이에요.

다자이 오사무는 거기에 자기 실존의 무게를 얹었어요. 자기 예술에 목숨을 걸어버린 것이죠. 일부러 목숨을 걸었다기보다는 결과적으로 그렇게 된 것입니다. 자기 일관성의 길을 가다 보니 죽음을 불사하게 된 거예요. 목숨을 거는 순간, 광대 짓은 최고의 진실이 됩니다. 비겁자가 자기 비겁을 드러내고, 또한 그 비겁의 필연성을 보여주는 방식입니다. 비겁의 진실을 보여주는 것이죠. 물론 광대의 진정성이라는 것은 상투적이죠. 그러나 개념적으로만 그럴 뿐이에요. 그 진정성이 막상 사람들 앞에 목숨 건 모습으로 드러나면, 그러니까 한 사람의 생애 전체의 무게로 다가오면 경우가 달라집니다. 그래서 사람들은 사랑하지 않을 수 없어요. 이상과 천상병(1930~1993)을, 고흐와 다자이 오사무를.

10-1강

스피노자의 비애

KSJ: 『나, 제왕의 생애』[1] 줄거리를 간단하게 말씀드리겠습니다. 주인공인 단백은 섭국 왕의 다섯째 아들로 태어났는데, 장자였던 단문을 제치고 제왕의 자리를 차지하게 됩니다. 단백은 선왕이 왜 자신을 후계자로 선택했는지 의아해합니다. 너무 어린 나이에 왕이 되었기 때문에 할머니 황보 부인과 어머니 맹 부인이 국정을 대신합니다. 섭정하의 왕이기 때문에 어떤 힘도 없이 사람들에게 휘둘립니다. 단백은 국정에 흥미를 느끼지 못하고 점점 잔인한 악행을 일삼게 됩니다. 그러던 어느 날, 어린 내시 연랑과 함께 광대 패거리의 줄타기 공연을 보게 되고, 자신도 줄타기 광대가 되고 싶다는 생각을 합니다.

왕이 제대로 된 통치를 하지 못해 섭국은 위기에 빠지고, 결국 장자인 단문이 단백을 물리치고 왕의 자리에 오릅니다. 단백은 죽음을 면하고 평민의 삶을 살게 됩니다. 어릴 적 꿈이던 줄타기 광대가 되어, 내시 연랑과 함께 광대 패를 조직해서 세상을 떠돕니다. 그사이에 국력이 약해진 섭국은 다른 나라의 침략을 받아 망합니다. 단백의 광대 패도 외국 군대에 살해당하고, 혼자 남은 단백은 산속으로 들어간다는 이야기입니다.

다음으로, 제가 인상 깊었던 부분을 낭독하겠습니다. 단백이 줄타기 광대를 처음 보게 된 순간인데, 원치도 않는 억지 왕이 된 단백이 궁궐 밖에서 처음으로 자유로움을 느끼는 장면입니다. 저도 이런 일탈을 꿈꾸는 상황이라 많이 공감할 수 있었습니다.

PSH: 제가 오늘 낭독할 부분은 두 곳입니다. 앞에서 발표한 분이 말씀하셨듯이, 2부 끝에서 장자인 단문이 돌아와 단백을 물리치고 왕이 됩니다. 단문은 단백을 죽이지 않고 평민으로 살게 합니다. 단백은 3부에서 줄타기 광대의 꿈을 이룹니다. 그 초반부에, 궁궐에서 쫓겨나 연랑과 함께 방랑에 나서는 단백의 심정을 묘사한 대목이 제 마음에 울림을 주었습니다.

그리고 3부에서 줄타기 스승을 찾지 못해 대추나무에 줄을 걸고 혼자 연습을 시작하는 부분도 굉장히 인상적이었습니다. 앞에서 발표자 분이 말씀하신 것처럼 단백은 꼭두각시로 적지 않은 시간을 살아왔습니다. 자유로워진 단백이지만, 그래도 하루아침에 영락해버린 처지에서 느끼는 공허감이 안타까웠습니다. 그러나 마침내 그토록 꿈꿨던 줄타기 연습을 시작하면서 눈물이 흘렀다고 표현하는 부분은 무척 공감이 되었습니다. 가슴속에 품은 꿈을 좇아서, 실제로 그것을 이룰 수 있을지 없을지는 몰라도, 결국 자기가 하고 싶은 일을 하는 게 행복한 삶을 사는 데 가장 중요한 일이 아닌가 하는 생각을 했습니다.

HUJ: 인상 깊은 구절이 많았는데요, 그중에서도 특히 1부에서 단백과 연랑이 옷을 바꿔 입는 장면, 그리고 3부 마지막에서, 사소한 부분이기는 한데, 스승이 공부하라고 할 때는 외면했던 『논어』를 뒤늦게 읽는 장면입니다.
내시와 옷을 바꿔 입는 장면에서 단백은, 자기는 언제나 왕이 되고 싶지 않았다고 했지만 막상 내시의 옷을 입는 순간 자기가 얼마나 왕의 옷에 미련이 많은지를 깨닫습니다. 금관과 용포가 진짜 왕의 상징이라는 것, 그 안에 있는 몸은 바뀌어도 아무런 상관이 없다는 것을 눈앞에서 확인하고 충격을 받습니다.
1부에서는 단백이 어린아이지만, 2부와 3부로 갈수록 성숙해집니다. 소설의 문체에서도 그런 점이 보이고, 단백이 자신의 상황을 서술하는 것도 달라집니다. 자기가 세상의 중심이 아니라는 사실을 깨닫고 난 이후의 일입니다.
저도 어릴 때는 제가 세상의 중심이라고 생각했지만, 크고 난 다음엔 아무것도 아닌 저를 발견하곤 합니다. 현재 나 자신을 규정하는 많은 역할이 있는데, 가끔 나 자신은 뭘까 하는 이상한 기분이 들기도 합니다. 그런 면에서 공감하는 점이 많았습니다.
그리고 단백은 뒤늦게 『논어』를 읽으면서, "나는 어떤 날은 이 성현의 책이 세상 만물을 모두 끌어안고 있다고 느꼈고, 또 어떤 날은 거기에서 아무것도 얻을 수 없다고 느꼈다."(404쪽)고 합니다. 저도 고민이 있을 때는 주로 책을 읽는데요, 어떤 때는 제 상황과 비슷해서 너무 공감이 되면서도, 또 어떤 때는 읽어도 아무런 감흥조차 없고 나랑 상관없는 사람의 이야기처럼 공허할 때도 있습니다. 『논어』를 읽는 단백처럼 미묘한 감정이 듭니다. 공감할 수 있는 부분이라서 짚어보았습니다.

CYL: 설마 겹치는 부분은 없겠지, 라고 생각했는데. 바로 앞의 분이 저랑 같은 대목을 읽어서 당황했습니다. 그래도 느낀 점은 저와 달라서 다행스럽습니다.
제가 이 소설을 보면서 가장 재미있다고 느낀 것은 단백이 가지고 있는 운명론적 사고관입니다. 자기가 왕으로 정해졌을 때 단백은, 왜 내가 왕이 돼? 장자인 단문도 있고, 또 나는 아직 어린데? 하는 의구심을 가집니다.
그러나 시간이 지나면서 자기 지위에 익숙해지고, 어떤 일이 일어나도 이건 하늘의 뜻이구나, 라는 생각을 하게 됩니다. 왕관을 쓰고 용포를 입고 지내면 왕이 되는 것입니다. 그런 사고가 연랑과 옷을 바꿔 입는 부분에서 드러나고 있어 흥미로웠습니다.
그 장면을 읽으면서 머리로는 운명 같은 건 있을 수 없다고 생각하면서도, 그게 너의 운명이야, 라는 규정이 주어지면 어느 순간 그걸 따르게 되는 것 아닌가 싶었습니다. 한번 그렇게 믿게 되면, 자기 삶의 모든 것을 그 운명에 끼워 맞추려고도 합니다. 아직도 비과학적인 운명론적 사고가 매력적으로 통용되는 것은, 그만큼 인간이 약하고 미래가 불확실하기 때문인 듯합니다.

OHM: 어린 단백은 왕위에 오르고 난 다음 사람들에게 못된 짓을 합니다. 이유도 없이 잔인한 형벌을 가하는데, 저는 그 모습이 정신적으로 불안정하기 때문이라고 느꼈습니다. 제왕이라는 이름을 얻었지만 실질적인 힘은 자기 할머니에게 있고, 아까 다른 분이 말씀하신 것처럼 단백은 꼭두각시 역할을 한 겁니다. 그리고 왕의 품위를 지켜야 한다는 이유로 자기 맘대로 웃지도 울지도 못하고, 항상 반역이 일어날지도 모른다, 암살당할지도 모른다, 라는 불안정한 상태에 있기 때문에 정신적으로 힘들어 보였습니다.

제가 낭독할 부분은 왕이라는 이름을 달고 있지만 실제로는 아무것도 할 수 없는 단백의 심정이 드러나는, "내가 무슨 빌어먹을 개방귀만도 못한 왕이란 말이냐. 나는 하늘 아래 가장 유약하고 무능하며, 또한 가장 가련한 제왕이로다. 어릴 때는 유모와 환관, 궁녀들이 하라는 대로 했고 글을 깨우칠 무렵에는 승려 각공이 하라는 대로 했으며, 왕이 되어서는 황보 부인과 맹 부인이 하라는 대로 했다."(249쪽)라고 탄식하는 장면입니다.

허수아비 왕

『나, 제왕의 생애』는 줄타기 광대가 된 왕의 이야기죠. 여러분의 이야기를 들으며, 어떤 분이 이 소설을 골랐는지 예지력이 참 대단하다 싶었어요. 자격도 없는 이상한 왕이 등장해 나라가 망하는 이야기입니다. 요즘 우리나라 상황과 너무 겹쳐져요.

섭국의 첫째 왕자 단문은 왕의 자격을 갖춘 인물이에요. 맏자식이기도 하지만 영웅의 풍모가 당당해요. 그 부친도 단문을 후계로 정해두었어요. 그러나 음모가 개입하면서 모든 게 엉망이 돼버렸어요. 단문 같은 영웅이 왕이 되면 협잡꾼들이 곤란해요. 실력 있는 사람이 왕이면 자기들은 아무것도 못 해요. 소설에서는 유서가 조작되고 바보 같은 어린애 단백이 왕위에 오르죠. 할머니가 섭정을 해요. 어린 왕이 바보짓을 하니 나라꼴이 엉망이 됩니다.

결국 섭국은 망합니다. 왕국이라서 그런 거죠. 왕이 절대 권력을 지닌 나라에서는 왕의 역할이 나라의 명운을 결정합니다. 공화국은 다르죠. 누가 국가의 수반 자리를 차지하느냐는 물론 중요하지만, 왕국에서처럼 나라의 명운을 결정할 정도는 아니에요. 공화국은 왕국과 달리 보험 처리가 되어 있는 거죠. 지배 집단 전체가 망가지면 보험 회사도 어쩔 수 없지만, 그래도 치명적 위험은 왕국보다 한결 덜한 거죠.

섭국은 자격 없는 어린 단백이 왕위에 올라 국운이 크게 기울어요. 다음 대에 가서 결국 나라가 망하게 됩니다. 단백은 목숨을 부지해서 자기 꿈을 이뤄요. 줄타기 광대가 되죠.

그건 어디까지나 바보 단백의 관점에서 보았을 때 이야기죠. 단문의 입장에서 보면, 섭국의 운명은 절통할 일이에요. 잘못된 왕위 계승으로 왕국은 혼란에 빠지고, 나라 안팎에서 전쟁이 벌어져요. 그래서 죽고 다친 사람들에게 마이크를 주면 어떤 소리를 하겠어요? 함정에 빠져버린 영웅 단문과 똑같은 말을 할 거예요. 그것이 사실상 왕국 전체의 시선이죠.

이 이야기를 객관적으로 기술한다면, 보통 사람들의 바로 이런 시선이 압도적 중요성을 지녀요. 허수아비 왕이 어떤 성향의 사람인지, 그 어린아이의 꿈이 무엇인지 따위는 아무런 중요성도 없죠. 왕을 암살하려는 시도가 있었을 때, 섭국 사관들의 관심은 왕의 안위가 아니었어요. 암살자가 누구며 동기는 무엇이었는지가 중요했어요. 왕의 안위는 관심 밖이었다는 것이죠. 그것이 일반적인 관심이자 왕국 역사의 시선이에요.

그런데 소설은 달라요. 『나, 제왕의 생애』에서 지배적인 것은 바보 왕의 시선입니다. 단백은 일인칭 화자예요. 이런 객관성의 시선에 일당백으로 맞설 수 있는 힘을 지녀요. 그래서 특이한 세계가 펼쳐지는 것이죠.

단백의 시선

『나, 제왕의 생애』는 제목처럼 바보 왕 단백이 일인칭으로 술회하는 자기 삶 이야기예요. 그게 이 소설의 가장 큰 특징이죠. 독자들은 자연스럽게, 시선의 주인인 단백한테 감정을 이입하게 됩니다. 독특한 역설의 공간이 만들어져요. 단백은 어리석고 가끔씩은 매우 잔인한 인물입니다. 독자들은 바로 그런 인물과 동일시를 해야 하니 이상한 느낌이 없을 수 없어요.

단백은 다섯 번째 왕자로 태어나서 열네 살에 왕위에 올라요. 왕이 될 생각 같은 것은 아예 없었어요. 자기가 왜 왕이 됐는지, 왜 왕 노릇을 해야 하는지도 몰라요. 왕이 되어서야 비로소 깨달아요. 자기가 원했던 것은 자유로운 삶이었음을. 새처럼 날아다니며 여기저기 떠도는 유랑 광대 노릇이 어울리는 사람이었어요. 몸이 날래고 균형 감각이 탁월해서 줄타기에 소질도 있어요. 그래도 현직 왕인데, 줄타기 광대가 되겠다고 왕위에서 물러날 수도 없어요. 단백 입장에서는 왕 노릇하는 게 귀찮기는 하지만, 사람들이 떠받들어주니까 그렇게 싫기만 한 것도 아니죠.

독자들의 마음도 이런 단백의 마음과 같이 갑니다. 단백이 왕이 된 것은 물론 음모가 있었기 때문이죠. 그러나 단백 자신은 그런 걸 알 수 있는 수준도 처지도 아니에요. 난데없이 왕이 되어버린 단백의 시선으로 독자들은 인물과 사건들을 바라보게 됩니다.

왕위 계승과 거기에 얽힌 음모나 왕국의 운명 같은 것은 별로 중요하지 않아요. 오히려 단백이 얼마나 줄타기를 좋아하는지, 광대놀음을 좋아하는지, 어린 단백을 괴롭히는 야밤의 도깨비들이 얼마나 무서운지, 단백이 사랑했던 혜비가 궁중의 암투 속에서 제대로 출산할 수 있을지, 궁에서 쫓겨난 혜비의 운명이 어떻게 될지, 이런 데 초점이 맞춰져요. 단백이 소설의 시선을 독점하고 있으니 그럴 수밖에 없어요. 소설의 줄거리가 그 방향으로 나아가니까 그게 자연스러운 독서의 흐름이 되는 거죠.

비극적인 현실, 전쟁이 일어나고 나라가 망하고 사람들이 죽고 다치고 하는 모습이 불쑥불쑥 튀어나와요. 단백의 삶에 초점을 맞추면 이런 것은 배경일 뿐이지만, 주인공 단백의 운명에 영향을 미치는 것이라 단순한 배경일 수도 없어요. 게다가 철없고 바보 같은 단백이 왕이 된 후 잔인하고 끔찍한 사건들이 벌어져요.

객관적으로 보면 단백은 절대로 왕이 되어서는 안 될 인물이죠. 바보 같은 이복동생 단백에게 수난을 당하는 영웅 단문이 그런 객관적 시선의 대표자예요. 그럼에도 독자들은 단문이 아니라 단백의 시선으로 소설 세계를 통과합니다. 그래서 매우 역설적인 공간 속에 존재하게 됩니다. 내가 뭘 어쨌다고, 나는 그저 도깨비를 무서워하고 줄타기를 좋아하는 사람일 뿐이야, 내가 원해서 왕이 된 것도 아니잖아!

단문의 시선

단백 반대편에 있는 사람이 맏아들 단문이죠. 왕이 되었어야 할 단문 입장에서는 모든 게 어이없어요. 바보 동생이 왕위에 올라 나라가 엉망이 되어가는 모습을 보아야 해요. 영웅의 풍모를 지닌 탓에, 바보 동생의 견제를 당하고 목숨을 위협받아요. 모욕을 견디며 살아야 하죠.

단문이 당한 가장 어이없는 일은, 섭국의 최고 검술가 장직과 결투를 벌이게 된 사건이에요. 메뚜기 떼 때문에 흉년이 극심했어요. 나라에서 제대로 돌보지 않아서 농민 반란이 일어났어요. 반란군은 거침없이 관군을 압박해서 왕조가 위험할 지경이 되었어요. 바보 왕 단백이 단문을 불러요. 반란군을 토벌해서 나라를 구하라고. 단문은 변방으로 쫓겨난 상태였어요. 막상 실력 있는 단문과 그 군사를 불러놓으니 걱정이 되었죠. 바보 같은 계책을 세워요. 섭국의 무관 중 가장 검술 실력이 뛰어난 장직과 결투를 벌이게 하는 거죠. 사기 진작을 위한 무술 시합 같은 것이 아니에요. 목숨 건 진검 승부를 시키는 거예요. 살아남는 사람이 진압군의 장수가 되라는 거예요.

울분 많은 단문이 왕가를 구하러 왔는데, 왕 같지도 않은 왕이 또 이상한 짓을 벌인 거죠. 왕의 군사 전체가 단합해도 모자랄 판에, 왕이란 자가 자기편에서 가장 뛰어난 장수 둘이 결투를 벌이도록 한 것입니다. 이게 무슨 바보짓인지.

단문은 이런 고난을 극복하고 결국 섭국의 왕이 되죠. 왕이 되고서도 이복동생 단백을 죽이지 않아요. 단백은 자기 형들을 죽이려 했지만, 단문은 단백을 평민으로 만들어서 목숨은 부지하게 해요. 단백은 어린데도 잔인했어요. 서슴없이 죽이고, 무릎을 으스러뜨렸어요. 단문은 용기 있고 자비로운 진짜 왕의 모습을 보여줘요.

이야기가 여기에서 맺어진다면 섭국의 역사는 단문을 위대한 왕으로 기록할 거예요. 왕이 되었어야 할 사람이지만 협잡꾼들의 음모로 수난을 당하다가 결국 권토중래해서 위대한 왕이 되는 사람, 단문, 섭국의 제6대 제왕이자 마지막 제왕.

단문은 옆 나라 팽국의 공격을 받고 죽어요. 섭국도 결국 망하게 됩니다. 망한 나라의 마지막 왕이지만, 그래도 단문의 죽음은 제왕의 죽음입니다. 자기가 사랑했던 혜비에게조차 무시당하는 단백과는 달라요.

할머니의 시선

『나, 제왕의 생애』는 역사가 아니라 소설입니다. 사실에 바탕을 둔 역사 소설도 아니에요. 섭국은 존재한 적이 없는 가상의 왕국이에요. 인물과 사건이 허구인 것은 물론이죠.

잔인하고 바보 같은 왕 단백, 그리고 진정한 왕의 풍모를 지닌 단문, 이 둘은 인물 자체로는 맞상대가 될 수 없어요. 그런데도 소설에서는 둘의 긴장이 팽팽합니다. 이유는 간단하죠. 소설 자체가 단백의 입장에서 서술된 이야기이기 때문입니다.

단문은 원래 자기 것이었던 왕위를 쟁취하지만, 왕국의 몰락을 막지는 못해요. 반면에 단백은 왕좌에서 쫓겨났지만 자기 꿈을 이뤄요. 줄타기 광대가 되겠다는 꿈. 단문으로 대표되는 영웅의 삶이 한편에 있고, 그 반대편에는 몰락을 원했던 '찌질이' 왕의 삶이 있는 거죠. 단문과 단백의 대립은 그런 방식으로 지속됩니다.

이 소설의 독특한 분위기를 만드는 세 번째 시선이 있어요. 단백과 단문의 할머니, 황보 부인의 시선이죠. 황보 부인은 이 소설에서 매우 특이한 존재예요. 증상적입니다. 객관적으로 보자면, 아들이 죽은 후 어린 손자를 대신해서 8년 동안 섭정을 하다 병을 얻어 쉰일곱의 나이로 세상을 뜬 인물이에요. 8년 동안 실질적인 왕이었죠.

황보 부인은 죽음 직전에 단백에게 밝힙니다. 사실 왕이 되어야 할 사람은 단백이 아니라 단문이었다고. 죽은 선왕의 진짜 유언장을 단백에게 보여줍니다.

이건 뭐죠? 소설 내부의 논리로는 이해하기 힘든 장면입니다. 그래서 증상적이에요. 황보 부인이 대체 왜 이런 일을 꾸몄는지 알 수가 없어요. 진짜 왕은 단백도 단문도 아니고 따로 있었던 거죠. 황보 부인은 왕이었던 자기 아들을 죽였을지도 몰라요. 도무지 알 수 없는 일이 벌어지는 세계, 그 세계를 지켜보고 혼자 웃고 있는 사람의 시선, 그것이 곧 왕들의 왕, 황보 부인의 시선입니다.

유령의 시선

황보 부인은 죽기 직전에 단백에게 진실을 말합니다. 아무리 바보 단백이라도 견디기 힘든 순간이 아닐 수 없어요. 단백은 몸 전체가 바닥 모를 우물로 떨어지는 느낌을 받아요. 세상이 온통 싫어지는 것이죠. 자기 대신 왕이 되었어야 할 단문도 싫고, 자기 자신도 싫다고 느껴요. 당연히 그렇겠죠. 그러나 가장 싫은 사람은 따로 있어요. 말할 것도 없이 자기 할머니 황보 부인입니다. 할머니는 미워할 틈도 주지 않고 세상을 떠나버려요.

도대체 왜?

이런 질문이 생겨나지 않을 수 없어요. 도대체 왜 할머니는 그런 일을 벌였을까, 도대체 왜 나를 왕으로 선택했나, 도대체 왜 그 사실을 내게만 알려주는가, 그것도 당신의 죽음 직전에. 죽어가는 할머니라서 제대로 묻고 답할 수 없었지만, 할머니 자신이 두 가지 대답을 했어요. "이건 내가 너희 사내놈들과 즐긴 한바탕의 농담이니

라. 나는 가짜 섭왕을 만들었다. 너를 조종하는 게 더 쉬웠기 때문이지."(237쪽)

그러니까 할머니가 손자에게 들려준 마지막 말은 유언이 아니라 저주죠. 단백에게만 그런 것이 아니라, 단문에게도, 그리고 섭국의 역사 전체에 대해서도 저주예요. 도대체 왜? 이 질문에 대해서는 물론 누구도 답하지 않습니다. 황보 부인만이 아니라 소설 속 다른 어떤 인물도 답하지 않아요. 작가 자신도 답을 모른다는 것이죠. 그렇다면 그 답은 소설 자체라고 해야죠. 독자들이 찾아내야 한다는 거죠.

황보 부인의 이 대단한 저주의 시선을 맞받는 곳에, 다시 단백의 시선이 있어요. 그건 어리석은 허수아비 왕 단백의 시선이 아니라, 자기 삶을 모두 겪어낸 늙은 단백의 시선이에요. 망한 나라 섭국의 역사와 그 기록과 자기 자신의 삶 전체를 되돌아보는 시선, 또 다른 단백의 시선입니다.

황보 부인의 저주를 맞받는 바로 그 단백의 시선은 유령의 시선과도 같아요. 자기 삶을 회고하는 시선이에요. 저 멀리 아득한 곳에서 날아오는 것처럼 느껴지는 시선이죠. 지상을 떠나면서 마지막으로 세상을 돌아보는 듯한 시선, 혹은 이미 허공에 떠 있는 시선과도 같아요.

이해할 수 있는 일이죠. 유령의 시선 정도는 되어야 황보 부인의 저주와 레벨을 맞출 수 있어요. 왕국의 몰락과 사람의 고통을 그저 농담이라고 하는 저 불가사의한 저주와, 그것을 멀리서 바라보는 유령의 시선이 서로 맞서 있는 형국이지요. 서로 맞선 두 개의 시선이니, 이 둘은 하나의 선으로 연결되어 있다고 할 수도 있겠네요. 바로 그 선이 이 소설의 독특한 분위기를 만들어요. 그것을 나는 스피노자의 비애라고 불렀어요. 이건 다음 시간에 살펴봅시다.

잔인성과 공포

이야기는 매우 빠른 속도로 전개됩니다. 많은 사람이 죽어요. 단백 입장에서 보면 아버지의 죽음부터 시작해, 신하들과 할머니와 형들의 죽음을 거쳐, 영혼의 단짝이었던 내시 연랑의 죽음으로 이어져요. 그중에는 왕이 되어서 자기가 죽인 사람들도 있어요. 죽여서는 안 될 충신을 죽이기도 했어요.

이 소설에서 죽음은 대단한 사건이 아닙니다. 죽음이 너무 많아요. 밥을 먹거나 목욕을 하는 수준은 아니지만, 그렇다고 해서 대단한 충격도 아니에요. 무엇보다도, 단백이라는 인물의 생애 전체를 바라보는 관조적 시선이 있어서 그렇습니다. 인물들의 삶과 죽음이 멀리서 조망되기 때문에 개별 사건의 정서가 강렬할 수 없어요. 여러 사람의 삶과 죽음이 뭉뚱그려져 하나의 풍경으로 포착되는 것이죠.

상대적으로 잔인성과 공포는 압도적이고 두드러집니다. 이것 역시 단백의 시선 때문이에요. 갑작스럽게 왕이 된 단백은 선왕의 장례와 권력 이양 과정을 목격합니다. 선왕의 비빈들이 순장당해요. 그리고 왕위를 빼앗긴 단문의 모친 양 부인은 산 채로 매장당해요. 억지 순장이죠.

무엇보다도 어린 단백을 무섭게 만드는 것은 폐출당한 후궁들이 모여 있는 냉궁이에요. 비파를 잘 타서 선왕의 총애를 받았던 후궁 대낭은 열 손가락이 모두 잘려버렸어요. 비파 타는 손가락을 질투했던, 단백의 모친 맹 부인의 소행입니다. 11명의 부인이 갇혀서 내는 신음과 비명을 단백은 견디지 못해요. 어린 왕은 그 후궁 11명의 혀를 자르게 합니다.

소설의 초두를 장식하는 것이 바로 이런 잔인성의 세계입니다. 절대 권력자 황보 부인이 휘두르는 자단목 지팡이도 공포의 대상입니다. 단백의 모친 맹 부인의 머리를 향해 지팡이가 날아듭니다. 그런 장면이 열네 살 소년 왕 단백의 시선으로 포착돼요.

단백은 궁중의 권력 갈등 속에 있는 왕입니다. 암살 시도가 끊이지 않아요. 왕의 목숨이 위태로우니, 다른 누군가의 목숨을 빼앗는 건 아무것도 아닌 분위기죠. 사냥터에서는 왕을 향해 독화살이 날아들어요. 왕을 향한 독살 음모도 있어요. 전쟁터가 있으니 사람 죽는 것이 특별할 수 없어요.

어린 왕 단백은 외적과 전쟁 중인 군사들의 사기 진작을 위해 순행을 해야 해요. 그런데 자기 병사가 전투 중에 배가 갈라져 창자가 흘러나와요. 그걸 보고 단백이 구역질을 합니다. 보기 싫으니 죽이라고 하다가 자기가 직접 활을 쏴서 죽여요. 보통 병사도 아니고 용감한 지휘관이었어요. 왕으로서는 끔찍한 바보짓이죠. 변경을 순행하던 중에 단백이 저지른 사건입니다.

사람 목숨값

『나, 제왕의 생애』가 그려내는 고대 왕국은 죽음이 흔한 세계입니다. 사람 목숨값이 지금과는 전혀 달라요. 그것이 현재 우리 세계를 비춰주는 거울이 됩니다. 네거티브 필름 같아요.

현재 우리는 죽음과 차단된 시대에 살아요. 죽음과 연관된 많은 것이 문화적 금기에 속합니다. 왜 그런지는 자명해요. 합리성의 시대이기 때문이죠. 지상에서의 삶이 사후 세계와 연관되어 있다면, 죽음은 별것이 아닐 수 있어요.

그러나 우리 시대는 달라요. 영혼이나 귀신 또는 사후 세계에 대해 진지하게 말하면 이상한 사람 취급을 받아요. 초자연적 세계가 존재한다고 주장할 수는 있지만, 증거를 댈 수도 증명할 수도 없는 것이 죽음 이후의 세계입니다.

근대적 합리성의 세계에서 사람의 목숨은 값을 매길 수 없는 것이에요. 죽은 사람의 목숨값은 보험 회사나 법정이 계산합니다. 그러나 살아 있는 사람의 목숨값은 따질 수가 없어요. 어떤 것의 가치를 산정하기 위해서는 저울 위에 올려야 합니다. 사람 목숨은 그 반대편에 놓을 저울추가 없어요. 절대적 가치를 지녀요.

이와는 매우 다른 것이 고대 세계의 질서죠. 여기에서 목숨은 얼마든지 주고받을 수 있는 것이에요. 이런 예는 역사책에 너무나 많아요.

중국 전국 시대 때 진나라가 다섯 나라를 정복하고 마지막 연나라만 남았어요. 연나라 왕자는 진시황을 암살하기 위해 자객을 보내려 합니다. 연나라의 뛰어난 무사였던 형가가 그 임무를 맡아요. 형가는 진시황에게 접근하기 위해 두 가지가 필요하다고 해요. 하나는 연나라 지도, 다른 하나는 연나라에 망명한 번어기라는 사람의 목입니다. 번어기는 기꺼이 자기 목을 내놓습니다. 물론 형가 자신의 목숨도 이미 없는 것이나 다름없어요. 진시황을 죽여도 죽고, 못 죽여도 죽어요. 번어기는 형가보다 조금 일찍 죽었을 뿐이에요.

신라 장군 품일이 백제와의 전쟁에 나갑니다. 계백의 결사대에게 여러 번 져서 신라군의 사기가 땅에 떨어집니다. 품일은 자기 아들 관창을 단신으로 백제군 진영으로 보냅니다. 가서 죽으라는 것이죠. 계백은 관창을 살려서 돌려보내요. 품일은 아들 관창을 다시 단신으로 보냅니다. 가서 제대로 죽으라고. 결국 관창은 죽고, 신라군은 승리해요. 품일은 자기 아들 목숨을 이용한 거죠.

불안과 가식

참 대단한 사람들이에요. 대의를 위해 자기 목숨과 자기 아들 목숨을 내놓았어요. 그러나 여기에는 현재 우리 세계의 시선이 만들어낸 착시가 있다는 사실을 놓쳐서는 안 됩니다. 현재 우리는 목숨이 값을 따질 수 없는 절대 가치인 세계에서 살아요. 살아 있는 목숨을 두고 값을 따질 수는 없어요. 그 세계의 시선으로 봐야 그런 거죠.

목숨보다는 대의가, 삶보다는 삶의 이유가 더 중요하다고 생각했던 세계라면 사태는 달라져요. 그 세계의 시선으로 보면 목숨은 그렇게까지 대단한 것이 아니에요. 필요하면 다른 사람에게 요구할 수도, 내가 내줄 수도 있는 것이죠. 죽음 자체가 삶의 한 부분이라는 것이죠. 죽음이 삶의 절대적 타자가 아니라는 거예요.

이것은 현재 우리 세계의 논리로는 이해할 수 없는 것이에요. 번어기나 관창은 죽음을 무릅쓰는 것이 아니라, 생짜로 생목숨을 내놓는 것이죠. 자기 손으로 자기 목을 잘라 내놓는 행위와 같아요. 그로테스크하지 않을 수 없어요. 다른 사람을 위해 자기 목숨을 바쳐요? 게다가 자기 자식을 죽인다고? 우리 세계에서는 있을 수 없는 일입니다.

우리가 사는 근대성의 세계에서 자연사 이외의 죽음은 그 자체로 사건입니다. 모두 다 갈릴레이의 망원경 이후 만들어진 세계의 질서예요. 죽음의 흔적은 삶의 세계 바깥에 있어야 해요. 잔인함도 공포도 없어요. 그러나 대신에 불안이 있죠. 불안하지만, 불안을 느끼지 않아야 합니다. 느끼지 않는 척해야 합니다. 그래야 일상이 유지되니까. 가식과 위선이 제도화되지 않을 수 없어요. 그것이 우리가 사는 시대, 근대적인 마음의 질병이죠.

『나, 제왕의 생애』에는 이 두 개의 세계가, 근대와 고대가 뒤섞여 있어요. 근대는 시선으로, 고대는 대상으로. 두 세계의 이질성이 뒤섞이면서 특별한 정서가 만들어져요. 그것을 스피노자의 비애라고 했습니다. 다음 시간에 이어서 하겠습니다.

10-2강

쑤퉁, 『나, 제왕의 생애』

『나, 제왕의 생애』는 1992년에 나온 소설이죠. 『인간 실격』에 비하면 시간이 또 한 40년 흘렀네요. 쑤퉁은 중국의 현역 작가입니다. 1963년생이에요. 한국으로 치면 신경숙, 공지영, 김인숙 작가들과 동갑이네요. 1909년생 다자이 오사무와는 많이 차이가 나죠. 쉰네 살 차이네요. 이번 학기에 다루는 작가 중에 쑤퉁은 유독 나이가 어려요. 바로 위가 1931년생 박완서, 1929년생 쿤데라, 1919년생 샐린저 등이에요. 이들과는 30~40세 차이가 나네요. 박완서와 샐린저가 최근 세상을 떴으니, 이번 학기 작가 중에서 쑤퉁은 쿤데라와 함께 두 명의 생존 작가인 셈이네요.

이번 강의 제목에 스피노자라는 이름이 나와요. 스피노자는 사랑받는 철학자입니다. 1632년생이니 근 400년 전 사람이에요. 사랑받기로는, 200년 전 사람인 니체와 함께 쌍벽이라 해야겠네요. 철학자 중엔 플라톤이나 칸트, 헤겔 같은 거인들이 많죠. 이들을 향한 시선은 사랑보다는 존경에 가깝죠. 그러나 스피노자나 니체 같은 이들을 향한 시선은 존경이 아니라 사랑 쪽이에요. 이건 이론의 문제가 아니라 삶의 문제예요. 그러니까 사랑이냐 존경이냐는, 그들이 살아낸 삶에 얼마만큼 가까이 가느냐의 문제겠죠. 스피노자나 니체의 삶은 철학자보다는 시인에 가까워요. 사람들이 말하는 행복과는 거리가 먼 삶이었어요.

이제 미국 대선에서는 트럼프 당선이 거의 굳어졌죠? 일본의 아베, 한국의 박근혜와 잘 맞는 짝입니다. 세계 민주주의 역사에서 참사가 아닐까 싶어요. 모든 일에는 부침이 있어요. 항상 올라갈 수만은 없죠. 떨어질 때는 아주 바닥을 치는 게 낫습니다. 스피노자 역시 17세기에 전성기를 구가했던 네덜란드 공화국 시민이었고, 민주주의의 참사 앞에서 크게 좌절했던 사람이기도 합니다. 지난 시간에 이어 소설 내용부터 살펴봅시다.

근대인, 단백의 삶

소설은 전체 3부로 구성되어 있어요. 1부는 어린 단백이 왕으로 즉위해 귀엽고 잔인한 허수아비로 지내는 과정, 2부는 단백이 어른이 되어 사랑하고 결혼하고 폐위되는 이야기, 그리고 3부는 단백이 마침내 줄타기 광대가 되지만 나라는 망하고 광대 패가 몰살당하는 내용이죠.

단백은 『나, 제왕의 생애』라는 소설의 주인공입니다. 소설 주인공이라는 것은 근대인이라는 말이에요. 사람은 물론 고대인이지만, 그 삶을 재현하는 시선이 근대적이란 겁니다. 소설이라는 장르가 근대의 산물이기 때문이죠. 소설 주인공이 되면, 고대인이건 중세인이건 외계인이건 모두 근대인입니다.

단백의 삶은 기본적으로 성장 소설의 구도를 갖췄어요. 철없던 단백이 성숙한 어른으로 성장하는 이야기예요. 단백은 열네 살에 왕이 되었어요. 몰락한 왕국의 폐허를 지켜볼 때가 스물여덟 살이었어요. 열네 살부터 8년 동안은 왕으로, 나머지 6년은 평민이 되어 줄타기 광대의 삶을 살았어요. 소설은 그 14년 동안의 삶을 다뤄요.

단백은 왕 노릇을 싫어했는데, 결국 안 하게 되었어요. 광대가 되고 싶었는데, 결국 광대가 되었어요. 꿈을 이룬 건가요? 그런데 18명의 광대 패가 자기만 남고 모두 죽어버렸어요. 망한 나라의 왕성에 잘못 들어갔다가 점령군한테 횡액을 당했죠. 단백은 요행히 살아남았지만 사실상 죽은 것이나 다름없어요. 단백은 어릴 적 스승인 각공 스님의 거처를 찾아가 승려로서 남은 삶을 살아요. 그것은 말 그대로 여생에 불과해요.

그때 단백의 나이 고작 스물여덟이지만, 남은 삶은 이미 여생이라는 거예요. 모험과 도약이 없는 삶이기 때문이에요. 소설의 주인공으로서는 죽은 삶이죠. 기계처럼 반복하는 인생은 그저 부록이에요.

방황이 끝나면 소설도 끝납니다. 이야기는 오로지 방황하는 동안에만 생겨나는 것이죠. 방황하면서 만나는 낯선 사람과 세계와 사건이 소설거리가 됩니다. 여기저기 헤매고 다니는 방랑일 수도 있고, 내면의 방황일 수도 있어요. 둘이 겹쳐질 수도 있고요. 소설은 방황하는 청춘들 이야기예요. 물리적 나이와 무관하게, 방황하면 누구든 청춘이에요. 방황이 끝나면 나이와 무관하게 노인입니다. 단백은 스물여덟에 노인이 되었어요.

방황, 방향, 길

열네 살 어린 왕 단백은 변방 순행길에 광대 공연을 보았어요. 축제를 즐기는 사람들 속에서 광대 패를 보고 경탄하죠. 나도 줄타기를 하고 싶다. 그게 바보 왕의 소망이 되죠.

단백은 스물둘에 왕위에서 쫓겨나 평민이 됩니다. 목숨을 부지한 왕이라면 뭘 해야죠? 왕비가 힘센 나라 팽국 출신이에요. 당연히 처가로 가서 권토중래를 노려야죠. 팽국의 군사력이라면 못 할 것이 없어요. 그게 많은 사람의 예상이자 기대입니다. 역사의 주인공이라면 당연히 그런 것을 해야 해요.

그러나 소설의 주인공 단백은 애초부터 왕좌에 관심이 없던 사람이에요. 왕비를 좋아해본 적도 없어요. 단백이 가는 곳은 내시 연랑의 본가입니다. 생각이 없어도 너무 없는 왕과 내시의 조합이에요. 고대 세계의 기준으로 그렇다는 거죠.

단백과 연랑은 둘도 없는 단짝 친구예요. 단백은 자기를 위해 헌신해온 연랑을 하늘의 선물이라고 느껴요. 연랑도 자기보다 세 살 많은 왕 단백에 대해 특별한 마음을 지녀요. 그러나 이런 건 두 사람의 입장일 뿐이죠. 연랑을 내시로 들여보낸 집은 어떨까. 형편이 어려운 대장장이 집안입니다. 연랑은 몸에 지녔던 금품까지 강도를 당해 빈털터리 신세예요. 연랑의 집에서 이들이 환영받겠어요? 빈손으로 온 귀찮은 손님들일 뿐이죠. 둘 모두 한심한 처지가 됩니다.

이런 궁지에서 힘을 발휘하는 것이 단백의 꿈입니다. 단백은 정말로 줄타기 광대가 되기로 마음먹어요. 자기에게 줄타기를 가르쳐 줄 광대 패를 찾아 길을 나서요. 연랑도 따라갑니다. 줄 타는 단백 옆에서, 자기는 통이라도 굴리겠다며.

이 순간, 단백의 삶은 새로운 단계로 도약합니다. 삶의 방향이 잡힌 거예요. 꿈같은 것이야 언제든 누구에게나 있을 수 있는 거죠. 생각뿐이라면 특별할 것 없어요. 중요한 것은 그 꿈을 향해 발을 내딛는 것입니다. 그건 특별합니다. 움직이기 시작한 꿈은 그냥 꿈이 아니에요.

생각뿐인 꿈은 헛것이지만, 사람의 몸을 움직이게 한 꿈은 헛것이 아니죠. 움직이는 순간, 꿈은 이미 이루어진 거라고 해야 해요. 남은 것은 그저 시간을 견디는 일뿐이죠.

방황은 길을 찾기 위함이라고 하죠. 그러나 중요한 것은 길이 아니라 방향을 찾는 거예요. 가야 할 방향을 알게 되면 길이야 있건 없건 상관없어요. 길은 내가 찾아낸 방향이 만듭니다.

사람이 방황하는 것은 길이 없어서가 아니라 방향을 몰라서예요. 길은 없어서 문제가 아니라 너무 많아서 문제예요. 진짜 가야 할 길은 언제나 자기 발밑에 있어요. 그 사실을 아는 데까지 시간이 걸리는 거죠. 게다가 그게 진짜 길인지 아닌지는 가보고 난 다음에야 알아요.

단백의 경우도 마찬가지죠. 길을 나서는 순간, 첫 번째 도약이 이뤄졌어요. 방향을 잡았어요. 그게 중요하죠. 이제는 두 번째 도약을 해야 합니다. 자기가 들어선 길이 진짜 길이었음을 알게 되는 순간이 필요해요.

단백의 두 번째 도약

단백은 옛날의 기억을 따라 광대 패의 행방을 추적해요. 줄타기 광대가 되려면 학교와 사부가 필요해요. 너무 넓은 하늘 밑이라 옛날의 그 광대 패를 찾기가 쉽지 않아요. 천 리 길을 헤매고 돌아다녀요. 왕이었던 시절, 꿈처럼 사랑했던 혜비를 만나기도 해요. 간신히 광대 패의 행방을 알아냈다 싶었지만, 이미 또 다른 국경을 넘어가버린 뒤예요.

이 소설에서 가장 빛나는 장면은, 단백이 학교와 스승 찾기를 포기하는 순간입니다. 광대 패를 눈앞에서 놓친 후 단백은 결심해요. 자기 스스로 줄타기 기예를 익히겠다고.

바로 그 순간, 모든 문제가 해결됩니다. 학교도 스승도 필요 없어져요. 자신이 있는 자리가 교실이고, 자신의 실패가 스승이 됩니다. 두 그루 대추나무 사이에 밧줄을 매고 거기에 오르는 순간, 모든 것은 끝난 거죠. 이 장면이 소설의 절정이에요. 멋진 장면이에요.

진짜 구원은 언제나 벼랑 끝에 있어요. 하늘에서 내려오는 동아줄 같은 것은 없어요. 한 사람의 간절함이 구원의 동아줄을 만들어요. 손을 내밀어 잡는 밧줄이 곧 하늘의 동아줄이에요.

단백은 스스로 줄타기 기예를 익혀 성공적인 광대가 됩니다. 밑에서 지켜보던 연랑은 눈물을 흘려요. 연랑도 통굴리기 광대가 되고, 객잔 주인의 딸, 여덟 살 난 옥쇄까지 합류시켜서 가족을 이룹니다. 공연을 하고 단원도 늘어, 18명의 제법 근사한 광대 패가 만들어져요. 나름 성공한 인생이 된 거죠.

새로운 시대의 성장 소설

그러나 중요한 것은 성공이 아니라 성숙이죠. 마음속에 있던 꿈이 밖으로 나와 몸의 움직임이 됐어요. 그게 성공의 차원입니다. 성숙은 그 성공을 바라보는 시선의 문제입니다. 소설에서 필요한 성공은 단백의 성공이 아니라, 바로 이 시선의 성공이에요. 제대로 된 성숙함에 도달하는 것, 그게 성장 소설의 요체입니다. 성숙함이 있어야 성공이 유지될 수 있어요.

성장 소설이란 한 개인의 내적 성숙 과정에 관한 이야기예요. 좁게는 근대 시민 사회를 전제한 이야기를 뜻해요. 한 사람이 공동체의 일원이 되는 이야기입니다. 그러나 좀 더 넓게 보면 사람이 한 개체로서 성숙해가는 이야기예요.

단백의 이야기는 모든 인연으로부터 끊어져 고독한 개인이 되는 과정을 담아내요. 어떤 특정 공동체의 일원이 되는 이야기가 아니라는 거죠. 단백이 뭔가의 일원이라면, 우주의 일원이에요. 자기 운명 앞의 단독자가 되는 것입니다. 누구와도 소통 불가능한 심연을 자기 안에서 발견하는 과정을 보여줘요.

이런 이야기는 괴테 시대의 성장 소설과 다를 수밖에 없어요. 그 시대의 문법을 기준으로 하면, 단백의 이야기는 성장 소설이 아니라 오히려 환멸 소설이라고 불러야 마땅하죠. 그러나 이런 방식이야말로 지금 우리 시대의 성장 소설이라 해야 합니다. 근대성에 대한 근본적 반성이 행해지는 시대라는 점에서 그래요.

광대 패를 잃고 홀로 남은 단백은 어릴 적 스승의 거처였던 절을 찾아가죠. 줄 타는 광대가 줄 타는 승려의 삶을 살아요. 단백의 나머지 삶은 그 한마디로 족합니다. 그래서 여생이라고 한 것이죠. 비로소 단백은 자유를 느껴요. 거기에 도달하기 위해 최소한 세 개의 환멸이 필요했어요. 그 환멸들을 따질 때, 단백이 밧줄 위에서 느끼는 자유도 다시 살필 수 있어요. 성장 소설의 의미 역시 그렇습니다.

세 개의 환멸

환멸은 언제나 사건과 함께 와요. 사건이 새로운 시야를 만들어 내죠. 새 눈이 생기면 현실이 허깨비가 됩니다. 단백은 난데없이 왕이 되었다가 왕위에서 쫓겨나고 나라가 망한 꼴을 본 인물이에요. 단백의 삶은 엄청난 사건들과 함께 있어요.

단백 개인의 삶에 커다란 의미로 다가온 사건이 뭐죠? 광대 패 단원들이 몰살당한 사건? 그렇죠. 다른 단원들은 소설에 등장하지 않으니까 없는 존재나 마찬가지예요. 그러나 단짝 친구 연랑과 귀여운 아이 옥쇄가 죽었어요. 단백은 가족을 잃은 셈이에요. 단백 개인에게는 왕좌를 잃은 것보다 큰 사건이죠.

혜빈과의 재회도 의미 있는 사건이죠. 거기서 생겨난 정서의 질량이 커요. 단백이 사랑한 단 한 사람의 여성이 혜빈이에요. 귀한 신분이 아닌데도 혜빈은 왕의 사랑을 독차지하고 회임까지 했어요. 질투의 대상이 되죠. 결국 유산을 당하고 비참하게 궁에서 쫓겨났어요. 왕의 모친까지 합세해서 벌인 일이라, 단백은 왕이라도 어쩔 수가 없었어요. 폐위된 단백이 그 혜빈을 다시 만난 거죠. 한때의 혜빈은 손님을 받는 기루의 창기가 되어 있어요. 단백은 작별도 하지 않은 채 조용히 빠져나오죠.

단백은 한 번 더 혜빈을 봅니다. 섭국이 망하고 약탈과 파괴로 궁성은 쑥대밭이 됐어요. 망한 나라의 물건들을 사고파는 시장에 혜빈이 있어요. 기루에서 나와 물건을 파는 사람이 된 거죠. 혜빈이 파는 물건이 특이합니다. 단백이 혜빈에게 적어 보낸 사랑의 시첩들입니다. 단백이 왕위에 있을 때, 어머니와 할머니의 감시를 피해서, 시를 적어 혜빈에게 보냈어요. 그때 받았던 왕의 편지를 혜빈이 이제는 시장에 들고 나온 거죠. 섭국의 5대 제왕이 친필로 쓴 시첩이라며 호객을 해요. 시장에 나온 옛사랑을 단백이 멀리서 지켜봐요.

작품 전체로 보자면, 이 두 사건은 소설의 마무리 수순이죠. 소설 전체의 방향을 결정할 만큼 대단한 사건은 아니라는 거예요.

단백의 영혼에 가장 큰 상처를 준 사건이 있었죠. 지난 시간에 언급했던 황보 부인의 저주입니다. 할머니가 밝혀버린 진실, 할머니의 이해할 수 없는 행동으로 인해 단백은 돌이킬 수 없는 상처를 입어요. 분노와 슬픔에 몸부림쳐요. 왜 황보 부인이 그런 결정을 했는지 납득하기 어려운 대목이라고 했죠. 그래서 이 소설의 증상이라고.

단백은 이 세 사건을 통해 모든 걸 잃었어요. 가족을 잃고, 사랑을 잃고, 자기 자신에 대한 존중감을 잃었어요. 살아야 할 이유가 사라졌어요. 그 모든 걸 대가로 얻은 단 하나, 그게 곧 이 소설입니다. 이 소설에 등장하는 단백의 목소리가 들려주는 이야기죠. 여기에서 뚜렷한 것이 유령의 시선, 관조의 시선이에요. 이 시선 앞에서 삶은 허깨비예요. 매우 생생한 허깨비죠.

저주가 향한 곳

황보 부인은 왕위 계승자를 바꿔치기한 것에 대해, "내가 너희 사내놈들과 즐긴 한바탕 농담"이라고 했어요. 이상하지 않을 수 없어요. 이유를 알 수 없기 때문이에요.

할머니 황보 부인은 손자들의 생명을 다치지 못하게 했던 인물이에요. 선왕의 뜻을 감추고, 바보 단백을 왕으로 내세웠어요. 그 결정에 원한을 품게 된 왕자들이 있었죠. 왕국에 위협이 되는 존재들이에요. 그럼에도 황보 부인은 그 왕자들을 보호했어요. 한 집안의 최고 어른다운 모습이에요. 그런데 왕을 바꿔버린 것을 포함해서 그 자신의 국정 농단이 다 장난이었다고? 너희 사내놈들을 골려준 것이라고? 이상하지 않을 수 없어요.

황보 부인의 저주는 누구를 향한 거죠? 비참하게 쓰러진 사람들을 살펴야 해요. 저주에 맞아 쓰러진 사람은 누구죠?

황보 부인의 저주에 가장 크게 당한 사람은 맏손자 단문이죠. 단문은 영웅이고 맏아들이라서 적격인 후계자였어요. 선왕의 뜻대로 단문이 왕이 되었더라면 최소한 나라가 망하지는 않았을 거예요. 그런데 할머니의 저주가 영웅 단문을 시련에 빠뜨렸어요. 8년의 고난을 거쳐 왕이 됨으로써 진정한 영웅 서사의 주인공이 될 수는 있었죠. 그럼에도 단문은 보좌에서 불타 죽습니다. 권토중래했지만 결국 영웅 단문은 나라와 운명을 함께했어요.

바보 단백은 어이없게 왕이 되었고 또 쫓겨났지만, 어쨌거나 살아남아서 꿈을 이뤘어요. 황보 부인의 저주가 아니었다면 단백은 섭국의 다섯 번째 왕자로 그저 그런 삶을 살았을 거예요. 황보 부인의 저주가 단백에게는 통하지 않은 거죠. 오히려 축복이라 해야 할까. 저주에 쓰러진 것은 영웅 단문이죠.

단백과 단문의 인품을 견주면 이런 결말은 온당하지 않아요. 단백은 단순히 철부지 바보가 아니라 잔인한 왕이기도 했어요. 반면에 단문은 영웅일 뿐 아니라 너그러운 사람이에요. 그런데도 황보 부인의 저주가 겨냥한 것이 맏손자 단문이다? 도대체 왜죠?

답은 한 가지, 황보 부인이 근대인이기 때문이라고 해야 합니다. 고대인으로 변장한 근대인이에요. 그렇게 보면, 황보 부인의 저주에 가장 크게 당한 존재는 단문도 아니고 섭국 자체라고 해야 합니다. 황보 부인은 자기 남편과 손자들의 나라, 남자들의 나라, 저 고대의 왕국을 망가뜨린 거예요.

남성 중심의 절대 왕정

황보 부인은 왜 나라를 망쳤나? 이 질문에 대한 답은 너무 많아요. 소설 전체가 그 답이죠. 망해야 할 나라였기 때문이에요. 단백이 왕이 되어 경험했던 일들을 떠올려봅시다. 근대인의 시선으로 보면, 잔인하고 우스꽝스러운 일들이에요.

황보 부인이 뭔가를 조롱하고 저주하고자 했다면, 남성이 지배하는 절대 왕정의 모습이라 해야 해요. 권력을 두고 다투는 사람들, 왕의 총애를 두고 암투를 벌이는 궁 안의 여성들, 고통 속에서 무참하게 죽어가는 사람들이 있어요. 단백이 사랑했던 혜빈은 여우를 낳았다는 모함을 받았어요. 그 모든 게 우스꽝스럽기 짝이 없죠. 황보 부인이 근대인의 시선을 지니고 있다면.

단백이 황보 부인의 저주로부터 살아남은 까닭도 알 수가 있죠. 단백은 진짜 왕도, 영웅도, 절대왕정주의자도 아니었기 때문이죠. 왕이 되고 싶지도 않았던, 줄타기 광대가 되고 싶었던 인물이기 때문이에요. 황보 부인과 단백은 사실상 동일한 시각을 지니고 있는 거죠. 고대 세계에 존재하는 두 명의 예외적인 근대인.

단문이 비참한 최후를 맞아야 하는 이유도 자명해요. 단문은 고대 세계의 왕위에 최적화한 인물, 영웅이자 위대한 왕의 자격을 갖춘 인물이기 때문이에요. 황보 부인의 시선으로 보자면, 그런 식의 위대함, 그런 식의 자격이란 허깨비에 불과해요. 거칠고 몽매한 수

컷들의 세상이 만들어낸 헛것이라는 거예요. 왕이 아니라 광대 되기를 원했던 단백의 시선도 황보 부인과 같은 층위에 있어요. 줄타기 광대의 영혼을 지닌 단백의 시선은 고대 남성의 것이 아니었다는 거죠.

물론 단문의 혼백은 반박할 거예요. 나의 최후를 비참하다고 말하는 것은 너희 근대인들의 저열한 속물성에 불과하다고, 옥좌에서 왕관과 함께 불타 죽은 나의 마지막이야말로 진정으로 영웅다운 최후라고.

황보 부인은 왜?

소설 전체를 놓고 보면, 단백=황보 부인의 시선 vs. 단문=섭국의 시선, 곧 근대와 고대의 시선 대립이 선명해요. 이 대립을 다시 한번 감싸 안는 것이 늙은 단백의 시선, 지난 시간에 말한 유령의 시선입니다. 이 시선으로 보면, 황보 부인의 저주에 대한 또 다른 이유가 보여요.

황보 부인은 단백에게 '농담'이라는 단어를 썼어요. 후계자를 바꿔치기한 엄청난 음모의 진실을 말하면서 장난이라고 한 거예요. 그렇다면 그 농담은 누구를 상대로 한 거죠? 물론 황보 부인은 "너희 사내놈들"과 놀았다고 했어요. 과연 그런가.

단백과 단문 형제, 그리고 죽은 선왕이 희롱의 대상이 된 것은 맞죠. 황보 부인은 이들을 대상으로 장난을 쳤어요. 왕국의 운명을 놓고 벌인 '몰래카메라'였다는 거죠. 그 사실을 단백에게만 알려준 것도 이해할 수 있어요. '몰래카메라' 장난이니까, 희생자들에게 알려

줘야죠. 그래야 장난이 완성되니까. 단백이든 누구든, 한 사람에게 알려준 것은 세계 전체에 알려준 것과 같아요.

게다가 단백에게 비밀을 알려준 것은 게임의 일부가 될 수 있어요. 단백의 영혼을 흔들어서 플레이어로 끌어들일 수 있어요. 사내들의 나라를 망치는 역할로 쓸 수 있다는 거죠.

이 엄청난 장난을 만들고 즐긴 사람이 정말로 황보 부인일까? 그렇다면 황보 부인이야말로 고대 왕국에 강림한 진정한 외계인이죠. 아무런 이유도 대의도 없이, 자신의 농단 그 자체가 목적이라야 가능한 시나리오예요. 나도 한번 왕 노릇 해보자! 그래야 장난이라고 할 수 있어요. 과연 그럴까. 늙은 황보 부인이 왕 노릇을 한다고 해야 기껏 8년이었어요. 세상을 떠나는 마당에 단백에게 자기 소행을 말하지 않을 수도 있었어요. 좀 이상하죠.

그러니까 이 장난을 정말로 즐긴 사람은 따로 있다고 해야 하는 거죠. 황보 부인 뒤에 있는 사람이 누구죠? 전체 연출가인 작가 쑤퉁이고, 작가가 불러 모은 근대의 독자들이라고 해야겠죠. '몰래카메라'를 즐기는 사람은 TV 앞의 시청자이듯이. 황보 부인을 포함한 인물들은 그저 배우일 뿐이죠.

무한 우주의 시선

이 지점에서 우리는 다시 물을 수 있어요. 황보 부인이 유언처럼 토설하는 사실을 듣고 단백은 까마득한 절망감을 느꼈다고 했어요. 그게 정말인가? 그것도 '몰래카메라'의 일부인 것은 아닐까? 단백도 연기한 것이 아닌가.

단백도 사실은 알고 있었죠. 자기가 가짜 왕이라는 것, 맏형 단문이야말로 진짜 왕이라는 것, 돌아가신 아버지가 점찍어놓은 후계자라는 것. 단문이 왕가의 사냥터에서 사냥감을 들고 피에 젖어 돌아올 때, 뛰어난 용기와 실력으로 함정에서 살아 나올 때, 단백은 맏형 단문이야말로 진짜 왕이라 느꼈어요.

단백은 그 모든 음모를 알면서도 모른 척한 것이 아닌가, 죽음 직전의 할머니 말을 들으면서 놀란 척을 한 것이 아닌가, 눈앞이 까마득했다고 절망한 척한 것이 아닌가, 여기에 작가와 독자들도 모두 합세한 것이 아닌가, 소설 속에서 단백은 자기가 조작된 왕이라는 것을 몰랐다고 하지만 사실은 거짓말을 하고 있는 것이 아닌가 하는 거죠.

혼신의 힘을 기울인 연기지만 꼼꼼히 보면 자연스럽지는 않아요. 자연스러운 연기는 오히려 독자들, 단백의 연기를 사실로 받아들인 독자들 것이죠. 정말 몰랐다면, 그것이야말로 제대로 된 진짜 연기예요.

나의 이런 주장이 말이 되나요? 말이 될 턱이 없어요. 소설 안에는 이런 주장을 할 근거가 없어요. 이건 소설 텍스트의 표면을 많이 벗어나는 것이죠. 그럼에도 이런 주장을 해야 해요. 황보 부인의 음모가 이 소설의 너무나 뚜렷한 증상이기 때문이에요.

이 증상은 하나의 질문으로 수렴됩니다. 이런 설정은 누구를 속이기 위한 걸까?

황보 부인이 만들어낸 그림이 지금 내 주장처럼 좀 더 큰 규모의 '몰래카메라' 설정극이라면, 그러니까 이 책을 읽은 우리 모두가 의도와 상관없이 모두 포함되어 있는, 말하자면 소설 전체가 하나의 커다란 설정극이라면, 그건 대체 누구를 속이기 위한 거죠?

작가와 독자, 소설 속 인물 모두가 힘을 합쳐 속이고자 하는 대상, 그것은 단 하나의 시선이라고 해야 합니다. 삶의 통렬한 무의미성, 우리를 말없이 내려다보고 있는 무한 우주의 시선이 곧 그것입니다. 이 소설과 관련해 스피노자의 비애라는 말을 쓴 것은 그 때문이에요.

시선이라고 했지만, 물론 무한 우주엔 눈이 없어요. 삶의 무의미성, 그것도 생물이 아니니 눈이 있을 턱이 없어요. 그렇다면 그 눈은 누구의 눈이죠?

공동체 속에서 홀로서기

우리가 이 강의 첫 시간부터 얘기해온 게 존재론적 간극이라는 말이었어요.

단백은 왕이 될 사람이 아닌데, 팔자에도 없는 왕 노릇을 해야 했어요. 그래서 문제가 생겼어요. 그건 괜찮아요. 인생이 꼬인 건 모두 다 할머니 황보 부인 때문이니까. 할머니가 이상한 외계인이라 이상한 놀음을 해서 그렇게 된 것이니까. 그런데 자기가 나름 제대로 살았다고 느끼는데 생겨난 문제는 어떻게 하죠? 그건 자기 자신이 책임져야 합니다. 책임을 미룰 데가 없어요.

사람은 모두 자기 자신을 연기하면서 살아요. 보통 때라면 내가 나 자신이라는 것을 의심하지 않고 살죠. 그런데 어느 순간, 틈이 벌어져 내가 나를 바라보고 있어요. 그런 시선이 느껴져요. 내가 제대로 나 자신을 연기하고 있는지 의심이 생겨요. 여기서 더 나아가면, 내가 나라는 확신에 의심이 생겨요. 가슴에 구멍이 뚫려 바람이

쉭쉭 지나가요. 이 공허감과 불안을 어떻게 해야 하나.

누구나 이런 불안은 있을 수밖에 없어요. 그 불안이 나오는 간극을 어떻게 처리하느냐가 문제예요. 황보 부인처럼 어떤 절대적 존재가 있으면 되죠. 크고 단단한 바윗돌로 막아놓으면 됩니다. 안에 있는 것들이 밖으로 못 나오게. 그중에서 가장 튼튼한 바윗돌은 공동체와 종교가 제공해요. 그런데 그런 게 없으면 어떻게 하죠?

단백은 자기가 왕이 아니라는 사실을 깨닫고 새로운 삶을 살았어요. 자기 힘으로 줄타기를 익혀 광대가 되는 모습은 이 소설에서 가장 아름다운 장면이라 했어요. 그게 근대적 주체의 이상이기 때문이죠. 두 가지 점에서 그래요.

첫째, 홀로서기의 시도이기 때문입니다. 그것은 모든 주체의 이상이죠. 홀로 서야 어른이 돼요.

둘째, 이것은 첫째보다 더 중요한데, 단백의 홀로서기가 자신이 선택한 공동체 속에서 이루어진다는 거예요. 대추나무 사이에 밧줄을 걸고 줄에 오를 때, 단백은 혼자가 아니에요. 영혼의 단짝 연랑이 목격자예요. 연랑의 시선은 한 사람의 시선이 아니에요. 공동체 전체를 대표하는 시선, 단백이 살아온 과거에서 현재를 거쳐 미래로 이어지는 공동체 대표자의 시선이에요.

처음 홀로 줄타기를 하는 장면은 단백의 성인식이 시작되는 순간입니다. 이 순간에는 연랑의 시선만 있어도 족해요. 그런데 심지어 진짜 연랑이 박수 치고 눈물을 흘려요. 단백은 행운아인 거죠. 여기에 어린 옥쇄까지 합류하죠. 이 셋이 새로운 가족이 돼요. 그게 우리가 말하는 삶의 기본 형식이에요. 상호 인정의 최소 형태, 가장 작은 공동체의 모습입니다. 이것은 무엇보다 튼튼한 바윗돌입니다. 존재론적 간극을, 무의미성의 괴물이 웅크리고 있는 저 무서운 동굴 입구를 잘 막아둘 수 있어요.

상호 인정의 공동체를 확보하는 것이야말로, 한 인간이 존재론적 불안을 방어하는 가장 효과적인 방식입니다. 절대성이 사라진 세상에서 새로운 절대성을 만들어내는 것, 그게 곧 공동체의 이상을 구현하는 것이에요. 불안한 존재들이 서로 기댐으로써 불안을 잠재울 수 있어요. 내 옆에 있는 사람의 인정이 내 의심을 잠재워요. 내 역사와 내 속을 아는 사람이 곁에 있다면, 짜증은 있어도 불안은 있을 수 없어요. 그 사람에게만은 내가 생생한 진짜니까.

관조의 비애

이 작품이 단백의 성장 소설이라면 홀로 줄타기를 시작한 절정의 순간으로 끝나야 하죠. 마치 홀든이 맨해튼의 회전목마 앞에서 넋을 놓고 피비를 바라보는 장면으로 『호밀밭의 파수꾼』이 끝나듯이. 그 나머지는 아무래도 상관없는 이야기예요. 성장 소설에서 핵심은 자기가 누구인지, 뭘 해야 하는지를 아는 것이죠. 자존감을 가진 독립한 개체가 되는 것이 목표 지점입니다. 그런데 『나, 제왕의 생애』는 거기서 더 나아갑니다. 한 사람의 생애를 관조하는 목소리, 유령의 목소리가 들려 나와요.

그럴 수밖에 없어요. 당초에 설정된 가상의 역사 소설이라는 구도가 그렇죠. 역사는 왕국의 운명을 기록합니다. 그런데 이 소설은 단백이라는 인물의 운명을, 그 사람이 겪어낸 삶의 굴곡 전체를 바라보고 있어요. 그것도 일인칭 화자의 목소리로. 어른이 되는 일뿐 아니라 삶을 마치는 일까지 포함하지 않을 수 없어요.

한 사람이 태어나서 뜻을 품고 길을 나서요. 어떤 일이 벌어질까. 사람을 사귀고, 사랑을 만나고, 일을 하죠. 그리고? 죽습니다. 결말은 죽음이에요. 그러니까 이야기의 구성은 그 삶을 어느 선에서 절단하는지의 문제예요. 어디에서 끊느냐에 따라 성장이냐 환멸이냐가 구분됩니다. 환멸 없는 성장은 없고, 모든 성장은 궁극적 환멸을 향해 나아갑니다.

한 사람의 생애 전체를 관조하는 일에는 언제나 비애가 따라요. 그 삶이 뿌듯함이든 보람이든 기쁨이든 허망함이든 모두 같아요. 그것을 바라보는 시선에는 비애가 섞여 있어요. 사람이 맞서기 힘든 거대한 필연성의 힘이 있기 때문이죠.

소설을 읽는다는 것, 사람들의 삶을 들여다보는 일에는 그런 비애가 필연적이에요. 그로부터 벗어나는 방법도 물론 있죠. 유령의 관조적 시선이 아니라, 바야흐로 길을 나서는 인물의 시선이 되는 것이죠. 줄에 오르는 단백의 시선이 되는 것, 그 밑에서 단백의 모습을 보며 놀라워하는 연랑의 시선이 되는 것.

이 이야기는 다다음 주, 쿤데라를 읽으며 좀 더 하게 될 거예요.

스피노자

스피노자의 비애라는 말을 쓴 것은 그의 철학이 관조의 비애를 제공하기 때문이에요. 물론 스피노자는 기쁨과 행복에 대해 말한 사람입니다. 초월적 절대자 없이 어떻게 살아야 하는지에 대해 썼어요. 그런 점에서는 비애라는 말과 어울리지 않죠. 그러나 스피노자가 왜 기쁨에 대해 말했는지를 살피면 문제가 달라져요.

스피노자는 앞에서 언급한 대로 근대 초기의 인물이에요.[1] 1632년 암스테르담에서 태어났죠. 지금부터 근 400년 전 사람입니다. 우리 역사로 치면 병자호란 직전에 태어난 사람입니다. 퇴계 이황(1501~1570)보다는 130세쯤 어리고, 다산 정약용보다는 130세쯤 많아요. 조선 중기 사람인 거죠.

스피노자는 두 번 추방당한 존재예요. 스페인에서 포르투갈로, 다시 네덜란드로 이주해온 유대인의 자손입니다. 이게 첫 번째 추방이죠. 스피노자의 조부가 어린 부친을 데리고 네덜란드로 왔어요. 박해가 심해 살기 힘들었기 때문이죠. 종교 때문에 박해한다는 것은 핑계예요. 포르투갈에서 그들은 이미 개종했어요. 한 사회의 주도 계급이 힘과 자신감이 있을 때는 너그러워요. 힘이 약해져 자신감을 잃으면 외부자들에게 엄격하고 가혹해집니다. 다른 사람에게 엄격한 사람은 겁쟁이예요. 자기가 다칠까 봐, 자기 것을 빼앗길까 봐 두려워하는 겁니다.

쇠퇴기의 스페인과 포르투갈에서 마녀사냥이 가장 드셌어요. 종교가 힘센 사람들 옆에 있으면 문제가 생겨요. 게다가 종교가 현실 권력을 가지면 문제가 심각해집니다. 권력자가 된 종교인들은 사탄이고 아수라예요. 적그리스도죠.

스피노자는 암스테르담의 유대인 공동체에서 자랐어요. 스피노자가 일상적으로 썼던 말은 포르투갈어이고, 학교에서 배운 말은 스페인어예요. 그리고 학문의 세계로 접어들면서 사용한 말은 라틴어입니다. 논리의 세계로 접어들자, 암스테르담에서 재구성된 유대인들의 믿음이 스피노자에게는 미신이었어요. 그걸 인정할 수가 없었죠. 스피노자는 유대인 공동체로부터도 추방당합니다. 파문 선언을 받아요. 20대 때 일입니다. 이렇게 스피노자는 이중으로 추방당한 존재죠.

스피노자가 쓴 유명한 책이 『에티카』입니다. 유클리드 기하학과 같은 방식으로 기술했어요. 명제를 정리로 제시하고 증명하는 방식이에요. '정리'란 중학교 수학 시간에 나오는 피타고라스의 정리 같은 거죠. 증명해야 하는 거예요.

그런데 이런 사람에게, 에덴동산 이야기 같은 게 믿겨지겠어요? 선악과가 있고, 자기가 따 먹은 것도 아닌데, 그걸 먹어서 원죄가 생겼다는 식의 이야기가 통할 수 있겠어요? 그런 이야기는 그냥 옛날이야기일 뿐이고, 그런 걸 믿는 것은 미신이죠. 그런 종교의 하느님도, 기적도 마찬가지예요. 스피노자에게는 모두 미신입니다.

아무리 암스테르담이 자유 도시라고 해도 17세기에 이런 생각은 위험합니다. 무신론자라고 하면, 지옥의 징벌 같은 걸 믿지 않아서 아무렇게나 죄짓고 살아도 된다고 생각하는 사람으로 여겼어요. 위험한 사람 취급을 받아요. 불가촉천민 수준의 대우를 받죠.

스피노자는 물론 신의 존재를 부정하지 않아요. 그러나 스피노자의 신은 계몽된 세계의 신이에요. 그가 인정하는 신은 세계 바깥에 있는 존재가 아니에요. 세계 밖에서 세계를 만들고 세계를 움직이게 하는 존재가 아니에요. 세계 자체가 신입니다. '신, 즉 자연'이라는 명제가 그런 뜻이죠. 세계 안에서 세계를 움직이게 하는 인과(因果) 필연성, 그게 곧 하느님입니다. 신은 절대적이에요. 그래야 신이죠. 그러나 스피노자에게 절대적 신은 세상 밖에 있는 초월적 힘이 아니에요. 안에 있는 내재적 힘이죠.

스피노자는 곤궁한 삶을 살았어요. 렌즈 절삭하는 기술을 익혀 생업으로 삼았어요. 당시 최고의 정밀 기술이죠. 그를 이해하는 친구들의 도움도 받았어요. 가족 없이 하숙 생활을 하면서, 혼자 생각하고 책을 썼어요. 명성이 알려져 독일 대학에서 교수 초빙이 왔지만 사양했어요. 연구에 몰두할 수 없기 때문이었어요. 어떤 간섭도, 방해도 없이 자기 논리를 추구해간 사람이죠.

자유

스피노자의 주저 『에티카』는 라틴어로 윤리라는 뜻이에요. 사람으로서 어떻게 살아야 할지를 말해주는 것이 윤리죠. 스피노자의 이론을 범신론이라고 하지만, 실질적으로는 무신론이에요. 복과 재앙을 나눠주는 인격신이 없다는 점에서 그래요. 아브라함과 모세의 종교에 익숙한 사람들은 바로 반문하죠. 벌주는 신이 없으면 아무렇게나 살아도 되나? 신을 두려워하지 않고? 도스토옙스키의 『카라마조프가의 사람들』에 나오는 바로 그 질문이죠.

불교나 특히 성리학의 전통 속에서 살아온 사람들에게는 우스운 질문입니다. 성리학이 제시하는 것은 현자들의 윤리입니다. 성리학은 그 자체가 초월성을 믿지 않는다는 점에서 계몽된 세계의 사유체계죠. 자기완성을 향해 나아가는 것 자체가 목표이고, 그것이 공동체 속에서 구현되기를 원한다는 점에서, 성리학의 가르침과 스피노자는 일치해요.

스피노자에 따르면, 세계 전체가 신의 신체예요. 신의 뜻이 작동하지 않는 곳이 없어요. 세계는 거대한 시계와도 같아요. 풀리지 않는 태엽으로 작동하는 거대한 시계. 그 시계의 외부란 존재하지 않아요. 그러니까, 시계에서 벌어지는 모든 일은 시계 내부의 원리에 의해서만 일어나요. 그 안에 있는 톱니바퀴와 바늘에 자유 의지 같은 것은 있을 수 없죠. 모든 것이 내부의 인과성에 의해서만 작동하니까.

그렇다면 사람도 톱니바퀴라는 것인가? 당연히 그래요. 자기가 톱니바퀴라는 것을 모르는 톱니바퀴, 자기가 자유롭다고 착각하는 톱니바퀴가 사람이에요. 시곗바늘은 자기 마음대로 안 가고 빨리 가고 할 수가 없어요. 그건 불가능하죠. 그걸 원하는 게 이상한 거예요. 그걸 알아야 해요. 그래야 진정한 자유가 생겨난다는 겁니다.

어떻게 살아야 하느냐? 현명한 사람이 되는 것, 세계와 자기 자신의 이치를 투철하게 꿰뚫어보고, 그 지혜에 따라 사는 것이 『에티카』의 핵심이에요. 그것을 신에 대한 지적인 사랑(amor dei intellectualis)이라고 합니다. 감정의 사랑이 아니에요. 통찰력 차원의 사랑이에요. 깨달음으로서 사랑이죠. 이치를 따지면, 인간을 향한 신의 사랑이기도 해요. 그 사랑이 곧 자유라는 것입니다.

단백이 왕이 되고 나서 화를 냈어요. 내 마음대로 하지도 못하는데, 왕은 무슨 왕이냐. 단백이 너무 어려서 몰랐던 거죠. 아무거나 할 수 있는 게 왕이 아니에요. 해야 하는 것, 할 수 있는 것이 정해져 있기로는 왕도 마찬가지죠. 답답한 단백은 새가 되고 싶었죠. 줄타기 광대가 그런 자유의 상징이에요.

그런데 줄타기 광대가 자유롭나요? 밧줄 위에서 뜀뛰기를 한다고 날아오를 수 있나요? 새가 자유로워요? 줄타기 광대는 줄에 매여 있고, 새는 공기에 매여 있어요. 그건 자유가 아니라 착각일 뿐이에요. 목줄에 매인 개가, 목줄도 길면 자유롭다고 느끼는 수준이죠.

진짜 자유는 자기 자신의 본성을 투철하게 아는 것이고, 그 본성에 맞게 사는 것이죠. 그것이 곧 유덕한 삶이에요. 그것이 곧 기쁨이고 행복입니다. 행복은 착하게 산 삶의 보상 같은 게 아니에요. 그런 건 비루한 거죠. 착하게 사는 삶 자체가 행복입니다. 스피노자에 따르면, 그런 이치를 깨닫는 것이 곧 자유를 얻는 방법이라는 거죠.

구경거리로서 운명

그러니까 스피노자는 현자들의 윤리에 대해 말한 거죠. 세상의 철리를 깨달은 사람들의 이야기예요. 그런데 웬 비애일까. 그것이 현자들의 윤리이기 때문이에요.

보통 사람들은 감정의 삶에서 벗어나는 것도 힘들어요. 이성을 제대로 쓰는 것도 쉽지 않죠. 그런데 깨달음? 그건 거의 해탈의 수준이라고 말할 수밖에 없어요.

보통 사람들의 세계에 넘쳐나는 저 몸의 고통과 슬픔은 어떻게 하나. 그걸 바라보는 현자의 마음이 편할 수가 없죠. 스피노자 자신도 끔찍한 경험을 해야 했어요. 네덜란드 공화국의 전성기를 이끌던 민주주의 정치가 얀 더빗(1625~1672)이 선동된 군중들에게 처참하게 살해당하는 꼴을 보았어요. 스피노자가 자유롭게 생각하고 쓸 수 있었던 것도 더빗의 덕이 컸어요.

물론 아주 이상적인 수준에서 말할 수는 있어요. 세상의 이치에 통달해 그 이치에 따라 사는 사람들에게 비애 같은 것은 있을 수 없을 거라고. 영원한 정신으로서 신은 감정이 없으니 슬픔도 없어요. 그러나 불행과 재난과 승리하는 악당들이 신의 신체 위에 펼쳐져 있어요. 아무리 현자라고 해도 사람은 몸을 가져요. 몸이 있는 이상 감정이 없을 수 없어요. 헛것임을 깨달았지만, 세상의 이치를 알지만, 아픔은 아픔이죠.

『나, 제왕의 생애』는 단백이 내레이터로 나와서 자기 삶을 회고하는 형식입니다. 소설 마지막 장의 첫 문장이 이래요. "나는 남은 절반의 생을 고죽산의 고죽사에서 지냈다."(403쪽) 이건 살아 있는 사람으로서는 쓰기 힘든 문장이에요. 죽음이 임박했거나 혹은 몸을 떠난 넋이, 허공에서 지상을 바라보며 하는 말처럼 느껴져요. 내레이터 단백의 시선을 유령의 시선이라고 했던 것은 이런 식의 문장 때문이에요.

자기 삶을 회고하는 단백이 자주 인용하는 문헌이 있어요. 『섭궁비사』라는 역사책이에요. 물론 가공의 책이죠. 거기에는 이런 문장이 나와요. "구경거리로는 남의 운명을 들여다보는 것만 한 것이 없다."(376쪽)

이 문장은 단백이 성공한 광대가 되었다는 말끝에 나옵니다. 사람들은 단백의 신분을 잘 알고 있어요. 왕이 줄타기 광대가 되었다니 신기한 거죠. 너나없이 구경하러 오고, 그래서 단백의 광대 패가 18명의 단원을 갖춰 성공하게 되었다는 이야기죠.

그런데 한 사람의 운명이 다른 사람들의 구경거리라는 말은, 이런 상황을 넘어서는 좀 더 큰 울림과 힘이 있어요. 광대가 된 왕의 모습을 보고 싶어 하는 호기심, 그런 특정 상황에 국한되지 않는 좀 더 근본적인 힘이 있다는 거죠. 그러니까, 단백처럼 부침 심한 사람이 아니라 평범한 사람의 운명이라도 다른 사람의 눈길을 끄는 힘이 있다는 거예요.

왜죠?

단순한 호기심 때문에? 내 일은 아니니까 일단 마음이 편하고, 남의 삶을 들여다보는 것이 그저 재미나서? 그냥?

그 삶이, 그 생애가, 그 부침이 바로 나의 것이기 때문이죠.

아니라고요?

나는 쫓겨난 왕이 아니다? 나는 정신 병원에 갇힌 열여섯 살 뉴요커가 아니다? 나는 동반 자살을 시도했다가 혼자 살아남은 사람이 아니다?

이번에는 내가 물어볼 차례네요.

정말로 그래요?

4부

운명애

11-1강

섹스와 신

JMS: 『열쇠』[1]의 줄거리를 간단하게 설명하겠습니다. 남편과 아내(이쿠코)의 일기가 교차로 공개되는 특이한 형식입니다. 딸 도시코는 기무라라는 청년과 교제 관계에 있습니다. 둘을 결혼시키려 하는데, 이쿠코가 딸의 남자 기무라와 특별한 관계를 맺는 충격적인 내용입니다.

남편은 페티시즘 성향을 지닌, 성욕이 강한 인물입니다. 그는 아내와의 성생활에 힘이 부쳐서 뭔가를 하려고 합니다. 스포일러를 하자면, 남편은 결국 성관계 때문에 죽게 됩니다. 그동안 있었던 일들이 아내 이쿠코의 일기로 공개되는데, 남편을 죽이려는 음모가 있었음이 드러나는 것으로 마무리됩니다.

이쿠코와 기무라의 관계는 남편이 만들거나 최소한 방조를 해서 불륜을 맺은 것인데요, 제가 낭독하고 싶은 부분은, 남편이 아내 이쿠코에게 술을 권해서 취하게 만들고, 취하면 알몸으로 욕조에 들어가는 아내의 습관을 이용해 기무라와 관계를 갖게 하고, 또 그 것을 통해 자기 성욕을 채우려 하는 대목입니다. 내용 자체가 좀 충격적입니다.

KYJ: 저는 책의 가장 마지막 부분을 골랐습니다. 남편이 죽은 후, 이쿠코가 남편과 자신의 일기를 비교하면서 진실을 말하는 장면입니다. 이쿠코는 자신의 일기에 자신이 남편의 일기를 훔쳐보지 않았고 기무라와 선을 넘지 않다는 등 자기가 봉건적인 여자라고 적었는데, 일기에는 진실을 쓰니까 저는 이쿠코의 말이 진짜라고 믿었습니다. 그런데 알고 보니 이쿠코의 일기는 남편을 속이기 위해 교묘하게 짜인 함정이었고, 독자까지 속이려는 장치였습니다. 더 충격적인 것은, 이쿠코가 사실은 남편을 죽이기 위해, 그의 건강이 안 좋은 줄 알면서도 계속 유혹해서 성관계를 하도록 했고, 그래서 결국 남편이 이쿠코와 성관계를 하다가 죽었다는 것입니다. 그리고 한 번 더 충격을 받은 것은 기무라와 도시코가 결혼해서 이쿠코와 셋이 산다는 거예요. 그러니까 엄마와 딸이 한 남자와 같이 산다는 것인데, 작가는 순수한 욕망 덩어리 인물들을 보여줌으로써, 욕망만 있을 경우 생활이 어떻게 될지를 그려보려 한 것 같습니다.

LJH: 저는 기무라라는 인물에 관심이 갔습니다. 이 소설에서는 남편과 아내의 심리전이 벌어지는데, 그렇게 되는 까닭은 부부의 시나리오가 서로 상충되기 때문입니다. 각자 자기가 원하는 것을 갖기 위해 전쟁을 벌이고 있는 것으로 보이는데요, 두 사람이 목숨을 걸고 전쟁을 하고 있는데도 저는 기무라라는 인물에 눈길이 갔습니다.

기무라는 남편이 아내를 유혹하기 위해 자기 시나리오의 배우로 개입시킨 인물입니다. 그러나 저는 기무라가 남편의 뜻대로 움직이는 그런 수동적인 배우가 아닐 거라는 생각이 들었습니다. 그런 점을 보여주는 부분들을 골라봤습니다.

먼저, 남편이 기무라를 이용해서, 자신의 정력을 끌어올려 아내를 만족시키려는 장면입니다. 남편은 기무라와 아내를 가깝게 만들어서 자기 스스로 질투심을 유발하고, 그 질투심을 성욕의 자극제로 삼는 이상한 인물입니다.

다음으로는, 기무라가 남편에게 폴라로이드 사진기를 건네는 대목인데요, 남편은 환한 조명 아래서 아내의 알몸 보는 걸 좋아하는 특별한 성욕의 소유자입니다. 기무라가 그걸 알고 남편에게 폴라로이드 사진기를 건네는 것입니다. 남편의 성적 취향을 알지 못하고서는 절대로 할 수 없는 행동입니다.

마지막으로, 딸 도시코가 기무라의 책갈피 속에 이쿠코의 알몸 사진이 있는 걸 보고 엄마에게 그 얘길 하는 장면인데요, 소설 뒤쪽으로 가면 기무라가 자기한테 그 사진을 의도적으로 보게끔 한 것 같다고 생각하게 됩니다. 처음에는, 소재는 충격적이지만 내용은 단순한 이야기 같았는데, 갈수록 인물들의 감춰진 속내가 드러나서 흥미로웠습니다.

YJU: 이 책은 일기 형식이기 때문에 시야가 매우 제한적입니다. 주로 인물들의 성생활에 맞춰집니다. 성생활에도 권력의 형식이 작동합니다. 이쿠코는 봉건적인 분위기 속에서 자란 인물이라 남편과의 성관계에서 권력적인 느낌을 받을 수도 있는데요, 실제로 네 사람이 얽히는 가운데 만들어지는 성관계가 과연 권력으로 치환될 수 있을지는 의문스러웠습니다.
특히 제가 가장 이해할 수 없었던 게 도시코라는 인물인데요, 도시코가 엄마인 이쿠코와 자기랑 교제하는 기무라의 불륜 관계를 도와주는 것이 이상하게 느껴졌습니다. 도시코가 기무라를 좋아하는지, 또는 기무라가 도시코를 좋아하는지는 이 책을 다 읽고 난 다음에도 알 수가 없었습니다.
일기 형식이라서 진실을 다루는 것 같지만, 이 책에서 일기의 독자는 한정되어 있습니다. 남편과 아내의 일기는 서로를 의식한 것입니다. 서로가 읽을 것임을 미리 알고 있는 상황이라서 어디까지가 진실인지 파악하기 어려운 구조입니다. 제가 고른 부분은 도시코가 엄마의 불륜을 부추기고 도와주는 대목입니다. 그것을 엄마의 시선으로 묘사하고 있는데, 어디까지가 사실인지 애매합니다.

PJH: 얼마 전 친구와 술자리에서 순수한 좋아함에 대해 이야기한 적이 있습니다. 저 같은 경우는 자동차를 좋아해서 기계과에 왔고, 지금까지도 그렇다고 생각합니다. 그런데 이제 3학년이 끝나고 대학원을 가려고 하니까, 자동차를 순수하게 좋아했던 것은 아니라는 느낌을 갖게 됩니다. 그래서 친구하고 순수하게 좋아할 수 있는 게 무엇일까 얘기하다가, 성적인 영역이 아닐까, 하고 결론을 내렸습니다.
친구와 그런 이야기를 한 직후에 이 『열쇠』라는 책을 읽었습니다. 인간의 성욕을, 정말 끝도 없는 밑바닥을 보여주는 끔찍한 책을 읽었단 뜻입니다. 좀 충격을, 많이 받았습니다. 앞에서 다른 분들이 말씀하신 것을 잘 들었는데요, 제가 강조하고 싶은 것은 결국 아내가 남편을 죽인 것 아니냐는 점입니다. 기무라와 섹스를 하기 위해, 중풍에 걸린 남편을 계속 유혹해서 죽인 것 아니냐는 겁니다. 저는 그 사실이 밝혀지는 대목이 굉장히 인상 깊어서 그 장면을 읽어보려 합니다.

저는 앞서 사람이 순수하게 좋아하는 것은 성적인 영역에 있다고 했는데, 이 소설에 그게 너무 극단적인 형태로 나타나 있다 보니 회의감이 들었습니다. 성욕이 한 사람을 파멸로 몰아갔고, 또 아내는 남편의 성욕을 충족시켜준다는 명목하에 남편을 살해하는 일을 저질렀습니다. 이게 과연 인간이 좋아하고 끌리는 성욕의 영역에 속한다고 할 수 있을까, 하는 생각을 해봤습니다.

지금 중도터널(서울대 중앙도서관 건물을 관통하는 보행로를 지칭함)에 가면 동성애를 반대하는 자보가 하나 붙어 있습니다. 거기엔 동성애가 윤리적으로 잘못되었기 때문에 동성애를 하는 사람들이 있어서는 안 된다는 문단이 있었어요. 사랑에 있어서는 성별이 상관없다고 생각하는데요, 정신적인 사랑이 선행되어서 서로 합의하에 커플이 성욕을 충족하는 과정 또한 어떤 문제도 없다고 봅니다. 그런 것에 이상한 프레임을 씌워 비난하는 일부 종교인들의 잘못이 크다고 생각합니다.

이쿠코와 기무라의 사랑은 이성애이지만 훨씬 더 윤리적으로 문제가 있다고 봅니다. 동성애건 이성애건 서로 사랑하면서 주위에 피해를 주지 않는다면 아무런 문제가 없다는 생각을, 이 책을 읽으며 해보았습니다. 비약이 있었던 것 같은데, 너무 의식의 흐름으로 말씀드려 죄송합니다.

OGI: 제가 오늘 읽을 부분은 3월 10일에 쓰인 남편의 일기입니다. 남편은 아내가 욕조에서 쓰러진 후 아내의 나체를 마음껏 볼 수 있게 되고, 그로 인해 아내와 전보다 훨씬 나은 성생활을 하는 것에 만족을 표하면서도, 자신의 건강이 악화해 죽음이 점점 다가옴을 예감합니다. 제가 이 부분을 선택한 이유는, 작품의 큰 주제 중 하나인 성의 파멸성을 상징적으로 표현했기 때문입니다.
우선 제가 여기서 느낀 점은 인물들이 비현실적이라는 것입니다. 보통 사람이라면 이렇게 매일매일 일기에 자기 아내와의 성생활을 자세하게 기록할 수는 없을 것 같습니다. 또 남편은 건강이 좋지 않음에도 불구하고 의사가 금지하는 식생활과 성생활로 인해 결국 죽습니다.
성은 인간 생명의 원천이기도 한 반면, 사람을 파멸로 이끌기도 합니다. 성욕의 본질이 매우 파악하기 어렵다는 것, 작품 속 남편과 아내가 보여주는 마조히즘과 사디즘의 행태 또한 매우 특이하다는 것에 주목하며 이 부분을 골라보았습니다.

YJH: 저는 이 작품을 읽으면서, 제가 짐작한 게 맞다면, 이 작가는 정말 천재라고 생각했습니다. 제가 쓴 독후감의 제목이 '섹스 죽이기'였습니다. 이 소설에서 중요한 것은 섹스가 아니라는 얘깁니다. 이 소설이 섹스에 대한 내용만을 보여줌으로써 숨겨버린 부분이 있는데, 다름이 아니라 사랑에 관한 내용입니다. 남편은 이쿠코와 결혼했지만 아내가 자기를 사랑하지 않는다는 걸 알고 있습니다. 아내가 일기에 그렇게 써놓았거든요. 그걸 남편도 읽고 있었던 겁니다. 어떻게 하면 이쿠코가 자기를 사랑하게 만들 수 있을까. 남편한테 문제는 바로 그것입니다.
그런데 남편은 그게 불가능하다는 걸 알게 됩니다. 이것은 물론 제 생각입니다. 그래서 아내가 기무라를 사랑하게 만듭니다. 사랑이라는 감정을 심어준 겁니다. 그리고 자기를 기무라와 동일시함으로써 결국 이쿠코의 사랑을 얻는 것이죠.
이런 걸 알 수 있게 해주는 부분이 소설에 나옵니다. 남편이 꿈을 꾸는 장면입니다. 자신이 기무라가 되는 꿈을 꿉니다. 그리고 남편은 죽기 전에 기무라라는 이름을 내뱉습니다. 제가 낭독할 장면은 남편의 꿈, 자기 자신과 기무라의 몸이 이어져 있는 기이한 꿈을 꾸는 부분입니다.

『열쇠』의 충격

『열쇠』라는 소설이 매우 충격적이었군요. 여러분이 제출한 글을 읽으면서 조금 놀랐어요. 반응이 이런 정도일지는 예상 못 했거든요. 『열쇠』 대신에, 나쓰메 소세키의 『산시로』 같은 소설이 더 나았겠다는 생각도 했어요. 깨끗한 첫사랑 이야기 같은 것.

특이한 학생도 있었어요. YJH 학생은 『열쇠』가 진정한 사랑을 다룬 소설이라고 썼어요. 그런데 진정한 사랑? 앞에서 말했듯이, 이건 쉽지 않은 문제입니다. '진정한'이란 형용사가 그렇게 만들어요. 그냥 사랑이 아니고, 진정한 사랑? 여기엔 아이러니가 없을 수 없어요.

뭐 그런 건 잘 모르겠고, 어떻든 나는 이 남자의 마음을 진정한 사랑이라고 느낀다! 이런 태도, 일단 나쁘지 않아요. 그게 왜 진정한 사랑인지 차분하게 논리적으로 설명해낼 수만 있다면 아주 좋은 거죠.

많은 학생이 성에 대한 탐닉이 문제라고 했어요. 실제로 이 소설의 두 주인공은 그런 인물이에요. 주인공 남자는 생명을 잃어요. 딸과 사윗감도 특이한 인물이죠. 처음엔 주인공 남자가 이상해 보였는데, 소설이 진행되고 인물들 특성이 하나씩 하나씩 드러나면서 조금 달라집니다. 소설의 설정도, 묘사도 많이 유별난 이야기예요.

그런데 성에 대한 탐닉이 문제다? 좀 더 구체적으로, 뭐가 문제죠? 성이? 탐닉이? 둘이 결합했을 때가 문제예요? 탐닉이라도, 이를테면 공부나 일에 대한 탐닉은 괜찮아요? 아, 탐닉이라는 말은 나쁜 것에만 쓰나요? 그러면 성은 나쁜 것이 되나요?

아니면 다시 돌아가서, 탐닉 그 자체가 나쁜 것이에요?

목숨 건 쾌락

물론 분명한 것은 있어요. 성에 대한 탐닉이 최소한 『열쇠』라는 소설의 차원에서는 심각한 문제를 낳는다는 거죠. 그로 인해 사람이 죽었으니까. 성교 중의 과도한 흥분이 문제였죠. 말하기 거북한 사건이죠.

게다가 이 죽음은 그 의미가 조금 이상해 보여요. 진짜 사고사가 맞나? 사고를 가장한 살인일 수도 있고, 좀 더 살펴보면 자살 같기도 해요. 자살이라면 무엇을 위한 자살이죠? 쾌락을 위한? 그러면 누구의 쾌락을 위한 거죠? 자기 자신의 쾌락을 위한 거라고만 하기도 좀 석연찮은 구석이 있어요.

목숨 건 사랑은 그래도 괜찮은데, 목숨 건 쾌락이나 목숨 건 섹스라는 말은 선뜻 받아들이기 쉽지 않아요. 뭐가 대단하다고 거기에 목숨까지 거나! 결과적으로 목숨을 잃는 것이야 있을 수 있지만, 아예 생목숨을 거기에 바치는 것은 매우 기이한 느낌을 주는 거죠.

성욕이나 성교와 관련한 이런 문제는 누구에게든 편할 수가 없어요. 왜 불편한지는 따져볼 문제지만, 어쨌거나 이런 소재는 여러분에게 특히 충격일 수 있었겠어요.

앞에서 『적과 흑』 『안나 카레니나』 『마담 보바리』 같은 소설을 읽었을 때, 한 학생이 투덜거렸죠. 불륜 이야기가 왜 명작이냐고. 이제는 불륜을 넘었어요. 심각한 수준의 외설이 돼버렸어요.

이른바 불륜 소설이 목숨 건 사랑 이야기라면, 『열쇠』는 목숨 건 섹스 이야기에요. 나이 든 부부의 성욕에 관한 이야기죠. 주인공 남성의 죽음은, 분명하지 않은 구석이 많지만, 결과로 보자면 의도된 것이라고 해도 무리가 없어요. 남편의 건강과 관련한 위험은 부부가 모두 알고 있었어요. 목숨 건 쾌락인 것이죠. 누구의, 무슨 쾌락이냐가 문제에요.

사마귀 부부의 윤리

숫사마귀의 목숨 건 섹스는 잘 알려져 있어요. 이것도 충격적인 사실이죠. 암사마귀는 번식기에 교미를 하면서 숫사마귀를 먹어치운다고 해요. 25퍼센트 정도의 숫사마귀가 목숨을 잃는다죠. 암사마귀가 알을 낳으려면 양분이 필요해요. 성공적인 번식을 위해 교미 중에 수컷을 먹어버린다는 거예요. 교미를 대가로 목숨을 잃는 숫사마귀는 섹스에 목숨을 건 존재죠.

꼭 사마귀가 아니더라도 종(種)의 관점은 비정해요. 교미와 수정을 끝으로 숫사마귀는 제 역할을 다한 거죠. 죽어도 그만이에요. 이런 시선의 자리에 숫사마귀를 대입해봅시다. 이런 말이 가능하죠. 여보, 날 드시고 우리 아이들 튼튼하게 잘 낳아주시오. 당신의 턱에 내 몸이 으스러지는 고통은 내가 견디리다.

종의 시선과 개체의 시선, 이 둘이 겹치면 매우 특이한 윤리적 울림이 생겨나요. 윤리적 울림으로 치면 암사마귀가 더해요. 내가 내 자손을 위해 유전자 창고로 선택한 당신, 나는 당신의 살아 있는 몸을 먹네요. 본능적으로 당신은 도망치려 하겠지만, 나는 당신이 도망치기 전에 재빨리, 내 사랑이 선택한 당신의 몸을 먹어요. 당신과 내 아이들의 건강을 위해, 우리 자손의 창대한 미래를 위해.

물론 이런 식의 상상은 가당찮은 의인화예요.

하지만 숫사마귀의 행동은 한 개체의 의식이나 의지가 아니라 사마귀라는 종의 차원에서 보면 가능한 그림이죠. 거룩한 헌신이 아닐 수 없잖아요? 결과가 그렇다는 거죠. 이런 시선은 DNA의 관점, 종의 관점이에요.

물론 개별 숫사마귀의 관점에서 보면, 후손의 번영이나 종의 보존 같은 것은 안중에도 없겠죠. 숫사마귀 개체는 본능과 충동의 길을 갈 뿐이죠. 자기 신체에 입력된 프로그램대로, 각자에게 주어진 길을 갈 뿐이에요. 개체의 차원에서 우선적인 것은 그 자신의 쾌락이죠. 섹스에서도 그것이 전부라고 해야죠. 종의 번식은 쾌락의 부산물일 뿐이에요. 목숨 건 섹스가 먼저죠.

DNA의 관점에서 보면 상황이 바뀌어요. 쾌락은 교미를 위한 유인책일 뿐이죠. 쾌락은 미끼고, 번식이 중요해요. 쾌락은 번식의 미끼일 뿐이에요. 종의 자기 보존이 핵심이고, 쾌락과 헌신과 사랑과 윤리 등은 모두 미끼나 부산물입니다. 어떤 시선으로 보느냐에 따라 그림이 달라지는 거죠.

순수 쾌락, 쾌락 너머

『열쇠』의 경우는 어때요? 주인공 부부 사이에서 벌어지는 일이죠. 이들은 이미, 사마귀 세계로 말하자면, 번식기가 끝난 개체들이에요. 딸 시집보낼 준비를 하는 부부예요. 종의 관점에서는, 유전자 대물림을 했으니 최소한의 의무는 이행한, 이제는 없어져도 그만인 개체들입니다.

섹스에 목숨을 건다 해도, 사마귀 부부의 울림과는 다를 수밖에 없죠. 『열쇠』 부부의 섹스는 순수 쾌락을 위한 거예요. 잉태를 위한 섹스가 아니에요. 종의 보존을 위한 헌신 같은 거룩함은 없다는 거죠.

그런데 진짜 그래요? 인간과 사마귀를 같은 수준에 놓고 말해도 되는 거예요? 아니라면, 인간이 더 하등이라는 거예요? 종의 보존이 신체적 차원이라면, 그러니까 생물학적 차원이라면, 그럴 수도 있을 거예요. 그러나 종의 특성을 보존하는 것이야말로 진정한 종의 보존이라 한다면, 쾌락으로서 섹스를 추구하는 것이야말로 인간다움의 보존이라고 할 수 있지 않아요?

『열쇠』의 부부가 보여주는 것은 순수 쾌락에 대한 추구죠. 성교에 목숨 건 사람들이에요. 그런데 바로 그 점에서, 순수 쾌락에 대한 추구는 쾌락 너머를 향해 가요. 쾌락이 부산물이 아니라 목표가 되면, 쾌락 너머가 나와요. 목숨이 문제가 돼서 그래요. 여기서 중요한 것은 누구의 쾌락이냐, 어떤 쾌락이냐는 질문이에요.

앞에서 우리는 삶을 지탱하는 두 동력에 대해 살펴봤어요. 목숨을 부지하는 것 자체, 그리고 살아야 할 이유를 마련하는 것. 쾌락도 그런 이유 중 하나라고 말하는 것은 조금 어폐가 있어요. 우리가 스스로에게 허용할 수 있는 쾌락부터 그럴 수 없는 쾌락까지 편차가 크죠. 사람마다, 문화권마다, 시대마다 달라요.

그러나 쾌락 그 자체는 삶의 이유라는 항목에 들어갈 수 있겠죠. 쾌락이라는 단어가 조금 이상하다면, 행복이라고 바꿉시다. 그건 많은 사람이 동의할 수 있을 거예요. 더 나아가 그게 보람이라면? 그건 말이 되는 거죠.

그래서 『열쇠』에 등장하는 쾌락은 누구의 어떤 쾌락이냐, 이 질문이 중요하다는 겁니다. 주인공 남성의 성욕이 쾌락의 수준인지, 행복이나 보람의 수준인지, 한번 살펴볼 문제죠.

섹스, 섹슈얼리티, 에로티시즘

삶의 이유 차원에서 성욕을 문제 삼을 때, 그러니까 번식기의 교미 수준과 구분해서 볼 때, 『열쇠』 같은 소설은 여러 가지 생각할 거리를 던집니다.

일차적으로 섹스와 섹슈얼리티를 구분해야 하죠. 섹스는 '성별'과 '성교'를 뜻해요. 우리 사회에서 이 단어는 기휘어(忌諱語, 금기하는 언어)까지는 아니지만, 편하게 쓸 수 있는 단어도 아니에요. 매우 사적인 단어죠. 여기에서는 사람과 동물이 구분되지 않죠. 교미든 성교든, 몸의 차원에서는 다를 수 없어요.

섹슈얼리티는 성욕이나 성감을 뜻합니다. 성적 자원이 배분되는 인간 사회 고유의 방식이에요. 유성 생식을 하는 동물에게는 다 해당이 돼요. 그러나 방식은 달라요. 섹스는 같지만, 섹슈얼리티는 다른 거죠. 사마귀 부부도 종달새 부부도 자기들 나름의 섹슈얼리티가 있어요. 그러나 그 방식이 인간과는 다르죠.

성욕과 성감은 단순한 몸의 차원이 아니에요. 사람에게서 성욕과 성감은 성별화된 몸을 자원으로 삼죠. 그러나 그 신체적 자원을 배분하고 소비하는 것은 마음의 차원에서 이뤄지는 거죠. 더 정확하게는 구조화한 마음이죠. 이 경우 마음은 사회적 차원에서 만들어지는 것이니까, 당연히 상징적이라거나 언어적이라 할 수도 있죠.

『열쇠』를 다루면, 여기에 하나가 더 추가돼요. 에로티시즘의 문제예요. 이건 섹슈얼리티를 표현하는 영역입니다. 섹슈얼리티를 어떻게 바라보느냐의 문제예요. 섹스(성교, 성별)가 신체에 존재하는 성적 자원 내부의 문제라면, 그것을 신체 외부에서 바라보는 것이 섹슈얼리티(성욕, 성감)예요. 그것을 다시 외부에서 바라보는 것이 에로티시즘, 곧 섹슈얼리티의 예술적 표현입니다.

섹슈얼리티와 마찬가지로 에로티시즘도 사회적인 것이죠. 그래서 유동적입니다. 문제는 늘 경계에서 생겨요. 에로티시즘은 예술로 취급되죠. 표현 가능하고 유통 가능합니다. 외설은 예술이 아니라고 해요. 표현도 유통도 제한이 따라요. 이런 한계는 공동체마다 달라요. 또 사람마다 다를 수도 있죠.

우리가 쓰는 '성'이라는 단어에는 이런 세 가지 개념이 함축되어 있어요. 성별과 성교, 성욕과 성감, 관능 표현 등이, 생물학부터 미학의 영역까지 포함되어 있죠.

이중의 외설

몇몇 학생은 『열쇠』라는 소설에 대해 외설적이라고 했어요. 실제로 외설 시비가 있었던 소설이죠. 발표 당시 일본 국회에서조차 문제가 되었다고 해요.

그런데 외설이 뭐죠? 외설(猥褻)이라는 단어의 한자는 어렵지만, 뜻은 간단해요. 더럽다는 말이에요. 외(猥)는 한도를 넘어선다는 뜻이고, 설(褻)은 속옷을 뜻해요. 감춰져야 할 것을 함부로 드러낸다는 말입니다. 사회적 통념에서 볼 때, 매우 사적인 것이 겉으로 드러난 게 외설이에요. 그걸 더럽다고 해요.

더러운 것, 뭐가 있죠? 가장 먼저는 사람의 배설물이죠. 그리고 타액. 입안에 있을 때는 괜찮아요. 밖으로 나오면 문제예요. 가래침, 토사물, 월경혈 같은 것도 있어요. 다쳐서 흐르는 피는 괜찮죠. 더럽다고 하지는 않아요.

외설이라는 단어의 바탕에 있는 것은 더러움에 대한 문화적 감각이에요. 그것이 특히 '성'과 연관이 있을 때 외설이 됩니다.

외설의 기준은 문화권에 따라, 시대에 따라 바뀌죠. 이건 우리 자신이 경험하고 있는 거예요. 특히 여성 신체와 관련해서.

대중 예술에는 신체 노출에 대한 법적 기준도 있고, 문화적 기준도 있어요. 영화에서는 성기 노출을 허용하는 경우도 있고, 금하는 경우도 있어요. 일관성이 없어 보이는데, 그건 당연해요. 섹슈얼리티 자체가 일관성이 없는 것이기 때문이에요. 이상하게 생각하면 이상하고, 자연스럽게 생각하면 자연스러운 거예요. 이상하게 생각하는 것 자체가 이상하다고 말할 수도 있어요. 경계가 애매할 수밖에 없어요.

그런 애매한 영역에서 펼쳐지는 이야기가 『열쇠』입니다. 게다가 소설이 두 사람의 일기로 구성되어 있어요. 일기는 사적 영역의 기록입니다. 무슨 이야기든 가능해요. 그러나 노출되면 곤란해요. 그런 점에서 일기는 나체와 같아요. 잘못 다루면 외설이 되죠. 게다가 내용이 성생활에 관한 거예요. 이중으로 외설적이죠.

소설이 일기라서, 독자의 시야가 제한되어 있어요. 사태의 진상을 알기가 쉽지 않아요. 마음먹고 거짓 일기를 쓰면 독자로서는 난감한 노릇이에요. 몇 차례의 꼬임이 생길 수밖에 없어요. 성욕 자체가 수수께끼인데, 일기 또한 수수께끼예요.

이중의 외설, 이중의 수수께끼죠. 다음 시간에 이어서 합시다.

11-2강
다니자키 준이치로, 『열쇠』

『열쇠』(1956)는 다니자키 준이치로가 나이 일흔에 발표한 소설이에요. 만년에 나온 대가의 작품이죠. 박완서가, 우리가 마지막에 읽을 『그 남자네 집』을 73세에 냈으니까 비슷한 경우네요.

줄거리가 특이하죠. 독특한 성욕을 가진 남자 주인공이 무리한 성생활로 죽었다는 것, 그 배후에는 역시 매우 특별한 성욕을 가진 부인이 있었다는 것 정도로 요약됩니다.

이런 이야기가 몇 겹으로 꼬여 있어요. 소설 구성도 특이해요. 주인공 부부의 일기가 교차로 공개돼요. 그게 소설의 전부예요. 남편이 죽고 난 다음에는 부인 이쿠코의 일기만 나와요. 숨겨진 진실이 밝혀지는 것 같은데, 그것도 또 애매해요. 누구의 시선으로 보는지에 따라 의미가 달라져요.

위험한 게임

주인공 남성은 쉰여섯 살의 대학교수예요. 영문학 전공으로 추정되죠. 부인은 마흔다섯 살의 이쿠코, 아름다운 중년이에요. 그리고 스물다섯 살의 딸, 도시코가 있어요.

남편은 아내와의 만족스러운 잠자리를 원해요. 아내가 소극적이라서 문제예요. 아내는 '고풍스러운 집안 출신'이라고 표현돼요. 보수적인 도덕관의 소유자입니다. 부부 잠자리에 매우 수동적이에요. 남편이 보기에 아내 이쿠코는 몸매가 매우 아름다워요. 게다가 성적 능력이 매우 뛰어나요. 남편이 보기에 그렇다는 거죠. 그런데도 아내는 성생활에 너무나 무관심해요. 남편은 아내의 성감과 성욕을 깨워주고 싶어요. 하지만 그럴 능력도 용기도 부족해요. 남편 입장에선 그게 안타까워요.

그래서 아주 위험한 게임을 시작하죠. 자기 부부 사이에 젊은 남자를 개입시켜요. 주인공의 제자로 추정되는 젊은 학자 기무라를 골라요. 기무라는 아내가 좋아하는 영화배우를 닮았어요. 아내 이쿠코의 이상형인 거죠. 그런 기무라를, 딸한테 소개해준다는 명목으로 집에 출입시켜요. 아내의 관심을 끌기 위함이죠.

이런 위험한 게임을 함으로써 남편이 노리는 것은 두 가지예요. 아내의 성욕을 자극하는 것, 그리고 자기 자신의 질투심을 유발하는 것. 자기에게는 강한 질투심이 성감과 성욕 촉진제가 된다는 거예요.

괴물 남편

게임은 주인공 남성이 원하는 대로 진행됩니다. 젊은 남자 기무라는 이쿠코에게 매력을 느껴요. 젊은 여성 도시코가 아니라 그 모친 이쿠코가 기무라의 주목을 끌어요. 물론 주인공 남성이 그렇게 만들었죠.

이쿠코는 술을 좋아해요. 술버릇이 특이해요. 멀쩡한 것 같은데 어느 순간 만취해서 인사불성이 돼요. 만취하면 옷을 벗고 욕조에 들어가는 게 술버릇이에요. 혼절한 아내를 욕조에서 끌어내려면 남자 두 명의 힘이 필요해요. 남편은 그런 식으로 아내의 알몸을 기무라에게 보여줘요. 그런 상황을 자연스럽게 만들어내는 거죠.

이런 일이 여러 차례 반복돼요. 정확하게는, 남편이 그렇게 연출하는 거죠. 기무라를 초대하고, 함께 술을 마시고, 이쿠코가 욕실에서 혼절하고, 둘이 이쿠코를 끌어내고. 그러면서 기무라와 이쿠코는 급속도로 가까워집니다. 알몸을 노출한 사이가 되니 사적 친밀성의 수준이 단숨에 높아진 거죠. 이쿠코는 이상형인 젊은 남성 기무라로 인해 점차 자기 몸의 성감에 눈을 떠요.

주인공 남성도 자기가 원했던 것을 얻어요. 아내가 인사불성이 된 틈을 타서, 평소 자기가 갈망했던 것들을 해요. 밝은 빛 속에서 아내의 알몸을 감상하는 것, 그리고 아내의 발을 애무하는 것이에요. 평소에는 아내가 싫어해서 전혀 할 수 없었던 것들이에요. 특이한 부부죠. 성 취향도 그렇고.

어쨌거나 이런 일이 반복되면서 욕망도 행위도 거침없이 변해가요. 남편은 아내의 알몸 사진을 찍고, 기무라에게 현상을 부탁하기에 이르죠. 어떻게 이럴 수 있을까 싶은 정도로까지 나아가요. 아내는 기무라를 좋아하게 되고, 남편은 질투심이 커지고, 그래서 욕망도 커지는 과정이 되풀이되는 거죠.

아내가 진짜로 인사불성이 됐는지는 정확하지 않아요. 그런 척하는 것이었을 수도 있어요. 혹은 혼절 상태였다가 의식을 회복했지만, 상황이 민망해서 계속 그런 척하는 것일 수도 있죠. 남편이 그런 의심을 하죠. 그러나 사실이 어떻든 상관없어요. 남편도 아내도 서로 불만 없는 상태니까.

이런 상황을 만든 것은 물론 남편이에요. 그러니까, 남편이 이상한 사람인 거죠. 정숙했던 부인은 자기 의지와 상관없이 이런 기묘한 상황에 끌려 들어간 것이고. 그러나 이건 진실의 첫 번째 단계예요. 남편이 진짜 괴물이 되기 위해서는 한 걸음 더 나아가야 해요.

괴물 부부

결국 사고가 납니다. 남편은 갑자기 성욕이 왕성해진 아내와의 잠자리를 위해 주사를 맞아요. 평소 혈압이 높았던 사람이에요. 변변찮은 몸인데, 성호르몬 주사와 강장 주사를 맞고 식단도 육식 위주로 바꿔요. 성생활의 자양을 위해서죠. 결국 석 달을 버티지 못하고 뇌일혈로 쓰러집니다. 고혈압인 몸이 이런 식생활과 약물을 못 버틴 거죠.

병석에 누운 남편은 재차 뇌혈관이 터지면서 결국 사망해요. 그때까지 있었던 일을 다시 아내의 시선으로 기술하면서 소설은 마무리되죠.

이 모든 사태는 1월 1일, 남편의 일기와 함께 시작해요. 기무라가 처음 집에 온 것은 1월 7일, 아내가 술에 취해 처음으로 인사불성이 된 것은 1월 27일, 남편이 아내와의 성교 도중 뇌일혈로 쓰러진 것은 4월 17일, 두 번째 뇌일혈 발작이 찾아와 사망한 것은 5월 2일이죠. 사태를 정리하는 아내의 마지막 일기는 6월 9, 10, 11일 자예요.

그러니까, 남편은 이 위험한 게임을 시작한 지 5개월 만에 죽었어요. 그 뒤의 기록은 이쿠코가 남기죠. 마지막 세 편의 일기에서 이쿠코는 충격적인 고백을 해요. 자기가 남편을 자극해서 죽음으로 몰았다고. 남편이 없어져주길 원했었다는 거예요. 왜죠? 남편이 싫어서? 기무라와 새로운 생활을 하기 위해서? 그러니까, 이 사태가 이쿠코의 음모였다는 건가요?

그렇게 보기엔 미심쩍어 보이는 게 많아요. 이쿠코의 조력자로 나온 청년 기무라와 딸 도시코의 행적도 예사롭지 않아요.

이쿠코가 음모의 주동자라면, 남편은 희생자였다는 건가? 순전히 자기 욕망 때문에 함정에 빠져버렸다는 건가? 이것도 분명하지 않아요. 두 사람의 일기만으로는 판단하기 어려워요.

분명한 것은 단 하나, 이 괴물 부부가 매우 치명적인 외설 게임을 했다는 거죠. 그것도 아주 특별한 방식으로.

이중의 진실 게임

『열쇠』는 줄거리도 그렇지만, 소설의 구성 자체가 독특합니다. 남편과 아내의 일기가 교차로 편집되어 있어요. 일본어 원본에는, 남편 일기는 가타가나로 아내 일기는 히라가나로 쓰여 있어요. 우리말 번역본에는 명조체와 강조체로 구분되어 있죠.

이런 모양 자체도 인상적이지만, 나란히 놓인 두 개의 일기가 대화를 하고 있다는 것, 더 나아가 모종의 진실 게임을 하고 있다는 것이 흥미로워요. 편지도 아니고, 일기가 대화를 나누는 거죠.

진실 게임이라는 표현을 썼는데, 일단은 일기 자체에 그런 속성이 있어요. 두 가지 점에서 그래요.

일기는 기본적으로 자기 자신을 위한 기록이에요. 자기 자신이 작가이자 유일한 독자예요. 절대 내면의 기록이에요. 일기라는 형식 자체가 그렇다는 거죠. 다른 사람의 일기를 읽는 것은 반칙이에요. 훔쳐 읽는 거죠. 설사 당자(當者)가 허락했다 해도 훔쳐보는 거예요. 훔쳐보는 사람의 마음이 개입할 수밖에 없다는 거예요.

그러니까, 일기라는 글쓰기의 장(場)은 오직 한 사람을 위한 진실의 무대인 거죠. 그런데 그런 진실의 무대를 놓고, 진실 게임의 장이라고 하는 게 말이 되나요?

먼저, 진실이라는 것 자체가 문제예요. 이렇게 물어봅시다. 일기에 진실을 쓴다는데, 내가 나의 진실을 알아요? 내 안에는 나도 모르는 내가 있잖아요. 그걸 어떻게 처리하느냐가 문제죠. 어느 수준까지 추적해 들어가느냐 혹은 아예 모르는 척하느냐에 따라, 진실의 두께가 달라져요. 무의식이 개입해 있기 때문이에요.

내 어떤 행동에 아무런 의도가 없다고 생각했는데, 한참 지나서 보니 사실은 의도가 있었던 거예요. 그걸 나중에 깨닫게 돼요. 그렇다면 뭐가 진실인가. 설령 내 안에 숨은 나를, 내가 희미하게 눈치챘다고 해서 그걸 솔직하게 인정할 수 있을까. 나 자신에게, 혹은 다른 사람에게. 그것도 글이나 문자로 명토 박아가면서?

물론 이건 너무 근본적인 차원이죠. 진실을 향한 자기 탐문의 수준이에요. 이런 수준까지 안 가더라도, 우리가 너무나 잘 아는 것이 있죠. 일기 쓰는 사람 자신은 다른 사람의 시선을 의식한다는 거예요.

초등학생이 숙제로 쓰는 일기는 말할 것도 없어요. 그건 일기가 아니라 편지죠. 교사나 부모를 향한. 아무에게도 보여주지 않을 비밀 일기라도 마찬가지예요. 혹시 보게 될 미래 독자의 시선을 의식해요. 그 미래의 독자가 누구든, 혹은 그런 의식이 긍정적이든 부정적이든, 그런 의식 자체가 없을 수 없어요. 일기 자체가 그런 거죠. 고백의 장이라서 오히려, 외부의 시선을 의식한 결과가 된다는 것이죠.

일기 쓰기를 진실 게임이라고 하는 것은 이런 측면들이 있어서예요. 그런데 『열쇠』는 여기에서 한 발 더 나아가요. 두 개의 일기가 서로 맞서 있어요. 부부의 일기가 흡사 편지와 그에 대한 답장처럼 배치되어 있어요. 서로 모른 척하면서, 아닌 척하면서.

일기 하나만으로도 진실 게임인데, 두 개의 일기가 맞서 있으니 대단한 거죠. 이중의 진실 게임이에요. 복잡하게 얽히지 않을 수 없어요.

편지로서 일기

물론 일기라는 글쓰기의 장은 그 자체가 고백과 진실의 무대예요. 일기 형식의 아우라(Aura)가 바로 그것이죠. 실상과는 상관없이 일기라는 틀 자체가 그래요. 쓰는 사람이나 읽는 사람이나 진실을 대하는 마음이 있어요. 그걸 어길 때는 커다란 마음의 부담이 생겨나죠.

그런데 이 무대에서 누군가 고백이 아니라 연기를 해요. 그것도 약간 꾸미는 수준이 아니라 노골적으로 거짓말을 늘어놓아요. 더 나아가 진실을 빙자해서 음모를 꾸며요. 그건 정말 대단한 거죠. 『열쇠』가 그런 경우예요.

소설 제목 자체가 그래요. 여기서 열쇠란 일기를 넣어둔 서랍 열쇠를 뜻해요. 내 진실이 여기 있으니, 읽어보시오. 내가 그걸 왜 봐요? 나는 읽지 않아요. 그러면서 읽고, 읽으면서 안 읽은 척하고, 그걸 알면서 또 쓰고. 부부간에 이런 게임이 벌어지는 거죠.

남편은 공식적으로 일기를 쓰는 사람이에요. 이 말은, 남편이 일기 쓰는 것을 아내가 알고 있었고, 또 아내가 안다는 사실을 남편도 알고 있었음을 뜻해요. 자물쇠 달린 서랍 속에 일기를 넣어두었어요. 대단한 내용이 있는 건 아니지만, 그래도 일기니까 그런 형식을 취하는 거죠. 열쇠나 자물쇠가 있다고 해도 대단한 의미는 없어요. 열쇠를 놓아둔 곳도 대단한 비밀이 아니에요. 열어보려면 얼마든지 열 수 있는 거죠.

그런데 새해 1월 1일부터는 문제가 돼요. 그때까지는 없었던 새로운 내용이 나와요. 둘 사이의 성생활에 대한 내용을 기록해요. 그게 『열쇠』라는 소설의 시작이죠. 그것은 아내에게도 관심거리가 아닐 수 없어요. 사람 마음을 표현하는 것도 그렇지만, 성에 관한 것이면 더욱더 말로 소통하기 힘들어요. 자존감이 얽힌 아주 예민한 문제죠. 부부지간이라고 해도, 부부지간이라서 오히려 더 쉽지 않을 수 있죠.

남편은 새 일기를 시작하면서 아내의 눈길을 의식하는 문장들을 써요. 아내가 법도 있는 집안 출신이니까 남편 일기 같은 건 안 읽을 거라고, 혹시 읽을지도 모르지만 그래도 어쩔 수 없다는 식이에요. 더 나아가, 일기를 훔쳐 읽을 아내에게 아주 대놓고 말하기도 해요. 자기의 기록은 진실이라고. 그러니 의심하지 말라고. 이건 대체 뭐죠?

이런 수준이라면, 일기가 아니라 편지죠. 게다가 보통 편지가 아니라 거짓말쟁이가 거짓말쟁이에게 쓴 편지예요. 안 읽는다고 하면서 읽는 거짓말쟁이, 일기를 쓴다고 하면서 편지를 쓰는 거짓말쟁이, 이 둘이 전제되어 있는 거예요.

답장으로서 일기

일기 쓰기는 한 발 더 나아갑니다. 아내 이쿠코도 일기를 써요. 남편의 일기와 달리 공식적으로는 감춰진 일기예요. 자물쇠도 열쇠도 없는, 존재 자체가 비밀인 일기죠. 남편과는 정반대예요. 아내는 공식적으로 일기를 쓰지 않는 사람이에요. 그러니까 남편은 일기를 감추고, 아내는 일기 쓴다는 사실 자체를 감추는 거죠.

물론 이쿠코의 일기도 사실은 편지예요. 남편의 일기에 대한 답장의 성격을 지녀요. 비공식 답장이죠.

1월 4일 자 이쿠코의 일기 첫머리는 남편의 서랍 열쇠 이야기로 시작해요. 책장 앞에 열쇠가 떨어져 있는 것을 보았다, 이게 뭐지, 남편이 자기 일기를 읽어보라고 권유하는 것인가. 이쿠코는 물론 남편의 일기 있는 곳과 열쇠 있는 곳을 다 알고 있어요. 그래도 읽지 않았다고 해요. 부부 사이지만 그런 정도의 양식은 있다는 거죠.

그런데 노골적으로 바닥에 떨어뜨린 열쇠라니! 새삼스럽게 이게 뭔가! "당신이 몰래 읽는 것을 나도 이제부터 몰래 인정할게. 인정하면서 인정하지 않는 척할게."(14쪽) 이런 말인가. 남편은 조심스러운 사람이에요. 실수로 열쇠를 흘릴 사람이 아니라는 거죠. 그래서 노골적으로 떨어뜨린 열쇠를 보면서, 이쿠코는 별생각을 다 하죠. 그걸 일기에 쓰고 있어요. 참 대단한 부부죠. 아내의 일기는 이렇게 이어져요. "만일 그렇다고 해도 나는 절대로 읽지 않을 것이다. 나는 지금까지 스스로 정해둔 한계를 넘어서 남편의 마음속까지 들어가고 싶지는 않다. 나는 내 마음속을 다른 사람에게 알리는 것을 좋아하지 않듯이 다른 사람의 깊은 마음속을 속속들이 아는 것도 좋아하지 않는다. 더욱이 일기장을 내게 읽히고 싶어 한다면 그 내용에 거짓이 있을지도 모르고, 어차피 내가 읽어서 유쾌할 일만 적어 놓았을 리는 없을 테니 말이다."(14-5쪽)

이쿠코가 말하는 내용은, 자기는 남편 일기를 안 읽는다는 것이에요. 그러나 진짜 핵심은 다른 데 있어요. 뭐죠? 그런 일기는 거짓말이라는 거예요. 남편 일기가 거짓말일 수도 있으니까 더더욱 읽고 싶지 않다는 식으로 제한된 부정을 하지만, 문맥으로 보면 너무나 쉽게 그 제한된 부정의 한계를 넘어가버려요. 일기 자체가 거짓이라는 수준으로.

그러면 지금 일기를 쓰고 있는 이쿠코 자신은 뭐가 되는 거죠? 그 자신이 현재 일기를 쓰고 있잖아요. 이쿠코 자신이 거짓말을 하고 있다는 말이잖아요. 나는 지금 거짓말을 하고 있는 중이야, 남편 일기 같은 건 절대 안 읽는다고 거짓말을 하고 있는 중이라고! 이렇게 외치고 있는 것 아닌가요?

물론 이 사실은 소설의 마지막에 가서야 밝혀져요. 이쿠코는 남편의 일기를 속속들이 읽고 있었고, 거기에 맞춰 답장을 쓰듯이 대응하고 있었던 거죠.

소설 앞부분을 읽는 독자는 이런 사실을 눈치채기 어려워요. 그저 일기라니까 진실이겠거니 하는 거죠. 두 개의 일기가 마치 대화

나누듯 병치된 게 일단은 그 자체로 신기한 거죠. 부부가 대화를 나눈다는 사실을 공식적으로는 부정하면서, 편지를 보내고 답장을 쓰고 하는 거죠.

이 사람들은 대단히 복잡한 인물들입니다. 아무것도 단순하지가 않아요. 그러니까, 다니자키 준이치로라는 작가 자신이 그런 거죠. 대단히 복잡한 사람이에요.

세 개의 시나리오

그렇다면 대체 어디서부터 어디까지가 진실인가. 특히 성과 관련한 몸의 진실을 문제 삼으면 사태는 훨씬 더 강렬해져요. 게다가 한 사람의 목숨이 걸린 문제예요. 이 부부의 진실 게임은 세 단계로 펼쳐집니다.

1) 괴물-'변태' 남편/ 선량한 희생자 아내, 2) (아내가 자기를 속이는지도 모르는) 바보-'변태' 남편/ (남편의 성욕을 이용해 남편을 죽이고 자기 향락을 추구하는) 괴물 아내, 3) 미지의 X 남편/ 바보-괴물 아내.

소설은 대부분 1)의 차원에서 전개되죠. 남편은 첫 번째 일기에서 자신의 독특한 성감과 성적 욕망을 밝혀요. 눈꺼풀이 성감대이고, 발 페티시스트라고 해요. 그러니까 첫 단계에는, 자기 성감을 위해 위험한 수준까지 아내를 몰아간 남편이 있는 거죠. 그리고 반대편에는, 남편의 일기를 읽지 않는다고 하면서도, 또 젊은 남자와의 새로운 관계에는 매우 큰 관심을 보이게 되는 아내가 있어요.

물론 이 가운데에도 2)와 3)단계의 흔적이 남아 있어요. 소설 초두에 등장하는, 남편 일기의 다음과 같은 대목이에요. "아내가 기무라에게 접근한 까닭은 내가 그를 도시코와 짝지어주면 어떨까라는 생각에 집에 드나들도록 하고 아내에게 넌지시 두 사람의 모습을 살펴보라고 일러두었기 때문이다. 그런데 도시코는 이런 혼담에 전혀 마음이 내키지 않았던 모양이다. 그녀는 가능한 한 기무라와 둘이 있는 자리를 만들려고 하지 않았고 언제나 이쿠코와 셋이서 거실에서 이야기했으며, 영화를 보러 가더라도 반드시 어머니를 불러 함께 갔다. (중략) 나는 왠지 아내와 도시코 사이에 암묵적인 약속이 있었을 것 같다는 생각이 든다. 적어도 아내는 스스로 의식하지 못한 채, 자신은 두 젊은이를 감독한다고 여길지 모르지만 사실은 기무라를 사랑하고 있다는 생각이 든다."(21-2쪽)

여기서 남편은 자기가 음모를 꾸미지만 어쩌면 그 반대일 수도 있다는 생각을 슬쩍 흘려놨어요. 당연히 아내더러 들으라는 이야기죠. 남편만큼 생각이 복잡한 아내가 이런 말이 무슨 뜻인지 모를 리 없어요.

그러니까 이 둘은 서로가 서로를 알고 있으면서도 짐짓 모르는 척하고, 그러면서 자기 역할만 충실하게 하고 있는 상태예요. 문제는 이들이 각각 어디까지 알고 있는지, 어디서부터 모르는지를 독자들이 알지 못한다는 거죠.

남편은 과연 아내가 자기를 죽이려 한다는 걸 알았을까. 소설의 마지막 문장을 읽고 나면 아마도 그렇다고 말해야 하지 않을까 싶어요. 그러면 우리는 3)단계로 들어간 거죠.

아내는 남편이 그런 사실을 알고 있다는 걸 알았을까. 6월 11일자 마지막 일기를 보면 아마도 그렇지는 않은 것 같아요. 그러나 이것도 분명한 것은 아니에요. 이미 서로 마주하고 있는 이 두 개의 일기가 매우 일그러진 무한 반사를 시작해버렸기 때문이에요.

첫 번째 반전

이런 독특한 상황이 만들어지는 것은 매체가 일기이기 때문이에요. 그런데 남편이 뇌일혈로 쓰러진 이후부터는 오로지 이쿠코만이 일기 쓰기를 독점해요. 독자들은 아내의 시선을 통해서만 사태에 접근할 수 있게 되죠. 남편도 그 독자 중 한 명이에요.

뇌일혈로 쓰러진 남편은 아내의 일기를 읽지 못해요. 병석에 있으니 훔쳐 읽을 수가 없죠. 남편은 아내에게 일기는 어떻게 하고 있느냐고 물어요. 아내의 일기를 읽고 싶다는 얘기예요. 말을 제대로 못 하는 상태인데도 그런 의사를 보여요. 아내는 일기 같은 것은 없다고 잡아떼죠. 그게 부부의 공식적 태도였으니까. 병석의 남편은 그냥 씨익 웃고 말아요. 그 후 이쿠코는 일기를 분철해서 버립니다. 남편이 쓰러진 4월 17일 이전과 이후로 나눠서 버려요. 4월 17일 이후 것은 절대 보여주지 않겠다는 결심이죠.

그러니까 이쿠코에게 이 두 번째 일기는 진짜라는 거죠. 이제 자기 일기는 남편이 절대 볼 수 없을 거라 생각해요. 물론 남편이 죽고 난 다음에는 진짜 그렇게 되긴 해요. 남편만 볼 수 없으면 진짜 일기가 되는 거죠. 남편의 눈길이 미칠 수 없는 곳에 이쿠코의 진실이, 반전 드라마가 펼쳐져 있어요.

독자 입장에서 보면 충격적인 내용이 나와요. 이쿠코와 기무라의 관계가 남편이 공식적으로 알고 있는 것보다 훨씬 깊었다는 사실, 이쿠코가 자기 향락을 위해 남편을 죽이려 했다는 사실 등이 드러나요. 남편이 죽고 난 후 쓴 세 편의 일기가 그런 놀라운 내용입니다.

여기서 무엇보다도 중요한 것은, 남편의 일기를 읽지 않는다고 했던 말이 모두 거짓이었다는 거예요. 독자들이 그때까지 아내의 일기를 통해 사실로 알고 있던 세계와 사건이 한순간에 부정되는 거죠. 이쿠코의 일기가 새빨간 거짓말이었던 겁니다.

두 번째 반전, 딸의 시선

이 단계에 이르면 이쿠코의 일기는 진실의 기록이 아니라 그 반대가 되죠. 일기가 음모의 도구였던 거예요. 이쿠코는 놀랍게도 남편을 죽음으로 이끈 악당인 셈이고. 두 사람의 일기를 어느 정도까지는 믿으면서 함께 왔던 독자들은 제대로 뒤통수를 맞았어요.

그런데 여기에는 또 하나의 반전이 감춰져 있어요. 두 번째 반전은 좀 희미해요. 그래서 길게 남는 울림을 만들어내요. 이쿠코가 남편을 죽인 괴물이 아니라, 오히려 속은 사람일 수도 있다는 거예요.

이쿠코의 두 번째 일기, 그러니까 남편이 쓰러진 후에 쓴 일기는 좀 이상한 느낌을 줘요. 이쿠코는 숨겨진 진실을 밝혀 독자를 놀라게 했어요. 그런데 여태까지는 별다른 존재감이 없던 딸 도시코가 두드러지기 시작해요. 덩달아서 기무라도 함께 부각돼요.

지금까지는 두 개의 일기와 두 개의 시선만이 중요했어요. 흡사 집에는 부부만 사는 것 같은 느낌이었죠. 물론 중반 이후로 딸이 나가 살기는 해요. 그래도 수시로 출입하는 식구예요. 부부는 서로의 일기를 읽을 수 있었어요. 숨겨놨다고 해도 형식일 뿐이었죠. 그런데 한집에 사는 딸은 어떨까. 스물다섯 살의 도시코도 눈이 있고 머리가 있어요. 읽자고 들면 못 읽을 게 없죠. 요는, 엄마와 아빠의 비밀을 도시코도 얼마든지 알 수 있다는 거죠. 일기의 내용은 물론이고, 그 일기가 진실인지 아닌지조차. 그러니까, 엄마와 아빠가 서로를 대상으로 펼치는 연기의 정확한 내용을 알 수 있는 사람이 도시코라는 거죠.

아빠는 쓰러진 후 병석에 누워서도 엄마 일기를 읽고 싶어 했어요. 못 움직이는 아빠에게 엄마 몰래 그걸 찾아다 준 사람이 있죠. 물론 누군지 드러나 있진 않지만, 도시코 말고는 있을 수 없어요. 읽으라고 쓴 첫 번째 일기와 달리, 진실을 제대로 숨겨놓은 것이 엄마의 두 번째 일기예요. 그래도 집 안에 있는 것이니 도시코가 찾으려 들면 못 찾을 리 없죠.

이런 정황이 이쿠코의 일기에서 조금씩 나타나기 시작합니다. 이쿠코와 기무라가 밀회할 때 딸 도시코가 도움을 주었다는 것도 자세히 나와요. 아빠가 멀쩡히 있는데, 엄마의 혼외 관계를 딸이 돕는다고? 이게 말이 되나요? 그것도 자기 신랑감이 될 수도 있는 남자하고의 관계예요. 혹시 그게 아빠가 원했던 것은 아닐까? 아내한텐 적당한 선에서 멈추라고 하면서, 정작 딸에게는 엄마와 기무라의 관계를 도우라고 시켰을 수도 있죠.

그렇다면 딸은 엄마와 아빠의 욕망에 대해 모두 조력자가 되는 셈인데, 이게 뭔가 하는 생각이 안 들 수가 없어요. 혹시 아빠가 도시코에게 시키거나 부탁한 것이라면, 그러니까 엄마의 욕망 여행을 도우라고 한 것이었다면, 엄마가 아빠를 죽음으로 몰아가는 데도 딸이 협력했다는 건가? 아빠의 자살 여행에 딸이 도움을 주었다는 건가?

마조히즘의 주체

이쿠코의 두 번째 일기가 진행될수록 의문이 많아져요. 혹시 이 모든 일이 남편의 기획이었던 것은 아닐까? 일기가 못 믿을 매체라는 것은 분명해요. 이쿠코의 일기가 그렇지만, 남편의 일기도 마찬가지예요. 남편이 죽은 후로도 이쿠코는 일기를 써요. 남편이 없으니 독자가 없는 일기예요. 쓸 이유가 없는 일기죠.

그런데 이쿠코는 일기를 쓰면 쓸수록 바보가 됩니다. 도시코와 기무라에게 속고 있는 순진한 사람일 가능성이 매우 커지는 거죠. 서사의 최종 지배자가 이쿠코일 듯싶었는데, 이것이 뒤집어지는 거죠.

반대로 죽은 남편의 존재감은 아내의 일기가 진행될수록 점점 커져요. 도시코와 기무라의 배후에 남편이 있었던 것 아닐까. 남편의 실체가 점점 미지수가 돼요. 처음에는 괴물이었죠. 그리고 희생자로 전락했어요. 그런 남편이 다시 부활하는 거예요.

사태의 진실이 모호해질수록 남편의 존재감이 커지는 거죠. 아내가 자기를 죽이려 한다는 걸 알고 있었나? 그런 정도의 위험을 느끼면서도, 치명적인 길을 향해 제 발로 갔던 것 아닌가?

어쩌면 남편이 이 모든 사태의 기획자일 수도 있다는 가능성이 생겨나는 거예요. 남편이 자기 죽음과 아내의 향락을 기획한 사람이라면, 그건 정말 대단한 거죠. 나를 당신의 도구로 써주소서! 마조히즘의 극치를 보여줍니다.

형상 금지: 섹스와 신

진실 게임이 이런 정도로 정교하고 심도 있게 펼쳐지는 것은, 일차적으로 성감의 문제와 연관되기 때문이에요. 『열쇠』는 발표 당시 외설 시비로 사회 문제가 되었어요. 1956년의 일본에서라면 그럴 수 있죠. 노대가의 소설인데, 성 문제를 너무 디테일하게 묘사했다는 거죠.

유성 생식을 하는 동물인 이상, 사람에게 성은 삶의 일부예요. 성을 재현하는 것이나 성욕을 표현하는 것은, 방식은 달라도 어디에서나 나름의 제약이 있어요. 성 자체를 밀실에 가둬버리는 게 가장 강한 것이죠. 성생활의 존재 자체를 감춰버리는 겁니다. 많은 사회에서 유아들은 그런 세계에 살아요. 그 위로는 성장 과정에 따라 노출 수위에 제한을 두죠.

이런 제한의 한복판에 있는 것은 금지예요. 섹스를 형상화하는 것 자체를 금지하는 것이죠. 허용 범위가 금지의 바탕 위에 만들어져요.

그런데 형상 금지, 많이 듣던 소리 아니에요? 아브라함 종교들이 지니고 있는 공통된 특성이죠. 신의 형상을 금지한 유대교, 기독교, 이슬람교 등이 그렇죠. 형상 금지의 대상이라는 점에서 섹스와 신은 동등한 지위를 지녀요. 섹스와 신이 같다고? 신성 모독 아닌가.

노출 금지

몇 가지 생각을 해볼 수 있을 거예요. 일단, 신도 섹스도 사람에게는 결정적으로 중요한 존재죠. 둘 모두 인간 생명의 원천이기 때문이에요. 하나는 정신적 생명, 다른 하나는 신체적 생명.

어떤 사람도 부모의 섹스 없이 생길 수 없어요. 어른이면 누구나 아는 거죠. 그럼에도 그 디테일은 금지의 영역이에요.

신은 절대성과 영원성의 영역에 존재해요. 사람이 잘 모르는 영역이죠. 이 미지의 영역에도 금지 팻말이 붙어 있어요.

신을 제멋대로 형상화하지 말라는 금지는 이해할 수 있어요. 신은 사람이 잘 모르는 거니까. 사람이 제멋대로 형상화하는 것 자체도 문제이고, 그렇게 만든 형상이 물신이 되어버리는 것도 문제죠. 물신이 등장하면 진짜 신은 온데간데없고 우상이 신의 자리를 차지해버리니까요.

섹스는 왜 형상 금지의 대상일까. 너무 존귀한 것이라 보호하기 위해서? 그건 아닌 것 같죠? 인간의 생식 기관이 노출 금지 대상이 되는 것과 비슷해요. 누구나 그게 거기 있다는 걸 알아요. 그러나 그걸 드러내서는 안 되죠. 섹스의 형상 금지는 생식기의 노출 금지와 같은 차원인 거죠. 그런데 왜?

노출 금지의 대상이 섹스라면 대체 왜 그런 거죠?

섹스의 존재 자체를 부정하는 건 아니에요. 그럴 수 없으니까. 사람은 모두 노출 금지된 것들의 결과물이니까. 바로 이 사실, 인간이라는 존재가 바로 그 노출 금지된 것의 자손이라는 사실, 그 사실을 노출해서는 안 된다는 것은 아닐까.

더러움, 우연, 쾌락

이렇게 물어볼 수 있지 않아요? 감춰져 있으면 괜찮고 드러나면 외설이 되는 것, 노출 금지의 진짜 대상이 뭘까. 사람의 생식기나 성행위라고 말하는 건 물론 부족하죠. 그건 그냥 핑계일 뿐이에요. 문화적 차이라고 말하는 것도 마찬가지죠.

인간 존재의 근원이 섹스라는 사실 자체라고 해야 하지 않을까.

그러니까, 우리 모두가 바로 그 외설과 우연과 쾌락의 결과물이라는 사실, 바로 그 사실 자체가 노출 금지의 진짜 대상이 아닐까. 물론 비밀은 아니에요. 다 아는 거니까. 그래도 노출은 안 되는 거죠. 불편하니까. 외설이니까. 옷을 입어야 하는 거죠.

사람은 우연의 산물이에요. 한 커플의 섹스가 잉태로 바로 이어지지는 않죠. 어떤 사람도 설계된 사람은 없어요. 인간은 외설의 산물일 뿐 아니라 우연의 산물인 거죠. 쾌락의 자식이기도 해요.

외설과 우연과 쾌락은 모두 성욕과 생식기가 만들어냅니다. 생식기도 성욕도 자율적으로 작동해요. 주체의 통제가 먹히지 않는다는 거죠. 생식기가 얻는 쾌락도 마찬가지예요. 쾌락은 의지와 무관하죠. 몸의 감각이 만들어내요. 그러니까, 주체가 통제력을 상실해야, 곧 사람이 정신 줄을 놓아야 진짜 황홀경으로 들어갈 수 있다는 거죠.

그건 마치 발작하는 몸을 바라보는 것 같은 기이한 것이죠. 그런데 그 발작하는 몸이 내 것이에요. 그걸 내가 바라보고 있어요. 그 순간 나는 아무것도 아닌 거죠. 부모의 외설 속에서 잉태되고, 우연히 세상에 내던져진 내가, 이제는 쾌락에 벌벌 떠는 몸의 주인이 되어 있는 거죠. 내가 그런 나를 바라보고 있는 거예요. 매우 불편한 진실이에요. 그걸 있는 그대로 바라보는 것은 정서적으로 쉽지 않아요.

모든 사람이 외설과 우연과 쾌락의 자식이라는 것, 더 나아가서는 세계 전체가 우연의 산물이라는 것, 바로 그것이 노출 금지가 함축하고 있는 진짜 대상이라는 거죠.

외설의 보람

『열쇠』의 남편은 외설을 실천합니다. 외설적인 진실을 받아들이는 수준이 아니라 그걸 넘어가버려요. 괴로운 진실을 즐기는 수준으로 나아가는 거예요. 자신의 몸뿐 아니라 자기 자신을 도구로 제공하는 수준이에요.

앞에서 마조히즘에 대해 말했지만, 주인공 남성이 좀 특이한 취향을 지녔어요. 발 페티시스트라고 했죠. 또 자기 성감대가 눈꺼풀이라고 일기에 썼어요. 눈꺼풀에 키스받는 것을 좋아한다고. 특이하죠. 그러면서 또 한편으로는, 자기가 가장 원하는 것은 밝은 빛 속에서 아내의 벗은 몸을 샅샅이 보는 거라고 했어요. 이쿠코는, 남편이 자기 땀구멍까지 헤아렸을 거라고 일기에 썼어요. 여기엔 남성적인 것과 여성적인 것이 특이하게 얽혀 있어요.

시각은 그 자체가 지배자의 감각이에요. 시선을 함부로 휘둘렀다가는 졸경(卒更, 시달림 또는 고난)을 치르는 수가 있어요. 눈 깔아! 시선이 부딪치면 싸움이 벌어져요. 그런 점에서 시각은 남성적이에요. 『열쇠』에서도 남성은 불을 켜고, 여성은 불을 꺼요. 한쪽은 바라보고 감상하고 평가해요. 다른 쪽은 시선을 방어하고 상상해요.

반대로, 눈꺼풀에 키스받기는 시각적 충동과 정반대 방향의 충동이에요. 눈꺼풀이 나오려면 눈을 감아야 해요. 여성적인 것이죠. 남편이 지닌 도착적 성향, 발 페티시즘과 공명하고 있어요. 발에 집착하는 것은 시선을 그 위로 올리지 못한다는 거예요. 눈을 밑으로 까는 거죠. 눈을 감는 것과 마찬가지예요.

『열쇠』의 남편에게는 이 둘이, 보고자 함과 눈 감음이 교묘하게 뒤섞여 있어요. 그게 특이한 점이에요. 시각의 남성성과 눈꺼풀 키스의 여성성이 얽혀 있다는 것. 마조히즘의 특성이라고 해야 합니다. 보고자 하면서 동시에 눈 감고자 하는 것.

주인공 남성은 이 위험한 게임에서 오는 만족감을 법열(法悅)이자 행복이라고 표현해요. 그걸 위해 두 종류의 호르몬 주사를 맞는다고 했어요. 의사 몰래 혼자서 주삿바늘을 찌르기도 해요. 법열과 행복? 행복이라는 단어도 좀 이상한데, 법열? 종교적 단어까지 끌어대는 건 어때요. 과장이 지나친 걸까? 3월 10일 자 일기에 이렇게 썼어요. "나는 원래 병에 대해 대담한 편이 아니고 매우 겁이 많은 사람이지만, 이번 일에 관해서는 쉰여섯인 오늘에 이르러 처음으로 사는 보람을 찾아낸 심정에서 어떤 점에서는 아내 이상으로 적극적이고 저돌적으로 되고 있다."(73쪽)

여기 이상한 단어가 있죠. 보람이라는 말이에요. 이 위험한 게임을 "사는 보람"이라고 하는데, 보람이라는 말이 어울려요? 보람이란 당장의 만족을 향해 간 사람이 아니라 그걸 포기한 사람이 쓸 수 있는 단어죠. 뭔가 이상적인 목표를 위해서 하고 싶은 거 안 하면서 참고 견딘 사람, 힘들고 어려운 일을 마침내 해낸 사람, 이런 사람들이 스스로를 다독거릴 때 쓰는 단어입니다.

"이번 일"이라는 것이 성행위와 쾌락을 뜻한다면, 법열이라는 단어는 오히려 어울릴 수 있어요. 종교적 희열과 성적 희열은 종종 겹쳐요. 행복이라는 단어도 그럭저럭 넘어갈 수 있어요. 그런데 보람이라는 단어는 진짜 이상한 거죠.

주인공 남성에게 행복이나 보람이라는 단어가 생생한 실감이라면, 그렇다면 보람이라는 단어의 시선으로 이 사태 전체를 보면 어떨까. 주인공 남성은 자기 욕심을 채우려다 죽은 게 아닌 거예요. 어떤 어려운 임무를 위해, 그 임무를 완수하는 게 삶의 행복이고 보람이니까, 그 미션을 수행하기 위해 목숨을 바친 거예요. 그런데 어이없게도 그 내용이 외설적인 거예요. 더러워요.

형식은 소크라테스나 예수, 안중근과 다를 바 없는데 내용이 외설인 거죠. 이 얼마나 대단한 신성 모독인가. 목숨 건 유머라고 해야 할까. 불가피한 운명으로서 죽음을 유머로 받아들이는 수준이 아닌 거죠. 유머의 완성을 위해 생목숨을 내놓는 수준인 거예요. 기이하고 그로테스크해요.

여성의 성욕

소설에 "음부(淫婦)"라는 표현이 나와요. 그걸 지적한 학생이 있었어요. 음란한 여자라는 말이죠. 여자가 음란하면 안 되나? 여성의 성욕에 대해 남성들은 이중적이에요. 원하면서도 싫어하죠. 좋아하면서 경멸해요. 물론 공식적으로는, 여성의 성욕은 이중으로 금지되어 있어요. 성욕이기 때문에 금지, 여성의 성욕이기 때문에 금지.

여기에서 남성중심주의를 비판하는 것은 너무나 당연해서 큰 의미가 없어요. 오히려 금지된 것은 불가능한 것이라는 라캉의 명제를 떠올리는 것이 좀 더 생산적이에요. 여성의 성욕은 있을 수 없는 것이라고? 그렇다고 해야 해요. 성욕을 지니는 순간, 여성은 비-여성이 되는 거예요. 비-여성의 대표자로서 남성이 되는 거죠.

『열쇠』에서 특이한 것은 성 역할이 뒤집혔다는 거예요. 남편이 도착 성향이니까 당연한 것일 수도 있어요. 남편이 성교 도중 뇌일혈 발작이 일어나는 대목이 그걸 잘 보여줘요. 성교 장면을 아내의 시선으로 포착하죠. 아내의 일기니까 당연해요. 성교 중인 아내는 남편을 관찰하며 냉정하게 기교를 구사해요. 냉정하게! 그리고 남편이 발광할 듯 헐떡이는 모습을 바라봐요. 이런 구도는 남성 포르노에서 남녀에게 주어진 역할을 정확하게 뒤집은 형태죠. 아내가 남성 역할을 하고 남편이 여성 역할을 해요. 여기에도 여성의 성욕은 존재하지 않죠. 어둠 속에 잠겨 있어요.

남편은 자기 자신을 능동자가 아니라 피동자의 자리에 놓고자 해요. 이 장면만이 아니라 소설 전체에서 그래요. 자진해서 바보의 자리에, 아무것도 모르는 사람의 자리에 가려 해요. 그것도 목숨까지 걸면서.

그 남편이 아내에 대해 이렇게 말해요. "그녀는 그녀 자신도 알지 못하는 어떤 특별한 장점이 있다. (중략) 젊었을 때 놀아본 경험이 있는 나는 그녀가 많은 여성들 가운데서 매우 드물게만 존재하는 물건의 소유자라는 사실을 알고 있다."(11쪽) 이게 무슨 소리예요? 이쿠코의 몸엔 특별한 성적 능력이 있다는 거죠. 이런 건 그냥 신화일 뿐이죠. 어둠에 싸인 영역이니까, 제멋대로 상상하고 내지르는 거죠.

어둠에 잠긴 여성의 성욕과 여성 생식기의 신화가 공명하는 대목이에요. 이 소설에서 나타나는 또 하나의 증상이에요.

공포, 불안, 비애

앞에서 사람의 삶을 추동하는 두 힘에 대해 말했어요. 프로이트, 기억나죠? 굶주림과 사랑. 한쪽이 생존이라면, 다른 쪽은 삶의 이유에 해당하죠. 에로티시즘이 후자에 속한 것임은 말할 것도 없죠.

성감을 위해 목숨을 바치는 것은 기이해요. 대의를 위해 목숨을 바치는 것은 영웅적 행위예요. 위인전에 기록될 일이죠. 그런데 그 대의가 육체적 향락일 때는 영웅적이라 하기 어렵죠. 아내와 자신의 쾌락이 삶의 보람이라고 하는 것도 많이 이상해 보이죠.

육체에 대한 커다란 경멸에 항의했던 니체라면, 이 소설 같은 사태에 대해 무슨 말을 할까.

섹스는 실재의 영역에 있어요. 거기에는 공포가 있어요. 섹슈얼리티는 사회적이고 문화적인 거죠. 여기에는 불안이 있어요. 내가 뭔가 해서는 안 될 짓을 하는 게 아닌가 하는 마음이 있어요. 그래서 섹슈얼리티는 일기와 잘 어울리는 짝입니다. 죄의식의 장이기 때문이에요. 그런데 그것을 소설로 옮기면 달라지죠. 이건 에로티시즘의 장입니다. 진짜 일기가 아니라 소설인 거죠. 여기에는 비애가 있어요. 앞에서 스피노자의 비애라고 했던 것과 같은 층위입니다.

공포와 불안 너머에 슬픔이 있는 거죠. 뭔가를 알아버린, 그럼에도 피할 수 없는 사람의 마음이 비애입니다. 마조히즘의 주체는 그걸 유머로 감싸 안아요.

시간이 다 됐네요. 여기까지 합시다.

12-1강

우연의 책임

첫 번째 낭독자가 아직 안 왔군요. LYJ 학생이 짤막하게 줄거리를 소개하고 시작할까요.

LYJ : 줄거리 소개를 맡게 될 줄 몰랐는데, 제가 아는 선에서 요약해 보겠습니다. 주요 등장인물은 네 명입니다. 주인공은 토마시와 테레자 커플이고, 프란츠와 사비나가 보조적인 주인공으로 나옵니다. 토마시는 체코 프라하에 삽니다. 토마시는 가벼움을 추구하는 사람인데, 여자와 사랑은 나누되 같이 잠을 자지는 않는, 그리고 여러 여자를 주기적으로 번갈아 만나는, 일종의 피상적인 관계를 추구하는 인물입니다. 토마시에게 어느 날 테레자가 나타납니다. 토마시가 테레자에게 느끼는 감정은 사랑이 아니라 동정이었습니다. 마치 바구니에 실려 물에 떠내려 온 아이 같은 느낌을 줍니다. 토마시는 마침내 테레자와 결혼을 하게 됩니다. 그런데 프라하에 소련군이 침공해서 토마시와 테레자는 스위스로 망명을 하고, 음, 이야기가 복잡합니다……. 토마시와 테레자는 다시 프라하로 돌아오는데, 정부의 압박 때문에 일자리를 잃고 농장으로 가서 살게 됩니다.

예정된 분이 지금 도착해서, 낭독을 세 부분 준비했는데 하나만 하고 들어가겠습니다.(웃음) 『참을 수 없는 존재의 가벼움』[1]의 앞부분에 나오는 구절입니다. 여기서 작가는 니체의 영원 회귀 사상에 대해 말하는데, 현재의 보통 사람들은 이런 생각에 동의하지 않는 것으로 압니다. 우리는 삶이 한 번뿐이라고 생각합니다. 그런데 영원 회귀 쪽에서는 한 번뿐인 것은 없는 것과 마찬가지라고 합니다. 그뿐만 아니라, 삶이 한 번뿐이라고 생각하는 데서 히틀러와 같은 심각한 도덕적 변태가 시작된다는 주장이 저에게는 좀 충격적이었습니다. 한 번뿐인 삶이기 때문에 모든 것이 처음부터 용서되고 또 어떤 것도 냉소적으로 허용된다는 말이 사실에 가깝기 때문입니다. 무슨 일을 해도 상관없다는 말처럼 들려서 좀 충격을 받았습니다.

PJH: 늦어서 죄송합니다. 인물 중심으로 줄거리를 간단히 말씀드리겠습니다. 소련이 동유럽을 지배할 때의 상황입니다. 네 명의 인물이 나오는데, 의사인 토마시를 중심으로 아내 테레자, 토마시의 애인 사비나, 그리고 사비나의 애인 프란츠, 이 넷의 사랑과 연애, 삶에 대한 이야기입니다.

가벼움과 무거움이 문제가 되는데, 토마시와 사비나는 가벼움에 속하는 인물이고, 그 반대편에 테레자와 프란츠가 있습니다. 양쪽에 속한 사람은 각각 서로를 동경하고 신기해하는 면이 있습니다.

저는 프란츠라는 인물한테 가장 공감이 됐습니다. 앞에서 발표한 분이 영원 회귀 사상에 대해서 말씀해주셨는데, 저는 반복의 문제가 한 사람의 인생 안에서도 생겨나지 않나 하는 생각도 했습니다. 매 순간 나타나는 선택의 반복이 사람들의 인생이라면, 거기에서 무거움과 가벼움을 나누고 의미를 찾는 게 오히려 의미 없을 것 같다는 생각이 들었습니다.
제가 고른 부분은 테레자와 토마시가 죽기 직전의 장면입니다. 이 책의 구성 자체가 시간 순서로 되어 있는 게 아니라, 이상한 느낌을 주는데요, 어찌 보면 삶의 허망함을 강조하는 것도 같고, 또 단순히 선택의 반복뿐인 무의미한 삶에서 우리는 무엇 때문에 사는가 하는 질문을 하게 됩니다. 그때 "슬픔은 형식이었고, 행복이 내용이었다. 행복은 슬픔의 공간을 채웠다."(506쪽)와 같은 구절이 많이 다가왔습니다. 살아 있는 것 자체가 자연스럽고 행복한 일 아닌가 하는 생각을 하게 되었습니다.

SGJ: 앞에서 두 분이 너무 잘 설명해주셨는데, 저는 가벼움과 무거움이라는 게 절대적인 것이 아니라, 가벼움은 무거움을 통해서 있고 무거움은 가벼움을 통해서 있다는 생각을 해봤습니다.
특히 남자의 가벼움과 여자의 무거움 사이의 대비가 흥미로웠는데, 그것을 소설적으로 아귀가 맞게 잘 조직해놓은 것이 밀란 쿤데라의 위대함 아닌가 생각했습니다.
소설 속에서 테레자는 『안나 카레니나』를 읽습니다. 그리고 안나와 브론스키가 모스크바 기차역에서 처음 만날 때 사람이 기차에 치여 죽고, 마지막에 안나가 기차에 몸을 던져 자살하는 구성을 보고는 그런 소설적 구성이 삶의 실제 모습이라고 생각합니다. 마찬가지로 저도, 가벼움과 무거움으로 나뉘어 있는 네 사람의 삶이 인

위적이라기보다는 오히려 자연스럽게 느껴졌습니다.
토마시는 여자들과 만나면서도 상대에게 묶이는 걸 두려워합니다. 그래서 에로틱한 우정을 좋아합니다. 반대로 프란츠는 사적인 삶과 공적인 삶을 일치시키려 해서 사비나와 관계를 맺었을 때 그 사실을 아내에게 말해버립니다. 토마시에게는 아들이 있고 프란츠에게는 딸이 있는데, 이런 것도 대조적으로 보였습니다.

CYY: 앞에서 발표하신 분들이 가벼움이랑 무거움에 대해 이야기를 많이 해주셨는데요, 저는 이 소설이 우리의 고정관념을 깨는 역할을 하는 것 아닌가 하는 점에 대해 생각해봤습니다. 제목부터 그런 느낌이에요. 존재라고 하면 뭔가 철학적인데, 소설 속 인물들의 삶을 통해 그걸 구체적으로 보여주어서 새롭게 느껴졌습니다.
가벼운 인물인 사비나의 얽매이지 않는 모습에 배신이라는 단어를 쓰는 것도 인상적이었습니다. 배신이라는 단어는 부정적 어감을 지니는데, 사비나는 배신을 통해서 미지의 세계로 모험을 떠납니다. 단순히 도덕적 차원을 넘어서는 일이라서 신선하게 다가왔어요.
제가 읽고 싶은 부분은, 토마시가 오이디푸스 이야기를 이용해 공산당을 비판하는 글을 쓴 이후의 상황입니다. 당국으로부터 그런 의견을 철회하라는 압박을 받는데, 토마시는 굴복하지 않고 외과의사로서 자기 경력을 포기하는 쪽을 선택합니다. 일반적으로 이런 사람을 존경할 만한 인물로 그리는데, 여기에서는 무조건 긍정적으로만 보지는 않는다는 점이 돋보였습니다.

JWW: 저는 이 책을 두 번 읽었습니다. 처음 읽을 때는 철학적인 개념이 너무 많이 나와서 잘 이해가 안 갔습니다. 두 번째 때는 테레자에게 감정 이입을 해서 읽었습니다. 테레자가 저와 비슷하다고 느꼈습니다.

사비나는 저와 좀 다르고, 소설 첫 부분에 파르메니데스(B.C. 515?~?, 이탈리아 태생의 고대 그리스 철학자)의 이야기로, 가벼운 것은 양이고 무거운 것은 음이라는 말이 나오는데, 저는 제가 무거운 사람이라고 생각하기 때문에 이런 구절에 불편함을 느꼈습니다.

책 제목도 '참을 수 없는 존재의 가벼움'인데, 저는 삶이 가볍고 허무할 수 있다는 것에 동의하지만, 삶이란 가벼운 것을 무겁게 하는 과정이 아닐까 생각합니다. 가벼운 삶을 사는 사비나가 토마시와 프란츠를 떠나 혼자 자유를 향해 갈 때 과연 행복했을까, 라는 의문을 가졌어요. 그런데 사비나가 결국 마지막에 느낀 것도 허무감이었다고 책에 나옵니다.

저 역시 사비나와 같은 느낌을 갖기도 했는데, 이 광활한 우주에서 우리가 살아가는 것이 무슨 의미가 있을까, 하면서 허무감에 빠진 적도 있습니다. 그러나 그럴수록 그 허무함으로부터 삶을 건져내서 가치와 의미를 찾는 게 사람들의 인생이 아닐까, 라는 생각을 해봤습니다.

제가 이 책에서 가장 좋았던 부분은, 테레자가 취리히를 떠난 뒤 토마시가 그녀를 따라 다시 프라하로 갈 결심을 하는 장면입니다. 가벼운 토마스가 무거워지는 장면이라 저는 참 좋았습니다. "필연적인 것만이 진중한 것이고, 묵직한 것만이 가치 있는 것이다."(60쪽)라고 하는 대목도 멋졌습니다.

YAR: 저 역시 다른 분들과 마찬가지로 가벼움과 무거움에 초점을 맞춰서 읽었습니다.

소설 초두에 영원 회귀와 관련한 내용이 나왔을 때, 삶을 무거움과 연결시킬 수 있겠다는 생각을 했습니다. 사람은 결국 한번 사는 것이고, 따라서 우리 존재가 아무것도 아닌 것처럼 느껴질 수 있다고 생각합니다. 그래서 인간은 늘 삶의 목적이나 이유를 찾고, 거기에 실패하면 삶에 대해 회의를 느끼는 것 같습니다.
테레자는 사랑에 무게를 두었고, 프란츠는 대장정에 참여하는 등 사회 활동에 무게를 두었습니다. 토마시도 가벼움을 추구하긴 했지만, 테레자를 사랑함으로써 자기 삶에 뿌리를 내렸습니다. 가볍기만 하면 참을 수 없기 때문에 인간은 자기 인생을 무겁게 만들고자 하는 것 아닐까요? 그 무게를 어디에 두느냐는 각자의 선택이고, 그게 서로 다른 삶의 방식일 거라고 생각합니다.
제가 낭독할 장면은 프란츠에 관한 부분입니다. 베트남이 캄보디아를 점령하는 데 반대하는 캠페인에 프란츠가 참여합니다. 그런데 막상 가서 보니, 정말 인권이나 대의를 위해서가 아니라, 자기를 과시하고 언론에 나오기 위해 온 위선적인 사람들로 북새통입니다. 프란츠는 태국과 캄보디아 국경 사이에서 총에 맞아 죽고 싶다는 충동을 느낍니다. 고상함과 천박함이 너무 가까워져 아무런 차이도 없어지는 꼴을 견디지 못합니다. 모욕을 받은 스탈린의 아들은 포로 수용소 철조망에서 죽어버렸지만, 그래서 프란츠도 죽어버리고 싶은 충동을 느꼈지만, 결국 다른 사람들과 마찬가지로 고개를 숙인 채 버스에 오릅니다.
무거운 것과 가벼운 것 중 어느 게 더 바람직한지 확실히 말할 수는 없지만, 천박한 것보다는 고상한 것을 선택하는 게 당연하지 않은가 싶습니다. 그런데 무게를 실었던 부분이 아무것도 아닌 게 되면 커다란 회의를 느낄 수밖에 없습니다. 태국에서 우발적 사고를 당하는 프란츠의 삶이 인상적이어서 이 부분을 골라봤습니다.

LNY: 저는 네 명의 주인공 외에 두 사람을 주목해야 한다고 생각합니다. 사비나의 아버지, 테레자의 엄마입니다. 원래는 제 염두에 없던 사람들이었는데, 강의를 들으면서 추가해야 한다고 생각했습니다.

저는 사실 이 책 때문에 이 수업에 들어왔는데요, 지금은 이 책 때문에 강의에서 빠지고 싶은 생각이 듭니다. 처음 이 책을 읽었을 때는 정말 하나도 이해하지 못했고, 다시 몇 번을 더 읽어야 했습니다.

여러분, 현기증 자주 느끼시나요? 저는 기립성 빈혈로 인해 현기증을 굉장히 자주 느껴요. 소설에서 현기증 얘기가 나오는 부분이 있습니다. 2부 17장인데, 현기증은 추락공포증과 다르다고 하면서, "현기증은 깊이가 우리를 유인하는 것을 의미한다. 깊이는 우리 마음속에 추락에 대한 동경심을 불러일으킨다."[2]라고 합니다. 또 테레자가 발가벗은 여인들과 시체 운반차의 꿈을 꾸면서, "그녀는 언젠가 이미 그것 앞에서 도망쳤다. 그런데 그녀는 신비스럽게도 그것에 이끌렸다. 그것은 현기증에 대한 그녀의 느낌이었다."(77쪽)라고 하는 구절이 있습니다. 그리고 28장엔 "그녀는 되돌아갈 수 있는 모든 길을 차단하고픈 충동이 생겼다. 지난 7년간을 강제로 지워버리고 싶은 욕구가 일어났다. 그것은 현기증 나는 감정이었다. 사람을 마취시키는, 자제할 수 없는 추락에 대한 동경이었다. 현기증이란 허약을 통한 도취라고도 말할 수 있을 것이다. 자기 허약을 의식하고 허약을 막으려 하지 않고 그것에 복종하려는 것이다. 자신의 허약함에 도취하여 더욱더 허약하게 되고자 한다. 어떤 장소의 가운데서 모두가 보는 앞에서 쓰러지고자 한다. 밑에 밑보다 더 깊은 곳에 있고자 한다."(96쪽)라는 부분이 나옵니다.
테레자가 느끼는 이런 현기증이 추락의 욕구입니다. 이것을 쾌락으로 설명할 수는 없고, 오히려 죽음 충동이라고 생각합니다. 나약해지고 싶은 욕구라고 할지. 현기증으로 쓰러질 때 여러분, 땅바닥을 보셨나요? 땅바닥을 응시하고 있으면 땅바닥과 결합하고 싶은 욕구를 느껴요. 이것이 죽음 충동이 아닐까 생각합니다. 앞에서 읽었던 『인간 실격』의 요조도 만성적 현기증을 느꼈을지 모른다는 생각이 들었습니다.
그리고 바로 앞의 분이 발표한 부분인데요, 6부 2장의 "도대체 모든 드라마 중에서 가장 숭고한 드라마가 가장 저속한 것 가까이에 그것도 그토록 현기증을 불러일으키도록 가까이에 놓여 있단 말인가."(297쪽)라는 부분에서도 현기증이 등장합니다.
테레자가 참을 수 없는 가벼움을 느꼈다고 나오지는 않지만 어머니를 굉장히 증오해요. 자신이 증오했던 어머니의 모습과, 『안나 카레니나』라는 책을 들고 나타나면서 지키고 싶었던 자신의 모습이 사실은 다르지 않다는 것을 무의식적으로는 알고 있었고, 그것이 의식 위로 떠올랐을 때 참을 수 없는 존재의 가벼움을 느꼈을 것이라고 생각합니다. 감사합니다.

어려운 소설

책이 좀 어려웠다는 이야기, 공감합니다. 구성이 보통 소설과는 좀 다르죠. 작가 자신이 등장인물처럼 말을 해요. 내용이 사변적인 게 많아요. '참을 수 없는 존재의 가벼움'이라는 제목 자체도 어려워요. 우연과 필연 같은 추상적 개념이나 몸에 대한 예민한 성찰도 있어요. 정치와 윤리에 관한 사변도 만만찮아요. 줄거리를 따라가는 식의 독법에 장애가 많은 거죠. 자연스레 천천히 읽게 됩니다. 소설로서는 일장일단이 있어요.

결국 사람의 운명에 관한 이야기로 귀결됩니다. 물론 소설이라는 것 자체가 그렇지만, 이 작품은 그런 느낌이 더욱 강해요. 이야기의 시간 구성을 꼬아놔서 더 그렇죠. 사람의 운명을 바라볼 뿐 아니라 생각하게 만들어요.

PJH 학생이 읽어준 구절은 소설의 마지막 대목이었어요. "슬픔은 형식이었고, 행복이 내용이었다. 행복은 슬픔의 공간을 채웠다." 뭔 소린지는 잘 모르겠는데, 그냥 멋져 보여요. 뭐가 멋진지 나중에 좀 따져봅시다.

슬픔과 행복, 숙제들

쑤퉁의 『나, 제왕의 생애』를 읽으며 스피노자의 비애라는 표현을 썼어요. 지난 시간에도 비애에 대해 말했고요. 공포와 불안에 이어지는 비애, 에로티시즘의 영역이었죠. 그런데 여기에는 슬픔과 행복이 겹쳐져 있어요. 슬픔은 형식이고, 행복이 내용이라고 해요.

숙제들이 생각나죠? 제일 큰 숙제. 왜 읽는가. 나는 왜 읽고자 하는가? 여기에 대해 답해보는 것이죠. 잘들 되고 있나요? 이제 끝날 때가 가까웠어요.

작은 숙제들도 있었어요. 덕과 복의 불일치를 어떻게 극복할까. 세상을 착하고 바르게 살아야 하는지의 문제였죠. 착하게 살아서 행복한 삶을 살면 문제가 없는데, 두 개가 잘 일치하지 않아서 문제라고 했어요. 착하게 살았는데 불행해요. 이 문제를 어떻게 해결할 것인가.

두 개의 답이 있었죠. 첫째는 천벌을 도입하는 것. 다른 사람의 눈을 피할 수만 있으면 나쁜 짓을 해도 된다고? 너, 그러다 천벌받는다. 이건 신앙이나 종교의 문제죠. 개인으로서는 신앙의 차원, 그리고 사회적으로는 종교의 차원이죠.

둘째는 착하게 사는 것 자체가 행복이 되게 하는 거죠. 절대 내면성의 차원입니다. 다른 누가 봐서도 아니고, 하늘이 알아서도 아니에요. 어떤 시선도 의식하지 않은 채로 미덕을 지키는 것, 착한 삶 자체가 행복이 되는 것, 이건 대단한 수준이다 싶지만, 사람들은 보통 이렇게 살아요. 착하게 사는 게 마음 편하니까. 누구 눈을 의식해서가 아니죠. 물론 어렵다고 생각하면 어려운 일이기도 해요.

또 하나의 숙제, 불행한 의식의 문제였어요. 주인과 노예의 변증법에서 생겨난 불행한 의식을 어떻게 극복할 것이냐. 우리는 자기 삶의 주인이면서 동시에 노예죠. 나는 내가 아닌 상태를 자주 경험하면서 살아요. 남의 눈을 의식하지 말자고 하면서도 의식하는 자신을 발견해요. 그런 분열 상태와 간극이 사람을 힘들게 하죠. 그게 지속되면 불행해져요. 그 상태를 어떻게 극복할 것이냐. 어떻게 행복에 도달할 것이냐.

얼마 전, 『인간 실격』에 관해 쓴 한 한생의 글에 대답이 있었어요. 숙제를 거의 해결했다 싶었어요. 불행한 의식을 극복한다는 것은, 사람이 어떻게 행복할 수 있는지의 문제이기도 해요.

운명의 형식

『참을 수 없는 존재의 가벼움』에서 유독 행복이나 슬픔이 문제되는 데는 이유가 있죠. 인물들의 운명을 조망하는 시선 때문이에요. 이중의 시선이 있어요. 소설 내부의 시선과 외부의 시선.

어떻게 내가 저 사람을 만나서 사랑하게 되었을까? 어떻게 함께 살게 되었을까? 사람들은 가끔씩 이런 생각을 해요. 이런 생각을 하게 하는 어떤 계기가 있는 거죠. 사람이 외부나 내부의 격렬한 굴곡이 있을 때 이런 생각을 하게 되죠. 이게 첫 번째 시선, 등장인물들의 시선이에요.

여기에 하나가 더해져요. 이들은 어떻게 함께 죽게 되었을까? 어떻게 죽음에 도달했을까? 이건 독자들의 시선이에요. 관조적 시선이죠. 독자들은 이들의 운명을 알아요. 이미 공개되었으니까. 그러면서 주인공들의 시선과 함께 가요. 주인공들과 함께 정해진 운명의 길을 따라가는 시선이죠. 작가가 직접 담당하기도 해요. 인물들에 대해 논평하면서.

남자 주인공 토마시는 솜씨 좋은 외과 의사예요. 체코의 수도 프라하에서 잘나가는 사람이에요. 이혼한 독신남으로 자유롭게 살아요. 여자 주인공 테레자는 똑똑하고 예쁜 시골 처녀였어요. 집안 식구들과 함께 사는 게 힘들었어요. 공부를 하고 싶었으나 그럴 수 없었어요. 살림도 어려운데 여자애가 무슨 공부냐, 이런 식이었죠. 진학도 못 하고 호텔 카페에서 웨이트리스를 했어요. 맏자식이라 동생들 살피고 집안일도 해야 해요. 의붓아버지는 욕실 문을 벌컥벌컥 열어요. 그게 싫어 욕실 문을 잠그면 엄마는 또 그런 딸을 구박해요. 집에서 도망 나오고 싶었어요. 이 둘이 우연히 만난 거죠. 그게 문제의 시작이죠.

이 둘에, 사비나와 프란츠 커플이 추가됩니다. 기본 유형은 같아요. 한쪽은 가벼운 사람, 다른 한쪽은 진지한 사람. 토마시와 사비나는 가벼운 사람, 테레자와 프란츠는 진지한 사람이에요.

이들은 두 개의 독일어 문장으로도 구별되죠. 한 번은 아무것도 아니다(Einmal ist keinmal), 꼭 해야 해(Es muss sein). 한쪽은 독일 속담이고, 다른 한쪽은 베토벤의 일화에 나오는 문장이에요. 한 번 있었던 일은 단순한 우연일 뿐이라는 거죠. 큰 의미가 없다는 거예요. 그러니까 한 번이란 허망한 거예요. 허망함을 그것 그대로 받아들이는 사람들이 있고, 그럴 수 없는 사람들이 있어요. 어떻게든 의미를 만들어야 하는 사람들.

이들은 모두 자기 길을 가요. 네 사람 중 셋이 죽어요. 허망하고 우스꽝스러운 죽음이에요. 한 사람만 살아남아요.

죽음은 어떤 것이나 허망하죠. 또 죽음 자체에는 우스꽝스러운 면도 있어요. 우주의 시선으로 보면 어느 죽음이나 그래요. 그러나 옆에 있는 사람에게는 그럴 수 없죠. 프란츠가 죽었을 때, 세 개의 시선이 겹쳐져요. 실질적인 이혼 상태인 아내의 시선, 통곡하는 애인의 시선, 그 내막을 모두 알면서 이 상황을 바라보는 독자의 시선이에요. 애통함, 우스꽝스러움, 허망함이 서로 뒤섞여 있어요.

이들의 죽음을 운명의 형식으로 바라본다는 것이 이 소설의 특징이에요. 운명의 형식? 이 소설에서 그건 시간을 뒤집어놓음으로써 가능하게 됐어요. 물론 시간을 뒤집는다고 다 그렇게 되는 건 아니죠. 죽음과 삶을 뒤집었다고 해야죠. 죽음의 시선으로 삶을 바라보게 했어요. 앞에서 언급했던 스피노자적 신의 시선이에요. 물론 신이 바라보는 것은 아니죠. 신의 자리에 서서 자기 자신을 바라보는 것이죠. 죽음의 눈으로 자기 삶을 바라보는 것, 그게 운명의 형식이에요. 그 안으로 눈길이 아니라 발길을 옮겨놓으면, 그것이 곧 운명애의 형식이 됩니다. 눈이 아니라 발을 들이미는 거예요.

이건 다음 시간에 좀 더 살펴봅시다.

영원 회귀

소설은 니체의 영원 회귀라는 개념으로부터 시작해요. 어려운 말이죠. 사람의 삶이 계속 반복된다는 거예요. 한 번 살고 죽는 게 아니라 계속해서 영원히 산다?

좋아요?

생각만 해도 힘들어요?

그냥 한 번이면 좋겠어요?

너무 허망해요?

우리가 첫 시간에 말했던 게 반복의 문제였어요. 학습에 대한 이야기였죠. 반복이 차이를 만든다고 했어요. 반복은 똑같은 게 되풀이된다는 것인데, 반복이 차이를 만든다면 그게 무슨 반복인가, 똑같아야 반복이지. 당연히 제기할 수 있는 의문이죠.

영원 회귀라는 말도 마찬가지예요. 불교의 교리가 떠오르죠. 윤회라는 말. 삶이 되풀이된다는 것인데, 뭐가 되풀이되는 거예요? 죽으면 내 몸은 사라져요. 그러면 내 정신이나 영혼 같은 게 남아서 되풀이되나요? 무한대의 전생들이 축적되어 있는 뭔가가, 절대 사라지거나 생겨나지 않는 무슨 캡슐 같은 것이 있나? 그것도 아니에요? 그러면 뭐가 되풀이되는 거예요? 차이가 되풀이된다고? 그러면 그게 무슨 반복이에요?

만약에 똑같은 몸과 마음으로 똑같은 세상을 다시 살아야 한다면 어떨까. 그렇게 반복되는 세상을 보고 있다면 정말 우스꽝스러울 거예요. 지난번 생에서 한 잘못을 다시 반복하고 있어요. 그러면서 뼈아픈 후회를 해요. 후회를 했고, 또 후회할 거예요. 후회하고 후회하고 또 후회해요. 몇 겹으로 꼬이고 또 꼬여서 무한한 어둠 속으로 사라져가요.

그 반대 이야기도 가능하죠. 한번 맛본 행복감을 또다시 맛보며 행복해해요. 인생이 살 만한 거라며 기뻐하고, 또 기뻐해요. 몇 겹으로 꼬이고 꼬여서 무한한 빛 속으로 사라져가요. 이것 또한 우주적 수준의 농담이죠. 마치 다중 우주 같은 모양새예요.

이 소설의 바탕에 있는 것이 바로 그 정서예요. 우스꽝스럽기도 하고, 슬프기도 하고, 또 감동적이기도 해요. 어떤 시선으로 보느냐에 따라 달라지죠. 쿤데라는 업그레이된 윤회에 대해 상상해보기도 했죠. 그냥 공상의 수준이죠.

세 개의 대상

소설을 읽으며 직면하는 세 개의 대상이 있다고 했었죠. 첫째는 세계, 둘째는 자아, 그리고 셋째는 공동체라고 했어요. 첫째는 물리적 세계, 둘째는 주체의 의식, 셋째는 주체에게 의미 있는 세계죠.

처음에는 이 셋을 구분하는 게 중요했어요. 이제는 겹쳐서 봐야 할 때입니다. 당연한 말이지만, 이 셋은 단순히 분리되어 있는 것이 아니죠. 세계와 자아가 구분되나요? 자아도 세계의 일부예요. 그리고 세계는 자아에 의해 발견된 것이죠. 세계는 무한하지만 자아에 의해 포착된 세계만 의미가 있어요. 첫째 세계와 셋째 세계는 자아를 경계로 해서 구분되지만, 그건 어디까지나 편의적으로 그렇다고 해야죠. 둘은 겹쳐져 있어요. 그리고 자아는 그 둘 사이에 들러붙어 있고요.

지난 시간에 공포와 불안과 슬픔에 대해 언급했어요. 섹스와 섹슈얼리티, 에로티시즘에 대해 말하면서. 시간이 없어 자세히 다루지는 못했어요. 그냥 체크해두세요. 세 개의 대상과 세 개의 감정이 결합되어 있다고. 마지막 주에 다시 살펴볼 겁니다.

다만 분명한 것은, 진짜 세계의 모습에 대해서는 누구도 모른다는 거예요. 나 자신의 모습 역시 마찬가지예요. 그런데도 우리는 아무 일 없이 잘 살아요. 우리가 사는 세계를 진짜 세계라고 생각하면서. 이 세계가 진짜가 아닐 수도 있다는 생각을 가끔씩 하긴 하지만 그냥 공상의 수준이죠. 그보다는, 현실 속에서 사람들과 얽히면서 생겨나는 문제가 훨씬 더 복잡하고 심각해요. 그걸 해결하고 사는 것도 힘들어요. 그런데 뭘 더 하라는 건가.

베일에 싸인 대상이 있어요. 내가 피할 수 없는 것이에요. 잘 모르면 일단 두려워요. 자기 보존 본능이 작동하는 거죠. 알고 나면 슬픔이 와요. 알면서도 피할 수 없는 것이기 때문이에요. 도대체 아는지 모르는지 애매해요. 그러면 불안하죠. 그게 운명 앞에 서 있는 사람들의 마음이죠.

슬픔의 반대는 뭐죠? 불안의 반대는? 공포의 반대는? 행복이면 충분합니다. 슬픔의 반대, 불안의 반대, 공포의 반대, 다 행복이에요. 기쁨과 편안함과 안도감이 행복 안에 다 있어요.

다음 시간에 이어 하겠습니다.

12-2강
쿤데라, 『참을 수 없는 존재의 가벼움』

밀란 쿤데라

밀란 쿤데라는 체코 사람이고 1929년생입니다. 다음에 읽을 박완서보다 두 살 많아요. 박완서는 1950년에 대학에 입학했어요. 전쟁이 나서 공부할 수 없었어요. 쿤데라는 우리로 치면 48학번이에요. 제2차 세계대전이 끝나고 동유럽이 공산화한 후 청년기를 보낸 사람이죠. 체코의 전후 세대예요.

쿤데라는 1975년 프랑스로 망명해요. 스탈린주의 체제에서 글을 쓰며 사는 일이 힘들었죠. 당에서 추방당하고 블랙리스트에 오르기도 했어요. 『참을 수 없는 존재의 가벼움』은 파리에 정착하고 9년 만인 1984년에 출간했죠.

소설의 중심에는 1968년 발생한 사건, '프라하의 봄'이 있어요. 소설 속 인물들의 삶이 이로 인해 요동쳐요. 작가 쿤데라의 삶에서도 이정표가 되는 사건이죠. 1980년 한국의 정치 상황을 '서울의 봄'이라 부르는 것도 이 사건에서 연유한 거죠.

제2차 세계대전이 끝나고 소련의 힘이 동유럽 여러 나라를 장악했어요. 극단적 스탈린주의가 동유럽의 지배 이념이 되었죠. 이상주의가 현실이 되면 위험해져요. 전체주의와 집단주의가 사람들을 힘들게 했어요. 그로부터 벗어나려는 흐름이 나타날 수밖에 없었죠. 동구권에서 생겨난 자유주의 운동의 상징이 '프라하의 봄'입니다. 이 책에도 나오는 둡체크(1921~1992)라는 정치가가 그 중심에 있었죠. 소련 군대가 프라하로 쳐들어와서 이 운동을 제압합니다. 다시 스탈린주의 사회로 돌아간 거죠. 철저한 감시 사회로.

소설은 그 시절 이야기예요. 쿤데라의 나이 마흔에 있었던 일이죠. 주인공 토마시도 쿤데라와 비슷한 나이예요. 1968년을 기준으로 하면 앞으로 7년, 뒤로 7년, 대략 15년 정도의 이야기입니다.

바람둥이 토마시의 정조

토마시와 테레자 커플의 만남이 이야기의 핵심이죠. 여기에 또 한 커플이 추가돼요. 사비나와 프란츠 커플. 사비나는 여자 토마시이고, 프란츠는 남자 테레자예요. 한쪽은 가벼움, 다른 쪽은 무거움의 구도예요. 이 둘이 움직이면 회오리가 만들어져요.

토마시는 밀란 쿤데라의 페르소나(persona, 분신)예요. 비타협적인 자유주의자죠. 외과 의사 토마시는 결혼 생활 2년 만에 이혼한 지 10년째, 30대 초반의 나이로 아들이 하나 있어요. 월급의 3분의 1을 양육비로 주고, 한 달에 2회 접견하는 게 이혼 조건이었죠. 전 부인이 접견을 방해하자 아들을 아예 안 보게 돼요. 그런 토마시를 못마땅하게 생각하는 부모와도 절연해요. 그런 상태로 10년을 혼자 살다 시골 처녀 테레자를 만나게 된 거죠. 우연히.

좀 특이하지만, 이혼하고 자유롭게 사는 독신남이라면 그렇게까지 특이하달 것은 없죠. 토마시의 특이함은 연애 생활의 세목(細目)에서 드러나요. 여성을 자유롭게 사귀지만 같이 잠을 자지는 않아요. 섹스는 하는데 같이 잠을 자지 않는다는 거죠. 그게 토마스식의 정조 관념이에요. 그게 특이하죠.

토마시가 구사하는 특별한 용어들이 있어요. 여자들과 사귀는 것을 '에로틱한 우정'이라고 해요. 사랑이 아니라는 거죠. 사귀고 섹스하지만 그 밖에 다른 구속은 없어야 한다는 거죠. 그래서 사랑이 아니라는 거예요.

에로틱한 우정 반대편에 있는 게 '공격적인 사랑'이에요. 여기에서 사랑은 배타적 관계를 뜻해요. 구속과 속박이라는 거죠. 그래서 공격적이라는 거죠.

토마시에게 사랑은 섹스가 아니라 같이 잠자기로 표현돼요. '동반 수면'이라고 해요. 말 그대로 손잡고 같은 침대에서 잠을 자는 거예요.

토마시는 자유롭게 여러 파트너와 섹스를 하지만, 잠은 자기 혼자 자는 거죠. 그게 토마시가 지키는 자기 규율 같은 거예요. 어때요, 이해할 수 있나요?

테레자의 습격

여성 입장에서 보면, 토마시는 전형적인 바람둥이죠. 섹스는 원하지만 결혼은 거부하는, 동시에 여러 파트너와 사귀는 남자예요. 여자들이 좋게 볼 수 없어요. 토마시를 이해하는 단 한 명의 여자 친구는 화가 사비나입니다. 사비나 자신도 토마시와 같은 생각을 가지고 있어요. 결혼하려 하지 않고, 파트너를 고정하려 하지도 않아요. 몸과 마음의 흐름에 맡겨요. 토마시와 잘 어울리는 짝이죠.

이런 토마시의 삶 속으로 시골 처녀 테레자가 쳐들어옵니다. 가슴에 톨스토이의 『안나 카레니나』를 안고. 자유주의자 토마시의 정조가 일거에 무너져요. 테레자가 토마시의 손을 놓지 않아서예요.

여자들과는 절대 한 침대에서 잠을 자지 않는다는 게 토마시의 준칙이었어요. '동반 수면'은 범죄라고까지 느꼈던 사람이 토마시예요. 그런데 그게 깨져버린 거죠. 테레자는 밤새 토마시의 손을 놓지 않은 채로, 마치 절벽에 매달린 사람처럼 결사적으로 '동반 수면'을 해요.

물론 테레자가 독감으로 심하게 아파서 쓰러진 것이기는 해요. 테레자가 토마시의 아파트에 온 첫날은 토마시가 병원으로 나가서 잤어요. 토마시도 정조를 지키려고 나름 애쓴 거죠. 그러나 결국 테레자와의 '동반 수면'을 받아들이고 말아요. 제대로 사랑에 빠진 거죠. '에로틱한 우정'이 아닌 건 물론이고, 그렇다고 '공격적인 사랑'도 아니에요. 그냥 사랑이에요. 테레자와 토마시는 그렇게 7년을 살아요. 1968년 '프라하의 봄'이 오기까지. 중간에 결혼도 하고.

테레자의 괴로움

테레자는 토마시에게 결사적이었어요. 이유가 있죠. 테레자에게는 토마시가 구원의 밧줄이에요. 테레자는 삶이 불행했어요. 반에서 가장 뛰어난 학생인데도, 학교를 그만두고 술집 웨이트리스를 해야 했죠. 어렸을 때부터 엄마의 구박덩이였어요.

엄마는 테레자 때문에 자기 인생이 망가졌다고 생각해요. 엄마도 한때는 아름다운 처녀였죠. 아홉 명의 구혼자가 있었어요. 테레자를 임신하는 바람에 원치 않는 결혼을 했어요. 테레자를 낳고는 다른 남자와 정분이 나서 새로 결혼을 했죠. 전남편이 죽는 바람에 테레자를 맡아야 했고요. 테레자는 자랄수록 점점 예쁘게 피어나는데, 자기는 늙고 추해졌어요. 그래서 딸을 미워해요. 학교도 보내지 않고, 친딸인데도 신데렐라 취급을 하는 거죠.

테레자에게 토마시가 눈에 띈 것은 책 때문이에요. 테레자가 일하는 시골 술집에, 토마시가 책을 펴 들고 앉아 있었던 거죠. 기차를 기다리는 짧은 시간 동안.

책 읽는 사람들의 세계, 그게 테레자가 원하는 거예요. 테레자는 그런 토마시에게서 동지애를 느껴요. 학교를 못 가게 된 후로도 테레자는 손에서 책을 놓지 않았어요. 술집에서 일하지만 도서관에서 꾸준히 책을 대출해 읽었어요. 테레자는 자신이 저속한 세계에 내던져져 있다고 생각해요. 그 세계와 구분해주는 표지가 테레자에게는 책이었어요. 테레자가 토마시를 찾아갈 때 『안나 카레니나』를 들고 있었던 데는 이런 사연이 있는 거죠. 책은 테레자의 부적인 거죠.

책 읽는 남자 토마시도 테레자를 받아들여요. 그래도 토마시는 10년간의 생활을 바꾸지 못해요. 테레자와 함께 살면서도 '에로틱한 우정'을 유지해요. 테레자는 힘들고 괴로워요. 토마시를 떠나지도 못해요. 괴롭죠.

토마시의 괴로움

테레자만이 아니라 토마시도 괴로워요. 토마시는 독신주의자였어요. 자신이 독신일 때 가장 자기답다고 느끼는 사람이에요. 테레자를 받아들이고, 테레자의 마음을 편하게 하기 위해 결혼을 했어요. 테레자를 사랑하는 거죠. 테레자도 그걸 알아요. 토마시는 다른 여성들과 섹스를 하면서도 그건 사랑이 아니라고 생각해요. 그게 테레자한테 해를 끼치는 것이 아니라고 생각해요. 그건 사랑과 상관없는 섹스일 뿐이라는 거예요.

이게 말이 되나? 토마시도 생각해요. 테레자가 다른 남자와 섹스하는 장면을 상상하는 순간, 토마시도 괴로움을 느껴요. 자기 자신을 테레자의 눈으로 돌아보는 거죠. 괴롭지 않을 수 없어요. 섹스와 사랑이 몸과 마음처럼 묶여 있어서죠. 자유를 구속당하는 것도 괴롭고, 바람피우는 것도 괴로워요.

토마시가 그런 괴로움을 회상하는 것으로 소설이 시작돼요. 둘이 같이 산 지 이미 7년이 지났어요. 소련군이 프라하를 침공한 후 토마시와 테레자는 스위스의 대도시 취리히로 이주했어요. 능력 있는 외과 의사 토마시가 취리히 병원장의 배려를 받은 거죠. 소련군 점령하의 프라하는 숨이 막혀요. 토마시로서는 프라하에서 취리히로 도망쳐 나온 거죠. 당초 토마시는 취리히 병원장의 제안을 받고도 거절했었어요. 테레자를 두고 갈 수는 없다고 생각했어요. 정작 토마시를 취리히로 끌어온 것은 테레자예요.

그런 테레자가 편지를 남기고 프라하로 돌아가버립니다. 6개월 만이었어요. 토마시에게는 자기 일이 있지만, 테레자는 아니었어요. 외국 생활의 고립감도 견디기 힘들고, 토마시에게 짐이 되는 것도 싫었어요. 토마시도 그걸 알아요. 토마시는 이제 어떻게 해야 하나.

우연과 운명

테레자가 떠남으로써 토마시는 다시 7년 전 독신남 시절로 돌아갈 수 있어요. 자유로워진 거죠. 테레자와의 7년 생활을 반추하면서 토마시가 떠올리는 단어가 있어요. '우연'이라는 말이에요.

자신이 테레자를 만난 것은 여섯 개의 우연이 겹친 결과라고 생각하죠. 외과 과장이 몸이 아파 대신 출장을 가야 했고, 기차 시간이 1시간 남아 술집에 들어갔고, 테레자가 그때 하필 근무 시간이었고 등등이에요. 이런 걸 따지는 게 무슨 의미죠?

토마시가 자기 아들을 포기했을 때도 비슷했어요. 전 부인이 방해를 하니까 접견을 포기해버려요. 부자지간도 그저 우연의 산물일 뿐이라는 거예요. 혈연도 그러한데 테레자와의 만남이 뭐가 대단하겠어요. 우연일 뿐이라는 거죠.

우연이라고 말하는 것은 아무 의미도 없다고 말하는 거예요. 아인말 이스트 카인말(Einmal ist keinmal), 한 번은 아무것도 아니다, 의 세계예요.

그런데도 토마시는 테레자를 따라 프라하로 돌아갑니다. 테레자의 편지를 읽고 닷새 만이에요. 토마시는 7년 만에 되찾은 자유를 포기해요. 병원장에게 그만두겠다고 말하는 것도 쉽지 않아요. 숨막히는 스탈린주의 나라로 돌아가겠다는 결정은 더 어려워요. 그래도 그렇게 해요. 그래야 한다는 생각 때문이에요. 그래야 하니까 그렇게 해요.

그래야 한다고? 누가 시켰나? 물론 아니죠. 토마시가 그렇게 느끼는 거죠. 토마시의 몸과 마음이 견딜 수가 없어요. 테레자 없는 삶이 의미 없다고 느끼는 거예요. 공허감을 견딜 수 없는 거예요.

프라하로 돌아가겠다고 결심하는 순간, 우연은 운명이 돼요. 우연이 갑자기 필연이 될 수는 없어요. 우연은 여전히 우연일 뿐이에요. 여섯 개의 우연이 겹쳤다지만, 열 개나 백 개의 우연이 겹쳤어도 우연은 우연이에요. 달라지는 것은 우연을 둘러싼 배치예요. 낱낱은 우연이지만 그 연쇄가 필연을 만들어요. 그 연쇄 속으로 들어가면 우연이 필연이 되죠. 우연은 우연인데, 그것 없이는 삶이 의미 없어지는 우연, 그게 운명이죠.

중요한 것은 한 사람이 우연을 자기에게 의미 있는 사건으로 받아들이는 일이죠. 한 사람의 운명이 된 우연은, 그 안에서 필연의 일부가 됩니다. 한 사람의 소망과 의지가 우연을 필연으로 만드는 거예요. 그렇게 될 수밖에 없었던 것으로 느끼는 거죠. 그렇게 받아들이는 겁니다. 그게 운명입니다.

우연의 도움 없이는 필연도, 운명도 존재할 수 없어요. 우연이 반복되어야 해요. 그 반복의 연유를 통찰하면 우연은 필연이 되죠. 한 사람이 우연을 자기 사건으로 받아들이면 운명이 되죠.

운명은 당위와 책임의 영역이기도 해요. 그래서 운명은 그 자체가 운명애예요. 단지 시선의 방향만 바뀌면 돼요. 과거에서 미래로. 그러면 필연이 당위로 바뀌어요. 밖에서 오는 당위가 아니라 자기 마음속에서 우러나오는 당위. 두 번째 독일어 문장, 에스 무스 자인(Es muss sein), 그래야 해, 이게 바로 그 내면적 당위의 자리에 있어요.

이 독일어 문장은 프라하로 돌아가겠다는 토마시와 그걸 되묻는 병원장이 주고받는 대화 속에 나와요. 이 책의 1부 이야기지만, 소설 전체의 핵심이기도 해요. 우연이 당위로 바뀌는 순간의 일이죠. 운명이 운명애로 이어지는 순간이기도 해요. 이건 조금 후에 좀 더 살펴봅시다.

뒤엉키는 죽음과 삶

소설 전체가 7부예요. 소제목 좀 봅시다. 1부, 가벼움과 무거움. 2부, 영혼과 육체. 3부, 이해받지 못한 말들. 4부, 영혼과 육체. 5부, 가벼움과 무거움. 6부, 대장정. 7부, 카레닌의 미소.

반복되는 제목들이 있어요. 1부와 5부, 2부와 4부죠. '가벼움과 무거움'은 토마시의 시선이고, '영혼과 육체'는 테레자의 시선이에요. 3부를 기준으로 삼으면 1, 2부와 4, 5부가 선대칭의 구조를 지녀요. 중간에 낀 3부와 부록 같은 6부는 사비나와 프란츠의 이야기예요.

크게 보면 1~3부가 첫 단락이고, 4~6부가 두 번째 단락, 그리고 토마시와 테레자의 시선이 함께 나오는 7부는 마무리죠.

왜 이런 세목까지 들여다보느냐. 소설의 구성이 특이하기 때문이에요. 첫 단락과 두 번째 단락 사이에 시간이 뒤틀려 있어요. 뒤틀린 시간 위에 죽음과 삶이 특이하게 중첩돼요.

무슨 말이냐. 첫 단락 1~3부는 15년여의 시간을 다뤄요. 1부는 취리히의 토마시가 고민하다 프라하로 돌아오는 이야기, 2부는 프라하의 테레자가 7년 세월을 돌아보다 토마시를 맞는 이야기예요. 3부는 프라하를 탈출해서 제네바를 거쳐 파리로 이주한 사비나 이야기. 사비나는 제네바에서 프란츠를 만났다가 혼자 조용히 파리로 이주해요. 너무 진지해진 프란츠를 떠난 거예요. 사비나는 제네바에서 4년, 파리에서 3년을 살아요. 그사이 7년이 흘렀어요. 그 과정이 3부의 이야기예요. 1968년 '프라하의 봄' 이후의 상황이죠.

파리에서 3년을 산 사비나에게 편지가 한 통 와요. 토마시와 테레자의 죽음을 알리는 부고였어요. 트럭 사고로 두 주인공이 죽었다는 거예요. 죽음? 소설은 아직 절반도 안 왔는데? 두 주인공이 어쩌다 죽었는지도 모르는데? 토마시와 테레자가 처음 만난 때부터 치면, 이 순간은 15년여가 흐른 뒤죠.

두 번째 단락 시작인 4부는 다시 7년 전으로 돌아가요. 1968년 '프라하의 봄' 직후의 상황이죠. 취리히에서 귀국한 토마시와 테레자의 프라하 생활을 다뤄요. 소련 침공 이후 프라하는 숨 막히는 세상이 되었어요. 신학 교수가 호텔 경리 일을 하고, 전직 대사가 호텔 프런트에서 근무해요. 중국 문화혁명과 상황이 유사하죠. 테레자와 토마시는 모두 당국의 미움을 받았어요. 테레자는 잡지사에서 쫓겨나 호텔 바의 접대원이 되고, 토마시는 변두리 병원을 거쳐 유리창 청소부가 돼요. 그런데 뭐가 특이하다는 거죠?

이런 시간의 역전이 대단하다는 것은 물론 아니죠. 처음부터 사람이 죽었다며 시작하는 이야기도 많으니까. 그러나 4부 첫머리가 이렇게 시작되면 좀 다른 거죠.

새벽 1시 30분쯤에 돌아온 테레자는 욕실로 가서 잠옷을 입고 토마시 곁에 누웠다. 그의 얼굴을 내려다보며 키스하려는 순간, 그의 머리카락에서 이상한 냄새가 나는 것을 느꼈다. 그녀는 오랫동안 거기에 코를 박았다. 강아지처럼 킁킁 냄새를 맡다가 마침내 알아챘다. 여자 냄새, 여자 성기 냄새였다.(213쪽)

이 사람들, 지금 뭐 하는 거예요? 토마시와 테레자는 이미 죽은 사람들이에요. 3부를 읽은 독자들은 그걸 알아요. 독자들은 타임머신을 타고 7년 전 과거로 돌아왔어요. 주인공들이 벌써 죽다니, 좀 충격도 받았어요. 7년 전으로 오니, 다행히 두 사람 다 살아 있어요. 독자들에게 토마시와 테레자는 죽었다가 살아난 거나 다름없어요. 소설의 구성이 그런 느낌을 주는 거죠. 그런데 죽음에서 돌아온 토마시가 또 바람을 피워요. 단순한 외도 수준이 아니라 이번에는 아예 판을 깔았어요. 사람 가리지 않고 기계처럼 바람을 피워요. 그리고 테레자는 괴로워해요. 4부의 시작이 이런 모습이에요.

유리창 청소부가 된 외과 의사 토마시는 유명해요. 프라하 여자들의 호기심의 대상이기도 했어요. 여기저기서 토마시를 원하는 사람이 많아요. 유리창 청소부라서 합법적으로 집으로 부를 수 있어요. 귀찮은 절차 없이 바로 섹스로 돌입할 수 있어요. 게다가 테레자와 토마시는 근무 시간이 달라요. 유리창 청소부 토마시가 일을 끝내는 시간이, 바텐더 테레자가 일을 시작하는 시간이에요. 테레자가 퇴근하면 새벽이에요. 평일엔 서로 얼굴 보고 말할 기회도 없어요. 섹스 중독자 수준의 토마시는 물 만난 고기가 되는 거죠.

이런 사실이 구체적으로 드러나는 것은 다음 토막인 5부에서예요. 5부는 토마시의 시선이라 디테일이 확보되죠. 어쨌거나 4부의 테레자는 이런 삶이 견디기 힘들어요. 토마시가 다른 여자 냄새를 묻히고 들어오니까. 물론 토마시가 자기를 사랑한다는 건 알아요. 자기를 따라 수용소 같은 곳으로 돌아온 토마시예요. 유망한 외과 의사로서 이력도 제대로 망가졌어요. 테레자는 자기 때문이라 생각해요. 토마시는 자유주의자인데 그 자유도 포기했어요. 테레자는 토마시에게 무거운 책임감을 느껴요. 토마시의 바람기에 말도 못 하고 속을 끓이는 거죠.

그게 삶이라고 쿤데라는 말하는 거예요. 미친 듯이 바람피우는 남자, 그것 때문에 속 끓이는 여자. 이 둘은 이미 죽은 사람들이에요. 죽음에서 돌아온 사람들의 삶이라 더 특별해요. 그런데도 이 모양이죠. 애써 돌려받은 인생인데, 남자는 바람피우고 여자는 괴로워해요. 아이러니가 아닐 수 없어요.

육체와 영혼

작가가 두 주인공에게 준 화두가 있죠. 토마시에게는 '가벼움과 무거움', 테레자에게는 '영혼과 육체'예요. 소제목들이죠.

테레자는 토마시를 사랑하지만 그의 바람기는 견디기 힘들어요. 그래서 자기도 시도해봅니다. 사랑 없는 섹스가 어떤 것인지. 그게 문제가 되죠. 착해 보이는 남자를 상대로 택해요. 알고 보니 자기를 감시하는 비밀경찰이었어요. 테레자는 불안한 처지가 돼버려요. 결국 프라하의 삶을 접고 시골 농장으로 가죠. 거기서 트럭 사고로 죽는 게 이들 삶의 결말이에요. 4부에 나오는 테레자의 혼외정사는, 이들의 삶에서는 또 하나의 이정표가 되는 사건인 거죠. 그 장면을 묘사해놓은 게 매우 인상적이에요. "이제 그녀는 완전한 나체다. 영혼은 낯선 남자의 품에 있는 벗은 육체를 바라보았고, 이 광경은 가까이에서 보이는 화성처럼 아주 비현실적으로 느껴졌다. 비현실의 조명 아래에서 그녀의 육체는 처음으로 그 진부함을 털어버렸다. 그녀는 처음으로 그녀 눈에 비친 육체에 매료되었다."(253쪽)

여기에서 중요한 것은 시선이에요. 테레자가 자기 자신을 바라보는 시선. 그걸 영혼이라고 표현하고 있어요. 영혼의 눈이 육체를 본다고.

영혼과 분리된 육체? 주체의 의지와 상관없이 작동하는 것, 그게 곧 몸이에요. 내 뜻에 따라 움직이는 손가락은 몸이 아닌 거죠. 그냥 나의 일부예요. 다쳐서 움직이지 못하는 손가락, 미쳐서 제멋대로 움직이는 손가락이 몸이에요. 성욕과 성감은 전형적인 몸이죠. 자율신경계에 속해서 자기 의지와 상관없이 작동하죠. 마음과 상관없이 제 멋대로 흥분하는 몸이 몸이에요. 소설에서는 영혼을 배신한 육체라고 표현했어요.

영혼도 마찬가지예요. 육체에 배신당해야 영혼이 드러나요. 몸이 말을 안 들을 때 비로소 마음이 드러나는 거죠. 몸과 마음이 하나일 때는 몸도 마음도 없어요. 그냥 나만 있는 거죠. 몸이 내 말을 듣지 않아야 해요. 그래야 그것을 바라보는 나는 마음이 돼요. 바로 그 마음을 쿤데라는 영혼이라고 표현했어요. 영혼의 눈이 자기 육체를 바라본다는 거죠. 낯선 남자와 정사하는 자기 몸을 바라보는 시선, 그게 영혼의 시선이라는 거죠.

영혼의 시선, 마음의 눈, 그건 곧 타자의 시선이에요. 신의 시선이기도 해요. 물론 그 신은 앞에서 말한 스피노자의 신이죠. 사람들이 논리적으로 상정하게 되는 어떤 절대적 힘의 시선이죠.

슬픔과 행복, 운명애

타자의 시선에는 슬픔이 있어요. 4부 전체를 감싸고 있는 정서가 슬픔이에요. 토마시의 바람기를 바라보는 테레자의 시선이 대표적이죠. 자기 몸을 바라보는 테레자의 시선도 마찬가지입니다. 놀라움과 기이함이 있지만, 기본적으로는 슬픔이에요. 자기 의지와 무관하게 작동하는 자기 몸도, 토마시의 존재도 불가피한 것이에요. 내 마음 같지 않지만 버릴 수가 없어요. 이미 주어진 것이기 때문이죠. 4부 전체의 정서가 슬픔, 곧 비애인 것은 그 때문이에요.

앞에서 스피노자의 비애라는 말을 썼어요. 세상의 이치를 깨달아버린 사람의 슬픔이죠. 중생의 아픔을 바라보는 보살의 슬픔이기도 해요. 깨달음을 얻었기 때문에 고통의 세계를 떠날 수 있지만, 이 고통을 두고 혼자 떠날 수가 없어요. 그래서 지장보살은 3계6도(三界六道, 3계는 욕계 · 색계 · 무색계, 6도는 욕계 중 지옥도 · 아귀도 · 축생도 · 수라도 · 인간도 · 천신도)의 세상에 남아요. 부처 되기를 포기한 거죠. 아픈 몸을 버리지 못한 거예요.

테레자나 토마시는 어떻게 했나. 테레자는 다른 남자와 정사를 벌이는 자기 몸을 유체 이탈한 눈으로 바라봤어요. 테레자에게 한 깨달음이 오는 순간이었죠. 또, 토마시는 취리히에서 자유를 버리고 테레자를 따라 프라하로 가야 한다고 느낀 순간, 깨달음이 왔었어요. 테레자도 토마시도 해탈할 수 있어요. 이제 어떻게 하나. 세상살이가 빡빡해져서 비밀경찰이 도처에 있어요. 자기들을 감시하고 있어요. 프라하에서의 삶이 갈수록 견디기 힘들어져요. 이제 어떻게 해야 하나.

자기에게 주어진 몸의 삶을 살아가는 것, 그게 두 사람의 선택이에요. 자기에게 주어진 그 몸의 슬픔 속으로, 슬픔의 문을 열고 입장하는 거예요. 왜 슬픔이냐. 그게 어떤 것인지 이미 알기 때문이에요. 물론 구체적 내용을 아는 것은 아니죠. 길이 아니라 방향을 아는 거죠. 형식을 아는 거예요. 그래서 불안이나 공포가 아니라 슬픔이에요. 슬픔은 이미 한 깨달음을 얻은 사람의 것이에요. 그래서 비애예요.

비애의 문을 열고 들어가는 것, 그건 자기 운명 속으로 입장하는 거죠. 자기 운명을 하나의 전체로 바라보는 시선이 비애=슬픔을 만든다고 했죠. 운명 속으로 입장하는 것은 시선이 아니라 발길이에요. 발을 옮기는 순간, 슬픔은 다른 것이 돼요. 고통일 수도, 아픔이나 괴로움일 수도 있어요. 그러나 슬픔은 없어요. 문을 열고 발길을 옮기는 사람에게는 비애가 없어요. 비애는 멀리서 바라보는 사람의 것이에요. 움직이는 몸의 주체에게 힘겨움은 있어도 비애는 없다는 거죠.

지난 시간에 낭독한 PJH 학생이 멋지다고 한 구절이 있었어요. 슬픔은 형식이고, 행복이 내용이었다는 대목이죠. 여기에서 행복이란 뭐죠? 테레자와 토마시의 농촌 생활을 뜻하나요? 물론 그렇죠. 그러나 충직한 개 카레닌과 함께 사는 삶, 비밀경찰이 없는 삶, 이런 것은 행복의 내용일 뿐이에요. 교체 가능한 거예요. 카레닌이 개가 아니라 소나 말이더라도, 토마시 자리에 다른 남자의 이름이 있더라도 마찬가지가 돼요.

슬픔을 채워내는 내용으로서 행복은 구체적 삶의 기쁨을 넘어서는 거예요. 슬픔의 문을 열고 들어서는 일 자체, 그 안에서 몸을 움직이는 것 자체가 행복이에요. 그게 슬픔이라는 형식을 채우는 또 하나의 형식이 돼요. 그 형식이 행복이에요. 어떤 내용이 들어서든 그건 행복이 되죠. 비밀경찰의 감시가 있다고 해도, 농촌에서의 삶이 아니라고 해도, 마을 사람들과 춤추고 노래하는 삶이 없다고 해도, 설사 고되고 괴로운 삶이 펼쳐진다 해도, 내가 택한 거라면 그게 행복이에요. 내가 열어젖힌 것이 슬픔의 문이기 때문이에요. 운명이 아니라 운명애의 차원이 바로 그것입니다.

어려워요? 조금만 더 가봅시다.

당위, 운명애의 형식

소설의 구도가 가벼움과 무거움으로 나뉘어 있다고 했어요. 인물들의 구도가 그렇죠. 가벼운 사람은 힘센 사람들이에요. 힘센 사람이라야 가벼움을 견딜 수 있어요.

토마시와 테레자 중에 누가 힘센지는 명확해요. 토마시는 하늘의 밧줄이었고, 테레자는 그 밧줄에 매달린 사람이었어요. 토마시는 테레자를, 강물에 떠내려 온 바구니 속의 아이 같다고 느꼈어요. 구해내고 보살펴야 할 사람이었다는 거죠. 이게 소설의 기본 구도예요. 사비나와 프란츠 관계도 마찬가지예요. 가벼울 수 있는 사람이 강한 사람이에요. 그러나 출발점만 그래요. 그게 문제죠.

이 구도는 우연과 당위의 대립으로 표현되었죠. 두 개의 독일어 문장이 상징이었어요. 토마시는 테레자를 만나면서 가벼움을 포기해요. 바람둥이가 파트너를 고정시키는 수준이 아니라 자기 고유성 자체를 포기하는 거예요. 토마시의 변화 과정이 소설 전체의 흐름이에요. 그게 토마시가 받아들인 운명이에요. 우연(Einmal ist keinmal)에서 당위(Es muss sein)로 옮겨가는 것.

운명이란 우연을 자기 것으로 인정하는 것이라 했죠. 깨닫고 받아들이는 거예요. 그때는 우연이었는데, 지금 보니 그럴 수밖에 없는 거였구나! 이런 시간 구조를 갖는 게 운명의 형식이에요. 운명은 과거를 바라보는 현재 시선의 산물이죠. 바로 그 지점에서 운명애가 시작됩니다. 자기 운명을 깨닫고 승인하는 순간은 이미 운명애가 시작되는 순간이에요. 몸만 돌리면 됩니다. 과거에서 미래로.

운명애의 형식은 시간 구조가 운명과 반대예요. 과거를 바라보던 운명의 시선이 180도로 몸을 돌려 미래를 바라볼 때 운명애의 형식이 돼요. 둘은 그렇게 연결되어 있어요. 운명은 깨달음의 형식으로 드러나고, 운명애는 의지의 형식을 지녀요.

시선의 이동만으로 운명애를 말하는 것은 부족해요. 운명이 앎의 차원이라면, 운명애는 움직임의 차원이에요. 운명애의 형식에서 미래를 향한 것은 시선이 아니라 발길이에요. 그래야 운명애가 가능해요. 운명애는 생각이 아니라 움직임 속에 있기 때문이에요. 우연의 필연성을 깨달은 결과가 운명이라면, 운명애는 자기 안에서 솟아난 당위를 실천하는 사람의 의지 속에 있는 거죠.

카레닌의 미소, 장례식 잔치

소설의 마지막, 7부 제목이 '카레닌의 미소'입니다. 내용의 중심에 있는 것은 카레닌의 죽음이에요. 늙은 개 카레닌이 암에 걸려요. 고통받는 개를 안락사시키고 매장하죠. 그 과정이 펼쳐집니다. 그리고 마지막 장면의 잔치로 이어져요. 토마시와 테레자의 농장 생활을 그리는 것이죠.

두 사람이 치러내는 카레닌의 죽음은 특이한 느낌으로 다가와요. 카레닌의 죽음을 슬퍼하는 둘이 이미 죽은 사람이기 때문이에요. 다음 장면은 농장 사람들과 함께하는 작은 잔치로 이어져요. 즐겁게 술 마시고 춤을 추는 모습이 소설의 마지막 장면이죠. 소설은 여기에서 끝납니다. 다음 날 테레자와 토마시는 트럭 사고로 죽게 되어 있어요. 그 직전에 소설이 끝나는 거죠. 이런 구성 때문에 독자에게는 이상한 착시가 생겨나요.

독자는 주인공들의 운명을 알아요. 미래를 아는 신처럼 테레자와 토마시의 마음과 움직임을 내려다보고 있어요. 부품이 없어 제대로 관리하지 못하는 낡은 트럭 이야기가 계속 나와요. 작가가 이들의 죽음을 암시하고 있는 거죠. 조만간 사고가 나고 두 사람은 죽을 거예요. 이런 구도 속에 카레닌의 죽음과 장례, 그리고 잔치가 있는 거죠. 작가는 이들이 카레닌을 보내는 장면을 자세히 묘사해요. 토마시가 외과 의사예요. 수의사에게 맡기지 않고 직접 카레닌을 보냅니다. 카레닌의 늙은 몸에서 정맥을 찾아 털을 잘라내고 주삿바늘을 찔러 넣는 장면을 보여줍니다. 땅을 파고 개의 시신을 묻는 장면까지.

테레자와 토마시가 커다란 슬픔 속에서 카레닌을 떠나보내는데, 마치 그들이 자기 영결식을 하고 있는 느낌을 주는 거죠. 자기 손으로 자기 장례식을 치르는 사람들처럼 기이하게 느껴지는 거죠. 그냥 슬픔 자체가 주인공처럼 느껴져서, 죽은 존재가 누구인지, 카레닌인지 두 주인공인지는 별 의미가 없어 보이기까지 해요.

그런 내용 앞에 제목을 '카레닌의 미소'라고 붙였어요. 카레닌의 미소? 이건 토마시와 테레자의 미소라고 하는 것과 마찬가지죠. 미소는 보람의 징표예요. 운명애의 표상이죠. 슬픔이라는 형식을 채우는, 또 다른 형식으로서 행복이에요. 장례가 파티로 이어지는 것이 그래서 자연스러워요. 결혼식 잔치 같기도 해요. 이들의 운명을 아는 독자들에게는, 미리 치르는 토마시와 테레자의 장례식 잔치인 셈이죠. 삶과 죽음이 하나로 어우러져 있는 대목입니다.

미리 치르는 장례식이란, 가능만 하다면 누구에게나 행복일 거예요. 그 뜻을 독자들은 알지만 테레자와 토마시는 몰라요. 춤을 추고, 트럭을 손보고, 운전을 할 거예요. 그리고 예상치 못한 죽음의 순간을 맞겠죠.

예상치 못한 죽음이 닥쳐와도 달라지는 것은 없어요. 죽음조차도 그들이 누리는 행복의 일부니까, 그들이 이미 선택한 것이니까, 자신의 의지로 수락한 것이니까, 사고는 물론이고 죽음조차도 언제든 교체 가능한 내용에 불과한 것이니까, 삶과 죽음의 형식을 수락했으니까, 죽음의 내용은 상관없는 거죠. 함께하는 삶이라는 행복의 형식을 선택했어요. 내용은 아무래도 상관없어요. 그것이 곧 운명애의 차원입니다.

오이디푸스의 윤리

소설에서 강조하는 두 권의 책이 있어요.

테레자의 부적 같은 책이 『안나 카레니나』였어요. 결혼하고 개를 들이면서, 톨스토이 대신 카레닌이라는 이름을 붙였어요. 안나의 남편 이름이죠. 안나와 테레자에겐 차이가 있어요. 테레자는 자기를 따라 프라하로 돌아온 토마시에게 책임감을 느껴요. 두 사람 사이의 정신적 서열이 역전되는 순간이에요. 안나와 브론스키는 그럴 수 없었죠. 19세기 러시아 사회는 안나에게 브론스키와의 삶에 대해 책임질 수 있는 기회를 주지 않았던 거죠. 안나는 혼자서 자기 존엄성을 지키는 길을 택했어요.

소포클레스의 『오이디푸스 왕』은 여러 차례 소설에 나옵니다. 그 중에서 가장 뚜렷한 것은 토마시의 경력을 구겨버린 사건이죠. 토마시는 공산주의자들을 비판하면서 오이디푸스의 예를 들어요. 자기가 모르고 저지른 잘못이지만, 오이디푸스는 책임을 졌다고. 너희들은 무얼 하냐는 거죠.

오이디푸스 이야기는 잘 알려져 있죠. 운명을 잘못 만난 오이디푸스가 자기 아버지를 죽이고 어머니와 결혼한다는 이야기죠. 오이디푸스는 자기가 타고난 몹쓸 운명을 알았고, 그걸 피하려 했어요. 길에서 시비가 생겨 싸움이 벌어졌어요. 힘센 오이디푸스는 싸움에서 이기고 상대방 일행은 죽었어요. 알고 보니 얼굴도 모르는 친아버지였죠.

오이디푸스는 나라에 공을 세워 홀로 된 왕비와 결혼해요. 그런데 알고 보니 얼굴도 모르는 친어머니였어요. 이런 사실은 나중에, 신탁을 통해 드러나죠. 나라에 재앙이 생겨 알아보니, 자기 아버지를 죽이고 어머니와 결혼한 패륜아가 있어서인데, 그 사람이 바로 오이디푸스 왕 자신이라는 거예요. 어머니는 자결하고 오이디푸스는 자기 두 눈을 찔러버립니다.

이런 이야기가 말이 되나요? 만약에 신탁이 이 사실을 밝혀주지 않았다면 어땠을까. 아무 일도 없었을 것 아닌가. 오이디푸스는 패륜의 운명을 피하려고 애썼지만, 자기 운명을 피하려 했던 움직임이 곧 자신을 그 운명으로 몰아갔죠. 신의 뜻이 오이디푸스를 패륜의 운명으로 끌어간 거죠. 신이 인간을 희롱한 거예요. 정의에 부합하지 않아요.

그런데도 오이디푸스는 자기 눈을 찔러 장님이 돼요. 이게 오히려 대단한 거죠. 윤리의 수준에서는 오이디푸스가 신을 넘어섰어요. 신을 무책임한 어린아이로 만들어버린 거죠. 어떤 식으로든 수습해야 해요. 소포클레스는 3부작을 만들어, 늙은 오이디푸스로 하여금 자기 운명에 대해 투덜거리게 해요. 그래야 인간의 수준일 수 있죠.

이런 모습은 오히려 신과 인간 사이의 위계가 역전되어 있음을 반증해요. 본래 신과 인간의 차이는 위력의 차이였어요. 힘센 쪽이 신이었던 거죠. 그러나 소포클레스의 시대는 이미 달라진 거죠. 윤리적 완전성이 문제로 떠오르는 수준이 된 거예요. B.C. 5세기의 일이죠.

주체는 미리 존재하지 않아요. 자기 행동에 책임을 지는 순간 탄생합니다. 스스로에게 부여한 책임의 영역으로 나아가는 것, 그게 곧 운명애의 형식이죠.

존재의 키치

이 소설에서 사비나는 증상적인 인물이에요. 사비나는 모든 사건의 목격자예요. 네 명의 주요 인물 중 유일한 생존자입니다. 시선 자체로 보자면 신의 지위를 지닌다고 할까.

화가인 사비나는 키치(kitsch)에 대한 증오가 있어요. 자기 적은 공산주의가 아니라 키치라고 말하는 인물이에요. 키치는 상투적인 예술 작품을 지칭하는 말이죠. 이발소 그림 같은 것인데, 좀 더 넓은 뜻으로, 상투성이나 통속성 전체를 뜻해요. 사비나는 스탈린주의 체제에서 성장한 사람이에요. 건전성과 집단성을 숭상하는 예술 환경 속에서 컸어요. 동네 스피커에서 울려나오는 '새마을 노래'와 '건전 가요'를 들으면서. 그래서 사비나는 음악 자체를 혐오해요.

사비나에게 키치는 예술뿐 아니라 세상 어디에나 있어요. 스탈린주의 체코만이 아니라, 프랑스에도 미국에도 마찬가지예요. 통속적인 윤리와 정치가 있어요. 생각 없는 반복 수준에서 유치한 감상주의까지 모두 키치예요. 사비나에겐 혐오의 대상이죠. 사비나가 자유주의자 토마시를 좋아했던 것도 키치의 반대라는 점 때문이었어요. 극단화한 토마시가 곧 사비나인 거죠.

사비나 반대편에 있는 인물은 테레자와 프란츠입니다. 프란츠는 정직하고 성실한 지식인이죠. 과학자입니다. 정치적으로도 윤리적으로도 올바르게 행동하려 노력하는 사람이죠. 작가 쿤데라는 프란츠를 험하게 다룹니다. 쿤데라는 언론 앞에서 쇼를 하는 얼치기 지식인들에 대한 하염없는 경멸을 보여줘요. 누구든 이해할 수 있는 대목이죠. 프란츠는 그런 사람도 아니에요. 그러니까 이런 홀대는 사비나에 대한 편애와 정반대예요. 이 소설의 증상적인 대목들이죠. 사비나와 프란츠는 토마시와 테레자를 극단화한 모양새이기도 해요. 프라하에서 파리로 망명한 쿤데라의 이력이 드러나는 대목일 수도 있겠어요.

사비나는 파리에서 존재의 가벼움을 참을 수 없는 것으로 느껴요. 우울증이죠. 가벼움을 무겁게 느끼는 것이죠. 소설의 제목이기도 해요. 토마시와 테레자의 부고를 받기 직전의 상황입니다.

사비나의 진짜 대척점은 따로 있어요. 누굴까. 카레닌이라 해야 합니다. 토마시와 테레자의 반려견, 카레닌.

사비나는 키치를 경멸하지만, 카레닌은 키치를 사랑해요. 개의 삶은 반복의 연속이에요. 10년 넘게 똑같은 놀이에 행복해하는 게 카레닌의 삶이에요. 키치 속에서, 반복 속에서 행복한 존재가 카레닌이에요. 어린아이와 똑같은 것이죠. 반복 속에서 행복을 찾는 존재. 반려견도 어린아이도 존재의 키치들이에요. 테레자와 토마시를 향한 카레닌의 사랑은 무조건적이고 절대적이에요. 이보다 더한 사랑의 키치는 없어요.

영원 회귀와 운명애

우연에서 운명애로 단숨에 건너뛸 수는 없어요. 그 사이에 필연이 있어요. 영원 회귀도 마찬가지예요. 소설 가장 앞에 나온 말이었죠. 영원한 반복, 윤회를 말하는 것이죠.

인생은 한 번이니까 원하는 거 하면서 아무렇게나 살아도 돼, 단지 그 허망함을 견딜 수만 있다면! 이게 우연의 표어예요. 그 반대편에 영원 회귀가 있어요. 이번 생에서 지은 업을 다시 안고 태어난다는 거죠. 그게 영원히 반복된다는 거죠. 천국과 지옥도 마찬가지입니다. 보편 종교의 교설(教說)이 지닌 무서운 위협입니다.

오이디푸스가 모든 걸 자기 책임라고 한 것은 엄청난 윤리적 수준이라고 말했어요. 운명을 만들어낸 신을 넘어서는 수준이죠. 소포클레스가 3부작을 만들면서 오이디푸스에게 투덜거릴 기회를 주었어요. 전적으로 내 잘못도 아닌데 내 인생이 왜 이래야 하냐고, 내가 왜 바보같이 내 눈을 찔렀냐고. 이건 신을 구원하는 말이에요. 인간이 스스로를 낮춤으로써 불완전한 신성, 신의 불합리성을 가려주는 거예요. 이건 한층 더 대단한 거죠. 인간이 신의 잘못을 메워 주는 것이니까. 신이 인간에게 기대는 꼴이니까. 오이디푸스가 있어서 신이 신일 수 있는 거예요.

소설에서는 포로로 잡힌 스탈린 아들이 수용소에서 자살한 이야기가 나와요. 똥이 문제가 됐다고 해요. 예수의 똥에 관한 신학자들의 논쟁도 나옵니다. 예수는 음식을 먹었지만 똥을 싸지는 않았다! 아담과 이브가 에덴동산에서 섹스를 했는지의 문제도 나오죠. 아담의 성기가 발기는 했지만 쾌락과 흥분은 없었다는 이야기예요. 그러니까 지난주에 살폈던 것으로 말하자면, 섹스는 있었지만 섹슈얼리티는 없었다는 거죠. 성교는 있었지만, 성욕은 없었다는 거예요. 공포는 있었지만 불안은 없었다는 거예요. 슬픔도 물론 있을 수가 없어요. 공포와 불안을 넘어서야 슬픔이 있어요. 슬픔은 성숙한 정서예요.

어떤 식으로 합리화해도 우리는 똥을 쌀 수밖에 없는 존재예요. 그게 자연의 영역이죠. 불안을 지닐 수밖에 없어요. 존재론적 간극이 없는 존재에게 불안은 없어요. 에덴의 아담에게도 카레닌에게도 불안은 없어요. 고민도 번뇌도 없죠. 선악과를 따 먹기 전의 아담은 인형일 뿐이죠. 아무것도 책임질 필요가 없는 존재죠. 불안을 지닌 존재가 주체입니다.

지난 시간에 영원 회귀에 대해 말하면서 물었죠. 뭐가 되풀이되냐고. 내 몸도 아니고 내 마음도 아니라면, 도대체 되풀이되는 것의 실체가 뭐냐고. 답은 불안과 고통이라 해야죠. 지금 여기 있는 나는 사라질 거예요. 내가 다시 태어나는 일은 없어요. 반복되는 것은 서로 다른 형태를 지닌 고통이에요. 내가 다시 태어난다면, 고통과 불안의 주체로서 다시 태어나는 거죠. 정확하게 말하자면 고통의 형식입니다. 지금 나와는 전혀 다른 나지만, 불안의 주체라는 점에서는 같아요. 그것을 고통의 주체로 바꿔놓으면 한결 마음이 편해지죠. 생로병사가 고통이라는 거죠. 이 점은 뒤에 다시 말할 겁니다.

운명애는 그 이치를 알아버린 사람의 마음이에요. 고통이 두려움에서 불안을 거쳐 슬픔으로 변하고, 그것을 겪어내는 순간순간의 행복이 슬픔의 틀을 채워내요. 소설의 마지막에 놓인 슬픔과 행복에 관한 이야기는 그러니까, 운명애와 보람을 말하는 것이죠. 시간이 다 됐네요.

13-1강
춤추는 소설

PJY: 『그 남자네 집』[1]은 박완서의 자전적 소설이라고 합니다. 일인칭 화자가 주인공입니다. 그 남자의 이름은 현보. '나'와 먼 친척으로, 전쟁 전에 같은 동네에 살았습니다. 둘 다 고등학생이었고, 서로 얼굴만 아는 사이였는데, 전쟁 후에 다시 만납니다. '나'는 1950년에 국문과에 입학을 했는데, 한국전쟁이 일어나서 학교에 못 다니게 됩니다. 생계를 잇기 위해 미군 부대에서 일하고, '나'의 집은 하숙을 칩니다. '나'와 현보는 서로를 좋아했는데, '나'는 결국 미군 부대에서 만난 전민호와 결혼을 합니다. 전민호가 은행원이고 번듯한 집을 가지고 있었기 때문에 그를 선택한 것 같습니다.
결혼한 후 '나'의 주요 일과는 동대문시장에서 장을 보는 것입니다. 그러다 동대문시장에서 우연히 현보의 누나를 만납니다. 누나의 부탁으로 그 남자, 즉 현보와 만나기로 약속을 잡고, 그 이후 시장에서 장을 볼 때마다 둘이 데이트를 합니다. 그런데 어느 날 갑자기 그 남자가 약속 장소에 나타나지 않아 데이트는 끝납니다. 나중에 알고 봤더니 뇌에 병이 생겨서 나타나지 못했던 겁니다. 그 남자는 안타깝게도 장님이 됩니다. 나중에 그 남자도 결혼을 해요.
이 소설은 '나'가 후배네 집을 찾아갔는데, 거기가 하필 자기와 그 남자가 살던 동네였고, 그 동네를 구경하면서 옛날 생각을 하는 것으로 시작을 합니다.
대략적인 줄거리는 이렇게 되고 이제 낭독을 하겠습니다.
저는 두 부분을 골랐는데, 둘 다 책을 읽은 다음에도 머릿속에 되게 오래 남았던 장면이에요. 먼저 낭독할 대목은 '나'가 옛날에 살던 동네를 산책하다가 커피숍에 들어가서 생각하는 부분입니다. 자기가 그때 왜 그 남자를 버리고 전민호와 결혼을 선택했는지 깨닫는 대목입니다. "그때 왜 그랬는지, 티비로 내셔널지오그래픽을 보다가 오랫동안 궁금했던 것에 해답을 얻은 것처럼 느낀 적이 있는데 그것도 거기 정말 정답이 있어서라기보다는 줄곧 답을 구하는 마음이 있었기 때문일 것이다."(100쪽) 내셔널지오그래픽에서 '나'가 본 장면은 수컷 새가 둥지를 마련하면 암컷 새가 마음에 드는 둥지를 택하는 내용입니다.
그리고 이 부분 마지막에서 박완서가 젊음에 대해, "그래. 실컷 젊음을 낭비하려무나. 넘칠 때 낭비하는 건 죄가 아니라 미덕이다. 낭비하지 못하고 아껴둔다고 그게 영원히 네 소유가 되는 건 아니란다. 나는 젊은이들한테 삐쳐지려는 마음을 겨우 이렇게 다독거렸다."(102쪽)라고 하는 대목도 마음에 와닿았습니다.
그리고 두 번째로 낭독할 부분은, '나'의 설레는 마음을 표현한 대목입니다. "그는 나를 구슬 같다고 했다. 애인한테보다는 막내 여동생한테나 어울린 찬사였다. 성에 차지 않았지만 나도 곧 그 말을 좋아하게 되었다. 구슬 같은 눈동자, 구슬 같은 눈물, 구슬 같은 이슬, 구슬 같은 물결…… 어디다 그걸 붙여도 그 말은 빛났다. 그해 겨울은 내 생애의 구슬 같은 겨울이었다."(37-8쪽)

EGH: 저는 춘희라는 인물에 집중해보았습니다. 춘희는 '나'의 뒤를 이어 미군 부대에 취직했다가 흔히 말하는 '양공주' 생활을 하면서 동생들을 부양한 인물입니다. 13절에서 춘희가 갑자기 임신을 한 '나'에게 연락을 해서 자기 낙태 수술에 보호자로 같이 가달라고 부탁합니다. 그리고 낙태 수술을 지켜봐달라고 합니다. 그 장면은, "눈부시게 밝은 불빛 아래 샅샅이 드러난 여성 성기는 아름답지도 추하지도 신비롭지도 않았다. 마치 검은 털을 가진 짐승의 상처처럼 다만 검붉고 처참했다."(233쪽)라고 시작합니다.
이 부분에 주목한 이유는 구도가 굉장히 특이했기 때문인데, 한 사람은 임신을 하고 한 사람은 낙태 수술을 합니다. 왜 하필 춘희는 임산부인 '나'를 끌어들여 굳이 수술 장면을 지켜보게 했을까. 이런 점이 특이하다고 느꼈습니다. 앞에서 교수님이 말씀하셨던 텍스트의 증상이 아닐까 생각해보았습니다. 이 부분을 통해서 흘러나오는 이야기는 무엇일까, 이런 생각을요. 주인공인 '나'는 평범한 전후 세대의 부인이니까, 우리 할머니 세대라고 할 수 있어요. 춘희는 우리의 부끄러운 과거라 할 수 있는 소위 '양공주'라서 외면의 대상이 되는 여성입니다. 그런데 작가는 이 둘을 병치함으로써 궁핍했던 전후 시대의 쌍생아 같다고 말하는 것 아닌가 싶습니다. 감사합니다.

JEA: 제가 낭독하고 싶은 부분은 중년이 된 '나'가 남편에게 바람을 피우라고 권유하는 장면과, 나중에 자기의 그런 행동에 대해 깨달음을 얻는 장면입니다.

먼저, 바람을 피우라고 권유하는 장면을 보면, 남편이 갑자기 늙고 지쳐 보여서 그런 말을 농담처럼 하다가 조르는 수준이 됩니다. 남편이 마침내 화를 냅니다. 바람도 돈이 있어야 피우지, 하면서. 그러다 '나'는 남편이 바람피우는 악몽을 꿉니다. 꿈에서 너무 화를 내는 바람에 남편이 놀라 잠을 깰 정도였습니다. "분노와 무서움은 너무도 생생해 좀처럼 가라앉지 않았다. 생시에 한 번도 경험해보지 못한 격정이었다. 내 안에 그런 격한 감정이 있을 거라고는 상상도 못 해본 일이었다."(276쪽) 이렇게 묘사합니다.

다음으로, '나'가 어떤 깨달음을 얻는 장면인데요, 그 이전 줄거리를 먼저 간단하게 설명드리면, '나'의 친정이 오리목집을 헐고 새집을 짓게 되는데, 친정집에 드나들던 현보가—현보가 그 남자 이름입니다—집에 찾아왔다가 헐린 걸 보고 놀랄까 봐, 엄마로부터 전화번호를 얻어 현보에게 처음으로 전화를 겁니다. 현보는 이미 시력을 잃은 후의 일입니다.

현보에게 전화하려 할 때 '나'는 마음속에 꿈틀거리는 바람기를 너무나 생생하게 느낍니다. 전화기가 보급된 지 얼마 되지 않아서 전화하는 것 자체가 특별한 일이기도 했습니다. 전화하고 싶은 마음과 해서는 안 된다는 마음의 다툼이 묘사됩니다. 그러다 남편에게 바람피우라고 졸라댄 것이 사실은 자기 바람기 때문이었음을 알게 됩니다.

'나'가 자기 욕망을 남편에게 투영했음을 인정하는 장면이라 인상 깊었습니다. 그 당시 유행했던 연재소설 『자유 부인』을 남편이 읽는 장면이 나오는데, '나'는 그 이야기를 천박하다고 하면서 자기의 사랑은 그와 다르게 고상하다고 생각합니다. 그랬음에도 결국 자기 욕망도 다르지 않음을 인정하게 되는 것입니다. 전화기를 고양이에 비유하면서, 고양이야 눈 뜨지 마, 라고 하는 묘사도 인상적이었는데, 현보와의 만남이 유혹적이면서도 두려운 것임을 보여주는 구절이라고 생각했습니다.

YJY: 이 소설을 읽으면서 화자의 심정과 행동이 이해 안 되는 부분들이 있었습니다. 사귀던 남자에게 등을 돌리고 다른 사람과 결혼한 것, 시어머니에게 불만을 갖는 모습 등이 좀 그랬습니다. 신혼 시절에 시댁으로 시이모와 시고모들이 왔을 때, 화자가 어쩔 줄을 몰라 하니까, 시어머니가 시어른들 고무신을 닦아놓으면 좋아할 것이라고 해서, 화자가 얼씨구나 하고 닦아놓습니다. 센스 있는 며느리라고 시어른들에게 칭찬을 받습니다. 그런데도 화자는 자기가 칭찬받게 도와준 시어머니가 전혀 고맙지 않다고 말하는데, 이 부분도 이해가 안 갔습니다. 그리고 몰래 예전의 그 남자와 데이트를 하고 외박할 각오까지 했다는 부분, 그것도 모자라서 남편한테 바람을 피워보라고, 그 대신 절대 자기 모르게 해야 한다고 객기를 부리는 부분도 이해가 안 갔습니다.
반대로 화자의 마음에 깊이 공감했던 부분, 제가 평소에 느끼는 감정과 비슷한 대목도 있었습니다. 그 부분을 낭독하고 싶은데요, 그 남자와의 연애에서 느꼈던 감정도 포함되어 있습니다. 그 장면은 "그 남자하고 함께 다닌 곳 치고 아름답지 않은 데가 있었던가."(70쪽)라는 문장으로 압축할 수 있습니다. 그 남자와 행복했던 시절을 돌아보면서 특히, "행복을 과장하고 싶을 때는 이미 행복을 통과하고 난 후이다."(70쪽)라고 쓴 부분이 굉장히 인상 깊었습니다. 저 역시 평소에 이런 생각을 많이 하기 때문입니다.

YAR: '나'는 시집살이 중에서도 가장 불만스러운 것이 시어머니가 음식 장만에 보이는 애착입니다. 시어머니는 음식 장만에 진심인데도 혼자 알아서 하고, 며느리에게 뭔가를 요구하는 게 없습니다. 시키는 것도 없고, 모른다고 타박하는 것도 없습니다. 그런데도 '나'는 그런 시어머니의 태도에 불만을 갖고 혐오감까지 표현합니다. 그 이유는, 제가 생각하기로는, '나'가 지니고 있는 결핍 때문이 아닌가 싶습니다.
'나'의 결혼은, 앞에서 배운 사랑의 문법으로 보자면, 결혼과 사랑이 분리된 것입니다. 그런 시대를 살았죠. 결혼 생활을 하면서도, 남편을 매력적으로 여긴 적이 있었나, 라고 할 만큼 사랑을 못 느낍니다. 이런 결핍감에서 오는 불안이나 불만을 안정된 삶으로 메우려 했던 것 같습니다.
그러면서도 막상 결혼 생활에 대해서는, 전후의 혼란기에 안정된 삶이면 그것만으로 행복하다고 생각할 수도 있을 텐데, 시집살이를 구속감과 이질감이라고 표현한 것을 보면, 사랑 없는 결혼의 불만이 여기로 불똥을 튀게 한 것은 아닌가 하는 생각이 들어서, 이 지점이 흥미로웠습니다.

LDH: 저는 개인적으로 이 소설을 읽고 많은 여운을 느꼈습니다. 읽은 후에 막상 레포트를 쓸 때는 그 여운의 이유를 설명하기가 어려웠지만요. 어느 한 부분을 인상 깊게 읽었다기보다는, 읽는 내내 감탄한 편이었습니다.
처음에는 소설의 시대 상황이나 인물들의 처지가 씁쓸해서 읽는 내내 여운을 느끼지 않았나 생각했습니다. 그런데 이 책 말고도 전쟁을 다룬 작품은 많습니다. 그만큼 이 소설의 여운이 특별했다는 얘깁니다. 제가 생각하기에는 작가 박완서의 표현력 때문이지 않을까 싶습니다. 앞에서 낭독한 부분들 말고도 좋은 표현이 많고, 또 독자들이 공감을 잘할 수 있게 묘사한 부분도 많습니다.

앞에서 낭독한 장면처럼 시어머니가 음식을 하는 것을 몇 페이지에 걸쳐 묘사합니다. 그냥 시어머니가 요리하는 게 지겨웠다고 썼으면 독자가 공감하기 힘들었을 텐데, 네다섯 페이지에 걸쳐 묘사해놓아 독자들이 훨씬 더 잘 공감할 수 있지 않나 생각합니다.

제가 고른 부분은, 이 소설의 정서가 가장 특징적으로 드러난다고 생각되는 장면입니다. 헐리기 직전의 집에서 실명한 그 남자를 만나는 대목인데요, 이야기 끝에 그 남자에게 정신 차리라고 아이들에게 하듯 야단을 치고는 "이 한심한 새끼야."(288쪽)라고 욕까지 합니다. "나의 첫사랑은 이렇게 작살이 났다."(289쪽)라고 끝맺는 부분도 인상적이었습니다.

두 주인공

작가 박완서는 1931년생입니다. 이 소설은 2004년에 나왔어요. 작가가 일흔셋에 발표한 소설이죠. 첫사랑에 관한 이야기인데도, 냉정하고 지독한 면이 있어요. 춘희가 임신 중절 수술하는 대목은 끔찍한 장면이죠. 작가는 마치 산부인과 의사처럼 수술 장면을 묘사했어요. 우리에게 지켜보라는 것이죠. 보라니 볼 수밖에 없어요.

소설 주인공은 '나'로 나옵니다. 70대의 '나'가 50여 년 전, 20대

시절을 회고하는 이야기예요. 당연히 일흔셋의 작가 박완서의 삶과 겹쳐져요. 인물만이 아니라 서사의 설정도 작가의 실제 삶과 유사한 대목이 많아서, 흡사 자전소설처럼 다가옵니다. 일인칭이라 그런 느낌이 더 커요.

주인공 '나'는 공부를 잘해서 좋은 대학에 들어갔지만 전쟁 때문에 학업을 계속할 수 없었어요. 전쟁 중에는 미군 부대에 다니며 가장 노릇을 해야 했어요. 아버지와 오빠가 세상을 떠나 집안이 무너졌습니다. '나'는 어린 조카 둘에 올케와 엄마로 구성된 5인 가족의 생계를 책임져야 했어요. 작가 자신의 삶과 유사하죠. 박완서의 자전소설, 『그 산이 정말 거기 있었을까』에 나와 있어요. 비교해보면 알 수 있어요. 디테일은 물론 다르지만 뜻은 크게 다르지 않아요.

젊은 여성이 미군 부대 다니는 게 버젓한 일은 아니었어요. 그 시절 사람들의 시선이 그랬다는 거죠. 무엇보다 어머니가 힘들어했어요. 전쟁이 끝나고 사람들이 돌아오자, '나'는 당연하게도 미군 부대를 그만둬요. 그 자리를 물려받은 사람이 춘희죠. 그러니까 그 이후로 펼쳐진 춘희의 삶은 '나'의 삶의 다른 버전과도 같아요. 이 두 여성이 소설의 주인공이에요. '나'만의 이야기가 아니라는 거죠.

돈암동 이후

소설에서 가장 중요한 화소(話素, 소설 따위에서, 이야기를 구성하는 최소 단위)는 '나'의 첫사랑 이야기입니다. 전쟁 중인 서울에서의 연애예요. 전선이 멀지 않아 포성도 은은하게 들려요. 상대는 잘생긴 상이군인이에요. 낭만적인 설정이죠. 젊은 남자들은 전쟁터에 있어서 괜찮은 상대를 찾기 어렵던 시절이에요. 연애 자체가 자랑거리일 수 있어요.

그러나 삶이 등장하면 그런 낭만은 일거에 사라져버려요. 현실이 다가옵니다. 아무리 전쟁 중이라도 사람들은 먹고살아야 해요. 젊은이들은 미래를 생각해야 해요. 전쟁터일수록 젊은 여성에게 간절한 것은 가정을 꾸릴 안전한 둥지예요. 전쟁이 끝나면 사람들이 망가진 도시로 돌아올 거예요. 악착같은 생존의 현장이 만들어지죠. '나'가 겪은 50년 세월이 그것이에요.

'나'의 첫사랑 이야기는 이내 '나'가 직면해야 했던 현실에 뒤덮여버려요. 첫사랑 이야기 위에, '나'의 결혼 생활과 친정 사람들, 춘희 등의 이야기가 덧쌓이는 거죠. 악착같은 생존의 현장이 되죠. 돈암동에서 명륜동과 연지동으로 이어지는 인물들의 이동선이 그걸 보여줘요. 물론 아름다운 기억이 사라질 수는 없지만, 현실은 현실이에요. '나'와 현보의 사랑은 그들이 오직 돈암동에 있을 때에만 가능해요.

전쟁이 끝나면 사랑도 끝나요. 비상 상태가 종료되면 다시 일상으로 돌아가야 해요. '나'의 집도 현보의 집도 치명적 피해를 입었어요. 두 집 모두 집안의 기둥을 잃었어요. 살 도리를 챙기기 위해 돈암동을 떠나야 하는 거죠. 상이군인이던 남자는 다시 대학생이 되고, 주인공 여자는 은행원 남편감을 만나 결혼합니다. 그리고 순식간에 50년이 흘러요.

70대의 주인공이 돈암동을 방문하는 것으로 소설은 시작되죠. 소설에서는 오로지 돈암동만이 특별한 장소성을 지녀요. 홍예문이 있는 아름다운 한옥, 그 남자네 집이 있는 곳이기 때문이죠. 사랑은 오직 돈암동에만 있어요. 그곳을 떠나는 순간, 사랑은 사라져요.

돈암동을 떠난 현보는 명륜동을 거쳐 수유리로 갑니다. '나'는 종암동과 연지동, 이화동으로 가요. 그러나 돈암동 이후의 동네 이름은 중요하지 않아요. 어디든 돈암동 아닌 곳이고, 돈암동 이후일 뿐이에요. 돈암동 이후는 모두 다 동대문시장이고 청계천입니다. 전쟁 직후의 억척스러운 삶이 있는 공간이에요. 오수와 폐수가 흐르는 곳이에요.

돈암동 안감내에서 청계천으로의 이동은, 전쟁 전의 구슬 같던 처녀가 전후의 억센 엄마가 되는 과정이기도 해요. 7남매의 장녀 춘희의 삶이 기록되는 장소도 바로 그곳이에요. 돈암동 이후의 땅이죠.

비-불륜 소설

주인공의 첫사랑에 대해, 한 학생은 아무리 미화를 해도 불륜은 불륜이라고 했어요. 그런데 미화를 했나요? 오히려 '나'는 위악적으로 거칠게 말한 게 아닌가요? "나의 첫사랑은 이렇게 작살이 났다."(289쪽) 일흔세 살의 '나'가 그렇게 표현했죠. "그때 난 새대가리였구나."(101쪽) 첫사랑을 버리고 안전한 남자와 결혼한 자신에 대해, 이런 거친 표현들을 썼어요. 작가와 거의 동일시되는 '나'의 자기 평가예요.

게다가 객관적으로 보자면 아무 일도 없었잖아요? 겉으로 보면, 한 젊은 여성이 전쟁 통에 고생하다가, 착하고 건실한 은행원 남편 만나서 나름 잘사는 이야기예요. 집안의 먼 친척인, 한 살 어린 남자 현보와 데이트는 했어요. 그런데 특별한 애정 표현 같은 건 없었어요. 손 한 번 잡지 않았어요. 이른바 '플라토닉'이에요. 임신에 대한 공포였건 나이가 어려서 그랬건.

결혼 후에도 몰래 데이트를 하긴 했어요. 현보의 누나가 요청을 했어요. 현보 상태가 안 좋으니 한 번만 만나달라고. 어쨌거나 '나'는 현보를 다시 만나 가슴이 설렜어요. 무슨 옷을 입을지 고민했고, 시장에서 길거리 음식을 함께 먹으며 마음 깊이 행복했어요. 그러나 그게 끝이었죠. 그냥 마음이 그랬을 뿐이지, 명시적인 연애 관계라 할 만한 것은 없었어요. 피차 손끝 하나 건드리지 않았어요. 몰래 만나기는 했지만 친척 간이라는 훌륭한 명분도 있어요. EH 학생, 그런데도 불륜이에요?

EH: 뭘 하지를 않았지만 어쨌든 감정을 품었다는 것 자체가 불륜이 완전히 아니라고 하기에는…….

그렇죠. 아니라고 할 수도 없어요. 마음으로 보자면, '나'는 선을 넘었어요. 잘생긴 남자 현보의 유혹을 받아들였어요. 제대로 일탈하기로 마음먹었는데, 갑작스러운 사고 때문에 무산돼버린 거죠. 운명적으로 무산된 거예요. 그건 '나'의 마음이라 '나'가 잘 알아요. 그걸 고백했으니 독자들도 모두 알아요. EH 학생이 미화라고 표현한 것은 바로 그 점, 몸은 안 갔지만 마음은 갔다는 것을 뜻하죠.

그러니 이런 걸 뭐라고 불러야 할지. 비-불륜 소설이라 하면 어떨까. 불륜 이야기가 아예 없는 소설과 비-불륜 소설은 다른 거라고 주장해야 하네요. 불륜은 없는데도 '불륜 소설'이에요. 그게 비-불륜 소설이라는 말이죠. EH 학생은 그런 점을 지적하는 것이겠죠.

마음의 간음

게다가 우리에게는 엄청나게 가혹한 도덕률이 있어요. 마음에 음욕을 품는 것만으로도 이미 간음한 것이라는 『성경』 구절이 있죠. 인류를 향한 윤리적 천재의 저주죠. 저주일 뿐 아니라 동시에 축복이자 구원이기도 해요. 모두 다 죄인이니까, 겉으로 드러난 죄인일지언정 누구도 손쉽게 단죄할 수 없어요. 죄 없는 자만이 돌을 던져라! 이 수준이 되는 거죠. 남들에게 너그러운 것은 좋지만, 자기에게는 엄청 가혹한 채찍이 되는 게 문제죠.

마음에 음욕을 품는다는 게 무슨 말인가. 그런 마음이 슬쩍 지나가는 정도는 괜찮은 것인가. 음욕이 있었지만 잘 참아낸 경우는 어때요? 음욕이 있어 뭔가 계획을 세웠는데, 그 계획이 이뤄지지 않은 경우는 또 어때요? 중간에 포기하거나 혹은 우연히 이뤄지지 않거나, 그런 정도로도 이미 간음한 사람이라는 말인가.

이런 건 쉽지 않은 판단이지만, 어쨌거나 『그 남자네 집』은 그중에서도 가장 심각한 수준이에요. 아예 마음을 먹었으니까. 그러니까 '내적 음욕'의 관점에서 보면 『그 남자네 집』은 간음 소설이라고 해야겠죠. 마음으로 간음한 여성의 기록이에요. 여성을 매우 구체적으로 유혹한 혼외 남성은 말할 필요가 없죠. 의도적인 유혹자였으니까. '나'의 자기 고발이 그 정도 수준을 충족해요. 그러나 겉으로 보면 아무 일도 없었어요. 보통 사람의 순수했던 첫사랑 이야기예요. 이런 게 곧 비-불륜 소설이죠. 불륜 없는 불륜 소설이에요.

그런데 이런 식으로 따지면 사람들은 모두 불륜의 바다에서 헤엄치는 물고기인 거죠. 그걸 아는 사람과 모르는 사람이 있을 뿐이라고 해야겠죠. 앞에서 말했듯이, 불륜 아닌 사랑은 존재하지 않는다는 수준의 명제도 가능해져요.

추억, 최선의 삶

소설은 돈암동에서 시작해요. 심정의 코어가 바로 그 장소에 있어요. 거길 떠난 지 50년 만에 다시 돌아보게 된 거죠. 물론 우연한 계기예요. 일부러 찾아 나선 것은 아니라는 거죠. 그런데 그 남자네 집이, 그 고색창연한 한옥이 아직 남아 있었던 거예요.

지금은 남의 집이라 안으로 들어가 볼 수는 없어요. 안 들어가도 그 집이 어떤 모양인지 너무나 잘 알아요. 바깥에 홍예문이 있고 안쪽에 사랑채와 안채가 구분되어 있는 번듯한 조선 기와집이에요. 안마당에는 아름다운 꽃이 피어요. 사랑채 방에는 음반이 벽면을 가득 채우고 있어요. 그 남자의 방이에요. 거기에 잘생기고 세련된 취향의 멋진 청년이 있어요. 너무나 생생한 기억들이죠.

그런데 왜 50년 전의 '나'는 그런 남자를 떠나버렸을까. '나'가 떠난 후로 그 남자에게는 어떤 일이 생겼나. 그 남자 현보도 이미 세상을 떠났어요. '나'는 그 50년 세월을 어떻게 살았나. 묻지 않아도 알아요. 그걸 멀리서 지켜보면 담담할 뿐이죠.

그런데 막상 그 사건들을 하나하나 톺아내면 달라져요. 사건에 묻어 있는 정동(情動, 희로애락과 같이 일시적으로 급격히 일어나는 감정)들이 말을 하기 때문이죠. 실감이 살아나고 '나'의 마음이 움직여요. 깨달음이 생기고, 잊었던 통찰이 되살아나죠. 그렇다고 해서 뭘 할 수 있는 건 아니에요. 뼈아픈 후회나 짙은 회한 같은 게 꿈틀거리는 것도 아니죠. '나'에게 주어진 삶의 조건들을, 최선을 다해 살아냈을 뿐이니까. 다시 살아도 그렇게 살 수밖에 없었을 테니까.

그런 담담함이 소설 전체를 감싸고 있는 분위기예요. 50년 만에 다시 보게 된 그 남자네 집은 키 큰 나무들이 둘러싸고 있어요. 들여다보고 싶어도 보이지 않아요. 그러나 확인할 필요 없어요. '나'가 너무나 잘 아는 거니까. 눈만 감으면 환하게 떠오르는 거니까.

회고하는 사람이라면, 누구나 주어진 가능성 속에서 최선의 삶을 살아요. 그게 회고의 형식이죠. 그때 내가 아무리 바보 같은 짓을 했어도, 그땐 그럴 수밖에 없었다고 말하게 돼요. 그런 자기 긍정이 없으면 남은 삶을 유지하기 어려우니까.

슬픔의 형식

'나'와 그 남자 현보의 만남을 지칭하는 몇 개의 명제가 두드러져요. 그중 하나예요. "나의 눈물에 거짓은 없었다. 이별은 슬픈 것이니까. 그러나 졸업식 날 아무리 서럽게 우는 아이도 학교에 그냥 남아 있고 싶어 우는 건 아니다."(95-6쪽) 현보에게 청첩장을 보여주고 난 다음의 대목에 등장하는 표현입니다.

전쟁이 끝나고 사람들이 돌아오자 두 집 모두 살 도리를 챙겨야 했어요. '나'의 모친은 하숙을 쳐서 생계를 해결하기로 결정합니다. 돈암동 집을 팔고 종암동으로 이사해요. '나'는 좋은 대학에 들어갔지만, 학업을 계속하는 게 불가능해요. 미군 부대 그만두고, 시집가라는 압력이 노골적이에요. 마땅한 신랑감이 나타났어요. 건실하고 현명한 은행원 전민호예요. 어째야 하나.

현보는 부잣집 막내아들이에요. 집안의 기둥이었던 맏형과 그 가족과 부친은 모두 북으로 갔어요. 군대 간 현보를 기다리던 모친만 남쪽에 남았죠. 시집간 누이 둘이 있어요. 막내 현보는 아직 철부지 어린애예요. 현보네 두 식구도 돈암동 큰 집을 줍혀서 명륜동으로 이사했어요. 규모는 줄였어도 기품 있는 조선 기와집이에요. 현보는 그런 집에 불만이 많아요. 장소를 옮기니 전축 소리가 이상해졌다는 거예요. 철이 없어도 너무 없어요. 연애는 할 수 있어도 남편 삼을 수는 없는 인물인 거죠.

결혼을 생각하는 '나'에게 답은 너무나 명확해요. '나'는 전민호와의 결혼을 결정합니다. 현보네 집에 청첩장을 들고 인사하러 갔어요. 가까이 지내던 친척 집이기도 하니까. 어쨌든 알리긴 해야죠. 청첩장을 보고 현보가 울어요. 둘 사이에는 아무 일도, 아무런 약속도 없었어요. 그랬어도 서로 사귀는 사이였던 거죠. 피차에 마음으로 그렇게 알고 있었어요. 휴전이 되고 경황 중에 잠시 만남이 뜸했을 뿐인데, 현보는 그렇게 생각하고 있었는데, 느닷없이 결혼한다니까 충격이 아닐 수 없죠.

울면서도 현보는 '나'의 마음이 상하지 않게 배려해요. 철은 없지만 착한 남자예요. 그런 모습을 보고 '나'도 슬퍼요. 답례는 아니지만 '나'도 눈물이 나요. 그 눈물이 거짓은 아니었다는 거예요.

슬픔은 진실이지만, 현실은 또 현실이에요. 그걸 그렇게 표현한 거죠. 졸업식 때 운다고 해서 떠나지 않는 건 아니라고. 떠난다고 해서 슬픔이 거짓은 아니라고. 이 경우 슬픔은 그 자체가 형식인 거죠. 기본 옵션이라는 말입니다. 당연히 거짓일 수가 없어요.

세 개의 형식: 슬픔, 행복, 삶

지난주에 슬픔과 행복에 대해 말했어요. 쿤데라는 슬픔이 형식이고 행복이 내용이라고 했어요. 우리는 여기서 한 발 더 나아가야 한다고 했었죠. 슬픔이 형식이라면 그 안을 채우는 행복 역시 또 하나의 형식이라고요. 슬픔의 형식을 발견한 사람의 눈으로 보면, 그 안에 있는 것은 무엇이든, 고통이든 아픔이든 모두 행복이 되는 거죠.

박완서의 경우도 다르지 않아요. 슬픔은 슬픔이다, 라고 말하는 70대의 '나'는 이미 슬픔의 형식을 알고 있는 사람이에요. 그 형식을 아는 눈으로 보면, 슬픔이라는 형식 안에 행복이라는 또 하나의 형식이 있어요. 그리고 그걸 다시 채우는 많은 내용이 있어요. 결혼식, 시집살이, 가장 노릇, 시장 보기, 바람기, 우정 같은 단어예요. 그걸 다시 뭉뚱그리면 삶이라는 단어가 될 거예요. 그게 세 번째 형식이죠. 슬픔과 행복에 이은 세 번째 형식, 삶입니다. 그게 곧 박완서가 들여다보고 있는 것이죠. 담담하게.

비유하자면, 슬픔은 커다란 봉지이고, 행복은 그 안에 들어 있는 사탕과 같아요. 그런데 봉지 안의 사탕은 맛이 제각각이에요. 달고 쓰고 시고 매워요. 그게 현실이죠.

하지만 맛은 달라도 사탕은 사탕이에요. 낱개 사탕을 싸고 있는 껍질은 맛에 상관없이 똑같아요. 사탕이라고 쓰여 있어요. 그게 곧 형식으로서 행복인 거죠. 사탕 껍질 속에 든 것은 무슨 맛이건 사탕이듯이, 행복의 형식 속에 있는 것은 아무리 가슴 아픈 일이라도 행복이에요.

그런데 행복=사탕이 들어 있는 커다란 사탕 봉지가 왜 슬픔이냐. 사탕 봉지를 슬픔의 형식이라고 말하는 것은, 삶을 유령의 시선으로 바라보기 때문이에요. 한때 사탕을 맛나게 먹었으나, 이제는 사탕 봉지를 향해 손을 뻗을 수 없는 사람, 사탕을 먹을 수 없거나 사탕 맛이 없어진 사람의 시선으로 바라보기 때문이에요. 그때 비애가 발생합니다. 형식으로서 슬픔이 곧 비애인 거죠.

앞에서 스피노자의 비애라고 말했을 때의 바로 그 비애예요. 슬픔과 비슷한 말이에요. 바꿔 써도 크게 다르지 않아요. 슬픔이 현장에 있는 사람의 느낌이라면, 비애는 거기에서 한 발 떨어져 있는 사람의 심정이에요. 슬픔에 체념과 관조가 섞여 있는 것이죠. 그게 곧 운명을 바라보는 시선이죠.

오늘은 여기까지 하겠습니다.

13-2강

박완서, 『그 남자네 집』

늦깎이 박완서

박완서는 39세에 등단했어요. 1970년 등단 당시 다섯 아이의 엄마였죠. 20대 초반에 결혼하고 아이들을 어느 정도 키운 다음에 작가가 된 거죠. 한국 베이비부머들의 엄마 세대입니다. 지난 시간 EGH 학생이 말했듯이, 여러분들 할머니 세대죠.

박완서는 늦깎이 작가의 대명사였어요. 당시는 그런 예가 드물었던 탓이죠. 한 세대 아래로는 은희경(1959~) 같은 작가가 대표적이에요. 나쓰메 소세키나 루쉰(魯迅, 1881~1936) 같은 작가도 30대 후반에 등단했어요. 이런저런 사연들이 있었죠.

늦깎이들에겐 몇 가지 공통점이 보여요. 일단, 냉정하고 현실적이에요. 문인이기 때문에 삐딱함이나 낭만이 없을 수 없지만, 세상과 삶을 보는 방식에는 낭만기가 없어요. 냉정하죠. 냉소적이기도 하고요. 젊지 않은 나이의 힘이라고 해야 할까.

양상은 다르지만, 늦깎이가 지니는 맹렬함 같은 것도 보여요. 루쉰은 치열함이 겉으로 드러나요. 전쟁 중이던 시대적 상황 때문이죠. 글이 불같아요. 솔직하고 비판적이죠. 그 자신이 전사로서 전쟁을 치르던 상황이었으니까.

소세키나 박완서는 상대적으로 안에 감춰져 있는 쪽이라 해야겠죠. 소세키는 세상을 보는 눈이 여유로워요. 작가 경력의 마지막에 가면 터져나오는 윤리적 강렬함이 있죠. 또 도쿄 대학 교수 자리를 그만두고 신문사 소속 전업 작가로 나선 것도 대단한 결기죠.

박완서는 전쟁을 직접 겪은 세대예요. 물론 루쉰과는 달라요. 루쉰은 참전자 자리에 있지만 박완서는 피해자 자리에 있어요. 루쉰에게 전쟁이 일상이었다면, 박완서에게는 오히려 일상이 전쟁이었죠. 일상을 다루는데도 박완서는 이를 악물고 있어요. 그게 박완서의 독특함이죠.

『그 남자네 집』은 상대적으로 너그러워요. 그래도 박완서 소설이라서 기본적인 까칠함이 있죠. 일인칭 소설인데도, 고백하거나 뉘우치거나 하지 않아요. 자기 모습을 세상의 일부로서 바라보고 있어요. 자기라서 더 가혹하다거나 자기라서 봐준다거나 하는 건 아니지만, 기본적으로는 과거를 관찰하고 비판적으로 바라봐요. 자기고발의 측면도 있는 거죠.

크게 보면, 지나온 세계를 응시하는 눈은 담담한 인정입니다. 변명도 회한도 뉘우침도 없어요. 세상이 그랬고, 나도 그렇게 살아버렸네. 어쩌겠어, 그게 그냥 최선이었네, 이런 태도예요.

벌레 사건의 아이러니

한 학생은 벌레 이야기를 했어요. 구글 검색을 해봐도 현보의 뇌 속에 있던 벌레 사례 같은 것은 찾지 못했다고. 그래요? 데이터는 잠재적 무한이에요. 못 찾은 거니까, 없다고 미리 단정하지는 말아요.

벌레 사건은 소설에서 매우 독특한 자리에 놓여 있죠. 인물들의 운명을 바꾸었어요. '나'는 결혼 후에 현보의 유혹을 받아들였어요. 현보와의 일탈을 실행에 옮기려 한 거죠. 그런 '나'를 현실로 돌아가게 한 것이 벌레죠. 밀회를 약속했지만 현보가 나타나지 않았어요. 나중에 알고 보니, 뇌에 문제가 있어 병원에 실려 갔다는 거죠. 현보의 뇌 속에 유충들이 있었다는 거예요. 뇌 수술을 해서 목숨은 건졌지만, 시력을 잃게 되었다는 이야기예요.

어떤 학생은 '나'가 나락으로 떨어지지 않을까 조마조마했다고 썼어요. 막장 드라마처럼, 낭만을 좇는 여자 주인공이 비참해지지 않을까 걱정스러웠다고. 앞에서 읽었던 엠마 보바리의 경우가 그랬죠. 현보의 뇌 속에서 꾸물거리는 유충들이 그걸 막아준 거죠. 매우 작은 우연이 천양지판의 결과를 낳은 거예요.

현보가 끔찍한 불행을 당한 후로 '나' 역시 입맛을 잃어요. 식욕도, 생기도 없어져요. 친정으로 피접을 갔는데, 알고 보니 임신이었어요. 아이러니죠. 애인의 불행 때문이라 생각했는데, 배 속의 아이 때문이었던 거예요. 게다가 현보가 입원했던 바로 그 병원에서 임신이라는 결과를 통보받아요. 전혀 예상 못 했어요. 의사에게 핀잔을 들어요.

그런데 날짜를 헤아려보니, 임신 날짜가 비밀 여행 일자와 겹치는 거예요. 상상만으로도 끔찍한 거죠. 현보와 하룻밤을 보냈더라면, 임신한 아이의 아빠가 누구인지 모르는 상황이 될 뻔한 거예요.

앞에서 살펴본 염상섭의 단편 「제야」의 경우가 그랬죠. 「제야」의 주인공 최정인도 '나'처럼 임신의 공포로부터는 자유로웠어요. 결혼한 여성이기 때문에. 하지만 막상 진짜 상황이 닥치면 난감한 거예요. 아이 아버지가 누구인지 모르는 상황이 되어버렸죠. 게다가 생활비는 전적으로 남편한테 의탁하는 상황이에요. 마음이 지옥이 되는 거죠. 「제야」의 최정인은 결국 유서를 썼어요.

'나'가 그 지경까지 가지 않은 것은 순전히 그 남자 현보의 불행 때문이죠. 벌레 때문이에요. '나'는 임신 사실을 알고 병원을 나서면서 그 남자의 불행에 감사해요. 벌레들에게 감사하는 거죠.

벌레 사건에는 세 가지 화소가 겹쳐 있어요. 현보의 실명, '나'의 임신, 춘희의 낙태 수술. 불행과 행복과 비참이 섞여 있어요. 아이러니가 아닐 수 없어요.

'작살이 난' 첫사랑

아주 사소한 우연이 삶을 바꿔요. 『참을 수 없는 존재의 가벼움』에서도 우연이 문제였죠. 물론 멀리서 보면 우연은 없어요. 우연들이 만들어내는 진행선이 보이기 때문이에요. 우연들이 만들어내는 선이 필연을 만들고, 그걸 자기 것으로 인정하면 운명이 되는 거죠. 그러니까 우연이란, 사건과 맞닥뜨린 사람에게만 존재할 수 있어요. 거기에서 몸을 빼내 전체를 조망하게 되면 운명이 보이는 거죠.

엠마 보바리는 남편이 일 나간 신새벽에 미친 사람처럼 몸이 달아 로돌프의 집을 찾아갔어요. 처음으로 혼외정사를 시도하는 장면이었죠. 많은 독자들이 안타까워했어요. 그러면 안 된다고. 아직 어두운 시골길인데 개울을 건너다 엠마가 다리를 다쳤다면 어찌 되었을까. 바보 같은 질문이죠. 벌어질 일은 결국 벌어지고야 말아요. 『그 남자네 집』에서 '나'는 『마담 보바리』를 계속 뒤적거리죠. 엠마의 삶을 들여다보는 거예요. 자기 삶을 조망하는 것이나 다름없어요.

'나'는 현보의 불행을 알고 한 깨우침을 얻어요. 모든 게 벌레 때문이었다고 생각해요. 전쟁 중에 자기와 현보 사이의 마음을 만들었던 것도 벌레 때문이었다고, 그러니까 벌레가 자기들의 사랑을 만들었고, 또 불륜의 시도도 만들었고, 결국 그 시도를 방해해서 결국 불륜도 완성하지 못하게 했다고 생각하는 거죠.

현보와의 만남은 벌레 사건 이후로도 이어집니다. 수술실에 누워 있는 현보를 조용히 지켜본 것으로 끝이 아니었어요. 그 후로, 실명한 현보와 약속해서 만난 적이 있어요. 또다시 설레는 마음으로. 아이 넷의 엄마였지만 아직은 젊었을 때예요. 앞 못 보는 현보는 여전히 멋져요. 워낙 잘생긴 사람이니까. 그런데 문제는 현보의 허세예요. 현보는 여전히 멋지고 싶어 해요. 마치 앞을 볼 수 있는 사람처럼 구는 거예요. '나'는 현보의 그런 허세를 견디지 못해요.

현보는 처녀 시절에 '나'를 구슬 같다고 칭찬했었어요. '나'는 그 찬사를 잊지 못해요. 현보를 다시 만나니 구슬 같은 처녀 시절이 생각나요. 그러나 이제 구슬 같은 처녀는 없어요. '나'는 아이들을 키우느라 억센 엄마가 되어 있어요. '나' 자신이 그걸 너무 잘 알아요. 그런 '나'는 현보에게 야단을 쳐요. 정신 차리라고. 제발 철 좀 들라고. 마치 철부지 자식을 야단치듯이. '나'는 이미 구슬 같은 처녀가 아니라 억센 엄마인 거예요. 그걸 스스로 깨닫는 거죠.

그 장면을 회상하면서 '나'는 말해요. "나의 첫사랑은 이렇게 작살이 났다"라고. '나'의 연애 이야기는 여기에서 끝인 거죠.

'새대가리'의 너무 늦은 깨달음

'나'는 왜 남편감으로 잘생기고 느낌 있는 남자 현보가 아니라, 은행원 전민호를 택했을까. '나'는 그 남자 생각이 날 때마다 그런 질문을 스스로에게 해왔어요. 전민호는 건실하고 현명한 사람이라 믿음직스럽기는 했어요. 그러나 설렘이나 애탐 같은 감정은 없었어요. 그래도 답은 분명했어요. 다시 그때로 돌아가도 그 남자 현보가 아니라 남편을 택했을 것이라고. 그러니까 후회 같은 건 없어요. 단지 그 남자를 못 잊는 거죠. 왜 그럴까. 스스로 답해요. "아마도 잊기가 아까워서 못 잊을 것이다."(99쪽) 뭐죠, 이건?

어느 날 TV로 내셔널지오그래픽을 보다 불현듯 깨달음을 얻었다고 해요. 수컷 새들이 둥지를 지어놓으면 암컷 새들은 여러 집을 둘러보고 그중 마음에 드는 걸 골라잡는다는 이야기예요. 그걸 보고 깨달음이 왔다고 했어요. "그래, 그때 난 새대가리였구나. 그게 내가 벼락 치듯 깨달은 정답이었다."(101쪽) 자기 집도 현보네 집도 모두 비 새고 금 가서 금방 무너질 것처럼 보였기 때문이라는 거죠. 결혼한 이후로도 오랜 시간 동안, 그 남자 생각을 하면서 가졌던 의문이 그제야 풀리는 느낌이었다고 했어요. 어때요, 말이 되나요?

여기에서 좀 이상한 점은 이 사실을 너무나 늦게 깨달았다는 거죠. 정말로 그걸 몰랐다는 걸까. 현실적인 전민호와 잘생긴 철부지 현보 사이에서 누구를 택할지는 너무나 당연해 보여요. '나'는 자기 집안의 처지나 현실을 잘 아는 현명한 여성이에요. 결혼을 안 한다면 몰라도, 20대 초반의 나이로 결혼을 할 수밖에 없는 처지였다면 건실한 은행원 전민호가 정답인 거죠.

그러니까 '나'는 그 사실을 몰랐던 게 아니라 모르는 척하고 있었던 거죠. 왜냐. 인정하고 싶지 않아서! 인정하면 자기 자신이 너무나 초라해지니까. "인생이 살 만한 건 정답이 없기 때문인 것을."(101쪽)이라고 말하는 것도 변명이죠. 미래의 인생을 바라볼 때 정답은 없어요. 그러나 과거의 인생을 바라볼 때는 달라요. 자기 선택이 정답이에요. 무슨 선택을 했건, 그게 정답인 거죠. 인정하기 싫어도, 그게 정답이었다고 생각해야 해요.

그래도 '나'는 그 사실을 인정하려 하지 않아요. 선택의 이유를 자기 자신에게는 비밀로 해두었다는 거죠. 다른 사람들은 다 아는데, 자기 자신에게만은 비밀로 해두었다는 거예요. '나'의 무의식이 '나' 자신에게만!

나이가 들어 벼락처럼 비밀을 깨달았다는 말은, 이제 그 '나에게만 비밀'의 충격을 감당할 수 있는 나이가 되었다는 것입니다.

깨달음은 언제나 너무 늦게 와요. 사람들은 그렇게 느껴요. 그런데 곰곰이 생각해보면 너무 늦은 깨달음이란 없어요. 깨달음은 언제나 제때에 와요. 깨달음이라 하지만, 사실 그 깨달음의 내용은 자기가 이미 알고 있던 거예요. 단지 그걸 부정하고 있었던 거죠, 자기 자신의 무의식이. 그러니까 깨달음이란 자기가 이미 알고 있었음을 깨닫는 거예요.

그래서 뒤늦은 깨달음은 뼈가 아파요. 그렇다고 어쩔 수는 없어요. 다시 돌아간다고 해도 그랬을 테니까. 그게 또한 슬픔의 형식이 되는 거죠.

집요한 성찰, 단편과 장편 사이

'새대가리'에 대한 자각은 일종의 시적 순간입니다. 이루지 못한 첫사랑에 대한 아쉬움은 없을 수 없어요. 그렇다고 후회하는 건 아니라고 했어요. 그랬구나! 그랬었구나! 자기 이해에 도달하는 순간의 찬탄 같은 게 훨씬 더 큰 비중을 차지하죠.

『그 남자네 집』은 단편으로 발표했던 작품입니다. 같은 제목의 단편이 장편으로 늘어났어요. 신경숙의 『외딴 방』 같은 작품도 동일한 경우예요. 작가로서는 할 이야기가 많았다는 거죠. 실패한 첫사랑 이야기가 장편이 된다면 어떻게 변할까.

단편은 소설보다는 시에 가까워요. 순간의 느낌이 중요하죠. 그러나 장편은 순간이 아니라 시간의 흐름으로 이루어져요. 지속되는 서사로서 삶이 필요하죠. 『그 남자네 집』도 마찬가지예요. 단편일 때는 그 집이 아직 거기 있음에 대한 찬탄이 주를 이뤄요. 그 찬탄 안에 모든 게 들어가 있어요. 그런데 그게 지속으로서 삶이 되려면 무슨 이야기가 있어야 할까. 최소한, 한 번의 이별로 끝날 수는 없죠.

이별 이후, 그러니까 결혼 생활과 춘희 이야기 등이 바탕에 깔려요. 그리고 재회에 관한 이야기들이 나오죠. 기혼 여성의 연애 감정이 추가되는 거죠. 두 개의 격렬한 계기가 있어요. 벌레 사건으로 실패한 밀회 이야기, 그리고 좀 전에 말한 '작살이 난 첫사랑' 사건이에요.

이 두 차례 모두, 자기 자신의 심정에 대한 가차 없는 적발과 집요한 성찰이 수행됩니다. '새대가리'의 영역 너머에 있는 사랑, 그게 곧 불륜의 감정이죠. 이해관계를 넘어서야 사랑입니다. 이 책의 용어로 말하자면, 바람기와 화냥기 같은 단어들이 그에 해당해요.

현보와의 밀회를 기다리는 '나'의 심정이 압권이죠. 몸을 괴롭히는 복잡한 심정으로 인해 '나'는 녹초가 돼버려요. "나는 결혼한 몸이고 남편과 넘칠 것도 모자랄 것도 없는 원만한 부부 생활을 하고 있다."(187쪽)라는 게 스스로에 대한 판단이에요. 그런데도 다른 남자를 원하는 나는 무엇이 문제인가, 나는 그저 평균치의 인간일 뿐인데, "왜 영혼의 고픔은 추앙받고 성 욕망은 매도당하는가."(187쪽)라는 생각도 해요.

그런 자기 옛 모습을 바라보는 '나'의 시선은, 미리 변명하는 자기 모습을 냉정하게 묘사해내요. "나는 아무 일도 저지르기 전인데 문책을 당했을 때, 나는 아니라고 나는 특별한 경우라고 고상을 떨 궁리로 며칠을 보냈다. 범죄를 저지르기도 전에 그건 불가항력이었다는 변명 먼저 준비하고 있었다."(187쪽)

그러니까 여기에서는 '나'의 변명과 자기 고발이 동시에 진행되고 있어요. 명확한 것은 단 하나예요. '나'는 지금 그 남자를 원한다는 것. 왜 그런지는 몰라요. 이유는 몰라도 분명한 것 하나는 있죠. 이런 원함이 최소한, 좋은 둥지를 원하는 '새대가리'의 차원은 아니라는 거예요.

성욕의 세 차원

앞에서 말했던 방식으로 구분하자면, 나의 결혼은 '새대가리'의 차원, 그러니까 짝짓기의 차원이고 섹스의 차원이에요. 여기에서는 동물과 인간이 특별히 구분될 게 없어요. 그냥 자연의 일부죠. 그리고 기혼 여성인 '나'가 그 남자를 원하는 것은 섹슈얼리티의 차원이에요. 짝짓기로서 섹스와 달리, 여기에는 복잡한 감정이 얽혀 있어요. 죄의식과 수치심, 자포자기의 감정이 개입해 있죠. 단순히 몸의 수준이 아닌 거죠. '나'가 원하는 것은, 남편 아닌 다른 남성의 몸 일반이 아니에요. '나'가 원하는 게 정신적 사랑이 아니라 남성의 몸이라 해도, 그 몸은 바로 그 남자의 몸, 특정한 몸이에요.

그런데 섹슈얼리티가 작동하는 것은 한 사람의 마음속에서 가상의 섹스가 진행되고 난 다음이에요. 상상 속에서 많은 그림이 그려지고 난 다음이라는 거예요. 바로 그 그림들이 앞에서 말한 에로티시즘, 성욕의 재현이라는 차원입니다. 성욕은 그 안에 섹스와 그것의 재현이 얽혀 있는 것이죠. 성욕은 자신의 섹스를, 타자의 눈으로 바라보고 있을 때 드러난다는 거죠.

변명과 두려움

현보와의 밀회를 생각하며 '나'가 꺼내드는 변명은 두 가지예요.

첫째는 화냥기와 바람기를 구분하면서 화냥기를 옹호하는 방식이에요. 당시 사회가 남자들의 바람기에는 너그러우면서 여자들의 화냥기에는 가혹하다고 말하는 거죠. 현실을 지적하는 것은 당연히 말이 되는 소리죠. 성욕에도 젠더가 있고 사회적 위계가 있다는 것, 이건 불공평한 거죠. 그러니까 '나'도 화냥기를 발휘해서 남녀 불평등을 돌파하겠다고? 그러나 이건 말이 안 되는 거예요. 무엇보다 자기 자신에게.

둘째는 남녀 간의 성별을 떠나서, 나는 그저 보통 사람이라고 말하는 방식이에요. 나는 평범한 보통 사람이다, 나한테는 남편 이외의 남자에 대한 욕망이 있다, 정신적 갈망은 괜찮은데 육체적 욕망에 대해서는 왜 이리 가혹한가. 이것도 항변 자체는 말이 되죠. 그러나 이 항변을 행동으로 옮기는 것은 쉽지 않아요. 우리 세상의 질서와 정면으로 맞서는 것이기 때문이죠. 그 결과를 감당할 준비가 되어 있어야 해요. 정면 대결이 아니라면 변명이 필요한 거죠.

그런데 놀라운 것은, 이 두 번째 변명에 대한 반응이 두려움이라는 거예요.

이 대목은 '나'가 멀쩡한 남편에게 바람을 피워보라고 권유하는 장면부터 시작돼요. 시간이 제법 흘러 그 남자를 다시 보고 싶은 마음이 생겼어요. 친정에서 새 집을 짓는 터라서 연락할 명분도 있었어요. 집에 전화도 놓여서 연락하려면 어렵지 않아요. 전화하고 싶은 마음을 참느라 애쓰죠. 그런 와중에, 이제 젊은 기(氣)가 빠져나가는 남편의 모습이 문득 눈에 보여요. 그래서 괜히 남편을 질벅거려요. 바람 한번 피워보라고. 그 대신 자기 모르게 해야 한다고.

전형적인 투사의 형태죠. 동서, 춤추소! 같은 거예요. 춤은 자기가 추고 싶은데, 옆에 있는 동서한테 춤추라고 괜히 질벅거리는 거죠. 자기가 원하는 것을 남편에게 권유하는 거예요.

이에 대한 답은 자기 꿈속에서 이뤄집니다. 남편에게 딴 여자가 생기는 꿈을 꿔요. 악몽이었어요. 꿈속이었지만 그 여자를 상대로 제대로 된 악다구니를 보여줘요. 머리채를 잡아채고 할퀴고 꼬집고. 옆에서 자던 남편이 놀라서 '나'를 깨울 정도로. 꿈을 깨고 난 다음에도 손발이 떨리고 가슴이 벌렁거릴 정도예요. 이건 또 뭐죠?

'나'는 지금 뭘 못 견뎌 하는 거죠? 뭘 두려워하는 거죠?

실재와의 마주침

앞에서 말했던 라캉의 용어를 쓰자면, '나'의 이런 반응은 실재와의 만남 때문이라 해야 합니다. 섬뜩한 진짜 세계와의 만남이 공포와 전율을 낳았다고. 조금 어려운 말이에요. 무슨 말인지 살펴봅시다.

꿈속에서 마주친 것은 일차적으로 남편의 바람기예요. 이건 물론 남편이 진짜 그런 게 아니라 자기의 환상이자 불안이 투영된 것입니다. 남편이 바람을 피우고 있다면, 그 남자에 대한 욕망에 시달리는 자기가 도덕적으로 편해져요. 남편이 그러면 자기 또한 그래도 되니까. 남편의 바람은 자기 욕망의 투사물인 거죠.

그러니까 꿈속에서 '나'가 만난 진짜 대상은, 남편의 바람기가 아니라 '나' 자신의 '화냥기'인 거죠. 즉, 꿈속에서 '나'가 맞닥뜨린 대상이 누구냐. 다른 남자를 갈망하는 자기 자신이라고 해야 해요. 그렇지 않고서는 이런 비정상적인 발악과 전율을 설명하기 어려워요.

꿈속에서 남편의 여자가 누구인지, 혹은 어떤 모습인지 등등은 전혀 나와 있지 않아요. 중요하지 않다는 말이겠죠. 그 이유는 자명하죠. 그 여자는 자기가 너무나 잘 아는 사람이니까! 자기가 자기 자신에게 너무나 감추고 싶어 하는 사람이니까! 누구예요? 자기 자신이에요! 꿈속에서 '나'가 할퀴고 때린 것은 '나' 자신이라는 거죠.

좀 더 구체적으로는, 자기 자신의 성적 욕망이 바로 그 대상이겠죠. 타자의 눈에 포착되어서 구체적 형상을 갖춰버린 자신의 성욕이에요. 자기를 전전긍긍하게 하는 성욕의 윤리적 그림자예요. 그것을 제대로, 정면으로 마주한 것이죠. 그 놀라움이 '나'를 발악하게 만든 거죠.

그런데 분석은 이런 정도에서 그칠 수 없어요. '나'의 발악에는 뭔가가 더 추가되어야 해요. 악몽 속에서 발악을 했던 '나'는 대체 뭘 원했고, 뭘 보았던 걸까. 자기 욕망 너머에 있는, 그 두려움의 실체가 뭘까. 이건 '나'의 바람기의 의미에 대한 질문이죠.

그 남자에 대한 생각이나 마음이 작동하는 대목들을 들여다보면, 바람기의 의미가 드러나요. 가장 눈에 띄는 것은 두 가지죠. 현실적 여건 때문에 맺어지지 못한, 한 잘생긴 남자에 대한 아쉬운 마음이 표면에 있어요. 그리고 그 밑에는, 육체적이라 해야 할 성적 욕망이 있어요. 이 둘은 기본이죠.

그런데 이런 마음은, 현보라는 대상이 있어서 비로소 포착되는 것이에요. 이런 점에서 보면, 현보를 그 대상 자리에 올려놓은 좀 더 근본적인 힘이 있는 것 같아요. 그게 곧 바람기의 원천이겠죠.

욕망의 극한

결혼한 '나'에게 현보와의 만남이 무엇을 뜻하는지는 매우 분명해요. 자유로움이죠.

'나'는 전쟁을 거치며 팍팍한 현실을 살아내야 했어요. 어쩔 수 없어서 선택한 삶이에요. 정확하게 자기가 원했던 삶은 아닌 거죠. 20대 초반의 나이에 유부녀가 되어서 가슴을 동여매는 긴 치마를 입는 게, 과부 외아들 집안에서 새색시 노릇을 하는 게 뭐가 좋겠어요.

현보와 만날 약속을 하고 난 다음, 가장 먼저 하는 게 치마를 고치는 겁니다. 값진 비로드 치마를 잘라내서 통치마를 만들고 어깨허리를 붙여 처녀 옷으로 만드는 거예요.

조금 과장해서 말하자면, 그 남자를 만나는 것보다 더 좋은 게 따로 있다고 해야 해요. 짧은 통치마를 입고 그 남자를 만나러 가는 일 자체, 그러니까 그 남자를 만나기 위해 처녀 시절의 옷차림을 하고 동대문시장을 걷는 것 자체가 바로 그거죠. 그 남자의 자리는 현보가 아니라 다른 사람이 들어설 수도 있어요. 그건 단지 비어 있는 자리일 뿐이에요. 그러나 어깨허리 통치마를 입는 것은 교체 불가능한 것, 양보 불가능한 거예요.

누군들 자유로운 삶을 싫어하겠어요. 모두가 원하는 거예요. 하고 싶은 대로 하는 것, 새처럼 훨훨 날아다니는 것, 얼마나 좋아요. 『나, 제왕의 생애』의 주인공 단백이 원했던 거죠. 그 남자에 대한 갈망의 바탕에 있는 것은 바로 그 자유로움에 대한 갈망이라고 해야 하죠. 사람들이 누구나 꿈꾸는 것.

그런데 그게 왜 두려움과 전율의 대상이 되는 거죠? 문제는 절대 자유가 치명적인 공허감을 낳는다는 거예요. 그 허망함을 어떻게 감당하는지가 문제라는 거예요.

답답한 시집에서 새색시로 살다가 밖으로 나와 거리를 활보할 때의 자유로움은 달콤하죠. 그러나 그 끝에 놓인 절대 자유는 삶의 안정감을 뒤흔들어버려요. 무서운 허망감이 버티고 있어요. 그게 실감으로 닥쳐온다면 어떻게 감당해야 하나. 절대 자유의 공허를 감당할 수 있는 것은 자유자재의 존재뿐이에요. 부처거나 신이거나.

그러니까 꿈속에서 '나'를 발버둥 치게 만들었던 것은 절대 자유로 이어지는 욕망의 극한값이라 해야 하는 거죠. 그게 가장 밑바탕에 놓인 거라고 해야 합니다. 대상이 누구인지 상관없이 작동하는 육체의 충동도, 또 그 남자 현보가 상기시키는 로맨스의 달콤함도 그 위에 놓여 있는 허깨비일 뿐이죠. 악몽 속에서 '나'가 그토록 발버둥을 쳤던 까닭은, 그러니까 자기 욕망의 극한을 경험한 때문이라 해야 하는 거죠.

이럴 때 필요한 것은 빨리 실존의 안전지대로 돌아오는 것입니다. 빨리 지하실에서 벗어나 위층으로 올라와야 해요. 핑계를 대야 합니다. 새로운 욕망으로 지하실 입구를 막아버려야 해요. 바람기와 화냥기를 대조시키고, 육체적 충동을 바라보는 여성 주체의 시선을 내세우는 방식이 그런 예입니다. 실재계에서 상징계로, 빨리 꿈에서 깨어나 현실로 돌아와야 하는 것이죠. 춘희 이야기나 시어머니의 요리 이야기가 대표적인 것이죠. 사람 없는 순수 욕망의 세계에서 사람 사는 사회로 돌아와야 하는 거예요. 지하실의 악몽에서 벗어나 1층으로, 2층으로.

춘희, 카멜리어, 박완서

지난 시간에 EGH 학생은 춘희의 낙태 장면에 대해, 이 대목이야말로 이 소설의 증상이라고 했어요. 그렇게 써서 제출한 학생들도 있었고요. 앞에서 말했듯이, 증상은 정상이 아닌 것을 뜻해요. 뭔가 이상이 생긴 것을 증상이라고 해요. 그런데 증상은 자기 자신이기도 해요. 이상한데 그것이 있어야 그 주체의 완결성이 생겨나요. 그런 게 증상이죠. 소설로 말하면, 그 작품 고유의 특징이 돼요. 지금 언급한 꿈 이야기와 함께 춘희의 낙태 장면이 그렇지요.

지난 시간에 춘희는 이 소설의 또 다른 주인공이라고 했어요. '나'는 어쩌면 춘희의 길을 갈 수도 있었어요. 기본 조건이 비슷했죠. 그런데 한 사람은 버젓한 중산층 주부가 되었고, 한 사람은 '양공주'가 되었어요. 한 사람은 임신과 출산을 거쳐 베이비부머의 엄마가 되었어요. 춘희는 낙태 수술을 했어요. 춘희는 '나'에게 보호자가 되어달라고, 수술 장면을 지켜봐달라고 해요. 그래서 그렇게 했어요. 수술하는 의사의 시선으로 그 장면을 묘사해요. 왜 그랬을까.

이 질문에서 중요한 것은 주어예요. 우리가 던져야 할 질문은, 춘희가 왜 그랬을까가 아니라, 박완서가 왜 그랬을까입니다.

춘희는 7남매의 맏딸이에요. 아버지는 전쟁 통에 식량을 구하러 나갔다가 미군기의 기총 소사로 죽은 걸로 되어 있어요. 춘희는 '나'의 후임으로 미군 부대에 근무하며 미군들을 사귀었고, 그러다 몸을 팔게 되었고, 결국 미국 결혼 이민에 성공해서 동생들을 데려가 정착시켰죠. 나름 아메리칸드림을 이뤘어요.

여기에서 감동적인 것은 조카 카멜리어와의 이야기예요. 춘희는 평생을 불감증으로 살았다고 해요. 아버지가 미군한테 죽었는데, 자기는 그들에게 몸을 판다는 갈등이 있기 때문이었다는 거죠. 아무에게도 못 했던 그런 말을 춘희는 조카 카멜리어에게 털어놓아요. 그리고 카멜리어에게 위로받아요. 카멜리어는 대학원에서, 한국전쟁 당시 섹스 산업이 어떻게 한국 경제에 기여했는지에 대해 논문을 쓴 인물이에요. 이모를 위로하는 조카가 진심인 거죠.

박완서는 이 인물들을 설정하면서 힌트를 남겼어요. 춘희라는 이름은 프랑스 작가 뒤마(1824~1895)의 소설 제목이죠. 상류층 화류계 여성으로 슬픈 이야기의 주인공이죠. 베르디의 오페라 〈라트라비아타〉의 원작이고요. 『춘희(椿姬)』의 원래 제목은 『카멜리아의 여인(La Dame aux camélias)』이에요. 춘희는 일본어 번역인데, '椿'과 camélias는 모두 동백을 뜻해요. 그러니까, 춘희와 조카 카멜리어는 이름만 보면 같은 사람이에요. 서양말과 번역어의 차이일 뿐이죠.

앞에서 언급했듯이 춘희의 삶은 '나'의 삶이기도 해요. 그리고 '나'는 작가 박완서의 분신이죠. 그러니까 등식이 만들어져요. '나'=춘희=카멜리어=박완서.

춘희의 커피

이렇게 보면, 카멜리어가 큰이모 춘희를 위로하는 장면이 뭘 뜻하는지는 자명해져요. 춘희의 자기 위로이면서 동시에 박완서의 자기 위로예요. 이것은 여성의 자기 위로이자 네이션의 자기 위로이기도 해요.

이른바 '양공주'는 이방의 군대에 끌려갔다 돌아온 '환향녀'와 유사한 상징적 지위를 지녀요. 남성 중심 국가에서 이들은 존재 자체가 치욕이에요. 이방의 힘센 남성들에게 약탈당한 여성이라는 점에서 그렇죠. 남성들에게 자기 자신의 무력함을 상기시키는 거죠. 일본군 위안부 할머니들도 유사한 존재예요. 그래서 가능하면 이들의 존재를 드러내지 않으려 해요. 이른바 명예 살인이라는 것도 그 연장이죠. '체면 살인'이라 함이 더 적당한 번역어죠. 가부장적 전통 질서가 있는 곳에서는 어디에나 있는 것이죠. 남성들의 알량한 체면 때문에 두 번 희생당하는 여성입니다.

지식인 여성 카멜리어가 이모를 위로하는 것은 이들을 위로하는 것입니다. 자기 자신을 위로하는 것이기도 해요. 그 위로의 핵심은, 당신들의 인생이 헛되지 않았다는 말입니다. 춘희가 필요로 하는 인정도 바로 그것이에요. 춘희는 자기 인생을 자기 요량으로 힘껏 살았어요. 최선이었는지는 모르겠지만 나름 보람 있었어요. 그걸 인정받고 싶은 거죠. 그러니까 춘희는 카멜리어에게, 자기 분신에게 위로받는 거죠.

그리고 이 점에서는 '나'도 마찬가지예요. 첫사랑을 버리고 '새대가리'의 충동에 몸을 던졌어요. 그리고 50년이 흘렀어요. 그런데 특이하게 여기에는 네이션도 합류해요. 우리 인생도 헛되지 않았다는 거죠. 이것은 세 개의 커피로 표현돼요.

'나'와 춘희 사이에 흘러버린 50년 세월은 커피에 관한 세 개의 경험으로 압축됩니다. 첫째는 미군 부대에서 나온 귀한 맥스웰 커피예요. '나'의 새 집에, 미국으로 떠나기 직전 춘희가 가져온 값진 선물이에요. 1960년대 초반의 일이죠. 둘째는 미국으로 이민 간 춘희가 모친 장례로 귀국하면서 가져온 1파운드짜리 가루 커피예요. 이때 한국은 이미 원두커피를 마시던 시절이었죠. 인스턴트커피는 미국에서 온 촌스러운 선물인 거죠. 그동안 30년이 흘렀어요. 셋째는 춘희가 모친의 묘를 정리하기 위해 귀국했다가 미국에 돌아가면서 가져간 '커피 믹스'예요. 미국 노인들이 한국 '커피 믹스'를 너무 좋아한다는 거예요. 커피를 이제는 미국으로 가져가는 시절이 된 거죠. 그렇게 21세기가 되었어요.

세 개의 커피가 오가는 사이 한 세대가 넘는 세월이 흐른 거예요. 당년의 청춘들이 이제는 노년이 되었죠. '나'와 춘희 세대가 '새대가리' 노릇을 했기 때문에 우리가 이만큼 살게 되었다는 거죠. 춘희는 그 험한 시간을 겪어내서 한 집안을 거뒀어요. 아메리칸드림을 이뤘어요. 조카 카멜리어가 그 증거예요. 누구라도 그걸 인정하지 않을 수 없어요.

'나'의 경우도 크게 다르지 않아요. 그저 물 새지 않는 지붕이 있는 집, 새끼들을 잘 키울 수 있는 둥지를 원했을 뿐이죠. 그걸 위해서라면 사랑 같은 건 가차 없이 버릴 수 있었다고 말하는 거죠. 그래서 여기에 이르렀다고, 그렇게 서로를 위로하는 거죠.

춘희에게 카멜리어가 있다면 '나'에게는 '커피 믹스'가 있어요. 전쟁의 참상을 겪은 '나'는 네이션의 주체이기도 한 거죠. '나' 혼자 한 것이 아니라 공동체 전체가 같이 이룬 결실이라는 거예요.

좋아하는 것 싫어하기

지난 시간에 YJY 학생이 이해가 안 된다고 했던 대목이 있었죠. '나'가 왜 그렇게 자상한 시어머니를 못마땅해하느냐는 거였어요. 시어머니는 며느리에게 해야 할 일을 일러줄 뿐, 억압적이지도 않고 구속하지도 않아요. 고부간에 역할 분담을 잘해서, 시어머니는 그저 자기 할 일을 할 뿐이에요. 그런데도 '나'는 그런 시어머니가 못마땅해요. 그건 너무한 거 아니냐는 거죠.

YJY 학생이 말한 대목은 시집살이를 시작하던 때 이야기예요. 시고모와 시이모들이 신부를 보러 잔뜩 왔어요. 음식 준비하고 접대하는 일은 모두 시어머니가 해요. 일 못 하는 어린 며느리는 손도 못 대게 하죠. 뭘 할지 몰라 하니까 살짝 귀띔해줘요. 흰 고무신들을 잘 닦아드리면 좋지 않을까. 별것 아닌 일로 '나'는 크게 칭찬을 받아요. 현명한 시어머니죠. 그런데도 '나'는 못마땅한 거예요. 뭐가 못마땅한 거죠? 시어머니가? 시집살이를 하지 않는다면 모를까, 이 정도면 거의 완벽한 시어머니죠?

또 시어머니는 음식 솜씨가 매우 뛰어나요. JCR 학생이, 시어머니가 음식 장만하는 대목을 읽어주었어요. 민어, 조기, 준치 등의 생선을 다루는 대목은 멋지죠. 민어 알을 어란으로 만드는 대목도 참 예술이다 싶어요. 생선만이 아니라 오이소박이, 곰국, 밀전병 등의 갖가지 요리가 묘사되죠. 모두 다 시어머니의 솜씨예요. 며느리는 구경만 해요. 그런데 왜 그렇게 그런 것을 싫어하죠?

그런데 이것보다 먼저 해야 할 질문이 있어요. 정말 싫어하는 것 맞나요?

시어머니의 음식 치레를 싫어한다고 말하는 '나'의 기억과 묘사가 너무 상세하고 실감나요. 재료 준비하고 요리하고 저장하는 과정은 예술적이에요. 싫어하는 사람이 이렇게 묘사할 수 있을까? 오히려 그 반대가 아닐까? 애정 없는 대상을 이런 감도로 묘사하기는 힘들다는 거죠. 싫어하는 것이 아니라 좋아한다고, 사랑한다고 말해야 하는 것 아닐까. 그걸 좋아하고 그리워하는 사람이 아니면 할 수 없을 정도의 심정이 묘사에 담겨 있어요. 그 일을 직접 해본 사람의 정서적 유착이 느껴질 정도죠. 저 음식 관리를 시어머니가 아니라 '나'가 직접 했던 것 아닐까 하는 생각이 들 정도예요.

그러니까 질문에 대한 답은, 싫어하면서 동시에 좋아하는 것, 즉 양가감정이 작동하는 거라고 봐야 해요. 싫어하는 것을 좋아한다고, 혹은 좋아하는 것을 싫어한다고 말해도 좋겠네요. 의식은 싫어하는데 몸은 좋아하는 것이죠. 슬픔은 없는데 눈물이 나와요. 슬픔이에요, 아니에요? 부정당한 슬픔인 거죠.

아부하는 음식

시어머니의 살림살이에 대한 '나'의 묘사는 경탄이 없으면 불가능할 정도예요. 좋아한다는 거죠. 그렇다면 싫어한다는 말이 거짓말일까? 그럴 수는 없어요. 싫은 느낌이 있는 건 분명하니까. 그러니까 싫어하는 게 따로 있다고 말해야 하죠. 음식 만들기나 집 간수하기가 아니라면, 그게 뭘까?

답은 매우 자명해 보여요. '나'가 가장 싫어하는 게 뭐죠? 며느리가 되는 것이죠. 자유로운 젊은 여성이었던 '나'가 종속적 지위에 들어가는 것이에요.

이 소설을 읽으며 감탄스러운 대목이 있었어요. '나'는 음식에 대해 '아부'라는 단어를 써요. "나는 시어머니가 다락같이 높여놓은 아들의 입맛에 아부하기 위해 솜씨를 있는 대로 부린 송이산적의 맛보다 그 남자하고 같이 시장 바닥 진창에 쭈그리고 앉아 사 먹는 돼지 껍데기에 더 깊은 맛을 느꼈고"(184쪽)에서 나와요.

돼지 껍데기가 송이산적보다 맛있기는 어렵죠. 그런데도 송이산적이나 준치나 민어 요리가 싫다고 말하는 것은 요리 자체 때문이 아니죠. 그 요리가 아들의 입을 위한, 그러니까 생활비는 버는 집안의 남자를 위한 음식이기 때문이에요. 그걸 아부라고 느끼는 거죠.

따라서 '나'가 싫어하는 게 무엇인지는 선명해지죠. '나'가 끔찍하게 싫어하는 것은 아부해야 하는 지위, 며느리 혹은 집안의 여성이라는 지위에 들어서는 것이죠.

게다가 더 싫은 것은 그 밥맛없는 자리를 자기 자신이 선택했다는 거예요. 왜 그랬을까. 자신이 '새대가리'였기 때문이죠. 그걸 무의식적으로 깨닫고 있는 거예요.

'나'는 결혼 상대로 사랑하는 사람을 선택한 게 아니었어요. 여성으로서 삶을 더 잘 지켜줄 수 있는 상대를 선택했어요. '나'는 전후의 폐허에서, 미래에 대한 전망이 없는 20대 초반의 여성으로서 안정감을 주는 남자와 결혼을 했어요. 시어머니도 좋았고 불만스러울

게 하나도 없었죠. 남편은 착하고 심지어 현명하기까지 해요. 한 달 단위로 생활비를 주다가, 관리를 못 하니까 주급으로 나눠서 주었던 사람이에요. 어려운 '나'의 친정집을 경제적으로 보살피면서도, 생색내지 않고 조용히 했던 사람이에요. 완벽한 남편이죠. 그런데 뭐가 불만이죠?

'나'가 싫어하는 것은 자명해요. 아부해야 하는 지위로 들어가버린, 보살핌의 대상이 되어버린 자기 자신의 선택이라 해야죠. 그러니까 시어머니의 음식에 대한 거부감은 자기혐오예요. 그런 선택을 하게 한 네이션의 상황, 혹은 시대에 대한 혐오라 할 수도 있어요. 그래서 춘희의 커피 이야기 같은 게 예사로울 수 없어요.

순결한 전쟁터

후반부에 친정의 오촌 조카 광수의 이야기가 삽입되어 있어요. 월남에 진출한 건설 회사에 취직했던 광수가, 뒤늦게 고엽제 후유증에 대해 알게 되죠. 자식 셋이 청각 장애를 안고 태어난 거예요. 광수는 국가를 상대로 뭔가를 하려 해요. 늙은 '나'는 그것이 못마땅해요. 예전부터 광수를 싫어했기 때문이죠. 광수가 자립심 없이 남들에게 기대고 비비려 했다는 거죠. 그걸 '개개다'라는 단어로 표현해요. 남들에게 개개다가 이제는 국가를 상대로 개개려 한다고. 그래서 싫다고.

'나'는 그런 광수를 보면서 혐오감을 느껴요. 이것도 좀 이상하죠. 그 이유는 스스로 답합니다. "나의 참을 수 없는 혐오감은 그 남자의 순결한 전쟁터를 광수의 전쟁터가 오염시키고 있는 것 같은 느낌에서 비롯된 것이 아니었을까."(220쪽) 물론 이건 핑계죠. 현보가 상이군인이었던 것은 맞아요. 그리고 그 전쟁터엔 그 남자만 있는 것도 아니에요. 그 뒤에는, 한국전쟁으로 인해 목숨을 잃은 오빠와 아버지가 있어요. 그들의 희생은 이념 때문이었는데, 조카의 월남전은 이익 때문이었다는 거죠. 그래서 광수가 꼴도 보기 싫다는 거예요. 어때요, 말이 되나요?

70대의 '나'는 곧바로 깨닫죠. 이 세상에 순결한 전쟁터 같은 것이 어디 있겠냐는 말이 나와요. 그러니까 어떤 전쟁도 순결한 전쟁, 착한 전쟁은 없다는 거예요. 이건 또 맞는 말인가요? 침략에 맞선 전쟁, 자유를 수호하기 위한 전쟁, 자기 가족의 목숨을 살리기 위해 나선 전쟁은 어때요? 순결한 전쟁 아닌가요?

한번 꼽아봅시다. 십자군 전쟁은? 이라크 전쟁, 걸프 전쟁, 한국전쟁, 제2차 세계대전은?

어떤 전쟁도 좋은 전쟁은 없어요. 뭔가 긍정적인 게 있다면 덜 나쁜 전쟁이죠. 노년인 '나'의 생각처럼, 순결한 전쟁터? 그런 것도 없어요. 거기에서 스스로를 죽이거나 죽어가는 순결한 개인은 있을 수 있겠죠. 모든 전쟁이 나쁜 이유는 간단해요. 모든 싸움은 개싸움이기 때문이에요.

전쟁의 원인은 딱 하나예요. 이런저런 이유가 있겠지만, 전쟁을 유발하는 결정적 뇌관은 딱 하나, 꿇어! 그리고 싫어! 예요. 싫어? 싫으면 붙자! 가 되는 거죠. 주체로서 인정받음이 핵심이죠. 이런 차원에서라면 국가 간 전쟁이나 깡패들의 패싸움이나 다를 게 없어요.

'나'가 이런 생각을 스스로의 의식에 드러내는 순간, 그러니까 순결한 전쟁터 같은 것은 없다고 스스로에게 말하는 순간, 70대의 '나'는 비로소 여성이에요. 여성 발화의 주체가 된다는 거예요.

싸우는 역사, 춤추는 소설

발화 주체의 성별을 따지는 것은 말하는 방식의 남녀 차이를 뜻해요. 여성 작가의 소설이니 당연히 말하는 방식도 여성적이 아니냐는 식은 너무 단순한 논리예요. 신체적 성별과 말하는 방식의 성별은 달라도 크게 달라요.

발화 방식의 차이를 글쓰기 장르와 연관시키는 것은 가능하죠. 소설과 역사를 대별할 수 있어요. 역사는 남성의 방식이고, 소설은 여성의 방식이라는 식이죠. 여기에서 역사와 소설을 나누는 핵심이 사실이냐 허구냐, 라고 말하는 것 역시 단순한 논리죠. 정확하게 말하자면, 역사와 소설은 각각, 사실과 허구로서 인정되고 소통되는 이야기예요. 역사에도 허구가 있을 수 있고, 소설에도 사실이 있어요. 그러나 소설은 허구고 역사는 사실이에요. 장르 자체가 그렇다는 거죠. 이 둘은 말하는 방식 자체도 달라요.

역사 서술의 핵심 고리는 사건들의 인과관계입니다. 사건들이 원인과 결과의 관계로 이어져요. 그 연결선은 특정한 지향점을 향해 나아갑니다. 그래서 역사 서술에서 중요한 것은 역사를 보는 관점이죠. 역사관이 있어야 역사 서술이 가능해요. 역사를 보는 관점이 사건과 경험을 취사선택하죠. 선택된 것은 역사적으로 의미 있는 사건입니다. 아닌 것은 버려져요.

소설은 그 반대입니다. 소설이라 함은 물론 장편을 뜻하죠. 역사에 비하지 않더라도, 소설은 흩어져 있는 이야기들의 느슨한 집합체예요. 이야기의 방향성이 없어요. 한 인물이나 사건 이야기가 자신의 종말을 향해 나아갈 뿐이에요. 각각의 사건들 사이의 인과관계나 연관성도 느슨해요. 순서도 없이, 떠오르는 대로 말한다는 식이에요. 역사가 갖는 선명한 방향성에 비하면, 소설엔 그런 게 없다고 해야 하죠.

예를 들면, 『그 남자네 집』에서 광수 이야기는 없어도 상관없어요. 전쟁과 이념 문제는 이미 '나'의 남편 전민호의 이야기 속에 나온 적이 있어요. 결혼하기 전에 전민호는 좌익에 대해 취향이 맞지 않았다고 했어요. '나'는 발끈했죠. 이념을 어떻게 취향의 문제로 말하느냐고. 그 때문에 죽은 사람들도 있는데. 그러나 전민호는 정색하고 반박해요. 취향도 목숨 걸 가치가 있는 것이라고.

여기서 전민호가 말하는 취향의 문제는, 정신보다는 몸의 언어에 가까워요. 그래서 오히려 이념의 차원을 넘어서는 측면이 있어요. 그리고 그것이야말로 이 소설에서 '나'가 그 남자와의 만남을 통해 제기하고 있는 핵심적인 문제였죠. 영혼과 육체 사이에 있는 끌림의 문제였어요. 그러니까 광수의 에피소드가 일깨우는 '순결한 전쟁터'의 문제라면, 이미 앞에 나와 있으니 중복이라는 거예요. 날씬하고 군더더기 없는 서사체를 만들고자 한다면 제거해야 해요.

그런데 이런 주장이 말이 되나요? 당연히 말이 안 되죠. 왜냐. 장편소설은 그런 군더더기들의 집합체, 수많은 에피소드의 집합체예요. 정해진 시간 안에 발단, 전개, 위기, 절정을 거쳐 대단원으로 막을 내려야 하는 드라마가 아니라는 거죠. 이들이 모여 있는 이유는 딱 하나, 화자가 말을 하고 있기 때문이에요.

역사는 필수품입니다. 꼭 필요한 이야기예요. 교실에서 선생님이 들려주는 소중한 이야기예요. 그 정도는 알아야 공동체의 일원이 되죠. 그러나 소설은 잉여의 형식입니다. 안 들어도 그만인 하찮은 이야기예요. 소설에 귀를 기울이는 이유는 단 하나, 흥미롭기 때문이에요. 뭔가 끌리기 때문이죠.

역사는 자기 공동체의 집단 기억을 다뤄요. 자기를 규정하고 옹립하는 매우 중요한 수단이 역사죠. 여기에서 필요한 것은 자기 아닌 것들을 배제하는 절차예요. 피아를 나누고, 나 안에서도 핵심적인 것과 부차적인 것을 나눠요. 나 아닌 것을 배제해야 내가 옹립되죠. 그래서 역사 쓰기는 기본적으로 싸움의 형식이에요. 결사(結社) 의식이 단단할수록 그 싸움은 치열하죠. 한 나라의 역사가 대표적이죠.

그러나 소설은 여흥이자 잉여에 해당해요. 필수품이 생존과 관계가 있다면, 잉여는 삶의 의미와 연관을 맺어요. 역사는 계몽 담론의 구조를 지녀요. 뭔가를 가르치는 이야기죠. 소설은 수다의 형식을 지닙니다. 말 많은 사람, 재미난 이야기꾼들이 활약하는 장소예요. 계몽의 장소는 교실과 사제 관계가 기본 형식이에요. 수다판에서 인간관계의 기본 형식은 친구와 우정입니다. 교실이 아니라 커피숍의 언어예요. 끝 종이 치지 않아도 언제든 일어서서 나갈 수 있어요. 계몽의 언어가 남성적이라면, 수다의 언어는 여성적이에요.

싸움에서 중요한 것은 이기는 겁니다. 그걸 위해서는 정확한 동작과 행동이 필요합니다. 가장 필요한 것과 덜 필요한 것, 가장 급한 것과 덜 급한 것을 나누는 게 전략과 전술이죠. 전혀 필요 없는 동작, 아무짝에도 쓸모없는 행동, 그것이 춤입니다. 역사가 싸움 이야기라면, 소설은 춤 이야기예요. 소설 자체가 춤입니다. 춤추는 언어, 춤추는 서사죠. 선생님과 함께 춤을 추는 것은 이상합니다. 그래도 함께 춤을 춘다면? 그 사람은 이미 선생님이 아니라 친구인 거죠.

서사 없는 삶은 불가능하다

앞에서, 환상 없는 성욕은 불가능하다고 했어요. 여기에서 중요한 것은 환상이라는 단어예요. 하나의 그림이 있어야 한다는 거죠. 자, 질문해볼게요. 우리 삶은 이것 없이는 불가능해요. 이것은 무엇일까.

뭐예요?

괄호에 들어가야 할 단어는 서사입니다. 그림이라고 해도 좋아요. 그게 있어야 한 사람이 자기 삶을 유지할 수 있어요. 우리는 사막 한가운데, 우주 한가운데 동떨어져 사는 존재가 아니에요. 사람들과 함께 살아가죠. 자기가 들어가 있는 그림들이 있어요. 나는 어떤 사람이고 뭘 하는 사람이라는, 장차 무엇을 할 거라는 내용이 들어가 있어요. 그 그림들이 이어지면서 자기 서사가 만들어져요. 그게 있어야 비로소 자기의 자기다움이라는 게 생겨요. 그게 있어야 뭘 어떻게 할지 혹은 하지 말지가 결정되죠. 결정 못 하고 우물쭈물하는 것까지도 그 그림 안에 있어요.

역사는 한 집단에게 주어진 자기 서사죠. 20세기 한국 문학은 공동체의 서사를 중심에 놓고 이야기를 해왔어요. 집단의 기억이 중요했어요. 민족 자체가 워낙 험난하고 힘든 삶을 살았기 때문이죠. 역사가 할 일을 소설이 해야 했어요. 수다가 아니라 웅변이 소설을 채우곤 했어요. 그것이 한국 근대 문학 100년의 주류였어요. 박완서라는 작가 역시 예외일 수는 없어요. 여성 작가였지만, 한국 작가였다고 해야 할 거예요. 그런 속성이 훨씬 더 컸죠.

그러나 만년의 박완서는 한국 작가가 아니라 그냥 작가라고 말할 수 있어요. '순결한 전쟁터' 같은 것이 어디 있겠냐고 말하는 박완서, 그 자신이 그토록 사랑하는 음식 치레를 아부의 수단이라 싫었다고 말하는 박완서는 구태여 한국 작가일 이유가 없어요. 문학이 역사 선생님 노릇까지 대신 해야 했던 시절의 강박으로부터 자유롭기 때문이에요.

박완서가 일제 치하에서 태어나 전쟁을 겪으며 험한 시절을 겪어내야 했던 것은 변함없는 사실이죠. 그러나 그것은 그냥 개인적인 경험일 뿐이에요. 그보다 중요한 것은 검은 물이 흐르는 그 밑의 지하 세계를 감지해냈다는 사실이죠.

『그 남자네 집』에서 '나'의 서사 안에 들어가 있는 그림이 그렇다는 것이죠.

오늘은 여기까지 하겠습니다.

5부

움직이기

14-1강

자기 서사: 반복이 생산하는 차이

이제 책 읽기가 끝났네요. 지금까지 11권의 책을 읽었어요. 그리고 세 개의 질문에 답해야 했었죠. 왜 읽는가. 무엇을 읽을까. 어떻게 읽을까. 첫 질문, 왜 읽는가에 대해서는 수업 말미에 다시 한번 답해야 한다고 했어요. 준비됐죠?

증상 읽기

어떻게 읽을까. 이 질문에 대한 대답은 텍스트의 증상을 찾아야 한다는 것이었어요. 책을 읽다 보면 반드시 걸리는 부분이 있다고 했어요. 특별히 인상적이거나 이상하게 느껴지는 부분이 있다는 거예요. 증상 읽기란, 그 부분에 생각을 집중해보라는 말이었죠.

여러분이 제출한 글에서 그런 시도들이 점점 늘어났어요. 아주 좋아요. 그런데 인상적인 대목을 지적하는 것으로 끝이 아니라고 했죠. 중요한 것은 그런 대목을 분석하고 그 의미를 밝히는 거죠. 아, 이런 대목이? 에서 출발해 왜 이런 일이? 로 이어져야 하는 거죠. 텍스트의 증상은 그때 만들어져요.

우리 앞에 있는 텍스트의 증상은, 우리가 책을 읽고 생각을 했다는 증거예요. 생각 없이 지나쳐버린 책이란 읽지 않은 책이나 다름없어요. 증상 없는 텍스트는 텍스트가 아닌 거죠.

텍스트의 생산

텍스트라는 말을 많이 썼어요. 우리가 썼던 텍스트라는 말은, 책 자체가 아니라 누군가에게 읽힌 책, 읽기라는 경험과 만나서 사람들 생각의 대상이 된 책을 뜻해요. 즉, 텍스트는 객관적 실체가 아니에요. 객관적 실체란, 보는 사람과 상관없이 존재하는 걸 가리키는 말이죠. 내가 보지 않아도 달은 떠 있어요. 나는 그걸 알아요. 그럴 때 내게 달은 객관적 실체예요. 『적과 흑』이나 『안나 카레니나』도 마찬가지겠죠. 내가 읽지 않아도 서점이나 도서관 서가에 꽂혀 있어요. 텍스트는 그런 책을 지칭하는 것이 아니죠. 독자들의 읽기 행위 속에서 새롭게 만들어지는 책이 텍스트예요.

그러니까 텍스트는, 사람의 시선이 책 속의 활자 위에 떨어질 때, 그리고 활자가 그 사람의 뇌세포 속에서 다시 활성화할 때 비로소 만들어져요. 물론 텍스트를 생산하기 위해서는 책이 있어야 하죠. 객관성이 필요해요. 그러나 그것만으로 충분하지는 않죠. 거기에 읽는 사람의 주관이 결합해야 비로소 텍스트가 만들어집니다. 주관과 객관이 서로 얽혀야 하는 거죠.

주관 속에서 살아나는 객관, 혹은 객관 속에서 자기 근거를 확보하는 주관의 차원이 텍스트입니다. 그 둘의 얽힘이 헤겔의 용어를 쓰자면 '절대'입니다. 즉, 절대성은 우리 세계 바깥에, 저 하늘 높은 곳에 있는 것이 아니라는 거죠. 그런 것이라면 있거나 없거나 아무 상관없어요. 그게 현재 우리가 사는 세계, 근대성의 논리예요. 절대가 사라져버리면 주관의 늪에서 허우적거리거나, 공허한 객관 속에서 헤맬 수 있어요. 그렇다고 이 세상 밖에 있는 절대 존재나 절대 세계 같은 것을 입증할 수는 없어요. 그러니 방법은 둘을 얽어놓는 것이죠.

텍스트도, 증상도 바로 그 주관과 객관의 얽힘 세계에 속해요. 우리가 책을 읽고 생각할 때 텍스트는 만들어지는 거예요. 증상이 텍스트를 만든다고 해도 좋아요. 텍스트에 있는 증상이야말로 우리 생각의 증거이니까.

그런데 우리는 책을 읽으며 무슨 생각을 했을까. 그 생각을 통해 어떤 앎을 얻었을까. 순수한 지식의 차원일 수도 있고, 또 우리 자신의 삶과 연관된 것일 수도 있을 거예요. 어떤 것이거나, 우리로 하여금 생각하게 한 부분에는 우리의 주의를 끄는 힘이 있어요. 어떤 끌림이 엉겨 있을 수밖에 없어요. 그 힘이 우리로 하여금 생각하게 하는 것이죠. 거기에서 생산되는 앎이란, 우리 자신의 삶의 의미와 연관된 것일 수밖에 없어요.

세 개의 축

무엇을 읽을까. 강의 초반에 우리가 가장 많이 살펴본 문제였어요. 소설을 통해 우리가 접하는 것은 사람들의 삶이죠. 삶을 구성하는 세 개의 축이 있다고 했어요. 이제는 익숙하죠? 세계/ 자아/ 공동체, 그리고 실재계/ 상상계/ 상징계.

그 뼈대를 이루는 세 축은 프로이트가 말했던 고통의 세 원천과도 겹쳐지죠. 자연재해, 자기 몸의 고통, 사람들과의 갈등이 각각 세계, 자아, 공동체에 해당해요. 고통의 원천은 동시에 행복의 원천이기도 하죠.

이 셋을 놓고 보면, 우리 정신력의 많은 부분이 어디에 쓰이는지는 분명하죠. 평범한 사람에게 가장 큰 문제는 다른 사람들과의 관계입니다. 갈등과 적대, 사랑, 미움, 질투, 분노 등은 사람들과의 관계에서 생겨납니다. 이것의 확장판이 정치와 사회의 문제죠.

앞에서 살폈던 근대성의 문제, 현재 우리가 몸담고 사는 세계의 문제는 이 세 축 중 어디에 속하죠? 그렇죠, 공동체예요. 지금 우리가 말하는, 자아와 구분되는 것으로서 세계는 자연 세계죠. 우리가 보통 '세계'라고 말하는 것은 인간 세계를 뜻하죠. 그게 곧 사람들의 공동체예요.

그래서 1609년이 중요하다고 했어요. 현재 우리 세계의 속성, 근대성의 상징적 출발점이기 때문이라 했죠. 갈릴레이가 망원경으로 하늘을 보고, 암스테르담에 최초의 근대적 은행이 만들어진 때라고 했어요. 인간 세계가 진짜 세계와 결별하는 순간이고, 근대성의 이념적 핵심이 제도화하는 때이기도 했어요. 무한 우주가 자기 모습을 드러내는 순간, 진짜 세계는 불가지의 영역으로 사라져버렸어요. 세계는 정체를 알 수 없는 것이 되었죠. 그 위에 사람들이 세워나 간 것이 오늘날 우리가 사는 세상, 신용이 최고 미덕인 세상입니다.

진짜 세계

현재 우리 세계에서, 자연계에 대한 앎을 담당하는 것은 자연과학자들입니다. 인간의 감각과 지각은 지구라는 행성의 규모에 최적화해 있어요. 인간의 감각으로는 무한 우주와 무한소(無限小)의 세계를 제대로 파악할 수 없어요. 지각의 원리가 다른 까닭이죠. 지구나 태양계에서 벌어지는 물리 현상은 뉴턴 역학으로 설명이 가능하죠. 인간의 지각 구조와 잘 맞는 세계예요. 원리 역시 사람이 직관적으로 이해할 수 있죠. 그러나 아주 큰 세계나 아주 작은 세계, 즉 우주의 차원이나 원자의 차원에서는 그런 직관이 통하지 않아요.

현재, 무한 우주를 설명하는 데 가장 가까이 간 것이 상대성 이론이고, 무한소 세계에 대해서는 양자 역학이죠. 둘 다 이제 갓 100년이 된 이론입니다. 여기에서는 우리가 절대 불변이라고 생각하는 공간과 시간의 관념이 통용되지 않아요. 공간이 휘고 시간의 흐름이 일정하지 않아요. 또 양자 역학의 세계에서는 객관적 실체나 물질의 개념도 통용되지 않아요.

전자 수준에서 보면, 물질의 개념 자체가 달라져요. 누구도 전자를 붙잡아서 안을 들여다본 사람은 없어요. 겉모습조차 본 사람이 없어요. 전자가 알갱이인지 아닌지도 알 수 없어요. 그래도 전자의 작용은 알 수 있죠. 계산할 수도 있어요. 그것이 양자 역학의 일이에요. 과학자들은 우리가 이용할 수 있는 작동 원리를 찾아냈고, 그 바탕 위에 현재의 기술 문명이 건설되었어요. 그런데도 그 실체가 무엇인지는 몰라요.

게다가 더 근본적인 문제는 이 모든 물질의 세계가 원천적으로 허깨비일 수 있다는 가능성입니다. 이런 의심에 대해 누구도 그렇지 않다고, 이 세계는 분명하게 존재하는 것이라고 반박할 수가 없어요. 그게 문제죠. 세계 자체가 근본적으로 부정될 가능성이 우리 세계의 가장 밑바탕에 존재하고 있는 거죠.

너희가 진짜 세계를 알아? 모른다는 것이 그 대답입니다. 하지만 전자가 뭔지는 몰라도 전자 기기를 사용하듯이, 진짜 세계가 어떤 모습인지는 몰라도 우리는 그 세계에서 우리 자신의 삶을 살아가요. 인간 삶의 세계는, 그러니까 세계와 나 자신에 대한 근본적 무지의 바탕 위에 세워져 있는 셈이죠. 비유하자면, 화산대 위에 세워진 도시라고 할까요. 그 밑에는 치명적 위험이 도사리고 있어요. 자칫하면 인간 세계를 통째로 뒤집어버릴 수도 있어요. 진짜 용암이나 지진이라면 어떻게 지혜를 모아 해결해나가겠죠. 이주를 하거나. 그런데 지하에 잠복한 위험이 삶의 무의미성이라는 문제면 좀 다른 차원이죠. 자칫하면 인간의 존재 자체를 송두리째 내파해버릴 수도 있으니까. 이주할 수도 없으니까.

존재론적 간극

우리 삶은 문제가 많아서 저마다 그 문제를 해결하느라 골몰해요. 근본적인 불안이 우리 세계 밑에 잠복해 있어도 잘 몰라요. 땅이 갈라질지도 모른다는 불안은 불안이고, 지금은 저녁밥을 지어서 아이들을 먹여야 해요. 당장 급한 일들이 있으니, 그걸 눈치챘다고 해도 심각하게 느껴지지 않아요. 같이 당하는 난리는 난리가 아닌 거죠. 그런데도 그 위험성을 남다르게 감지하는 예민한 사람들이 있어요. 평범한 사람도 어떤 특별한 순간에는 자기 존재의 발판이 흔들리는 것을 느끼곤 합니다. 이들 앞에 드러나는 것이 곧 존재론적 간극이죠. 진짜 세계와 인간 세계의 불일치, 자아와 자기 자신의 불일치, 이런 불일치가 만들어내는 틈을 느낀다는 거죠.

토니오 크뢰거는 코펜하겐으로 건너가는 배에서 젊은 상인을 만났어요. 파도치는 밤바다와 밤하늘의 별을 보면서, 함부르크 출신의 그 상인은 인간의 하잘것없음에 대해 말하죠. 그 얘길 들으며 토니오는 기묘한 이중 감정을 느껴요. 틀린 말은 아닌데, 엄청난 감정이 너무 상투적으로 사용되고 있기 때문이죠. 그에게 밤하늘은, 너무 많이 먹어서 위에 부담이 되는 가재오믈렛과 같은 수준에 있어요. 바람 부는 바다의 배 위에서는 둘 모두 사람을 우수에 잠기게 한다는 거예요. 여행이 끝나면 그는 또 건실한 비즈니스의 세계로 돌아갈 거예요. 젊은 상인이 말하는 밤하늘은 진짜 무한 공간이 아니라 하늘에 쳐진 스크린 같은 거예요. 거기에 많은 별이 새겨져 있는 거죠. 그런 밤하늘은 무섭다기보다는 아름답다고 해야죠.

그러나 바로 그런 방식이, 우리가 무한 공간의 공포를 방어해내는 기본적인 방식입니다. 지진대의 지반 위에 콘크리트를 들이붓는 것과 다르지 않아요. 물론 연약하기 짝이 없어요. 그래도 그렇게 하지 않을 수 없어요. 그게 유사 이래로 인류 전체가 해온 일이죠.

공동체의 핵심적인 역할이 바로 그것이기도 해요. 사람들 머리 위에 지붕을 만들고 스크린을 쳐서 진짜 하늘로부터 분리하는 일, 사람들에게 정체성을 만들어주고 유대감을 제공하는 일이죠. 사람이 제 구실을 못 해서 문제가 생길 수 있어요. 주어진 역할을 받아들이지 않아서 생겨나는 문제도 있어요. 어쨌거나 그 안에서 생겨나는 문제들이니 그 안에서 해결해야죠. 공동체의 문제가 만들어지고 해결되는 공간이 생활 세계예요. 그 안에서 무한 우주 같은 것은 생각하지 않아도 되죠. 그게 공동체가 제공하는 기본적인 방어막이에요.

공동체의 방어막이 얇아질 때 사람들에게 불안이 찾아옵니다. 존재론적 간극을 감지하는 것이죠. 사람이 자기 역할을 못 한다고 느낄 때, 게다가 그런 노력이 의미 없다고 느낄 때가 그런 때겠죠. 그러나 정말로 위험한 순간은, 자기 역할을 제대로 수행했는데도 그런 것 자체가 덧없게 다가올 때예요. 이럴 때 자기 자신과의 불일치는 치명적이 됩니다. 존재론적 간극이 매우 크게 입을 벌리는 순간이죠.

응시가 존재론적 간극을 만들어낸다고 했었죠. 기억나나요? 내 안에 있는 타자의 시선이 나를 바라보는 것이죠. 내가 타자의 시선이 되어 나를 바라보는 것이기도 해요.

자기 서사

인간은 자유롭게 태어났다. 루소의 유명한 말이에요.[1] 그런데 이게 말이 되나요? 인간의 신생아는 자유롭기는커녕 혼자 힘으로는 생존할 수조차 없는 매우 취약한 존재예요. 영아기에 살아남아서 성인이 된 사람은 모두 다 누군가에게 빚을 진 존재예요. 다른 것도 아니고 생명을 빚졌어요. 신생아를 보살펴 인간이 되게 하는 것, 그게 곧 공동체의 역할입니다. 가족이고 사회이고 국가예요.

그렇다고 루소의 말이 틀렸냐 하면 그것도 아니죠. 인간은 누군가에게 목숨을 빚진 존재인 건 맞지만, 날 때부터 자유롭다는 말 역시 사람들에게는 틀리지 않은 것으로 다가와요. 목숨을 빚졌기 때문에 자유를 구속받는 존재라고? 그럴 수는 없어요. 나는 나의 주인이고, 내 일은 결국 내가 결정해요. 내가 거미줄에 얽힌 풍뎅이를 살려줬다고 해서, 풍뎅이가 내게 목숨을 바쳐야 하는 건 아니라고 주장하는 거죠.

여기에서 확인할 수 있는 것은 두 가지죠. 주체의 본성으로서 자유, 그 존재가 너무나 자명해서 마치 없는 것처럼 취급되는 공동체의 존재. 이 둘은 곧 자기 서사의 핵심 요소이기도 합니다. 자기 서사는 내가 선택한 것이에요. 나 자신의 것이죠. 그런데 그 바탕을 제공한 것은 공동체예요. 그러니 타자의 것이기도 해요. 부모나 학교 선생님이나 위인전에 등장하는 영웅들이죠. 타자가 제공한 것이라 해도, 어쨌거나 나는 그걸 내 것으로 확보하고 있어요.

지난 시간에 말했었죠. 누구에게도 서사 없는 삶은 불가능하다고. 자기 서사가 삶의 동력이기 때문이에요. 그게 없으면 한 발도 앞으로 나아갈 수 없어요. 내가 지금 살아가는 이 삶은 마음속에서 미리 살아본 삶이에요. 꿈이건 환상이건 백일몽이건 악몽이건, 누구라도 마음속에 자기 삶을 그리지 않는 사람은 없어요. 애써서 그리는 경우도 있고, 싫은데 떠오르는 경우도 있어요. 자기도 모르는 사이에 그려진 그림도 있어요. 그 모두가 미리 살아본 자기 삶의 서사죠. 우리 삶은 바로 그 자기 서사의 바탕 위에서 이뤄져요.

불행한 의식 넘어서기

그러니까 자기 서사는 두 개의 방향성이 있어요. 사람이 자유롭다고 말하는 존재는 자기 안에 있는 주인이에요. 그것이 착각이라고 말하는 제2의 자연이 있어요. 공동체죠. 공동체는 말해요. 너는 생명을 빚진 존재다, 이제 빚을 갚아라.

여기에서도 불행한 의식의 변증법이 작동하네요. 나는 자유롭다고 말하는데, 사실을 따져보면 나는 자유로운 존재가 아니에요. 나의 부자유는 태생 자체의 산물이에요. 그런 마음이 죄의식을 낳아요. 우리는 풍뎅이가 아니고 사람이니까. 받았으면 갚아야 한다고 생각하니까. 그런 생각이 나를 억압해요.

이런 상태가 불행한 의식의 핵심이죠. 주인이고 싶지만 노예라는 것, 그럼에도 자신의 노예 상태를 인정하려 하지 않는다는 것이죠. 속박과 자유를 동시에 지니고 있는 게 인간이라는 존재예요. 모순적이지 않을 수 없어요. 자기 마음을 들여다보면서 자기가 처한 실상을 깨달아요. 그러면 불행한 의식에 빠지는 거죠.

불행한 의식을 어떻게 넘어서느냐. 이 숙제는 이미 여러분이 하고 있어요. 불행한 의식이니까 의식의 문제이긴 하지만, 생각을 바꾸거나 의식을 개혁하는 수준에서 해결되는 문제는 아니라고 했었죠.

불행한 의식으로부터 벗어나는 첫 단계는 자기의식으로부터 시선을 돌리는 것이죠. 자기 자신만을 바라보던 시선을 돌려 세상과 다른 사람들을 보는 거예요. 불행한 의식에 빠진 것은 나만이 아니라는 걸 알게 되죠. 인간이라는 존재, 공동체에서 함께 사는 모든 사람의 기본 조건이 불행한 의식인 거예요. 자기 자신을 객관화할 수 있는 것이죠. 자기의식이 이성이 되는 것입니다.

여기에서 한 발 더 나아가야죠. 나만 불행한 것이 아니라 모두가 불행하다는 것, 그게 마음의 위안이 될 수는 있어요. 그렇다고 해서 불행하지 않은 것은 아니죠. 어떻게 불행으로부터 벗어나느냐. 이것은 마음의 문제가 아니라 행동의 문제입니다. 몸을 움직여야 해요. 바라보는 것만 가지고는 안 되는 거죠.

내가 내 삶의 주인이고자 하는 것, 내가 빚진 목숨을 갚고자 하는 것, 내가 자유롭고자 하는 것은 생각만으로 되는 일이 아니에요. 몸을 움직여야 해요. 책임의 영역을 만들고 책임질 행동을 해야 해요. 톨스토이가 끔찍한 자살 충동에서 빠져나온 것도 마찬가지였죠.

주체로서 행동이 주체로서 정신을 만들어냅니다. 바뀌는 것은 물론 정신이자 마음이지만, 그 바뀜을 만들어내는 것은 행동이라는 것입니다. 정신은 한 사람의 마음속에 있는 것이 아니라, 집단의 행위 속에 있어요. 그 행위 속에 있을 때 한 사람의 정신도 살아 움직이는 것이죠.

여러 겹의 서사

자기 서사를 완성하는 요소 역시 마찬가지예요. 마음이 아니라 행동입니다. 그것이 마음이라면 행동으로 인해 생겨나는 마음이에요. 그걸 고려하면, 사람은 두 번 산다고 해야 해요. 목숨은 하나지만 삶은 두 번째예요. 전생이나 천국의 삶 같은 걸 말하는 게 아니죠. 처음 사는 삶이라도 이미 두 번째예요. 자기 서사가 삶의 바탕에 있기 때문이에요. 자기 삶의 본(本)이 자기 안에 있다는 말이죠.

물론 일상이 지속되면 자기 서사는 삶의 패턴 속에 묻혀버려요.

반복되는 일상과 생각 없이 흘러가는 시간에 덮여버리죠. 그런 일상 자체도 내 안에 있던 그림이 펼쳐진 결과예요. 무의식적인 기대나 예상 위에서 전개되는 것이죠.

평범한 일상의 흐름을 뚫고, 어떤 강렬한 순간들이 우리를 찾아와요. 자기 서사가 겉으로 드러나는 때가 있는 거죠. 이를테면, 내가 꿈꿨던 게 고작 이런 건가! 혹은, 그래 바로 이거야! 라는 말이 떠오르는 순간들이에요. 결국 이렇게 돼버렸군, 어째서 이렇게 돼버린 걸까와 같은 순간들도 마찬가지예요.

이런 순간의 강렬함이 일깨워주는 것은 자기 서사라는 본이 내 삶의 바탕에 있었다는 사실이에요. 바탕은 미리 존재했던 것이 아니라 그런 순간에 난데없이 출현하는 것이라고 해도 좋아요. 어떤 강한 의지가 있을 때는 미리 존재할 수도 있겠죠. 또 시간이 지나고 돌아보면, 그게 거기 있었다고 말할 수도 있어요.

앞에서, 사람은 무엇으로 사는가, 라는 질문에 대답하면서 삶과 삶의 이유를 구분했었죠. 자기 서사는 삶의 이유에 해당해요. 굶주림과 사랑의 이분법에서 사랑에 해당하는 것이죠. 살아가면서, 내가 좋아하는 일을 찾고 만들고 사람들 만나고 하는 게 모두 다 자기 서사 속에 있는 것이죠.

누군가로부터 본을 받고 그걸 반복해서 차이를 만드는 것, 그게 곧 자기 것을 만드는 과정이라는 말, 첫 시간에 했었어요. 반복은 어김없이 차이를 만든다고, 그 차이 속에서 생각하는 순간 비로소 자기 자신의 영역이 만들어진다고도 했어요.

차이가 만들어지는 순간은 자기 서사가 드러나는 순간이기도 해요. 사람은 자라나고 늙어가요. 순간순간 변해가요. 자기 서사 역시 고정된 것일 수 없어요. 자기 서사를 스스로 확인하는 순간이란, 서사에 수정이 가해지는 순간이기도 해요. 자기 서사는 한 겹이 아닌 거죠. 여러 겹의 자기 서사가 있는 거예요. 의미 있는 행동을 취하는 순간, 자기 서사의 새로운 수정본이 만들어지는 거죠.

왜 읽는가

왜 읽는가. 이 질문에 대한 대답은 학기 초에 여러분이 이미 했어요. 세 개의 답이 있었죠. 1) 그냥, 2) 교양을 위해서, 3) 그냥. 두 개의 '그냥'이라는 답이 '교양'을 감싸고 있는 모양새였어요.

교양이 실용적이거나 지적인 것이라면, 그 앞뒤에 있는 그냥이라는 말은 그 이상과 이하를 가리켜요. 소설 속에 있는 것이 무엇인지는 자명해요. 다른 사람들의 삶이에요. 특이하기도 하고 평범하기도 한 이야기들이에요. 그걸 왜 들여다보려 하죠? 뭔가 끌림이 있다는 거죠. 단순한 호기심? 훔쳐보고 싶은 마음? 지적 허영심? 그 이상의 것이 있어요. 대체 그걸 왜 궁금해하죠?

그게 내 삶이니까!

왜 다른 사람들 이야기를 알려고 해요? 재미있어서? 끌려서? 왜 끌려요?

그게 나 자신의 이야기이니까!

내가 살아야 할, 혹은 내가 살아온 삶이기 때문이에요. 내가 엠마 보바리고, 내가 쥘리앵 소렐이고, 내가 요조예요. 내가 '새대가리'예요.

이건 물론 내가 만든 대답일 뿐이에요. 여러분은 또 여러분의 대답을 찾을 수 있을 거예요.

왜 읽는가. 이 질문은 현재형입니다. 무엇을 읽을까, 어떻게 읽을까, 하고는 시제가 다르죠. 왜 읽는가, 라고 묻는 나는 이미 읽고 있는 중이에요. 책의 끌림 속에 이미 들어가 있는 거예요. 읽기가 만들어낸 존재론적 간극 속으로 들어가 있는 거죠.

책을 읽는 것은 자기 서사를 확인하는 행위이기도 합니다. 자기 서사의 복사본이 떠올라와요. 반복이 이루어지는 거죠. 그리고 그 반복이 차이를 만들어내요. 자기 서사의 본이 드러나면서 새로운 수정본이 생겨나는 거죠. 존재론적 간극을 메워내고자 하는 힘이 그 수정본을 만들어내는 거예요.

서사의 성차

지난 시간에 서사의 성차에 대해 말했어요. 이야기의 구성 방식이 다르다는 거였죠. 담론의 성차는 라캉의 이론에 나오는 거예요.[2] 담론화의 방식, 곧 생각하고 그것을 말로 옮기는 방식에 남녀의 차이가 있다는 거예요. 물론 생물학적 성별을 뜻하는 것이 아님은 지적했어요.

담론의 성차를 바탕으로 역사와 소설의 차이에 대해 살폈었죠. 계몽과 수다의 차이라고 말했어요. 그런데 좀 더 안으로 들어가 보면, 여기에서도 또 하나의 불행한 의식이 나와요.

남성 담론은 '전체/예외'의 틀로 구성돼요. 남성 담론은 일단 전체를 규정해요. 사람은 착하다, 한국 사람은 부지런하다 등등의 방식이죠. 그리고 안 그런 사람을 예외 처리하는 것이죠. 그 사람은 한국인 같지 않은 한국인이야 등등. 편견이나 차별이 나오기 쉬운 구조예요.

여성 담론은 그와 반대예요. '하나하나씩/비-전체'의 구조예요. 내가 아는 영희는 착하고, 철수는 덜 착하다 등등의 방식이에요. 남성 담론과 달리, 인간이나 한국인 같은 전체 범주에는 관심이 없어요. 그저 자신이 판단할 수 있는 범위 안에서만 작동하는 것이 여성 담론의 방식이에요. 그래서 비-전체예요. 객관적 앎의 영역에 도달하기 힘든 구조죠.

지난 시간에는 이 둘을 역사와 소설의 차이로 규정했어요. 이 두 담론 구조는 너무나 자명한 한계가 있죠.

남성 담론은 전체성의 담론인데, 문제는 말하는 사람의 위치를 전체 바깥으로 옮겨놓을 수 없을 때가 있다는 거예요. 특히 현생 인류와 그들이 몸담고 사는 세계와 관련해서는 그렇죠. 세계 밖으로 나가지 못하니 외부의 시선으로 우리 세계를 볼 수가 없어요. 그러니까 남성 담론은, 우리 삶에 관한 것인 한, 그 자체가 불가능성의 형식이에요. 자기 시선이 세계 내부에 있기 때문에, 전체에 대한 판단은 불가능하다는 것이죠. 그런데도 그 불가능한 걸 하려 하는 거예요.

여성 담론은 불완전해요. 하나씩 하나씩 확인하면서 벌레처럼 온몸으로 세상을 기어가는 것이죠. 당연히 벌레의 시선을 벗어나기 힘들어요. 자기 경험의 틀에 갇혀 있는 거죠. 논리적 완전성이나 체계 같은 것은 신경 쓰지 않고 눈앞에 있는 것만을 처리하는 데 급급한 방식이에요. 우주 바깥으로 나가 우주를 바라보는 것이 불가능하니까, 인간 세계 바깥에서 신의 눈으로 인간을 보는 것이 불가능하니까, 하나씩 하나씩 확인이라도 해보겠다는 거죠.

남성 담론은 주인의 담론입니다. 허우대만 멀쩡하고 내실이 없어요. 불가능성 위에 세워진 담론이기 때문에 언제나 불안해요. 토대가 흔들리는데도 안 그런 척해야 해요. 모순적인 것들이 나오면 예외 처리하면서 버티는 거죠. 우스꽝스러운 자기 모순을 견뎌야 합니다. 고도의 금욕이나 자기기만이 필요해요.

여성 담론은 노예의 방식이죠. 전형적인 회의주의 담론입니다. 근본적인 문제를 회피해요. 매우 현실적이지만 끝이 없기 때문에 힘이 빠지면 자빠질 수밖에 없는 구조예요. 지속하기 위해서는 마조히스트의 자리에 스스로를 놓아야 해요. 더 많은 문제, 더 많은 고통이 필요하다고 외치는 거죠. 당장 해결해야 할 일이 많아야 근본적인 문제와의 접촉을 피할 수 있어요. 일벌레가 되어야 해요. 자기 모습을 돌아볼 겨를도 없게 앞으로 달려야 해요.

자기 서사는 이 두 개의 힘을 양극단으로 지니고 있어요. 여기에서도 불행한 의식이 출현하는 거죠.

자기 삶의 소설가

한 사람이 자기 서사에서 불행한 의식을 발견했다면 어째야 하는가. 일단, 나만이 아니라 모든 사람이 소설가라고 주장해야 합니다. 자기 몸과 행동으로 자기 고유의 서사를 써나가는 소설가라고.

『인간 실격』을 다룰 때, 자기 자신을 연기하는 일에 대해 살폈어요. 예민한 요조는 자기가 하는 익살 광대 짓을 끔찍해했어요. 안 하면 그만인데 천성이라 안 할 수도 없어서 문제인 거죠. 그러나 사람들 앞에서 연기하는 것으로 치자면, 그 누구도 마찬가지라고 했어요. 사람은 모두 다 자기 자신을 연기하는 배우라고, 심지어는 남들 눈이 없을 때도 자기 자신을 연기한다고 했었죠.

문제는 그것을 바라보는 시선입니다. 요조가 자기의 광대 짓을 끔찍해한 것은 배우인 자기 자신과 그것을 바라보는 시선 사이의 불화가 너무 심했던 까닭이죠. 그 시선도 물론 자기 자신의 것이죠. 그게 응시의 구조이지만, 응시 자체는 문제가 아니에요. 이것 역시 누구에게나 해당하는 것이니까. 누구나 자기 자신을 연기하고 또 그 모습을 지켜보는 거니까. 내 뒤통수 뒤에는 늘 카메라가 달려 있어요. 내 안에 있는 자기 서사가 나를 계속 관찰하고 있어요. 내 연기는 자기 서사의 바탕 위에서 이루어지고 있는 거죠.

그런 점에서, 사람은 자기 삶의 배우일 뿐 아니라 자기 삶의 소설가인 거죠. 그 소설은 전지적 작가 시점으로 전개되죠. 내가 있는 세계의 모습과 다른 사람의 모습이 다 내 마음속에 들어와 있는 것이죠. 자기 서사는 그렇게 자기 자신의 행동으로 만들어지는 겁니다.

영원 회귀, 윤회

그러니까 명작을 읽고 있는 여러분은 사실은 읽고 있는 게 아니라 쓰고 있었던 거죠. 텍스트의 생산자라고 말했던 것이 단순한 비유가 아니라는 거예요. 문자 그대로 생산자예요. 무엇의 생산자? 자기 서사의 생산자!

자기 서사는 한 사람에게서 지속적으로 반복됩니다. 복사본과 수정본이 계속 겹쳐요. 차이가 만들어져요. 차이는 본이 있어야 생겨나는 거지만, 진짜 본은 복사본과의 차이가 만들어지고 난 다음에야 분명해져요. 수정본이 나와야 원본이 제 모습을 드러내요. 그러나 모습을 드러낸 원본은 의미가 없어요. 껍데기일 뿐이에요. 진짜 원본은 숨어 있어요. 장차 다시 모습을 드러낼 거예요. 다시 껍데기의 모습으로.

쿤데라의 소설을 읽으며 영원 회귀에 대해 말했었죠. 그것은 쿤데라 자신의 화두이기도 했어요. 뭔가 영원히 돌아온다는 것, 영원히 반복된다는 말이죠.

그런데 이게 말이 되나요? 반복이란 동일한 것의 되풀이를 뜻해요. 그런데 똑같은 반복은 없다고 했죠. 그렇다면 그걸 반복이라고 해도 되는 건가. 같은 게 아니라면 그걸 반복이라고 할 수 있나요?

이런 추상적 이야기는 전생과 내세, 윤회를 두고 생각해보면 좀 더 분명해져요. 내가 죽어서 다시 태어나요. 현재의 몸과 현재의 마음으로? 그럴 수는 없죠. 몸은 사라져요. 그렇다면 마음은 남나요? 영혼이나 귀신? 그것도 아니에요? 그럼 몸과 마음이 완전히 바뀌는 것인데, 대체 뭐가 반복된다는 거죠? 몸도 마음도 아니면, 현재의 나에 대한 어떤 특별한 정보나 기억이? 어떤 특별한 기운 같은 것이? 그런 게 가능해요?

쿤데라의 소설 강의 말미에 짧게 말한 적이 있어요. 문제가 되는 반복은, 불안과 고통의 반복이라고. 그러니까 반복되는 것은 어떤 실체나 주어가 아니에요. 술어의 반복이에요. 형식의 반복이죠. 구체적 양상은 다르지만, 몸을 가지고 태어난 것이 지닐 수밖에 없는 형식으로서의 고통이 반복되는 거예요. 그리고 내가 윤회를 끔찍하게 생각한다면 바로 그 고통, 새로운 고통의 주체가 되기 때문이에요. 내가 벌레로 다시 태어난다면, 나는 벌레로서 고통의 주체가 되는 거예요. 내가 다른 사람으로 태어난다면, 다시 생로병사의 고통을 겪어야 하고 종국적인 허망함을 맛봐야 하는 거죠.

그런 반복으로부터 벗어나는 일을 해탈이라고 하죠. 윤회의 사슬에서 벗어나 부처가 되는 것이죠. 내가 해탈한다면 어떤 일이 벌어질까. 지금 여기에 존재하는 윤회의 세계 말고 어떤 아름다운 세계로, 극락이나 천국 같은 곳으로 이주하는 걸까. 성불에 이르는 깨달음이란 것이 그 아름다운 나라의 지도나 열쇠를 찾았음을 뜻하는 걸까.

그게 아니라면, 반복이면서 또한 반복이라고도 할 수 없는 이 무한한 사슬로부터 어떻게 벗어난다는 거죠?

14-2강
구체적 보편성, 운명애

마지막 시간입니다. 한 학기 동안 읽고 쓰느라 고생들 했어요. 질문받고 마무리하겠습니다.

SX9: 선생님께서 라캉의 세 세계에 대해 처음에는 상상계, 상징계, 실재계의 순서로 그림을 그려서 설명하셨는데, 어느 순간부터는 실재계가 상상계와 상징계 사이에 끼어 있는 그림을 그리셨어요. 게다가 실재계 테두리가 점선이 됐는데, 어떻게 이렇게 바뀐 건지, 혹시 제가 뭘 놓친 건지, 그 이유가 궁금합니다.

두 개의 실재, 네 번째 스텝

상상/상징/실재, 세 개의 세계는 거의 매 시간 칠판에 그린 그림이었죠. 셋이라는 숫자가 중요하다고도 했어요. 스텝을 밟으면 세 번은 밟아야 한다고. 둘로는 부족하다고.

여기에서 중요한 것은, 그 셋이 사실은 하나라는 겁니다. 사람이 살아가는 세계는 단 하나, 상징계입니다. 집단생활을 하는 인간 삶의 영역이에요. 상상계와 실재계는 그 안에 들어가 있어요. 상상은 주관의 영역, 실재는 객관의 영역입니다. 그러니까 상징계는 그 둘이 서로를 제약함으로써 만들어져요. 이제 이런 논리는 익숙하죠.

그런데 왜 실재계의 위치가 바뀌었나.

실재-객관의 영역은 두 군데 존재해요. 가장 먼저 나오는 객관은 그냥 텅 빈 틀에 불과해요. 내용이 없어요. 그 틀을 채우는 것이 주관의 영역, 상상계의 역할이죠. 상상계는 주관의 영역이라 제멋대로예요. 인정받을 수가 없어요. 개인의 착각이 주조인 세계예요. 그것이 혼자만의 허깨비가 아니라는 걸 말해주는 것은 다른 주관들의 존재예요. 주관들이 모여 집단을 이룬 것이 상징계의 영역이죠. 서로의 주관을 인정해주는 상호 주관성의 세계예요.

상징계에 들어왔다고 해서 주관의 불안정성이 완전히 해소된 것은 아니죠. 집단 전체가 착각에 빠졌을 가능성은 언제나 있어요. 땅이 평평하다고 생각했던 과거의 인류처럼. 그런 점에서 보면, 절대-상징계는 집단 전체의 자기기만의 세계예요. 주관-상상계의 본성이 착각이라는 점과 대비되죠. 착각은 자기가 틀렸음을 모르는 상태예요. 집단의 착각이 자기기만인 것은, 그게 착각임을 알고 있다는 거죠. 알면서도 모르는 척하는 냉소주의가 상징계의 바탕에 있다는 거예요. 그것이 인간 공동체의 한계 지점이에요. 불완전하더라도 모르는 척해야, 의미 없더라도 그렇지 않은 척해야 공동체의 평온한 삶이 유지될 수 있어요.

실재계가 다시 문제 되는 것은 바로 이 수준에서입니다. 절대-상징계의 단계에 도달하면, 변화의 흐름이 끝나는 게 아니라는 거죠. 절대-상징계는 자기기만의 세계임을 낱낱의 주관들은 눈치채고 있어요. 그럴 때 객관-실재계의 문제가 다시 제기되는 거죠. 진짜 세계의 존재가 다시 부각된다는 거예요.

이렇게 되면, 우리가 밟아야 하는 스텝은 네 단계가 되는 거죠. 공허한 뼈대로서 객관-실재계가 첫 단계예요. 그것을 채워내는 주관-상상계가 두 번째 단계죠. 셋째로, 주관들이 집단화함으로써 내실을 갖춘 절대-상징계에 도달해요. 여기에서는 앙상했던 뼈대가 내용을 갖추고 주관적 착각이 현실적 지반을 얻죠. 그런데 그때 또 다시 실재의 문제가 생겨나요. 과연 사람들이 모여 만든 상징계가 진짜 세계인가. 진짜 세계가 뭔지도 모르는데, 나에게 이 세계는 어떤 의미를 지니는가. 존재론적 간극이 생겨나는 것이죠.

실재계는 바로 이 순간에, 그러니까 네 번째 단계에 이르러 다시 어떤 미지의 테두리로 모습을 드러냅니다. 그래서 점선으로 표현했던 거죠. 그러니까 실재계는, 첫 단계에는 텅 빈 객관성으로 존재했고, 네 번째 단계에는 다시 유령과 같은 모습을 드러낸다는 거예요.

실재/상상/상징, 이 셋은 하나의 실체가 지닌 세 가지 양태예요. 세상에 있는 어떤 것도 이 세 측면을 지녀요. 나무도 엄마도 사랑도. 상상적 나무, 상징적 나무, 진짜 나무, 이런 식이죠. 네 번째로 다시 등장하는 실재는 그 모든 실체의 그림자에, 밑그림이나 자리에 해당하는 거죠. 이것은 진짜 맥주가 아니다, 라고 말했을 때, 바로 그 진짜의 세계예요.

지금은 실재를 첫 자리에 배치했지만, 순서는 중요하지 않아요. 셋은 꼬리를 문 뱀과 같으니까. 하나를 첫째로 설정하면 그 나머지는 저절로 따라 나와요. 수업 시간에 가장 먼저 그렸던 요소는 상징계였어요. 그게 우리 생활 세계의 대부분을 이루니까. 그 안에는 상상의 세계가 있고 또 밑그림으로서 실재계가 있다는 것이었네요. 객관-실재계로부터 시작하는 것은 전체의 전개 논리를 강조하기 위함이죠. 주관-상상계로부터 시작하는 것은 개인의 시점에 감정이입하고자 하는 것이에요.

세계와 언어

세 세계가 언어와 맺는 관련에 대해서는 강의 앞부분에 말했어요. 까마득하죠? 복습해봅시다.

상상/상징/실재, 이 셋은 언어의 세 요소와 결부됩니다. 뜻(기의, 시니피에)/ 소리(기표, 시니피앙)/ 지시 대상(사물).

기의와 상상계, 기표와 상징계, 그리고 지시 대상과 실재계가 연결됩니다. 나무라는 소리(이건 같은 언어를 쓰는 사람에겐 누구나 동일하죠)는 상징계, 그리고 나무라는 소리가 사람의 마음에 떠오르게 하는 기억 영상(이건 사람마다 달라요. 주관적이죠)은 상상계, 그리고 진짜 나무(그것이 소나무건 목재건 나무 밥그릇이건 간에)는 실재계에 해당하죠.

여기에서 주의해야 할 게 두 가지 있어요.

첫째, 말뜻-기의는 정해져 있지 않다는 거예요. 누가 어떤 상황에서 그 말을 쓰느냐에 따라 달라져요. 그 말을 누가 듣느냐에 따라 달라지기도 해요. 그래서 오해가 생기곤 해요.

둘째, 지시 대상 역시 확정된 것이 아니에요. 나무라는 말은 나무가 있을 때는 쓰지 않아요. 나무가 옆에 있으면 이것, 저것, 혹은 이

나무, 저 나무, 하는 식으로 말해요. 그러니까 나무라는 단어는 그 자리에 나무가 없다는 것을 뜻해요. 그 자리에 없는 나무는 어디에 있나요. 저기 창밖에 많은 나무가 있어요. 여기 나무 책상도 있고. 그중 어떤 것이 사물로서 나무죠?

이런 질문이 이상한가요? 지시 대상의 자리에 있는 나무는, 현실 속에 존재하는 나무가 아니라 나무 그 자체, 나무의 어떤 이념형처럼 다가온다는 게 문제예요. 사물의 영역에는 의미론적인 요동이 있어요.

여기에서 거듭 강조해야 할 것은, 우리가 사는 공동체는 상징계라는 것입니다. 세계 그 자체, 진짜 세계가 아니에요. 집단화한 사람들에 의해 만들어진 세계예요. 그 뒤에 진짜 세계 같은 게 있는지 없는지도 모르지만, 대개는 있다고들 생각하죠. 다만 그 실상을 잘 모를 뿐이라고. 다른 도리가 없으니 잘 모르는 채로 살아요. 인간 존재가 사는 생활 세계의 바탕에는, 세계의 진짜 모습을 모른다는 근본적 회의가 도사리고 있는 거죠.

진짜 세계는 주관과 무관하게, 객관적 실체로 존재한다고 주장하는 것은 곤란합니다. 그 순간 우리는 2500년을 거슬러 올라가 플라톤의 세계로 돌아가버립니다.

바로크, 점선의 신

세계와 인간에 대한 근본적 회의로부터 근대적 앎이 시작되었다고 했어요. 데카르트 이야기를 했었죠. 어떤 굉장한 악마가 인간의 지각 전체를 조종하는지도 모른다고. 〈매트릭스〉라는 영화 이야기도 했었죠. 이 세계가 컴퓨터 프로그램이라는 것이었어요.

세계의 실체성을 보장해줄 존재가 없는 한 이런 의심은 끝날 수가 없어요. 우리 앞에 있는 급한 문제들 때문에 뒤로 물러서 있을 뿐이죠. 그 문제로 뛰어든다고 해도 답이 없어요. 우리가 그 세계의 일부이기 때문에 세계 내부에서 세계 자체의 실체성을 제대로 판단하는 것이 원초적으로 불가능한 탓이기도 해요.

지난 시간에도 말했듯이, 갈릴레이 이래로 물리학이 밝혀놓은 세계의 모습만 해도 어마어마해요. 사람 눈으로 보면 절망적이죠. 138억 년 크기의 우주도 그렇고, 게다가 관측의 한계 너머에 어떤 세계가 있는지 현재 과학 수준으로는 알 수가 없어요. 원자 수준 이하의 작은 세계 역시 정체를 파악하기 힘들어요. 원자 내부에 있는 소립자들은, 입자라고는 하지만 입자인지 아닌지 확인이 어려워요.

중성미자(中性微子, neutrino, 우주를 구성하는 가장 기본적인 입자)의 눈으로 보면 세상은 공허예요. 중성미자는 전기적으로 중성이라서 보통의 힘들과 반응하지 않아요. 우리가 물질이라고 부르는 모든 것을 스르륵 통과해버려요. 태양에서 쏟아지는 중성미자는 사람이나 집은 물론이고 지구도 통과해버리죠. 그 관점으로 보면, 개체는 물론이고 물질도 존재하지 않아요. 어떤 것도 중성미자를 튕겨낼 수 없으니 중성미자한텐 그냥 공허일 뿐이에요. 그 반대 세계를 봐도 크게 다르지 않아요. 별과 은하를 이루고 있는 물질은 현재 우주 전체 질량의 0.4퍼센트라고 해요. 나머지 99.6퍼센트는 모두 비어 있다는 거죠.

이런 앎이 우수와 비애를 낳는다고 했어요. 손쓸 수 없는 허망감을 바라보는 심정이죠. 앞에서 스피노자의 비애라는 말을 썼어요. 스피노자는 기쁨의 철학자이고, 이 세계 자체가 신이라고 생각했던 사람입니다. 신인데도 무한 세계의 공허함으로부터 구원해줄 수 있는 힘이 없어요. 무한 세계 자체가 신이니까. 사람이 구원을 필요로 한다면 스스로 움직여야 하는 거죠.

사람의 마음에 감정 이입하는 신이라면 세상의 고통에 아무런 대책도 없는 자기 모습에 가슴이 찢어지지 않을 수 없어요. 그게 바로 크적 신의 모습입니다. 근대가 시작하는 시기, 절대-상징계의 바탕에 놓여 있는 절대 공허가 의인화한 모습이죠. 그러니까 상징계에서 보자면, 실재계는 점선으로 표시할 수밖에 없어요. 우리 세계에서 점선이 빠져나가는 순간은 존재론적 간극이 열리는 순간인 거죠.

무엇을 할 것인가

진짜 세계가 있는지, 있다면 어떤 모습인지는 잘 모르겠다. 그런데 그런 생각을 하는 나는 대체 누구인가. 이런 질문은 어때요? 이것이야말로 불행한 의식을 낳는 전형적인 질문이죠. 대답 불가능한 질문이기 때문이에요. 질문을 바꿔야 합니다.

나는 무엇을 할 것인가.

불행한 의식은 앎이나 의식의 차원에서 해결되는 문제가 아니라고 했어요. 문제를 풀려면 사람들 사이에서 움직여야 합니다. 행위와 실천이 있어야 해요. 인간-동물의 신체 위에 자기 서사가 접착되어 있는 것이 사람입니다. 개인의 행위는 자기 서사의 바탕 위에서 이루어집니다. 그 행위를 평가하는 것이 공동체의 역할이죠. 행위한다는 것은 공동체의 눈으로 내 서사를 바라보는 것이죠.

『그 남자네 집』의 주인공은 『마담 보바리』를 읽고, 엠마 보바리도 소설을 읽어요. 『참을 수 없는 존재의 가벼움』의 테레자는 『안나 카레니나』를 읽고, 안나 카레니나도 페테르부르크로 가는 기차에서 영국 소설을 읽어요. 이들은 모두 자기 서사를 패치(patch)하고 있는 중이에요. 착각에 착각이 덧씌워지고, 자기기만이 스스로를 보완해요. 그것을 돌파할 수 있는 것은 행위죠. 자기 스스로에게 책임을 요구하는 것으로서 행위.

착각

상상계의 기본 원리는 왜 착각인가. 앞에서 제기한 질문이었어요. 헤겔식으로 말하자면, 자기의식의 기본 형식이 착각이기 때문이에요.

사람은 영아에서 유아로 성장하는 과정에 '거울 단계'를 거친다는 것이 라캉의 논리였어요.[1] 만 6개월에서 18개월 사이, 말을 배우고 익히는 단계를 뜻해요. 거울에 비친 자기 모습을 보면서, 자기가 누구인지를 알게 되는 거예요. 자기 자신의 이미지가 만들어지는 단계죠. 그 단계를 거쳐서 다른 사람들과 상호 작용을 하는 상징계로 접어들어요. 거울 단계에서 만들어지는 착각은 상징계의 바탕으로 깔리게 되죠. 사라지는 게 아니에요.

거울 단계에서 만들어지는 자아의 모습은 관념 속의 자아예요. 앞에서 자아의 세 형태에 대해 말했었죠. 거울에 비친 모습은 내 모습을 뒤집어놓은 거예요. 사진 속의 모습은 그 반대예요. 남들이 보는 시선으로 잡아놓은 모습이죠.

사진에 있는 모습보다 거울에 비친 내 모습이 내겐 더 익숙해요.

실물보다 사진이 잘 나온다고 생각하는 사람은 드물어요. 자기가 포토제닉하다고 말하는 사람도 있지만 진짜로 그렇게 생각하는 사람은 드물죠.

그런데 남들은 그렇게 생각하지 않아요. 내가 보기엔 못 나온 사진 같은데, 내 친구가 보고는 잘 나왔다고 해요. 내 용모를 저평가해서? 아니죠. 내 친구에게는 거울이 아니라 사진 속 내 모습이 익숙하기 때문이에요. 사진 속 내 모습이 나한테는 익숙하지 않아요. 목소리도 마찬가지예요. 녹음된 내 목소리는 이상하게 들리죠. 내가 듣는 내 목소리와 달라요. 하지만 다른 사람들에게는 그 반대죠. 그들에게 익숙한 것은 녹음기 목소리예요.

그러면 그 둘 중에 어떤 것이 진짜죠? 진짜냐 가짜냐를 따질 수는 없지만, 사진의 모습과 녹음된 목소리가 객관적인 나예요. 그게 공동체에서 진짜로 통용되는 것입니다. 그러나 그런 나의 모습과 목소리를 나는 한 번도 보고 들을 수 없어요. 단 한 번도 불가능하죠. 카메라나 녹음기의 도움을 받아야 가능하지만, 매체를 통과했으니 그것도 진짜는 아니죠.

그런 상태로, 나는 거울 속 내 모습과 내가 듣는 내 목소리를 나라고 알고 살아요. 거울 단계에서 만들어진 영상이, 상징계로 진입하고 어른이 된 후에도 여전히 남아 있는 거죠. 자기 자신에 대한 착각이 자기 이미지의 바탕에 놓여 있는 거죠.

어떤 순간에는 내 안에서 이상한 모습이 튀어나오는 것을 보고 놀랄 때가 있어요. 내 안에는 인간-동물이 있고, 그 위에는 잘 접착된 자기 서사가 있어요. 나의 짐승스러운 면이, 좀비 같고 바보 같은 면들이, 나의 형용사들이 튀어나올 때가 있어요. 틈이 벌어져버린 것이죠. 거울이 깨져버린 거예요. 세상에는 많은 거울이 있었어요. 내가 만나는 사람들이 다 나의 거울이에요. 그 거울 속에서 나는 나의 모습을 확인해요. 그런데 교란이 일어난 거예요. 존재론적 간극이 열린 거죠.

이제 진짜 나의 자리, 진짜 내가 있어야 할 자리에 대한 의문이 생겨납니다. 그게 곧 점선으로 그려진 실재의 자리입니다. 또 다른 착각으로 채워질 것이에요. 그 착각이 깨지는 순간, 또 다른 점선의 실재가 나타날 거예요. 여기에서 중요한 것은 진짜 내 모습 같은 것이 아니죠. 공동체에서 문제 되는 것은 행위입니다. 어떻게 살아야 하느냐의 문제로 귀착되는 거죠. 개인의 수준일 수도, 공동체 전체의 수준일 수도 있어요.

미덕과 행복

개인에게도, 공동체에게도 문제 되는 것은 행복입니다. 행복이라고 해서 뭔가 대단한 걸 말하는 게 아니죠. 택시 운전사의 아들이 부르는 노래, 또다시 〈양화대교〉, "행복하자. 우리 행복하자. 아프지 말고 아프지 말고."에 있는 어감으로서 행복이에요. 행복이라기보다는 비-불행이라 함이 더 적당할 수도 있겠죠. 공동체가 개인에게 제공해야 할 최저한도의 복리죠. 그 밖의 고상한 대의들은 모두 그 너머에 있어요.

여러분에게 내준 숙제, 덕과 행복의 불일치를 어떻게 해결할지가 있었죠. 소크라테스와 트라시마코스의 대립에 대해 앞에서 살펴봤어요. 올바르게 살아야 한다(소크라테스), 평판을 관리하면서 살아야 한다(트라시마코스)가 대립했죠. 이 문제를 어떻게 해결하죠?

플라톤은 좀 바보 같은 소리를 했어요. 지혜와 용기와 절제를 갖추면 올바름이 이루어진다고 길게 말하더니, 책의 마지막에 가서는 엉뚱하게 내세 이야기를 해요. 이승에서 죄를 지으면 저승에서 심판을 받아 그 열 배의 대가를 치른다고, 그리고 값을 치른 후에 다시 몸을 받아 새로운 삶을 시작한다고. 『국가』에서 소크라테스를 등장인물로 내세워서 한 말이에요. 소크라테스가 누구에게 그런 이야기를 들었다면서. 그러니까 사람들에게 협박하는 거죠. 착하게 살지 않으면 죽어서 영혼이 큰 벌을 받는다고.

심지어는 칸트도 유사한 이야기를 했어요. 미덕과 행복의 불일치는 윤리가 당면하는 이율배반인데 이를 어떻게 해결해야 하나. 그 둘이 일치하는 게 가장 좋은 것이에요. 착하게 사는 사람이 복을 받는 게 최고선이죠. 그러나 현실 속에서는 그걸 이루기 힘들어요. 그래서 칸트가 들고 나오는 것이 영혼 불멸과 신의 존재예요. 미덕과 행복의 일치를 위해서는 이것이 요청된다고 해요. 그런데 이 둘은 칸트 자신이 『순수이성비판』에서, 논리적으로 따질 수 없는 문제라고 치워버렸던 항목들이에요. 불멸의 영혼과 신의 존재를, 비록 요청의 형식이기는 하지만 다시 끌고 온 거예요. 이것 역시 협박이죠. 그 힘이 매우 약해지기는 했지만.

사리자의 지혜

나쁜 짓하면 천벌을 받고 자손 대대로 재앙이 이어진다는 협박이 제일 좋은 방법이죠. 단지 통하기만 한다면. 전통적으로 보편 종교는 엄한 부모처럼 사람들을 그런 식으로 위협했어요. 지옥에 가서 이런저런 벌을 받는다고. 아무리 다른 사람들을 속여도 하느님은 속일 수 없다고. 그러니까 착하게 살라고.

이런 대목에서 빛나는 것은 〈반야심경〉이에요. 색즉시공 공즉시색이라는 말이 나오는 매우 짧은 경전이죠. 석가가 지혜로운 제자 사리자에게 속삭이듯 하는 말이에요.[2]

사리자는 석가의 10대 제자 중 지혜를 대표해요. 제자가 되기 전에는 당대의 유력한 청년 바라문이었어요. 예수의 제자 바울과 위상이 비슷하죠. 당시 바라문은 천하를 돌면서 지혜로운 사람들과 논쟁하며 진리를 찾는 게 일이었어요. 다른 바라문들을 논파하던 사리자가 자기 무리를 끌고 석가의 명성을 찾아 왔어요. 석가는 논쟁할 기회를 주지 않고 1년 동안 곁에서 기다리게 했어요. 아쉬운 사람은 사리자니까 기다렸어요. 1년 후 논쟁을 하자고 하니, 사리자가 절을 하고 제자 되기를 청했다고 해요. 둘은 함께 수행하고 포교하는 삶을 살았죠. 〈반야심경〉은 그런 사리자에게 석가가 들려주는 말입니다.

그 핵심은 색즉시공 공즉시색이라는 말이에요. 세상은 텅 비어 있고, 텅 비어 있음이 곧 세상이라는 말입니다. 공허도 그냥 공허가 아니고, 충만도 그냥 충만이 아니라는 말이죠. 가득 찬 공허이고, 텅 빈 충만이라는 거예요. 무슨 말이죠? 가득 찬 공허라면 블랙홀과도 같고, 텅 빈 충만은 중성미자의 눈으로 본 물질세계예요. 중성미자한텐 사람도 지구도 존재하지 않아요. 튕겨내야 물질인데, 중성미자를 튕겨내지 못하니까. 중성미자는 모든 것을 그냥 뚫고 지나가버리니까.

세상이 공허인데, 무슨 전생이고 내세며, 죄를 지으면 끌려가는 지옥 같은 게 있을 수 있겠어요. 모두 다 엄포인 거죠. 그런 말을,

지혜로운 제자 사리자에게 속삭이듯 하고 있는 거예요. 세상이 모두 헛것임을 너는 알지? 하고.

〈반야심경〉의 마지막에 나오는 주문, 아제아제 바라아제 바라승아제 모지 사바하, 하는 구절이 그런 경지를 보여줍니다. 한자로 번역하지 않고 산스크리트어를 그냥 음으로 옮겨놓은 구절이죠. 가자, 가자, 넘어가자, 함께 넘어가서 깨달음을 이루자. 이런 뜻이에요. 그러니까 자기 둘만, 최고의 지혜를 깨달은 두 사람만 해탈의 세계로 가자고?

미덕과 행복의 일치

색즉시공의 뜻을 아는 사람이라면 이런 말은 불가능하죠. 색즉시공인데 어떻게 저 너머의 세계 같은 게 있겠어요.

지난 시간 마지막에 질문했어요. 성불에 이르는 깨달음이란 다른 세계로 이르는 문의 열쇠를 찾은 것인가. 색즉시공의 눈에는 이것 역시 바보 같은 질문이죠. 그런 세계는 없으니까.

그렇다면 무한 반복이 이뤄지는 이 윤회의 세계에 꼼짝없이 갇혀 있어야 한다는 것인가. 물론 윤회의 세계 같은 것도 없다고 해야 해요. 색즉시공이니까 그런 거 없어요. 그렇다면 이제 저 절대 무(無)와 무한 공간의 허망함을 맨몸으로 맞서야 한다는 것인가. 이 땅에 존재하는 고통과 불안은 어떻게 해야 하나.

부처를 만드는 깨달음은 부처 되기의 불가능성에 대한 깨달음이라고 해야 합니다. 내 앞에 있는 이 세상이, 세상의 끝인 거죠. 윤회가 없을 뿐 아니라, 윤회의 없음도 없어요. 해탈이 없을 뿐 아니라,

해탈의 없음도 없어요. 해탈의 불가능성을 깨닫는 순간 해탈이 이루어지는 것이죠. 그것이 깨달음의 본체라고 해야 합니다.

그런데 그런 깨달음이라는 것은 혼자 생각하고 명상한다고 되는 일이 아니에요. 생각만으로 된다면 누구나 책을 읽고, 또 다른 사람에게 한마디 얻어 듣고 해탈해요? 그게 가능한 일일까.

해탈하기 위해서는 비우고 버려야 한다고 해요. 그러나 가진 게 있어야 버리고, 채워진 게 있어야 비울 수 있어요. 가진 게 없으면 버릴 것도 없어요. 그러니까 많이 버리기 위해서는 많이 모아야 하고, 제대로 비우기 위해서는 가득 채워야 해요. 그게 뭐든, 지식이든 재산이든 인연이든.

앞에서 니체의 낙타와 사자 그리고 어린아이의 변화에 대해 말했어요. 어린아이의 수준은 그냥 되는 게 아닙니다. 낙타와 사자를 넘어서야 어린아이가 될 수 있어요. 어린아이가 되기 위해서는 먼저 낙타가 되어야 하는 거죠. 그 주름을 단숨에 관통해버리는 놀라운 천재나 화이트홀(white hole, 모든 것을 빨아들이는 블랙홀에 반해 모든 것을 내놓기만 하는 천체) 여행자 같은 존재가 아니라면, 개미처럼 뱀처럼 기어야 해요. 이 모든 것은 행위의 결과입니다. 비우는 것도 버리는 것도, 생각이 아니라 행위를 통해서 가능한 것이죠.

미덕과 행복이 어떻게 일치할 수 있는지에 대해서는 이미 앞에서 말했어요. 아주 간단한 명제가 있죠.

미덕을 지키는 것 자체가 행복이다!

착하고 올바르게 산 결과로 행복이 찾아오는 게 아니라, 착하고 올바르게 사는 일 자체가 행복이라는 수준으로 옮겨가는 것입니다. 트라시마코스식으로 말하면, 착한 척하며 살아 공동체에서 명성과 평판을 얻는 것, 그래서 부와 명예를 얻는 것이 행복일 텐데, 그런 게 어떻게 행복일 수 있겠어요. 다른 사람 모두를 속여도 자기 자신의 눈은 어쩔 거예요. 착하고 올바르게 사는 일 자체가 기쁨이 되어야 한다는 거죠. 그러면 평판은 저절로 와요. 오지 않아도 상관없어요. 나는 이미 행복하니까.

여기에서 중요한 점은, 이것이 단순히 생각을 바꾸는 일의 차원이 아니라는 겁니다. 행위로 구현되어야 하고, 행위 속에서 깨달아야 해요. 미덕이 곤경에 처했을 때, 그러니까 거짓말이나 도둑질이나 배신의 유혹이 생겨났을 때, 자기 몸의 충동이나 자기 이익을 포기하고 올바름의 덕을 지켰을 때, 바로 그때 생겨나는 것이 행복감이라는 거죠. 버젓한 마음, 자긍심, 자신에 대한 존중감 등이 앞설 테고, 그 상태를 넘어서면 그런 것들조차 중성미자처럼 통과해버릴 맑은 상태가 될 거예요. 진정으로 자유로운 상태에 도달할 수 있을 거예요. 그런 마음의 상태라면 기쁨이나 행복이라는 말조차 붙이기 곤란하겠죠. 중성미자처럼 통과해버릴 테니까.

삼위일체: 시장, 화폐, 신용

물론 우리가 사는 세상은 단순하지 않아요. 세상 이치의 핵심에 있는 냉소를 넘어서는 것은 쉬운 일이 아니에요. 냉소주의는 우리가 사는 세계의 뼈대를, 우리 삶의 근본 질서를 이루고 있기 때문이에요.

우리 시대 최고의 신전이 어디라고 했죠? 뉴욕 월가의 증권 거래소입니다. 세계 경제의 핵심이죠. 모든 것을 숫자와 비율로 표현하는 싸늘한 냉소의 전당입니다. 우리 시대 최고신인 시장이 거주하는 곳입니다. 전 세계에 예배당이 흩어져 있어요. 그걸 모두 가짜 신전이라고 말할 수 있나요? 그게 실제로 우리가 사는 세상을 움직이는 가장 중요한 힘이잖아요? 우리는 모두 성공 신화라는 바이블을 옆구리에 끼고 살아요. 열심히 노력해서 성공하겠다! 이 사람들은 이렇게 성공했다!

자본주의를 비판하면서 흔히 하는 얘기가 타락한 가치, 혹은 물질 숭배 같은 말입니다. 사용 가치는 인간적인 것이고, 교환 가치는 물질적이고 타락한 것이라는 식의 비판이죠. 그러나 이런 식의 비판은 너무 쉽게 깨져버립니다. 그런 말을 하는 너는? 이런 반문 한 방이면 끝나요. 뭐야? 나는 혼자 독립생활을 하는 자연인이다! 이렇게 말하는 사람은 물론 예외죠. 교환이 이뤄지는 사회나 시장을 거부하는 존재니까.

1980년대 후반 홍콩 영화 전성시대에 한국에서 개봉한 〈영웅본색〉이라는 작품이 있었어요. 선글라스를 낀 주인공이 100달러짜리 지폐로 담뱃불 붙이는 사진이 길거리 포스터에 나붙었어요. 그 모습이 멋져 보였어요. 아, 대단히 호방하구나! 나중에, 영화를 본 사람에게 들었어요. 그게 위조 지폐였다고 하더라고요. 약간의 허탈감?

하지만 진짜 지폐라고 해도 상관없어요. 화폐의 핵심은 그 종잇조각이 아니라, 그것을 보장하는 중앙은행장의 권위와 그것을 믿는 사용자들의 행위에 있어요. 타버린 돈이라도 그것이 100달러짜리 지폐라는 사실만 확인할 수 있으면 은행은 새 돈을 내줍니다. 혼이 살아 있으면 몸은 언제든 새 몸을 줘요. 헌 돈을 새 돈으로 바꿔주는 것과 같은 이치죠. 플라스틱 화폐는 좀 더 분명해요. 신용 카드나 체크 카드는 태우거나 잘라버려도 아무 상관없잖아요. 신용이 있는 한 원하면 언제든 새 걸로 내주니까.

화폐의 핵심에 있는 신용은 성령과도 같아요. 물질의 몸은 없지만 영의 몸이 있어요. 서로 손을 잡은, 믿는 사람들의 마음속에 있는 것이 성령입니다. 신용도 마찬가지예요. 물건을 사고 플라스틱 조각을 내미는 사람의 몸짓 속에, 카드로 물건값을 계산해주는 마트 직원의 움직임 속에 있어요. 몸을 가진 신용, 그것이 화폐인 거죠.

시장은 성부 하느님, 화폐는 성자 하느님, 그리고 신용은 성령 하느님입니다. 삼위일체를 이뤄요. 시장은 하느님의 몸입니다. 하느님의 임재가 이뤄진 곳이 구체적인 시장들입니다. 거룩하신 성자 하느님 화폐는 물처럼 하느님의 몸 위를 흘러요. 화폐를 유동성이라고 하죠. 액체입니다. 금덩어리가 아니에요. 성자 하느님이 있어야 성부 하느님이 뜻을 이룰 수 있어요. 그리고 신용은 그 유동성 위를 떠도는 신성한 혼입니다. 이게 우리가 사는 세상의 기본값입니다. 이걸 부정할 수도, 나쁘다거나 더럽다고 할 수도 없어요. 그게 현재 인간 공동체 삶의 기본값이니까. 그걸 욕하는 건 하늘 보고 침 뱉기니까.

구체적 보편성

공동체의 행복은 공동체의 올바름, 즉 정의나 공정의 문제와 연관됩니다. 행복이 그렇듯이 보편적이어야 할 덕도 역시 구체적이라야 합니다. 디테일에 악마가 있다는 말이 통용되는 장이죠. 우리 시대의 유덕한 행위의 기본은 시장에서 이뤄지는 계약과 같기 때문이죠.

공동체는 구성원의 행복을 위해 존재하죠. 개인의 권리와 행복을 지켜주는 게 기본 역할입니다. 그래서 인권이라는 말을 쓰죠. 인간으로서 기본권을 보장해야 한다는 것이죠. 이런 경우 지켜야 할 것으로서 인권의 척도는 그 공동체에서 가장 낮은 위치에 있는 사람의 권리입니다. 마이너리티의 권리죠. 바로 그 위치에 있는 사람이 구체적 보편자로서 인간이에요.

9.11 테러 이후 미국에서 이슬람에 대한 차별과 핍박이 심해졌어요. 그걸 다룬 인도 영화, 〈내 이름은 칸〉에 『코란』 구절이 나와요. 죄 없는 한 사람을 죽이는 것은 인류 전체를 죽이는 것이다! 죄 없는 한 사람, 바로 그 사람이 구체적 보편자로서 인류예요.

『그 남자네 집』을 읽으며 여성 주체의 문제를 살펴봤어요. 어떤 순간이 되면, 여성 해방이 인간 해방이라고 해야 합니다. 여성의 행복이 인류의 행복이라고 해야 합니다. 핵심적인 적대를 어디에 설정하는지의 문제입니다. 여혐이라는 말이 나오니까, '남혐'도 있다고 반박하는 것은 터무니없는 일이죠. 재벌이나 권력자, 백인도 혐오의 대상인가요? 차별이 올바르지 않은 것은 마이너리티에 가하는 것이기 때문이죠.

지금 우리 사회에서 구체적 보편자로서 인간은, 아시아계 여성 이주 노동자입니다. 그 사람의 인권이 지켜지면 우리 모두의 인권도 지켜져요. 보행 불편인의 통행권이 인권의 척도라고 해야 해요. 그게 지켜지면 비-장애인의 통행은 보장하고 자시고 할 게 없어요.

물에 잠긴 세월호에서 아직 빠져나오지 못하고 있는 시신, 바로 그것이 구체적 보편자로서 국민입니다. 그 시신을 있어야 할 자리에 있게 하는 것이 국가의 존재 이유죠. 힘든 국민은 그 밖에도 많다고, 재정 운운하며 이제 그만하자는 이야기는 지금의 이 국가를 해체하자는 말입니다.

바로 이 시점에 공무원이 부정한 돈 10만 원을 받지 않는 것, 그게 사회를 공정하게 만들어요. 그게 곧 구체적 보편성의 차원입니다. 구체적 행위의 차원인 거죠. 이런 점을 고려하지 않고 윤리적 보편성을 말하는 것은 의미가 없어요. 실행의 차원에서 문제 되는 것은 바로 그 사람, 바로 그 순간, 바로 그 행동입니다. 그걸 지키는 게 공동체를 지키는 것이죠. 구체적 실행으로 작동하지 않는 보편성은 의미 없는 허깨비와 같은 것이에요.

욕망, 성숙, 운명애

이제 마무리할 시간이네요. 우리가 읽은 소설들은 크게 세 토막으로 나눌 수 있어요. 첫째는 욕망, 둘째는 성숙, 셋째는 운명애.

여러분이 낭독한 첫 번째 세 소설은, 욕망을 향해 가다가 목숨을 잃는 이야기였어요. 욕망은 끝이 없다고 했죠. 궁극적 충족은 불가능해요. 욕망보다 무서운 것은 내 몸에서 작동하는 충동이라고 했어요. 충동의 뼈가 드러나는 걸 막기 위해서는 욕망의 근육을 단단하게 만들어야 한다고 했어요. 그래야 제대로 살 수 있다고 했죠.

또, 어른이 된다는 것은 자기 욕망의 불안을 사실 그대로 받아들이는 것이라고 했어요. 그러나 그걸 내가 감내해야 하는, 외부에서 주어진 조건이라고 느끼면 비참해져요. 감당할 수 없는 순간이 되면 홀든이나 요조처럼 정신 병원에 가거나, 단백처럼 절대 고독 속으로 들어가야 해요. 그래서 운명애가 필요하다고 했어요.

운명애는 당위를 필연으로 받아들이는 것이에요. 토마시와 테레자의 삶이 그랬어요. 자기에게 주어진 역할을 기꺼이 받아들여요. 자기에게 주어졌다고 스스로 판단한 역할이기 때문이에요. 사비나는 섹스할 때 눈을 감는 파트너를 경멸했어요. 혼자만의 환상으로 도망가지 말라고 했어요. 그러나 비록 섹스가 합일의 경험이 아니라 단지 두 개의 서로 다른 환상이 교차하는 것이라 해도, 그걸 인정하면서도 기꺼이 내가 상대의 섹스 토이(sex toy)가 돼주는 것, 내 몸을 그렇게 제공하는 것, 기꺼이 눈을 감아주는 것이 사랑일 수 있어요. 그런 행위 속에 있는 독특한 일그러짐을 포착해낸 소설도 있었죠. 『열쇠』였어요.

운명애, 즉 아모르 파티(amor fati)는 니체가 즐겨 썼던 말이죠. 신 없는 시대의 인간 영웅의 행위예요. 스피노자가 썼던 사랑이라는 말은 신에 대한 지적 사랑이었어요. 이성을 통해서 절대자의 존재를 추리하고 그 원리와 함께하는 것이죠. 깨달음을 얻어서 성불하라는 말과 다르지 않아요. 냉정하고 차갑게 접근한 테제죠. 반면에 운명애는 강렬한 의지의 발현이에요. 자기가 선택한 당위를 향해 가는 거예요.

원리, 윤리, 이념

사람은 누구나 자기 서사에 입각해서 자기 자신을 연기한다고 했어요. 사람은 누구나 무대에 있는 배우인 거죠. 스피노자의 신은 높은 객석의 깊은 어둠 속에서 세상을 굽어봐요. 물론 스피노자의 신에게는 눈이 없으니 보고 있는 것은 인간 자신이죠. 그 반대로, 무대에서 연극을 하며 어두운 객석에 눈길을 던지는 사람들이 있어요. 그리고 물어요. 내가 연기를 제대로 하고 있냐고.

스피노자의 시선이 원리의 수준이라면, 두 번째 시선은 윤리의 수준이에요. 내가 인생을 제대로 살고 있나요? 답은 물론 스스로가 해야 합니다. 이 수준에 있는 것이 칸트와 니체죠. 보편적 덕을 향한 강렬한 의지도, 운명애의 의지도 그 영역에 속해요.

그렇다면 세 번째 단계는 뭘까. 객석도 어둠도 없는, 제한 없이 펼쳐진 무대만 있어요. 나와 내 앞에 있는 사람이 마주 보고 있어요. 지금 내 앞에 있는 바로 그 사람이 공동체예요. 객석의 어둠이 없으니 거기에 숨어서 나를 지켜보는 절대자도 있을 수 없어요. 절대자가 있다면 바로 내 앞에 있는 사람에게, 그 사람의 눈 속에 있어요. 어둠이 있는 곳도 그 사람의 눈 속이에요. 그걸 바라보는 내 마음속이기도 하죠.

이것이 사람들이 이루는 공동체와 이념의 수준입니다. 철학자의 이름을 들자면, 구체적 보편자로서 헤겔이에요.

원리는 냉정해요. 객관적이라서 개인의 사정을 봐주지 않죠. 그래야 원리가 됩니다. 윤리는 뜨겁지만 맹목적이에요. 비타협적으로 자기 길을 갑니다.

원리를 파악하면 현자가 되지만, 그 길을 따라 살면 속물이 됩니다. 윤리적인 사람은 성스러워 보이지만, 사람들 사이에서는 바보가 됩니다.

이념은 원리와 윤리가 서로를 견제하는 데서 만들어집니다. 이념이 무언가를 살피고 챙긴다면, 구체적 보편자의 행복이어야 합니다. 양화대교를 건너가는 택시 운전사 아들의 행복이 곧 공동체 전체의 행복이라고 말해야 하는 거죠.

한 한기 동안 고생 많았습니다.

주

1-1강 배움과 익힘

1 반복이 만드는 차이라는 개념에는 여러 사람의 생각이 바탕이 되어 있다. 차이와 반복의 문제에 관해서는 들뢰즈의 『차이와 반복』(김상환 역, 민음사, 2004)의 발상이 기본으로 깔려 있으며, 동어 반복의 문제는 이데올로기가 만들어내는 권위의 악순환이라는 관점에서 '법은 법이다'라는 명제를 인용한 지제크, 『이데올로기라는 숭고한 대상』(이수련 역, 인간사랑, 2002, 73쪽)의 논점이 확장된 것이다.

1-2강 왜 읽는가

1 베이컨의 말은 아도르노와 호르크하이머의 『계몽의 변증법』에서 재인용했다. 정확한 문면은 다음과 같다. "만족만을 위한 지식은, 결실이나 생산을 위해서가 아니라 즐거움을 위해서 존재하는 매춘부와 같다." *Dialectic of Enlightenment*, translated by John Cumming, New York: Continum, 1969, p.5.

2 다산은 「대학공의」에서 정심(正心)을 찾는 방법은 사람들과의 인륜적 관계와 사물과의 대면 속에서 이루어져야 한다고 강조했다. "先輩들이 心學을 강학하던 초기에 대부분이 心疾을 얻었다고 하니, 이는 先輩들이 스스로 한 이야기이다. 行事가 없이 뜻에서 性을 구하고 事物이 없이 心에서 正을 구한다면 그들에게 心疾이 발생됨을 이루 말할 수 있겠는가?" 『여유당전서 경집 1』, 호남학연구소 역, 전남대출판부, 1986, 34쪽.

2-1강 존재론적 간극

1 솔로몬의 말은 『구약』「전도서」의 첫 번째 문장이다. "전도자가 이르되 헛되고 헛되며 헛되고 헛되니 모든 것이 헛되도다."(개역개정, 「전도서」 1장 2절)

2 기든스의 정확한 문면은 "대략 17세기경부터 유럽에서 시작되어 점차 전 세계적으로 영향력을 확대하고 있는 사회생활이나 조직의 양식을 의미한다."이다. 기든스, 『포스트모더니티』,이윤희 · 이현희 역, 민영사, 1991, 17쪽.

3 일곱 개의 행성과 일곱 개의 구멍 이야기는 푸코의 『말과 사물』(이광래 역, 민음사, 1987), 47쪽에 나온다.
4 바로크 근대성의 개념에 대해서는 졸저 『풍경이 온다』(나무나무출판사, 2019), 3장에 상세하다.

2-2강 무엇을 읽을까

1 칸트의 이율배반은 『순수이성비판』 2권(백종현 역, 아카넷, 2006), 625-72쪽에 나온다.
2 프로이트가 말한 고통의 세 원천은 『문명 속의 불만』(김석희 역, 열린책들, 1997)에 나온다. 구체적 문면은 다음과 같다. "다음 세 방향에서 오는 고통이 우리를 위협하고 있기 때문이다. 첫째는 우리 자신의 육체-이것은 결국 썩어 없어질 운명이고, 그나마도 고통과 불안이 경고 신호를 보내지 않으면 살아갈 수 없다. 둘째는 외부 세계-이것은 압도적이고 무자비한 파괴력으로 우리를 덮칠 수 있다. 셋째는 타인들과의 관계-우리에게 가장 고통스러운 것은 아마 타인들과의 관계에서 오는 고통일 것이다."(258쪽)
3 에로스와 아난케에 관한 진술은 『문명 속의 불만』, 287쪽에 나온다.

3-1강 근대성과 소설

1 톨스토이의 『참회록』에 나오는 문면은 다음과 같다. "옛날부터 전해오는 동양의 우화에 벌판에서 성난 맹수의 습격을 받은 여행자의 이야기가 있다. 여행자는 맹수로부터 자신을 구하기 위해 물이 마른 우물로 뛰어들었다. 그런데 우물 밑바닥에서 자기를 삼키려고 입을 벌리고 있는 용을 보았다. 그 불운한 여행자는 맹수에게 잡아먹히는 것이 두려워 우물 밖으로 나오지도 못하고 또 용이 두려워 우물 바닥으로 뛰어내릴 수도 없었다. 그래서 그는 우물 벽 틈에 자라난 가느다란 나뭇가지 하나를 움켜잡고 매달렸다. 그의 손에서 힘이 빠지기 시작했다. 그러자 그는 조만간 자기를 기다리고 있는 어느 쪽의 죽음에든 자신을 맡기지 않으면 안 될 것이라 느꼈다. 그래도 여전히 나뭇가지에 매달려 있었다. 그때 흰 생쥐와 검은 생쥐가 그가 매달려 있는 나무줄기로 다가와 주위를 한 바퀴 돌더니 나무줄기를 갉아먹기 시작하는 것을 보았다. 머지않아 나무줄기는 끊어질 것이며 그는 바닥에서 그를 기다리고 있는 용의 입속으로 떨어질 것이었다. 여행자는 그 사실을 알고 있었다. 그러면서도 여전히 나뭇가지에 매달린 채 잎사귀에 매달려 있는 꿀 몇 방울을 발견하자 혓바닥을 내밀어 핥아먹기 시작했다." 여기에서 "동양의 우화"라고 한 것은 『비유경(譬喩經)』을 말하며, 여기에는 맹수가 아니라 코끼리로 나온다. 디테일은 조금씩 다르지만 큰 뜻은 동일하다. 톨스토이, 『인생론 · 참회록』, 박병덕 역, 육문사, 2012, 262-3쪽.
2 에로스와 죽음 충동의 대립은 프로이트의 『쾌락 원칙을 넘어서』(박찬부 역, 열린책들, 1997), 86쪽에 나온다. 여기에는 죽음 충동이 죽음 본능으로 번역되어 있다. 에로스와 타나토스의 대립은 마르쿠제의 『에로스와 혁명』(김종호 역, 박영사, 1975), 249쪽에 나온다.
3 교환과 증여에 관한 사항은 졸저 『인문학 개념정원』(문학동네, 2013), 18장에 간략하게 써두었다.

3-2강 어떻게 읽을까

1 네덜란드의 역사와 자본주의 및 문화 발전 등은 브로델의 『물질문명과 자본주의 2: 교환의 세계』(주경철 역, 까치, 1996), 아리기의 『장기 20세기』(백승욱 역, 그린비, 2008), 페트람의 『세계 최초의 증권거래소』(조진서 역, 이콘, 2016) 등에 상세하다. 『풍경이 온다』, 제2장에도 간략하게 써두었다.

2 선거에 관한 루소의 말은 다음과 같다. "영국 인민은 자신이 자유롭다고 생각한다. 크게 착각하는 것이다. 그들은 오직 의회 구성원을 선출하는 동안만 자유롭다. 선출이 끝나면 그 즉시 인민은 노예이고, 없는 것이나 마찬가지다." 『사회계약론』, 김영욱 역, 후마니타스, 2018, 117-8쪽.

3 라캉의 상상/상징/실재와 작동 원리에 대해서는 『인문학 개념정원』, 4장에 간략하게 써두었다.

4 소설에 관한 헤겔의 말은 『미학강의』 3권(헤겔, 두행숙 역, 나남출판, 1996), 569쪽에 "근대에 와서 시민적인 서사시가 된 소설"이라고 나온다. 앞에서 지적했듯이 '시민적'이라는 독일어와 '부르주아적'이라는 프랑스어는 같은 뜻이다.

4-1강 텍스트의 무의식: 『이반 일리치의 죽음』

1 톨스토이, 『이반 일리치의 죽음』, 이강은 옮김, 창비, 2012.

2 텍스트의 증상 및 텍스트의 무의식의 개념에 대해서는 졸고 「텍스트의 귀환」(「한국현대문학연구」 33, 2011) 및 「인물, 서사, 담론: 문학이 생산하는 앎」(『문명과 경계』, 2021)에 써두었다. 라캉의 증상 개념 자체에 대해서는 지제크, 『이데올로기라는 숭고한 대상』, 이수련 역, 인간사랑, 2002, 1장에 상세하다. 자본주의적 증상 개념도 같은 곳에 나온다.

3 『자본론』에서 읽어낼 공황의 필연성에 대해 가라타니 고진은 이렇게 썼다. "대체로 마르크스주의자는 항상 『자본론』을 언급하면서도 실제로는 그것에 대해 불만을 갖는다. 거기서 주체적인 실천의 계기를 찾아내기가 곤란하기 때문이다. 그러나 그것은 전혀 『자본론』의 결함이 아니다. 『자본론』은 자본제 경제를 '자연사적 입장', 즉 '이론적인' 시점에서 본 것이다. 거기에 주체 차원이 나오지 않는 것은 자명하다. 따라서 우노 고조가 『자본론』으로부터 말할 수 있는 것은 공황의 필연성이지 혁명의 필연성이 아니며, 혁명을 '실천적인' 문제라고 본 것은 옳다." 가라타니 고진, 『트랜스크리틱』, 송태욱 역, 한길사, 2005, 478쪽.

4 '대양적 감정'이라는 표현은 프로이트의 『문화의 불안』(김종호 역, 박영사, 1974), 11쪽에 나오는 표현이다. 동일한 책의 다른 번역본인 『문명 속의 불만』(김석희 역, 열린책들, 1997)에서는 "망망대해 같은 느낌"(242쪽)으로 번역된다.

5 파도 이야기는 Serdar Özkan, *The Missing Rose*, translated by A. Roome, Istanbul: Timas, 2006, pp.82-3에 나온다.

6 상대적인 행복감: 장 자크 루소, 『에밀』, 민희식 역, 육문사, 2006, 375쪽 이하.

4-2강 텍스트의 증상: 「토니오 크뢰거」

1 벤야민은 "훌륭한 작가는 자기가 생각하는 것 이상을 말하지 않는다. 그리고 이 점은 대단히 중요하다. 말한다는 것은 생각하기의 표현인 것만이 아니라 생각하기의 실현이기 때문이다."라고 썼다. 발터 벤야민, 『일방통행로/사유 이미지』, 김영옥 외 역, 길, 2007, 227쪽.
2 토마스 만, 『토니오 크뢰거/트리스탄/베니스에서의 죽음』, 안삼환 외 역, 민음사, 1998.
3 이광수의 「윤광호」에 관한 이야기는 졸저 『사랑의 문법』(민음사, 2002), 2장 1절에 실려 있다.
4 이청준의 게 자루 이야기는 그의 단편 「키 작은 자유인」에 나온다. 자세한 것은 졸저 『부끄러움과 죄의식』(나무나무출판사, 2017), 5장에 써두었다.

5-1강 주체 되기

1 스탕달, 『적과 흑』, 이규식 역, 문학동네, 2010.

5-2강 스탕달, 『적과 흑』

1 사랑의 세 가지 문법에 대해서는 니클라스 루만, 『열정으로서의 사랑』(권기돈 외 역, 새물결, 2009)에 상세하다. 이 내용은 졸저 『사랑의 문법』, 1장에 간략하게 써두었다.
2 『사회계약론』(김영욱 역, 후마니타스, 2018)에서 루소는 정치법, 시민법, 형법에 이어 네 번째 법에 대해 다음과 같이 말했다. "이 법은 대리석이나 청동이 아니라 시민들의 가슴에 새겨져 있다."(70쪽) 그는 그것을 특칭하지 않은 채 한 나라의 진정한 헌법이며, 도덕과 관습, 여론 등에서 표현되고 있다고 했다.
3 박현욱의 소설 『아내가 결혼했다』(2006)에서 나는 처음 모수오족의 생활 방식을 읽었다. 이 이후로 신문 방송 등의 매체를 통해서 모수오족 생활 방식이 대중에게 알려지는 것을 확인할 수 있었다. 모수오족 여성이 직접 자기 문화에 대해 말한 책도 나와 있다. 양얼처나무 · 크리스틴 매튜, 『아버지가 없는 나라』, 강수정 역, 김영사, 2007.

6-1강 욕망과 충동

1 톨스토이, 『안나 카레니나』, 박형규 역, 문학동네, 2010.

6-2강 톨스토이, 『안나 카레니나』

1 프로이트, 『문명 속의 불만』, 앞의 책, 289쪽.
2 욕망/ 욕구/ 요구의 차이는 졸저 『인문학 개념정원』, 4장에 써두었다.

7-1강 욕망의 운명

1 플로베르, 『마담 보바리』, 김화영 역, 민음사, 2000.

2 "보바리 부인은 바로 나다."라는 플로베르의 말은 문면으로 직접 확인되지는 않는다. 이 말은 1909년에 나온 데샤므르의 학위 논문 각주에서 플로베르 지인의 증언을 수록함으로써 시작되었고, 그 증언이 거짓은 아닐 것이라 판단한, 1935년 티보데의 확증을 거쳐 점차 사실로 통용되기에 이르렀다. 이에 관한 사정은 박선희, 「『보바리 부인』의 한국 대중 수용: 1950-80년대 신문과 잡지 기사를 중심으로」(「프랑스어문교육」 57, 2017)에 자세하다.

7-2강 플로베르, 『마담 보바리』

1 〈바니타스 정물화〉에 대해서는 졸저 『풍경이 온다』, 2장에 써두었다.

8-1강 어른 되기의 아이러니

1 『호밀밭의 파수꾼』, 공경희 역, 민음사, 2001.

8-2강 샐린저, 『호밀밭의 파수꾼』

1 책은 세상을 바꾼다, 책이 없는 세상에서 책이 있는 세상으로, 라는 요지의 말은 2016년 1학기 〈삶과 인문학〉 공개 강의에서 들은 말이다. 강의자였던 손유경 교수는 가라타니 고진의 말이라 했는데, 아마도 다음 구절을 원용한 것으로 보였다. (이 책을 만들면서 확인하니 그렇다고 답해주었다.) "데모로 사회는 바뀐다. 왜냐하면 데모를 함으로써 '데모하는 사회'로 바뀌기 때문이다." 『자연과 인간』, 조영일 옮김, 도서출판b, 2013, 199쪽.
2 번스의 시 〈Comin' Thro' the Rye〉(1782)에 대한 장만영의 번역을 인용해둔다. 장만영 편역, 『뻐언즈』(동국문화사, 1969), 96-7쪽에 실려 있다.

귀여운 가시네 보리밭으로 고랑으로
보리밭 고랑으로 오고 있네.
치맛자락 이슬에 촉촉히 젖어 갖고
보리밭 고랑으로 오고 있네.
  귀여운 제니 사랑스런 가시네,
  제니는 말라 있지 않네.
  치맛자락 이슬에 촉촉히 젖어 갖고
  보리밭 고랑으로 오고 있네.
가시네가 사내를 만났다고
보리밭 고랑에서 만났다고
가시네가 사내하고 키쓰했다고
떠들어댈 것은 없는 일.

가시네가 남을 만났다고

산골짝에서 만났다고
가시네가 사내하고 키쓰했다고
소문을 낼 필요는 없는 일.
귀여운 제니, 사랑스런 가시네,
제니는 말라 있지 않네.
치맛자락 이슬에 촉촉히 젖어 갖고
보리밭 고랑으로 오고 있네.

3 스코틀랜드의 민요 채집가이자 런던에서 간행된 『스코틀랜드 노래 모음집』의 편집자이기도 했던 톰슨(George Thomson, 1757~1851)은 함께 일한 번스에 대해 높이 평가하지 않았으며, 번스의 〈호밀밭을 지나다가〉와 같은 시에 대해 부정적으로, 키스 같은 단어가 들어가 있어 젊은 여성들이 즐겨 부르지 않을 것이라고 했다. Raymond Bentman, *Robert Burns*, Twayne Publishers: Boston, p.100.
4 문제 되는 구절의 원문을 밝혀둔다. "어떤 대의를 위해서, 미성숙한 사람은 고결하게 죽기를 바라는 반면에, 성숙한 사람은 꾸역꾸역 살고자 한다는 특징이 있다."(The mark of immature man is that he wants to die nobly for a cause, while the mark of the mature man is that he wants to live humbly for one.) 번역은 민음사본 248쪽을 저본으로 수정했다. 『호밀밭의 파수꾼』에서는 이 구절이 오스트리아 정신분석학자 슈테켈(Wilhelm Stekel, 1868~1940)의 것으로 인용되어 있으나 이는 정확하지 않다. 문장이 조금 바뀌기는 했으나, 이 구절의 원문은 슈테켈이 인용한 독일 작가 루트비히의 문장으로 파악된다. 그의 단편 「마리아」에 등장하는 다음과 같은 구절이다: "그가 오를 수 있으리라 생각했던 가장 최고 지점은 뭔가를 위해 영예롭게 죽는 것이었다. 이제 그는 그보다 더 위대한 지점을 향해 오르고 있다. 뭔가를 위해 꾸역꾸역 사는 것이 곧 그것이다."(Das Höchste, wozu er sich erheben konnte, war, für etwas rühmlich zu sterben; jetzt erhebt er sich zu dem Größern, für etwas ruhmlos zu leben.) 루트비히의 이 구절이 포함된 슈테켈의 논문은 영어로 다음과 같이 번역되었다: "The highest that he could rise to then was to die gloriously for something; now he rises to the greater, to live humbly for something." 『호밀밭의 파수꾼』은 이 구절을 변형한 것으로 추정된다. https://quoteinvestigator.com/2018/11/24/mature/#more-20882

9-1강 삶을 연기하기

1 다자이 오사무, 『사양/인간 실격』, 송숙경 역, 을유문화사, 2004.
2 다자이 오사무, 전집 1 『만년』, 정수윤 역, 도서출판b, 2012, 29쪽.

9-2강 다자이 오사무, 『인간 실격』

1 구메 마사오의 말은 1925년의 「시평(時評)」에 나오는 것으로, 고바야시 히데오(小林秀雄)

의 「사소설론」에 인용되어 있다. 『고바야시 히데오 평론집-문학이란 무엇인가』, 유은경 역, 소화, 2003, 85쪽.

2 이상의 소설 쓰기에 대해서는 졸저 『사랑의 문법』, 4장에 자세하게 썼다.

10-1강 스피노자의 비애

1 쑤퉁, 『나, 제왕의 생애』, 문현선 역, 아고라, 2013.

10-2강 쑤퉁, 『나, 제왕의 생애』

1 스피노자가 처했던 정치적 상황 및 그와 연관된 스피노자의 삶에 관해서는 많은 책이 있다. 특히 스피노자의 『신학정치론』과 관련된 사항에 대해서는 스티븐 내들러, 『스피노자와 근대의 탄생』(김호경 역, 글항아리, 2014)이 상세하다.

11-1강 섹스와 신

1 다니자키 준이치로, 『열쇠』, 창작과비평사, 2013.

12-1강 우연의 책임

1 밀란 쿤데라, 『참을 수 없는 존재의 가벼움』, 이재룡 역, 민음사, 1999.

2 밀란 쿤데라, 『참을 수 없는 존재의 가벼움』, 송동준 역, 민음사, 1988, 78쪽.

13-1강 춤추는 소설

1 박완서, 『그 남자네 집』, 현대문학, 2004.

14-1강 자기 서사: 반복이 생산하는 차이

1 루소가 한 말의 원문은 이렇다. "인간은 자유롭게 태어나 어디에서나 쇠사슬에 묶여 있다." 『사회계약론』, 앞의 책, 12쪽.

2 남성 담론과 여성 담론의 구조적 차이에 대한 라캉의 논리는 『세미나 20』에 나와 있는 것이 대표적이다. Jacques Lacan, *SeminarXX*: Encore, translated by Bruce Fink, New York: Norton, 1998, p.33.

14-2강 구체적 보편성, 운명애

1 거울 단계에 대한 상세한 내용은 라캉의 「나 기능의 형성자로서의 거울 단계」에 나온다. 라캉, 『에크리』, 홍준기 외 역, 새물결, 2019, 113-21쪽.

2 부처와 사리자의 일화는 라즈니쉬, 『반야심경』(손민규 역, 태일출판사, 1999), 108-9쪽에 나온다.

찾아보기

ㅅ

ㅇ

ㅈ

ㅊ

ㅋ

상세 차례

1부 책 읽기

2부 욕망

5부 움직이기

왜 읽는가

초판 1쇄 인쇄일 2021년 11월 17일
초판 2쇄 발행일 2023년 9월 20일

지은이 서영채
펴낸이 배문성
편집 이형진
디자인 형태와내용사이
마케팅 김영란

펴낸곳 나무플러스나무(나무나무출판사)
출판등록 제2012-000158호
주소 경기도 고양시 일산서구 송포로 447번길 79-8(가좌동)
전화 031-922-5049
팩스 031-922-5047

ISBN 978-89-98529-28-4 03800

이 도서는 한국출판문화산업진흥원의 '2021년 출판콘텐츠 창작 지원 사업'의 일환으로 국민체육진흥기금을 지원받아 제작되었습니다.